HARRY POTTER

und der Gefangene von Askaban

Alles über Harry-Potter-Bücher

Harry Potter und der Stein der Weisen
Harry Potter und die Kammer des Schreckens
Harry Potter und der Gefangene von Askaban
Harry Potter und der Feuerkelch
Phantastische Tierwesen & wo sie zu finden sind
Quidditch im Wandel der Zeiten

Harry-Potter-Bücher im Internet: **www.carlsen-harrypotter.de**

Joanne K. Rowling

HARRY POTTER

und der Gefangene von Askaban

Aus dem Englischen
von Klaus Fritz

CARLSEN

Für Jill Prewett und Aine Kiely,
die Patinnen des Soul

Revidierte Fassung, spätere Änderungen im Original
sind in dieser Ausgabe berücksichtigt.

30   02   01

Alle deutschen Rechte bei Carlsen Verlag GmbH, Hamburg 1999
Originalcopyright © Joanne K. Rowling 1999
Originalverlag: Bloomsbury Publishing Plc, London 1999
Originaltitel: Harry Potter and the Prisoner of Azkaban
Harry Potter, names, characters and related indicia are
copyright and trademark Warner Bros., 2000
Umschlaggestaltung: Doris K. Künster
Umschlagillustration: Sabine Wilharm
Satz: Dörlemann Satz, Lemförde
Druck und Bindung: Ebner, Ulm
ISBN 3-551-55169-3
Printed in Germany

Eulenpost

Harry Potter war in vielerlei Hinsicht ein höchst ungewöhnlicher Junge. So hasste er zum Beispiel die Sommerferien mehr als jede andere Zeit des Jahres. Zudem wollte er in den Ferien eigentlich gern für die Schule lernen, doch er war gezwungen, dies heimlich und in tiefster Nacht zu tun. Und außerdem war er ein Zauberer.

Es war schon fast Mitternacht und er lag bäuchlings im Bett, die Bettdecke wie ein Zelt über seinen Kopf gezogen, eine Taschenlampe in der Hand und ein großes, in Leder gebundenes Buch (*Geschichte der Zauberei* von Adalbert Schwahfel) ans Kopfkissen gelehnt. Mit zusammengezogenen Brauen fuhr er mit der Spitze seiner Adlertintenfeder über die Buchseiten, auf der Suche nach etwas Brauchbarem für seinen Aufsatz: »Die Hexenverbrennung im vierzehnten Jahrhundert war vollkommen sinnlos. Erörtern Sie die These«.

Am Beginn eines viel versprechenden Absatzes hielt die Feder inne. Harry schob die Brille mit den runden Gläsern die Nase hoch, hielt die Taschenlampe näher an das Buch und las:

Im Mittelalter hatten besonders nichtmagische Menschen (besser bekannt als Muggel) Angst vor der Zauberei, während sie zugleich kaum fähig waren, sie zu erkennen. In den seltenen Fällen, da sie eine echte Hexe oder einen Zauberer zu fassen bekamen, hatte die Verbrennung keinerlei Wirkung. Die Hexe oder der Zauberer übte einen einfachen Flammengefrier-Zauber aus und schrie dann wie am Spieß, während sie oder er in Wahrheit nur ein angenehmes Kitzeln spürte. Tatsächlich kam Wendeline die Ulkige dermaßen auf den Geschmack, dass sie sich nicht weniger als siebenundvierzig Mal in verschiedenen Verkleidungen fangen und verbrennen ließ.

Harry steckte die Feder zwischen die Zähne und kramte unter dem Kopfkissen nach seinem Tintenfass und einer Pergamentrolle. Langsam und sehr vorsichtig schraubte er das Tintenfass auf, tauchte die Feder hinein und begann zu schreiben, dabei hielt er ab und zu inne, um zu lauschen. Wenn einer der Dursleys auf dem Weg ins Badezimmer das Kratzen der Feder hörte, würden sie ihn vermutlich für den Rest des Sommers im Schrank unter der Treppe einsperren.

Die Familie Dursley im Ligusterweg Nummer vier war der Grund, weshalb Harry seine Sommerferien nie genießen konnte. Onkel Vernon, Tante Petunia und ihr Sohn Dudley waren Harrys einzige noch lebende Verwandte. Sie waren Muggel und hatten eine ausgesprochen mittelalterliche Einstellung zur Zauberei. Über Harrys tote Eltern, die selbst Hexe und Zauberer gewesen waren, fiel unter dem Dach der Dursleys niemals auch nur ein Wort. Jahrelang hatten Tante Petunia und Onkel Vernon gehofft, wenn sie Harry nur immer unter der Knute hielten, würden sie ihm die Zauberei schließlich austreiben. Zu ihrer großen Verbitterung hatte es nicht geklappt. Und heute lebten sie in ständiger Angst davor, jemand könnte herausfinden, dass Harry seit zwei Jahren nach Hogwarts ging, auf die Schule für Hexerei und Zauberei. Alles, was sie tun konnten, war, Harrys Zauberbücher, Zauberstab, Kessel und Besen zu Beginn der

Sommerferien wegzuschließen und ihm zu verbieten, mit den Nachbarn zu sprechen.

Dass Harry nicht an die Zauberbücher herankam, war ein erhebliches Problem, denn die Lehrer in Hogwarts hatten ihm für die Ferien eine Menge Arbeit aufgegeben. Einer der Aufsätze, ein besonders kniffliger über Schrumpftränke, war für Professor Snape, den Lehrer, den Harry am wenigsten leiden konnte und der sich über jeden Grund freuen würde, Harry einen Monat Arrest aufzubrummen. Deshalb hatte Harry in der ersten Ferienwoche eine Gelegenheit beim Schopf gepackt: Während Onkel Vernon, Tante Petunia und Dudley im Vorgarten waren, um Onkel Vernons neuen Firmenwagen zu bewundern (so laut, dass sämtliche Nachbarn nicht umhinkonnten, ebenfalls Notiz zu nehmen), schlich sich Harry nach unten, stocherte mit einer Nadel das Schloss am Treppenschrank auf, griff sich ein paar Bücher und versteckte sie in seinem Zimmer. Solange er keine Tintenflecke auf der Bettwäsche hinterließ, würden die Dursleys nie erfahren, dass er nachts Zauberei büffelte.

Gerade jetzt wollte Harry Ärger mit dem Onkel und der Tante um jeden Preis vermeiden, denn sie waren ohnehin noch schlechter auf ihn zu sprechen als gewöhnlich schon, einzig und allein deshalb, weil er in den ersten Ferientagen einen Anruf von einem befreundeten Zauberer bekommen hatte.

Ron Weasley, der beste Freund Harrys in Hogwarts, kam aus einer richtigen Zaubererfamilie. Das hieß, dass er zwar einiges mehr über Zauberei wusste als Harry, jedoch noch nie ein Telefon benutzt hatte. Zu allem Unglück war es auch noch Onkel Vernon, der ans Telefon ging.

»Vernon Dursley am Apparat.«

Harry, der zufällig im Zimmer war, erstarrte, als er Rons Stimme antworten hörte.

»Hallo? Hallo? Können Sie mich hören? Ich – möchte –
mit – Harry – Potter – sprechen!«

Ron schrie so laut, dass Onkel Vernon zusammenzuckte,
den Hörer eine Handbreit von seinem Ohr weghielt und ihn
mit einer Mischung aus Zorn und Furcht anstarrte.

»Wer ist da?«, dröhnte er in Richtung Sprechmuschel.
»Wer sind Sie?«

»Ron – Weasley!«, brüllte Ron zurück, als ob er und Onkel Vernon sich quer über ein Fußballfeld hinweg unterhalten würden. »Ich – bin – ein – Schulfreund – von – Harry –«

Onkel Vernons kleine Augen funkelten Harry an, der immer noch wie angewurzelt dastand.

»Es gibt hier keinen Harry Potter!«, polterte Onkel Vernon und hielt den Hörer nun weit von sich weg, als ob der
gleich explodieren würde. »Ich weiß nicht, von welcher
Schule Sie reden! Ich verbitte mir weitere Belästigungen!
Und kommen Sie ja nicht in die Nähe meiner Familie!«

Er warf den Hörer auf die Gabel, als wollte er eine Gift-
spinne abschütteln.

Darauf folgte ein ganz hässlicher Krach.

»Wie kannst du es wagen, diese Nummer Leuten – Leuten wie deinesgleichen zu geben!«, polterte Onkel Vernon
und besprühte Harry mit mächtig viel Spucke.

Ron hatte offenbar begriffen, dass er Harry in Schwierigkeiten gebracht hatte, denn er rief nicht mehr an. Auch Harrys beste Freundin in Hogwarts, Hermine Granger, meldete
sich nicht. Harry vermutete, dass Ron ihr gesagt hatte, sie
solle lieber nicht anrufen. Jammerschade, denn Hermine
war die Beste in Harrys Jahrgang, hatte Muggeleltern,
wusste sehr wohl, wie man ein Telefon benutzte, und wäre
wahrscheinlich so umsichtig, nicht zu erwähnen, dass sie
nach Hogwarts ging.

Harry erfuhr also fünf lange Wochen nichts von seinen

Zaubererfreunden und dieser Sommer erwies sich als fast so schlimm wie der letzte. Nur einen kleinen Lichtblick gab es: Nachdem er den Dursleys geschworen hatte, dass er Hedwig keine Briefe für die Freunde in den Schnabel stecken würde, hatten sie ihm erlaubt, seine Eule nachts herauszulassen. Onkel Vernon hatte nachgegeben wegen des Höllenlärms, den Hedwig veranstaltete, wenn sie die ganze Zeit in ihrem Käfig eingeschlossen blieb.

Harry unterbrach seine Arbeit über Wendeline die Ulkige und lauschte in die Nacht hinein. Die Stille im dunklen Haus wurde nur vom fernen, grunzenden Geschnarche seines massigen Vetters Dudley gestört. Es musste sehr spät sein. Harrys Augen juckten vor Müdigkeit. Vielleicht sollte er den Aufsatz besser morgen Nacht fertig schreiben …

Er schraubte das Tintenfass zu, zog einen alten Kissenbezug unter dem Bett hervor, steckte die Taschenlampe, die *Geschichte der Zauberei*, Aufsatz, Feder und Tinte hinein, stieg aus dem Bett und versteckte die Sachen unter einem losen Dielenbrett unter dem Bett. Dann richtete er sich auf, streckte sich und warf einen Blick auf das leuchtende Zifferblatt des Weckers auf dem Nachttisch.

Es war ein Uhr morgens. Harrys Herz machte einen kleinen Hüpfer. Eine Stunde schon war er, ohne es bemerkt zu haben, dreizehn Jahre alt.

Doch ein weiterer ungewöhnlicher Zug an Harry war, dass er sich so wenig auf seine Geburtstage freute. Noch nie im Leben hatte er eine Geburtstagskarte bekommen. Die Dursleys hatten seine letzten beiden Geburtstage völlig ignoriert und er hatte keinen Grund zu erwarten, dass es diesmal anders sein würde.

Harry ging durch das dunkle Zimmer, vorbei an Hedwigs großem, leerem Käfig, hinüber zum offenen Fenster. Er lehnte sich gegen den Fensterrahmen und nach so langer

Zeit unter der Bettdecke strich die kühle Luft angenehm über sein Gesicht. Hedwig war jetzt schon zwei Nächte lang weg. Harry sorgte sich nicht ihretwegen; sie war schon öfter so lange fort gewesen, doch er hoffte, sie bald wieder zu sehen – immerhin war sie das einzige Lebewesen in diesem Haus, das bei seinem Anblick nicht zusammenschreckte.

Harry, wenn auch immer noch recht klein und mager für sein Alter, war im letzten Jahr um ein paar Zentimeter gewachsen. Sein rabenschwarzes Haar jedoch war wie immer – widerborstig verstrubbelt, da konnte er machen, was er wollte. Die Augen hinter seiner Brille waren hellgrün und auf der Stirn, durch die Haare deutlich zu sehen, hatte er eine schmale Narbe, die aussah wie ein Blitz.

Unter all den ungewöhnlichen Merkmalen Harrys war diese Narbe wohl das außergewöhnlichste. Sie war nicht, wie die Dursleys jahrelang geschwindelt hatten, das Überbleibsel eines Autounfalls, bei dem Harrys Eltern umgekommen seien. Lily und James Potter waren nicht bei einem Unfall gestorben. Sie wurden ermordet, ermordet von Lord Voldemort, dem gefürchtetsten schwarzen Magier seit Hunderten von Jahren. Harry war diesem Angriff mit nichts weiter als einer Narbe auf der Stirn entkommen, wobei Voldemorts Fluch, anstatt ihn zu töten, gegen seinen Urheber zurückgeprallt war. Voldemort, fast zu Tode entkräftet, war geflohen …

Doch Harry war ihm in Hogwarts wieder begegnet. Während er am Fenster stand und sich an das letzte Zusammentreffen erinnerte, musste er sich eingestehen, dass er von Glück reden konnte, überhaupt seinen dreizehnten Geburtstag zu erleben.

Er suchte den sternfunkelnden Himmel nach einem Zeichen von Hedwig ab, die vielleicht in Windeseile mit einer toten Maus im Schnabel auf der Rückreise zu ihm war und dafür Lob erwartete. Gedankenverloren ließ er seinen Blick über die Dächer schweifen, und es dauerte ein paar Sekunden, bis er begriff, was er da vor Augen hatte.

Vom goldenen Mondlicht umflutet und jeden Moment größer werdend, sah er ein Ungetüm mit merkwürdiger Schlagseite auf sich zuflattern. Reglos stand er da und beobachtete, wie es immer tiefer sank – für den Bruchteil einer Sekunde zögerte er, die Hand am Fenstergriff, und fragte sich, ob er es zuschlagen sollte – doch dann surrte das ungeheure Geschöpf über eine der Straßenlaternen des Ligusterwegs, und Harry, der nun erkannte, was es war, sprang zur Seite.

Durchs Fenster schwebten drei Eulen herein, zwei davon hielten eine dritte, die ohnmächtig schien, in den Krallen. Mit einem leisen *Flumphh* landeten sie auf Harrys Bett und die mittlere Eule, groß und grau, kippte sofort um und blieb reglos liegen. An ihre Beine war ein großes Päckchen gebunden.

Harry erkannte die ohnmächtige Eule sofort – ihr Name war Errol und sie gehörte der Familie Weasley. Mit einem Satz war er am Bett, entknotete die Schnüre um Errols Beine, nahm das Päckchen und trug Errol hinüber zu Hedwigs Käfig. Errol öffnete ein trübes Auge, fiepte ein Dankeschön und würgte ein paar Schlucke Wasser hinunter.

Harry wandte sich den beiden anderen Eulen zu. Eine davon, die große weibliche Schneeeule, war seine Hedwig. Auch sie trug ein großes Päckchen und sah höchst zufrieden mit sich aus. Sie kniff Harry liebevoll ins Ohr, während er ihr die Last abnahm, und flog dann quer durchs Zimmer hinüber zu Errol.

Die dritte Eule, ein hübscher Waldkauz, erkannte Harry nicht, doch er wusste sofort, woher sie kam, denn außer einem dritten großen Päckchen trug sie auch einen Brief mit dem Siegel von Hogwarts. Als Harry dieser Eule die Last abgenommen hatte, raschelte sie bedeutungsschwer mit den Federn, spreizte die Flügel und flatterte durch das Fenster hinaus in die Nacht.

Harry setzte sich aufs Bett, nahm Errols Päckchen in die Hand, riss das braune Papier ab und entdeckte ein in Goldpapier eingewickeltes Geschenk und die erste Geburtstagskarte seines Lebens. Zwei Blätter fielen heraus – ein Brief und ein Zeitungsausschnitt.

Der Ausschnitt stammte offensichtlich aus der Zaubererzeitung, dem *Tagespropheten*, denn die Menschen auf den Schwarzweißfotos bewegten sich. Harry hob das Blatt hoch, glättete es und las:

Beamter des Zaubereiministeriums gewinnt Großen Preis

Arthur Weasley, Chef der Abteilung gegen den Missbrauch von Muggelartefakten im Zaubereiministerium, hat den jährlich vergebenen Großen Goldpreis des *Tagespropheten* gewonnen.

Der entzückte Mr Weasley sagte gegenüber dem *Tagespropheten*: »Wir werden das Gold für einen Sommerurlaub in Ägypten ausgeben, wo unser ältester Sohn, Bill, als Fluchbrecher für die Gringotts-Zaubererbank arbeitet.«

Die Familie Weasley wird einen Monat in Ägypten verbringen und zu Beginn des neuen Schuljahres in Hogwarts, das gegenwärtig fünf ihrer Kinder besuchen, zurückkehren.

Harry warf einen Blick auf das sich bewegende Foto und ein Grinsen breitete sich auf seinem Gesicht aus. Alle neun Weasleys standen da vor einer großen Pyramide und winkten ihm begeistert zu. Die füllige kleine Mrs Weasley, der große, zur Glatze neigende Mr Weasley, sechs Söhne und eine Tochter, allesamt (auf dem Schwarzweißfoto natürlich nicht zu sehen) mit flammend roten Haaren. In der Mitte des Bildes war Ron, groß und schlaksig, seine Hausratte Krätze auf der Schulter und den Arm um seine kleine Schwester Ginny gelegt.

Harry fiel niemand ein, der einen großen Haufen Gold mehr verdient hätte als die Weasleys, die sehr nett und furchtbar arm waren. Er nahm Rons Brief in die Hand und entfaltete ihn.

Lieber Harry,
herzlichen Glückwunsch zum Geburtstag!
Hör mal, das mit dem Telefonanruf tut mir wirklich Leid. Ich hoffe, die Muggel haben dich in Ruhe gelassen. Ich hab Dad gefragt, und er meint, ich hätte nicht in den Hörer brüllen sollen.
Es ist toll hier in Ägypten. Bill hat uns alle Gräber gezeigt und du glaubst gar nicht, mit welchen Flüchen diese alten ägyptischen Zauberer sie belegt haben. Mum wollte nicht, dass Ginny mit in die letzte Grabkammer geht. Dadrin waren eine Menge komischer Skelette von Muggeln, die das Grab ausrauben wollten und denen neue Köpfe und eklige Sachen gewachsen sind.
Ich konnte nicht fassen, dass Dad den Preis des Tagespropheten gewonnen hat. Siebenhundert Galleonen! Das meiste davon geht für diesen Urlaub drauf, aber sie kaufen mir einen neuen Zauberstab fürs nächste Schuljahr.

Harry erinnerte sich nur zu gut an damals, als Rons alter Zauberstab abgeknackst war. Es war passiert, als das Auto, das er und Ron nach Hogwarts geflogen hatten, gegen einen Baum auf dem Schulgelände gekracht war.

Wir sind eine Woche vor Schulbeginn zurück und fahren dann hoch nach London, um meinen neuen Zauberstab und unsere Bücher zu besorgen. Könnten wir uns dort vielleicht treffen?

Lass dir von den Muggeln nicht die Laune verderben! Versuch doch, nach London zu kommen,

Ron

PS: Percy ist Schulsprecher. Letzte Woche hat er den Brief bekommen.

Erneut musterte Harry das Foto. Percy, im siebten und letzten Schuljahr in Hogwarts, sah besonders schmuck aus mit seinem neuen silbernen Abzeichen, das auf dem Fes schimmerte.

Harry – das ist ein Taschenspickoskop. Wenn jemand in der Nähe ist, dem man nicht trauen kann, soll es aufleuchten und sich drehen. Bill sagt, es ist Plunder, den sie für die Zauberertouristen verkaufen, und man könne sich nicht darauf verlassen, weil es gestern Abend beim Essen ständig aufleuchtete. Aber er hat nicht bemerkt, dass Fred und George Käfer in seine Suppe gemischt haben.

Tschau, Ron

Harry stellte das Taschenspickoskop auf den Nachttisch, wo es auf seinem spitzen Ständer reglos im Gleichgewicht blieb und die Leuchtzeiger seines Weckers spiegelte. Eine Weile betrachtete er es glücklich, dann griff er nach dem Päckchen, das Hedwig gebracht hatte.

Auch darin war ein Geschenk eingewickelt sowie eine Karte und ein Brief, diesmal von Hermine.

Lieber Harry,

Ron hat mir geschrieben und von seinem Anruf bei Onkel Vernon berichtet. Ich hoffe, es geht dir gut und sie haben deine Knochen heil gelassen.

Ich verbringe die Ferien in Frankreich und wusste nicht, wie ich dir diesen Brief schicken sollte – was, wenn sie ihn am Zoll öffnen würden? – Doch dann tauchte Hedwig auf! Ich glaube, sie wollte sichergehen, dass du zur Abwechslung mal was zum Geburtstag bekommst. Ich hab dein Geschenk beim Eulenexpress bestellt, im Tagespropheten war eine Anzeige. (Ich hab ihn abonniert, um mich über die Zaubererwelt auf dem Laufenden zu halten.) Hast du dieses Bild von Ron und seiner Familie gesehen, das sie vor einer Woche gebracht haben? Ich wette, er lernt eine Menge, ich bin ganz neidisch – diese alten ägyptischen Zauberer sind wirklich faszinierend.

Auch hier in der Gegend haben sie eine spannende Hexereivergangenheit. Ich habe meinen Aufsatz zur Geschichte der Zauberei völlig umgeschrieben und einiges von dem eingebaut, was ich herausgefunden habe. Ich hoffe, er ist nicht zu lang geworden – zwei Rollen Pergament mehr, als Professor Binns verlangt.

Ron sagte, er sei in der letzten Ferienwoche in London. Kannst du auch kommen? Werden dein Onkel und deine Tante es erlauben? Ich hoffe sehr, es klappt – wenn nicht, sehen wir uns am ersten September im Hogwarts-Express.

Alles Liebe,

Hermine

PS: Ron schreibt, Percy sei jetzt Schulsprecher. Ich wette, der ist ganz aus dem Häuschen. Ron scheint darüber nicht besonders glücklich zu sein.

Schmunzelnd legte Harry Hermines Brief beiseite und nahm ihr Geschenk in die Hand. Es war sehr schwer. Er kannte Hermine und sicher war es ein großes Buch voll schwieriger Zaubersprüche – aber nein. Sein Herz fing mächtig an zu hüpfen, als er das Papier abriss und ein schmales schwarzes Ledertäschchen zum Vorschein kam, auf das silberne Lettern gedruckt waren: *Besenpflege-Set.*

»Mensch, Hermine!«, flüsterte Harry und zog den Reißverschluss auf.

Das Täschchen enthielt eine große Flasche *Fleetwoods Hochglanzpolitur,* eine silbrig schimmernde Reisig-Knipszange, einen winzigen Messingkompass, den man für lange Reisen an den Besen klemmen konnte, und ein Do-it-yourself-Handbuch der Besenpflege.

Es gab noch etwas außer seinen Freunden, das Harry in den Ferien heftig vermisste, und das war der beliebteste Sport in der Zaubererwelt – Quidditch, hochgefährlich, äußerst spannend und gespielt auf fliegenden Besen. Zudem war Harry ein begnadeter Quidditch-Spieler; er war einer der jüngsten seit hundert Jahren, die für eine der Hausmannschaften von Hogwarts aufgestellt worden waren. Und besonders stolz war er auf seinen Rennbesen, einen Nimbus Zweitausend.

Harry legte das Ledertäschchen beiseite und hob sein letztes Päckchen hoch. Er erkannte das fahrige Gekrakel auf dem braunen Papier sofort – es stammte von Hagrid, dem Wildhüter von Hogwarts. Er riss die obere Lage des Papiers ab und sah darunter etwas Grünes und Ledriges, doch bevor er es richtig auswickeln konnte, begann das Päckchen merkwürdig zu zittern und was immer darin war, schnappte laut – als ob es kräftige Beißwerkzeuge hätte.

Harry erstarrte. Er wusste, dass Hagrid ihm nie absichtlich etwas Gefährliches schicken würde, allerdings hatte der Wildhüter seine eigenen Auffassungen von dem, was gefährlich war. Hagrid hatte sich immerhin schon mit Riesenspinnen angefreundet, heimtückische, dreiköpfige Hunde von zwielichtigen Gestalten in Wirtshäusern gekauft und heimlich verbotene Dracheneier in seiner Hütte ausgebrütet.

Harry klopfte nervös gegen das Päckchen. Aus dem Innern kam erneut ein lautes Schnappen. Er nahm die Lampe vom Nachttisch, packte sie fest mit der einen Hand und hob sie über den Kopf, bereit zum Zuschlagen. Dann nahm er das restliche Packpapier in die Hand und riss es herunter.

Und heraus fiel – ein Buch. Harry hatte gerade noch Zeit, einen Blick auf den hübschen grünen Umschlag zu werfen, auf dem in goldenen Lettern der Titel *Das Monsterbuch der Monster* prangte, da stand es auch schon halb aufgeklappt auf den Rändern und klappte seitlich über das Bett hinweg wie ein widerlicher Krebs.

»Urrgh«, murmelte Harry.

Geräuschvoll fiel das Buch vom Bett und schlurfte rasch durch das Zimmer. Harry folgte ihm vorsichtig. Das Buch versteckte sich im Dunkeln unter seinem Schreibtisch. Harry flehte zum Himmel, dass die Dursleys noch tief schlafen mochten, ließ sich auf die Knie nieder und streckte die Hand nach dem Buch aus.

»Autsch!«

Das Buch klatschte zu und klemmte seine Hand ein, dann hoppelte es eilig auf dem Umschlag an ihm vorbei. Harry wirbelte herum, warf sich mit einem Sprung auf das Buch und presste es flach auf den Boden. Im Zimmer nebenan ließ Onkel Vernon ein lautes, schlaftrunkenes Grunzen ertönen.

Hedwig und Errol beobachteten interessiert, wie Harry das widerspenstige Buch fest unter den Arm klemmte, zur Kommode hinüberstürzte, einen Gürtel herauszog und ihn stramm um das Buch schnürte. Das Monsterbuch zitterte zornig, doch es konnte jetzt nicht mehr klappen und schnappen. Harry warf es aufs Bett und hob Hagrids Karte auf.

Lieber Harry,
herzlichen Glückwunsch zum Geburtstag!
Dachte, du könntest das im nächsten Schuljahr vielleicht nützlich finden. Will hier nicht mehr verraten. Ich sag's dir, wenn wir uns sehen.
Ich hoffe, die Muggels behandeln dich anständig.
Alles Gute,
Hagrid

Harry kam es merkwürdig vor, dass Hagrid glaubte, ein beißendes Buch würde ihm nützen, doch er stellte Hagrids Karte neben die Rons und Hermines und grinste noch ein wenig breiter. Jetzt war nur noch der Brief aus Hogwarts übrig.

Harry fiel auf, dass der Umschlag viel dicker war als sonst, ritzte ihn auf und zog die erste Seite Pergament heraus:

Sehr geehrter Mr Potter,
bitte beachten Sie, dass das neue Schuljahr am ersten September beginnt. Der Hogwarts-Express fährt am Bahnhof King's Cross ab, elf Uhr, Gleis neundreiviertel.
Drittklässlern ist es erlaubt, an bestimmten Wochenenden das Dorf Hogsmeade zu besuchen. Bitte geben Sie die beigefügte Zustimmungserklärung zur Unterschrift Ihren Eltern oder Ihrem Vormund.

Anbei auch eine Liste der Bücher für das nächste Schuljahr.

Mit freundlichen Grüßen
Professor M. McGonagall
Stellvertretende Schulleiterin

Harry nahm die Zustimmungserklärung für Hogsmeade heraus und las sie durch. Das Grinsen war ihm vergangen. Es wäre toll, an den Wochenenden ins Dorf zu können; er wusste, dass dort nur Zauberer und Hexen lebten, und er war noch nie da gewesen. Doch wie um alles in der Welt sollte er Onkel Vernon und Tante Petunia überreden, die Erlaubnis zu unterschreiben?

Er sah auf den Wecker. Es war jetzt zwei Uhr morgens.

Harry beschloss sich über die Erlaubnis für Hogsmeade Gedanken zu machen, wenn er aufwachte, stieg wieder ins Bett und streckte die Hand aus, um ein weiteres Kreuzchen auf dem Kalender zu machen, den er sich gebastelt hatte, um die verbleibenden Tage bis zur Rückkehr nach Hogwarts zu zählen. Dann nahm er die Brille ab, legte sich hin und sah mit weit geöffneten Augen auf seine drei Geburtstagskarten.

Mochte er auch ein höchst ungewöhnlicher Junge sein, in diesem Augenblick fühlte sich Harry Potter genau wie jeder andere – zum ersten Mal im Leben einfach froh, dass er Geburtstag hatte.

Tante Magdas großer Fehler

Als Harry am nächsten Morgen zum Frühstück hinunterging, saßen die drei Dursleys schon am Küchentisch. Sie starrten auf die Mattscheibe eines brandneuen Fernsehers, eines Willkommen-in-den-Ferien-Geschenks für Dudley, der sich fortwährend lauthals über den langen Weg zwischen dem Kühlschrank und dem Fernseher im Wohnzimmer beschwert hatte. Dudley hatte den größten Teil des Sommers in der Küche verbracht, die kleinen Schweinchenaugen geradezu auf die Mattscheibe geklebt und mit wabbelndem fünflagigem Kinn ununterbrochen kauend.

Harry setzte sich zwischen Dudley und Onkel Vernon, einen großen, fleischigen Mann mit sehr wenig Hals und einer Menge Schnauzbart. Keiner der Dursleys nahm Notiz davon, dass Harry in die Küche gekommen war, geschweige denn, dass ihm einer zum Geburtstag gratuliert hätte. Er nahm sich eine Scheibe Toast und sah hoch zum Fernseher, wo der Nachrichtensprecher gerade von einem Ausbrecher berichtete …

»… die Polizei warnt die Bevölkerung. Black ist bewaffnet und äußerst gefährlich. Eine eigene Notrufnummer wurde eingerichtet und jeder Hinweis auf Black sollte umgehend gemeldet werden.«

»Dass der ein Verbrecher ist, brauchen sie uns nicht erst zu sagen«, schnarrte Onkel Vernon und starrte über seine Zeitung hinweg auf das Bild des Flüchtigen. »Seht euch mal an, wie der aussieht, ein dreckiger Rumtreiber! Und diese Haare!«

Er warf Harry einen gehässigen Seitenblick zu, dessen strubbeliges Haar ihn immer von neuem ärgerte. Verglichen mit dem Mann im Fernsehen jedoch, dessen ausgemergeltes Gesicht umwuchert war von verfilztem, ellbogenlangem Gestrüpp, kam sich Harry durchaus gepflegt vor.

Wieder erschien der Nachrichtensprecher.

»Das Landwirtschafts- und Fischereiministerium gibt heute bekannt, dass –«

»Ist doch nicht zu fassen!«, bellte Onkel Vernon und starrte den Sprecher wütend an, »du hast uns nicht gesagt, wo dieser Verrückte ausgebrochen ist! Was soll das? Der Wahnsinnige könnte doch jeden Augenblick die Straße entlangkommen!«

Tante Petunia, knochig und pferdegesichtig, wirbelte herum und schaute wachsam aus dem Küchenfenster. Harry wusste, dass Tante Petunia nichts lieber tun würde, als den Notruf anzuläuten. Sie war die neugierigste Frau der Welt und verbrachte den größten Teil ihres Lebens damit, die langweiligen, gesetzestreuen Nachbarn auszukundschaften.

»Wann werden die es endlich kapieren«, sagte Onkel Vernon und schlug mit seiner großen purpurroten Faust auf den Tisch, »dass Aufknüpfen das einzige Rezept gegen solches Pack ist?«

»Wie wahr«, sagte Tante Petunia, die immer noch die Bohnenstangen nebenan taxierte.

Onkel Vernon nahm den letzten Schluck aus seiner Teetasse, warf einen Blick auf die Uhr und fügte hinzu: »Am besten, ich geh gleich, Petunia, Magdas Zug kommt um zehn an.«

Harry, in Gedanken eben noch oben bei seinem Besenpflege-Set, fiel schmerzhaft aus allen Wolken.

»Tante Magda?«, sprudelte es aus ihm heraus. »D-die – die kommt doch nicht etwa zu uns?«

Tante Magda war Onkel Vernons Schwester. Zwar war sie keine Blutsverwandte von Harry (dessen Mutter Tante Petunias Schwester gewesen war), doch man hatte ihn gezwungen, sie die ganze Zeit »Tante« zu nennen. Tante Magda lebte auf dem Land, in einem Haus mit großem Garten, wo sie Bulldoggen züchtete. Sie kam nur selten in den Ligusterweg, weil sie es nicht übers Herz brachte, ihre wertvollen Hunde allein zu lassen, doch jeden ihrer Besuche hatte Harry in schrecklich lebendiger Erinnerung.

Beim Fest zu Dudleys fünftem Geburtstag hatte Tante Magda Harry mit ihrem Gehstock auf die Schienbeine gehauen, damit er Dudley nicht mehr beim Bäumchen-wechsel-dich-Spiel schlug. Ein paar Jahre später war sie zu Weihnachten mit einem funkgesteuerten Senkrechtstarter für Dudley und einem Karton Hundekuchen für Harry aufgetaucht. Bei ihrem letzten Besuch war Harry versehentlich ihrem Lieblingshund auf die Pfote getreten. Ripper hatte Harry hinaus in den Garten und einen Baum hochgejagt und Tante Magda hatte sich bis nach Mitternacht geweigert, ihn zurückzupfeifen. Wenn Dudley sich daran erinnerte, brach er vor Lachen immer noch in Tränen aus.

»Magda wird eine Woche bleiben«, schnarrte Onkel Vernon, »und wenn wir schon beim Thema sind« – er deutete mit einem fetten Finger drohend auf Harry – »sollten wir einiges klarstellen, bevor ich sie abholen gehe.«

Dudley grinste hämisch und wandte den Blick von der Mattscheibe ab. Sein liebster Zeitvertreib war, zu beobachten, wie Harry von Onkel Vernon schikaniert wurde.

»Erstens«, knurrte Onkel Vernon, »hältst du deine Zunge im Zaum, wenn du mit Magda sprichst.«

»Gut«, sagte Harry bitter, »wenn sie es auch tut.«

»Zweitens«, sagte Onkel Vernon und tat so, als hätte er Harrys Antwort nicht gehört, »da Magda nichts von deiner Abnormalität weiß, will ich nicht, dass irgendwas Komisches passiert, während sie hier ist. Du benimmst dich, verstanden?«

»Wenn sie es auch tut«, sagte Harry zähneknirschend.

»Und drittens«, sagte Onkel Vernon, die gemeinen kleinen Augen waren jetzt Schlitze in seinem großen purpurnen Gesicht, »haben wir Magda gesagt, du würdest das St.-Brutus-Sicherheitszentrum für unheilbar kriminelle Jungen besuchen.«

»Was?«, schrie Harry.

»Und du bleibst bei dieser Geschichte, Bursche, oder du kriegst Schwierigkeiten«, fauchte Onkel Vernon.

Zornig und mit bleichem Gesicht starrte Harry Onkel Vernon an. Er konnte es nicht fassen. Tante Magda kam für eine Woche zu Besuch – das war das furchtbarste Geburtstagsgeschenk, das er je von den Dursleys bekommen hatte, verglichen selbst mit Onkel Vernons alten Socken.

»Nun, Petunia«, sagte Onkel Vernon und erhob sich schnaufend, »ich fahre jetzt zum Bahnhof. Kleine Ausfahrt gefällig, Dudders?«

»Nein«, sagte Dudley, der seine Aufmerksamkeit jetzt, da Onkel Vernon aufgehört hatte, Harry zu tyrannisieren, wieder dem Fernseher zugewandt hatte.

»Diddy muss sich für Tantchen fein herausputzen«, sagte Tante Petunia und strich über Dudleys dichtes Blondhaar. »Mamchen hat ihm eine wunderschöne neue Fliege gekauft.«

Onkel Vernon klopfte Dudley auf die fette Schulter.

»Also bis gleich«, sagte er und ging hinaus.

Harry, der in eine Art grauenerfüllte Trance versunken war, fiel plötzlich etwas ein. Er ließ seinen Toast liegen, stand rasch auf und folgte Onkel Vernon zur Haustür.

Onkel Vernon zog seinen Mantel an.

»Dich nehm ich nicht mit«, schnarrte er, als er sich umwandte und Harry erblickte.

»Will ich auch nicht«, sagte Harry kühl. »Ich möchte dich was fragen.«

Onkel Vernon beäugte ihn misstrauisch.

»Drittklässler in Hog…, auf meiner Schule dürfen hin und wieder ins Dorf«, sagte Harry.

»Ach?«, blaffte Onkel Vernon und nahm die Wagenschlüssel vom Haken neben der Tür.

Rasch setzte Harry nach. »Du musst die Einverständniserklärung für mich unterschreiben«, sagte er.

»Und warum sollte ich das tun?«, höhnte Onkel Vernon.

»Nun ja«, sagte Harry und wog sorgfältig seine Worte ab, »es wird ein hartes Stück Arbeit sein, gegenüber Tante Magda so zu tun, als ob ich in dieses St. Waswißich ginge –«

»St.-Brutus-Sicherheitszentrum für unheilbar kriminelle Jungen!«, bellte Onkel Vernon, und Harry freute sich, einen deutlichen Anflug von Panik in seiner Stimme zu hören.

»Genau«, sagte Harry und sah gelassen hoch in Onkel Vernons großes, rotes Gesicht. »Ich muss mir eine Menge merken. Außerdem soll es sich ja überzeugend anhören, oder? Was, wenn mir aus Versehen etwas rausrutscht?«

»Dann prügle ich dir die Innereien raus!«, polterte Onkel Vernon und trat mit erhobener Faust auf Harry zu. Doch Harry ließ nicht locker. »Die Innereien aus mir herauszuprügeln wird Tante Magda auch nicht vergessen lassen, was ich ihr gesagt haben könnte«, sagte er verbissen.

Onkel Vernon, die Faust immer noch erhoben, erstarrte. Sein Gesicht hatte ein hässliches Braunrot angenommen.

»Aber wenn du meine Einverständniserklärung unterschreibst«, fuhr Harry rasch fort, »schwöre ich, dass ich nicht vergesse, wo ich angeblich zur Schule gehe, und ich führe mich auf wie ein Mug…, als ob ich normal und alles wäre.«

Harry entging nicht, dass Onkel Vernon noch einmal über die Sache nachdachte, auch wenn er die Zähne gefletscht hatte und eine Vene auf seiner Schläfe pochte.

»Schön«, blaffte er endlich. »Ich werde dein Verhalten während Tante Magdas Besuch scharf überwachen. Wenn du am Ende nicht die Grenze überschritten hast und bei der Geschichte geblieben bist, unterschreibe ich dein beklopptes Formular.«

Abrupt drehte er sich um, öffnete die Haustür und schlug sie mit solcher Wucht hinter sich zu, dass eine der kleinen Glasscheiben am oberen Türrand herausfiel.

Harry kehrte nicht in die Küche zurück. Er ging nach oben in sein Zimmer. Wenn er sich wie ein echter Muggel aufführen musste, dann fing er am besten gleich damit an. Widerwillig und traurig sammelte er all seine Geschenke und Geburtstagskarten ein und versteckte sie unter dem losen Dielenbrett, zusammen mit seinen Hausaufgaben. Dann ging er hinüber zu Hedwigs Käfig. Errol hatte sich offenbar erholt; er und Hedwig schliefen mit den Köpfen unter den Flügeln. Harry seufzte und stupste sie beide wach.

»Hedwig«, sagte er niedergeschlagen, »du musst für eine Woche verschwinden. Flieg mit Errol, Ron wird sich um dich kümmern. Ich geb dir eine Nachricht für ihn mit. Und schau mich nicht so an« – Hedwigs große bernsteinfarbene Augen blickten vorwurfsvoll – »es ist nicht meine Schuld. Das ist die einzige Möglichkeit, die Erlaubnis zu kriegen, mit Ron und Hermine nach Hogsmeade zu gehen.«

Zehn Minuten später flatterten Errol und Hedwig (der Harry einen Zettel für Ron ans Bein gebunden hatte) aus dem Fenster und waren bald auf und davon. Harry, dem nun ganz und gar elend war, räumte den leeren Käfig in den Schrank.

Doch er hatte nicht lange Zeit zum Grübeln. Schon

kreischte Tante Petunia unten am Fuß der Treppe, Harry solle herunterkommen und sich bereitmachen, den Gast zu begrüßen.

»Mach was mit deinen Haaren«, schnappte Tante Petunia, als er im Flur ankam.

Harry sah nicht ein, warum er versuchen sollte, sein Haar glatt zu kämmen. Tante Magda krittelte doch liebend gern an ihm herum, und je zerzauster er aussah, desto glücklicher war sie.

Doch schon war draußen das Knirschen von Kies zu hören, als Onkel Vernon den Wagen in die Einfahrt zurücksetzte, dann das »Klonk« der Wagentüren und schließlich Schritte auf dem Gartenweg.

»An die Tür!«, zischte Tante Petunia.

Mit einem Gefühl im Magen, als würde die Welt untergehen, öffnete Harry die Tür.

Auf der Schwelle stand Tante Magda. Sie war Onkel Vernon sehr ähnlich mit ihrem großen, fleischigen, purpurroten Gesicht. Sie hatte sogar einen Schnurrbart, auch wenn er nicht so buschig war wie seiner. Unter dem einen Arm trug sie einen riesigen Koffer, unter dem anderen saß mit eingezogenem Schwanz eine alte und missgelaunte Bulldogge.

»Wo ist denn mein Dudders?«, röhrte Tante Magda. »Wo ist mein Neffilein?«

Dudley kam den Flur entlanggewatschelt, das Blondhaar flach auf den fetten Schädel geklebt, und unter seinen vielen Kinnen lugte gerade noch der Zipfel einer Fliege hervor. Tante Magda wuchtete ihren Koffer in Harrys Magen, dass er nach Luft schnappen musste, drückte Dudley mit einem Arm schraubstockfest an ihr Herz und pflanzte ihm einen Kuss auf die Wange.

Harry wusste genau, dass Dudley Tante Magdas Umarmungen nur ertrug, weil er dafür gut bezahlt wurde. Beim

Abschied würde er eine knisternde Zwanzig-Pfund-Note in seiner fetten Faust finden.

»Petunia!«, rief Tante Magda und schritt an Harry vorbei, als wäre er ein Hutständer. Tante Magda und Tante Petunia küssten sich, besser gesagt ließ Tante Magda ihren massigen Kiefer gegen Tante Petunias hervorstehende Wangenknochen krachen.

Onkel Vernon kam jetzt herein und schloss die Tür mit einem leutseligen Lächeln. »Tee, Magda?«, fragte er. »Und was dürfen wir Ripper anbieten?«

»Ripper kann ein wenig Tee aus meiner Untertasse haben«, sagte Tante Magda, während sie sich in die Küche begaben und Harry im Flur mit dem Koffer allein ließen. Doch Harry beklagte sich nicht; jede Ausrede, nicht mit Tante Magda zusammen sein zu müssen, war ihm recht, und als hätte er alle Zeit der Welt, hievte er den Koffer die Treppe empor ins freie Schlafzimmer.

Als er in die Küche zurückkam, war Tante Magda schon mit Tee und Obstkuchen versorgt und Ripper schlabberte geräuschvoll in der Ecke. Harry bemerkte, wie Tante Petunia leicht die Mundwinkel verzog, weil Ripper ihren sauberen Boden mit Tee und Sabber bespritzte. Tante Petunia konnte Tiere nicht ausstehen.

»Wer kümmert sich denn um die anderen Hunde, Magda?«, fragte Onkel Vernon.

»Ach, ich hab sie in die Obhut von Oberst Stumper gegeben«, strahlte Tante Magda. »Er ist jetzt pensioniert. Ein kleiner Zeitvertreib kann ihm nicht schaden. Aber den armen alten Ripper hab ich nicht dalassen können. Er leidet ja so, wenn er nicht bei mir ist.«

Als Harry sich setzte, begann Ripper zu knurren. Das lenkte Tante Magdas Aufmerksamkeit zum ersten Mal auf Harry.

»So!«, bellte sie, »immer noch hier?«

»Ja«, sagte Harry.

»Sag nicht in diesem unhöflichen Ton ›ja‹, hörst du«, knurrte Tante Magda. »Verdammt gut von Vernon und Petunia, dich hier zu behalten. Ich hätte das nicht getan. Hätten sie dich vor meiner Tür ausgesetzt, wärst du sofort ins Waisenhaus gekommen.«

Harry war drauf und dran zu antworten, er würde lieber in einem Waisenhaus als bei den Dursleys leben, doch der Gedanke an die Erlaubnis für Hogsmeade hielt ihn davon ab. Er zwang sein Gesicht zu einem schmerzhaften Lächeln.

»Grins mich nicht so an!«, donnerte Tante Magda. »Ich sehe, du hast dich seit unserer letzten Begegnung nicht gebessert. Ich hatte gehofft, in der Schule würden sie dir ein paar Manieren einprügeln.« Sie nahm einen kräftigen Schluck Tee, wischte sich den Schnurrbart und sagte: »Wo schickst du ihn noch mal hin, Vernon?«

»Nach St. Brutus«, antwortete Onkel Vernon prompt. »Erstklassige Anstalt für hoffnungslose Fälle.«

»Verstehe«, sagte Tante Magda. »Machen sie in St. Brutus auch vom Rohrstock Gebrauch, Bursche?«, blaffte sie über den Tisch.

»Ähm –«

Onkel Vernon nickte hinter Tante Magdas Rücken.

»Ja«, sagte Harry. Wenn schon, denn schon, überlegte er dann und fügte hinzu: »Tagein, tagaus.«

»Vortrefflich«, sagte Tante Magda. »Dieses windelweiche Wischiwaschi, dass man Leute nicht schlagen soll, die es doch verdienen, kann ich nicht vertragen. In neunundneunzig von hundert Fällen hilft eine gute Tracht Prügel. Hat man dich oft geschlagen?«

»O ja«, sagte Harry, »viele Male.«

Tante Magda verengte die Augen zu Schlitzen.

»Dein Ton gefällt mir immer noch nicht, Bürschchen«, sagte sie. »Wenn du so lässig von deinen Hieben reden kannst, dann schlagen sie offenbar nicht hart genug zu. Petunia, wenn ich du wäre, würde ich dort hinschreiben. Mach ihnen klar, dass du im Falle dieses Jungen den Einsatz äußerster Gewalt gutheißt.«

Vielleicht machte sich Onkel Vernon Sorgen, Harry könnte die Abmachung vergessen haben; jedenfalls wechselte er abrupt das Thema.

»Schon die Nachrichten gehört heute Morgen, Magda? Was sagst du zu der Geschichte mit diesem Ausbrecher?«

Während sich Tante Magda allmählich häuslich einrichtete, erwischte sich Harry bei fast sehnsüchtigen Gedanken an das Leben in Nummer vier ohne sie. Onkel Vernon und Tante Petunia gaben sich meist damit zufrieden, wenn Harry ihnen aus dem Weg ging, und Harry war das nur recht. Tante Magda jedoch wollte Harry ständig im Auge behalten, so dass sie Vorschläge für die Besserung seines Betragens zum Besten geben konnte. Vorzugsweise verglich sie Harry mit Dudley und kaufte Dudley teure Geschenke, während sie Harry tückisch anstarrte, als wollte sie ihn herausfordern zu fragen, warum er nicht auch ein Geschenk bekomme. Auch ließ sie ständig Mutmaßungen fallen, aus welchem Grund wohl Harry zu einer dermaßen unzulänglichen Person geworden sei.

»Du musst dir keinen Vorwurf machen, dass der Junge so geworden ist, Vernon«, sagte sie am dritten Tag beim Mittagessen. »Wenn im Innern etwas Verdorbenes steckt, kann kein Mensch etwas dagegen machen.«

Harry versuchte sich auf das Essen zu konzentrieren, doch seine Hände zitterten und sein Gesicht fing an vor Zorn zu brennen. Denk an die Erlaubnis, mahnte er sich selbst. Denk an Hogsmeade. Sag nichts. Steh nicht auf –

29

Tante Magda griff nach ihrem Weinglas.

»Das ist eine Grundregel der Zucht«, sagte sie. »Bei Hunden kann man es immer wieder beobachten. Wenn etwas mit der Hündin nicht stimmt, wird auch mit den Welp–«

In diesem Augenblick explodierte das Weinglas in Tante Magdas Hand. Scherben stoben in alle Richtungen davon und Tante Magda prustete und blinzelte und von ihrem großen geröteten Gesicht tropfte der Wein.

»Magda!«, kreischte Tante Petunia. »Magda, hast du dir was getan?«

»Keine Sorge«, grunzte Tante Magda und wischte sich mit der Serviette das Gesicht. »Muss es wohl zu fest gedrückt haben. Ist mir letztens auch bei Oberst Stumper passiert. Kein Grund zur Aufregung, Petunia, ich hab einen ziemlich festen Griff –«

Doch Tante Petunia und Onkel Vernon sahen Harry misstrauisch an, und so beschloss er den Nachtisch lieber wegzulassen und der Tischrunde so bald wie möglich zu entfliehen.

Draußen im Flur lehnte er sich gegen die Wand und atmete tief durch. Es war schon lange her, dass er die Beherrschung verloren und etwas hatte explodieren lassen. Das durfte ihm auf keinen Fall noch mal passieren. Die Erlaubnis für Hogsmeade war nicht das Einzige, was auf dem Spiel stand – wenn er so weitermachte, würde er auch noch Schwierigkeiten mit dem Zaubereiministerium kriegen.

Harry war immer noch ein minderjähriger Zauberer und es war ihm nach dem Zauberergesetz verboten, außerhalb der Schule zu zaubern. Er hatte zudem keine ganz weiße Weste. Erst letzten Sommer hatte er eine offizielle Verwarnung bekommen, in der es klar und deutlich hieß, falls das Ministerium noch einmal von Zauberei im Ligusterweg Wind bekäme, würde ihm der Schulverweis von Hogwarts drohen.

Er hörte die Dursleys aufstehen und verschwand rasch nach oben.

Die nächsten Tage überstand Harry, indem er sich zwang, an sein Do-it-yourself-Handbuch zur Besenpflege zu denken, wann immer Tante Magda es auf ihn anlegte. Das klappte ganz gut, auch wenn sein Blick dabei offenbar etwas glasig wurde, denn Tante Magda begann die Meinung zu äußern, er sei geistig unterbelichtet.

Endlich, nach einer Ewigkeit, brach der letzte Abend von Tante Magdas Aufenthalt an. Tante Petunia kochte ein schickes Essen und Onkel Vernon entkorkte mehrere Flaschen Wein. Sie schafften es durch die Suppe und den Lachs, ohne Harrys Charaktermängel auch nur mit einem Wort zu erwähnen; bei der Zitronen-Meringe-Torte langweilte Onkel Vernon alle mit einem Vortrag über Grunnings, seine Bohrerfirma. Dann kochte Tante Petunia Kaffee und Onkel Vernon stellte eine Flasche Kognak auf den Tisch.

»Ein Schlückchen, Magda?«

Tante Magda hatte dem Wein bereits ausgiebig zugesprochen. Ihr riesiges Gesicht war puterrot.

»Aber nur ein winziges, bitte«, kicherte sie. »Noch ein wenig – und noch ein bisschen – so ist es fein.«

Dudley verspeiste sein viertes Stück Torte. Tante Petunia schlürfte mit abgespreiztem kleinem Finger an ihrem Kaffee. Harry wollte sich eigentlich in sein Zimmer verziehen, doch als er in Onkel Vernons zornige kleine Augen blickte, wusste er, dass er es aussitzen musste.

»Aah«, sagte Tante Magda, stellte das leere Glas auf den Tisch und leckte sich die Lippen. »Ausgezeichneter Schmaus, Petunia. Normalerweise wärm ich mir abends nur was auf, wo ich mich doch um zwölf Hunde kümmern muss ...« Sie rülpste herzhaft und tätschelte ihren runden tweedbedeckten Bauch. »Verzeihung. Aber ich für meinen Teil sehe gern einen Jungen, der gut beieinander ist«, fuhr sie fort und zwinkerte Dudley zu. »Du wirst sicher mal ein stattlicher Mann, Dudders, wie dein Vater. Ja, danke, Vernon, noch ein winziges Schlückchen Kognak ...«

»Aber der da –«

Sie ruckte mit dem Kopf in Richtung Harry, dessen Magen sich verkrampfte.

Das Handbuch, dachte er rasch.

»Der da hat ein fieses, zwergenhaftes Aussehen. Das sieht man auch bei Hunden. Letztes Jahr hab ich Oberst Stumper einen ertränken lassen. Rattiges kleines Ding. Schwach. Unterzüchtet.«

Harry versuchte sich Seite zwölf seines Buches in Erinnerung zu rufen: *Ein Zauber zur Kur renitenter Rückwärtsgänger.*

»Alles eine Frage des Blutes, sag ich immer. Schlechtes Blut zeigt sich einfach. Nun, ich will nichts gegen eure Familie sagen, Petunia –«, sie tätschelte Tante Petunias Hand mit ihrer eigenen schaufelgroßen, »– aber deine Schwester war ein faules Ei. Kommt in den besten Familien vor. Dann ist sie mit diesem Taugenichts abgehauen und was dabei herauskam, sitzt hier vor uns.«

Harry starrte auf seinen Teller, ein merkwürdiges Klingeln in den Ohren. Packen Sie Ihren Besen fest am Schweif, dachte er. Doch er wusste nicht mehr, was dann kam. Tante Magda schien in ihn hineinzubohren wie einer von Onkel Vernons Bohrern.

»Dieser Potter«, sagte Tante Magda laut, griff sich die Flasche und schüttete Kognak in ihr Glas und auf das Tischtuch, »ihr habt mir nie gesagt, was er beruflich gemacht hat!«

Onkel Vernon und Tante Petunia schienen auf glühenden Kohlen zu sitzen. Sogar Dudley hatte den Blick von der Torte erhoben und starrte seine Eltern an.

»Er – er hat nicht gearbeitet«, sagte Onkel Vernon und warf Harry einen kurzen Blick zu. »War arbeitslos.«

»Das hab ich mir gedacht!«, sagte Tante Magda, nahm einen gewaltigen Schluck Kognak und wischte sich mit dem Ärmel das Kinn. »Ein fauler Rumtreiber, der –«

»War er nicht«, sagte Harry plötzlich. Am Tisch trat jähe Stille ein. Harry zitterte am ganzen Körper. Noch nie war er so zornig gewesen.

»Noch Kognak!«, schrie Onkel Vernon, der käseweiß geworden war. Er schüttete den Rest der Flasche in Tante Magdas Glas.

»Und du, Bursche«, fauchte er Harry an, »du gehst zu Bett, verschwinde –«

»Nein, Vernon«, hickste Tante Magda mit erhobener Hand, während sie ihre kleinen, blutunterlaufenen Augen fest auf Harry richtete. »Sprich weiter, Bürschchen, nur weiter. Stolz auf deine Eltern, nicht wahr? Da gehen die doch einfach hin und fahren sich zu Tode – betrunken, nehm ich an –«

»Sie sind nicht bei einem Autounfall gestorben!«, sagte Harry, der plötzlich auf den Füßen stand.

»Sind sie sehr wohl, du frecher kleiner Lügner, und sie haben dich zurückgelassen als Last für ihre anständigen, hart arbeitenden Verwandten!«, schrie Tante Magda und schwoll vor Zorn an. »Du bist ein unverschämter, undankbarer kleiner –«

Doch Tante Magda verstummte plötzlich. Einen Moment lang sah es so aus, als fehlten ihr die Worte. Sie schien vor unsäglicher Wut anzuschwellen – doch es nahm kein Ende. Ihr großes rotes Gesicht dehnte sich aus, die winzigen Augen traten hervor und der Mund war so fest gespannt, dass sie nicht mehr sprechen konnte – und jetzt rissen einige Knöpfe von ihrer Tweedjacke und flogen gegen die Wände – sie schwoll an wie ein monströser Ballon, ihr

Bauch platzte jetzt durch ihren Tweedbund, jeder einzelne Finger blähte sich zu Salamigröße auf –

»Magda«, schrien Onkel Vernon und Tante Petunia wie aus einem Munde, als Tante Magdas ganzer Körper vom Stuhl abhob. Sie war jetzt kugelrund wie ein riesiger Wasserball mit Schweinchenaugen, Hände und Füße stachen merkwürdig ab, während sie unter Würgen und Puffen in die Höhe schwebte. Ripper kam ins Zimmer gewatschelt und fing an wie verrückt zu bellen.

»Neeeeeeeiiin!«

Onkel Vernon packte Magda an einem Fuß und versuchte sie herunterzuziehen, doch er selbst hob beinahe vom Boden ab. Im nächsten Augenblick machte Ripper einen Satz und versenkte die Zähne in Onkel Vernons Bein.

Harry verschwand aus dem Esszimmer, bevor ihn jemand aufhalten konnte, und rannte zum Schrank unter der Treppe. Die Schranktür sprang von Zauberhand auf, als er sich näherte. Im Handumdrehen hatte er seinen großen Reisekoffer zur Haustür geschleift. Er sprintete die Treppe hoch, hechtete unter das Bett, riss das lose Dielenbrett heraus und griff sich den Kissenüberzug mit seinen Büchern und Geschenken. Er kroch unter dem Bett hervor, packte Hedwigs leeren Käfig und stürzte die Treppe hinunter zu seinem Koffer, gerade als Onkel Vernon, die Hose in blutige Fetzen gerissen, aus dem Esszimmer platzte.

»Komm zurück!«, bellte er, »komm rein und bring sie wieder in Ordnung!«

Doch Harry hatte ein rücksichtsloser Zorn überwältigt. Er stieß den Kofferdeckel auf, zog seinen Zauberstab heraus und richtete ihn auf Onkel Vernon.

»Sie hat es verdient«, sagte er nach Atem ringend, »sie hat verdient, was sie bekommen hat. Und du bleibst mir vom Hals.«

Er langte hinter sich und fummelte an der Türkette.

»Ich gehe«, sagte Harry. »Mir reicht's.«

Und schon war er draußen auf der dunklen, stillen Straße, den Koffer hinter sich herziehend und Hedwigs Käfig unter dem Arm.

Der Fahrende Ritter

Harry zog mit dem schweren Koffer im Schlepptau durch die nächtlichen Straßen und sank schließlich keuchend auf ein Mäuerchen am Magnolienring. Reglos saß er da, doch noch immer kochte in ihm der Zorn und er spürte das rasende Pochen seines Herzens in den Ohren.

Nach zehn Minuten allein auf der dunklen Straße überkam ihn ein neues Gefühl: Panik. Wie er die Sache auch immer drehte und wendete, er war noch nie in einer so miserablen Lage gewesen, allein, auf sich gestellt, in der Welt der Muggel gestrandet und weit und breit niemand, an den er sich hätte wenden können. Das Schlimmste jedoch war, dass er gerade mutwillig gezaubert hatte, und das bedeutete, dass sie ihn fast sicher aus Hogwarts rauswerfen würden. Er hatte die Verordnung zur Beschränkung der Zauberei Minderjähriger so krass verletzt, dass er sich wunderte, dass die Vertreter des Zaubereiministeriums nicht hier und jetzt auf ihn niedersausten.

Zitternd sah er den Magnolienring entlang. Was würde mit ihm geschehen? Würden sie ihn verhaften oder ihn nur aus der Zaubererwelt verbannen? Er dachte an Ron und Hermine, und das Herz wurde ihm noch schwerer. Ron und Hermine, ob er nun kriminell war oder nicht, würden ihm jetzt sicher helfen, doch sie waren beide im Ausland, und ohne Hedwig hatte er keine Möglichkeit, Verbindung mit ihnen aufzunehmen.

Außerdem hatte er kein Muggelgeld. Ein wenig Zauberergold war im Geldbeutel unten im Koffer, doch der Rest des Vermögens, das ihm seine Eltern hinterlassen hatten, lagerte in einem Verlies der Gringotts-Zaubererbank in London. Seinen Koffer bis nach London zu schleifen würde er nie schaffen. Außer ...

Er sah hinunter auf seinen Zauberstab, den er immer noch umklammert hielt. Wenn er schon rausgeworfen war (sein Herz pochte nun so schnell, dass es wehtat), konnte noch ein wenig mehr Zauberei nicht weiter schaden. Er hatte den Tarnumhang, den er von seinem Vater geerbt hatte – was, wenn er den Koffer verzauberte, so dass er federleicht war, ihn an seinen Besen band, sich den Umhang überwarf und einfach nach London flog? Dann konnte er den Rest seines Geldes aus dem Verlies holen und ... sein neues Leben als Verbannter beginnen. Eine fürchterliche Aussicht, doch er konnte ja nicht ewig auf dieser Mauer sitzen und am Ende noch der Muggelpolizei erklären müssen, warum er sich mitten in der Nacht mit einem Koffer voller Zauberbücher und einem Besen herumtrieb.

Harry öffnete den Koffer und kramte unter seinen Sachen nach dem Tarnumhang. Doch bevor er ihn gefunden hatte, richtete er sich plötzlich auf und sah sich um.

Ein komisches Prickeln im Nacken gab ihm das Gefühl, er würde beobachtet. Doch die Straße schien immer noch menschenleer und kein Fenster der großen, quadratischen Häuser war erleuchtet.

Er beugte sich wieder über seinen Koffer, doch fast sofort stand er erneut auf, die Hand um den Zauberstab geklammert. Er ahnte es eher, als dass er es hörte: Jemand oder etwas stand hinter ihm, im schmalen Durchgang zwischen dem Zaun und einer Garage. Harry spähte in die Dunkelheit hinein. Wenn es sich nur bewegen würde, dann würde er sehen, ob es nur eine streunende Katze war – oder etwas anderes.

»*Lumos*«, murmelte Harry und an der Spitze seines Zauberstabes erschien ein Licht, das ihn fast blendete. Er hielt den Zauberstab hoch über den Kopf, und die rau verputzten Mauern von Nummer zwei glitzerten plötzlich; die Garagentür schimmerte und dazwischen sah Harry ganz deutlich die mächtigen Umrisse von etwas sehr Großem mit weit aufgerissenen, glühenden Augen.

Harry wich zurück – er stieß mit dem Bein gegen seinen Koffer und stolperte. Der Zauberstab flog ihm aus der Hand, als er einen Arm ausstreckte, um den Sturz abzufangen, und er landete schmerzhaft im Rinnstein.

Da ertönte ein ohrenbetäubender Knall und Harry riss die Hände vors Gesicht, um seine Augen vor dem jähen, blendenden Licht eines Scheinwerfers zu schützen.

Mit einem Schrei rollte er zurück auf den Gehweg, gerade noch rechtzeitig. Eine Sekunde später kam ein gigantisches Paar Reifen ebendort quietschend zum Stehen, wo Harry gerade gelegen hatte. Sie gehörten, wie er erkannte, als er den Kopf hob, zu einem grell purpurfarbenen Bus, einem Dreidecker, der aus dem Nichts aufgetaucht war. Goldene Lettern über der Windschutzscheibe verkündeten: *Der Fahrende Ritter.*

Einen kurzen Moment lang fragte sich Harry, ob er nach seinem Sturz noch alle Tassen im Schrank hatte. Dann sprang ein Schaffner in purpurner Uniform aus dem Bus und begann laut in die Nacht hinein zu sprechen.

»Willkommen im Fahrenden Ritter, dem Nottransporter für gestrandete Hexen und Zauberer. Strecken Sie einfach die Zauberstabhand aus, steigen Sie ein und wir fahren Sie, wohin Sie wollen. Mein Name ist Stan Shunpike und ich bin für heute Abend Ihr Schaff–«

Der Schaffner verstummte jäh. Er hatte Harry entdeckt, der immer noch auf dem Boden saß. Harry hob seinen Zauberstab auf und rappelte sich hoch. Von nahem sah er, dass Stan Shunpike nur ein paar Jahre älter war als er; achtzehn oder neunzehn höchstens, mit großen, abstehenden Ohren und einer hübschen Portion Pickel.

»Was hast du denn da unten gesucht?«, fragte Stan, jetzt ganz ohne seinen beruflichen Ernst.

»Bin hingefallen«, sagte Harry.

»Wozu das denn?«, kicherte Stan.

»War keine Absicht«, sagte Harry genervt. Seine Jeans war an einem Knie aufgerissen und die Hand, die er ausgestreckt hatte, um sich abzufangen, blutete. Plötzlich fiel ihm ein, warum er gestürzt war, drehte sich auf den Fersen um und starrte auf den Durchgang zwischen dem Zaun und der Garage. Die Scheinwerfer des Fahrenden Ritters überfluteten ihn mit Licht – und nichts war zu sehen.

»Wen suchste denn?«, fragte Stan.

»Da war etwas Großes und Schwarzes«, sagte Harry und deutete unsicher auf den Durchgang. »Wie ein Hund ... aber riesig ...«

Er drehte sich zu Stan um, dessen Mund halb offen stand. Harry war mulmig zumute, als er Stans Augen zu der Narbe auf seiner Stirn wandern sah.

»Was'n das auf deinem Kopf?«, sagte Stan abrupt.

»Nichts«, sagte Harry schnell und patschte sich die Haare auf seine Narbe. Wenn das Zaubereiministerium nach ihm suchte, wollte er es ihnen nicht zu einfach machen.

»Wie heißt'n du?«, bohrte Stan nach.

»Neville Longbottom.« Das war der erstbeste Name, der ihm einfiel. »Also – also dieser Bus«, fuhr er rasch fort in der Hoffnung, Stan ablenken zu können, »du sagst, er fährt überallhin?«

»Jep«, sagte Stan stolz, »wo immer du hinwillst, solange es auf Land ist. Unter Wasser geht's nich.« Wieder sah er Harry misstrauisch an. »Hör mal, du hast uns doch gewinkt, oder? Hast deinen Zauberstab ausgestreckt, nich wahr?«

»Ja«, sagte Harry rasch. »Hör mal, wie viel würde es nach London kosten?«

»Elf Sickel«, sagte Stan, »aber für dreizehn kriegst du heiße Schokolade und für fünfzehn eine Flasche warmes Wasser und eine Zahnbürste in der Farbe deiner Wahl.«

Wieder kramte Harry in seinem Koffer, zog seinen Geldbeutel heraus und zählte etwas Silber in Stans Hand. Dann hoben sie gemeinsam den Koffer und Hedwigs Käfig die Stufen des Busses empor.

Es gab keine Sitze; ein halbes Dutzend Messingbetten stand entlang der vorhangbezogenen Fenster. Neben jedem Bett brannten Kerzen in Haltern und beleuchteten die holzgetäfelten Wände. Hinten im Bus nuschelte ein winziger Zauberer mit Nachtmütze: »Nicht jetzt, danke, ich pökle gerade ein paar Schnecken«, drehte sich um und schlief weiter.

»Das ist deins«, flüsterte Stan und schob Harrys Koffer unter das Bett gleich hinter dem Fahrer, der in einem Lehnstuhl vor dem Steuer saß. »Das ist unser Fahrer, Ernie Prang. Ern, das ist Neville Longbottom.«

Ernie Prang, ein älterer Zauberer mit dicken Brillengläsern, nickte Harry zu, der noch einmal nervös die Haare auf die Stirn klatschte und sich auf sein Bett setzte.

»Leg los, Ern«, sagte Stan und setzte sich in den Sessel neben Ernie.

Es gab einen weiteren gewaltigen Knall und im nächsten Moment lag Harry flach auf dem Bett, hingeworfen durch die Beschleunigung des Fahrenden Ritters. Er rappelte sich hoch, starrte aus dem Fenster und sah, dass sie nun eine ganz andere Straße entlangrollten. Stan musterte Harrys verdutztes Gesicht mit großem Vergnügen.

»Hier waren wir, bevor du uns runtergewinkt hast«, sagte er. »Wo sind wir, Ern? Irgendwo in Wales?«

»Hmm«, sagte Ernie.

»Wie kommt es, dass die Muggel den Bus nicht hören?«, fragte Harry.

»Die!«, sagte Stan verächtlich. »Hörn nicht richtig hin, nich wahr? Gucken auch nicht richtig. Merken nie nichts, nee.«

»Am besten, du weckst Madam Marsh auf, Stan«, sagte Ern. »Wir sind gleich in Abergavenny.«

Stan ging an Harrys Bett vorbei, stieg eine schmale Holztreppe hoch und verschwand. Harry sah immer noch aus dem Fenster, zunehmend nervös. Ernie schien den Gebrauch eines Steuers noch nicht gemeistert zu haben. Der Fahrende Ritter holperte immer wieder über Gehwege, doch nie krachte es. Reihenweise Laternenpfähle, Briefkästen und Mülleimer sprangen ihm aus dem Weg, wenn er sich näherte, und zurück auf ihren Platz, wenn er vorbei war.

Stan kam wieder herunter, gefolgt von einer Hexe, die in einen Reiseumhang eingehüllt war und ein bisschen grün im Gesicht wirkte.

»Da sind wir, Madam Marsh«, sagte Stan glücklich, als Ern auf die Bremse trat und die Betten ungefähr einen halben Meter in Richtung Fahrersitz schlitterten. Doch Madam Marsh drückte sich nur schnell ein Taschentuch gegen den Mund und wankte die Stufen hinunter. Stan warf ihr die Tasche hinterher und schlug die Tür zu. Wieder ertönte ein lauter Knall und sie donnerten eine schmale Allee entlang, an deren Rand die Bäume aus dem Weg sprangen.

Harry hätte ohnehin nicht schlafen können, selbst wenn er nicht in einem Bus gesessen hätte, der ständig laut knallte und hundertfünfzig Kilometer auf einmal überspringen konnte. Ihm drehte sich der Magen, als ihm wieder die

Frage einfiel, was wohl mit ihm geschehen würde und ob die Dursleys es schon geschafft hatten, Tante Magda von der Decke zu holen.

Stan hatte inzwischen eine Ausgabe des *Tagespropheten* aufgeschlagen und las mit der Zunge zwischen den Zähnen in dem Blatt. Ein großes Foto von einem Mann mit eingesunkenem Gesicht und langem, verfilztem Haar blickte Harry von der Titelseite entgegen. Es kam ihm merkwürdig bekannt vor.

»Der Mann da!«, sagte Harry und vergaß für eine Weile seine Sorgen, »er war in den Muggelnachrichten.«

Stanley blätterte zur Titelseite zurück und kiekste.

»Sirius Black«, sagte er kopfnickend. »Natürlich war er in den Muggelnachrichten, Neville. Wo hast du eigentlich gesteckt?«

Beim Anblick von Harrys ratloser Miene kicherte er überlegen, riss die Titelseite heraus und gab sie Harry.

»Du solltest mehr Zeitung lesen, Neville.«

Harry hielt das Blatt ins Kerzenlicht und las:

Black immer noch auf freiem Fuß

Sirius Black, der wohl berüchtigtste Gefangene, der je in der Festung von Askaban saß, ist immer noch auf der Flucht, wie das Zaubereiministerium heute bestätigte.

»Wir tun alles, was wir können, um Black zu fassen«, sagte Zaubereiminister Cornelius Fudge heute Morgen, »und wir bitten alle Hexen und Zauberer, Ruhe zu bewahren.«

Fudge wurde von Mitgliedern der Internationalen Vereinigung von Zauberern kritisiert, weil er den Premierminister der Muggel von der Krise unterrichtet hatte.

»Nun, es blieb mir nichts anderes übrig, wissen Sie«, sagte der verärgert wirkende Fudge. »Black ist verrückt. Er ist eine

Gefahr für jeden, der ihm über den Weg läuft, ob Magier oder Muggel. Der Premierminister hat mir versichert, dass er kein Wort darüber verlauten lassen wird, wer Black in Wahrheit ist. Und seien wir ehrlich – wer würde ihm schon glauben?«

Während die Muggel gewarnt wurden, dass Black mit einer Pistole bewaffnet ist (eine Art metallener Zauberstab, mit dem sich die Muggel gegenseitig umbringen), lebt die Zaubergemeinschaft in Furcht vor einem weiteren Massaker wie dem vor zwölf Jahren, als Black mit einem einzigen Fluch dreizehn Menschen tötete.

Harry sah in die überschatteten Augen von Sirius Black, die einzige Partie des eingesunkenen Gesichts, die lebendig schien. Harry hatte nie einen Vampir getroffen, doch er hatte Bilder von ihnen im Unterricht gesehen, in Verteidigung gegen die dunklen Künste, und Black, mit seiner wachsweißen Haut, sah genau wie ein Vampir aus.

»Kann einem ganz schön Angst einjagen, nich wahr?«, sagte Stan, der Harry beim Lesen beobachtet hatte.

»Er hat dreizehn Menschen umgebracht?«, sagte Harry und gab Stan die Seite zurück, »mit einem Fluch?«

»Jep«, sagte Stan, »und auch noch vor Zeugen. Am helllichten Tag. Gab 'n ziemlichen Aufruhr, nich wahr, Ern?«

»Hmm«, mümmelte Ernie.

Stan, die Hände auf der Rückenlehne, drehte sich mitsamt Stuhl herum, um Harry besser sehen zu können.

»Black war ein großer Anhänger von Du-weißt-schonwem«, sagte er.

»Wie, Voldemort?«, sagte Harry unbedacht.

Selbst Stans Pickel wurden weiß; Ern riss das Steuer so heftig herum, dass ein ganzer Bauernhof dem Bus aus dem Weg springen musste.

»Hast du sie nicht mehr alle?«, keuchte Stan. »Wozu sagst du seinen Namen?«

»Tut mir Leid«, sagte Harry hastig, »entschuldigt, ich – ich hab vergessen –«

»Vergessen!«, sagte Stan mit matter Stimme. »Du lieber Junge, mein Herz pocht so schnell ...«

»Also – war Black ein Anhänger von Du-weißt-schon-wem?«, hakte Harry mit Verzeihung heischender Miene nach.

»Ja«, sagte Stan und rieb sich die Brust. »Ja, das stimmt. Stand Du-weißt-schon-wem sehr nahe, heißt es. Jedenfalls, als der kleine Harry Potter mit Du-weißt-schon-wem Schluss machte –«

Wieder strich sich Harry nervös die Haare in die Stirn.

»– wurden alle Anhänger von Du-weißt-schon-wem aufgespürt, nich wahr, Ern? Die meisten wussten, dass alles vorbei war, wo doch Du-weißt-schon-wer verschwunden war, und sie gaben klein bei. Aber nicht Sirius Black. Hab gehört, er dachte, er würde der zweite Mann sein, wenn Du-weißt-schon-wer eines Tages die Macht übernommen hätte.

Jedenfalls haben sie Black mitten auf einer Straße voller Muggel eingekreist und Black hat seinen Zauberstab gezogen und die halbe Straße in die Luft gejagt. Einen Zauberer hat er dabei erwischt und auch ein Dutzend Muggel, die im Weg waren. Furchtbar, nich? Und weißt du, was Black dann getan hat?«, fuhr Stan dramatisch flüsternd fort.

»Was?«, sagte Harry.

»Gelacht«, sagte Stan. »Hat einfach dagestanden und gelacht. Und als die Verstärkung aus dem Zaubereiministerium ankam, hat er sich seelenruhig abführen lassen und hat sich die ganze Zeit geschüttelt vor Lachen. Weil er verrückt ist, nich wahr, Ern? Isser nich verrückt?«

»Wenn er's nich war, als er nach Askaban kam, dann isser's spätestens jetzt«, sagte Ern in seiner langsamen Art. »Würd mich in die Luft jagen, bevor ich einen Fuß dort hineinsetze. Geschieht ihm aber recht ... nach dem, was er getan hat ...«

»War 'n ziemlicher Aufwand, die Sache zu vertuschen, nich wahr, Ern?«, sagte Stan. »Ganze Straße in Schutt und Asche und all die toten Muggel. Was, haben sie noch mal gesagt, sei passiert, Ern?«

»Gasexplosion«, brummte Ernie.

»Und jetzt isser raus«, sagte Stan und begutachtete erneut das Zeitungsfoto von Sirius Blacks ausgemergeltem Gesicht. »Hat noch nie jemand geschafft, aus Askaban auszubrechen, nich, Ern? Frag mich, wie er's hingekriegt hat. Jagt einem ganz schön Angst ein, nich wahr? Möcht gar nicht wissen, was die Wärter dort mit ihm angestellt haben, nich wahr, Ern?«

Ernie zitterte plötzlich.

»Lass uns über was andres reden, Stan, alter Junge. Wenn ich an diese Wärter in Askaban denke, wird mir ganz anders.«

Widerstrebend legte Stan die Zeitung weg und Harry, der sich jetzt noch elender fühlte, lehnte sich an ein Fenster. Unwillkürlich stellte er sich vor, was Stan in ein paar Nächten seinen Passagieren erzählen würde.

»Habt ihr von Harry Potter gehört? Hat seine Tante aufgeblasen! Wir ham ihn hier im Fahrenden Ritter gehabt, oder, Ernie? Hat versucht zu entkommen ...«

Er, Harry, hatte das Zaubergesetz gebrochen, genau wie Sirius Black. War Tante Magda aufzublasen schlimm genug, um in Askaban zu landen? Harry wusste nichts über das Zauberergefängnis, nur dass jeder, den er es hatte erwähnen hören, in angsterfülltem Ton gesprochen hatte. Hagrid, der Wildhüter von Hogwarts, hatte erst letztes Jahr zwei Monate dort verbracht. Harry würde den Ausdruck des Entsetzens auf Hagrids Gesicht, als er hörte, dass er dorthin musste, niemals vergessen, und Hagrid war einer der mutigsten Menschen, die er kannte.

Der Fahrende Ritter rollte durch die Dunkelheit und Büsche und Poller, Telefonhäuschen und Bäume links und rechts des Weges hüpften davon. Harry lag ruhelos und niedergeschlagen auf seinem Federbett. Nach einer Weile fiel Stan ein, dass Harry für heiße Schokolade bezahlt hatte, doch er schüttete alles über Harrys Kopfkissen, als der Bus mit einem Schlag von Anglesea nach Aberdeen sprang. Nach und nach kamen Zauberer und Hexen in Morgenmänteln und Pantoffeln von den oberen Decks herunter und stiegen aus. Alle schienen sehr glücklich darüber zu sein.

Schließlich war Harry als letzter Passagier übrig geblieben.

»Lass hören, Neville«, sagte Stan und klatschte in die Hände, »wohin in London?«

»Winkelgasse«, sagte Harry.

Die Winkelgasse war eine versteckte Straße voller Zauberläden. Dort war auch die Gringotts-Bank.

»Na gut«, sagte Stan, »dann halt dich mal fest –«

Knall!

Sie donnerten über eine Hauptverkehrsader Londons. Harry setzte sich auf und sah zu, wie sich Häuser und Bänke aus dem Weg des Fahrenden Ritters quetschten. Am Himmel wurde es allmählich heller. Er würde sich ein paar Stunden hinlegen, dann zur Gringotts gehen, sobald sie öffnete, und dann fliehen – wohin, wusste er nicht.

Ern trat jählings auf die Bremse und der Bus kam mit quietschenden Reifen vor einem kleinen, schäbigen Pub zum Stehen, dem *Tropfenden Kessel*, hinter dem das magische Tor zur Winkelgasse lag.

»Danke«, sagte Harry zu Ern.

Er sprang die Stufen hinunter und half Stan, seinen Koffer und Hedwigs Käfig auf den Gehweg zu hieven.

»Na dann«, sagte Harry, »auf Wiedersehen!«

Doch Stan hörte ihn nicht. Er stand immer noch an der Bustür und starrte glubschäugig auf den dunklen Eingang des *Tropfenden Kessels*.

»Da bist du ja, Harry«, sagte eine Stimme.

Bevor Harry sich umdrehen konnte, spürte er eine Hand auf seiner Schulter. Und im gleichen Moment schrie Stan: »Wahnsinn! Ern, komm mal her! Komm her!«

Harry blickte hoch zum Besitzer der Hand auf seiner Schulter und ihm war plötzlich, als würde ein Eimer Eis in seinen Magen geschüttet – er war geradewegs in die Arme des Zaubereiministers Cornelius Fudge gelaufen.

Stan sprang neben ihn auf den Gehweg.

»Wie haben Sie Neville gerade genannt, Herr Minister?«, fragte er aufgeregt.

Fudge, ein beleibter kleiner Mann in langem Nadelstreifenumhang, sah durchfroren und erschöpft aus.

»Neville?«, wiederholte er stirnrunzelnd. »Das ist Harry Potter.«

»Ich hab's doch gewusst«, rief Stan schadenfroh. »Ern! Ern! Rat mal, wer Neville ist, Ern! 's ist Harry Potter! Ich kann seine Narbe sehen!«

»Ja«, sagte Fudge unwirsch. »Nun, ich bin sehr froh, dass der Fahrende Ritter Harry aufgelesen hat. Wir beide gehen jetzt rein in den *Tropfenden Kessel* –«

Fudge verstärkte den Druck seiner Hand auf Harrys Schulter und Harry musste sich von ihm in den Pub bugsieren lassen. Eine gebeugte Gestalt mit einer Laterne kam durch die Tür hinter der Bar. Es war Tom, der verhutzelte, zahnlose Wirt.

»Sie haben ihn, Herr Minister!«, sagte Tom. »Wünschen Sie etwas? Bier? Cognac?«

»Vielleicht eine Kanne Tee«, sagte Fudge, der Harry immer noch fest im Griff hielt.

Hinter ihnen hörten sie ein lautes Kratzen und Keuchen und dann erschienen Stan und Ern mit Harrys Koffer und Hedwigs Käfig. Sie sahen sich verwirrt um.

»Wieso haste uns denn nicht gesagt, wer du bist, he, Neville?«, sagte Stan und strahlte Harry an, während Ernies eulenhaftes Gesicht interessiert über Stans Schulter lugte.

»Und einen Raum, wo wir ungestört sein können, bitte, Tom«, sagte Fudge ungeduldig.

»Tschau«, sagte Harry bedrückt zu Stan und Ern, während Tom den Minister zum Durchgang hinter der Bar wies.

»Tschau, Neville«, rief Stan.

Tom ging mit erhobener Laterne voran, und Fudge geleitete Harry durch den schmalen Gang in ein kleines Hinterzimmer. Tom schnippte mit den Fingern, ein kleines Feuer entflammte im Kamin und mit einer Verbeugung ging er hinaus.

»Setz dich, Harry«, sagte Fudge und wies auf einen Stuhl neben dem Kamin.

Harry setzte sich; trotz des wärmenden Feuers kroch ihm eine Gänsehaut die Arme empor. Fudge zog seinen Nadelstreifenumhang aus und warf ihn beiseite, dann krempelte er die Hosenbeine seines flaschengrünen Anzugs hoch und setzte sich Harry gegenüber.

»Ich bin Cornelius Fudge, Harry. Der Zaubereiminister.«

Das wusste Harry natürlich; er hatte Fudge schon einmal gesehen, doch damals hatte er den Tarnumhang seines Vaters getragen und Fudge erfuhr besser nichts von dieser Geschichte.

Tom, der Wirt, tauchte wieder auf, mit einer Schürze über

seinem Nachthemd und einem Tablett mit Tee und kleinen Brötchen. Er stellte das Tablett auf den Tisch zwischen Fudge und Harry, ging hinaus und schloss die Tür hinter sich.

»Nun, Harry«, sagte Fudge und schenkte ihnen Tee ein, »du hast uns ganz schön in die Bredouille gebracht, das will ich dir offen sagen. Erst diesen Schlamassel im Haus deiner Verwandten anrichten und dann davonlaufen! Ich fürchtete schon … aber du bist in Sicherheit, und das ist alles, was zählt.«

Fudge butterte eine Brötchenhälfte und schob den Teller Harry zu.

»Iss, Harry, du siehst ganz schön mitgenommen aus. Nun denn …

Es wird dich sicher freuen zu hören, dass wir die bedauernswerte Sache mit der aufgeblasenen Miss Magdalene Dursley bereinigt haben. Zwei Mitarbeiter der Abteilung für die Umkehr verunglückter Zauberei wurden vor ein paar Stunden in den Ligusterweg beordert. Miss Dursley wurde aufgestochen und ihr Gedächtnis ein klein wenig verändert. Sie hat keinerlei Erinnerung an den Vorfall. Es ist also nichts passiert, und die Sache ist erledigt.«

Fudge lächelte Harry über den Rand seiner Teetasse hinweg an, ganz wie ein guter Onkel, der seinem Lieblingsneffen ein hübsches Geschenk gemacht hat. Harry, der seinen Ohren nicht trauen wollte, öffnete den Mund, doch ihm fiel nichts ein, was er hätte sagen können, und er klappte ihn wieder zu.

»Aah, du machst dir Sorgen, wie Tante und Onkel reagieren?«, sagte Fudge. »Nun, ich will nicht bestreiten, dass sie äußerst wütend sind, Harry, aber sie sind bereit, dich nächsten Sommer wieder aufzunehmen, solange du über Weihnachten und Ostern in Hogwarts bleibst.«

Harry räusperte sich.

»In den Weihnachtsferien und den Osterferien bleibe ich immer in Hogwarts«, sagte er, »und in den Ligusterweg will ich nie wieder zurück.«

»Schon gut, schon gut, Harry, wenn du dich erst einmal beruhigt hast, denkst du sicher anders darüber«, sagte Fudge in besorgtem Ton. »Es ist schließlich deine Familie, und ich bin sicher, ihr mögt euch alle miteinander – ähm – tief im Grunde eurer Herzen.«

Harry hatte keine Lust, Fudge eines Besseren zu belehren. Er wartete immer noch darauf zu hören, was jetzt mit ihm passieren würde.

»Also müssen wir nur noch klären«, sagte Fudge und butterte sich sein zweites Brötchen, »wo du die letzten beiden Ferienwochen verbringst. Ich schlage vor, du nimmst hier im *Tropfenden Kessel* ein Zimmer und –«

»Moment mal«, brach es aus Harry hervor, »was ist mit meiner Bestrafung?«

Fudge zwinkerte. »Bestrafung?«

»Ich hab das Gesetz gebrochen!«, sagte Harry. »Die Verordnung zur Beschränkung der Zauberei Minderjähriger!«

»O mein lieber Junge, wir werden dich doch wegen einer solchen Lappalie nicht bestrafen!«, rief Fudge und fuchtelte mit der Brötchenhälfte in der Hand ungeduldig durch die Luft. »Es war ein Unfall! Wir schicken doch nicht Leute nach Askaban, nur weil sie ihre Tante aufgeblasen haben!«

Das passte nun überhaupt nicht zu Harrys früheren Erfahrungen mit dem Zaubereiministerium.

»Letztes Jahr habe ich eine offizielle Verwarnung gekriegt, nur weil ein Hauself einen Teller mit Nachtisch im Haus meines Onkels zerdeppert hat!«, erklärte er Fudge mit gerunzelter Stirn. »Das Zaubereiministerium sagte, wenn dort noch einmal gezaubert wird, werfen sie mich aus Hogwarts raus.«

Wenn Harrys Augen ihn nicht trogen, sah Fudge plötzlich verlegen aus.

»Die Dinge ändern sich, Harry ... unter den heutigen Umständen ... müssen wir dies und jenes berücksichtigen ... du willst doch nicht etwa rausgeworfen werden?«

»Natürlich nicht«, sagte Harry.

»Schön, und warum dann die ganze Aufregung?«, lachte Fudge. »Hier, nimm dir ein Brötchen, Harry, während ich vorne nachfrage, ob Tom noch ein Zimmer für dich frei hat.«

Fudge verließ das Hinterzimmer; Harry starrte ihm nach. Etwas äußerst Merkwürdiges ging hier vor. Warum hatte Fudge ausgerechnet im *Tropfenden Kessel* auf ihn gewartet, wenn nicht um ihn zu bestrafen? Und nun, da Harry darüber nachdachte, war es doch ungewöhnlich, dass der Zaubereiminister sich persönlich mit der Zauberei Minderjähriger abgab?

Fudge kam mit Tom zurück.

»Zimmer elf ist frei, Harry«, sagte Fudge. »Ich bin sicher, du wirst dich hier sehr wohl fühlen. Nur noch eins, und das wirst du gewiss verstehen ... Ich möchte nicht, dass du dich im London der Muggel herumtreibst, klar? Bleib in der Winkelgasse. Und jeden Abend, bevor es dunkel wird, kommst du hierher zurück. Das verstehst du sicher. Tom wird dich ein wenig im Auge behalten.«

»Gut«, sagte Harry langsam, »aber warum –?«

»Wir wollen dich doch nicht wieder verlieren, nicht wahr?«, sagte Fudge und lachte herzhaft. »Nein, nein ... besser, wir wissen, wo du bist ... ich meine ...«

Fudge räusperte sich laut und griff nach seinem Nadelstreifenumhang.

»Nun, ich muss gehen, viel zu tun, weißt du ...«

»Haben Sie schon eine Spur von diesem Black?«, fragte Harry.

Fudges Finger rutschten fahrig über die silbernen Ver-
schlüsse seines Umhangs.

»Wie bitte? Oh, du hast davon gehört, nun, nein, noch
nicht, aber es ist nur eine Frage der Zeit. Die Wachen in Askaban haben noch nie versagt ... und so wütend hab ich sie
noch nie gesehen ...« Fudge schauderte ein wenig. »Nun,
ich verabschiede mich.«

Er streckte die Hand aus, und als Harry sie schüttelte, fiel
ihm plötzlich etwas ein.

»Ähm, Herr Minister, kann ich Sie etwas fragen?«

»Natürlich«, sagte Fudge lächelnd.

»Also, Drittklässler in Hogwarts dürfen doch Hogsmeade
besuchen, und mein Onkel hat die Zustimmungserklärung
nicht unterschrieben. Meinen Sie, Sie könnten –?«

Fudge sah peinlich berührt aus.

»Ähm«, sagte er. »Nein. Nein, tut mir sehr Leid, Harry,
aber da ich nicht dein Vater oder Vormund bin –«

»Aber Sie sind der Zaubereiminister«, drängte Harry.
»Wenn Sie mir die Erlaubnis geben würden –«

»Nein, tut mir Leid, Harry, aber die Vorschriften sind nun
mal so«, sagte Fudge mit matter Stimme. »Vielleicht kannst
du Hogsmeade nächstes Jahr besuchen. Im Grunde finde ich
es ohnehin besser, wenn du nicht ... ja ... gut, ich muss gehen. Viel Spaß hier, Harry.«

Und mit einem letzten Lächeln und einem Händedruck
verabschiedete sich Fudge, und Tom ging freudestrahlend
auf Harry zu.

»Würden Sie mir bitte folgen, Mr Potter«, sagte er. »Ich
habe Ihre Sachen schon hochgetragen ...«

Harry folgte Tom eine schöne hölzerne Treppe empor zu
einer Tür mit der Messingnummer elf, die der Wirt für ihn
aufschloss und öffnete.

Drinnen standen ein sehr bequem aussehendes Bett und

ein paar auf Hochglanz polierte Eichenmöbel, im Kamin prasselte fröhlich ein Feuer und auf dem Kleiderschrank hockte –

»Hedwig!«, keuchte Harry.

Die Schneeeule klickte mit dem Schnabel und flatterte hinunter auf Harrys Arm.

»Eine sehr kluge Eule haben Sie da«, gluckste Tom. »Kam etwa fünf Minuten nach Ihnen an. Wenn Sie irgendetwas brauchen, Mr Potter, zögern Sie nicht zu fragen.«

Mit einer weiteren Verbeugung ging er hinaus.

Harry saß eine ganze Weile auf dem Bett und streichelte Hedwig, ganz in Gedanken versunken. Der Himmel draußen vor dem Fenster wechselte rasch die Farben, von einem tiefen, samtenen Blau zu einem stählernen Grau und dann, allmählich, zu einem mit Gold durchzogenen Rosa. Harry konnte kaum glauben, dass er erst vor ein paar Stunden aus dem Ligusterweg geflohen war, dass er nicht von der Schule geworfen wurde und dass er jetzt zwei Wochen ohne einen einzigen Dursley vor sich hatte.

»Das war eine ziemlich merkwürdige Nacht, Hedwig«, sagte er gähnend.

Und ohne auch nur seine Brille abzunehmen, ließ er sich in die Kissen sinken und schlief ein.

Im Tropfenden Kessel

Harry brauchte einige Tage, um sich an seine neue Freiheit zu gewöhnen. Nie zuvor hatte er aufstehen oder liegen bleiben können, wie ihm gerade zumute war, oder essen können, worauf er gerade Lust hatte. Er konnte sogar gehen, wohin er wollte, solange er in der Winkelgasse blieb, und auf dieser langen Pflasterstraße reihten sich die verlockendsten Zauberläden der Welt aneinander. So kam es Harry gar nicht in den Sinn, sein Versprechen gegenüber Fudge zu brechen und irgendwelche Ausflüge in die Welt der Muggel zu unternehmen.

Beim allmorgendlichen Frühstück im *Tropfenden Kessel* beobachtete Harry mit Vorliebe die anderen Gäste: komische kleine Hexen vom Land, die für einen Tag zum Einkaufsbummel gekommen waren; altehrwürdige Zauberer, die sich über den jüngsten Aufsatz in *Verwandlung Heute* stritten; wild aus den Augen stierende Hexenmeister, rauflustige Zwerge und einmal sogar ein Wesen, das verdächtig nach einer Vettel aussah und aus seinem dicken wollenen Kopfschützer heraus einen Teller voll roher Leber bestellte.

Nach dem Frühstück ging Harry hinaus auf den Hinterhof, zückte den Zauberstab, tippte gegen den dritten Backstein von links über dem Mülleimer und trat einen Schritt zurück. Die Mauer öffnete sich und gab den Durchgang zur Winkelgasse frei.

Harry verbrachte die langen, sonnigen Tage damit, in den Läden zu stöbern und unter den grellbunten Sonnenschirmen der Straßencafés Eis zu essen, wo die anderen Gäste sich ihre Anschaffungen zeigten (»Das'n Lunaskop, alter Junge, kein Rumgemurkse mehr mit Mondtabellen, verstehste?«) oder sich über den Fall Sirius Black unterhielten (»Ich würde meine Kinder nicht mehr allein rauslassen, bis er wieder in Askaban sitzt«). Harry musste seine Hausaufgaben nicht mehr beim Licht einer Taschenlampe unter der Bettdecke erledigen; jetzt konnte er im strahlenden Sonnenschein vor *Florean Fortescues Eissalon* sitzen und seine sämtlichen Aufsätze mit gelegentlicher Hilfe von Florean Fortescue persönlich fertig schreiben, der, abgesehen davon, dass er eine Menge über mittelalterliche Hexenverbrennungen wusste, Harry alle halbe Stunde einen neuen Fruchteisbecher schenkte.

Sobald Harry einmal seinen Geldbeutel mit goldenen Galleonen, silbernen Sickeln und bronzenen Knuts aus seinem Verlies bei Gringotts aufgefüllt hatte, musste er sich mächtig am Riemen reißen, um das ganze Geld nicht auf einen Schlag auszugeben. Er musste sich ständig daran erinnern, dass er noch fünf Jahre Hogwarts vor sich hatte und wie er sich fühlen würde, wenn er die Dursleys um Geld für Zauberbücher bitten müsste – alles, um sich davon abzuhalten, ein Set hübscher, massiv goldener Gobsteine zu kaufen (ein Zauberspiel, ähnlich wie Murmeln, bei dem die Steine eine eklig riechende Flüssigkeit in das Gesicht des gegnerischen Spielers spritzten, wenn sie einen Punkt verloren). Beinahe schwach geworden wäre er auch bei dem vollkommen beweglichen Modell der Galaxie in einer großen gläsernen Kugel, das ihm jede weitere Astronomiestunde erspart hätte. Doch eine Woche nach seiner Ankunft im *Tropfenden Kessel* tauchte etwas in seinem Lieblingsladen *Qualität für Quidditch* auf, das seine Entschlossenheit hart auf die Probe stellte.

Neugierig geworden durch den Menschenauflauf im Laden drängelte Harry hinein und quetschte sich zwischen den aufgeregten Hexen und Zauberern durch bis vor ein eigens errichtetes kleines Podest, auf dem der herrlichste Rennbesen ausgestellt war, den er je gesehen hatte.

»Ganz neu rausgekommen, ein Prototyp –«, erklärte ein Zauberer mit vierkantigem Kiefer seinem Begleiter.

»Das ist der schnellste Besen der Welt, stimmt doch, Paps?«, quiekte ein kleiner Junge, der vom Arm seines Vaters herunterbaumelte.

»Die Irischen Internationalen haben gerade sieben dieser Schönheiten bestellt!«, verkündete der Ladenbesitzer der Menge. »Und sie sind Favoriten für die Weltmeisterschaft!«

Eine große Hexe vor Harry trat zur Seite, und jetzt konnte er das Schild neben dem Besen lesen:

Der Feuerblitz

Dieser Rennbesen nach neuestem Stand der Technik hat einen stromlinienförmigen, superveredelten Stiel aus Eschenholz mit diamantharter Politur und von Hand eingemeißelter Registriernummer. Jede handverlesene Birkenholzrute des Schweifs ist aerodynamisch optimal abgeschliffen, was dem Feuerblitz unvergleichliche Stabilität und haarscharfe Präzision verleiht. Der Feuerblitz beschleunigt von 0 auf 250 Stundenkilometer in 10 Sekunden und ist mit einem unbrechbaren Bremszauber ausgestattet. Preis auf Nachfrage.

Preis auf Nachfrage ... Harry mochte sich lieber nicht ausmalen, wie viel der Feuerblitz kosten würde. Nie hatte er sich etwas sehnlicher gewünscht – doch immerhin hatte er auch noch nie ein Quidditch-Spiel auf seinem Nimbus Zweitausend verloren, und weshalb sollte er sein Verlies in

Gringotts für den Feuerblitz plündern, wenn er bereits einen sehr guten Rennbesen hatte? Harry fragte nicht nach dem Preis, doch er kam fast jeden Tag in den Laden, nur um den Feuerblitz zu sehen.

Es gab jedoch Dinge, die Harry kaufen musste. In der Apotheke füllte er seinen Vorrat an Zaubertrankzutaten auf, und da seine Schulumhänge an Armen und Beinen jetzt um einige Zentimeter zu kurz waren, ging er in *Madam Malkins Anzüge für alle Gelegenheiten* und kaufte sich neue. Vor allem jedoch musste er die neuen Schulbücher besorgen, darunter auch die für seine neuen Fächer Pflege magischer Geschöpfe und Wahrsagen.

Ein Blick in das Schaufenster des Buchladens ließ Harry stutzen. Statt der üblichen Auslage an goldgeprägten Zauberspruchbänden, so groß wie Gehwegplatten, stand ein riesiger Eisenkäfig hinter der Scheibe, in dem rund hundert Exemplare des *Monsterbuchs der Monster* steckten. Die Bücher klatschten und schnappten nacheinander und hatten sich wütend ineinander verkeilt, und überall flatterten ausgerissene Seiten umher.

Harry zog die Bücherliste aus der Tasche und las sie zum ersten Mal aufmerksam durch. Das *Monsterbuch der Monster* war das Lehrbuch für den Unterricht in Pflege magischer Geschöpfe. Jetzt war ihm leichter ums Herz; schon hatte er gefürchtet, Hagrid hätte sich ein schreckliches neues Haustier zugelegt und brauche seine Hilfe.

Als Harry *Flourish & Blotts* betrat, kam ihm der Verkäufer entgegengelaufen.

»Hogwarts?«, fragte er kurz angebunden. »Kommst du wegen der neuen Bücher?«

»Ja«, sagte Harry, »ich brauche –«

»Aus dem Weg«, sagte der Verkäufer ungeduldig und schob Harry beiseite. Er zog ein Paar sehr dicker Handschuhe an, packte einen großen, knotigen Wanderstock und ging auf den Käfig mit den Monsterbüchern zu.

»Warten Sie«, sagte Harry rasch, »ich hab schon eins von denen.«

»Ach ja?« Auf dem Gesicht des Verkäufers machte sich gewaltige Erleichterung breit. »Dem Himmel sei Dank, ich bin heute Morgen schon fünfmal gebissen worden.«

Ein lautes Ratschen erfüllte die Luft; zwei der Monsterbücher hatten ein drittes geschnappt und rissen es auseinander.

»Aufhören! Aufhören!«, rief der Verkäufer, stocherte mit dem Wanderstock durch die Käfigstäbe und trieb die Bücher auseinander. »Die bestell ich nie wieder, nie! Es ist die Hölle! Ich dachte schon, es könne nicht mehr schlimmer kommen, als wir zweihundert Exemplare von dem Titel *Das Unsichtbare Buch der Unsichtbarkeit* hier hatten – hat ein Vermögen gekostet und wir haben sie nie gefunden … Nun … kann ich dir weiterhelfen?«

»Ja«, sagte Harry und sah auf die Bücherliste. »Ich brauche *Die Entnebelung der Zukunft* von Kassandra Wablatschki.«

»Ah, verstehe, ihr fangt mit Wahrsagen an«, sagte der Verkäufer, zog die Handschuhe aus und führte Harry in den hinteren Teil des Ladens, in eine Ecke mit lauter Büchern über das Wahrsagen. Auf einem kleinen Tisch stapelten sich Werke wie *Die Vorhersage des Unvorhersagbaren: So schützen Sie sich vor Schocks* und *Zerbrochene Träume: Wenn sich das Schicksal wendet.*

»Bitte schön«, sagte der Verkäufer, der auf eine kleine Stehleiter geklettert war und ein dickes, schwarz gebundenes Buch heruntergeholt hatte. »*Die Entnebelung der Zukunft.* Sehr guter Überblick über alle grundlegenden Methoden des Wahrsagens – Handlesekunst, Kristallkugeln, Vogeleingeweide –«

Doch Harry hörte ihm gar nicht mehr zu. Sein Blick war

auf ein anderes Buch gefallen, das auf einem kleinen Tisch auslag: *Omen des Todes – Was tun, wenn Sie wissen, dass das Schlimmste bevorsteht.*

»Oh, das würde ich an deiner Stelle lieber nicht lesen«, sagte der Verkäufer beiläufig, als er Harrys Blick folgte, »sonst fängst du noch an, überall Vorzeichen des Todes zu sehen, und das kann einem wirklich Todesangst einjagen.«

Doch Harry wandte den Blick nicht vom Umschlag des Buches; darauf abgebildet war ein Hund, groß wie ein Bär und mit glühenden Augen. Er kam ihm unheimlich bekannt vor …

Der Verkäufer drückte Harry *Die Entnebelung der Zukunft* in die Hand.

»Noch was?«, sagte er.

»Ja«, sagte Harry, wandte den Blick mühsam von den Augen des Hundes ab und zog verwirrt seine Bücherliste zu Rate. »Ähm – ich brauche *Verwandlung: Die Zwischenstufen* und *Das Lehrbuch der Zaubersprüche*, Band 3.«

Zehn Minuten später kam Harry mit seinen neuen Büchern unter den Armen aus *Flourish & Blotts.* Gedankenversunken und hie und da jemanden anrempelnd schlenderte er zum *Tropfenden Kessel* zurück.

Er stapfte die Treppe zu seinem Zimmer empor, ging hinein und warf die Bücher aufs Bett. Jemand war da gewesen, um zu putzen; die Fenster standen offen und Sonnenlicht flutete herein. Harry hörte die Busse auf der Muggelstraße, die er nicht besucht hatte, vorbeirollen und den Lärm der unsichtbaren Menge unten in der Winkelgasse. Im Spiegel über dem Waschbecken sah er sich ins Gesicht.

»Es kann kein Todesomen gewesen sein«, erklärte er trotzig seinem Spiegelbild. »Ich hab einfach Panik gekriegt, als ich dieses Ding im Magnolienring gesehen habe … wahrscheinlich war es bloß ein streunender Hund …«

Wie von selbst hob er die Hand, um sein Haar zu glätten.

»Ein aussichtsloser Kampf, mein Lieber«, sagte der Spiegel mit pfeifender Stimme.

Die Tage glitten dahin und Harry begann auf Schritt und Tritt nach Zeichen von Ron und Hermine Ausschau zu halten. Das neue Schuljahr nahte, und jetzt kamen eine Menge Hogwarts-Schüler in die Winkelgasse. Harry traf Seamus Finnigan und Dean Thomas, seine Mitschüler aus dem Haus der Gryffindors. Auch sie standen mit sehnsüchtigen Augen vor *Qualität für Quidditch* und bestaunten den Feuerblitz. Vor *Flourish & Blotts* stieß er auf den echten Neville Longbottom, einen rundgesichtigen, vergesslichen Jungen. Harry hielt nicht an, um ein Pläuschchen zu halten; Neville schien seine Bücherliste verlegt zu haben und wurde gerade von seiner recht stattlichen Großmutter zur Schnecke gemacht. Harry hoffte, sie würde nie spitzkriegen, dass er auf der Flucht vor dem Zaubereiministerium vorgetäuscht hatte, er sei Neville.

Am letzten Ferientag wachte Harry mit dem Gedanken auf, morgen im Hogwarts-Express würde er endlich Ron und Hermine treffen. Er stand auf, zog sich an, ging hinaus, um einen letzten Blick auf den Feuerblitz zu werfen, und fragte sich gerade, wo er zu Mittag essen sollte, als jemand seinen Namen rief. Er drehte sich um.

»Harry! Harry!«

Da saßen sie, alle beide, vor *Fortescues Eissalon*; Ron sah unglaublich sommersprossig aus, Hermine war ganz braun gebrannt, und beide winkten ihm begeistert zu.

Harry setzte sich zu ihnen. »Endlich!«, sagte Ron und grinste Harry an. »Wir waren im *Tropfenden Kessel*, aber sie meinten, du seist ausgegangen, und dann sind wir zu *Flourish & Blotts* und zu *Madam Malkins* und –«

»Ich hab alle meine Schulsachen schon letzte Woche besorgt«, erklärte Harry. »Und woher wisst ihr eigentlich, dass ich im *Tropfenden Kessel* wohne?«

»Dad«, sagte Ron nur.

Mr Weasley, der beim Zaubereiministerium arbeitete, hatte natürlich die ganze Geschichte mit Tante Magda gehört.

»Hast du wirklich deine Tante aufgeblasen?«, fragte Hermine mit sehr ernster Stimme.

»Wollte ich gar nicht«, sagte Harry, während sich Ron vor Lachen schüttelte. »Ich hab einfach die Nerven verloren.«

»Das ist nicht lustig, Ron«, sagte Hermine scharf. »Ehrlich gesagt, ich bin erstaunt, dass sie Harry nicht von der Schule verwiesen haben.«

»Das bin ich auch«, gab Harry zu. »Aber was heißt von der Schule fliegen, ich dachte schon, sie würden mich verhaften.« Er sah Ron an. »Dein Dad weiß nicht, warum Fudge mich laufen ließ, oder?«

»Wahrscheinlich, weil du es bist«, sagte Ron schulterzuckend und immer noch kichernd. »Der berühmte Harry Potter, du weißt schon. Ich möchte nicht wissen, was das Ministerium mit mir angestellt hätte, wenn ich meine Tante aufgeblasen hätte. Na ja, sie würden mich erst ausgraben müssen, denn meine Mum hätte mich gleich umgebracht. Übrigens kannst du Dad heute Abend selbst fragen. Wir übernachten auch im *Tropfenden Kessel!* Und wir können morgen zusammen nach King's Cross fahren. Hermine ist auch dabei!«

Hermine nickte strahlend. »Mum und Dad haben mich heute Morgen mit all meinen Hogwarts-Sachen hergebracht.«

»Toll!«, sagte Harry glücklich. »Wie sieht's aus, habt ihr alle eure Bücher und Sachen?«

»Sieh dir das mal an«, sagte Ron und zog eine lange schmale Schachtel aus seiner Tasche und öffnete sie. »Brandneuer Zauberstab. Vierzehn Zoll, Weide, mit Einhornschwanz-Haar. Und wir haben alle Bücher beisammen –«, er deutete auf eine große Tüte unter seinem Stuhl. »Was ist eigentlich mit diesen Monsterbüchern los? Der Verkäufer ist fast in Tränen ausgebrochen, als wir zwei Stück verlangt haben.«

»Was ist das denn alles, Hermine?«, fragte Harry und deutete nicht auf eine, sondern auf drei prall gefüllte Tüten auf dem Stuhl neben ihr.

»Tja, ich hab eben mehr Fächer gewählt als ihr«, sagte Hermine. »Das sind meine Bücher für Arithmantik, Pflege magischer Geschöpfe, Weissagung, Alte Runen, Muggelkunde –«

»Warum gehst du eigentlich in Muggelkunde?«, fragte Ron und sah, die Augen rollend, zu Harry hinüber. »Du stammst doch von Muggeln ab! Deine Eltern sind doch Muggel! Du weißt doch schon alles über Muggel!«

»Aber es ist spannend, sie aus der Sicht der Zauberei zu studieren«, sagte Hermine mit ernster Stimme.

»Hast du vor, dieses Jahr überhaupt noch zu essen und zu schlafen, Hermine?«, fragte Harry, während Ron gluckste. Hermine ließ sich nicht beirren.

»Ich hab noch zehn Galleonen«, sagte sie und sah in ihrer Geldbörse nach. »Ich hab im September Geburtstag und Mum und Dad haben mir ein wenig Geld gegeben, damit ich mir schon mal ein Geschenk kaufe.«

»Wie wär's mit einem guten Buch?«, sagte Ron mit Unschuldsmiene.

»Nein, eher nicht«, gab Hermine trocken zurück. »Ich will eigentlich gerne eine Eule. Immerhin hat Harry seine Hedwig und du hast Errol.«

»Hab ich nicht«, sagte Ron. »Errol ist eine Familieneule. Alles, was ich hab, ist Krätze.« Er zog seine Ratte aus der Tasche. »Und ich will ihn untersuchen lassen«, fügte er hinzu, während er Krätze auf den Tisch legte. »Ich hab den Eindruck, Ägypten ist ihm nicht bekommen.«

Krätze war dünner als sonst und seine Schnurrhaare waren sichtlich erschlafft.

»Gleich da drüben ist ein Laden für magische Geschöpfe«, sagte Harry, der die Winkelgasse inzwischen recht gut kannte. »Du könntest fragen, ob sie irgendwas für Krätze haben, und Hermine kann ihre Eule kaufen.«

Also bezahlten sie ihre Eisbecher und gingen über die Straße zur *Magischen Menagerie*.

Drinnen war es ziemlich eng. Jeder Zentimeter Wand war mit Käfigen voll gestellt. Die Luft war schlecht und die Bewohner der Käfige kreischten, quiekten, fiepten, plapperten oder zischten alle durcheinander und veranstalteten ein Höllenspektakel. Die Hexe hinter der Ladentheke gab einem Zauberer gerade Ratschläge zur Pflege doppelschwänziger Wassermolche, und Harry, Ron und Hermine erkundeten inzwischen die Käfige.

Ein Paar gewaltiger purpurroter Kröten machte sich schlabbernd und schluckend über tote Schmeißfliegen her. Eine gigantische Schildkröte mit juwelenbesetztem Panzer glitzerte in der Nähe des Fensters. Giftige orangerote Schnecken saugten sich gemächlich an den Wänden ihrer Glaskästen hoch und ein fettes weißes Kaninchen verwandelte sich unter lautem Knallen in einen seidenen Zylinder und wieder zurück. Zudem gab es Katzen jeder Farbe, einen lärmigen Käfig voller Raben, einen Korb mit merkwürdigen vanillefarbenen Pelzbällchen, die laut summten, und auf der Theke stand ein riesiger Käfig mit schlanken schwarzen Ratten, die mit ihren langen kahlen Schwänzen eine Art Hüpfspiel veranstalteten.

Der Zauberer mit den doppelschwänzigen Wassermolchen verließ den Laden und Ron trat an die Theke.

»Das ist meine Ratte«, sagte er zu der Hexe, »sie hat ein wenig Farbe verloren, seit wir aus Ägypten zurück sind.«

»Klatsch sie auf die Theke«, sagte die Hexe und zog eine klobige schwarze Brille aus ihrer Tasche.

Ron zog Krätze aus seiner Innentasche und legte ihn neben den Käfig seiner Artgenossen, die mit ihrem Hüpfspiel aufhörten und zum Gitterdraht huschten, um ja nichts zu verpassen.

Wie fast alles, was Ron besaß, war Krätze aus zweiter Hand (er hatte einst Rons Bruder Percy gehört) und wirkte ein wenig mitgenommen. Neben den Hochglanzratten im Käfig sah er besonders mitleiderregend aus.

»Hm«, sagte die Hexe und hob Krätze hoch. »Wie alt ist diese Ratte?«

»Keine Ahnung«, sagte Ron. »Ziemlich alt. Sie hat mal meinem Bruder gehört.«

»Welche Kräfte hat sie?«, sagte die Hexe und musterte Krätze eingehend.

»Ähm«, sagte Ron. Die Wahrheit war, dass Krätze nie die Spur einer interessanten Kraft gezeigt hatte. Der Blick der Hexe wanderte von Krätzes angeknabbertem linkem Ohr zu seiner Vorderpfote, an der ein Zeh fehlte, und er tat sein Missfallen laut kund.

»Der wurde aber wirklich übel mitgespielt«, meinte sie.

»Sie war schon so, als ich sie von Percy bekommen hab«, sagte Ron zu seiner Verteidigung.

»Eine gewöhnliche Haus- oder Gartenratte wie diese hier wird meist nicht älter als drei Jahre«, sagte die Hexe. »Nun, wenn du nach etwas Haltbarerem suchst, könntest du dich vielleicht mit einer von diesen anfreunden.«

Sie zeigte auf die schwarzen Ratten, die prompt wieder anfingen zu hüpfen.

»Angeber«, murmelte Ron.

»Schön, wenn du keine neue willst, kannst du diese Rattentinktur ausprobieren«, sagte die Hexe, griff unter die Theke und holte eine kleine rote Flasche hervor.

»Gut«, sagte Ron, »wie viel – autsch!«

Ron duckte sich, denn etwas Riesiges und Orangerotes war von einem Käfigdach hoch oben auf den Regalen heruntergesprungen, auf seinem Kopf gelandet und hatte sich dann wild fauchend auf Krätze gestürzt.

»Nein, Krummbein, aus!«, rief die Hexe, doch Krätze flutschte wie ein Stück nasse Seife zwischen ihren Händen hindurch, landete bäuchlings auf dem Boden und raste zur Tür.

»Krätze!«, schrie Ron und jagte ihm nach aus dem Laden; Harry folgte ihm.

Sie brauchten zehn Minuten, um Krätze einzufangen, der unter einem Mülleimer vor *Qualität für Quidditch* Zuflucht gesucht hatte. Ron stopfte die zitternde Ratte zurück in seine Tasche und richtete sich auf.

»Was war denn das?«, sagte er und rieb sich den Kopf.

»Entweder eine sehr große Katze oder ein ziemlich kleiner Tiger«, sagte Harry.

»Wo ist Hermine?«

»Kauft vermutlich ihre Eule.«

Durch die belebte Gasse gingen sie zurück zur *Magischen Menagerie*. Als sie vor dem Laden standen, kam Hermine heraus, doch eine Eule hatte sie nicht bei sich. Ihre Arme waren fest um einen gewaltigen rötlichen Kater geklammert.

»Du hast dieses Monster gekauft?«, fragte Ron und starrte sie mit offenem Mund an.

»Ist er nicht unglaublich?«, sagte Hermine strahlend.

Das ist Ansichtssache, dachte Harry. Das rötliche Fell des Katers war dick und flauschig, doch er sah unleugbar etwas krummbeinig aus und sein Gesicht wirkte missmutig und seltsam eingedellt, als ob er geradewegs gegen eine Backsteinmauer gerannt wäre. Nun jedoch, da Krätze außer Sicht war, schnurrte der Kater zufrieden in Hermines Armen.

»Hermine, das Ungeheuer hat mich fast skalpiert!«, sagte Ron.

»War keine Absicht, oder, Krummbein?«, sagte Hermine.

»Und was ist mit Krätze?«, sagte Ron und deutete auf das Knäuel in seiner Brusttasche. »Meine Ratte braucht Ruhe und Entspannung! Wie soll das gehen, wenn dieses Ding in der Nähe ist?«

»Da fällt mir ein, du hast dein Rattentonikum vergessen«, sagte Hermine und drückte Ron die kleine rote Flasche in die Hand. »Und mach dir keine Sorgen, Krummbein schläft bei mir im Schlafsaal und Krätze bei dir, wo ist das Problem? Armer Krummbein, die Hexe sagte, er sei schon seit Ewigkeiten da und keiner wollte ihn haben.«

»Das wundert mich auch«, sagte Ron mit säuerlicher Miene und sie machten sich auf den Weg zum *Tropfenden Kessel*.

In der Bar des Wirtshauses saß Mr Weasley und las den *Tagespropheten*.

Er blickte auf. »Harry!«, sagte er lächelnd. »Wie geht's dir?«

»Danke, gut«, sagte Harry, und alle drei setzten sich mit ihren Einkäufen zu ihm.

Mr Weasley legte die Zeitung beiseite und Harrys Blick fiel auf ein vertrautes Foto. Sirius Black starrte Harry ins Gesicht.

»Sie haben ihn also noch immer nicht?«, fragte er.

»Nein«, sagte Mr Weasley mit ernster Miene. »Das Ministerium hat uns alle von den täglichen Pflichten entbunden, um ihn mit vereinten Kräften zu suchen, doch bislang hatten wir wenig Glück.«

»Wär eine Belohnung für uns drin, wenn wir ihn fangen würden?«, fragte Ron. »Ein wenig Geld könnte ich gut gebrauchen.«

»Sei nicht albern, Ron«, sagte Mr Weasley, der bei näherem Hinsehen äußerst angespannt wirkte. »Black wird sich von einem dreizehnjährigen Zauberer nicht fangen lassen. Es sind die Wachen von Askaban, die ihn kriegen werden, darauf kannst du dich verlassen.«

In diesem Augenblick kam Mrs Weasley in die Bar, beladen mit Einkäufen und gefolgt von den Zwillingen Fred und George, die nun ihr fünftes Jahr in Hogwarts begannen, vom neu gewählten Schulsprecher Percy und vom jüngsten Kind und einzigen Mädchen der Weasleys, Ginny.

Ginny war von Harry immer schon hingerissen gewesen, und als sie ihn jetzt sah, stürzte sie offenbar in noch tiefere Verlegenheit als sonst, vielleicht, weil er ihr letztes Jahr in Hogwarts das Leben gerettet hatte. Sie wurde puterrot und murmelte: »Hallo«, ohne ihn anzusehen. Percy jedoch streckte Harry feierlich die Hand entgegen, als ob er und Harry sich noch nie gesehen hätten:

»Harry. Wie schön dich zu sehen.«

»Hallo, Percy«, sagte Harry und mühte sich, nicht zu lachen.

»Ich hoffe, dir geht's gut?«, sagte Percy pompös und schüttelte ihm die Hand. Es war, als ob Harry einem Bürgermeister vorgestellt würde.

»Sehr gut, danke.«

»Harry!«, sagte Fred, schob Percy mit dem Ellbogen aus dem Weg und verbeugte sich tief. »Einfach toll dich zu sehen, alter Junge.«

»Großartig«, sagte George, stieß Fred beiseite und ergriff seinerseits Harrys Hand. »Absolut umwerfend.«

Percy runzelte die Stirn.

»Das reicht jetzt«, sagte Mrs Weasley.

»Mum!«, sagte Fred, als ob er sie just in diesem Augenblick erkannt hätte, und packte ihre Hand: »Einfach unglaublich dich zu sehen.«

»Genug jetzt, hab ich gesagt«, herrschte ihn Mrs Weasley an und stellte ihre Einkäufe auf einem freien Stuhl ab. »Hallo, Harry, mein Lieber. Ich nehm an, du hast die fabelhafte Neuigkeit schon erfahren?« Sie deutete auf das brandneue silberne Abzeichen auf Percys Brust. »Der zweite Schulsprecher in der Familie!«, sagte sie und schwoll vor Stolz an.

»Und der letzte«, murmelte Fred hintenherum.

»Das bezweifle ich nicht«, sagte Mrs Weasley und runzelte plötzlich die Stirn. »Mir ist nicht entgangen, dass sie euch beide nicht zu Vertrauensschülern ernannt haben.«

»Wozu sollen wir denn Vertrauensschüler sein?«, sagte George und schien bereits von der bloßen Vorstellung angewidert. »Das würde uns doch jeden Spaß im Leben nehmen.«

Ginny gluckste.

»Du solltest deiner Schwester ein besseres Vorbild sein«, fauchte Mrs Weasley.

»Ginny hat doch noch andere Brüder, die ihr ein Vorbild sein können, Mutter«, sagte Percy hochmütig. »Ich geh nach oben und zieh mich zum Abendessen um …«

Er verschwand und George seufzte schwer.

»Wir wollten ihn in eine Pyramide einmauern«, meinte er zu Harry gewandt. »Aber Mum hat uns erwischt.«

Das Essen an diesem Abend war eine vergnügliche Angelegenheit. Tom, der Wirt, stellte im Salon drei Tische zusammen und die sieben Weasleys, Harry und Hermine futterten sich durch fünf leckere Gänge.

»Wie kommen wir morgen eigentlich nach King's Cross, Dad?«, fragte Fred, während sie sich über einen üppigen Schokoladenpudding hermachten.

»Das Ministerium stellt ein paar Autos zur Verfügung«, sagte Mr Weasley.

Alle hoben die Köpfe und sahen ihn an.

»Warum?«, fragte Percy neugierig.

»Wegen dir, Percy«, sagte George mit ernster Miene. »Und auf die Kühler stecken sie kleine Wimpel mit G. A. drauf.«

»– für Gewaltiger Angeber«, sagte Fred.

Alle außer Percy und Mrs Weasley prusteten in ihren Nachtisch.

»Warum stellt das Ministerium Autos zur Verfügung?«, fragte Percy noch einmal in Respekt heischendem Ton.

»Nun, weil wir kein Auto mehr haben«, sagte Mr Weasley, »und weil ich dort arbeite, tun sie mir einen Gefallen.«

Er sprach in lässigem Ton, doch Harry entging nicht, dass seine Ohren rot angelaufen waren, genau wie die von Ron, wenn ihn etwas bedrückte.

»Das ist auch ganz gut so«, sagte Mrs Weasley gut gelaunt. »Ist euch klar, wie viel Gepäck ihr alle zusammen mitschleppt? Da hätten die Muggel in ihrer U-Bahn was zu gucken ... Ihr habt doch alle schon gepackt, oder?«

»Ron hat noch nicht alle seine neuen Sachen im Koffer«, sagte Percy mit leidgetränkter Stimme, »er hat sie auf meinem Bett abgelegt.«

»Dann gehst du jetzt besser und packst ordentlich, Ron, denn morgen früh haben wir nicht viel Zeit.« Mit diesen Worten hob Mrs Weasley die Tafel auf. Ron starrte Percy missmutig an.

Nach dem Abendessen fühlten sie sich alle proppenvoll und schläfrig. Einer nach dem andern ging nach oben in sein

Zimmer, um die Abreise am nächsten Tag vorzubereiten. Ron und Percy hatten das Zimmer neben Harry. Er hatte seinen Koffer gerade zugemacht und abgeschlossen, als zorniges Stimmengewirr durch die Wand drang. Er ging hinaus, um nachzusehen, was los war.

Die Tür zu Nummer zwölf stand offen und er hörte Percy laut rufen.

»Es war hier, auf dem Nachttisch, ich hab es zum Polieren abgenommen.«

»Ich hab's nicht angerührt, klar?«, brüllte Ron zurück.

»Was ist los?«, fragte Harry.

»Mein Schulsprecher-Abzeichen ist verschwunden«, sagte Percy und wandte sich Harry zu.

»Und Krätzes Rattentonikum auch«, sagte Ron und warf seine Sachen aus dem Koffer, um nachzusehen. »Vielleicht hab ich's unten vergessen.«

»Du gehst nirgendwohin, bis du mein Abzeichen gefunden hast«, polterte Percy.

»Ich hol das Zeug für Krätze, ich hab schon gepackt«, sagte Harry zu Ron und ging nach unten.

Harry war in der Mitte des Durchgangs zur Bar, die jetzt stockdunkel war, als er vom Salon her ein weiteres Paar zorniger Stimmen hörte. Gleich darauf erkannte er sie als die von Mr und Mrs Weasley. Er wollte schon weitergehen, denn von ihrem Streit wollte er nichts wissen, als sein Name fiel. Er hielt inne und näherte sich langsam der Tür zum Salon.

»... hat keinen Zweck, es ihm zu verschweigen«, sagte Mr Weasley mit erhitzter Stimme. »Harry hat ein Recht, es zu erfahren. Ich hab versucht mit Fudge zu reden, aber er muss Harry ja unbedingt wie ein kleines Kind behandeln – Harry ist immerhin dreizehn und –«

»Arthur, die Wahrheit würde ihm fürchterliche Angst einjagen!«, erwiderte Mrs Weasley schrill. »Willst du Harry mit dieser schweren Last in die Schule schicken? Um Himmels willen, er kann von Glück reden, dass er nichts weiß!«

»Ich will nicht, dass es ihm schlecht geht, ich will nur, dass er auf sich aufpasst!«, gab Mr Weasley zurück. »Du weißt doch, wie Harry und Ron sind, sie streunen zusammen in der Gegend rum, sie sind zweimal im Verbotenen Wald gelandet! Aber das kommt dieses Jahr für Harry nicht in Frage! Wenn ich überlege, was ihm hätte passieren können in dieser Nacht, als er von zu Hause weggelaufen ist! Wenn der Fahrende Ritter ihn nicht aufgelesen hätte, wär er tot gewesen, bevor das Ministerium ihn gefunden hätte, da wette ich mit dir.«

»Aber er ist nicht tot, es geht ihm gut, also was soll –«

»Molly, es heißt, Sirius Black sei verrückt, und vielleicht ist er es auch, aber er war gerissen genug, um aus Askaban zu entkommen, und das ist angeblich unmöglich. Das ist jetzt drei Wochen her, und wir haben nicht die leiseste Ahnung, wo er steckt, und egal, was Fudge ständig dem *Tagespropheten* erzählt, eher erfinden sie den selbstzaubernden Zauberstab, als dass wir ihn fangen. Wir wissen nur, wem Black auf den Fersen ist.«

»Aber Harry ist in Hogwarts völlig sicher.«

»Wir glaubten ja auch, Askaban wäre vollkommen sicher. Wenn Black aus Askaban ausbrechen konnte, kann er auch in Hogwarts einbrechen.«

»Aber keiner weiß wirklich genau, ob Black hinter Harry her ist.«

Es gab einen dumpfen Schlag auf Holz, und Harry war sich sicher, dass Mr Weasley mit der Faust auf den Tisch gehauen hatte.

»Molly, wie oft soll ich es dir noch sagen? Sie haben es nicht in der Zeitung gebracht, weil Fudge es geheim halten wollte, aber Fudge ging noch in der Nacht, als Black verschwand, nach Askaban. Die Wachen haben ihm berichtet, dass Black schon eine ganze Zeit im Schlaf geredet habe. Immer dieselben Worte … ›Er ist in Hogwarts – er ist in Hogwarts.‹ Black hat sie nicht mehr alle, Molly, und er will Harry umbringen. Wenn du mich fragst, glaubt er, dass er mit dem Mord an Harry Du-weißt-schon-wen an die Macht zurückbringt. Black hat alles verloren in der Nacht, als Harry die Macht von Du-weißt-schon-wem gebrochen hat, und er hat zwölf Jahre allein in Askaban hinter sich, in denen er darüber brüten konnte …«

Schweigen trat ein. Harry drückte das Ohr an die Tür, um ja kein Wort zu verpassen.

»Nun, Arthur, du musst tun, was du für richtig hältst. Aber du vergisst Albus Dumbledore. Ich bin sicher, dass Harry in Hogwarts nichts passieren kann, solange Dumbledore dort Schulleiter ist. Ich nehme an, er weiß alles über diese Geschichte?«

»Natürlich weiß er Bescheid. Wir mussten ihn fragen, ob er etwas dagegen hat, wenn sich die Wachen von Askaban an den Eingängen zum Schulgelände aufstellen. Er war nicht besonders erfreut darüber, aber er war einverstanden.«

»Nicht erfreut? Warum eigentlich, wenn sie da sind, um Black zu fangen?«

»Dumbledore hält nicht besonders viel von den Wachen in Askaban«, sagte Mr Weasley mit schwerer Stimme. »Und wenn du mich fragst – ich auch nicht … Aber wenn du mit einem Zauberer wie Black zu tun hast, musst du manchmal deine Kräfte mit denen von Leuten vereinen, die du sonst meidest.«

»Wenn sie Harry retten –«

»– dann werd ich nie wieder ein Wort gegen sie sagen«, sagte Mr Weasley mit müder Stimme. »Es ist spät, Molly, wir gehen besser nach oben …«

Harry hörte Stühle rücken. So leise er konnte, huschte er durch den Gang in die Bar und verschwand in der Dunkelheit. Die Salontür ging auf und ein paar Sekunden später hörte er Mr und Mrs Weasley die Treppe emporgehen.

Die Flasche mit dem Rattentonikum lag unter dem Tisch, an dem sie gesessen hatten. Harry wartete, bis er die Zimmertür der Weasleys zugehen hörte, dann machte er sich mit der Flasche auf den Weg nach oben.

Fred und George kauerten im dunklen Flur und krümmten sich vor Lachen, während sie Percy lauschten, der drinnen das Zimmer auf der Suche nach dem Abzeichen auseinander nahm.

»Wir haben es«, flüsterte Fred Harry zu. »Wir haben es ein wenig überarbeitet.«

»Großsprecher« hieß es jetzt auf der Plakette.

Harry zwang sich zu einem Lachen, ging hinein, um Ron das Rattentonikum zu bringen, schloss sich dann in seinem Zimmer ein und legte sich aufs Bett.

Sirius Black war also hinter ihm her. Das erklärte alles. Fudge war großzügig mit ihm gewesen, weil er so erleichtert war, dass er überhaupt noch lebte. Harry hatte ihm versprechen müssen, in der Winkelgasse zu bleiben, wo es genug Zauberer gab, die ihn im Auge behalten konnten. Und er schickte zwei Dienstwagen seines Ministeriums, um sie morgen alle zum Bahnhof zu bringen, so dass die Weasleys nach ihm sehen konnten, bis er im Zug war.

Harry lag da und lauschte dem gedämpften Streit nebenan und fragte sich, warum er eigentlich nicht mehr Angst hatte. Sirius Black hatte mit einem Fluch dreizehn Menschen umgebracht. Die Weasleys glaubten offenbar, Harry würde in Panik geraten, wenn er die Wahrheit erführe. Doch Harry war sich von ganzem Herzen mit Mrs Weasley einig, dass der sicherste Ort auf Erden dort war, wo Albus Dumbledore sich gerade aufhielt; sagten die Leute nicht immer, Dumbledore sei der Einzige, vor dem Lord Voldemort je Angst gehabt hätte? Sicher würde Black als Voldemorts rechte Hand ebenfalls Angst vor ihm haben?

Und dazu kamen noch die Wachen von Askaban, über die alle redeten. Sie schienen den meisten Leuten panische Angst einzujagen und wenn sie um die Schule herum postiert würden, hätte Black sicher wenig Chancen hineinzukommen.

Nein, alles in allem machte sich Harry am meisten darüber Gedanken, dass seine Aussicht, nach Hogsmeade zu kommen, jetzt offensichtlich bei null lag. Keiner würde wollen, dass Harry die Sicherheit des Schlosses verließe, bis sie Black gefangen hatten. Harry ahnte außerdem voraus, dass man ihn auf Schritt und Tritt überwachen würde, bis die Gefahr vorüber war.

Grimmig starrte er gegen die dunkle Decke. Glaubten sie wirklich, er könne nicht auf sich selbst aufpassen? Er war Lord Voldemort dreimal entkommen, er war nicht völlig hilflos …

Unwillkürlich erschien das Bild des Ungeheuers im Magnolienring vor seinem Auge. *Was wirst du tun, wenn du weißt, dass das Schlimmste bevorsteht …*

»Ich lasse mich nicht umbringen«, sagte Harry laut.

»Das ist die richtige Einstellung, mein Junge«, sagte der Spiegel schläfrig.

Der Dementor

Tom weckte Harry am nächsten Morgen mit einer Tasse Tee und seinem üblichen zahnlosen Grinsen. Harry zog sich an und überredete gerade die morgenmuffflige Hedwig, sich in ihren Käfig zu begeben, als Ron, ein Sweatshirt halb über den Kopf gezogen und missmutig dreinblickend, ins Zimmer gepoltert kam.

»Wird Zeit, dass wir losfahren«, sagte er. »In Hogwarts kann ich Percy wenigstens aus dem Weg gehen. Jetzt behauptet er auch noch, ich hätte Tee auf sein Bild von Penelope Clearwater geschüttet. Du weißt schon«, Ron schnitt eine Grimasse, »seine Freundin. Sie hat das Gesicht unter dem Rahmen versteckt, weil ihre Nase ganz pustelig geworden ist ...«

»Ich muss dir was sagen«, begann Harry, doch da schneiten Fred und George herein, um Ron zu gratulieren, weil er Percy abermals zur Weißglut getrieben hatte.

Sie gingen nach unten zum Frühstück. Mr Weasley las mit gerunzelter Stirn die Titelseite des *Tagespropheten* und Mrs Weasley erzählte Hermine und Ginny von einem Liebestrank, den sie als junges Mädchen gebraut hatte. Alle drei giggelten und kieksten.

»Was wolltest du eben sagen?«, fragte Ron Harry, als sie sich setzten.

»Später«, murmelte Harry, denn gerade kam Percy hereingestürmt.

Harry hatte im Durcheinander des Aufbruchs keine Gelegenheit, mit Ron oder Hermine zu sprechen; sie waren vollauf damit beschäftigt, ihre Koffer die schmale Treppe des *Tropfenden Kessels* hinunterzuschleifen und neben der Tür aufzuschichten. Hedwig und Hermes, Percys Schleiereule, hockten in ihren Käfigen und herrschten über den Gepäckstapel. Aus einem kleinen Weidenkorb neben den Koffern drang ein lautes Fauchen.

»Schon gut, Krummbein«, schnurrte Hermine durch das Weidengeflecht. »Wenn wir im Zug sind, darfst du raus.«

»Bloß nicht«, blaffte Ron sie an, »was soll dann aus dem armen Krätze werden?«

Er deutete auf seine Brust. Eine große Ausbuchtung zeigte, dass Krätze sich in seiner Tasche zusammengerollt hatte.

Mr Weasley, der draußen auf den Dienstwagen gewartet hatte, streckte den Kopf herein.

»Sie sind da«, sagte er. »Komm mit, Harry –«

Mr Weasley führte Harry über das kurze Stück Gehweg zum ersten der beiden altertümlichen dunkelgrünen Wagen, an deren Steuer wachsam umherblickende Zauberer in smaragdgrünen Samtanzügen saßen.

»Rein mit dir, Harry«, sagte Mr Weasley und spähte die belebte Straße auf und ab.

Harry setzte sich in den Fond des Wagens und bald stiegen auch Hermine, Ron und, zu Rons Abscheu, auch Percy ein.

Die Fahrt nach King's Cross war im Vergleich zu Harrys Reise mit dem Fahrenden Ritter recht ereignislos. Die Wagen des Zaubereiministeriums schienen gewöhnliche Autos zu sein, nur fiel Harry auf, dass sie durch Engpässe glitten, die Onkel Vernons neuer Firmenwagen sicher nicht geschafft hätte. Als sie King's Cross erreichten, hatten sie noch zwanzig Minuten Zeit; die Fahrer holten Gepäckkarren, luden die Koffer aus, verabschiedeten sich von Mr Weasley mit einer kurzen Berührung ihrer Hüte und fuhren davon, wobei sie es irgendwie schafften, an die Spitze der Schlange vor einer Ampel zu springen.

Mr Weasley blieb auf dem ganzen Weg in den Bahnhof dicht an Harrys Seite.

»Na denn«, sagte er und spähte wachsam umher, »gehen wir jeweils zu zweit, weil wir so viele sind. Harry und ich gehen zuerst.«

Mr Weasley schlenderte zur Absperrung zwischen den Gleisen neun und zehn, Harrys Gepäckwagen vor sich herschiebend und scheinbar sehr interessiert am InterCity 125, der gerade auf Gleis neun eingefahren war. Er warf Harry einen viel sagenden Blick zu und lehnte sich lässig gegen die Barriere. Harry tat es ihm nach.

Im nächsten Augenblick kippten sie seitlich durch die Metallwand und landeten auf Bahnsteig neundreiviertel. Als sie aufblickten, sahen sie den Hogwarts-Express mit seiner scharlachroten Lok, die Dampf aus ihrem Schornstein pafffte. Auf dem Bahnsteig herrschte ein dichtes Gewühl von Zauberern und Hexen, die ihre Kinder zum Zug brachten.

Mit einem Mal tauchten Percy und Ginny hinter Harry auf. Sie hatten die Absperrung offenbar mit Anlauf überwunden und waren noch ganz außer Atem.

»Ah, da ist Penelope!«, sagte Percy, glättete sich das Haar und lief rosarot an. Ginny fing Harrys Blick auf und beide wandten sich ab, um ihr Lachen zu verbergen, während Percy zu einem Mädchen mit langem Lockenhaar hinüberschritt, mit geschwellter Brust, so dass sie sein schimmerndes Abzeichen unmöglich übersehen konnte.

Sobald die übrigen Weasleys und Hermine da waren, führten Harry und Mr Weasley die kleine Gruppe an den vollen Abteilen vorbei bis ans Ende des Zuges zu einem

Waggon, der noch recht leer schien. Sie hievten die Koffer hoch, stellten Hedwig und Krummbein auf ihr Gepäck und stiegen noch einmal aus, um sich von Mr und Mrs Weasley zu verabschieden.

Mrs Weasley küsste ihre Kinder, dann Hermine und schließlich Harry. Obwohl er etwas verlegen war, freute er sich, als sie ihn auch noch in die Arme schloss.

»Pass auf dich auf, Harry, versprich es mir«, sagte sie und ordnete ihre Kleider mit seltsam hellen Augen. Dann öffnete sie ihre gewaltige Handtasche: »Ich hab für euch alle belegte Brote gemacht … hier, Ron … nein, kein Corned Beef … Fred? Wo ist Fred? Hier bist du ja, mein Lieber …«

»Harry«, sagte Mr Weasley leise, »komm mal kurz hier rüber –«

Er ruckte mit dem Kopf in Richtung einer Säule, und Harry ließ die anderen bei Mrs Weasley zurück und folgte ihm.

»Ich muss dir noch was sagen, bevor du fährst –«, sagte Mr Weasley mit angespannter Stimme.

»Schon gut, Mr Weasley«, sagte Harry, »ich weiß es schon.«

»Du weißt es? Wie das denn?«

»Ich – ähm – ich hab Sie und Mrs Weasley gestern Abend sprechen gehört. Das ließ sich nicht vermeiden«, fügte Harry rasch hinzu, »tut mir Leid –«

»Ich wollte eigentlich, dass du es auf andere Weise erfährst«, sagte Mr Weasley und sah jetzt besorgt aus.

»Nein – ehrlich gesagt, es ist besser so. Dann haben Sie wenigstens Fudge gegenüber Ihr Wort nicht gebrochen und ich weiß, was los ist.«

»Harry, du hast jetzt sicher ziemliche Angst –«

»Nein, hab ich nicht«, sagte Harry wahrheitsgetreu. »Wirklich«, fügte er hinzu, weil Mr Weasley ungläubig dreinblickte. »Ich will ja nicht den Helden spielen, aber im

Ernst, Sirius Black kann doch nicht schlimmer sein als Voldemort, oder?«

Mr Weasley zuckte beim Klang dieses Namens zusammen, sagte jedoch nichts.

»Harry, ich wusste, dass du, wie soll ich sagen, stärkere Nerven hast, als Fudge offenbar glaubt, und ich bin natürlich froh, dass du keine Angst hast, aber –«

»Arthur!«, rief Mrs Weasley, die nun die anderen wie eine kleine Schafherde zum Zug trieb, »Arthur, was macht ihr da? Er fährt gleich ab!«

»Er kommt sofort, Molly!«, sagte Mr Weasley, wandte sich jedoch erneut Harry zu und sprach leiser und hastiger weiter. »Hör zu, ich will, dass du mir dein Wort gibst –«

»– dass ich ein braver Junge sein und im Schloss bleiben werde?«, sagte Harry mit düsterer Miene.

»Nicht ganz«, sagte Mr Weasley, der jetzt ernster aussah, als Harry ihn je gesehen hatte. »Harry, schwör mir, dass du nicht nach Black suchen wirst.«

Harry starrte ihn an. »Wie bitte?«

Ein lauter Pfiff ertönte. Schaffner gingen am Zug entlang und schlugen die Türen zu.

»Versprich mir, Harry«, sagte Mr Weasley noch hastiger, »dass, was immer auch passiert –«

»Warum sollte ich nach jemandem suchen, von dem ich weiß, dass er mich umbringen will?«, fragte Harry geradeheraus.

»Schwör mir, was immer du hörst –«

»Arthur, schnell!«, rief Mrs Weasley.

Dampfstrahlen zischten aus der Lok; der Zug war angefahren. Harry rannte zur Zugtür, und Ron hielt sie auf und trat zurück, um ihn einzulassen. Sie lehnten aus dem Fenster und winkten Mr und Mrs Weasley zu, bis der Zug um eine Kurve bog und ihnen die Sicht nahm.

»Ich muss mal mit euch allein reden«, murmelte Harry Ron und Hermine zu, während der Zug allmählich schneller wurde.

»Geh mal kurz weg, Ginny«, sagte Ron.

»Oh, wie nett«, sagte Ginny beleidigt und stolzierte davon.

Harry, Ron und Hermine gingen den Gang entlang, auf der Suche nach einem leeren Abteil, doch alle waren voll, außer dem einen ganz am Ende des Zuges.

Dort war nur ein Platz besetzt. Ein Mann saß tief schlafend am Fenster. Harry, Ron und Hermine blieben an der Schiebetür stehen. Der Hogwarts-Express war sonst immer für Schüler reserviert gewesen und sie hatten nie einen Erwachsenen im Zug gesehen, mit Ausnahme der Hexe mit dem Imbisswagen.

Der Fremde trug einen äußerst schäbigen, an mehreren Stellen geflickten Zaubererumhang. Er sah krank und erschöpft aus. Obwohl er noch recht jung war, durchzogen graue Strähnen sein hellbraunes Haar.

»Wer, glaubt ihr, ist das?«, zischte Ron, als sie die Tür zuschoben und sich setzten, möglichst weit von dem Mann am Fenster entfernt.

»Professor R. J. Lupin«, flüsterte Hermine ohne zu zögern.

»Woher weißt du das denn schon wieder?«

»Steht auf seinem Koffer«, antwortete Hermine und deutete auf die Gepäckablage über dem Kopf des Mannes, wo ein kleiner, zerknautschter Koffer lag, der mit einer Menge Schnur sorgfältig zugeknotet war. Auf einer Seite stand in abblätternden Lettern der Name »Professor R. J. Lupin«.

»Welches Fach der wohl gibt?«, sagte Ron und musterte stirnrunzelnd Professor Lupins bleiches Profil.

»Das ist doch klar«, flüsterte Hermine, »es gibt nur eine freie Stelle, oder? Verteidigung gegen die dunklen Künste.«

Harry, Ron und Hermine hatten schon zwei Lehrer in diesem Fach gehabt, und beide hatten es nur ein Jahr lang durchgehalten. Gerüchten zufolge brachte diese Stelle kein Glück.

»Ich hoffe, er schafft es«, sagte Ron zweifelnd. »Sieht eher aus, als ob ein guter Zauber ihn erledigen würde, oder? Jedenfalls …«, er wandte sich Harry zu, »was wolltest du uns sagen?«

Harry erzählte die ganze Geschichte von dem Streit zwischen Mr und Mrs Weasley und der Warnung, die er soeben von Mr Weasley erhalten hatte. Als er fertig war, schien Ron wie vom Donner gerührt und Hermine hatte die Hände gegen die Lippen gepresst. Endlich öffnete sie den Mund und sagte:

»Sirius Black ist tatsächlich ausgebrochen, um dich zu jagen? Oh, Harry … du musst wirklich ganz, ganz vorsichtig sein. Such bloß keinen Ärger, Harry …«

»Ich suche keinen Ärger«, sagte Harry gereizt. »Meist findet der Ärger mich.«

»Harry müsste doch eine schöne Dumpfbacke sein, wenn er nach einem Verrückten sucht, der ihn umbringen will«, sagte Ron mit zitternder Stimme.

Die Neuigkeit erschütterte sie mehr, als Harry erwartet hatte. Beide schienen größere Angst vor Black zu haben als er.

»Keiner weiß, wie er aus Askaban entkommen konnte«, sagte Ron aufgebracht. »Keiner hat es je geschafft. Und er war auch noch ein Hochsicherheitsgefangener.«

»Aber sie werden ihn doch fassen, nicht wahr?«, sagte Hermine nachdrücklich. »Ich meine, die Muggel suchen ihn doch auch alle …«

»Was ist das für ein Geräusch?«, sagte Ron plötzlich.

Von irgendwoher kam ein leises, blechernes Pfeifen. Sie sahen sich im Abteil um.

»Es kommt aus deinem Koffer, Harry«, sagte Ron. Er stand auf und zog den Koffer aus der Gepäckablage. Einen Augenblick später hatte er das Taschenspickoskop zwischen Harrys Umhängen herausgezogen. Rasend schnell und hell aufleuchtend drehte es sich auf Rons Handfläche.

»Ist das ein Spickoskop?«, fragte Hermine neugierig und stand auf, um es näher in Augenschein zu nehmen.

»Ja ... allerdings ein ziemlich billiges«, sagte Ron. »Seit ich es Errol ans Bein gebunden hab, um es Harry zu schicken, spinnt es ein wenig.«

»Hast du damals irgendwas Komisches gemacht?«, sagte Hermine mit forschendem Blick.

»Nein! Nun ja ... ich hätte eigentlich nicht Errol nehmen sollen, du weißt doch, dass er nicht fit ist für lange Flüge ... aber wie sollte ich Harry das Geschenk denn sonst schicken?«

»Steck es zurück in den Koffer«, mahnte Harry, als das Spickoskop anfing, durchdringend zu pfeifen, »oder er wacht noch auf.«

Er nickte zu Professor Lupin hinüber. Ron stopfte das Spickoskop in ein besonders fürchterliches Paar von Onkel Vernons alten Socken, was das Pfeifen abwürgte, dann klappte er den Koffer zu.

»Wir könnten es in Hogsmeade nachsehen lassen«, sagte Ron und setzte sich wieder. »Sie verkaufen solche Sachen bei *Derwisch und Banges*, magische Werkzeuge und so Zeugs, das weiß ich von Fred und George.«

»Weißt du viel über Hogsmeade?«, fragte Hermine interessiert. »Ich hab gelesen, es ist der einzige Ort in England, wo kein einziger Muggel lebt.«

»Ja, ich glaub schon«, sagte Ron gleichgültig, »aber das ist nicht der Grund, weshalb ich dort hinmöchte. Ich will einfach mal in den *Honigtopf*!«

»Was ist das?«, wollte Hermine wissen.

»Der Süßigkeitenladen«, sagte Ron und ein träumerischer Ausdruck trat auf sein Gesicht, »wo sie alles haben – Pfefferkekse – die lassen dir den Mund rauchen – und große pralle Schokokugeln, gefüllt mit Erdbeermousse und Schlagsahne und ganz tolle Zuckerfederhalter, die kannst du in der Schule lutschen und siehst dabei aus, als würdest du nur überlegen, was du schreiben sollst –«

»Aber Hogsmeade ist doch auch sonst ganz interessant, oder?«, bohrte Hermine wissbegierig nach. »In *Historische Stätten der Zauberei* heißt es, das Wirtshaus sei das Hauptquartier des berüchtigten Koboldaufstands von 1612 gewesen und die Heulende Hütte soll das am übelsten spukende Gebäude im ganzen Land sein –«

»– und dicke Brausekugeln, du hebst vom Boden ab, wenn du sie lutschst«, sagte Ron, der offensichtlich kein Wort von dem hören wollte, was Hermine zu sagen hatte.

Hermine wandte sich Harry zu.

»Wär es nicht schön, mal ein wenig aus der Schule rauszukommen und Hogsmeade zu erkunden?«

»Sicher«, brummte Harry. »Ihr müsst mir dann erzählen, wie es war.«

»Was soll das heißen?«, sagte Ron.

»Ich kann nicht mit. Die Dursleys haben die Zustimmungserklärung für mich nicht unterschrieben und Fudge wollte auch nicht.«

Ron war entsetzt.

»Du darfst nicht mitkommen? Aber kommt nicht in Frage, McGonagall oder sonst jemand wird es schon erlauben –«

Harry lachte hohl. Professor McGonagall, die das Haus Gryffindor leitete, war sehr streng.

»Oder wir fragen Fred und George, die kennen alle Geheimgänge aus dem Schloss heraus.«

»Ron!«, sagte Hermine in schneidendem Ton. »Ich glaube nicht, dass Harry sich aus der Schule schleichen sollte, wenn Black auf freiem Fuß ist.«

»Ja, das wird McGonagall sicher auch sagen, wenn ich sie um Erlaubnis frage«, sagte Harry erbittert.

»Aber wenn wir ihn begleiten, Hermine«, sagte Ron beherzt, »wird Black es nicht wagen.«

»Ach Ron, red keinen Stuss«, fuhr ihn Hermine an. »Black hat mitten auf einer belebten Straße ein Dutzend Leute umgebracht, glaubst du wirklich, er wird sich davon abhalten lassen, Harry anzugreifen, nur weil wir dabei sind?«

Während sie sprach, nestelte sie an den Spannverschlüssen von Krummbeins Korb herum.

»Lass bloß dieses Tier nicht raus!«, sagte Ron. Doch zu spät; leichtfüßig hüpfte Krummbein aus dem Korb, streckte sich, gähnte und sprang auf Rons Knie; das Knäuel in Rons Brusttasche zitterte und wütend schob er Krummbein beiseite.

»Hau ab!«

»Ron, nicht!«, sagte Hermine zornig.

Ron wollte gerade zurückfauchen, als sich Professor Lupin regte. Gebannt beobachteten sie ihn, doch er drehte nur mit leicht geöffnetem Mund den Kopf auf die andere Seite und schlief weiter.

Der Hogwarts-Express fuhr stetig nordwärts und die Landschaft vor dem Fenster wurde wilder und düsterer und die Wolken am Himmel verdichteten sich. Vor der Abteiltür rannten Schüler hin und her. Krummbein hatte sich jetzt auf einem leeren Sitz niedergelassen, das eingedellte Gesicht Ron zugewandt und die gelben Augen auf Rons Brusttasche gerichtet.

Um eins schob die plumpe Hexe mit dem Imbisswagen die Tür auf.

»Meint ihr, wir sollten ihn aufwecken?«, fragte Ron verlegen und nickte zu Professor Lupin hinüber. »Sieht aus, als könnte er was zu essen vertragen.«

Hermine näherte sich vorsichtig dem Professor.

»Ähm – Professor?«, sagte sie. »Verzeihung – Professor?« Er rührte sich nicht.

»Schon gut, Mädchen«, sagte die Hexe und reichte Harry einen mächtigen Stapel Kesselkuchen, »wenn er aufwacht und Hunger hat, ich bin vorne beim Zugführer.«

»Ich hoffe doch, dass er schläft?«, sagte Ron leise, als die Hexe die Abteiltür zugeschoben hatte. »Ich meine – er ist nicht tot, oder?«

»Nein, nein, er atmet«, flüsterte Hermine und nahm das Stück Kesselkuchen, das Harry ihr reichte.

Professor Lupin mochte keine angenehme Gesellschaft sein, doch dass er in ihrem Abteil war, hatte seine nützlichen Seiten. Am späten Nachmittag, gerade als es zu regnen begonnen hatte und die sanften Hügel vor dem Fenster verschwammen, hörten sie erneut Schritte auf dem Gang und die Mitschüler, die sie am wenigsten leiden konnten, erschienen an der Tür: Draco Malfoy, Vincent Crabbe und Gregory Goyle.

Draco Malfoy und Harry waren verfeindet, seit sie sich auf ihrer ersten Zugreise nach Hogwarts getroffen hatten. Malfoy mit seinem blassen, spitzen und blasierten Gesicht war im Haus Slytherin; er war Sucher in der Quidditch-Mannschaft der Slytherins, ebenso wie Harry bei den Gryffindors. Crabbe und Goyle schienen nur zu existieren, um Malfoys Befehle auszuführen. Beide waren breit gebaut und muskulös; Crabbe war der Größere von beiden und hatte einen Haarschnitt wie eine Puddingschüssel und einen sehr dicken Hals; Goyle hatte kurzes, stoppliges Haar und lange Gorillaarme.

»Schaut, schaut, wen haben wir denn da«, sagte Malfoy in seinem üblichen trägen, schnarrenden Tonfall und riss die Abteiltür auf. »Potty und das Wiesel.«

Crabbe und Goyle kicherten wie Kobolde.

»Hab gehört, dein Vater ist diesen Sommer endlich zu etwas Gold gekommen, Weasley«, sagte Malfoy. »Ist deine Mutter an dem Schock gestorben?«

Ron stand so schnell auf, dass er Krummbeins Korb zu Boden stieß. Professor Lupin ließ einen Schnarcher vernehmen.

»Wer ist das denn?«, fragte Malfoy, als er Lupin bemerkte, und trat instinktiv einen Schritt zurück.

»Ein neuer Lehrer«, sagte Harry, der ebenfalls aufgestanden war, um Ron im Falle eines Falles im Zaum zu halten. »Was wolltest du gerade sagen, Malfoy?«

Malfoys blasse Augen verengten sich; er war nicht der Dummkopf, der vor der Nase eines Lehrers Streit anfangen würde.

»Los, kommt«, murmelte er widerwillig Crabbe und Goyle zu und sie verschwanden.

Harry und Ron setzten sich wieder; Ron rieb sich die Handknöchel.

»Dieses Jahr lass ich mir von Malfoy nichts mehr bieten«, sagte er zornig, »und das meine ich ernst. Wenn er noch einen Witz über meine Familie macht, pack ich ihn am Kopf und –«

Ron fuchtelte heftig mit den Armen herum.

»Ron«, zischte Hermine und deutete auf Professor Lupin, »sei vorsichtig –«

Doch Professor Lupin schlief seelenruhig.

Der Zug fuhr weiter nach Norden und der Regen wurde stärker; die Fenster hatten ein undurchdringliches, schimmerndes Grau angenommen, das sich allmählich verdunkelte, bis schließlich die Laternen in den Gängen und über den Gepäcknetzen aufflackerten. Der Zug ratterte dahin, der Regen trommelte gegen die Fenster, der Wind heulte, doch Professor Lupin schlief weiter.

»Wir müssen doch bald da sein«, sagte Ron und lehnte sich an Professor Lupin vorbei zum inzwischen fast schwarzen Fenster.

Und wie zur Bestätigung seiner Worte begann der Zug langsamer zu werden.

»Endlich«, sagte Ron, stand auf und ging mit einem vorsichtigen Blick auf Professor Lupins Beine zum Fenster, um hinauszusehen. »Ich verhungere noch. Was ich jetzt brauche, ist das Festessen …«

Hermine sah auf die Uhr. »Eigentlich können wir noch nicht da sein«, sagte sie.

»Und warum halten wir dann?«

Der Zug bremste allmählich ab. Nun, da der Lärm der Kolben sich abschwächte, schlugen Wind und Regen lauter denn je gegen die Fenster.

Harry, der an der Tür saß, erhob sich und warf einen Blick auf den Gang. Entlang des ganzen Wagens lugten neugierige Köpfe aus den Abteilen.

Mit einem Ruck kam der Zug zum Stillstand und fernes Poltern und Krachen sagte ihnen, dass Koffer aus den Gepäcknetzen gefallen waren. Dann, ohne jede Vorwarnung, erloschen alle Lampen und sie waren jäh in schwarze Dunkelheit gehüllt.

»Was ist da los?«, ertönte Rons Stimme hinter Harry.

»Autsch!«, keuchte Hermine. »Ron, das war mein Fuß!«

Harry tastete sich zurück zu seinem Sitz.

»Glaubst du, wir haben eine Panne?«

»Keine Ahnung …«

Es gab ein quietschendes Geräusch und Harry sah die verschwommene schwarze Gestalt Rons das Fenster wischen, um hinauszuschauen.

»Da draußen bewegt sich was«, sagte Ron, »ich glaube, es steigen Leute ein …«

Plötzlich ging die Abteiltür auf, jemand stieß schmerzhaft gegen Harrys Beine und stürzte zu Boden.

»Verzeihung, wisst ihr, was da los ist? Autsch, tut mir Leid –«

»Hallo, Neville«, sagte Harry. Er tastete in der Dunkelheit umher und zog Neville an seinem Umhang auf die Beine.

»Harry? Bist du das? Was ist eigentlich los?«

»Keine Ahnung – setz dich –«

Darauf folgte ein lautes Fauchen und ein Schmerzensschrei; Neville hatte versucht sich auf Krummbein niederzulassen.

»Ich geh jetzt nach vorn und frag den Zugführer, was hier vor sich geht«, ließ Hermine vernehmen. Harry spürte sie an sich vorbeigehen, hörte die Tür aufgleiten und dann einen dumpfen Schlag und zwei laute Aufschreie.

»Wer ist das?«

»Wer ist das?«

»Ginny?«

»Hermine?«

»Was tust du hier?«

»Ich suche Ron.«

»Komm rein und setz dich hin.«

»Nicht hier!«, sagte Harry rasch.

»Autsch!«, sagte Neville.

»Ruhe!«, sagte plötzlich eine heisere Stimme.

Professor Lupin schien endlich aufgewacht zu sein. Harry konnte hören, dass sich in seiner Ecke etwas regte. Keiner von ihnen sagte ein Wort.

Sie hörten ein leises Knistern, und ein flackerndes Licht erleuchtete das Abteil. Professor Lupin schien eine Hand voll Flammen zu tragen. Sie beleuchteten sein müdes graues

Gesicht, doch seine Augen glänzten wachsam und voll Argwohn.

»Bleibt, wo ihr seid«, sagte er mit seiner heiseren Stimme und erhob sich langsam, die Hand mit den Flammen vor sich ausgestreckt.

Doch die Tür glitt auf, bevor Lupin sie erreichte.

Am Eingang, erhellt von den flackernden Flammen in Lupins Hand, stand eine vermummte Gestalt, die bis zur Decke ragte. Das Gesicht war unter einer Kapuze vollständig verborgen. Harrys Blick schoss nach unten, und was er da sah, ließ seinen Magen zusammenkrampfen. Eine Hand lugte unter dem Umhang hervor und es war eine glitzernd graue, schleimige Hand, wie die eines Toten, der zu lange im Wasser gelegen hatte …

Doch er sah sie nur für den Bruchteil einer Sekunde. Als ob das Wesen unter dem Umhang Harrys Blick gespürt hätte, zog es die Hand rasch unter die Falten des schwarzen Umhangs zurück.

Und dann holte das Kapuzenwesen, was immer es war, lange und tief rasselnd Atem, als ob es versuchte, mehr als nur Luft aus seiner Umgebung zu saugen.

Eine bittere Kälte legte sich über sie. Harry spürte seinen Atem in der Brust stocken. Die Kälte drang ihm unter die Haut. Sie drang in seine Brust, ins Innere seines Herzens …

Harrys Augäpfel drehten sich nach innen. Er konnte nichts mehr sehen. Die Kälte ertränkte ihn. In seinen Ohren rauschte es, wie von Wasser. Etwas zog ihn in die Tiefe, das Rauschen wurde lauter …

Und dann, aus weiter Ferne, hörte er Schreie, schreckliche, grauenerfüllte, flehende Schreie – er wollte helfen, wer auch immer es war, er versuchte die Arme zu bewegen, doch er konnte nicht – ein dichter weißer Nebel wirbelte um ihn auf, drang in sein Inneres –

»Harry! Harry! Alles in Ordnung?«

Jemand gab ihm eine Ohrfeige.

»W-was?«

Harry öffnete die Augen; über ihm brannten Lampen, und der Fußboden vibrierte – die Lichter waren angegangen und der Hogwarts-Express fuhr wieder. Offenbar war er von seinem Sitz auf den Boden geglitten. Ron und Hermine knieten neben ihm, und über ihnen sah er Neville und Professor Lupin, die ihn gespannt musterten. Harry war speiübel; als er die Hand hob, um seine Brille zurechtzurücken, spürte er kalten Schweiß auf seinem Gesicht.

Ron und Hermine hievten ihn zurück auf seinen Platz.

»Geht's wieder?«, fragte Ron nervös.

»Ja«, sagte Harry und warf rasch einen Blick zur Tür. Die vermummte Kreatur war verschwunden. »Was ist passiert? Wo ist dieses – dieses Wesen? Wer hat geschrien?«

»Kein Mensch hat geschrien«, sagte Ron, jetzt noch nervöser.

Harry sah sich in dem hell erleuchteten Abteil um. Ginny und Neville, beide ganz blass, erwiderten seinen Blick.

»Aber ich hab Schreie gehört.«

Ein lautes Knacken ließ sie alle zusammenfahren. Professor Lupin brach einen gewaltigen Riegel Schokolade in Stücke.

»Hier«, sagte er zu Harry und reichte ihm ein besonders großes Stück. »Iss. Dann geht's dir besser.«

Harry nahm die Schokolade, aß sie jedoch nicht.

»Was war das für ein Wesen?«, fragte er Lupin.

»Ein Dementor«, sagte Lupin, während er die Schokolade an die andern verteilte. »Einer der Dementoren von Askaban.«

Alle starrten ihn an. Professor Lupin knüllte das leere Schokoladenpapier zusammen und steckte es in die Tasche.

»Iss«, sagte er noch einmal. »Das hilft. Entschuldigt mich, ich muss mit dem Zugführer sprechen –«

Er ging an Harry vorbei und verschwand im Gang.

»Bist du sicher, dass du in Ordnung bist, Harry?«, sagte Hermine und musterte ihn besorgt.

»Ich begreif es nicht … was ist passiert?«, fragte Harry und wischte sich erneut den Schweiß von der Stirn.

»Nun – dieses Wesen – dieser Dementor – stand da und hat sich umgesehen – wenigstens nehm ich an, dass er es tat, ich konnte sein Gesicht nicht sehen – und du, du –«

»Ich dachte, du hättest so eine Art Anfall«, sagte Ron, dem der Schreck immer noch im Gesicht stand. »Du bist irgendwie steif geworden und von deinem Sitz gefallen und hast angefangen zu zucken.«

»Und Professor Lupin ist über dich gestiegen, hat sich vor dem Dementor aufgestellt und den Zauberstab gezückt«, sagte Hermine. »Und dann hat er gesagt: ›Keiner von uns hier versteckt Sirius Black unter seinem Umhang. Geht.‹ Aber der Dementor hat sich nicht gerührt. Dann hat Lupin etwas gemurmelt und etwas Silbernes ist aus seinem Zauberstab auf den Dementor gerichtet geschossen und der hat sich umgedreht und ist auf so merkwürdige Art davongeglitten.«

»Es war schrecklich«, sagte Neville mit noch höherer Stimme als sonst. »Hast du gemerkt, wie kalt es wurde, als er reinkam?«

»Ich hab mich so komisch gefühlt«, sagte Ron und zog beklommen die Schultern hoch. »Als ob ich nie mehr froh sein würde …«

Ginny, die in ihrer Ecke zusammengekauert saß und fast so schlecht aussah, wie Harry sich fühlte, ließ einen leisen Schluchzer vernehmen; Hermine ging zu ihr und legte ihr tröstend den Arm um die Schultern.

»Aber ist denn keiner von euch – vom Sitz gefallen?«, fragte Harry verlegen.

»Nein«, sagte Ron und sah Harry erneut beunruhigt an. »Aber Ginny hat wie verrückt gezittert ...«

Harry begriff nicht. Er fühlte sich schwach und wackelig; als ob er sich von einem schweren Grippeanfall erholen müsste; auch spürte er einen Anflug von Scham. Warum hatte es ausgerechnet ihn so fürchterlich erwischt und keinen von den andern?

Professor Lupin kam zurück. Er trat ein, stockte, sah sich um und sagte dann mit dem Anflug eines Lächelns:

»Ich hab die Schokolade nicht vergiftet, glaub mir ...«

Harry biss ein Stück ab, und zu seiner großen Überraschung breitete sich plötzlich Wärme bis in seine Fingerspitzen und Zehen aus.

»In zehn Minuten sind wir in Hogwarts«, sagte Professor Lupin. »Wie geht's dir, Harry?«

Harry fragte nicht, woher Professor Lupin seinen Namen kannte.

»Gut«, nuschelte er verlegen.

Sie sprachen nicht viel während der verbleibenden Reise. Endlich hielt der Zug am Bahnhof von Hogwarts. Unter großem Durcheinander drängelten alle nach draußen; Eulen heulten, Katzen miauten und Nevilles Kröte quakte laut unter seinem Hut hervor. Auf dem kleinen Bahnsteig war es bitterkalt; in eisigen Böen prasselte der Regen nieder.

»Erstklässler hier lang«, rief eine vertraute Stimme. Harry, Ron und Hermine wandten sich um und sahen den riesenhaften Umriss Hagrids am anderen Ende des Bahnsteigs, der die verängstigt aussehenden neuen Schüler zu sich winkte, um dann, wie es der Brauch war, mit ihnen über den See zu fahren.

»Alles klar, ihr drei?«, rief Hagrid über die Köpfe der Menge hinweg. Sie winkten ihm zu, hatten jedoch keine

Gelegenheit, mit ihm zu sprechen, weil die Menschenmasse sie in die andere Richtung schob. Harry, Ron und Hermine folgten den anderen Schülern den Bahnsteig entlang und hinaus auf einen holprigen, schlammigen Fahrweg, wo mindestens hundert Kutschen auf sie warteten. Als sie eingestiegen waren und den Wagenschlag geschlossen hatten, setzte sich die Kutsche wie von allein in Bewegung und reihte sich rumpelnd und schaukelnd in die Prozession ein. Sie werden von unsichtbaren Pferden gezogen, überlegte Harry.

In der Kutsche roch es leicht nach Moder und Stroh. Seit der Schokolade fühlte sich Harry besser, doch immer noch schwach. Ron und Hermine warfen ihm ständig Blicke von der Seite her zu, als ob sie fürchteten, er könne erneut in Ohnmacht fallen.

Als die Kutsche auf ein reich verziertes, zweiflügliges Eisentor zuratterte, das zu beiden Seiten von steinernen Säulen mit geflügelten Ebern an der Spitze flankiert war, sah Harry zwei weitere riesige, vermummte Dementoren, die unter den Ebern Wache standen. Eine kalte Welle aus Übelkeit drohte ihn erneut zu ertränken; er lehnte sich zurück in seinen harten Sitz und schloss die Augen, bis sie das Tor passiert hatten. Auf dem langen, ansteigenden Weg hoch zum Schloss wurde die Kutsche allmählich schneller; Hermine streckte den Kopf aus dem kleinen Fenster und sah zu, wie die vielen Zinnen und Türme näher kamen. Endlich machte die Kutsche schaukelnd Halt und Hermine und Ron stiegen aus.

Als Harry die Stufen hinabkletterte, drang ein träges, schadenfrohes Schnarren an sein Ohr.

»Du bist in Ohnmacht gefallen, Potter? Sagt Longbottom die Wahrheit? Du bist tatsächlich ohnmächtig geworden?«

Malfoy stieß Hermine mit dem Ellbogen beiseite und stellte sich Harry auf den steinernen Stufen hoch zum

Schloss in den Weg. Sein Gesicht war voll Häme und seine blassen Augen glitzerten tückisch.

»Hau ab, Malfoy«, sagte Ron mit zusammengebissenen Zähnen.

»Bist du auch ohnmächtig geworden, Weasley?«, sagte Malfoy laut. »Hat der schreckliche alte Dementor dir auch Angst eingejagt, Weasley?«

»Gibt es hier ein Problem?«, sagte eine sanfte Stimme. Professor Lupin war gerade aus der nachfolgenden Kutsche gestiegen.

Malfoy warf Professor Lupin einen überheblichen Blick zu und ließ die Augen über die Flicken auf seinem Umhang und den zerbeulten Koffer wandern. Mit leisem Spott in der Stimme sagte er:

»O nein – ähm – Professor«, dann grinste er Crabbe und Goyle zu und stolzierte den beiden voran die Stufen zum Schloss hoch.

Hermine stupste Ron in den Rücken, um ihn anzutreiben, und die drei schlossen sich den Scharen der andern Schüler an, die zum Schloss hinaufgingen und durch das mächtige Portal in die geräumige, von flackernden Fackeln erleuchtete Eingangshalle strömten, von der aus eine herrliche marmorne Treppe in die oberen Stockwerke führte.

Zu ihrer Rechten öffnete sich die Tür zur Großen Halle; Harry folgte den Schülern, die hineinströmten, doch kaum hatte er einen Blick auf die verzauberte Decke geworfen, die heute Abend schwarz und bewölkt war, da rief eine Stimme:

»Potter! Granger! Ich will Sie beide sprechen!«

Harry und Hermine wandten sich überrascht um. Professor McGonagall, die Lehrerin für Verwandlung und Leiterin des Hauses Gryffindor, hatte sie über die Köpfe der Menge hinweg gerufen. Sie war eine Hexe mit strenger Miene; das Haar hatte sie zu einem festen Knoten gebunden und ihre scharfen Augen wurden von quadratischen Brillengläsern umrahmt. Harry kämpfte sich mit unguter Vorahnung zu ihr durch; Professor McGonagall hatte ihre eigene Art, ihm das Gefühl zu geben, irgendetwas falsch gemacht zu haben.

»Kein Grund, so besorgt auszusehen. Ich will nur, dass ihr auf ein Wort in mein Büro kommt«, sagte sie. »Sie gehen weiter, Weasley.«

Ron starrte ihnen nach, während Professor McGonagall Harry und Hermine von der schnatternden Menge fortführte, sie die Marmortreppe hoch- und einen Korridor entlangbugsierte.

Sobald sie in ihrem Büro waren, einem kleinen Raum mit einem großen, behaglichen Feuer, wies Professor McGonagall Harry und Hermine an, sich zu setzen. Sie selbst ließ sich hinter ihren Schreibtisch nieder und begann ohne Umschweife:

»Professor Lupin hat eine Eule vorausgeschickt, um mich zu benachrichtigen, dass Sie im Zug einen Ohnmachtsanfall hatten, Potter.«

Bevor Harry antworten konnte, klopfte es sanft an der Tür und Madam Pomfrey, die Krankenschwester, kam hereingewuselt.

Harry spürte, wie er rot anlief. Schlimm genug, dass er ohnmächtig geworden war, oder was es auch gewesen sein mag, nun machten sie auch noch alle so viel Aufhebens davon.

»Mir geht's gut«, sagte er. »Ich brauche nichts.«

»Oh, du warst es?«, sagte Madam Pomfrey. Sie achtete nicht auf seine Worte, beugte sich über ihn und musterte ihn mit scharfem Blick. »Ich nehme an, du hast wieder was Gefährliches angestellt?«

»Es war ein Dementor, Poppy«, sagte Professor McGonagall. Sie tauschten düstere Blicke aus und Madam Pomfrey schnalzte missbilligend mit der Zunge.

»Dementoren um die Schule herum aufstellen«, murmelte sie und strich Harrys Haare zurück, um ihm die Stirn zu fühlen, »da wird er nicht der Letzte sein, der zusammenbricht. Ja, er ist ganz unterkühlt. Fürchterliche Ungeheuer sind das, und wenn man bedenkt, wie sie auf Leute wirken, die ohnehin schon zart besaitet sind.«

»Ich bin nicht zart besaitet!«, sagte Harry beleidigt.

»Natürlich nicht«, sagte Madam Pomfrey geistesabwesend und fühlte ihm den Puls.

»Was braucht er?«, sagte Professor McGonagall forsch. »Bettruhe? Sollte er die Nacht vielleicht im Krankenflügel verbringen?«

»Mir geht's gut!«, sagte Harry und sprang auf. Die Vorstellung, was Draco Malfoy sagen würde, wenn er in den Krankenflügel müsste, war die reine Folter.

»Nun, zumindest sollte er ein wenig Schokolade bekommen«, sagte Madam Pomfrey, die jetzt versuchte, in Harrys Augen zu spähen.

»Ich hatte schon welche«, sagte Harry. »Professor Lupin hat mir ein Stück gegeben. Er hat sie an uns alle verteilt.«

»Ach, das war nett von ihm«, sagte Madam Pomfrey anerkennend. »Also haben wir endlich einen Lehrer in Verteidigung gegen die dunklen Künste, der seine Gegenmittel beherrscht?«

»Sind Sie sicher, dass Sie sich wohl fühlen, Potter?«, fragte Professor McGonagall in scharfem Ton.

»Ja«, sagte Harry.

»Sehr schön. Warten Sie bitte draußen, während ich kurz mit Miss Granger über ihren Stundenplan spreche, dann können wir zusammen nach unten gehen.«

Harry ging hinaus in den Gang, zusammen mit Madam Pomfrey, die leise murmelnd in den Krankenflügel zurückkehrte. Er musste nur wenige Minuten warten; als Hermine aus der Tür trat, schien sie sehr froh über etwas zu sein. Professor McGonagall folgte ihr und die drei stiegen die Marmortreppe hinunter in die Große Halle.

Die Halle war ein Meer aus schwarzen Spitzhüten; die langen Tische der vier Häuser waren voll besetzt mit Schülern, deren Gesichter beim Licht Tausender schwebender Kerzen erglühten. Professor Flitwick, ein winziger Zauberer mit einem Schock weißen Haars, trug gerade einen alten Hut und einen vierbeinigen Stuhl aus der Halle.

»Schade«, sagte Hermine, »wir haben die Auswahl versäumt!«

Die neuen Schüler in Hogwarts wurden auf die Häuser verteilt (Gryffindor, Ravenclaw, Hufflepuff und Slytherin). Dazu diente der Sprechende Hut, den sie aufsetzten und der daraufhin laut das Haus verkündete, zu dem sie am besten passten. Professor McGonagall schritt auf ihren Platz am Lehrertisch zu und Harry und Hermine gingen so unauffällig wie möglich in die andere Richtung zum Tisch der Gryffindors. Ihre Mitschüler wandten sich nach ihnen um, während sie an der rückwärtigen Wand der Halle entlanggingen, und ein paar deuteten auf Harry. Hatte sich die Geschichte von seinem Ohnmachtsanfall vor dem Dementor so rasch herumgesprochen?

Harry und Hermine setzten sich neben Ron, der ihnen Plätze freigehalten hatte.

»Was sollte der ganze Aufstand?«, murmelte er Harry zu.

Harry begann flüsternd zu erklären, doch in diesem Augenblick erhob sich der Schulleiter und Harry verstummte.

Professor Dumbledore, obwohl sehr alt, erweckte immer den Eindruck von ungeheurer Kraft. Er hatte fast meterlanges silbernes Haar und einen Bart, halbmondförmige Brillengläser und eine scharf gekrümmte Nase. Oft hieß es, er sei der größte Zauberer seiner Zeit, doch das war nicht der

Grund, weshalb Harry ihn schätzte. Man konnte einfach nicht umhin, Albus Dumbledore zu vertrauen, und während Harry beobachtete, wie Dumbledore die Schüler reihum strahlend anlächelte, fühlte er sich zum ersten Mal, seit der Dementor das Zugabteil betreten hatte, richtig entspannt.

»Willkommen!«, sagte Dumbledore und das Kerzenlicht schimmerte auf seinem Bart. »Willkommen zu einem neuen Jahr in Hogwarts! Ich habe euch allen einige Dinge mitzuteilen, und da etwas sehr Ernstes darunter ist, halte ich es für das Beste, wenn ich gleich damit herausrücke, denn nach unserem herrlichen Festmahl werdet ihr sicher ein wenig bedröppelt sein ...«

Dumbledore räusperte sich und fuhr fort:

»Wie ihr mitbekommen habt, ist der Hogwarts-Express durchsucht worden, und ihr wisst inzwischen, dass unsere Schule gegenwärtig einige der Dementoren von Askaban beherbergt, die im Auftrag des Zaubereiministeriums hier sind.«

Er hielt inne und Harry fiel ein, dass Mr Weasley gesagt hatte, auch Dumbledore sei nicht glücklich darüber, dass die Dementoren die Schule bewachten.

»Sie sind an allen Eingängen zum Gelände postiert«, fuhr Dumbledore fort, »und ich muss euch klar sagen, dass niemand ohne Erlaubnis die Schule verlassen darf, während sie hier sind. Dementoren dürfen nicht mit Tricks oder Verkleidungen zum Narren gehalten werden – nicht einmal mit Tarnumhängen«, fügte er mild lächelnd hinzu, und Harry und Ron warfen sich verstohlene Blicke zu. »Es liegt nicht in der Natur eines Dementors, Bitten oder Ausreden zu verstehen. Ich mahne daher jeden Einzelnen von euch: Gebt ihnen keinen Grund, euch Leid zuzufügen. Ich erwarte von unseren Vertrauensschülern und von unserem neuen Schulsprecherpaar, dass sie dafür sorgen, dass kein Schüler und keine Schülerin den Dementoren in die Quere kommt«, sagte Dumbledore.

Percy, der einige Stühle von Harry entfernt saß, warf sich erneut in die Brust und blickte Achtung heischend in die Runde. Dumbledore legte eine Pause ein; er ließ die Augen mit ernster Miene durch den Saal wandern; niemand bewegte sich oder machte auch nur das kleinste Geräusch.

»Und nun zu etwas Angenehmerem«, fuhr er fort. »Ich freue mich, dieses Jahr zwei neue Lehrer in unseren Reihen begrüßen zu können.

Zunächst Professor Lupin, der sich freundlicherweise bereit erklärt hat, die Stelle des Lehrers für Verteidigung gegen die dunklen Künste zu übernehmen.«

Es gab vereinzelten, wenig begeisterten Beifall. Nur jene, die mit Professor Lupin im Zugabteil gesessen hatten, und dazu gehörte Harry, klatschten wild in die Hände. Professor Lupin sah neben all den andern Lehrern in ihren besten Umhängen besonders schäbig aus.

»Schau dir Snape an!«, zischte Ron Harry ins Ohr.

Professor Snape, der Lehrer für Zaubertränke, starrte quer über den Tisch auf Professor Lupin. Es war kein Geheimnis, dass Snape eigentlich dessen Stelle haben wollte, doch selbst Harry, der Snape nicht leiden konnte, war bestürzt über den Ausdruck, der über sein schmales, fahles Gesicht zuckte; es war mehr als Wut; es war blanker Hass. Harry kannte diesen Ausdruck nur zu gut; es war derselbe Blick, mit dem Snape jedes Mal Harry ansah.

»Zu unserer zweiten Neuernennung«, fuhr Dumbledore fort, während der halbherzige Applaus für Professor Lupin erstarb. »Nun, es tut mir Leid, euch sagen zu müssen, dass Professor Kesselbrand, unser Lehrer für die Pflege magischer Geschöpfe, Ende letzten Jahres in den Ruhestand getreten ist, um sich noch ein wenig seiner verbliebenen Gliedmaßen erfreuen zu können. Jedoch bin ich froh sagen zu können, dass sein Platz von keinem anderen als Rubeus Hagrid eingenommen wird, der sich bereit erklärt hat, diese Lehrtätigkeit zusätzlich zu seinen Pflichten als Wildhüter zu übernehmen.«

Harry, Ron und Hermine starrten sich verdutzt an. Dann stimmten auch sie in den Beifall ein, der besonders am Tisch der Gryffindors tumultartige Züge annahm; Harry lehnte sich vor, um Hagrid sehen zu können, der rubinrot angelaufen war und auf seine gewaltigen Pranken hinunterstarrte, das breite Grinsen im Gestrüpp seines schwarzen Bartes verborgen.

»Das hätten wir doch erraten können!«, brüllte Ron und hämmerte auf den Tisch, »wer sonst würde uns ein beißendes Buch auf die Liste setzen?«

Harry, Ron und Hermine hörten als Letzte zu klatschen auf, und als Professor Dumbledore wieder zu sprechen begann, sahen sie, wie Hagrid sich am Tischtuch die Augen wischte.

»Nun, ich denke, das ist alles, was zu erwähnen wäre«, sagte Dumbledore. »Beginnen wir mit dem Festmahl!«

Die goldenen Teller und Becher vor ihnen füllten sich plötzlich mit Speisen und Getränken. Harry, mit einem Mal hungrig wie ein Tier, tat sich von allem, was er mit Händen erreichen konnte, etwas auf und begann zu essen.

Es war ein herrliches Mahl; die Halle war erfüllt von Stimmen, Gelächter und vom Geklirr der Messer und Gabeln. Doch Harry, Ron und Hermine wollten schnell fertig werden, um mit Hagrid sprechen zu können. Sie wussten, wie viel es ihm bedeutete, zum Lehrer ernannt worden zu sein. Hagrid war kein vollständig ausgebildeter Zauberer; er war im dritten Schuljahr von Hogwarts verwiesen worden, wegen eines Verbrechens, das er nicht begangen hatte; erst Harry, Ron und Hermine hatten letztes Jahr seinen guten Namen wiederhergestellt.

Endlich, als die letzten Krümel Kürbistorte von den goldenen Tellern verschwunden waren, verkündete Dumbledore, es sei nun für alle an der Zeit, ins Bett zu gehen, und das war ihre Chance.

»Herzlichen Glückwunsch, Hagrid«, kreischte Hermine, als sie zum Lehrertisch gelangten.

»Allen Dank euch dreien«, sagte Hagrid zu ihnen aufblickend und wischte sich das glänzende Gesicht mit der Serviette ab. »Kann's einfach nicht glauben ... großartiger Mann, Dumbledore ... kam schnurstracks rüber zu meiner Hütte, nachdem Professor Kesselbrand gesagt hatte, er hätte genug ... das hab ich mir immer gewünscht ...«

Überwältigt vor Rührung vergrub er das Gesicht in der Serviette, und Professor McGonagall scheuchte sie davon.

Harry, Ron und Hermine schlossen sich den Gryffindors an, die die Treppe emporströmten, und gingen, inzwischen recht müde, die Korridore entlang und noch mehr Treppen empor, bis sie zum versteckten Eingang des Gryffindor-Turms kamen. Das große Bildnis einer fetten Dame in einem rosa Kleid fragte sie: »Passwort?«

»Ich komm schon, ich komm schon!«, rief Percy am anderen Ende der Schülerschlange. »Das neue Passwort ist Fortuna Major!«

»O nein«, sagte Neville Longbottom traurig. Es fiel ihm immer schwer, sich Passwörter zu merken.

Sie kletterten durch das Porträtloch und durchquerten den Gemeinschaftsraum, und schließlich nahmen Jungen und Mädchen verschiedene Treppen nach oben; Harry stieg die Wendeltreppe hoch und dachte einzig daran, wie froh er war, zurück zu sein; sie kamen in den vertrauten, runden Schlafsaal mit ihren fünf Himmelbetten, und als Harry sich umsah, hatte er das Gefühl, endlich wieder zu Hause zu sein.

Teeblätter und Krallen

Als Harry, Ron und Hermine am nächsten Morgen zum Frühstück in die Große Halle kamen, fiel ihnen zuallererst Draco Malfoy auf, der eine große Schar Slytherins mit einer offenbar sehr komischen Geschichte unterhielt. Während sie vorbeigingen, gab Malfoy eine drollige Vorstellung von einem Ohnmachtsanfall zum Besten und heimste dafür johlendes Gelächter ein.

»Achte nicht auf ihn«, sagte Hermine, die dicht hinter Harry ging, »ignorier ihn einfach, er ist es nicht wert ...«

»He, Potter!«, kreischte Pansy Parkinson, ein Slytherin-Mädchen mit einem Gesicht wie ein Mops, »Potter! Die Dementoren kommen, Potter! Uuuuhuuuh!«

Harry ließ sich auf einen Stuhl am Tisch der Gryffindors fallen, neben George Weasley.

»Die neuen Stundenpläne für die Drittklässler«, sagte George und reichte die Blätter weiter. »Was ist los mit dir, Harry?«

»Malfoy«, sagte Ron, der sich ebenfalls zu George gesetzt hatte und zornig zum Tisch der Slytherins hinüberstarrte.

George blickte gerade noch rechtzeitig auf, um zu sehen, wie Malfoy schon wieder so tat, als würde er vor Schreck in Ohnmacht fallen.

»Dieses kleine Großmaul«, sagte er gelassen. »Gestern Abend, als die Dementoren in unserem Wagen waren, war er nicht so dreist. Kam in unser Abteil gerannt, weißt du noch, Fred?«

»Hat sich fast nass gemacht«, sagte Fred mit einem verächtlichen Blick zu Malfoy hinüber.

»Mir war auch nicht besonders wohl«, sagte George. »Richtige Ungeheuer, diese Dementoren …«

»Lassen dir die Eingeweide gefrieren«, sagte Fred.

»Immerhin seid ihr nicht ohnmächtig geworden, oder?«, sagte Harry mit matter Stimme.

»Vergiss es, Harry«, sagte George aufmunternd. »Fred, weißt du noch, wie Dad mal nach Askaban musste? Und er meinte, das sei der schlimmste Ort, an dem er je gewesen sei, er kam ganz schwach und zittrig zurück … Diese Dementoren saugen das Glück ab, wo sie auch sind. Die meisten Gefangenen dort werden verrückt.«

»Wollen mal sehen, wie gut gelaunt Malfoy nach unserem ersten Quidditch-Spiel noch aus der Wäsche guckt«, sagte Fred. »Gryffindor gegen Slytherin, das erste Spiel der Saison, so war's doch?«

Das einzige Mal, dass Harry und Malfoy sich in einem Quidditch-Spiel gegenübergestanden hatten, hatte Malfoy eindeutig den Kürzeren gezogen. Harry, dem jetzt ein wenig besser zumute war, tat sich Würstchen und gegrillte Tomaten auf.

Hermine war in ihren neuen Stundenplan vertieft.

»Ach gut, wir fangen heute mit ein paar neuen Fächern an«, sagte sie glücklich.

»Hermine«, sagte Ron, der ihr stirnrunzelnd über die Schulter sah, »da haben sie dir einen verkorksten Stundenplan gegeben. Schau mal – du hast ungefähr zehn Fächer am Tag. Dazu hast du überhaupt nicht die Zeit.«

»Das schaff ich schon. Ich hab alles mit Professor McGonagall abgesprochen.«

»Aber hör mal«, sagte Ron lachend, »was ist mit heute Morgen? Neun Uhr Wahrsagen. Und darunter, auch neun

Uhr, Muggelkunde. Und sieh mal an« – Ron beugte sich mit ungläubiger Miene tiefer über den Stundenplan, »– darunter Arithmantik, auch um neun. Ich weiß ja, dass du gut in der Schule bist, Hermine, aber niemand ist *so* gut. Wie willst du denn in drei Klassenzimmern auf einmal sein?«

»Stell dich nicht so bescheuert an«, sagte Hermine barsch. »Natürlich bin ich nicht in drei Klassenräumen auf einmal.«

»Und wie –«

»Gib mir mal die Marmelade«, sagte Hermine.

»Aber –«

»O Ron, was kümmert es dich, wenn mein Stundenplan ein bisschen voll ist?«, fauchte ihn Hermine an. »Ich hab dir doch gesagt, dass ich alles mit Professor McGonagall geklärt habe.«

In diesem Augenblick betrat Hagrid die Große Halle. Er trug seinen langen Maulwurffell-Umhang und gedankenversunken ließ er einen toten Iltis von einer seiner Pranken baumeln. Auf dem Weg zum Lehrertisch hielt er bei den dreien inne.

»Alles klar bei euch?«, sagte er gut gelaunt. »Ihr sitzt in meiner allerersten Stunde! Gleich nach dem Mittagessen! Bin seit fünf auf den Beinen, um alles vorzubereiten ... hoffe, es gefällt euch ... ich und Lehrer ... nicht zu fassen ...«

Er sah sie breit grinsend an und ging dann, munter mit dem Iltis wedelnd, weiter zum Lehrertisch.

»Was er wohl vorbereitet hat?«, sagte Ron mit leichter Anspannung in der Stimme.

Die Schüler brachen jetzt zur ersten Unterrichtsstunde auf und die Halle leerte sich zusehends. Ron warf einen Blick auf seinen Stundenplan.

»Wir sollten gehen, sieh mal, Wahrsagen ist oben auf dem Nordturm, da hoch brauchen wir mindestens zehn Minuten ...«

Hastig beendeten sie ihr Frühstück, verabschiedeten sich von Fred und George und machten sich auf den Weg zum Ausgang. Als sie am Tisch der Slytherins vorbeigingen, tat Malfoy noch einmal so, als würde er in Ohnmacht fallen. Johlendes Gelächter folgte Harry in die Eingangshalle.

Der Weg durch das Schloss zum Nordturm war lang. Zwei Jahre in Hogwarts hatten nicht gereicht, um alle Ecken und Enden des Schlosses kennen zu lernen, und sie waren noch nie im Nordturm gewesen.

»Es – muss – doch – eine – Abkürzung – geben«, keuchte Ron, während sie die siebte lange Treppe emporstiegen. Oben gelangten sie auf einen unbekannten Rundgang, wo es nichts gab außer einem großen Gemälde an der steinernen Wand, das nichts als ein Stück Grasland zeigte.

»Ich glaube, hier geht's lang«, sagte Hermine und spähte in den leeren Gang zu ihrer Rechten.

»Das kann nicht sein«, sagte Ron. »Das ist Süden, sieh mal, vom Fenster aus sieht man den See –«

Harry betrachtete das Gemälde. Ein fettes, scheckiges Pony war eben auf die Wiese gehoppelt und fing unbekümmert an zu grasen. Für Harry war es nichts Neues mehr, dass die Abgebildeten auf den Gemälden von Hogwarts ihre Bilderrahmen verließen und sich gegenseitig Besuche abstatteten, doch er sah immer gerne zu. Einen Augenblick später kam ein untersetzter, vierschrötiger Ritter mit Rüstung in das Bild geklappert. Den Grasflecken auf seinen metallenen Knien nach zu schließen, war er soeben gestürzt.

»Sieh an!«, rief er, als er Harry, Ron und Hermine erblickte, »was sind das für Schurken, die in meine Ländereien eindringen! Gekommen, um euch über meinen Sturz lustig zu machen? Zieht eure Waffen, ihr Spitzbuben, ihr Hunde!«

Verdutzt beobachteten sie, wie der kleine Ritter sein Schwert aus der Scheide zog und wild damit herumfuchtelte, wobei er zornig umherhopste. Doch das Schwert war zu lang für ihn; ein besonders heftiger Schwung brachte ihn aus dem Gleichgewicht und er flog mit dem Gesicht ins Gras.

»Haben Sie sich was getan?«, fragte Harry und trat näher an das Bild heran.

»Zurück, gemeiner Aufschneider! Zurück, du Strolch!«

Wieder packte der Ritter sein Schwert, diesmal, um sich aufzurappeln, doch die Klinge sank tief in die Erde und obwohl er mit aller Kraft zog, blieb sie stecken. Schließlich musste er sich wieder ins Gras sinken lassen und das Visier hochschieben, um sich das schweißnasse Gesicht zu wischen.

»Hören Sie«, sagte Harry eilig, um die Erschöpfung des Ritters auszunutzen, »wir suchen den Nordturm. Kennen Sie vielleicht den Weg?«

»Eine Aufgabe!« Der Zorn des Ritters schien im Nu wie weggeblasen. Klappernd rappelte er sich hoch und rief: »Kommt, folgt mir, werte Freunde, und wir werden unser Ziel finden oder aber tapfer kämpfend untergehen!«

Noch einmal zog er am Schwert, doch ohne Erfolg, schließlich versuchte er das dicke Pony zu besteigen, was wiederum misslang, dann rief er:

»Zu Fuß denn, werte Herren und edle Dame! Auf! Auf!«

Und laut klappernd rannte er los in die linke Seite des Rahmens und verschwand.

Sie liefen dem Klappern seiner Rüstung nach den Korridor entlang. Hie und da erhaschten sie einen Blick auf ihn, wenn er durch ein Bild vor ihnen huschte.

»Seid kühnen Herzens, das Schlimmste kommt noch!«, rief der Ritter, und sie sahen ihn vor einer Gruppe aufgeschreckter Damen in Reifröcken erscheinen, deren Bild an der Wand einer schmalen Wendeltreppe hing.

Laut keuchend stiegen Harry, Ron und Hermine durch die engen Windungen der Treppe nach oben, und endlich, als ihnen schon schwindelig war, hörten sie über sich Stimmengemurmel und wussten, dass sie das Klassenzimmer erreicht hatten.

»Lebt wohl!«, rief der Ritter und steckte seinen Kopf in ein Gemälde mit finster dreinblickenden Mönchen. »Lebt wohl, meine Mitstreiter! Braucht ihr jemals ein edles Herz und stählerne Nerven, dann ruft Sir Cadogan!«

»Klar, machen wir«, murmelte Ron, und der Ritter verschwand, »– wenn wir je einen Narren brauchen.«

Sie nahmen die letzten Stufen hinauf zu einem kleinen Treppenabsatz, wo die meisten anderen schon versammelt waren. Es gab keine Türen, doch Ron stieß Harry in die Rippen und deutete auf die Decke, wo eine runde Falltür mit einem Messingschild eingelassen war.

»Sibyll Trelawney, Lehrerin für Wahrsagen«, las Harry. »Wie sollen wir denn da hochkommen?«

Wie zur Antwort auf diese Frage öffnete sich plötzlich die Falltür und eine silberne Leiter schwebte herunter bis vor Harrys Füße. Alle verstummten.

»Nach dir«, sagte Ron grinsend, und Harry kletterte als Erster die Leiter hoch.

Er gelangte in das seltsamste Klassenzimmer, das er je gesehen hatte. Eigentlich sah es gar nicht aus wie ein Klassenzimmer, eher wie eine Mischung aus einer Dachkammer und einem altmodischen Teeladen. Es war voll gepfropft mit gut zwanzig kleinen runden Tischen, umgeben von Chintz-Sesseln und üppigen Sitzpolstern. Alles war in scharlachrotes Dämmerlicht getaucht; die Vorhänge an den Fenstern waren zugezogen und über die vielen Lampen waren dunkelrote Seidentücher geworfen. Es war stickig warm; das Feuer unter dem überladenen Kaminsims erhitzte einen großen Kupferkessel, von dem sich ein schwerer, leicht übelkeiterregender Parfümduft ausbreitete. Die Regale entlang der runden Wände waren überladen mit staubigen Federn, Kerzenstümpfen, Stapeln zerknitterter Spielkarten, zahllosen silbern glitzernden Kristallkugeln und einer enormen Vielfalt an Teetassen.

Ron tauchte an Harrys Seite auf und der Rest der Klasse versammelte sich um die beiden; alle flüsterten.

»Wo steckt sie?«, fragte Ron.

Plötzlich drang eine Stimme aus dem Schatten, eine sanfte, rauchige Stimme.

»Willkommen«, sagte sie. »Wie schön, euch endlich in der materiellen Welt zu sehen.«

Harry kam sie auf den ersten Blick wie ein großes, glänzendes Insekt vor. Professor Trelawney trat ins Licht des Feuers. Sie war mager; die riesigen Brillengläser vergrößerten ihre Augen um ein Vielfaches; um den Körper hatte sie einen schleierartigen, glitzernden Schal geschlungen. Unzählige Kettchen und Perlenschnüre hingen um ihren spindeldürren Hals, und ihre Arme und Hände waren mit Spangen und Ringen verziert.

»Setzt euch, meine Kinder«, sagte sie, und die Klasse ließ sich schüchtern und steif auf den Sesseln und Sitzpolstern nieder. Harry, Ron und Hermine setzten sich zusammen an einen der runden Tische.

»Willkommen zum Wahrsagen«, sagte Professor Trelawney, die sich in einen geflügelten Sessel am Feuer gleiten ließ. »Mein Name ist Professor Trelawney. Ihr werdet mich wohl noch nie gesehen haben. Ich finde, dass der allzu häufige Abstieg hinunter in das hektische Getriebe der Schule mein Inneres Auge trübt.«

Niemand sagte etwas zu dieser erstaunlichen Erklärung. Professor Trelawney zupfte bedächtig ihren Schal zurecht und fuhr fort. »Nun, ihr habt euch also für das Studium des Wahrsagens entschieden, für die schwierigste aller magischen Künste. Doch ich muss euch gleich zu Beginn warnen: Wenn ihr nicht im Besitz des Inneren Auges seid, gibt es nur wenig, was ich euch lehren kann. Bücher führen uns auf diesem Felde nicht allzu weit ...«

Bei diesen Worten warfen Ron und Harry einen kurzen Seitenblick auf Hermine, die ganz bestürzt schien ob der Neuigkeit, dass Bücher in diesem Fach nicht viel helfen würden.

»Viele Hexen und Zauberer, so begabt sie auch sein mögen, wenn es um lautes Brimborium und ekligen Gestank und plötzliches Verschwindenlassen geht, sind dennoch unfähig, in die verschleierten Geheimnisse der Zukunft einzudringen«, fuhr Professor Trelawney fort, und ihre riesengroßen funkelnden Augen wanderten von einem nervösen Gesicht zum andern. »Dies ist eine Gabe, die nur wenigen gewährt ist. Du, Junge –«, sagte sie plötzlich zu Neville, der beinahe von seinem Sitzpolster fiel, »– geht es deiner Großmutter gut?«

»Ich glaub schon«, sagte Neville zitternd.

»An deiner Stelle wäre ich mir nicht so sicher«, sagte Professor Trelawney, und das Licht des Feuers schimmerte auf ihren langen, smaragdbesetzten Ohrgehängen wider. Neville schluckte schwer. Gelassen sprach Professor Trelawney weiter:

»In diesem Jahr lernen wir die Anfangsgründe des Wahrsagens kennen. Im ersten Quartal deuten wir Teeblätter. Im zweiten behandeln wir das Handlesen. Übrigens, meine Liebe«, und sie wandte sich plötzlich an Parvati Patil, »hüte dich vor einem rothaarigen Mann.«

Parvati warf Ron, der hinter ihr saß, einen verdutzten Blick zu und rutschte mit ihrem Stuhl von ihm weg.

»Im Sommerquartal«, fuhr Professor Trelawney fort,

»werden wir uns der Kristallkugel zuwenden – wenn wir bis dahin mit den Feuer-Omen fertig sind. Denn leider wird der Unterricht im Februar durch eine schwere Grippewelle unterbrochen werden. Ich selbst werde meine Stimme verlieren. Und um Ostern herum wird einer der hier Versammelten für immer von uns gehen.«

Ein sehr gespanntes Schweigen trat auf diese Ankündigung hin ein, doch Professor Trelawney schien es nicht zu kümmern.

»Würde es dir etwas ausmachen«, sagte sie zu Lavender Brown, die ihr am nächsten saß und auf ihrem Platz zusammenschrumpfte, »mir die größte silberne Teekanne zu reichen?«

Lavender, ganz erleichtert, stand auf, nahm eine riesige Teekanne vom Regal und stellte sie auf den Tisch vor Professor Trelawney.

»Ich danke dir, meine Liebe. Ach übrigens, dieses Ereignis, vor dem du dich fürchtest – es wird am Freitag, dem sechzehnten Oktober geschehen.«

Lavender zitterte.

»Nun bitte ich euch, zu zweit zusammenzugehen. Nehmt euch eine Teetasse vom Regal dort drüben, kommt dann zu mir und lasst sie füllen, dann setzt euch und trinkt; trinkt, bis nur noch der Bodensatz übrig ist. Schwenkt die Tasse dreimal mit der linken Hand, stülpt sie auf die Untertasse, wartet, bis der restliche Tee abgelaufen ist, und gebt sie dann eurem Partner zum Lesen. Ihr könnt die Muster anhand der Seiten fünf und sechs in *Entnebelung der Zukunft* sicher leicht deuten. Ich werde an die Tische kommen und euch ein wenig helfen. Oh, und, mein Lieber –«, sie packte Neville, der gerade aufstehen wollte, am Arm, »wenn du die erste Tasse zerbrochen hast, wärst du dann so nett, eine mit blauem Muster zu nehmen? Ich hänge ziemlich an den rosafarbenen.«

Und kaum hatte Neville das Regal mit den Teetassen erreicht, als auch schon das Klirren zerbrechenden Porzellans zu hören war. Professor Trelawney huschte mit Schippe und Besen zu ihm hinüber und sagte: »Jetzt eine von den blauen, mein Lieber, wenn es dir nichts ausmacht ... ich danke dir ...«

Harry und Ron ließen sich die Teetassen füllen und gingen zurück an ihren Tisch, wo sie den brühend heißen Tee so rasch wie möglich tranken. Sie schwenkten die verbliebenen Teeblätter, wie Professor Trelawney gesagt hatte, dann tranken sie den letzten Rest aus und stülpten die Tassen um.

»Dann leg mal los«, sagte Ron, während sie ihre Bücher aufschlugen, »was kannst du bei mir sehen?«

»Eine Menge nasses braunes Zeugs«, sagte Harry. Der schwer parfümierte Rauch im Zimmer machte ihn schläfrig und ließ sein Denken erlahmen.

»Erweitert euren Horizont, meine Lieben, und erlaubt euren Augen, über den schnöden Alltag hinauszusehen!«, rief Professor Trelawney durch die Düsternis.

Harry gab sich einen Ruck.

»Hier, du hast so ein schiefes Kreuz ...«, sagte er, das Buch zu Rate ziehend. »Das bedeutet, dir stehen ›Prüfungen und Leiden‹ bevor – tut mir Leid für dich – aber das hier sieht aus wie eine Sonne ... wart mal ... das bedeutet ›großes Glück‹. Also wirst du leiden, aber sehr glücklich sein ...«

»Du solltest mal dein Inneres Auge untersuchen lassen, wenn du mich fragst«, sagte Ron und beide mussten sich das Lachen verkneifen, denn Professor Trelawney schaute gerade in ihre Richtung.

»Ich bin dran ...« Ron lugte in Harrys Untertasse, die Stirn vor Anstrengung gerunzelt. »Da ist eine Blase, sieht aus wie ein Hut – eine Melone«, sagte er. »Vielleicht arbeitest du mal für das Zaubereiministerium ...«

Er drehte die Untertasse in der Hand.

»Aber so sieht es eher wie eine Eichel aus ... was ist das denn?« Er überflog die Seiten von *Entnebelung der Zukunft*. »›Ein unerwarteter Goldgewinn‹.« Toll, du kannst mir was leihen ... und da ist noch was.« Wieder drehte er die Untertasse. »Sieht aus wie ein Tier ... ja, wenn das sein Kopf wäre ... sieht aus wie ein Pferd ... nein, ein Schaf ...«

Professor Trelawney wirbelte herum, als Harry schnaubend auflachte.

»Lass mich das sehen, mein Lieber«, sagte sie vorwurfsvoll zu Ron, schwebte herüber und schnappte ihm Harrys Untertasse aus der Hand. Alle verstummten und sahen zu.

Professor Trelawney starrte auf die Blätter und drehte sie dabei gegen den Uhrzeigersinn.

»Der Falke ... mein Lieber, du hast einen Todfeind.«

»Aber das wissen doch alle«, flüsterte Hermine so laut, dass jeder es hörte. Professor Trelawney starrte sie an.

»Ja, ist doch wahr«, sagte Hermine. »Alle kennen die Geschichte von Harry und Du-weißt-schon-wem.«

Harry und Ron starrten sie mit einer Mischung aus Verblüffung und Bewunderung an. Nie zuvor hatte Hermine so zu einem Lehrer gesprochen. Professor Trelawney zog es vor, nicht zu antworten. Wieder senkte sie ihre riesigen Augen auf Harrys Untertasse und drehte sie weiter in den Händen.

»Der Schlagstock ... ein Angriff. Meine Güte, das ist keine schöne Tasse...«

»Ich dachte, das sei eine Melone«, sagte Ron verdruckst.

»Der Schädel ... da wartet Gefahr auf dich, mein Lieber ...«

Alle starrten wie gebannt auf Professor Trelawney, die die Untertasse noch einmal drehte, den Atem anhielt und dann aufschrie.

Wieder klirrte zerbrechendes Porzellan; Neville hatte seine zweite Tasse fallen gelassen. Professor Trelawney sank in einen freien Lehnstuhl, die glitzernde Hand ans Herz gepresst und die Augen geschlossen.

»Mein lieber Junge ... mein armer lieber Junge ... nein ... besser, wenn ich es nicht sage ... nein ... fragt mich nicht ...«

»Was ist es, Professor?«, fragte Dean Thomas sofort. Alle waren aufgesprungen, scharten sich langsam um Harrys und Rons Tisch und drängelten sich um Professor Trelawneys Sessel, um gute Sicht auf Harrys Untertasse zu haben.

»Mein Lieber«, sagte Professor Trelawney und ihre Augen weiteten sich dramatisch, »du hast den Grimm.«

»Den was?«, sagte Harry.

Er sah, dass er nicht der Einzige war, der nicht begriff; Dean Thomas sah ihn schulterzuckend an und Lavender Brown machte eine ratlose Miene, doch fast alle andern klatschten entsetzt die Hände vor den Mund.

»Den Grimm, mein Lieber, den Grimm!«, rief Professor Trelawney, die schockiert schien, weil Harry es nicht begriffen hatte. »Der riesige Gespensterhund, der in Kirchhöfen umherspukt! Mein lieber Junge, das ist ein Omen – das schlimmste Omen – des Todes!«

Harrys Magen krampfte sich zusammen. Dieser Hund auf dem Umschlag von *Omen des Todes* bei *Flourish & Blotts* – der Hund im Schatten des Magnolienrings ... auch Lavender Brown schlug jetzt die Hände vor den Mund. Alle sahen Harry an; alle außer Hermine, die aufgestanden und hinter den Sessel von Professor Trelawney getreten war.

»Mir kommt das nicht wie ein Grimm vor«, sagte sie gleichmütig.

Professor Trelawney musterte Hermine mit wachsender Abneigung.

»Verzeih mir, dass ich es dir sage, meine Liebe, aber ich

nehme sehr wenig Aura um dich herum wahr. Sehr wenig Empfänglichkeit für die Schwingungen der Zukunft.«

Seamus Finnigan neigte den Kopf mal auf die eine, mal auf die andere Seite.

»Wenn man so macht, sieht's aus wie ein Grimm«, sagte er, die Augen fast geschlossen, »aber so gesehen ist es eher ein Esel«, sagte er, den Kopf nach links neigend.

»Wann habt ihr endlich rausgefunden, ob ich sterbe oder nicht!«, rief Harry, sogar zu seiner eigenen Überraschung. Daraufhin wollte ihn offenbar keiner mehr ansehen.

»Ich denke, wir werden den Unterricht für heute beenden«, sagte Professor Trelawney mit ihrer rauchigsten Stimme. »Ja ... bitte räumt eure Sachen auf ...«

Schweigend brachte die Klasse die Teetassen zu Professor Trelawney zurück, packte die Bücher ein und schloss die Taschen. Selbst Ron mied Harrys Blick.

»Bis zum nächsten Mal«, sagte Professor Trelawney matt, »möge das Glück mit euch sein. Ach, und, mein Lieber –«, sie deutete auf Neville, »du wirst das nächste Mal zu spät kommen, also arbeite besonders fleißig, damit du den Stoff aufholst.«

Harry, Ron und Hermine kletterten schweigend Professor Trelawneys Leiter und die enge Wendeltreppe hinunter und machten sich auf den Weg zur Verwandlungsstunde bei Professor McGonagall. Sie brauchten so lange, um ihr Klassenzimmer zu finden, dass sie, obwohl sie früh aus Wahrsagen gekommen waren, fast zu spät kamen.

Harry entschied sich für einen Platz ganz hinten, weil er sich fühlte, als würde ihn ein sehr heller Scheinwerfer anstrahlen; die anderen in der Klasse warfen ihm unablässig flüchtige Blicke zu, als ob er jeden Moment tot umfallen würde. Er hörte kaum, was Professor McGonagall ihnen über Animagi erzählte (Zauberer, die sich nach Belieben in

Tiere verwandeln konnten), und sah nicht einmal hin, als sie sich vor ihren Augen in eine getigerte Katze mit Brillenringen um die Augen verwandelte.

»Sagt mal, was ist denn heute in euch gefahren?«, sagte Professor McGonagall, verwandelte sich mit einem leisen *Plopp* in sich selbst zurück und musterte sie reihum. »Nicht dass es mir was ausmachen würde, aber das ist die erste meiner Verwandlungen, bei der ich keinen Beifall von der Klasse bekomme.«

Alle Köpfe wandten sich wieder Harry zu, doch niemand sagte ein Wort. Dann hob Hermine die Hand.

»Bitte, Professor, wir haben eben unsere erste Stunde Wahrsagen gehabt und wir haben Teeblätter gedeutet und –«

»Aah, natürlich«, sagte Professor McGonagall, nun plötzlich die Stirn runzelnd. »Sie brauchen mir gar nichts weiter zu erklären, Miss Granger. Und, wer von Ihnen wird dieses Jahr sterben?«

Alle starrten sie an.

»Ich«, sagte Harry schließlich.

»Verstehe«, sagte Professor McGonagall und fixierte Harry mit ihren Perlenaugen. »Dann sollten Sie wissen, Potter, dass Sibyll Trelawney, seit sie an dieser Schule ist, Jahr für Jahr den Tod eines Schülers vorausgesagt hat. Keiner davon ist bislang gestorben. Todesomen zu sehen ist ihre bevorzugte Art, eine neue Klasse willkommen zu heißen. Ich spreche eigentlich nie schlecht über Kollegen, aber …«

Professor McGonagall verstummte mit aufgeblähten Nasenflügeln. Etwas ruhiger fuhr sie fort.

»Wahrsagen ist einer der ungenauesten Zweige der Magie. Ich möchte Ihnen nicht verheimlichen, dass ich mich nicht weiter damit abgebe. Wahre Seher sind sehr selten, und Professor Trelawney –«

Wieder verstummte sie und sagte dann in nüchternem Ton:

»Sie scheinen mir bei bester Gesundheit zu sein, Potter, also werden Sie mir verzeihen, wenn ich Ihnen trotz allem Hausaufgaben gebe. Wenn Sie sterben, brauchen Sie die Arbeit nicht abzugeben, das versichere ich Ihnen.«

Hermine lachte. Harry fühlte sich etwas wohler. Fern vom roten Dämmerlicht und den benebelnden Düften in Professor Trelawneys Klassenzimmer wurde ihm nicht so schnell angst und bange. Jedoch nicht alle waren überzeugt; Ron sah immer noch besorgt aus und Lavender flüsterte: »Aber was ist mit Nevilles Untertasse?«

Nach der Verwandlungsstunde schlossen sie sich der vielköpfigen Schar an, die lachend und schwatzend zum Mittagessen in die Große Halle strömte.

»Kopf hoch, Ron«, sagte Hermine und schob ihm einen Teller Fleischeintopf zu. »Du hast doch gehört, was Professor McGonagall gesagt hat.«

Ron schöpfte sich Eintopf auf den Teller und nahm den Löffel in die Hand, begann jedoch nicht zu essen.

»Harry«, sagte er mit leiser und ernster Stimme, »du hast doch nicht etwa zufällig irgendwo einen großen schwarzen Hund gesehen?«

»Doch, hab ich«, sagte Harry. »In der Nacht, als ich von den Dursleys abgehauen bin.«

Rons Löffel fiel klappernd auf den Teller.

»Wahrscheinlich ein streunender Köter«, sagte Hermine gelassen.

Ron sah Hermine an, als wäre sie verrückt geworden.

»Hermine, wenn Harry einen Grimm sieht, dann ist das – dann ist das schlecht«, sagte er. »Mein – mein Onkel Bilius hat mal einen gesehen und – und vierundzwanzig Stunden später ist er gestorben!«

»Zufall«, sagte Hermine schnippisch und schenkte sich Kürbissaft nach.

»Du weißt doch nicht, wovon du redest!«, sagte Ron und Zorn stieg ihm ins Gesicht. »Grimme erschrecken die meisten Zauberer zu Tode!«

»Da hast du es«, sagte Hermine in überlegenem Ton. »Sie sehen den Grimm und sterben vor Angst. Der Grimm ist kein Omen, er ist die Todesursache! Und Harry ist noch unter uns, weil er nicht so bescheuert ist, einen zu sehen und dann zu denken, schön und gut, geb ich also besser den Löffel ab!«

Ron starrte Hermine sprachlos an. Sie öffnete ihre Tasche, zog ihr neues Arithmantikbuch heraus, schlug es auf und lehnte es gegen den Saftkrug.

»Mir kommt Wahrsagen recht neblig vor«, sagte sie, während sie nach der richtigen Seite suchte, »'ne Menge Rumgerätsel, wenn ihr mich fragt.«

»An diesem Grimm auf dem Teller war nichts Nebliges!«, sagte Ron erhitzt.

»Du warst dir noch nicht so sicher, als du Harry gesagt hast, es sei ein Schaf«, sagte Hermine kühl.

»Professor Trelawney hat gesagt, du hast nicht die richtige Aura! Zur Abwechslung bist du mal 'ne richtige Lusche in einem Fach, und das gefällt dir nicht!«

Er hatte einen empfindlichen Nerv getroffen. Hermine klatschte ihr Arithmantikbuch so hart auf den Tisch, dass überall Fleisch- und Karottenstückchen umherflogen.

»Wenn gut sein in Wahrsagen heißt, dass ich so tun muss, als würde ich Todesomen in einem Haufen Teeblätter erkennen, dann weiß ich nicht, ob ich das Zeug überhaupt lernen soll! Dieser Unterricht war im Vergleich zu meiner Arithmantikstunde einfach haarsträubender Unfug!«

Sie packte ihre Tasche und schritt stolz von dannen.

Stirnrunzelnd sah ihr Ron nach.

»Wovon redet sie eigentlich?«, sagte er zu Harry. »Sie war doch noch gar nicht in Arithmantik.«

Harry war froh, nach dem Mittagessen nach draußen zu kommen. Der Regen von gestern hatte sich verzogen; der Himmel war klar und blassgrau; das feuchte Gras unter ihren Füßen federte, als sie zu ihrer ersten Stunde Pflege magischer Geschöpfe gingen.

Ron und Hermine schwiegen sich an. Harry ging ebenfalls schweigend neben ihnen her, über den sanft abfallenden Rasen hinüber zu Hagrids Hütte am Rande des Verbotenen Waldes. Erst als er drei nur zu bekannte Rücken vor sich sah, wurde ihm klar, dass sie zusammen mit den Slytherins Unterricht hatten. Malfoy redete lebhaft auf Crabbe und Goyle ein, die gackernd lachten. Harry ahnte wohl, worüber sie sprachen.

Hagrid wartete an der Tür seiner Hütte auf die Klasse. Da stand er in seinem Umhang aus Maulwurffell, Fang, den Saurüden, an den Fersen, und schien kaum erwarten zu können, endlich anzufangen.

»Kommt, bewegt euch!«, rief er den näher kommenden Schülern zu. »Hab 'ne kleine Überraschung für euch! Wird 'ne tolle Stunde! Sind alle da? Schön, dann folgt mir!«

Einen quälenden Moment lang dachte Harry, Hagrid würde sie in den Wald führen; dort hatte Harry genug Schreckliches erlebt, um für den Rest des Lebens die Nase voll zu haben. Doch Hagrid ging um einen Ausläufer des Waldes herum und fünf Minuten später standen sie am Rand einer Art Pferdekoppel. Sie war leer.

»Stellt euch dort drüben am Zaun auf!«, rief er. «Sehr schön – passt auf, dass alle etwas sehen können – und jetzt schlagt erst mal eure Bücher auf –«

»Wie denn?«, ertönte das kalte Schnarren Malfoys.

»Was denn?«, sagte Hagrid.

»Wie sollen wir unsere Bücher öffnen?«, sagte Malfoy. Er nahm sein *Monsterbuch der Monster* heraus, das er mit einem langen Seil zugebunden hatte. Auch die anderen zogen ihre Bücher hervor; manche, wie Harry, hatten es mit einem Gürtel zugeschnürt; andere hatten sie in enge Taschen gestopft oder sie mit großen Wäscheklammern gezähmt.

»Hat denn … hat denn kein Einziger sein Buch öffnen können?«, fragte Hagrid ganz verdattert.

Die Schüler schüttelten die Köpfe.

»Ihr müsst sie streicheln«, sagte Hagrid, als wäre es ganz selbstverständlich. »Seht mal –«

Er nahm Hermines Buch und riss das Zauberband herunter. Das Buch versuchte zu beißen, doch Hagrid fuhr mit seinem riesigen Zeigefinger an seinem Rücken entlang und das Buch fing an zu zittern, klappte auf und blieb ruhig in seiner Hand liegen.

»Oh, wie dumm wir doch alle waren!«, höhnte Malfoy. »Wir hätten sie streicheln sollen! Da hätten wir doch von allein draufkommen können!«

»Ich – ich dachte, sie sind ganz lustige Dinger«, sagte Hagrid unsicher zu Hermine.

»Oh – total lustig!«, sagte Malfoy. »Unglaublich witzig, uns Bücher zu geben, die uns die Hände abreißen wollen!«

»Halt den Mund, Malfoy«, sagte Harry leise. Hagrid wirkte bedrückt und Harry wollte, dass seine erste Stunde ein Erfolg würde.

»Na denn«, sagte Hagrid, der den Faden verloren zu haben schien, »also – ihr habt jetzt eure Bücher – und – jetzt braucht ihr die magischen Tiere. Ja. Also geh ich sie mal holen. Wartet mal …«

Er ging in Richtung Wald davon und verschwand.

»Mein Gott, diese Schule geht noch vor die Hunde«, sagte Malfoy laut. »Dieser Hornochse gibt auch noch Unterricht, mein Vater kriegt 'nen Anfall, wenn ich ihm das erzähle.«

»Halt den Mund, Malfoy«, sagte Harry noch einmal.

»Pass auf, Potter, hinter dir steht ein Dementor!«

»Uuuuuuh!«, kreischte Lavender Brown und deutete auf die andere Seite der Koppel.

Ein Dutzend der wunderlichsten Kreaturen, die Harry je gesehen hatte, trotteten auf sie zu. Sie hatten die Körper, Hinterbeine und Schwänze von Pferden, doch die Vorderbeine, Flügel und Köpfe waren die riesiger Adler mit grausamen, stahlfarbenen Schnäbeln und großen, leuchtend orangeroten Augen. Die Krallen an ihren Vorderbeinen waren lang wie Hände und sahen todbringend aus. Jedes der Tierwesen hatte einen dicken Lederkragen um den Hals, an dem eine lange Kette befestigt war, und alle Ketten liefen in den Pranken Hagrids zusammen, der hinter den Wesen in die Koppel gelaufen kam.

»Uuiii, hoch da!«, brüllte er mit den Ketten klirrend und trieb die Tierwesen an die Stelle des Zauns, wo die Klasse stand. Alle wichen ein wenig zurück, als Hagrid näher kam und die Geschöpfe an den Zaun band.

»Hippogreife«, donnerte Hagrid glückselig und winkte ihnen zu. »Herrlich, nicht wahr?«

Harry sah durchaus, was Hagrid meinte. Wenn man einmal den ersten Schreck angesichts einer Kreatur überwunden hatte, die halb Pferd, halb Vogel war, lernte man den Anblick der Hippogreife zu schätzen, deren schimmerndes Gefieder allmählich in Fell überging. Sie waren alle von ganz unterschiedlicher Farbe: sturmgrau, bronze, rostrot, schimmernd kastanienbraun und tintenschwarz.

Hagrid rieb sich die Hände und strahlte in die Runde. »So«, sagte er, »wollt ihr nicht ein wenig näher kommen?«

Keiner schien sich darum zu reißen. Harry, Ron und Hermine jedoch näherten sich vorsichtig dem Zaun.

»Nun, als Erstes müsst ihr wissen, dass Hippogreife stolz sind«, sagte Hagrid. »Sind leicht beleidigt, diese Hippogreife. Beleidigt nie keinen, denn das könnte eure letzte Tat gewesen sein.«

Malfoy, Crabbe und Goyle hörten nicht zu; sie unterhielten sich gedämpft und Harry hatte das unangenehme Gefühl, dass sie ausheckten, wie sie den Unterricht am besten stören konnten.

»Ihr müsst immer abwarten, bis der Hippogreif den ersten Schritt macht«, fuhr Hagrid fort. »Das ist höflich, versteht ihr? Ihr geht auf ihn zu und verbeugt euch und wartet. Wenn er sich auch verbeugt, dürft ihr ihn berühren. Wenn er's nicht tut, dann macht euch schleunigst davon, denn diese Krallen tun weh.

Also, wer will als Erster?«

Die meisten wichen noch weiter zurück. Auch Harry, Ron und Hermine war nicht wohl zumute. Die Hippogreife warfen ihre grimmigen Köpfe in die Luft und spannten ihre mächtigen Flügel; offenbar konnten sie es nicht leiden, angezäunt zu sein.

»Keiner?«, sagte Hagrid mit flehendem Blick.

»Ich mach's«, sagte Harry.

Hinter sich hörte er ein lautes Aufatmen und Lavender und Parvati flüsterten: »Ooooo nein, Harry, denk an deine Teeblätter!«

Harry achtete nicht auf sie. Er kletterte über den Zaun der Koppel.

»Mutiger Junge, Harry!«, polterte Hagrid. »Gut, schauen wir mal, wie du mit Seidenschnabel zurechtkommst.«

Er löste eine der Ketten, zog den grauen Hippogreif von seinen Artgenossen fort und befreite ihn von seinem Lederkragen. Die Klasse auf der anderen Seite des Zauns schien den Atem anzuhalten. Malfoys Augen waren gehässig verengt.

»Ruhig jetzt, Harry«, sagte Hagrid leise. »Du blickst ihm in die Augen, und versuch jetzt, nicht zu blinzeln … Hippogreife trauen dir nicht, wenn du zu viel blinzelst …«

Sofort wurden Harrys Augen feucht, doch er hielt sie offen. Seidenschnabel hatte seinen großen, scharf geschnittenen Kopf zur Seite geneigt und starrte Harry mit einem grimmigen orangefarbenen Auge an.

»Sehr gut, Harry«, sagte Hagrid. »Sehr gut, Harry … und jetzt verbeug dich …«

Harry hatte keine große Lust, Seidenschnabel seinen Nacken preiszugeben, doch er tat, wie ihm geheißen. Er verneigte sich kurz und sah dann auf.

Der Hippogreif starrte ihn immer noch herablassend an. Er rührte sich nicht.

»Ah«, sagte Hagrid beunruhigt. »Na gut, zieh dich zurück, Harry, und ganz vorsichtig –«

Doch zu Harrys gewaltiger Überraschung knickte der Hippogreif plötzlich seine geschuppten Vorderknie ein und neigte unmissverständlich den Kopf.

»Gut gemacht, Harry!«, sagte Hagrid ganz begeistert, »schön, du kannst ihn anfassen! Tätschel seinen Schnabel, nur zu!«

Harry hätte sich zur Belohnung lieber das Ende der Vorstellung gewünscht, doch er ging langsam auf den Hippogreif zu und streckte die Hand nach ihm aus. Er tätschelte ein wenig den Schnabel und der Hippogreif schloss entspannt die Augen, als würde es ihm gefallen.

Die ganze Klasse, außer Malfoy, Crabbe und Goyle, die äußerst missvergnügt wirkten, brach in stürmischen Beifall aus.

»Jetzt weiter, Harry«, sagte Hagrid, »ich schätze, er lässt dich reiten!«

Damit allerdings hatte Harry nicht gerechnet. Er konnte auf einem Besen durch die Lüfte fliegen; doch er war sich nicht sicher, ob ein Hippogreif nicht etwas ganz anderes war.

»Steig auf, gleich hinter den Flügelansatz«, sagte Hagrid, »und pass auf, dass du keine Federn rausziehst, das mag er gar nicht …«

Harry setzte den Fuß auf den Flügel des Hippogreifs und schwang sich auf seinen Rücken. Seidenschnabel erhob sich. Harry wusste nicht recht, wo er sich festhalten sollte; alles vor ihm war voller Federn.

»Dann mal los!«, polterte Hagrid und klatschte dem Hippogreif auf den Hintern.

Ohne Vorwarnung spannte das Geschöpf seine drei Meter langen Flügel zu beiden Seiten von Harry aus; der hatte gerade noch Zeit, die Arme um seinen Hals zu schlingen, dann schoss er in die Höhe. Es war nicht zu vergleichen mit einem Besen, und Harry wusste, was er lieber fliegen wollte; die Flügel des Hippogreifs schlugen heftig aus, gerieten unter seine Beine und drohten ihn abzuwerfen; die schimmernden Federn rutschten ihm durch die Finger, doch er wagte nicht, sie fester zu packen; dies war nicht das sanfte Gleiten seines Nimbus Zweitausend; das Hinterteil des Hippogreifs hob und senkte sich mit jedem Flügelschlag und Harry wippte vor und zurück.

Seidenschnabel flog ihn einmal um die Koppel herum; dann neigte er den Kopf zur Erde; es war dieser steile Sinkflug, vor dem Harry Angst hatte; er lehnte sich zurück, als der glatte Hals sich nach unten beugte, und hatte das Gefühl, über den Schnabel abzurutschen. Dann gab es einen schmerzhaften Aufprall, als die vier schlecht zusammenpassenden Füße auf dem Boden aufschlugen; er konnte sich gerade eben noch festhalten und richtete sich wieder auf.

»Gut gemacht, Harry!«, rief Hagrid, und alle außer Malfoy, Crabbe und Goyle brachen in Jubel aus. »Gut, wer will als Nächster?«

Ermutigt durch Harrys Erfolg kletterte auch der Rest der Klasse vorsichtig in die Koppel. Hagrid löste die Hippogreife nacheinander von ihren Ketten, und bald waren auf der ganzen Koppel Schüler verteilt, die sich nervös verbeugten. Neville stolperte immer wieder rückwärts davon, denn sein Hippogreif wollte einfach nicht in die Knie gehen. Ron und Hermine übten unter den Augen von Harry mit einem kastanienbraunen Tier.

Malfoy, Crabbe und Goyle hatten sich Seidenschnabel vorgenommen. Er hatte sich vor Malfoy verbeugt, der ihm jetzt mit verächtlichem Blick den Schnabel tätschelte.

»Das ist doch kinderleicht«, schnarrte Malfoy so laut, dass Harry es hören konnte, »hab ich doch gleich gewusst, wenn Potter es schafft ... ich wette, du bist überhaupt nicht gefährlich, oder?«, sagte er zu dem Hippogreif, »oder doch, du großes hässliches Scheusal?«

Man sah nur ein stählernes Schnabelblitzen; von Malfoy kam ein durchdringender Schrei und schon war Hagrid zur Stelle. Er zwängte den Lederkragen über den Hals von Seidenschnabel und bemühte sich, zu Malfoy zu gelangen, der zusammengerollt im Gras lag. Blutflecken erschienen auf seinem Umhang und wurden langsam größer.

»Ich sterbe!«, schrie Malfoy, und Panik machte sich breit. »Ich sterbe, seht her! Es hat mich umgebracht!«

»Du stirbst nicht!«, sagte Hagrid mit todbleichem Gesicht. »Helft mir mal, ich muss ihn hier rausbringen –«

Hermine lief zum Tor und öffnete es, während Hagrid Malfoy mühelos von der Erde hob. Als Hagrid vorbeiging, bemerkte Harry eine lange, klaffende Wunde an Malfoys Arm; Blut besprenkelte das Gras, während Hagrid mit seiner Last den Abhang zum Schloss hochrannte.

Ratlos und verängstigt folgte ihm die Klasse. Die Slytherins schimpften lauthals über Hagrid.

»Sie sollten ihn sofort rauswerfen!«, sagte Pansy Parkinson mit Tränen in den Augen.

»Malfoy war doch selber schuld«, herrschte sie Dean Thomas an. Crabbe und Goyle spielten drohend mit den Muskeln.

Sie stiegen die steinerne Treppe zur menschenleeren Eingangshalle empor.

»Ich schau nach, wie es ihm geht!«, sagte Pansy, und die Blicke der Übrigen folgten ihr die marmorne Treppe hoch. Die Slytherins, immer noch über Hagrid schimpfend, zogen sich in ihren Gemeinschaftsraum unten in den Kerkern zurück; Harry, Ron und Hermine gingen die Treppen hoch zum Turm der Gryffindors.

»Glaubst du, er wird wieder gesund?«, sagte Hermine nervös.

»Natürlich, Madam Pomfrey kann Wunden in ein paar Sekunden heilen«, sagte Harry, dem die Krankenschwester schon viel schlimmere Verletzungen mit Zauberkräften geheilt hatte.

»Das war eine ziemlich üble Geschichte, ausgerechnet in Hagrids erster Unterrichtsstunde, meint ihr nicht?«, sagte Ron besorgt. »Ich wette, Malfoy wird ihm die Hölle heiß machen …«

Sie waren unter den Ersten, die zum Abendessen in die Große Halle kamen, weil sie hofften, Hagrid zu treffen. Doch er kam nicht.

»Sie werden ihn doch nicht entlassen?«, sagte Hermine besorgt und rührte ihren Pudding nicht an.

»Das sollen sie bloß nicht wagen«, sagte Ron, der ebenfalls nichts runterbrachte.

Harry beobachtete den Tisch der Slytherins. Crabbe und Goyle und eine Menge andere Schüler saßen dort, die Köpfe zusammengesteckt, und redeten fieberhaft aufeinander ein. Harry war sich sicher, sie würden ihre eigene Geschichte zusammenbrauen, wie es zu Malfoys Verletzung gekommen war.

»Immerhin kann man nicht behaupten, der erste Schultag sei langweilig gewesen«, sagte Ron mit düsterer Miene.

Nach dem Essen gingen sie nach oben in den belebten Gemeinschaftsraum der Gryffindors und versuchten ihre Hausaufgaben für Professor McGonagall zu machen, doch alle drei unterbrachen ständig die Arbeit und spähten aus dem Turmfenster.

»Bei Hagrid drüben brennt Licht«, sagte Harry plötzlich.

Ron sah auf die Uhr.

»Wenn wir uns beeilen, können wir ihn besuchen, es ist immer noch recht früh …«

»Ich weiß nicht«, sagte Hermine bedächtig und Harry fing ihren Blick auf.

»Ich darf sehr wohl über das Schulgelände gehen«, sagte er entschieden. »Sirius Black ist noch nicht an den Dementoren vorbeigekommen, oder?«

Also räumten sie ihre Sachen zusammen und kletterten durch das Porträtloch, froh, auf dem Weg zum Schlossportal niemanden zu treffen, denn ganz sicher waren sie sich ihrer Sache nicht.

Das Gras war immer noch nass und wirkte im Dämmerlicht fast schwarz. Vor Hagrids Hütte angelangt, klopften sie, und eine Stimme knurrte: »Herein.«

Hagrid saß in Hemdsärmeln an seinem polierten Holztisch; sein Saurüde Fang hatte den Kopf in seinen Schoß gelegt. Ein Blick genügte, um zu erkennen, dass Hagrid einiges getrunken hatte; vor ihm stand ein Zinnhumpen, fast so groß wie ein Eimer, und er schien Schwierigkeiten zu haben, sie klar zu sehen.

»Vermute mal, 's is 'n Rekord«, sagte er mit bräsiger Stimme, als er sie erkannt hatte. »Ha'm wohl noch kein' Lehrer gehabt, der nur 'nen Tag lang dabei war.«

«Du bist doch nicht entlassen!«, rief Hermine und hielt den Atem an.

»Noch nich«, sagte Hagrid bedrückt und nahm einen gewaltigen Schluck von was auch immer aus seinem Humpen. »Aber 's iss nur 'ne Frage der Sseit, nach der Ssache mit Maf-foy ...«

Sie setzten sich. »Wie geht's ihm denn?«, fragte Ron, »war doch nichts Ernstes, oder?«

»Ma'm Pomfrey hat ihn so gut sie konnte zusamm'geflickt«, sagte Hagrid dumpf, »aber er ssagt, er leide immer noch Todesqualen ... alles in Bandagen ... stöhnt die ganze Zeit ...«

»Er tut doch nur so«, sagte Harry ohne Umschweife. »Madam Pomfrey kann alles heilen. Letztes Jahr hat sie die Hälfte meiner Knochen nachwachsen lassen. Dass Malfoy die Sache jetzt ausnutzt, war ja klar.«

»Der Schulbeirat is unnerichtet worden, natürlich«, sagte Hagrid niedergeschlagen. »Die meinen, ich wär zu groß eingestiegen. Hätte die Hippogreife für später aufheben sollen ... lieber mit Flubberwürmern oder so was anfangen sollen ... dachte nur, es wär 'ne gute erste Stunde für euch ... alles mein Fehler ...«

»Es ist alles Malfoys Fehler, Hagrid«, sagte Hermine mit ernster Stimme.

»Wir sind Zeugen«, sagte Harry. »Du hast gesagt, Hippogreife werden böse, wenn man sie beleidigt. Es ist Malfoys Problem, wenn er nicht hören wollte. Wir sagen Dumbledore, was wirklich passiert ist.«

»Ja, mach dir keine Sorgen, Hagrid, wir holen dich da raus«, sagte Ron.

Tränen kullerten aus den runzligen Winkeln um Hagrids käferschwarze Augen. Er packte Harry und Ron und umarmte sie, dass ihre Knochen krachten.

»Ich glaube, du hast genug getrunken«, sagte Hermine streng. Sie nahm den Humpen vom Tisch, ging nach draußen und schüttete ihn aus.

»Aaarh, vielleicht hat sie Recht«, sagte Hagrid und ließ Harry und Ron los, die beide zurückstolperten und sich die Rippen rieben. Hagrid hievte sich aus dem Stuhl und schwankte nach draußen zu Hermine. Sie hörten einen lauten Platscher.

»Was hat er getan?«, fragte Harry nervös, als Hermine mit dem leeren Humpen hereinkam.

»Den Kopf ins Wasserfass getaucht«, sagte Hermine und räumte den Humpen beiseite.

Hagrid kam zurück, das Haar und der Bart klitschnass, und wischte sich das Wasser aus den Augen.

»Jetzt geht's besser«, sagte er, schüttelte den Kopf wie ein Hund und spritzte sie alle nass. »Hört mal, das war gut, dass ihr mich besucht habt, ich bin wirklich –«

Hagrid verstummte jäh und starrte Harry an, als hätte er erst jetzt erkannt, wen er vor sich hatte.

»Was glaubst du eigentlich, was du hier zu suchen hast?«, brüllte er so plötzlich los, dass sie einen Luftsprung machten. »Du stromerst hier nicht rum, wenn es dunkel ist, Harry! Und ihr beiden! Ihr lasst ihn auch noch gehen!«

Hagrid war mit einem Schritt bei Harry, packte ihn am Arm und schleifte ihn zur Tür.

»Kommt schon!«, sagte Hagrid zornig, »ich bring euch alle drei hoch zur Schule, und lasst euch ja nicht mehr bei mir blicken, wenn es dunkel ist. Das bin ich nicht wert!«

Der Irrwicht im Schrank

Malfoy erschien erst wieder am Donnerstagmorgen im Unterricht, als die Slytherins und Gryffindors schon die Hälfte der Zaubertrankstunde hinter sich hatten. Den rechten Arm verbunden und in einer Schlinge stolzierte er in den Kerker, gerade so, dachte Harry, als wäre er der einzig überlebende Held einer furchtbaren Schlacht.

»Wie geht's, Draco?«, fragte Pansy Parkinson und schenkte ihm einen bewundernden Blick, »tut's noch sehr weh?«

»Jaah«, sagte Malfoy mit der Miene des tapferen Kämpfers. Doch Harry sah, wie er Crabbe und Goyle zuzwinkerte, als Pansy den Blick abwandte.

»Setzen Sie sich, setzen Sie sich«, sagte Professor Snape gleichmütig.

Harry und Ron sahen sich missmutig an; wenn sie zu spät gekommen wären, hätte Snape nicht »Setzen Sie sich« gesagt, er hätte sie nachsitzen lassen. Doch Snape ließ Malfoy im Unterricht immer alles durchgehen; Snape war der Leiter des Hauses Slytherin und ließ die andern spüren, wer seine Lieblingsschüler waren.

Heute war ein neuer Zaubertrank dran, eine Schrumpflösung. Malfoy stellte seinen Kessel neben Harry und Ron auf, so dass sie ihre Zutaten auf demselben Tisch vorbereiten mussten.

»Professor«, rief Malfoy, »Professor, ich brauche Hilfe beim Zerschneiden dieser Gänseblümchenwurzeln, weil mein Arm –«

»Weasley, du schneidest die Wurzeln für Malfoy«, antwortete Snape ohne aufzusehen.

Ron schoss die Röte ins Gesicht.

»Dein Arm ist vollkommen in Ordnung«, zischte er Malfoy zu.

Malfoy sah ihn hämisch an.

»Weasley, du hast gehört, was Professor Snape gesagt hat, schneid mir die Wurzeln.«

Ron packte sein Messer, zog Malfoys Wurzeln zu sich herüber und begann sie grob zu zerkleinern, so dass die Stücke alle verschieden groß wurden.

»Professor«, schnarrte Malfoy, »Weasley verhackstückt meine Wurzeln, Sir.«

Snape trat an ihren Tisch, beugte seine Hakennase über die Wurzeln und lächelte Ron durch seine langen, fettigen schwarzen Haare hindurch Unheil verkündend an.

»Du nimmst Malfoys Wurzeln, Weasley, und gibst ihm deine.«

»Aber Sir!«

Ron hatte die letzte Viertelstunde damit verbracht, seine Wurzeln sorgfältig in gleich große Stücke zu schneiden.

»Sofort«, sagte Snape in seinem bedrohlichsten Tonfall.

Ron schob seine eigenen, schön geschnittenen Wurzeln hinüber zu Malfoy und griff dann wieder nach dem Messer.

»Und, Sir, diese Schrumpelfeige muss mir auch jemand schälen«, sagte Malfoy und konnte ein gemeines Lachen kaum unterdrücken.

»Potter, du kannst Malfoys Schrumpelfeige schälen«, sagte Snape mit jenem hasserfüllten Blick, mit dem er Harry immer bedachte.

Harry nahm Malfoys Schrumpelfeige, und Ron versuchte die Wurzelstücke zurechtzuschneiden, die er jetzt benutzen musste. Harry schälte die Schrumpelfeige so schnell er konnte und warf sie ohne ein Wort quer über den Tisch. Malfoy grinste noch hämischer über das ganze Gesicht.

»Euren Kumpel Hagrid mal wieder gesehen?«, fragte er mit gedämpfter Stimme.

»Das geht dich nichts an«, sagte Ron unwirsch und ohne aufzublicken.

»Ich fürchte, er wird nicht mehr lange Lehrer sein«, sagte Malfoy mit gespieltem Bedauern. »Mein Vater ist nicht gerade erfreut über meine Verletzung –«

»Red nur weiter, Malfoy, und ich verpass dir gleich ’ne richtige Wunde«, blaffte ihn Ron an.

»– er hat sich bei den Schulbeiräten beschwert. Und beim Zaubereiministerium. Vater hat gute Beziehungen, müsst ihr wissen. Und eine bleibende Verletzung wie diese –«, er ließ einen langen, falschen Seufzer hören, »– wer weiß, ob mein Arm je wieder richtig gesund wird?«

»Also deshalb spielst du dieses Theater«, sagte Harry und köpfte, weil seine Hand vor Zorn zitterte, versehentlich eine tote Raupe. »Damit sie Hagrid rauswerfen.«

»Nun«, sagte Malfoy und senkte die Stimme zu einem Flüstern, »nicht nur, Potter. Es bringt auch noch andere Vorteile. Weasley, schneid mir die Raupe.«

Ein paar Kessel weiter war Neville in Schwierigkeiten. Der Zaubertrankunterricht endete für ihn jedes Mal in einer Katastrophe; noch schlechter war er in keinem Fach und seine große Angst vor Professor Snape machte alles noch zehnmal schlimmer. Sein Zaubertrank, der eigentlich von leuchtend giftgrüner Farbe sein sollte, war –

»Orange, Longbottom«, sagte Snape, schöpfte ein wenig Flüssigkeit ab und ließ sie in den Kessel zurückplätschern, damit alle es sehen konnten. »Orange. Sag mir, Bursche, geht eigentlich überhaupt etwas in deinen dicken Schädel rein? Hast du nicht gehört, wie ich ganz deutlich gesagt habe, nur eine Rattenmilz zugeben? Hab ich nicht klar gesagt, ein Spritzer Blutegelsaft genügt? Was soll ich tun, damit du es kapierst, Longbottom?«

Neville war rosa angelaufen und fing an zu zittern. Es schien, als würde er gleich losheulen.

»Bitte, Sir«, sagte Hermine, »bitte, ich könnte Neville helfen, es in Ordnung zu bringen –«

»Ich erinnere mich nicht, Sie gebeten zu haben, hier die Wichtigtuerin zu spielen, Miss Granger«, sagte Snape kalt, und Hermine lief so rosa an wie Neville. »Longbottom, am Ende der Stunde werden wir ein paar Tropfen dieses Tranks an deine Kröte verfüttern und zusehen, was passiert. Vielleicht machst du es dann endlich richtig.«

Snape ging weiter und ließ Neville atemlos vor Angst sitzen.

»Hilf mir!«, stöhnte er Hermine zu.

»Hallo, Harry«, sagte Seamus Finnigan und beugte sich über den Tisch, um sich Harrys Messingwaage zu borgen, »hast du schon gehört? Heute Morgen im *Tagespropheten* – sie glauben, Sirius Black sei gesehen worden.«

»Wo?«, kam es von Harry und Ron wie aus einem Munde. Gegenüber am Tisch sah Malfoy hoch und lauschte aufmerksam.

»Nicht allzu weit von hier«, sagte Seamus aufgeregt. »Eine Muggel hat ihn gesehen. Natürlich hatte sie im Grunde keine Ahnung. Die Muggel glauben doch, er sei ein gewöhnlicher Verbrecher, oder? Jedenfalls hat sie den Notruf gewählt. Aber als die Leute vom Zaubereiministerium auftauchten, war er verschwunden.«

»Nicht allzu weit von hier …«, wiederholte Ron und blickte Harry viel sagend an. Er wandte sich um und bemerkte, dass Malfoy sie scharf beobachtete. »Was ist los, Malfoy? Soll ich dir noch was schälen?«

Doch Malfoys Augen leuchteten bösartig und waren fest auf Harry gerichtet. Er lehnte sich über den Tisch.

»Glaubst du, du könntest Black alleine fangen, Potter?«

»Ja, sicher«, sagte Harry lässig.

Malfoys schmaler Mund bog sich zu einem schiefen Lächeln.

»Ich an deiner Stelle«, sagte er leise, »hätte schon längst was unternommen. Ich würde nicht in der Schule bleiben wie ein braver Junge, sondern draußen nach ihm suchen.«

»Wovon redest du eigentlich, Malfoy«, sagte Ron grob.

»Weißt du es nicht, Potter?«, flüsterte Malfoy und seine blassen Augen verengten sich.

»Was denn?«

Malfoy ließ ein leises, hämisches Lachen vernehmen.

»Vielleicht willst du deinen Hals nicht riskieren«, sagte er. »Willst es lieber den Dementoren überlassen, oder? Aber ich an deiner Stelle wollte Rache. Ich würde ihn selbst jagen.«

»Wovon redest du denn?«, sagte Harry zornig, doch in diesem Moment rief Snape:

»Ihr solltet inzwischen alle Zutaten reingemischt haben, dieser Trank muss eine Weile köcheln, bevor er getrunken werden kann, also lasst ihn ein wenig blubbern und dann testen wir das Gebräu von Longbottom ...«

Crabbe und Goyle lachten laut auf, und Neville, der seinen Trank fieberhaft umrührte, brach der Schweiß aus. Damit Snape nichts mitbekam, murmelte ihm Hermine aus dem Mundwinkel zu, was er machen sollte. Harry und Ron räumten ihre übrig gebliebenen Zutaten weg und gingen zum Steinbecken in der Ecke, um sich die Hände und die Schöpflöffel zu waschen.

»Was will Malfoy eigentlich sagen?«, murmelte Harry Ron zu und hielt die Hände unter den eisigen Strahl, der aus dem Mund des Wasserspeiers schoss. »Warum sollte ich mich an Black rächen wollen? Er hat mir nichts getan – bisher jedenfalls.«

»Er redet doch Unsinn«, sagte Ron wütend, »und will nur, dass du eine Dummheit machst ...«

Das Ende der Stunde nahte, und Snape schritt hinüber zu Neville, der eingeschüchtert neben seinem Kessel hockte.

»Alle hierher im Kreis aufstellen«, sagte Snape, und seine schwarzen Augen glitzerten. »Seht euch an, was mit Longbottoms Kröte passiert. Wenn er es geschafft hat, eine Schrumpflösung zustande zu bringen, wird sie zu einer Kaulquappe zusammenschrumpfen. Wenn er, woran ich nicht zweifle, die Sache vermasselt hat, könnte seine Kröte vergiftet werden.«

Die Gryffindors sahen beklommen zu. Die Slytherins schienen ganz aufgeregt. Snape hob Trevor, die Kröte, mit der linken Hand hoch und tauchte einen kleinen Löffel in Nevilles Zaubertrank, der inzwischen grün war. Er ließ ein paar Tropfen in Trevors Kehle rinnen.

Ein Moment gespannten Schweigens trat ein, und Trevor gluckste; dann gab es ein leises »Plopp« und Trevor, die Kaulquappe, wand sich in Snapes Handfläche.

Die Gryffindors brachen in Beifall aus. Snape, der sauer dreinsah, zog eine kleine Flasche aus der Tasche seines Umhangs, träufelte ein paar Tropfen auf Trevor und plötzlich war sie wieder eine ausgewachsene Kröte.

»Fünf Punkte Abzug für Gryffindor«, sagte Snape, und das Lachen gefror auf ihren Gesichtern. »Ich hab Ihnen gesagt, Miss Granger, Sie sollen ihm nicht helfen. Der Unterricht ist beendet.«

Harry, Ron und Hermine stiegen die Stufen zur Eingangshalle hoch. Harry dachte immer noch über Malfoys Worte nach, während Ron wütend über Snape herzog.

»Fünf Punkte Abzug für uns, weil der Zaubertrank in

Ordnung war! Warum hast du nicht gelogen, Hermine? Du hättest sagen sollen, dass Neville alles allein gemacht hat!«

Hermine antwortete nicht. Ron wandte sich um.

»Wo ist sie?«

Auch Harry drehte sich um. Sie waren jetzt oben und ließen die andern vorbeigehen, die in die Große Halle zum Mittagessen strömten.

»Sie war doch eben noch hinter uns«, sagte Ron stirnrunzelnd.

Malfoy ging an ihnen vorbei, in die Mitte genommen von Crabbe und Goyle. Er sah Harry spöttisch an und verschwand.

»Da ist sie ja«, sagte Harry.

Hermine kam ein wenig keuchend die Stufen hochgerannt; mit der einen Hand hielt sie die Tasche, mit der anderen schien sie etwas unter ihrem Umhang festzuklammern.

»Wie hast du das gemacht?«, fragte Ron.

»Was?«, sagte Hermine und trat neben sie.

»Du warst direkt hinter uns, im nächsten Moment warst du wieder ganz unten an der Treppe.«

»Wie?« Hermine sah leicht verwirrt aus. »Ach, ich hatte was vergessen und musste zurück. O nein –«

An Hermines Tasche war eine Naht aufgeplatzt. Harry wunderte das nicht; sie war proppenvoll mit mindestens einem Dutzend großer schwerer Bücher.

»Warum trägst du die alle mit dir rum?«, fragte Ron.

»Du weißt doch, wie viele Fächer ich habe«, sagte Hermine außer Atem. »Kannst du die vielleicht mal halten?«

»Aber –« Ron musterte die Umschläge der Bücher, die sie ihm gereicht hatte. »Diese Fächer hast du heute gar nicht. Nur heute Nachmittag noch Verteidigung gegen die dunklen Künste.«

»Ach ja«, sagte Hermine nebenbei; dennoch packte sie

alle Bücher in ihre Tasche. »Hoffentlich gibt's was Gutes zum Essen, ich sterbe vor Hunger«, fügte sie hinzu und schritt davon in Richtung Große Halle.

»Hast du nicht auch das Gefühl, dass Hermine uns was verheimlicht?«, fragte Ron Harry.

Professor Lupin war nicht da, als sie zu seiner ersten Stunde Verteidigung gegen die dunklen Künste kamen. Sie setzten sich, packten ihre Bücher, Federkiele und Pergamentblätter aus und unterhielten sich angeregt, bis er schließlich hereinkam. Lupin lächelte verschwommen und legte seine schmuddelige alte Aktentasche auf das Lehrerpult. Er sah noch immer so schäbig aus, wie sie ihn kennen gelernt hatten, jedoch gesünder als im Zug, so als hätte er inzwischen ein paar anständige Mahlzeiten gehabt.

»Schönen Tag«, sagte er. »Würdet ihr bitte all eure Bücher wieder einpacken. Heute haben wir eine praktische Lektion. Ihr braucht nur eure Zauberstäbe.«

Ein paar neugierige Blicke wurden ausgetauscht, während sie die Bücher wegpackten. Sie hatten noch nie praktischen Unterricht in Verteidigung gegen die dunklen Künste gehabt, abgesehen von der unvergesslichen Stunde im letzten Jahr, als ihr damaliger Lehrer einen Käfig voller Wichtel mitgebracht und sie losgelassen hatte.

»Alles klar«, sagte Professor Lupin, als alle bereit waren. »Dann folgt mir bitte.«

Ratlos, aber gespannt standen sie auf und folgten Professor Lupin aus dem Klassenzimmer. Er führte sie durch den ausgestorbenen Korridor, und als sie um die Ecke bogen, sahen sie als Erstes Peeves, den Poltergeist. Rücklings in der Luft schwebend stopfte er das nächstbeste Schlüsselloch mit Kaugummi voll.

Peeves sah nicht auf, bis Professor Lupin nur noch einen

Meter entfernt war, dann wackelte er mit den Füßen, an denen er gekringelte Zehen hatte, und begann zu singen.

»Lusche Lusche Lupin«, sang er, »Lusche Lusche Lupin, Lusche Lusche Lupin –«

Grob und unbeherrschbar war Peeves zwar fast immer, doch immerhin zeigte er den Lehrern gegenüber meist ein wenig Respekt. Sie blickten rasch auf zu Professor Lupin, neugierig, wie er damit umgehen würde; zu ihrer Überraschung war ihm das Lächeln nicht vergangen.

»Wenn ich Sie wäre, Peeves, würde ich diesen Kaugummi aus dem Schlüsselloch holen«, sagte er vergnügt. »Mr Filch wird sonst nicht in der Lage sein, zu seinen Besen zu gelangen.«

Filch war der Hausmeister von Hogwarts, ein übel gelaunter, gescheiterter Zauberer, der einen ewigen Krieg gegen die Schüler und auch gegen Peeves führte. Doch Peeves achtete nicht auf Professor Lupins Worte, außer dass er laut und Speichel sprühend schnaubte.

Professor Lupin seufzte leise und zückte seinen Zauberstab.

»Das ist ein nützlicher kleiner Zauber«, sagte er zur Klasse gewandt. »Bitte, seht genau hin.«

Er hob den Zauberstab auf Schulterhöhe, sagte *»Waddiwasi!«* und richtete ihn auf Peeves.

Mit der Kraft einer Gewehrkugel schoss der Kaugummi aus dem Schlüsselloch und geradewegs hinein in Peeves' linkes Nasenloch; er wirbelte herum und schwebte prustend und fluchend davon.

»Toll, Sir!«, sagte Dean Thomas verblüfft.

»Danke, Dean«, sagte Professor Lupin und steckte seinen Zauberstab weg. »Gehen wir weiter?«

Sie machten sich wieder auf den Weg. Die Klasse warf Professor Lupin zunehmend respektvolle Blicke zu. Er führte sie einen weiteren Gang entlang und hielt vor dem Lehrerzimmer an.

»Hinein, bitte«, sagte Professor Lupin, öffnete die Tür und trat beiseite.

Das Lehrerzimmer, ein langer, holzgetäfelter Raum voll alter, nicht zusammenpassender Stühle, war leer, jedenfalls fast. Professor Snape saß in einem niedrigen Sessel; er blickte auf, als einer nach dem andern hereinkam. Seine Augen glitzerten und um seinen Mund spielte ein gehässiges Grinsen. Als Professor Lupin eintrat und die Tür hinter sich schließen wollte, sagte Snape:

»Lassen Sie auf, Lupin. Das möchte ich lieber nicht mit ansehen.«

Er erhob sich und schritt mit wehendem schwarzem Umhang an der Klasse vorbei. An der Tür drehte er sich auf den Fersen um und sagte: »Vermutlich hat keiner Sie gewarnt, Lupin, aber in dieser Klasse ist Neville Longbottom. Ich kann Ihnen nur raten, ihm nichts Schwieriges aufzugeben. Außer wenn Miss Granger ihm Anweisungen ins Ohr zischt.«

Neville wurde scharlachrot. Harry starrte Snape zornig an; schlimm genug, dass er Neville in seinem eigenen Unterricht drangsalierte, und jetzt tat er es auch noch vor einem anderen Lehrer.

Professor Lupin zog die Augenbrauen hoch.

»Ich hatte gehofft, Neville würde mir beim ersten Schritt des Unternehmens behilflich sein«, sagte er, »und ich bin mir sicher, er wird es auf bewundernswerte Weise schaffen.«

Nevilles Gesicht lief, soweit dies möglich war, noch röter an. Snapes Lippen kräuselten sich, doch er ging hinaus und schlug die Tür zu.

»Nun denn«, sagte Professor Lupin und winkte die Klasse zum anderen Ende des Zimmers, wo nichts war außer einem alten Schrank, in dem die Lehrer ihre Ersatzumhänge aufbewahrten. Als Professor Lupin vor den Schrank trat, fing der plötzlich an heftig zu ruckeln und krachte gegen die Wand.

»Kein Grund zur Beunruhigung«, sagte Professor Lupin gelassen, denn ein paar Schüler waren erschrocken zurückgewichen. »In diesem Schrank steckt ein Irrwicht.«

Die meisten schienen nicht recht glauben zu wollen, dass dies wirklich kein Grund zur Beunruhigung sei. Neville warf Professor Lupin einen grauenerfüllten Blick zu und Seamus Finnigan starrte wie gebannt auf den ruckelnden Türknopf.

»Irrwichte mögen dunkle, enge Räume«, sagte Professor Lupin. »Schränke, die Lücke zwischen Betten, Spülkästen – ich hab sogar mal einen getroffen, der es sich in einer Standuhr gemütlich gemacht hatte. Dieser hier ist gestern Nachmittag eingezogen, und ich habe den Schulleiter gefragt, ob die Kollegen ihn meiner dritten Klasse zum Üben überlassen könnten.

Nun, die erste Frage, die wir uns stellen müssen, lautet: Was *ist* ein Irrwicht?«

Hermine hob die Hand.

»Es ist ein Gestaltwandler«, sagte sie. »Er kann die Gestalt dessen annehmen, wovor wir, wie er spürt, am meisten Angst haben.«

»Das hätte ich selber nicht besser ausdrücken können«, sagte Professor Lupin, und Hermine strahlte. »Der Irrwicht sitzt also in der Dunkelheit herum und hat noch keine Gestalt angenommen. Er weiß noch nicht, was der Person auf der anderen Seite der Tür Angst macht. Keiner weiß, wie ein Irrwicht aussieht, wenn er allein ist, doch wenn wir ihn herauslassen, wird er sich sofort in das verwandeln, was wir am meisten fürchten.

Und das heißt«, fuhr Professor Lupin fort, ohne Nevilles leises entsetztes Keuchen zu beachten, »dass wir von Anfang an gewaltig im Vorteil sind. Kannst du dir denken, warum, Harry?«

Eine Antwort zu versuchen, während Hermine neben ihm auf den Fußballen auf- und abhüpfte und die Hand in die Luft streckte, war ziemlich lästig, doch Harry hatte einen Einfall.

»Ähm – weil wir so viele sind und er nicht weiß, welche Gestalt er annehmen soll?«

»Genau«, sagte Professor Lupin und Hermine ließ ein wenig enttäuscht die Hand sinken. »Man sollte nie allein sein, wenn man es mit einem Irrwicht aufnehmen will. Das bringt ihn durcheinander. Was soll er denn werden, eine kopflose Leiche oder eine Fleisch fressende Schnecke? Ich hab mal einen Irrwicht gesehen, der diesen Fehler gemacht hat – wollte zwei Leute auf einmal erschrecken und hat sich in eine halbe Schnecke verwandelt. Einfach lächerlich.

Der Zauber, der einen Irrwicht vertreibt, ist einfach, aber er verlangt geistige Anstrengung. Was einem Irrwicht wirklich den Garaus macht, ist nämlich Gelächter. Ihr müsst versuchen ihn zu zwingen, eine Gestalt anzunehmen, die ihr komisch findet.

Wir üben den Zauber erst mal ohne Zauberstab. Nach mir, bitte … *Riddikulus!*«

»*Riddikulus!*«, sagte die Klasse wie aus einem Mund.

»Gut«, sagte Professor Lupin. »Sehr gut. Aber das war leider nur der leichte Teil. Denn das Wort allein genügt nicht. Und jetzt bist du dran, Neville.«

Der Schrank fing wieder an zu zittern, allerdings nicht so heftig wie Neville, der einige Schritte vortrat, als ob es zum Galgen ginge.

»Schön, Neville«, sagte Professor Lupin. »Das Wichtigste

zuerst: Was, würdest du sagen, ist es, das dir am meisten auf der Welt Angst macht?«

Nevilles Lippen bewegten sich, doch kein Wort kam heraus.

»Verzeihung, Neville, ich hab dich nicht verstanden«, sagte Professor Lupin gut gelaunt.

Neville sah sich mit panischem Blick um, als ob er jemanden bitten wollte, ihm zu helfen, dann sagte er, kaum vernehmlich flüsternd:

»Professor Snape.«

Fast alle lachten. Selbst Neville grinste peinlich verlegen. Professor Lupin jedoch war nachdenklich geworden.

»Professor Snape … hmmm … Neville, stimmt es, dass du bei deiner Großmutter lebst?«

»Ähm – ja«, sagte Neville nervös. »Aber ich will nicht, dass der Irrwicht sich in sie verwandelt.«

»Nein, nein, du verstehst mich falsch«, sagte Professor Lupin und lächelte jetzt. »Ich frage mich – könntest du uns sagen, was für Kleider deine Großmutter normalerweise trägt?«

Neville wirkte verdutzt, doch er antwortete:

»Na ja … immer denselben Hut. Einen hohen mit einem ausgestopften Geier drauf. Und ein langes Kleid … meist grün … und manchmal einen Schal aus Fuchsfell.«

»Und eine Handtasche?«, half Professor Lupin nach.

»Eine große rote«, sagte Neville.

»Sehr schön«, sagte Professor Lupin. »Kannst du dir diese Kleidung ganz genau vorstellen, Neville? Kannst du sie vor deinem geistigen Auge sehen?«

»Ja«, sagte Neville unsicher, sich offensichtlich fragend, was als Nächstes kommen würde.

»Wenn der Irrwicht aus diesem Schrank fährt und dich sieht, Neville, wird er die Gestalt von Professor Snape annehmen«, sagte Lupin. »Und du hebst deinen Zauberstab –

so – und rufst ›*Riddikulus*‹ – und denkst ganz fest an die Kleider deiner Großmutter. Wenn alles gut geht, wird Professor Irrwicht Snape gezwungen sein, mit diesem Geierhut, dem grünen Kleid und der großen roten Handtasche aufzutreten.«

Die Klasse lachte laut auf. Der Schrank zitterte noch heftiger.

»Wenn Neville es gut macht, wird der Irrwicht seine Aufmerksamkeit danach wahrscheinlich uns zuwenden, und zwar einem nach dem andern«, sagte Professor Lupin. »Ich möchte, dass ihr alle mal kurz überlegt, was euch am meisten Angst macht, und euch vorstellt, wie man es zwingen kann, komisch auszusehen …«

Im Zimmer wurde es still. Harry dachte nach … wovor hatte er am meisten Angst?

Als Erstes fiel ihm Lord Voldemort ein – ein Voldemort, der seine alte Kraft wiedererlangt hätte. Doch bevor er auch nur angefangen hatte, einen möglichen Gegenangriff auf einen Irrwicht-Voldemort zu planen, drang ein schrecklicher Gedanke in sein Bewusstsein …

Eine verwesende, glibbrig schimmernde Hand, die unter einen schwarzen Umhang zurückgleitet … ein unsichtbarer Mund, der mit lang anhaltendem Rasseln Luft einzieht … dann Kälte, so durchdringend, als ob er ertrinken würde …

Harry schauderte und sah sich um in der Hoffnung, niemand würde es bemerken. Viele um ihn her hatten die Augen fest geschlossen. Ron murmelte vor sich hin, etwas wie »nimm ihr die Beine weg«. Harry wusste ziemlich sicher, an was Ron dachte. Die größte Angst hatte er vor Spinnen.

»Seid ihr bereit?«, fragte Professor Lupin.

Harry spürte, wie ihm Angst die Kehle zuschnürte. Er war noch nicht bereit. Wie sollte er denn einen Dementor weniger schrecklich aussehen lassen? Doch um Zeit bitten wollte er nicht; alle andern nickten und rollten die Ärmel hoch.

»Neville, wir gehen ein paar Schritte zurück«, sagte Professor Lupin. »Dann hast du freie Bahn, klar? Ich rufe dann den Nächsten auf … alle zurücktreten jetzt, damit Neville richtig zielen kann.«

Sie gingen zurück und lehnten sich gegen die Wand; Neville stand jetzt allein vor dem Schrank. Er sah blass und verängstigt aus, doch er hatte die Ärmel seines Umhangs hochgekrempelt und hielt seinen Zauberstab bereit.

»Ich zähle bis drei, Neville«, sagte Professor Lupin und deutete mit seinem Zauberstab auf den Türknopf des Schranks. »Eins – zwei – drei – jetzt!«

Sterne stoben aus der Spitze von Professor Lupins Zauberstab und trafen den Türknopf. Die Schranktüren flogen auf. Hakennasig und drohend trat Professor Snape heraus und richtete seine blitzenden Augen auf Neville.

Neville wich zurück, den Zauberstab erhoben, und bewegte stumm den Mund. Snape griff in seinen Umhang und ging drohend auf ihn zu.

»R – r – riddikulus!«, quiekte Neville.

Es gab einen Knall, ähnlich dem Knall einer Peitsche. Snape stolperte; er trug jetzt ein langes, spitzenbesetztes Kleid, einen turmhohen Hut, auf dessen Spitze ein mottenzerfressener Geier saß, und an seinem Handgelenk schlenkerte eine enorme rote Handtasche.

Dröhnendes Gelächter brach aus; der Irrwicht erstarrte, heillos verwirrt, und Professor Lupin rief:

»Parvati! Du bist dran!«

Parvati trat mit entschlossener Miene nach vorne. Drohend wandte sich Snape ihr zu. Wieder knallte es und wo er gestanden hatte, erschien eine blutbefleckte, bandagierte Mumie; ihr augenloses Antlitz Parvati zugewandt, begann sie träge schlurfend auf das Mädchen zuzugehen und hob die Arme.

»*Riddikulus!*«, schrie Parvati.

Am Fuß der Mumie löste sich eine Bandage; die Mumie verhedderte sich und fiel mit dem Gesicht auf den Boden; der Kopf rollte davon.

»Seamus!«, rief Professor Lupin.

Seamus schoss an Parvati vorbei.

Knall! Wo die Mumie gewesen war, stand eine Frau mit schwarzem Haar, das bis zum Boden reichte, und einem grünlichen, skelettartigen Gesicht – eine Todesfee. Sie machte den Mund weit auf und ein Klang wie nicht von dieser Welt erfüllte den Raum, ein lang gezogener, wehklagender Schrei, der Harry die Haare zu Berge stehen ließ.

»*Riddikulus!*«, rief Seamus.

Die Todesfee machte ein rasselndes Geräusch und griff sich an die Kehle; sie hatte ihre Stimme verloren.

Knall! Die Todesfee verwandelte sich in eine Ratte, die im Kreis herumrasend ihrem eigenen Schwanz nachjagte und dann – knall! – zu einem blutigen Augapfel wurde.

»Er ist durcheinander!«, rief Lupin, »bald haben wir's geschafft! Dean!«

Dean trat rasch nach vorne.

Krach! Der Augapfel wurde zu einer abgeschnittenen Hand; wie ein Krake kroch sie über den Boden.

»*Riddikulus!*«, rief Dean.

Es gab ein schnappendes Geräusch und die Hand war in einer Mausefalle gefangen.

»Glänzend! Ron, du bist dran!«

Ron stürzte nach vorne.

Knall!

Nicht wenige schrien. Eine riesige Spinne, zwei Meter hoch und haarig, krabbelte auf Ron zu und klickte bedrohlich mit ihren Greifzangen. Einen Moment lang hatte Harry den Eindruck, Ron sei erstarrt. Dann –

»Riddikulus!«, bellte Ron und die Beine der Spinne verschwanden; sie kullerte über den Boden; Lavender Brown kreischte und lief aus dem Weg und die Spinne blieb vor Harrys Füßen liegen. Schon hob er seinen Zauberstab, doch –

»Halt!«, rief Professor Lupin plötzlich und sprang vor.

Knall!

Die beinlose Spinne war verschwunden. Einen Moment schauten sich alle aufgeregt um, wo sie abgeblieben war. Dann sahen sie eine silbern glitzernde weiße Kugel vor Lupin in der Luft hängen. *»Riddikulus!«*, sagte er fast lässig.

Knall!

Der Irrwicht landete als Kakerlak auf dem Boden. »Los jetzt, Neville, mach ihn alle!«, sagte Lupin. Knall! Snape war wieder da. Diesmal stürzte Neville mit entschlossener Miene auf ihn zu.

»Riddikulus!«, rief er und für den Bruchteil einer Sekunde sahen sie Snape noch einmal im Spitzenkleid, bis Neville ein lautes, prustendes »Ha!« ausstieß und der Irrwicht explodierte, in tausend kleine Rauchwölkchen auseinander stob und verschwand.

»Hervorragend!«, rief Professor Lupin, und die Klasse fing begeistert an zu klatschen. »Sehr schön, Neville. Ihr alle habt eure Sache sehr gut gemacht … lasst mich kurz überlegen … fünf Punkte für Gryffindor bekommt jeder, der es mit dem Irrwicht aufgenommen hat – zehn für Neville, weil er zweimal dran war … und jeweils fünf für Hermine und Harry.«

»Aber ich hab doch nichts gemacht«, sagte Harry.

»Du und Hermine habt meine Fragen zu Beginn des Unterrichts richtig beantwortet, Harry«, sagte Lupin gelassen. »Ihr wart alle sehr gut, es war eine hervorragende Stunde. Als Hausaufgabe lest bitte das Kapitel über Irrwichte und schreibt mir eine Zusammenfassung … bis nächsten Montag. Das ist alles.«

Aufgeregt schnatternd verließ die Klasse das Lehrerzimmer. Harry jedoch hatte ein ungutes Gefühl. Professor Lupin hatte ihn entschlossen daran gehindert, es mit dem Irrwicht aufzunehmen. Warum? Weil er gesehen hatte, wie Harry im Zug ohnmächtig geworden war, und glaubte, er könne nicht viel verkraften? Hatte er befürchtet, Harry würde wieder zusammenbrechen?

Doch von den andern schien keinem etwas aufgefallen zu sein.

»Habt ihr gesehen, wie ich es dieser Todesfee gezeigt hab?«, rief Seamus.

»Und die Hand!«, sagte Dean und fuchtelte mit seiner eigenen herum.

»Und Snape mit diesem Hut!«

»Und meine Mumie!«

»Ich frag mich, warum Professor Lupin Angst vor Kristallkugeln hat?«, sagte Lavender nachdenklich.

»Das war die beste Stunde in Verteidigung gegen die dunklen Künste, die wir je hatten, oder?«, sagte Ron begeistert, während sie zu ihrem Klassenzimmer gingen, um ihre Taschen zu holen.

»Er scheint ein sehr guter Lehrer zu sein«, sagte Hermine anerkennend. »Aber ich wünschte, ich wäre auch mal drangekommen mit diesem Irrwicht.«

»Was wäre er für dich gewesen?«, sagte Ron glucksend. »Eine Hausaufgabe, für die du nur neun von zehn möglichen Punkten bekommen hättest?«

Die Flucht der fetten Dame

Im Handumdrehen war Verteidigung gegen die dunklen Künste das Lieblingsfach aller Schüler geworden. Nur Draco Malfoy und seine Clique von den Slytherins ließen sich gehässig über Professor Lupin aus.

»Schaut euch doch mal seine Umhänge an«, sagte Malfoy unüberhörbar flüsternd, wenn Professor Lupin vorbeiging. »Der zieht sich ja an wie unser alter Hauself.«

Doch niemand sonst kümmerte es, dass Professor Lupin geflickte und ausgefranste Umhänge trug. Die weiteren Unterrichtsstunden bei ihm waren nicht weniger spannend als die erste. Nach den Irrwichten lernten sie die Rotkappen kennen, fiese kleine koboldartige Kreaturen, die überall dort herumlungerten, wo Blut vergossen worden war: Sie versteckten sich in den Kerkern von Schlössern und in den Sprenglöchern verlassener Schlachtfelder und verprügelten alle, die sich dorthin verirrten. Nach den Rotkappen kamen die Kappas, grausige Wasserbewohner, die wie schuppige Affen aussahen und Hände mit Schwimmhäuten hatten, die es nur danach juckte, diejenigen zu erwürgen, die in ihren Tümpeln umherwateten.

Harry wäre glücklich gewesen, wenn es ihm in den anderen Fächern ebenso gut gefallen hätte. Am schlimmsten war der Zaubertrankunterricht. Snape war dieser Tage ausgesprochen rachsüchtig gelaunt, und der Grund dafür war kein Geheimnis. Die Geschichte von dem Irrwicht, der Snapes Gestalt angenommen hatte und von Neville in die Sachen seiner Großmutter gesteckt worden war, hatte sich wie ein Lauffeuer im Schloss verbreitet. Der Einzige, der das nicht komisch fand, war Snape. Seine Augen blitzten drohend bei jeder Erwähnung von Professor Lupin, und Neville drangsalierte er schlimmer denn je.

Harry empfand auch wachsenden Abscheu vor den Stunden, die er im stickigen Turmzimmer von Professor Trelawney mit der Deutung von Figuren und Symbolen zubrachte, die man irgendwie schräg gegen das Licht halten sollte, und dabei auch noch versuchen musste, sich nicht von Professor Trelawneys Tränen rühren zu lassen, die ihr jedes Mal in die riesigen Augen traten, wenn sie Harry ansah. Professor Trelawney konnte er einfach nicht leiden, während viele andere ihr Hochachtung oder gar Verehrung entgegenbrachten. Parvati Patil und Lavender Brown stürmten jetzt in der Mittagspause regelmäßig hoch in den Turm und kamen immer mit einem überlegenen Gesichtsausdruck zurück, der einem lästig werden konnte, gerade so, als ob sie Dinge wüssten, von denen die andern keine Ahnung hatten. Außerdem sprachen sie nur noch mit gedämpfter Stimme zu Harry, als würde er schon auf dem Totenbett liegen.

Pflege magischer Geschöpfe mochte keiner mehr; nach der dramatischen ersten Stunde war der Unterricht todlangweilig geworden. Hagrid schien sein Selbstvertrauen verloren zu haben. Stunde um Stunde verbrachten sie jetzt damit, Flubberwürmer zu pflegen, die zu den fadesten Geschöpfen überhaupt zählen mussten.

»Warum sollte sich überhaupt jemand um sie kümmern?«, sagte Ron nach einer weiteren Stunde, in der sie klein gehackte Salatblätter in die schleimigen Kehlen der Flubberwürmer gestopft hatten.

Anfang Oktober jedoch fand Harry etwas, das ihn beschäftigte und ihm so viel Spaß machte, dass er den staubtrockenen Unterricht vergaß. Die Quidditch-Saison sollte bald beginnen und Oliver Wood, der Kapitän des Gryffindor-Teams, rief sie eines Donnerstags zusammen, um die Taktik für die kommende Spielzeit zu erörtern.

Eine Quidditch-Mannschaft besteht aus sieben Spielern: aus drei Jägern, deren Aufgabe es ist, den Quaffel (einen roten, fußballgroßen Ball) durch die in zwanzig Meter Höhe auf Stangen an beiden Seiten des Spielfelds angebrachten Ringe zu werfen; zwei Treibern, die mit schweren Schlägern ausgestattet sind, um die Klatscher abzuwehren (zwei schwere schwarze Bälle, die durch die Luft sausen und die Spieler angreifen); einem Hüter, der die Tore verteidigt, und dem Sucher, der die schwierigste Aufgabe hat, nämlich den Goldenen Schnatz zu fangen, einen winzigen geflügelten Ball von der Größe einer Walnuss, dessen Fang das Spiel beendet und dem Team des Suchers hundertfünfzig Punkte extra einbringt.

Oliver Wood war ein stämmiger Siebzehnjähriger, inzwischen im siebten und letzten Schuljahr in Hogwarts. An jenem Donnerstagabend im kalten Umkleideraum draußen am Spielfeldrand, als er vor die anderen sechs Spieler seines Teams trat, war eine Spur von Verzweiflung aus seiner Stimme herauszuhören:

»Das ist unsere letzte Chance – meine letzte Chance – den Quidditch-Pokal zu gewinnen«, erklärte er, während er vor dem Team auf und ab schritt. »Ende des Jahres gehe ich von der Schule. Noch eine Gelegenheit kriege ich nicht.

Gryffindor hat jetzt seit sieben Jahren nicht mehr gewonnen. Gut und schön, wir hatten tatsächlich schlimmes Pech – Verletzungen, und dann ist das Turnier letztes Jahr auch noch abgeblasen worden ...« Wood schluckte, als ob ihm die Erinnerung immer noch wie ein Klumpen im Hals steckte. »Aber wir wissen auch, dass wir das verdammt – noch – mal –

beste – Team – der – Schule sind«, sagte er. Dabei schlug er mit der rechten Faust in die linke Handfläche und in seinen Augen erschien wieder das alte, manische Glimmen.

»Wir haben drei erstklassige Jägerinnen.«

Wood deutete auf Alicia Spinnet, Angelina Johnson und Katie Bell.

»Wir haben zwei unschlagbare Treiber.«

»Hör auf, Oliver, du machst uns ganz verlegen«, sagten Fred und George und taten so, als würden sie sich schämen.

»Und wir haben einen Sucher, der noch jedes Spiel für uns gewonnen hat!«, donnerte Wood und starrte Harry mit einer Art grimmigem Stolz an. »Und mich«, fügte er noch hinzu, als wäre es ihm gerade eingefallen.

»Du bist auch ganz toll, Oliver«, sagte George.

»Als Hüter ein Ass«, sagte Fred.

»Die Sache ist die«, fuhr Oliver fort und fing wieder an, auf und ab zu schreiten, »der Quidditch-Pokal hätte in den letzten beiden Jahren unseren Namen tragen müssen. Seit Harry dabei ist, denke ich immer, wir hätten das Ding eigentlich schon in der Tasche. Aber wir haben's nicht geschafft, und jetzt haben wir die letzte Chance, endlich unseren Namen auf diesem Pokal zu sehen ...«

Wood schien so niedergeschlagen, dass selbst Fred und George ihn mitleidig ansahen.

»Oliver, das ist unser Jahr«, sagte Fred.

»Diesmal packen wir's, Oliver!«, sagte Angelina.

»Ganz klar«, sagte Harry.

Voll Entschlossenheit begannen sie zu trainieren, drei Abende die Woche. Allmählich wurde es kälter und regnerischer und es wurde immer früher dunkel, doch weder Schlamm, Wind noch Regen konnten Harry aus dem wunderbaren Traum reißen, endlich einmal den riesigen silbernen Quidditch-Pokal zu gewinnen.

Eines Abends nach dem Training kehrte Harry steif gefroren, doch höchst zufrieden mit dem Training ins Schloss zurück. Im Gemeinschaftsraum der Gryffindors herrschte ein aufgeregtes Summen.

»Was ist denn hier los?«, fragte er Ron und Hermine, die in zwei der besten Sessel am Kamin saßen und an ihren Sternkarten für Astronomie arbeiteten.

»Das erste Wochenende in Hogsmeade«, sagte Ron und deutete auf den Zettel, der am ramponierten alten Notizbrett aufgetaucht war. »Ende Oktober, an Halloween.«

»Klasse«, sagte Fred, der Harry durch das Porträtloch gefolgt war, »ich muss zu *Zonko*, meine Stinkkügelchen sind fast alle.«

Harry ließ sich in den Sessel neben Ron fallen; sein Hochgefühl versandete rasch. Hermine schien seine Gedanken lesen zu können.

»Das nächste Mal kannst du dann sicher mitkommen, Harry«, sagte sie. »Sie werden Black bestimmt bald fassen, er wurde ja schon gesehen.«

»Black ist nicht so bescheuert, in Hogsmeade Ärger zu machen«, sagte Ron. »Frag doch McGonagall, ob du dieses eine Mal mitkommen kannst, wer weiß, wann wir wieder dürfen –«

»Ron!«, sagte Hermine, »Harry soll in der Schule bleiben.«

»Er kann doch nicht der einzige Drittklässler sein, der nicht mitdarf«, sagte Ron. »Frag McGonagall, mach schon, Harry.«

»Ja, vielleicht hast du Recht«, sagte Harry nachdenklich.

Hermine öffnete den Mund, um zu widersprechen, doch in diesem Moment sprang Krummbein auf ihren Schoß. Eine große tote Spinne hing ihm aus dem Maul.

»Muss er die denn ausgerechnet vor unseren Augen fressen?«, sagte Ron missmutig.

»Kluger Krummbein, hast du die ganz alleine gefangen?«, sagte Hermine.

Gemächlich zerkaute Krummbein die Spinne, die gelben Augen frech auf Ron gerichtet.

»Pass bloß auf, dass er bei dir bleibt«, sagte Ron gereizt und wandte sich wieder seiner Sternkarte zu. »Krätze schläft in meiner Tasche.«

Harry gähnte. Am liebsten wäre er schlafen gegangen, doch auch er musste seine Sternkarte noch zu Ende zeichnen. Er zog seine Tasche heran, holte Papier, Tinte und Feder heraus und begann zu arbeiten.

»Du kannst meine abzeichnen, wenn du willst«, sagte Ron, beschriftete schwungvoll den letzten Stern und schob die Karte Harry zu.

Hermine, die nichts von Abschreiben hielt, schürzte die Lippen, sagte jedoch nichts. Krummbein starrte immer noch unverwandt auf Ron und ließ die Spitze seines buschigen Schwanzes zucken. Dann, ohne Warnung, sprang er los.

»He!«, brüllte Ron und packte seine Tasche, doch Krummbein hatte schon vier klauenbestückte Pfoten darin versenkt und zog und zerrte wie verrückt.

»Hau ab, du blödes Vieh!«

Ron wollte seine Tasche in Sicherheit bringen, doch der Kater hielt sie fauchend, hauend und kratzend fest.

»Ron, tu ihm bloß nicht weh!«, kreischte Hermine; der ganze Gemeinschaftsraum sah zu; Ron wirbelte die Tasche im Kreis herum, doch Krummbein ließ nicht locker, und jetzt kam Krätze oben herausgeflogen.

»Fangt diesen Kater ein!«, schrie Ron, als Krummbein die Überreste der Tasche liegen ließ, über den Tisch sprang und dem panisch davonrasenden Krätze nachjagte.

George Weasley machte einen Hechtsprung, doch er verfehlte Krummbein knapp; Krätze huschte durch zwanzig

Paar Beine und verschwand unter einer alten Kommode; Krummbein kam schlitternd zum Halt, legte den Kopf auf den Boden und haute zornig mit den Tatzen unter die Kommode.

Ron und Hermine rannten herbei; Hermine packte Krummbein am Bauch und hob ihn hoch; Ron warf sich auf den Boden und zog Krätze mit großer Mühe am Schwanz hervor.

»Schau ihn dir an!«, sagte er wütend zu Hermine und ließ Krätze vor ihrem Gesicht baumeln. »Er ist doch nur noch Haut und Knochen! Halt ihm bloß diesen Kater vom Leib!«

»Krummbein weiß doch nicht, dass man das nicht tut!«, sagte Hermine mit zitternder Stimme. »Alle Katzen jagen Ratten, Ron!«

»Aber an deinem Tier ist irgendwas Komisches!«, sagte Ron, während er versuchte, den vor Aufregung bebenden Krätze zurück in seine Tasche zu komplimentieren. »Er hat gehört, dass ich gesagt habe, Krätze sei in meiner Tasche!«

»Ach, das ist doch Unsinn«, sagte Hermine ungehalten. »Krummbein kann ihn riechen, Ron, oder wie sonst, glaubst du –«

»Dieser Kater hat es auf Krätze abgesehen!«, sagte Ron und würdigte das Publikum im Raum keines Blickes, das allmählich zu kichern begann. »Und Krätze war zuerst hier, und er ist krank!«

Ron marschierte durch das Gemeinschaftszimmer und verschwand auf der Treppe hoch zum Jungenschlafsaal.

Am nächsten Tag war Ron immer noch schlecht auf Hermine zu sprechen. In Kräuterkunde sagte er kaum ein Wort zu ihr, obwohl er, Harry und Hermine gemeinsam an einem Kartoffelbauchpilz arbeiteten.

»Wie geht's Krätze?«, fragte Hermine behutsam, während sie fette rosa Schoten von den Pflanzen pflückten und die glänzenden Bohnen in einen Holztrog warfen.

»Hat sich unter meinem Bett versteckt und zittert immer noch am ganzen Leib«, sagte Ron unwirsch und verfehlte den Trog, so dass die Bohnen über den Boden des Gewächshauses kullerten.

»Vorsicht, Weasley, Vorsicht!«, rief Professor Sprout, als die Bohnen vor ihren Augen jäh aufblühten.

Als Nächstes hatten sie Verwandlung. Harry hatte beschlossen, Professor McGonagall nach dem Unterricht zu fragen, ob er mit nach Hogsmeade dürfe. Er reihte sich in die Warteschlange vor dem Klassenzimmer ein und überlegte, wie er es am besten sagen konnte. Doch ein kleiner Aufruhr vorn an der Tür lenkte ihn ab.

Lavender Brown schien zu weinen. Parvati hatte den Arm um sie gelegt und sprach mit Seamus Finnigan und Dean Thomas, die sehr ernst wirkten.

»Was ist los, Lavender?«, fragte Hermine beunruhigt, als sie mit Harry und Ron hinzukam.

»Sie hat heute Morgen einen Brief von zu Hause bekommen«, flüsterte Parvati. »Es geht um Binky, ihr Kaninchen. Ein Fuchs hat es getötet.«

»Oh«, sagte Hermine, »tut mir Leid, Lavender.«

»Ich hätte es wissen sollen!«, sagte Lavender mit tragischer Miene. »Weißt du, welcher Tag heute ist?«

»Ähm.«

»Der sechzehnte Oktober! ›Das Ereignis, vor dem du dich fürchtest, es wird am sechzehnten Oktober geschehen!‹ Erinnerst du dich? Sie hatte Recht, sie hatte Recht!«

Die ganze Klasse versammelte sich jetzt um Lavender. Seamus schüttelte mit ernster Miene den Kopf. Hermine zögerte, dann sagte sie:

154

»Du … du hattest Angst, Binky würde von einem Fuchs getötet?«

»Nun ja, nicht unbedingt von einem Fuchs«, sagte Lavender und blickte mit tränenüberströmten Wangen zu Hermine hoch, »aber ich hab natürlich Angst gehabt, dass es stirbt, oder?«

»Oh«, sagte Hermine. Sie verstummte kurz. Dann –

»War Binky ein altes Kaninchen?«

»N…nein!«, schluchzte Lavender, »es … es war noch ganz klein!«

Parvati drückte Lavender noch fester an sich.

»Aber warum hattest du dann Angst, es würde sterben?«, fragte Hermine.

Parvati starrte sie wütend an.

»Nun ja, seht euch die Sache mal vernünftig an«, sagte Hermine und wandte sich den Umstehenden zu. »Erstens ist Binky gar nicht mal heute gestorben, Lavender hat heute nur die Nachricht bekommen –«

Lavender fing laut an zu jammern, doch Hermine fuhr fort: »– und sie kann auch gar keine Angst davor gehabt haben, denn es war doch offensichtlich ein Schock für sie –«

»Mach dir nichts aus dem, was Hermine sagt, Lavender«, sagte Ron laut, »sie schert sich nicht groß um die Haustiere anderer Leute.«

Es war ein Glück, dass Professor McGonagall in diesem Augenblick die Klassenzimmertür aufschloss; Hermine und Ron sahen sich an, als wollten sie gleich aufeinander losstürzen, und drinnen im Zimmer setzten sie sich zu beiden Seiten Harrys und sprachen die ganze Stunde kein Wort miteinander.

Harry wusste immer noch nicht recht, was er Professor McGonagall sagen würde, als es schon wieder läutete, doch sie war es, die das Thema Hogsmeade zuerst ansprach.

»Einen Moment noch bitte!«, rief sie, als alle aufstehen wollten. »Als Ihre Hauslehrerin bitte ich Sie, mir die Zustimmungserklärungen für den Besuch in Hogsmeade noch vor Halloween auszuhändigen. Ohne diese Erklärung dürfen Sie nicht mitkommen, also nicht vergessen!«

Neville hob die Hand.

»Bitte, Professor, ich – ich glaube, ich hab meine verloren –«

»Ihre Großmutter hat sie direkt an mich geschickt, Longbottom«, sagte Professor McGonagall. »Sie schien es für sicherer zu halten. Gut, das ist alles, Sie können gehen.«

»Frag sie jetzt«, zischte Ron Harry zu.

»Oh, aber –«, warf Hermine ein.

»Los jetzt, Harry«, drängte Ron.

Harry wartete, bis die andern draußen waren, dann ging er, hibbelig wie er war, hinüber zu Professor McGonagalls Pult.

»Ja, Potter?«

Harry holte tief Atem.

»Professor, meine Tante und mein Onkel – ähm – haben vergessen, das Formblatt zu unterschreiben«, sagte er.

Professor McGonagall sah ihn über ihre viereckigen Brillengläser hinweg an, sagte jedoch nichts.

»Also – ähm – meinen Sie, es wäre möglich – das heißt, ist es in Ordnung, wenn ich – wenn ich mitkomme nach Hogsmeade?«

Professor McGonagall senkte den Blick und begann die Papiere auf ihrem Pult zusammenzuräumen.

»Ich fürchte, nein, Potter«, sagte sie. »Sie haben gehört, was ich gesagt habe. Keine Erlaubnis, kein Besuch im Dorf. So lautet die Regel.«

»Aber – Professor, mein Onkel und meine Tante – Sie wissen, es sind Muggel, sie verstehen im Grunde nichts von –

von diesen Formblättern und überhaupt von Hogwarts«, sagte Harry, während Ron ihn mit heftigem Kopfnicken anfeuerte. »Wenn Sie sagen würden, ich kann mitgehen –«

»Aber das sage ich nicht«, sagte Professor McGonagall, stand auf und verstaute ihre säuberlich gestapelten Papiere in einer Schublade. »Auf dem Formblatt heißt es klar und deutlich, dass Eltern oder Vormund die Erlaubnis geben müssen.« Sie sah ihn mit einem seltsamen Gesichtsausdruck an. War es Mitleid? »Tut mir Leid, Potter, aber das ist mein letztes Wort. Sie beeilen sich besser, oder Sie kommen zu spät zur nächsten Stunde.«

Da war nichts zu machen. Ron erfand eine Menge unschmeichelhafter Namen für Professor McGonagall, was Hermine ausgesprochen ärgerte. Sie setzte einen »Umso besser«-Gesichtsausdruck auf, der Ron wiederum noch zorniger machte, und Harry musste es ertragen, dass sich alle andern in der Klasse laut und voller Vorfreude darüber unterhielten, was sie in Hogsmeade als Erstes tun würden.

»Du hast immer noch das Fest«, sagte Ron, um Harry aufzumuntern. »Du weißt doch, das Festessen am Abend von Halloween.«

»Jaah«, sagte Harry trübselig, »großartig.«

Das Festessen an Halloween war immer gut, doch es würde noch viel besser schmecken, wenn er an diesem Abend zusammen mit den andern und hungrig aus Hogsmeade zurückkehren würde. Keiner konnte ihn trösten. Dean Thomas, der gut mit der Feder umgehen konnte, bot ihm an, Onkel Vernons Unterschrift auf dem Formblatt zu fälschen, doch da Harry Professor McGonagall bereits gesagt hatte, dass Onkel Vernon nicht unterschrieben hatte, nutzte das auch nichts. Ron schlug selbst nicht ganz überzeugt vor, den Tarnumhang zu nehmen, doch Hermine wollte nichts davon hören und erinnerte Ron daran, dass Dumbledore ihnen gesagt hatte, die Dementoren könnten sehen, wer darunter sei. Von Percy schließlich kamen wohl die am wenigsten tröstenden Trostworte.

»Sie machen immer diesen Aufstand wegen Hogsmeade, aber glaub mir, Harry, so toll ist es auch wieder nicht«, sagte er ernsthaft. »Gut und schön, der Süßigkeitenladen ist ziemlich gut, und *Zonkos* Scherzartikelladen ist schlichtweg gefährlich, und ja, die Heulende Hütte lohnt immer einen Besuch, aber abgesehen davon, Harry, entgeht dir nichts.«

Am Morgen von Halloween wachte Harry mit den andern auf und ging hinunter zum Frühstück. Er fühlte sich ganz elend, tat aber sein Bestes, um das zu verbergen.

»Wir bringen dir eine Menge Süßigkeiten aus dem *Honigtopf* mit«, sagte Hermine und sah ihn mit tiefem Mitgefühl an.

»Ja, ganze Wagenladungen«, sagte Ron. Er und Hermine hatten angesichts von Harrys Verzweiflung endlich ihren Streit wegen Krummbein vergessen.

»Macht euch keine Sorgen um mich«, sagte Harry in bemüht lässigem Ton, »wir treffen uns dann beim Essen. Viel Spaß.«

Er begleitete sie zur Eingangshalle, wo Filch, der Hausmeister, am Portal stand und die Namen auf einer langen Liste abhakte, wobei er misstrauisch jedes Gesicht musterte und aufpasste, dass keiner sich hinausschlich, der nicht mitdurfte.

»Du bleibst hier, Potter?«, rief Malfoy, der mit Crabbe und Goyle in der Schlange stand. »Hast Bammel vor den Dementoren draußen?«

Harry überhörte ihn und machte sich auf den einsamen Weg die Marmortreppe hoch und die ausgestorbenen Korridore entlang zurück in den Turm der Gryffindors.

Die fette Dame schreckte aus ihrem Nickerchen hoch. »Passwort?«, fragte sie.

»Fortuna Major«, sagte Harry gelangweilt.

Das Porträt klappte zur Seite und er kletterte durch das Loch in den Gemeinschaftsraum. Er war voller schnatternder Erst- und Zweitklässler und ein paar älterer Schüler, die Hogsmeade offenbar so häufig besucht hatten, dass es ihnen nichts mehr zu bieten hatte.

»Harry! Harry! Hallo, Harry!«

Das war Colin Creevey, ein Zweitklässler, der immer ganz ehrfürchtig bei Harrys Anblick wurde und nie eine Gelegenheit ausließ, ihn anzusprechen.

»Gehst du nicht nach Hogsmeade, Harry? Warum nicht? Hallo –«, Colin sah sich begeistert nach seinen Freunden um, »du kannst dich zu uns setzen, wenn du willst, Harry!«

»Ähm – nein danke, Colin«, sagte Harry, der nicht in der Stimmung war, einen Haufen Leute auf seine Stirnnarbe glotzen zu lassen, »ich muss in die Bücherei und was arbeiten.«

Danach blieb ihm nichts anderes übrig als umzukehren und wieder durch das Porträtloch zu steigen.

»Wozu hast du mich eigentlich aufgeweckt?«, rief ihm die fette Dame unwirsch hinterher.

Harry schlurfte lustlos in Richtung Bücherei, doch auf halbem Weg besann er sich anders; ihm war nicht nach Arbeit zumute. Er machte kehrt und plötzlich sah er sich Filch gegenüber, der wohl gerade die letzten Ausflügler nach Hogsmeade aus dem Schloss gelassen hatte.

»Was treibst du?«, raunzte Filch misstrauisch.

»Nichts«, sagte Harry wahrheitsgemäß.

»Nichts«, fauchte Filch und sein Unterkiefer vibrierte Unheil verkündend. »Fabelhafte Ausrede! Schleichst alleine hier rum, warum bist du denn nicht in Hogsmeade und kaufst Stinkbomben und Rülpspulver und Pfeifende Würmer wie deine frechen kleinen Freunde?«

Harry zuckte die Schultern.

»Also zurück jetzt in deinen Gemeinschaftsraum, wo du hingehörst!«, bellte Filch ihn an und wartete mit zornigem Blick, bis Harry außer Sicht war.

Doch Harry ging nicht zurück in den Gemeinschaftsraum; mit der vagen Absicht, Hedwig in der Eulerei zu besuchen, stieg er eine Treppe hoch und lief den Korridor entlang. Plötzlich hörte er eine Stimme aus einem der Räume: »Harry?«

Harry ging rasch zurück, um zu sehen, wer es war, und traf auf Professor Lupin, der sich aus seiner Bürotür beugte.

»Was treibst du denn?«, fragte Lupin, allerdings in ganz anderem Ton als Filch. »Wo sind Ron und Hermine?«

»Hogsmeade«, sagte Harry bemüht beiläufig.

»Ah«, sagte Lupin. Er musterte Harry einen Moment lang. »Warum kommst du nicht rein? Gerade wurde ein Grindeloh für unsere nächste Stunde geliefert.«

»Ein was?«, fragte Harry.

Er folgte Lupin in sein Büro. In der Ecke stand ein sehr großes Aquarium. Eine übelgrüne Kreatur mit spitzen kleinen Hörnern presste das Gesicht ans Glas, schnitt Grimassen und spreizte seine langen, spindeldürren Finger.

»Wasserdämon«, sagte Lupin und musterte den Grindeloh nachdenklich. »Wir sollten keine großen Schwierigkeiten mit ihm haben, nicht nach den Kappas. Der Trick dabei ist, dass man seinen Griff brechen muss. Siehst du die ungewöhnlich langen Finger? Stark, aber sehr zerbrechlich.«

Der Grindeloh bleckte seine grünen Zähne und vergrub sich dann in einem Büschel Schlingpflanzen in der Ecke.

»Tasse Tee?«, sagte Lupin und sah sich nach dem Kessel um. »Ich wollte mir gerade eine machen.«

»Ja, danke«, sagte Harry verlegen.

Lupin tippte mit seinem Zauberstab gegen den Kessel und sofort zischte ein Dampfstrahl aus seinem Schnabel.

»Setz dich«, sagte Lupin und hob den Deckel von einer staubigen Blechdose. »Ich hab leider nur Teebeutel – aber du hast ohnehin genug von Teeblättern, denk ich mal?«

Harry sah ihn an. Lupin zwinkerte mit den Augen.

»Woher wissen Sie das?«, fragte Harry.

»Professor McGonagall hat es mir erzählt«, sagte Lupin und reichte Harry eine leicht angeschrammte Teetasse. »Du machst dir doch nicht etwa Sorgen?«

»Nein«, sagte Harry.

Einen Moment lang dachte er daran, Lupin von dem Hund zu erzählen, den er im Magnolienring gesehen hatte, doch dann verwarf er den Gedanken. Lupin sollte ihn nicht für einen Feigling halten, da er ohnehin schon zu glauben schien, dass Harry es nicht mit einem Irrwicht aufnehmen konnte.

Was in Harry vorging, schien sich auf seinem Gesicht verraten zu haben, denn Lupin sagte:

»Hast du ein Problem, Harry?«

»Nein«, log Harry. Er trank einen Schluck Tee und sah hinüber zum Grindeloh, der ihm mit der Faust drohte. «Doch«, sagte er plötzlich. »Erinnern Sie sich noch an den Tag, an dem wir gegen den Irrwicht gekämpft haben?«

»Ja«, sagte Lupin langsam.

»Warum haben Sie mich nicht rangelassen?«, entfuhr es Harry.

Lupin zog die Augenbrauen hoch.

»Ich dachte, das liegt auf der Hand, Harry«, sagte er überrascht.

Harry war verdutzt, denn er hatte erwartet, Lupin würde alles bestreiten.

»Warum?«, fragte er noch einmal.

»Nun«, sagte Lupin und runzelte die Stirn, »ich dachte, wenn der Irrwicht auf dich losgeht, würde er die Gestalt von Lord Voldemort annehmen.«

Harry starrte ihn an. Diese Antwort hätte er zuletzt erwartet, und Lupin hatte auch noch Voldemorts Namen ausgesprochen. Der Einzige, den Harry jemals diesen Namen laut hatte aussprechen hören, war (abgesehen von ihm selbst) Professor Dumbledore.

»Offenbar lag ich da falsch«, sagte Lupin und sah Harry immer noch stirnrunzelnd an. »Aber ich hielt es nicht für angebracht, dass Lord Voldemort im Lehrerzimmer in Erscheinung tritt. Ich dachte, die Schüler würden in Panik geraten.«

»Ich habe nicht an Voldemort gedacht«, sagte Harry aufrichtig. »Ich … ich dachte an einen von diesen Dementoren.«

»Verstehe«, sagte Lupin nachdenklich. »Nun, nun … ich bin beeindruckt.« Er lächelte ein wenig beim Anblick der verdutzten Miene Harrys. »Das heißt, wovor du am meisten Angst hast – ist die Angst. Sehr weise, Harry.«

Harry wusste nicht, was er dazu sagen sollte, und nahm noch einen Schluck Tee.

»Du hast also gedacht, ich würde dich nicht für fähig halten, gegen einen Irrwicht zu kämpfen?«, forschte Lupin nach.

»Ja«, sagte Harry. Plötzlich fühlte er sich viel besser. »Professor Lupin, Sie kennen diese Dementoren …«

Ein Klopfen an der Tür unterbrach ihn.

»Herein«, rief Lupin.

Die Tür ging auf und Snape trat ein. Er trug einen Becher, aus dem es ein wenig dampfte; beim Anblick von Harry erstarrte er und seine Augen verengten sich.

»Ah, Severus«, sagte Lupin lächelnd. »Vielen Dank. Könnten Sie es hier auf den Schreibtisch stellen?«

Snape stellte den dampfenden Becher ab und sah dabei abwechselnd Harry und Lupin an.

»Ich hab Harry gerade meinen Grindeloh gezeigt«, sagte Lupin freundlich und deutete auf das Aquarium.

»Faszinierend«, sagte Snape ohne hinzusehen. »Sie sollten es gleich trinken, Lupin.«

»Ja, ja, mach ich«, sagte Lupin.

»Ich habe einen ganzen Kessel voll gebraut«, fuhr Snape fort. »Falls Sie noch mehr brauchen.«

»Ich werde morgen wohl noch was zu mir nehmen. Vielen Dank, Severus.«

»Keine Ursache«, sagte Snape, doch in seinem Blick lag etwas, das Harry nicht mochte. Mit steifer Miene und wachsamen Augen ging er hinaus.

Harry musterte den Becher neugierig. Lupin lächelte.

»Professor Snape war so freundlich, mir einen Trank zu brauen«, sagte er. »Ich selbst bin kein großer Braumeister, und dieser Trank hier ist besonders schwierig.« Er nahm den Becher und schnüffelte daran. »Schade, dass Zucker das Zeug wirkungslos macht«, fuhr er fort, schlürfte an dem Gebräu und schauderte.

»Warum –?«, begann Harry. Lupin sah ihn an und beantwortete die unvollendete Frage.

»Ich hab mich in letzter Zeit ein wenig angegriffen gefühlt«, sagte er. »Dieser Trank ist das Einzige, was hilft. Ich habe großes Glück, mit Professor Snape zusammenzuarbeiten; es gibt nicht viele Zauberer, die ihn herstellen können.«

Professor Lupin nahm noch einen Schlürfer und Harry spürte plötzlich den verzweifelten Drang, ihm den Becher aus der Hand zu schlagen.

»Professor Snape ist sehr an den dunklen Künsten interessiert«, sprudelte es aus ihm heraus.

»Wirklich?«, sagte Lupin. Er nahm einen Schluck und schien Harrys Bemerkung kaum zu beachten.

»Manche glauben –«, Harry zögerte und plauderte dann rücksichtslos weiter, »manche glauben, er würde alles tun, um Lehrer für Verteidigung gegen die dunklen Künste zu werden.«

Lupin trank den Becher bis zur Neige aus und zog eine Grimasse.

»Ekliges Zeug«, sagte er. »Nun, Harry, ich werde wohl noch ein wenig arbeiten müssen. Wir sehen uns dann beim Festessen.«

»Gut«, sagte Harry und stellte seine Teetasse ab.

Aus dem leeren Becher dampfte es immer noch.

»Hier, bitte sehr«, sagte Ron. »Wir haben mitgebracht, so viel wir tragen konnten.«

Ein Schauer leuchtend bunter Süßigkeiten ergoss sich in Harrys Schoß. Es dämmerte, und Ron und Hermine waren soeben im Gemeinschaftsraum aufgetaucht, mit rosa Gesichtern vom kalten Wind und mit Mienen, als ob sie die schönste Zeit ihres Lebens gehabt hätten.

»Danke«, sagte Harry und hob eine Tüte winziger schwarzer Pfefferkobolde hoch. »Wie ist es in Hogsmeade? Wo seid ihr gewesen?«

So, wie es sich anhörte: überall. Bei *Derwisch und Banges*, dem Laden für Zauberei-Ausstattung, in *Zonkos* Scherzartikelladen, in den *Drei Besen*, um dampfende Becher heißes Butterbier zu trinken, und das war noch längst nicht alles.

»Das Postamt, Harry! Gut zweihundert Eulen, alle auf Stangen, alle in verschiedenen Farben, je nachdem, wie schnell der Brief ankommen soll!«

»Im *Honigtopf* gibt es einen neuen Sirup, sie haben Kostproben verteilt, hier ist ein wenig, sieh mal –«

»Wir glauben, wir haben einen Oger gesehen, in den *Drei Besen* treibt sich wirklich einiges herum –«

»Am liebsten hätten wir dir ein wenig Butterbier mitgebracht, das wärmt richtig durch –«

»Und was hast du getrieben?«, fragte Hermine mit besorgter Miene. »Hast du ein wenig gearbeitet?«

»Nein«, sagte Harry. »Lupin hat mir in seinem Büro eine Tasse Tee gemacht. Und dann ist Snape reingekommen ...«

Er erzählte ihnen alles von Snapes Gebräu. Ron sackte der Unterkiefer herab.

»Lupin hat es getrunken?«, hauchte er. »Ist er verrückt?«

Hermine sah auf die Uhr.

»Wir sollten jetzt nach unten gehen, das Fest beginnt nämlich in fünf Minuten ...« Sie kletterten eilends durch das Porträtloch und schlossen sich der Menge an. Unterwegs sprachen sie weiter über Snape.

»Aber wenn er – wisst ihr –«, Hermine senkte die Stimme und sah sich nervös um, »wenn er wirklich versucht hat, Lupin – Lupin zu vergiften – dann hätte er es nicht vor Harry getan.«

»Ja, vielleicht«, sagte Harry, als sie in die Eingangshalle kamen und auf die Große Halle zugingen. Sie war mit Aberhunderten von kerzengefüllten Kürbissen geschmückt, mit einer Wolke flatternder Fledermäuse und flammend orangeroten Spruchbändern, die sanft über den stürmischen Himmel schwebten wie leuchtende Wasserschlangen.

Das Essen war köstlich; selbst Ron und Hermine, die noch zum Bersten voll gestopft waren mit den Süßigkeiten aus dem *Honigtopf*, schafften es, sich von allem noch ein zweites Mal aufzutun. Harry warf ständig Blicke hinüber zum Lehrertisch. Professor Lupin sah fröhlich aus und so munter wie gewöhnlich, während er angeregt mit Professor Flitwick plauderte, dem kleinen Lehrer für Zauberkunst. Harry ließ die Augen am Tisch entlangwandern zu dem Platz, an dem Snape saß. War es Einbildung oder flackerten Snapes Augen ungewöhnlich oft zu Lupin hinüber?

Das Festessen endete mit einer kleinen Schau der Hogwarts-Geister. Sie ploppten aus den Wänden und Tischen und schwebten eine Weile im Formationsflug durch die Halle; dann hatte der Fast Kopflose Nick, der Geist von Gryffindor, einen großen Erfolg mit der Neuaufführung seiner eigenen verpatzten Enthauptung.

Der Abend war so erfreulich gewesen, dass nicht einmal Malfoy Harry die gute Laune verderben konnte, als er beim Hinausgehen über die Köpfe der Menge hinweg rief: »Liebe Grüße von den Dementoren, Potter!«

Harry, Ron und Hermine folgten den anderen Gryffindors auf dem vertrauten Weg hoch in ihren Turm, doch als sie den Gang erreichten, an dessen Ende das Porträt der fetten Dame hing, gerieten sie in einen Stau.

»Warum gehen sie denn nicht rein?«, fragte Ron verwundert.

Harry spähte über die Köpfe hinweg. Das Gemälde schien vor dem Loch zu hängen.

»Lasst mich bitte durch«, ertönte Percys Stimme und mit gewichtiger Miene wuselte er durch die Menge. »Warum steht ihr hier rum? Ihr könnt doch nicht alle das Passwort vergessen haben – entschuldigt mal bitte, ich bin der Schulsprecher –«

Und dann verstummte die Schar, die vorne Stehenden zuerst, und ein Schaudern breitete sich den Gang entlang aus. Sie hörten Percy mit einem Mal in scharfem Ton sagen: »Jemand muss Professor Dumbledore holen, schnell.«

Köpfe wandten sich um; wer ganz hinten stand, stellte sich auf die Zehenspitzen.

»Was ist denn los?«, fragte Ginny, die soeben dazustieß.

Kurz darauf erschien Professor Dumbledore und eilte zum Porträt; die Gryffindors drängten sich zusammen, um ihn durchzulassen, und Harry, Ron und Hermine schoben sich weiter vor, um zu sehen, was los war.

»Oh, mein …« Hermine packte Harrys Arm.

Die fette Dame war aus ihrem Gemälde verschwunden und das Bild mit solcher Wut zerschlitzt worden, dass Leinwandfetzen auf dem Boden herumlagen; ganze Stücke waren weggerissen.

Dumbledore warf einen raschen Blick auf das ruinierte Gemälde und wandte sich dann mit verdüsterten Augen um; jetzt kamen die Professoren McGonagall, Lupin und Snape auf ihn zugerannt.

»Wir müssen sie suchen«, sagte Dumbledore. »Professor McGonagall, bitte gehen Sie sofort zu Mr Filch und sagen ihm, er soll jedes Gemälde im Schloss nach der fetten Dame absuchen.«

»Da werdet ihr kein Glück haben!«, sagte eine glucksende Stimme.

Es war Peeves, der Poltergeist, der über ihre Köpfe hinweghopste und, wie immer angesichts von Zerstörung oder Unruhe, ganz ausgelassen schien.

»Was meinst du damit, Peeves?«, sagte Dumbledore ruhig, und Peeves' Grinsen fror ein. Bei Dumbledore wagte er keine Mätzchen. Stattdessen legte er sich einen schleimigen Tonfall zu, der nicht besser war als sein Glucksen.

»Sie geniert sich, Herr Oberschulleiter. Will nicht gesehen werden. Sieht fürchterlich aus. Hab sie durch das Landschaftsgemälde oben im vierten Stock rennen sehen, Sir, sie hat sich hinter den Bäumen versteckt. Hat etwas Schreckliches gerufen«, sagte er glücklich. »Armes Ding«, fügte er nicht ganz überzeugend hinzu.

»Hat sie gesagt, wer es war?«, fragte Dumbledore leise.

»O ja, Herr Professor Doktor Dumbledore«, sagte Peeves mit der Miene dessen, der eine große Bombe unter dem Arm trägt. »Er wurde sehr zornig, als sie ihn nicht einlassen wollte, verstehen Sie.« Peeves knickte in der Mitte durch und grinste Dumbledore durch seine Beine hindurch an. »Übles Temperament hat er, dieser Sirius Black.«

Bittere Niederlage

Professor Dumbledore schickte alle Gryffindors zurück in die Große Halle, und zehn Minuten später stießen auch die verwirrten Haufen aus Hufflepuff, Ravenclaw und Slytherin hinzu.

»Ich werde zusammen mit den anderen Lehrern das Schloss gründlich durchsuchen«, erklärte ihnen Professor Dumbledore, während die Professoren McGonagall und Flitwick alle Türen zur Halle schlossen. »Ich fürchte, zu eurer eigenen Sicherheit müsst ihr die heutige Nacht hier verbringen. Ich bitte die Vertrauensschüler, an den Eingängen zur Halle Wache zu stehen, und übergebe den Schulsprechern die Verantwortung. Jeder Zwischenfall ist mir sofort mitzuteilen«, fügte er an den ungeheuer stolz und gewichtig dreinschauenden Percy gewandt hinzu. »Schicken Sie einen der Geister zu mir.«

Auf dem Weg zum Ausgang blieb Professor Dumbledore noch einmal stehen.

»Ach ja, Sie brauchen …«

Mit einem lässigen Schlenker seines Zauberstabs flogen die langen Tische in die Ecken der Halle und stellten sich aufrecht gegen die Wände; ein weiterer Schlenker und der Fußboden war bedeckt mit Hunderten von knuddligen, purpurroten Schlafsäcken.

»Schlaft gut!«, sagte Professor Dumbledore und schloss die Tür hinter sich.

In der Halle hob sogleich ein aufgeregtes Gesumme an;

die Gryffindors erzählten den andern, was gerade passiert war.

»Alle in die Schlafsäcke!«, rief Percy. »Los, macht schon, kein Getuschel mehr! In zehn Minuten geht das Licht aus!«

»Kommt«, sagte Ron zu Harry und Hermine; sie nahmen sich drei Schlafsäcke und zogen sie hinüber in eine Ecke.

»Glaubt ihr, Black ist immer noch im Schloss?«, flüsterte Hermine beklommen.

»Dumbledore jedenfalls glaubt es«, sagte Ron.

»Ein Glück, dass er sich den heutigen Abend ausgesucht hat«, sagte Hermine. Mit allem, was sie anhatten, stiegen sie in die Schlafsäcke und wandten sich auf die Ellbogen gestützt einander zu. »Ausgerechnet heute Abend waren wir nicht im Turm ...«

»Ich glaube, er weiß gar nicht mehr, welchen Tag wir eigentlich haben, wo er doch ständig auf der Flucht ist«, sagte Ron. »Ihm war nicht klar, dass heute Halloween ist. Sonst wäre er hier reingeplatzt.«

Hermine schauderte.

Um sie her erklang immer wieder die eine Frage: »Wie ist er hereingekommen?«

»Vielleicht weiß er, wie man appariert«, sagte ein Ravenclaw in der Nähe. »Einfach aus dem Nichts auftaucht, wisst ihr.«

»Hat sich wahrscheinlich verkleidet«, sagte ein Fünftklässler aus Hufflepuff.

»Er könnte reingeflogen sein«, schlug Dean Thomas vor.

»Also ehrlich mal«, sagte Hermine entrüstet zu Harry und Ron, »bin ich denn die Einzige, die *Eine Geschichte von Hogwarts* gelesen hat?«

»Kann schon sein«, sagte Ron. »Wieso?«

»Weil das Schloss nicht allein durch Mauern geschützt ist, wie ihr eigentlich wissen solltet«, sagte Hermine. »Es ist mit allen möglichen Zauberbannen und Flüchen umgeben, damit niemand heimlich reinkommt. Hier kann man nicht einfach reinapparieren. Und die Tarnung, mit der man diese Dementoren täuschen kann, möcht ich gern mal sehen. Die bewachen doch jeden Eingang auf dem Gelände. Die hätten ihn auch reinfliegen sehen. Und Filch kennt alle Geheimgänge. Auch die werden sie bewachen …«

»Wir löschen jetzt die Lichter!«, rief Percy. »Alle in die Schlafsäcke und kein Getuschel mehr!«

Gleich darauf gingen die Kerzen aus. Das einzige Licht kam jetzt noch von den silbern schimmernden Geistern, die umherschwebten und in ernstem Ton mit den Vertrauensschülern sprachen, und von der verzauberten Decke, die wie der Himmel draußen von Sternen übersät war. Dies und das Geflüster, das immer noch die Halle erfüllte, gab Harry das Gefühl, bei einer leichten Brise unter freiem Himmel zu schlafen.

Stündlich erschien ein Lehrer, um nachzusehen, ob alles ruhig war. Gegen drei Uhr morgens, als viele Schüler endlich eingeschlafen waren, kam Professor Dumbledore herein. Harry beobachtete, wie er nach Percy suchte, der zwischen den Schlafsäcken umherstreifte und alle tadelte, die sich noch unterhielten. Percy war nicht weit von Harry, Ron und Hermine entfernt; jetzt hörten sie Dumbledore näher kommen und taten schleunigst so, als würden sie schlafen.

»Irgendeine Spur von ihm, Professor?«, flüsterte Percy.

»Nein. Alles in Ordnung hier?«

»Alles unter Kontrolle, Sir.«

»Gut. Es hat keinen Zweck, sie jetzt aufzuscheuchen. Für das Porträtloch oben bei den Gryffindors habe ich vorübergehend einen anderen Wächter gefunden. Morgen können sie wieder nach oben.«

»Und die fette Dame, Sir?«

»Versteckt sich oben im zweiten Stock auf einer Landkarte von Argyllshire. Sie hat sich offenbar geweigert, Black ohne Passwort einzulassen, deshalb hat er sie attackiert. Sie ist immer noch ziemlich durcheinander, aber sobald sie sich beruhigt hat, werde ich Filch anweisen, sie zu restaurieren.«

Harry hörte, wie die Tür zur Halle quietschend aufging und jemand eintrat.

»Direktor?« Das war Snape. Harry hielt den Atem an und lauschte angestrengt. »Wir haben den gesamten dritten Stock durchsucht. Keine Spur von ihm. Und Filch war in den Kerkern; dort ist er auch nicht.«

»Was ist mit dem Astronomieturm? Das Zimmer von Professor Trelawney? Die Eulerei?«

»Alles durchsucht ...«

»Na gut, Severus. Ich hatte ohnehin nicht erwartet, dass Black lange trödelt.«

»Haben Sie eine Idee, wie er hereingekommen ist?«, fragte Snape.

Harry hob sachte den Kopf vom Arm, um auch mit dem anderen Ohr hören zu können.

»Einige, Severus, und eine unsinniger als die andere.«

Harry öffnete einen winzigen Schlitzbreit die Augen und spähte zu den dreien empor; Dumbledore kehrte ihm den Rücken zu, doch er konnte Percys atemlos gespannte Miene und Snapes zornerfülltes Profil sehen.

»Sie erinnern sich an das Gespräch, das wir hatten, Direktor, kurz vor – ähm – Beginn des Schuljahres?«, sagte Snape durch zusammengepresste Lippen, als ob er Percy aus dem Gespräch ausschließen wollte.

»In der Tat, Severus«, sagte Dumbledore, und etwas Warnendes lag in seiner Stimme.

»Es scheint – fast unmöglich – dass Black ohne Hilfe aus dem Schloss hereingekommen ist. Ich habe damals wegen dieser Stellenbesetzung meine Vorbehalte zum Ausdruck gebracht –«

»Ich glaube nicht, dass auch nur ein Einziger hier im Schloss Black geholfen hat«, sagte Dumbledore, und sein Tonfall zeigte unmissverständlich, dass er das Thema für abgeschlossen hielt, so dass Snape nicht antwortete. »Ich muss runter zu den Dementoren«, sagte Dumbledore. »Ich sagte, ich würde ihnen berichten, wenn die Suche beendet ist.«

»Wollten die nicht helfen, Sir?«, sagte Percy.

»O doch«, sagte Dumbledore kühl. »Aber solange ich hier Schulleiter bin, kommt kein Dementor über die Schwelle dieses Schlosses.«

Percy schien ein wenig verdutzt. Rasch und leise ging Dumbledore hinaus. Snape stand einen Moment schweigend da und blickte dem Schulleiter mit einem Ausdruck tiefen Widerwillens nach, dann verließ auch er die Halle.

Harry linste aus den Augenwinkeln zu Ron und Hermine hinüber. Beide lagen mit offenen Augen da, und in ihnen spiegelte sich das Sternengewölbe.

»Worum ging es da eigentlich?«, hauchte Ron.

Während der nächsten Tage sprachen sie in der Schule über nichts anderes. Immer abstruser wurden die Theorien darüber, wie Sirius Black in das Schloss eingedrungen sein könnte. Hannah Abbott von den Hufflepuffs erzählte in der nächsten Stunde Kräuterkunde jedem, der es hören wollte, dass Black sich in einen blühenden Busch verwandeln könne.

Das zerschlitzte Gemälde der fetten Dame wurde von der Wand genommen und durch das Porträt Sir Cadogans und seines fetten grauen Ponys ersetzt. Damit war niemand so recht zufrieden. Sir Cadogan forderte sie ständig zu Duellen heraus oder dachte sich lächerlich komplizierte Passwörter aus, die er mindestens zweimal am Tag änderte.

»Der ist doch komplett verrückt«, sagte Seamus Finnigan wütend zu Percy. »Können wir keinen anderen kriegen?«

»Keines von den anderen Bildern wollte den Job haben«, sagte Percy. »Angst wegen der Geschichte mit der fetten Dame. Sir Cadogan war der Einzige, der mutig genug war und sich freiwillig meldete.«

Sir Cadogan jedoch war Harrys geringste Sorge. Man bewachte ihn jetzt auf Schritt und Tritt. Lehrer begleiteten ihn unter irgendwelchen Vorwänden durch die Korridore und Percy Weasley (auf Anweisung seiner Mutter, wie Harry argwöhnte) folgte ihm überallhin wie ein äußerst wichtigtuerischer Leibwächter. Um dem Ganzen die Krone aufzusetzen, bestellte Professor McGonagall Harry mit einem derart düsteren Gesichtsausdruck in ihr Büro, dass er glaubte, jemand wäre gestorben.

»Es hat keinen Zweck, es Ihnen länger zu verheimlichen, Potter«, sagte sie in sehr ernstem Ton. »Ich weiß, das wird ein Schock für Sie sein, aber Sirius Black –«

»Ich weiß, dass er hinter mir her ist«, sagte Harry genervt. »Ich habe mitbekommen, wie sich Rons Eltern darüber unterhalten haben. Mr Weasley arbeitet für das Zaubereiministerium.«

Professor McGonagall schien es die Sprache verschlagen zu haben. Sie starrte Harry eine ganze Weile an, dann sagte sie:

»Ich verstehe! Gut, wenn das so ist, Potter, werden Sie einsehen, warum ich es nicht für gut halte, wenn Sie abends Quidditch trainieren – draußen auf dem Spielfeld, nur mit den anderen aus dem Team, das ist ziemlich gefährlich, Potter –«

»Am Samstag haben wir unser erstes Spiel!«, sagte Harry empört. »Ich muss trainieren, Professor!«

Professor McGonagall musterte ihn nachdenklich. Harry wusste, dass ihr die Zukunft des Gryffindor-Teams keineswegs gleichgültig war; schließlich war sie es gewesen, die ihn als Sucher vorgeschlagen hatte. Er wartete mit angehaltenem Atem.

»Hm …« Professor McGonagall stand auf und blickte aus dem Fenster hinüber zum Spielfeld, das durch den Regen hindurch gerade noch zu sehen war. »Nun … soll mich der Teufel holen, ich will, dass wir endlich mal den Pokal gewinnen … und trotzdem, Potter … mir wäre wohler, wenn ein Lehrer dabei wäre. Ich werde Madam Hooch bitten, Ihr Training zu beaufsichtigen.«

Das erste Quidditch-Spiel rückte näher und das Wetter wurde immer schlechter. Das Team der Gryffindors ließ sich nicht entmutigen und trainierte unter den Augen von Madam Hooch härter denn je. Dann, während ihres letzten Trainings vor dem Spiel am Samstag, überbrachte Oliver Wood seinem Team eine unerfreuliche Nachricht.

»Wir spielen nicht gegen die Slytherins!«, verkündete er wütend. »Flint war eben bei mir. Wir spielen gegen die Hufflepuffs.«

»Warum?«, riefen alle im Chor.

»Flint redet sich darauf raus, dass ihr Sucher immer noch am Arm verletzt ist«, sagte Wood mit knirschenden Zähnen. »Aber es ist doch klar, warum sie es tun. Wollen nicht bei diesem Wetter spielen, weil sie denken, es würde ihre Chancen mindern …«

Den ganzen Tag hatte es heftig gestürmt und geregnet und ein fernes Donnerrollen unterlegte Woods Worte.

»Malfoys Arm ist vollkommen gesund!«, sagte Harry zornig. »Er schauspielert doch nur!«

»Das weiß ich auch, aber wir können es nicht beweisen«,

sagte Wood erbittert. »Und wir haben jetzt alle diese Spielzüge geübt, weil wir angenommen haben, wir würden gegen die Slytherins spielen, und jetzt kommen die Hufflepuffs mit ihrer ganz anderen Spielweise. Sie haben einen
neuen Kapitän und Sucher, Cedric Diggory –«

Angelina, Alicia und Katie fingen plötzlich an zu kichern.

»Was ist denn?«, sagte Wood und runzelte die Stirn über
dieses mädchenhafte Benehmen.

»Das ist doch dieser große, gut aussehende Junge!?«, sagte
Angelina.

»Stark und schweigsam«, sagte Katie, und wieder fingen
sie an zu kieksen.

»Der ist nur schweigsam, weil er zu doof ist, um zwei
Wörter zu verknüpfen«, sagte Fred unwirsch. »Ich weiß
nicht, wieso du dir Sorgen machst, Oliver, die Hufflepuffs
stecken wir doch in die Tasche. Beim letzten Spiel gegen die
hat Harry den Schnatz in gerade mal fünf Minuten gefangen, weißt du noch?«

»Das waren damals ganz andere Bedingungen!«, rief
Wood mit leicht hervorquellenden Augen. »Diggory hat ein
ziemlich starkes Team auf die Beine gestellt. Er ist ein sehr
guter Sucher! Ich hatte ja schon befürchtet, dass ihr es zu
leicht nehmt! Wir dürfen uns nicht zurücklehnen! Wir müssen unsere Kräfte zusammenhalten! Die Slytherins wollen
uns auf dem falschen Fuß erwischen! Wir müssen gewinnen!«

»Schon gut, Oliver!«, sagte Fred eine Spur beunruhigt.
»Wir nehmen die Hufflepuffs sehr ernst. Im Ernst.«

Am Tag vor dem Spiel wurde der Wind zu einem heulenden
Sturm und es goss wie aus Kübeln. Drinnen auf den Korridoren und in den Klassenzimmern war es so dunkel, dass
zusätzliche Fackeln und Laternen angezündet werden

mussten. Das Team der Slytherins stolzierte blasiert daher, Malfoy vorneweg.

»Ach, wenn es meinem Arm nur ein wenig besser ginge«, seufzte er, während die Regenböen gegen die Fenster trommelten.

Harry konnte an nichts anderes denken als an das Spiel am nächsten Tag. Oliver Wood rannte in jeder Pause zu ihm und gab ihm Tipps. Beim dritten Mal redete Wood so lange auf ihn ein, bis Harry erschrocken feststellte, dass er schon zehn Minuten zu spät war für Verteidigung gegen die dunklen Künste. Er rannte los und Wood rief ihm nach:

»Diggory bricht sehr schnell seitlich aus, Harry, also versuchst du es am besten mit einem Looping –«

Harry schlitterte bis vor die Klassenzimmertür, öffnete sie und huschte hinein.

»Entschuldigen Sie, dass ich zu spät komme, Professor Lupin, ich –«

Doch es war nicht Professor Lupin, der da am Lehrerpult saß und ihn ansah; es war Snape.

»Diese Unterrichtsstunde hat vor zehn Minuten begonnen, Potter, und ich denke, wir ziehen Gryffindor zehn Punkte ab. Setz dich.«

Doch Harry rührte sich nicht.

»Wo ist Professor Lupin?«, fragte er.

»Er sagt, er fühle sich heute zu krank, um zu unterrichten«, sagte Snape mit einem schiefen Lächeln. »Hab ich nicht gesagt, du sollst dich setzen?«

Doch Harry rührte sich nicht vom Fleck.

»Was hat er denn?«

Snapes schwarze Augen glitzerten.

»Nichts Lebensbedrohliches«, sagte er mit einem Blick, als wünschte er ebendies sehnlichst herbei. »Noch einmal fünf Punkte Abzug für Gryffindor, und wenn ich dich noch einmal auffordern muss, dich zu setzen, werden's fünfzig.«

Langsam ging Harry zu seinem Platz und setzte sich. Snape blickte in die Runde.

»Wie ich gerade sagte, bevor Potter uns unterbrach, hat Professor Lupin keine Notizen über den Stoff hinterlassen, den Sie bisher behandelt haben –«

»Bitte, Sir, wir haben Irrwichte behandelt, Rotkappen, Kappas und Grindelohs«, sprudelte Hermine los, »und wir wollten gerade mit –«

»Schweigen Sie«, sagte Snape mit kalter Stimme. »Ich habe nicht um Aufklärung gebeten. Mir ist nur Professor Lupins Misswirtschaft aufgestoßen.«

»Er ist der beste Lehrer in Verteidigung gegen die dunklen Künste, den wir je hatten«, sagte Dean Thomas wagemutig, und murmelnd stimmte ihm der Rest der Klasse zu. Snape sah jetzt bedrohlicher aus denn je.

»Sie sind leicht zufrieden zu stellen. Lupin überfordert Sie ja kaum – ich selbst gehe davon aus, dass schon Erstklässler mit Rotkappen und Grindelohs fertig werden. Heute behandeln wir –«

Harry sah ihn das Lehrbuch durchblättern, bis zum letzten Kapitel, von dem er wissen musste, dass sie es noch nicht behandelt haben konnten.

»– Werwölfe«, sagte Snape.

»Aber, Sir«, sagte Hermine, die sich offenbar nicht im Zaum halten konnte, »wir sollten jetzt noch nicht die Werwölfe behandeln, eigentlich wollten wir mit Hinkepanks anfangen –«

»Miss Granger«, sagte Snape mit eisiger Gelassenheit. »Ich war davon ausgegangen, dass ich den Unterricht halte und nicht Sie. Und nun schlagen Sie alle die Seite dreihundertundvierundneunzig auf.« Wieder blickte er in die Runde. »Alle, habe ich gesagt! Und zwar sofort!«

Unter vielen verbitterten Seitenblicken und trotzigem Gemurmel schlugen sie ihre Bücher auf.

»Wer von Ihnen kann mir sagen, wie man einen Werwolf von einem richtigen Wolf unterscheidet?«, fragte Snape.

Alle saßen sie reglos und schweigend da; alle außer Hermine, deren Hand wie so oft nach oben geschnellt war.

»Keiner?«, sagte Snape ohne Hermine eines Blickes zu würdigen. Wieder setzte er sein schiefes Lächeln auf. »Wollen Sie mir sagen, dass Professor Lupin Ihnen nicht einmal den einfachen Unterschied zwischen –«

»Wir haben Ihnen doch gesagt«, platzte mit einem Mal Parvati los, »dass wir noch nicht bei den Werwölfen waren, wir sind immer noch auf –«

»Ruhe!«, bellte Snape. »Schön, schön, schön, ich hätte nie gedacht, dass ich einmal auf eine dritte Klasse stoßen würde, die nicht mal einen Werwolf erkennt, wenn sie einem gegenübersteht. Ich werde Professor Dumbledore ausdrücklich davon in Kenntnis setzen, wie weit sie hinterher sind ...«

»Bitte, Sir«, sagte Hermine, die Hand immer noch nach oben gestreckt, »der Werwolf ist vom echten Wolf durch mehrere kleine Merkmale zu unterscheiden. Die Schnauze des Werwolfs –«

»Das ist das zweite Mal, dass Sie einfach reinreden, Miss Granger«, sagte Snape kühl. »Noch einmal fünf Punkte Abzug für Gryffindor, weil Sie eine unerträgliche Alleswisserin sind.«

Hermine wurde puterrot, ließ die Hand sinken und starrte mit wässrigen Augen zu Boden. Wie sehr sie alle Snape hassten, erwies sich jetzt, als die ganze Klasse ihn mit zornfunkelnden Augen anstarrte, obwohl jeder von ihnen Hermine irgendwann einmal eine Alleswisserin genannt hatte, und Ron, der Hermine mindestens zweimal die Woche so nannte, sagte laut:

»Sie haben uns eine Frage gestellt und sie weiß die Antwort! Warum fragen Sie eigentlich, wenn Sie es doch nicht wissen wollen?«

Noch während Ron sprach, erkannte die Klasse, dass er zu weit gegangen war. Snape ging langsam auf Ron zu, und ringsum hielten sie den Atem an.

»Strafarbeit, Weasley«, sagte Snape mit öliger Stimme, das Gesicht ganz nahe an dem Rons. »Und wenn ich noch einmal höre, dass Sie meine Unterrichtsweise kritisieren, dann wird Ihnen das wirklich Leid tun.«

Während der restlichen Stunde machte keiner einen Mucks. Sie saßen da und schrieben das Kapitel über die Werwölfe aus dem Schulbuch ab, während Snape an den Pultreihen entlang Streife ging und die Arbeiten prüfte, die sie bei Professor Lupin geschrieben hatten.

»Ganz schlecht erklärt ... das ist nicht richtig, der Kappa kommt häufiger in der Mongolei vor ... Professor Lupin hat dafür acht von zehn Punkten gegeben? Bei mir hätten Sie keine drei bekommen ...«

Als es endlich läutete, hielt Snape sie zurück.

»Sie schreiben einen Aufsatz über die Frage, wie man einen Werwolf erkennt und tötet. Ich will bis Montagmorgen zwei Rollen Pergament darüber sehen. Wird Zeit, dass einer die Klasse in den Griff kriegt. Weasley, Sie bleiben noch, wir müssen über Ihre Strafarbeit sprechen.«

Harry und Hermine gingen mit den andern hinaus und warteten, bis sie außer Hörweite waren, dann brachen sie in wüste Beschimpfungen über Snape aus.

»Snape hat sich noch nie dermaßen ausgelassen über unsere anderen Lehrer in Verteidigung gegen die dunklen Künste, auch wenn er die Stelle gerne haben wollte«, sagte Harry zu Hermine. »Warum hat er es auf Lupin abgesehen? Glaubst du, das liegt alles an diesem Irrwicht?«

»Ich weiß nicht«, sagte Hermine nachdenklich. »Aber ich hoffe wirklich, dass es Professor Lupin bald besser geht …«

Fünf Minuten später holte Ron sie ein, und er schäumte vor Wut.

»Wisst ihr, was dieser –« (er gebrauchte einen Namen für Snape, auf den hin Hermine »Ron!« rief) »– mir aufgehalst hat? Ich muss die Bettpfannen im Krankenflügel putzen! Ohne Zaubern!« Er atmete schwer und ballte die Fäuste. »Hätte sich Black doch nur in Snapes Büro versteckt! Er hätte ihn für uns erledigen können!«

Am nächsten Morgen wachte Harry ungewöhnlich früh auf, so früh, dass es noch dunkel war. Einen Moment lang glaubte er, das Heulen des Windes hätte ihn aufgeweckt, dann spürte er eine kalte Brise auf seinem Nacken und setzte sich jäh kerzengerade auf – Peeves, der Poltergeist, war ganz nahe an ihm vorbeigeschwebt und hatte ihm heftig ins Ohr gepustet.

»Was soll das denn?«, zischte Harry wütend.

Peeves blies die Backen auf, pustete kräftig und schwebte rücklings und gackernd aus dem Schlafsaal hinaus.

Harry tastete nach seinem Wecker und sah auf das Zifferblatt. Es war halb fünf. Er verfluchte Peeves, drehte sich um und versuchte wieder einzuschlafen, doch nun, da er wach lag, konnte er den rollenden Donner über seinem Kopf, das Rütteln des Windes an den Fenstern und das ferne Ächzen der Bäume im Verbotenen Wald nicht überhören. In ein paar Stunden würde er draußen auf dem Quidditch-Feld sein und gegen dieses Unwetter ankämpfen. Schließlich gab er die Hoffnung auf, wieder einzuschlafen, stieg aus dem Bett, zog sich an, griff nach seinem Nimbus Zweitausend und ging leise aus dem Schlafsaal.

Als Harry die Tür öffnete, streifte etwas sein Bein. Er

bückte sich und bekam gerade noch Krummbeins Schwanz-ende zu fassen. Er zog ihn nach draußen.

»Weißt du, ich fürchte, Ron hat Recht mit dem, was er über dich sagt«, erklärte Harry Krummbein argwöhnisch. »Hier gibt es genug Mäuse, also geh und jag sie. Los, zieh ab«, fügte er hinzu und schubste Krummbein mit dem Fuß die Wendeltreppe hinunter, »und lass Krätze in Ruhe.«

Unten im Gemeinschaftsraum war das Tosen des Sturms noch lauter zu hören. Harry machte sich keine Illusionen. Sie würden das Spiel nicht absagen. Wegen solcher Kleinigkeiten wie Gewitterstürmen wurden die Quidditch-Partien nicht verschoben. Dennoch war ihm etwas beklommen zumute. Wood hatte ihm im Vorbeigehen Cedric Diggory gezeigt; er war ein Fünftklässler und viel größer als Harry. Sucher waren normalerweise leicht und flink, doch Diggorys Gewicht war bei diesem Wetter von Vorteil, weil ihn der Sturm nicht so leicht vom Kurs blasen würde.

Harry vertrieb sich die Stunden bis zur Dämmerung vor dem Kamin; hin und wieder stand er auf und verscheuchte Krummbein, der schon wieder die Treppe zum Jungenschlafsaal emporschleichen wollte. Endlich war es Zeit fürs Frühstück und Harry kletterte durch das Porträtloch.

»Stelle dich und kämpfe, du räudiger Köter!«, rief Sir Cadogan.

»Ach, halt den Mund«, gähnte Harry zurück.

Über einer großen Schüssel Haferschleim erwachten seine Lebensgeister und als er mit dem Toast anfing, tauchte auch der Rest des Teams auf.

»Das wird ein beinhartes Ding«, sagte Wood, der keinen Bissen anrührte.

»Hör auf, dir Sorgen zu machen, Oliver«, beschwichtigte ihn Alicia, »das bisschen Regen macht uns doch nichts aus.«

Doch es war deutlich mehr als ein bisschen Regen. Quidditch war so beliebt, dass wie immer die ganze Schule auf den Beinen war, um das Spiel zu sehen, allerdings mussten sie mit eingezogenen Köpfen und gegen den Wind ankämpfend über den Rasen hinunter zum Spielfeld rennen, und der Sturm riss ihnen die Schirme aus den Händen. Kurz bevor Harry den Umkleideraum betrat, sah er, wie Malfoy, Crabbe und Goyle auf dem Weg zum Stadion unter einem riesigen Schirm hervor lachend auf ihn deuteten.

Rasch zogen sie sich ihre scharlachroten Umhänge über und warteten auf Woods übliche Aufmunterungsrede vor dem Spiel. Doch diesmal fiel sie aus. Mehrmals setzte er zum Sprechen an, brachte aber nur ein merkwürdig würgendes Geräusch hervor, schüttelte dann hoffnungslos den Kopf und winkte sie hinaus.

Der Wind war so stark, dass sie, als sie aufs Spielfeld liefen, zur Seite wegstolperten. Die Menge mochte johlen und kreischen, sie konnten es durch die immer neuen Wellen des Donners nicht hören. Der Regen klatschte gegen Harrys Brille. Wie zum Teufel sollte er den Schnatz in diesem Mistwetter erkennen?

Die Hufflepuffs mit ihren kanariengelben Umhängen kamen von der anderen Seite des Feldes. Die Kapitäne traten aufeinander zu und schüttelten sich die Hände; Diggory lächelte Wood an, doch Wood sah jetzt aus, als hätte er Kiefersperre, und nickte nur. Harry sah, wie Madam Hoochs Mund die Worte »Besteigt die Besen« formte; er zog den rechten Fuß mit einem schmatzenden Geräusch aus dem Schlamm und schwang sich auf seinen Nimbus Zweitausend. Madam Hooch setzte die Pfeife an die Lippen und blies; der schrille Pfiff schien aus weiter Ferne zu kommen – und los ging es.

Harry stieg schnell in die Höhe, doch sein Nimbus schlingerte ein wenig im Wind. Er hielt ihn mit aller Kraft gerade, spähte durch den Regen und machte dann eine Kehrtwende.

In weniger als fünf Minuten war er nass bis auf die Haut und halb erfroren. Seine Mitspieler konnte er kaum erkennen, geschweige denn den winzigen Schnatz. Er flog das Spielfeld auf und ab, vorbei an verschwommenen roten und gelben Gestalten, ohne einen blassen Schimmer, was in diesem Spiel eigentlich so vor sich ging. Den Stadionsprecher konnte er bei diesem Wind nicht hören. Die Menge unten hatte sich unter einem Meer von Umhängen und zerfetzten Schirmen versteckt. Zweimal hätte Harry ein Klatscher fast vom Besen gerissen; wegen der Regentropfen auf seiner Brille war alles so verschwommen, dass er sie nicht hatte kommen sehen.

Harry verlor das Zeitgefühl. Es wurde immer schwieriger, den Besen gerade zu halten. Der Himmel verdunkelte sich, als ob die Nacht beschlossen hätte, früher hereinzubrechen. Zweimal stieß er um ein Haar mit einem anderen Spieler zusammen, ohne zu wissen, ob es ein Mitspieler oder ein Gegner war; alle waren jetzt so nass und der Regen war so dicht, dass er sie kaum auseinander halten konnte …

Mit dem ersten Gewitterblitz kam auch der Pfiff von Madam Hoochs Pfeife; Harry konnte durch den dichten Regen gerade noch den Umriss Woods ausmachen, der ihn gestikulierend zu Boden wies. Das ganze Team setzte spritzend im Schlamm auf.

»Ich hab um Auszeit gebeten!«, brüllte Wood seinem Team entgegen. »Kommt, hier runter –«

Sie drängten sich am Spielfeldrand unter einem großen Schirm zusammen; Harry nahm die Brille ab und wischte sie hastig am Umhang trocken.

»Wie steht's eigentlich?«

»Wir haben fünfzig Punkte Vorsprung«, sagte Wood,

»aber wenn wir nicht bald den Schnatz fangen, spielen wir bis in die Nacht hinein.«

»Mit der hier hab ich keine Chance«, keuchte Harry und schlenkerte mit seiner Brille durch die Luft.

Genau in diesem Augenblick tauchte Hermine an seiner Seite auf, sie hielt sich den Umhang über den Kopf und aus unerfindlichen Gründen strahlte sie.

»Ich hab da 'ne Idee, Harry! Gib mir mal deine Brille, schnell!«

Er reichte sie ihr und das Team sah verdutzt zu, wie Hermine mit ihrem Zauberstab dagegen tippte und *»Impervius!«* rief.

»Bitte sehr!«, sagte sie und gab sie Harry zurück. »Jetzt stößt sie das Wasser ab!«

Wood sah Hermine an, als wollte er sie auf der Stelle küssen.

»Genial!«, rief er ihr mit heiserer Stimme nach, während sie in der Menge verschwand. »Gut, Leute, packen wir's!«

Hermines Zauber wirkte. Harry war immer noch benommen vor Kälte und patschnass, doch er konnte etwas sehen. Voll frischer Zuversicht peitschte er mit dem Besen durch die Böen und spähte in allen Himmelsrichtungen nach dem Schnatz, wobei er hier einem Klatscher auswich und dort unter dem heransausenden Diggory hindurchtauchte …

Er sah einen vergabelten Blitz, dem auf der Stelle ein weiterer Donnerschlag folgte. Das wird immer gefährlicher, dachte Harry. Er musste den Schnatz möglichst bald fangen.

Er wendete und wollte zur Mitte des Feldes zurückfliegen, doch in diesem Moment erleuchtete ein weiterer Lichtblitz die Tribünen, und Harry sah etwas, das ihn vollkommen in Bann schlug – die Kontur eines riesigen, zottigen schwarzen Hundes, klar umrissen gegen den Himmel. Reglos saß er in der obersten leeren Sitzreihe.

Der Besenstiel entglitt Harrys klammen Händen und sein Nimbus sackte ein paar Meter ab. Er rieb sich die Augenlider und schaute noch einmal hinüber auf die Ränge. Der Hund war verschwunden.

»Harry!«, ertönte Woods entsetzter Schrei von den Torpfosten der Gryffindors, »Harry, hinter dir!«

Harry blickte sich entsetzt um. Cedric Diggory kam über das Spielfeld geschossen, und in den Regenschnüren zwischen ihnen schimmerte etwas Kleines und Goldenes –

In jäher Panik duckte sich Harry über den Besenstiel und raste dem Schnatz entgegen.

»Mach schon!«, knurrte er seinen Nimbus an, während ihm der Regen ins Gesicht peitschte, »schneller!«

Doch nun geschah etwas Seltsames. Eine gespenstische Stille senkte sich über das Stadion. Der Wind ließ zwar kein bisschen nach, doch er vergaß zu heulen. Es war, als ob jemand den Ton abgedreht hätte, als ob Harry plötzlich taub geworden wäre – was ging hier vor?

Und dann überkam ihn eine fürchterlich vertraute Welle aus Kälte, drang in ihn ein, gerade als ihm eine Bewegung unten auf dem Feld auffiel …

Zeit zum Nachdenken blieb nicht mehr, schon wandte er die Augen vom Schnatz ab und blickte in die Tiefe.

Mindestens hundert Dementoren, die vermummten Gesichter ihm zugewandt, standen dort unter ihm. Es war, als würde eiskaltes Wasser in seiner Brust aufsteigen und ihm die Eingeweide abtöten. Und dann hörte er es wieder … jemand schrie, schrie im Innern seines Kopfes … eine Frau …

»Nicht Harry, nicht Harry, bitte nicht Harry!«

»Geh zur Seite, du dummes Mädchen … geh weg jetzt …«

»Nicht Harry, bitte nicht, nimm mich, töte mich an seiner Stelle –«

Betäubender, wirbelnder weißer Nebel füllte Harrys

Kopf ... was tat er da? Warum flog er? Er musste ihr helfen ... sie würde sterben ... sie wurde umgebracht ...

Er fiel, fiel durch den eisigen Nebel.

»Nicht Harry! Bitte ... verschone ihn ... verschone ihn ...«

Eine schrille Stimme lachte, die Frau schrie, und Harry schwanden die Sinne.

»Ein Glück, dass der Boden so durchweicht war.«

»Ich dachte, er ist tot.«

»Und nicht mal die Brille ist hin.«

Harry konnte Geflüster hören, doch er verstand überhaupt nichts. Er hatte keine Ahnung, wo er war oder wie er hierher gekommen war oder was er davor getan hatte. Alles, was er wusste, war, dass ihm sämtliche Glieder wehtaten, als wäre er verprügelt worden.

»Das war das Fürchterlichste, das ich je im Leben gesehen habe.«

Fürchterlich ... das Fürchterlichste ... vermummte schwarze Gestalten ... Kälte ... Schreie ...

Harrys Augen klappten auf. Er lag im Krankenflügel. Das Quidditch-Team der Gryffindors, von oben bis unten mit Schlamm bespritzt, war um sein Bett versammelt. Auch Ron und Hermine waren da und sahen aus, als kämen sie gerade aus einem Schwimmbecken.

»Harry!«, sagte Fred, der unter all dem Schlamm käsebleich aussah, »wie geht's dir?«

Es war, als würde Harrys Gedächtnis schnell zurückgespult. Die Blitze – der Grimm – der Schnatz – und die Dementoren –

»Was ist passiert?«, fragte er und setzte sich so plötzlich auf, dass sie die Münder aufrissen.

»Du bist abgestürzt«, sagte Fred. »Müssen wohl – ungefähr – fünfzehn Meter gewesen sein.«

»Wir dachten, du seist tot«, sagte Alicia, die es am ganzen Leib schüttelte.

Von Hermine kam ein leises Schluchzen. Das Weiße ihrer Augen war blutunterlaufen.

»Aber das Spiel«, sagte Harry. »Was ist damit? Wird es wiederholt?«

Keiner sagte ein Wort. Die schreckliche Wahrheit drang in Harry ein wie ein Stein.

»Wir haben – verloren?«

»Diggory hat den Schnatz gefangen«, sagte George. »Kurz nach deinem Absturz. Er hatte nicht gesehen, was passiert war. Als er sich umsah und dich auf dem Boden liegen sah, wollte er seinen Fang für ungültig erklären und ein Wiederholungsspiel ansetzen lassen. Aber im Grunde haben sie verdient gewonnen ... selbst Wood gibt es zu.«

»Wo ist Wood?«, fragte Harry, dem plötzlich auffiel, dass er fehlte.

»Noch unter der Dusche«, sagte Fred. »Wir glauben, er versucht sich zu ertränken.«

Harry legte das Gesicht auf die Knie und raufte sich die Haare. Fred packte ihn an der Schulter und schüttelte ihn grob.

»Komm schon, Harry, du hast doch sonst immer den Schnatz geschnappt.«

»Einmal musste er dir ja durch die Lappen gehen«, sagte George.

»Noch ist nicht aller Tage Abend«, sagte Fred. »Wir haben hundert Punkte verloren, na und? Wenn Hufflepuff gegen Ravenclaw verliert und wir Ravenclaw und Slytherin schlagen –«

»Hufflepuff muss mit mindestens zweihundert Punkten Rückstand verlieren«, sagte George.

»Aber wenn sie Ravenclaw schlagen –«

»Unmöglich, Ravenclaw ist zu gut. Aber wenn Slytherin gegen Hufflepuff verliert ...«

»Das hängt alles vom Punktekonto ab – jedenfalls braucht es immer hundert Punkte Rückstand –«

Harry lag da und sagte kein Wort. Sie hatten verloren – zum ersten Mal hatte er ein Quidditch-Spiel verloren.

Nach gut zehn Minuten kam Madam Pomfrey herein und wies sie an, ihn jetzt in Ruhe zu lassen.

»Wir kommen später wieder«, versicherte Fred. »Mach dich nicht selber fertig, Harry, du bist immer noch der beste Sucher, den wir je hatten.«

Das Team marschierte hinaus und ließ nur eine Schlammspur zurück. Mit missbilligendem Blick schloss Madam Pomfrey die Tür hinter ihnen. Ron und Hermine traten näher an Harrys Bett.

»Dumbledore war wirklich wütend«, sagte Hermine mit bebender Stimme. »So hab ich ihn noch nie erlebt. Während du fielst, rannte er aufs Spielfeld und wedelte mit seinem Zauberstab, und irgendwie wurdest du langsamer, bevor du aufgeschlagen bist. Dann hat er mit dem Zauberstab zu den Dementoren hinübergefuchtelt und silbernes Zeugs gegen sie abgeschossen. Sie sind sofort abgehauen ... er war stinksauer, weil sie ins Stadion gekommen sind, wir haben ihn schimpfen gehört –«

»Dann hat er dich auf eine Trage gezaubert«, sagte Ron, »und ist mit dir neben sich schwebend hoch zur Schule gegangen. Alle dachten, du seist ...«

Seine Stimme erstarb, doch Harry hörte ohnehin kaum zu. Er dachte darüber nach, was die Dementoren ihm angetan hatten ... er dachte an die Schreie. Er blickte auf und Ron und Hermine sahen ihn so gespannt an, dass er sich rasch überlegte, was er sagen könnte.

»Hat jemand meinen Nimbus mitgenommen?«

Ron und Hermine warfen sich einen kurzen Blick zu.

»Ähm –«

»Was?«, sagte Harry und sah sie abwechselnd an.

»Nun ja ... als du abgestürzt bist, wurde er weggeweht«, sagte Hermine zögernd.

»Und?«

»Und er ist – gegen – o Harry – gegen die Peitschende Weide gekracht.«

Harrys Inneres verkrampfte sich. Die Peitschende Weide war ein sehr jähzorniger Baum mitten auf dem Schlossgelände.

»Und?«, sagte er, und vor der Antwort war ihm ganz bange.

»Tja, du kennst ja die Peitschende Weide«, sagte Ron. »Sie – ähm – mag nicht gern belästigt werden.«

»Professor Flitwick hat ihn geholt, kurz bevor du wieder zu dir gekommen bist«, sagte Hermine kaum vernehmlich.

Zögernd langte sie nach einer Tasche zu ihren Füßen, stellte sie auf den Kopf und schüttelte ein Dutzend zersplitterte Holzstücke und angeknackstes Reisig auf das Bett, die letzten Überreste von Harrys treuem, am Ende geschlagenem Besen.

Die Karte des Rumtreibers

Madam Pomfrey beschloss resolut, Harry übers Wochenende im Krankenflügel zu behalten. Er widersprach nicht
und klagte auch nicht, doch sie durfte nichts von den kläg-
lichen Überbleibseln seines Nimbus Zweitausend fortwer-
fen. Das war albern, und er wusste es, denn der Nimbus war
nicht mehr zu retten, und doch konnte er einfach nicht anders: Er hatte das Gefühl, einen guten Freund verloren zu
haben.

Der Strom der Besucher riss nicht ab, und alle kamen, um
ihn aufzumuntern. Hagrid schickte ihm einen Strauß Ohr-
wurmblumen, der wie ein gelber Kohlkopf aussah, und
Ginny Weasley, puterrot angelaufen, tauchte mit einer selbst
gebastelten Genesungskarte auf, die mit schriller Stimme zu
singen begann, wenn Harry sie nicht unter einer schweren
Obstschale zum Schweigen brachte. Das Team der Gryffindors tauchte am Sonntagmorgen wieder auf, und diesmal
war auch Wood dabei. Er mache Harry nicht den geringsten
Vorwurf, sagte er mit merkwürdig hohler, lebloser Stimme.
Ron und Hermine wichen nur nachts von Harrys Bett.
Doch was sie auch sagten oder taten, sie konnten Harry
nicht aufheitern, denn sie wussten nur die Hälfte von dem,
was ihn wirklich beunruhigte.

Keinem hatte er von dem Grimm erzählt, nicht einmal
Ron und Hermine, denn er wusste, dass Ron panisch und
Hermine spöttisch reagieren würde. Tatsache blieb jedoch,
dass er jetzt schon zweimal erschienen war, und beiden Er-

scheinungen waren lebensgefährliche Unfälle gefolgt. Beim ersten Mal war er beinahe vom Fahrenden Ritter überrollt worden; beim zweiten Mal war er von seinem Besen fünfzehn Meter in die Tiefe gestürzt. Würde der Grimm ihn jagen, bis er wirklich starb? Sollte er für den Rest seines Lebens unentwegt nach dem Untier Ausschau halten?

Und dann waren da noch die Dementoren. Immer, wenn Harry an sie dachte, wurde ihm schlecht und er fühlte sich gedemütigt. Alle sagten, die Dementoren seien schrecklich, aber kein anderer brach jedes Mal bei ihrem Anblick zusammen ... und niemand sonst hörte im Kopf den Widerhall der Schreie seiner sterbenden Eltern ...

Denn Harry wusste jetzt, wessen Stimme es war, die er gehört hatte. Er hatte sich ihre Worte wiederholt, immer und immer wieder in den nächtlichen Stunden im Krankenflügel, in denen er wach lag und auf die hellen Streifen starrte, die das Mondlicht an die Decke warf. Wenn sich die Dementoren näherten, hörte er die letzten Momente im Leben seiner Mutter, ihre Versuche, ihn, Harry, vor Lord Voldemort zu schützen, und Lord Voldemorts Gelächter, bevor er sie ermordete ... Harry döste ein und schreckte immer wieder hoch, sank in Träume voll feuchtkalter, verrotteter Hände und grauenerfüllten Flehens, er schreckte auf und kam nicht von der Stimme seiner Mutter los und wollte sie sich immer wieder in Erinnerung rufen.

Es war eine Erleichterung, am Montag ins lärmende Getriebe der Schule zurückzukehren, wo er gezwungen war, an andere Dinge zu denken, selbst wenn er Draco Malfoys Hänseleien über sich ergehen lassen musste. Malfoy war ganz entzückt vor Schadenfreude über die Niederlage der Gryffindors. Endlich hatte er sich die Bandagen abgenommen und er feierte diesen Anlass, indem er Harrys Sturz vom Besen beschwingt nachspielte. Zudem verbrachte er einen Großteil ihrer nächsten Zaubertrankstunden mit Auftritten als Dementor im Kerker. Ron verlor schließlich die Nerven und warf ein großes, glitschiges Krokodilherz auf Malfoy, das ihn im Gesicht traf; daraufhin zog Snape den Gryffindors fünfzig Punkte ab.

»Wenn Snape wieder Verteidigung gegen die dunklen Künste gibt, melde ich mich krank«, sagte Ron nach dem Mittagessen auf dem Weg zu Professor Lupins Klassenzimmer. »Sieh erst mal nach, wer drin ist, Hermine.«

Hermine öffnete die Tür einen Spaltbreit und spähte hinein.

»Du kannst kommen!«

Professor Lupin war wieder da. Deutlich mitgenommen sah er aus. Sein alter Umhang hing ihm noch schlaffer um die Schultern als sonst und er hatte dunkle Schatten unter den Augen; dennoch lächelte er sie an, als sie ihre Plätze einnahmen, und die ganze Klasse brach sofort in einen Sturm von Beschwerden über Snapes Verhalten während Lupins Krankheit aus.

»Das ist nicht fair, er macht nur Vertretung, warum muss er uns Hausaufgaben aufgeben?«

»Wir wissen doch nichts über Werwölfe –«

»– zwei Rollen Pergament!«

»Habt ihr Professor Snape gesagt, dass wir Werwölfe noch nicht behandelt haben?«, fragte Lupin in die Runde und runzelte leicht die Stirn.

Das Gebrabbel brach wieder los.

»Ja, aber er sagte, wir seien weit zurück –«

»– er wollte nichts davon hören –«

»– zwei Rollen Pergament!«

Professor Lupin lächelte angesichts der Entrüstung auf den Gesichtern.

»Macht euch keine Sorgen, ich spreche mit Professor Snape. Den Aufsatz müsst ihr nicht schreiben.«

»O nein«, sagte Hermine enttäuscht. »Meiner ist schon fertig!«

Sie hatten eine recht vergnügliche Stunde. Professor Lupin hatte einen Glaskasten mit einem Hinkepank mitgebracht, einem kleinen einbeinigen Geschöpf, das aussah, als bestünde es aus Rauchschwaden und wäre recht schwächlich und harmlos.

»Der Hinkepank lockt Reisende in die Sümpfe«, sagte Professor Lupin, und die Klasse schrieb eifrig mit. »Seht ihr die Laterne, die er in der Hand hat? Er hüpft voraus – die Leute folgen dem Licht – und dann –«

Der Hinkepank machte ein fürchterlich quietschendes Geräusch am Glas.

Als es läutete, packten alle ihre Sachen ein und gingen zur Tür, auch Harry, doch –

»Wart einen Moment, Harry«, rief Lupin, »ich möchte kurz mit dir sprechen.«

Harry kam zurück und sah Professor Lupin zu, wie er den Glaskasten des Hinkepanks mit einem Tuch abdeckte.

»Ich hab von dem Spiel gehört«, sagte Lupin, wandte sich zum Pult um und steckte die Bücher in seine Mappe, »und es tut mir Leid wegen deines Besens. Gibt es eine Möglichkeit, ihn zu reparieren?«

»Nein«, sagte Harry. »Der Baum hat ihn zu Kleinholz verarbeitet.«

Lupin seufzte.

»Sie haben die Peitschende Weide in dem Jahr gepflanzt, als ich nach Hogwarts kam. Wir haben damals aus Jux versucht ihr so nah wie möglich zu kommen und den Stamm zu berühren. Schließlich hat ein Junge namens Davey Gudgeon fast ein Auge verloren und wir durften dann nicht mehr in ihre Nähe. Und kein Besen hätte da eine Chance.«

»Haben Sie auch von den Dementoren gehört?«, überwand sich Harry zu fragen.

Lupin warf ihm einen raschen Blick zu.

»Ja, hab ich. Ich glaube, keiner von uns hat Professor Dumbledore jemals so wütend gesehen. Sie sind schon seit einiger Zeit ungehalten ... verärgert, weil er sich weigert, sie auf das Gelände zu lassen ... ich vermute, dass du ihretwegen abgestürzt bist?«

»Ja«, sagte Harry. Er zögerte, und dann brach die Frage, die ihm auf der Zunge lag, unwillkürlich aus ihm heraus. »Warum? Warum bin ich so anfällig für sie? Bin ich schlicht und einfach –?«

»Es hat nichts mit Schwäche zu tun«, sagte Professor Lupin scharf, als ob er Harrys Gedanken lesen könnte. »Die Dementoren greifen dich stärker an als die andern, weil es schreckliche Ereignisse in deiner Vergangenheit gibt, die die andern nicht erlebt haben.«

Ein Strahl der Wintersonne fiel ins Klassenzimmer und beleuchtete Lupins graue Haare und die Furchen auf seinem jungen Gesicht.

»Dementoren gehören zu den übelsten Kreaturen, die auf der Erde wandeln. Sie brüten an den dunkelsten, schmutzigsten Orten, sie schaffen Zerfall und Verzweiflung, sie saugen Frieden, Hoffnung und Glück aus der Luft um sie her. Selbst die Muggel spüren ihre Nähe, auch wenn sie die Dementoren nicht sehen können. Kommst du einem Dementor zu nahe, saugt er jedes gute Gefühl, jede glückliche Erinnerung aus dir heraus. Wenn er kann, nährt sich der Dementor so lange von dir, bis du nichts weiter bist als er selbst – seelenlos und böse. Und dir bleiben nur die schlimmsten Erfahrungen deines Lebens. Und das

Schlimmste, was dir passiert ist, Harry, würde jeden anderen ebenfalls vom Besen hauen. Du brauchst dich dessen nicht zu schämen.«

»Wenn sie mir nahe kommen –«, Harry starrte mit zugeschnürter Kehle auf Lupins Pult, »kann ich hören, wie Voldemort meine Mutter ermordet.«

Lupin machte eine jähe Bewegung mit dem rechten Arm, als wollte er Harry an der Schulter packen, doch er besann sich. Einen Augenblick schwiegen beide, dann –

»Warum mussten sie ausgerechnet zum Spiel kommen?«, sagte Harry verbittert.

»Sie werden langsam hungrig« sagte Lupin kühl und verschloss mit einem Klicken seine Mappe. »Dumbledore will sie nicht in die Schule lassen, also sind ihre Vorräte an menschlicher Beute aufgebraucht ... Ich vermute mal, sie konnten der großen Menschenmenge um das Quidditch-Feld nicht widerstehen. All die Aufregung ... die aufgepeitschten Gefühle ... so stellen sie sich ein Festessen vor.«

»Askaban muss schrecklich sein«, murmelte Harry.

Lupin nickte grimmig.

»Die Festung ist auf einer kleinen Insel gebaut, weit draußen im Meer, doch sie brauchen keine Mauern und kein Wasser, um die Gefangenen an der Flucht zu hindern, nicht, wenn sie alle in ihren Köpfen gefangen sind, unfähig, einen zuversichtlichen Gedanken zu fassen. Die meisten werden nach ein paar Wochen verrückt.«

»Aber Sirius Black ist ihnen entkommen«, sagte Harry langsam. »Er ist geflohen.«

Lupins Mappe glitt vom Tisch; er musste rasch zugreifen, um sie aufzufangen.

»Ja«, sagte er und richtete sich auf. »Black muss einen Weg gefunden haben, wie man sie besiegt. Ich hätte nicht gedacht, dass es möglich wäre ... Dementoren, heißt es, berauben einen Zauberer seiner Kräfte, wenn er ihnen zu lange ausgeliefert ist ...«

»Sie haben es doch geschafft, dass dieser Dementor im Zug geflohen ist«, sagte Harry plötzlich.

»Es gibt – gewisse Verteidigungskünste, die man einsetzen kann«, sagte Lupin. »Aber es war nur ein Dementor im Zug. Je mehr da sind, desto schwieriger wird es, ihnen Widerstand zu leisten.«

»Was denn für Verteidigungskünste?«, fragte Harry sofort. »Können Sie mir die beibringen?«

»Ich möchte nicht so tun, als wäre ich ein Fachmann für den Kampf gegen Dementoren, Harry ... ganz im Gegenteil ...«

»Aber wenn die Dementoren auch zum nächsten Quidditch-Spiel kommen – muss ich gegen sie kämpfen können –«

Lupin sah in Harrys entschlossenes Gesicht, zögerte einen Moment und sagte dann: »Also ... gut. Ich versuche dir zu helfen. Aber ich fürchte, du musst dich bis nach den Weihnachtsferien gedulden. Bis dahin hab ich noch eine Menge zu tun. Das war eine recht unpassende Zeit, um krank zu werden.«

Das Versprechen Lupins, ihn in die Kunst der Verteidigung gegen die Dementoren einzuweihen, die Hoffnung, den Tod seiner Mutter nie mehr mit anhören zu müssen, und die Tatsache, dass Ravenclaw die Hufflepuffs im Quidditch-Match Ende November einfach plattmachte – all dies hob Harrys Stimmung beträchtlich. Die Gryffindors waren noch nicht ganz aus dem Rennen, aber eine weitere Niederlage konnten sie sich nicht leisten. Wood gewann seine fieberhafte Tatkraft wieder zurück und trimmte seine Leute härter denn je in den eisigen Regenschauern, die bis in den Dezember hinein anhielten. Harry sah weit und breit keine Spur von einem Dementor. Dumbledores Wut schien sie auf ihren Posten an den Eingängen zu halten.

Zwei Wochen vor den Weihnachtsferien nahm der Himmel plötzlich ein blendend helles, opalenes Weiß an und das schlammige Gelände war eines Morgens in glitzernden Frost gehüllt. Im Schloss herrschte schon ein wenig vorweihnachtliche Stimmung. Professor Flitwick, der Lehrer für Zauberkunst, hatte sein Klassenzimmer bereits mit schimmernden Lichtern geschmückt, die sich als echte, flatternde Feen herausstellten. Gut gelaunt sprachen sie in den Klassen darüber, was sie alles in den Ferien vorhatten. Ron und Hermine hatten beschlossen, in Hogwarts zu bleiben. Ron behauptete, er könne es keine zwei Wochen mit Percy aushalten, und Hermine meinte, sie wolle unbedingt mal ganz in Ruhe in der Bibliothek arbeiten, doch Harry ließ sich nicht täuschen: Sie blieben da, um ihm Gesellschaft zu leisten, und er war sehr dankbar dafür.

Alle freuten sich auf den nächsten Ausflug nach Hogsmeade am letzten Wochenende vor den Ferien – alle außer Harry.

»Wir können dort für Weihnachten einkaufen!«, sagte Hermine, »Mum und Dad werden ganz begeistert sein von dieser Zahnweiß-Pfefferminzlakritze aus dem *Honigtopf*!«

Harry fand sich damit ab, der Einzige aus der dritten Klasse zu sein, der nicht mitkam, borgte sich von Wood das Heft *Rennbesen im Test* und beschloss, sich über die verschiedenen Bauweisen der Besen kundig zu machen. Beim Training flog er jetzt einen der Schulbesen, einen alten, ziemlich langsamen und kippeligen Shooting Star; was er brauchte, war ein neuer Besen.

Am Samstagmorgen verabschiedeten sich Ron und Hermine von Harry und machten sich, eingemummelt in Mäntel und Schals, nach Hogsmeade auf. Harry stieg allein die Marmortreppe hoch und ging die Korridore entlang zurück zum Turm der Gryffindors. Draußen hatte es angefangen zu schneien und im Schloss herrschte tiefe Stille.

»Psst – Harry!«

Auf halbem Weg durch einen der Korridore wandte er sich um und sah Fred und George, die hinter der Statue einer buckligen, einäugigen Hexe hervorlugten.

»Was macht ihr denn da?«, sagte Harry verdutzt. »Wieso geht ihr nicht mit nach Hogsmeade?«

»Wir wollen dich noch ein wenig in festliche Laune versetzen, bevor wir gehen«, sagte Fred und zwinkerte geheimnistuerisch. »Komm hier rein …«

Er nickte zu einem leeren Klassenzimmer links von der einäugigen Statue hinüber. Harry folgte Fred und George hinein. George schloss leise die Tür und wandte sich dann mit strahlendem Gesicht Harry zu.

»Hier ist schon mal ein Weihnachtsgeschenk für dich, Harry«, sagte er.

Schwungvoll zog Fred etwas aus seinem Mantel und legte es auf das Pult vor ihnen. Es war ein großes, quadratisches, heftig mitgenommenes Blatt Pergament. Kein Wort stand darauf. Harry vermutete, es sei einer ihrer Scherze, und starrte das Pergament an.

»Was soll das sein?«

»Das, Harry, ist das Geheimnis unseres Erfolgs«, sagte George und strich liebevoll über das Pergament.

»Wir bringen es kaum übers Herz, uns davon zu trennen«, sagte Fred, »aber gestern Abend haben wir beschlossen, dass du es dringender brauchst als wir.«

»Außerdem kennen wir es auswendig«, sagte George. »Wir vererben es dir. Eigentlich brauchen wir es auch nicht mehr.«

»Und was soll ich mit diesem Fetzen anfangen?«, fragte Harry.

»Diesem Fetzen!«, wiederholte Fred und schloss die Augen mit einer Grimasse, als ob Harry ihn tödlich beleidigt hätte. »Erklär es ihm, George.«

»Also … als wir in der ersten Klasse waren, Harry – jung, sorglos und unschuldig –«

Harry schnaubte. Dass Fred und George jemals unschuldig gewesen waren, bezweifelte er stark.

»– na ja, jedenfalls unschuldiger, als wir jetzt sind – auf jeden Fall bekamen wir damals wegen einer Kleinigkeit Ärger mit Filch.«

»Wir haben eine Stinkbombe im Korridor platzen lassen und aus irgendeinem Grund hat ihn das geärgert –«

»Also hat er uns in sein Büro geschleift und kam gleich mit den üblichen Drohungen –«

»– Strafarbeit –«

»– Bauchaufschlitzen –«

»– und ganz zufällig fiel uns an einem seiner Schränke eine Schublade ins Auge mit der Aufschrift *Beschlagnahmt und gemeingefährlich.*«

»Versteh schon –«, sagte Harry und fing an zu grinsen.

»Na, was hättest du getan?«, sagte Fred. »George hat ihn mit noch einer Stinkbombe abgelenkt, ich hab die Schublade aufgerissen und – das hier rausgeholt.«

»Ist nicht so schlecht, wie es klingt«, sagte George. »Wir glauben nicht, dass Filch jemals rausgefunden hat, wie man damit umgeht. Er hat wahrscheinlich geahnt, was es war, oder er hätte es nicht beschlagnahmt.«

»Und ihr wisst, wie man damit umgeht?«

»O ja«, sagte Fred feixend. »Dieses kleine hübsche Pergamentchen hat uns mehr beigebracht als alle Lehrer dieser Schule zusammen.«

»Ihr verarscht mich doch«, sagte Harry und sah das zerfranste alte Pergamentstück an.

»Aach – wir doch nicht«, sagte George.

Er zog seinen Zauberstab hervor, berührte sanft das Pergament und sagte: »*Ich schwöre feierlich, dass ich ein Tunichtgut bin.*«

Und sofort begannen sich von dem Punkt, den George berührt hatte, dünne Tintenlinien wie ein Spinnennetz auszubreiten. Sie liefen zusammen, überkreuzten sich und wucherten in die Ecken des Pergaments; dann erblühten Wörter auf dem Blatt, in großer, grüner, verschnörkelter Schrift, die verkündeten:

DIE HOCHWOHLGEBORENEN HERREN MOONY,
WURMSCHWANZ, TATZE UND KRONE
HILFSMITTEL FÜR DEN MAGISCHEN TUNICHTGUT GMBH
PRÄSENTIEREN STOLZ
DIE KARTE DES RUMTREIBERS

Es war eine Karte, die jede Einzelheit von Hogwarts und des Schlossgeländes zeigte. Doch wirklich erstaunlich waren die kleinen Tintenpunkte, die sich darauf bewegten, jeder mit einem Namen in winziger Schrift versehen. Verblüfft beugte sich Harry über die Karte. Ein beschrifteter Punkt oben links zeigte, dass Professor Dumbledore in seinem Büro auf und ab ging; Mrs Norris, die Katze des Hausmeisters, trieb sich im zweiten Stock herum, und Peeves, der Poltergeist, hüpfte gerade im Pokalzimmer auf und ab. Harrys Augen wanderten die vertrauten Korridore entlang, und plötzlich fiel ihm noch etwas Merkwürdiges auf.

Diese Karte zeigte eine Reihe von Durchgängen, die er nie betreten hatte. Und viele davon führten offenbar –

»– geradewegs nach Hogsmeade«, sagte Fred und fuhr mit dem Finger eine der Linien entlang. »Insgesamt sieben Geheimgänge. Filch kennt diese vier –«, er zeigte sie Harry, »– aber wir sind sicher die Einzigen, die diese hier kennen. Den hinter dem Spiegel im vierten Stock kannst du vergessen. Wir haben ihn letzten Winter benutzt, aber er ist eingebrochen – völlig unbegehbar. Und wir glauben nicht, dass irgendjemand schon mal diesen hier benutzt hat, weil die Peitschende Weide direkt darüber eingepflanzt ist. Aber der hier, der führt direkt in den Keller vom *Honigtopf*. Wir haben ihn etliche Male benutzt. Und wie du vielleicht bemerkt hast, ist der Eingang gleich vor diesem Zimmer, durch den Buckel dieser einäugigen Alten.«

»Moony, Wurmschwanz, Tatze und Krone«, seufzte George und strich sanft über die Namen der Hersteller. »Wir verdanken ihnen ja so viel.«

»Edle Männer, die unermüdlich daran arbeiteten, einer neuen Generation von Gesetzesbrechern auf die Beine zu helfen«, sagte Fred feierlich.

»Schön«, sagte George jetzt aufgeräumt, »vergiss nicht, sie zu löschen, wenn du sie benutzt hast –«

»– sonst kann jeder sie lesen«, warnte Fred.

»Tipp sie einfach noch mal an und sag: ›Unheil angerichtet!‹ Dann wird sie wieder weiß.«

»Nun denn, junger Harry«, sagte Fred und sah dabei Percy unheimlich ähnlich, »ich hoffe, du benimmst dich.«

»Wir sehen uns im *Honigtopf*«, sagte George augenzwinkernd.

Zufrieden grinsend gingen die beiden hinaus.

Harry blieb stehen und starrte die wundersame Karte an. Er beobachtete, wie der winzige Tintenpunkt von Mrs Norris nach links wanderte und dann innehielt und etwas auf dem Boden beschnüffelte. Wenn Filch das wirklich nicht wusste ... dann würde er gar nicht an den Dementoren vorbeimüssen ...

Doch während er noch völlig begeistert dastand, quoll etwas aus seinem Gedächtnis hoch, das er einst von Mr Weasley gehört hatte.

Trau nie etwas, das selbst denken kann, wenn du nicht sehen kannst, wo es sein Hirn hat.

Diese Karte war einer jener gefährlichen magischen Gegenstände, vor denen ihn Mr Weasley gewarnt hatte ... *Hilfsmittel für den Magischen Tunichtgut GmbH* ... Was soll's, dachte Harry, ich brauch sie ja nur, um nach Hogsmeade zu kommen, ich will doch niemanden beklauen oder angreifen ... und Fred und George benutzen sie seit Jahren und es ist nichts Schlimmes passiert ...

Harry fuhr mit dem Finger auf der Karte über den Geheimgang, der in den *Honigtopf* führte.

Dann, ganz plötzlich, als ob er einem Befehl folgte, rollte er die Karte zusammen, steckte sie ein und eilte zur Tür. Er öffnete sie einen Spaltbreit. Draußen war niemand. Vorsichtig huschte er aus dem Zimmer und versteckte sich hinter der Statue der einäugigen Hexe.

Wie musste er es anstellen? Er zog die Karte heraus und stellte verdutzt fest, dass eine neue kleine Tintengestalt darauf erschienen war, beschriftet mit »Harry Potter«.

Diese Figur befand sich genau da, wo Harry selbst stand, etwa in der Mitte des Korridors im dritten Stock. Harry sah ihr gespannt zu. Sein kleines Tintenselbst schien die Hexe mit seinem winzigen Zauberstab zu beklopfen. Rasch zog Harry seinen richtigen Zauberstab heraus und stupste gegen die Statue. Nichts geschah. Erneut blickte er auf die Karte. Eine noch winzigere Sprechblase war neben seiner Gestalt erschienen. Darin stand das Wort ›Dissendium‹.

»*Dissendium*«, flüsterte Harry und stupste noch einmal gegen die steinerne Hexe.

Auf einmal öffnete sich der Buckel der Statue, weit genug, um einen schlanken Menschen einzulassen. Harry sah sich rasch im Korridor um, dann verstaute er die Karte, zog sich hoch, steckte den Oberkörper in das Loch und stieß sich ab.

Eine ganze Weile glitt er eine Art steinerne Rutschbahn hinunter und landete schließlich auf kaltem und feuchtem Erdboden. Er stand auf und sah sich um. Es war stockdunkel. Er hob seinen Zauberstab und murmelte »*Lumos*«. Das Licht zeigte, dass er einen sehr engen, niedrigen und lehmigen Tunnel vor sich hatte. Er zog die Karte heraus, tippte mit der Spitze des Zauberstabs dagegen und murmelte »*Unheil angerichtet!*«. Sofort wurde die Karte blank. Er rollte sie sorgfältig zusammen, steckte sie in den Umhang und machte sich dann mit heftig pochendem Herzen, begeistert und besorgt zugleich, auf den Weg.

Der Tunnel, dessen eng verschlungenen Windungen er folgte, erinnerte Harry unweigerlich an den Bau eines Riesenhasen. Er lief schnell und stolperte hin und wieder auf dem holprigen Boden. Den Zauberstab hielt er vor sich ausgestreckt.

Der Tunnel wollte kein Ende nehmen, doch der Gedanke an den *Honigtopf* machte Harry Beine. Nach einer Stunde, so kam es ihm vor, begann der Tunnel anzusteigen. Keuchend, mit heißem Gesicht und kalten Füßen spurtete Harry nach oben.

Zehn Minuten später stand er am Fuß einer abgenutzten steinernen Treppe, die sich oben im Dunkeln verlor. Ganz sachte, um ja keinen Lärm zu machen, nahm Harry Stufe für Stufe. Hundert Stufen, zweihundert Stufen, irgendwann hörte er auf zu zählen und sah nur noch auf seine Schuhe ... dann, ohne Vorwarnung, stieß er mit dem Kopf gegen etwas Hartes.

Es schien eine Falltür zu sein. Harry blieb stehen, rieb sich die Stirn und lauschte. Von der anderen Seite der Falltür war nichts zu hören. Ganz langsam drückte er sie einen Spaltbreit nach oben und spähte hinaus.

Er war in einem Keller voller Weidenkörbe und Holzkisten. Harry kletterte hinauf und schloss die Falltür – sie fügte sich so vollkommen in den staubigen Boden ein, dass sie nicht mehr zu sehen war. Nun schlich er langsam zur Holztreppe, die nach oben führte. Jetzt konnte er eindeutig Stimmen hören, und ganz deutlich auch das Läuten einer Glocke und das Auf- und Zugehen einer Tür.

Während er sich noch überlegte, was er tun sollte, hörte er plötzlich eine andere Tür aufgehen, viel näher bei ihm; jemand war auf dem Weg nach unten.

»Und bring noch 'ne Kiste Gummischnecken mit, die haben uns fast den Laden ausgeräumt –«, sagte eine Frauenstimme.

Ein Paar Füße kam die Treppe herunter. Harry hechtete hinter einen riesigen Korb und wartete, bis die Schritte sich entfernt hatten. Er hörte, wie der Mann Kisten an die gegenüberliegende Wand schob. Noch eine solche Gelegenheit würde er wohl nicht bekommen –

Rasch und leise huschte Harry aus seinem Versteck und kletterte die Stufen hoch; ein kurzer Blick zurück zeigte ihm einen mächtigen Rücken und einen glänzenden Glatzkopf, tief über eine Kiste gebeugt. Harry erreichte die Tür am oberen Treppenabsatz, glitt hindurch und sah sich plötzlich hinter der Ladentheke des *Honigtopfes* – er duckte sich, kroch zur Seite weg und richtete sich dann auf.

Im *Honigtopf* drängten sich so viele Schüler aus Hogwarts, dass keiner besondere Notiz von Harry nahm. Er schob sich zwischen ihnen durch, sah sich um und unterdrückte ein Lachen bei dem Gedanken, was für ein Schweinchengesicht

Dudley machen würde, wenn er sehen könnte, wo Harry jetzt war.

Bis zur Decke reichten die Regale mit den verführerischsten Leckereien, die man sich vorstellen konnte: sahnige Nugatriegel, rosa schimmerndes Kokosnusseis, fette, honigfarbene Toffeebohnen; Hunderte verschiedene Sorten Schokolade, fein säuberlich aneinander gereiht; ein großes Fass mit Bohnen jeder Geschmacksrichtung und ein weiteres mit zischenden Wissbies, den Brausekugeln, die einen vom Boden rissen, wie Ron erzählt hatte. Entlang einer anderen Wand stapelten sich Süßigkeiten mit »Spezialeffekt« – Druhbels Bester Blaskaugummi (der ein Zimmer mit glockenblumenfarbenen Blasen füllte, die tagelang nicht platzen wollten), die merkwürdig splittrige Zahnweiß-Pfefferminzlakritze, winzig kleine Pfefferkobolde (»heiz deinen Freunden mal richtig ein!«), Eismäuse (»dir klappern die Zähne und du quiekst!«), Pfefferminzpralinen in der Form von Kröten (»hüpfen dir vorbildgetreu in den Magen!«), zerbrechliche, aus Zucker gedrehte Federhalter und explodierende Bonbons.

Harry drängte sich durch eine Schar Sechstklässler und sah am anderen Ende des Ladens ein Schild hängen (»Ein ganz anderer Geschmack«). Darunter standen Ron und Hermine und untersuchten eine Schale Lutscher mit Blutgeschmack. Harry schlich sich unbemerkt von hinten an.

»Urrgh, nee, die will Harry bestimmt nicht, die sind sicher für Vampire«, sagte Hermine.

»Und was ist mit denen hier?«, fragte Ron und hielt ihr einen Krug mit getrockneten Kakerlaken unter die Nase.

»Auch nicht«, sagte Harry.

Fast hätte Ron den Krug fallen lassen.

»Harry!«, kreischte Hermine. »Was machst du denn hier? Wie ... wie bist du –?«

»Aber hallo!«, sagte Ron ganz und gar beeindruckt, »du hast gelernt, wie man appariert!«

»Natürlich nicht«, sagte Harry. Er dämpfte die Stimme, damit keiner von den Sechstklässlern ihn hören konnte, und erzählte ihnen alles über die Karte des Rumtreibers.

»Wieso haben Fred und George sie mir nie gegeben!«, sagte Ron empört. »Ich bin schließlich ihr Bruder!«

»Aber Harry wird sie nicht behalten!«, sagte Hermine, als wäre dies eine lächerliche Vorstellung. »Er wird die Karte Professor McGonagall übergeben, stimmt doch, Harry?«

»Nein, das werd ich nicht!«, sagte Harry.

»Bist du verrückt geworden?«, sagte Ron und stierte Hermine wütend an. »So was Tolles einfach abgeben?«

»Wenn ich sie abgebe«, sagte Harry, »muss ich sagen, wo ich sie herhabe! Dann erfährt Filch, dass Fred und George sie geklaut haben!«

»Aber was ist mit Sirius Black?«, zischte Hermine. »Er könnte einen dieser Geheimgänge auf der Karte benutzen, um ins Schloss zu kommen! Das müssen die Lehrer doch erfahren!«

»Durch einen Geheimgang kann er nicht rein«, sagte Harry rasch. »Nach der Karte gibt es sieben geheime Tunnel, richtig? Und Fred und George schätzen, dass Filch vier davon schon kennt. Und die anderen drei – einer davon ist eingebrochen, da kann niemand mehr durch. Einer hat die Peitschende Weide über dem Ausgang, also kann keiner raus. Und der, durch den ich gerade gekommen bin – nun ja – es ist wirklich schwierig, den Eingang in diesem Keller zu finden – außer er wüsste, dass er dort ist –«

Harry zögerte. Was, wenn Black tatsächlich wusste, dass der Geheimgang dort war? Ron jedoch räusperte sich viel sagend und deutete auf ein Amtsblatt, das innen auf die Tür des Süßigkeitenladens geklebt war.

Anordnung des Zaubereiministeriums
Die Kunden seien darauf hingewiesen, dass bis auf weiteres jeden
Abend nach Sonnenuntergang Dementoren auf den Straßen von
Hogsmeade Streife gehen werden. Diese Maßnahme wurde getroffen,
um die Sicherheit der Bewohner von Hogsmeade zu gewährleisten,
und wird aufgehoben, sobald Sirius Black wieder gefangen ist. Wir
möchten Ihnen daher raten, Ihre Einkäufe rechtzeitig vor Einbruch
der Nacht zu erledigen.
Frohe Weihnachten!

»Siehst du?«, sagte Ron leise. »Möcht mal sehen, wie Black
es anstellen will, im *Honigtopf* einzubrechen, wenn es hier im
Dorf von Dementoren nur so wimmelt. Und außerdem
würden die Besitzer des *Honigtopfs* sicher hören, wenn jemand einbricht, oder? Sie wohnen ja direkt über dem Laden!«

»Ja, aber – aber –« Hermine suchte offenbar angestrengt
nach einem weiteren Haar in der Suppe. »Überleg mal,
Harry sollte trotzdem nicht nach Hogsmeade gehen, weil er
doch keine Genehmigung hat! Wenn jemand das rausfindet,
kriegt er Riesenärger! Und noch ist es nicht dunkel – was,
wenn Sirius Black am helllichten Tag auftaucht? Jetzt?«

»Würd mich wundern, wenn er Harry bei dem Wetter erkennen könnte«, sagte Ron und nickte hinüber zu den
Sprossenfenstern, durch die dichtes Schneetreiben zu sehen
war. »Komm schon, Hermine, es ist Weihnachten, gönn
Harry doch einen kleinen Ausflug.«

Hermine wirkte sehr besorgt.

»Willst du mich etwa verpetzen?«, fragte Harry grinsend.

»Oh – natürlich nicht – aber ehrlich gesagt, Harry –«

»Hast du die zischenden Wissbies gesehen, Harry?«, sagte
Ron, packte ihn am Arm und führte ihn hinüber zu dem
Fass. »Und die Gummischnecken? Und die Säuredrops? Als

ich sieben war, hat mir Fred einen geschenkt, und er hat mir ein Loch durch die Zunge gebrannt, ich weiß noch, wie ihn Mum mit dem Besen vermöbelt hat.« Ron starrte gedankenversunken in die Schachtel mit den Säuredrops. »Meinst du, Fred wird von den getrockneten Kakerlaken probieren, wenn ich ihm sage, es seien Erdnüsse?«

Als Ron und Hermine all ihre Süßigkeiten bezahlt hatten, verließen sie den *Honigtopf* und stürzten sich nach draußen in den Schneesturm.

In Hogsmeade sah es aus wie auf einer Weihnachtskarte: die kleinen aneinander geschmiegten Dorfhäuser und Läden lagen unter einer Hülle pulvrigen Schnees; an den Türen hingen Stechpalmenbündel und durch die Bäume schlangen sich Kordeln mit Zauberkerzen.

Harry bibberte; er hatte nicht daran gedacht, seinen Mantel mitzunehmen. Sie gingen die Straße entlang, die Köpfe gegen den Wind geneigt, und Ron und Hermine riefen durch ihre Schals:

»Das ist die Post –«

»Dort oben ist *Zonko* –«

»Wir könnten raufgehen zur Heulenden Hütte –«

»Wisst ihr was«, sagte Ron zähneklappernd, »wir könnten doch auf ein Butterbier in die *Drei Besen* gehen!«

Harry war unbedingt dafür; der Wind blies heftig und er hatte eiskalte Hände. Sie überquerten die Straße und ein paar Minuten später betraten sie das winzige Wirtshaus.

Es war gesteckt voll, laut, warm und verräuchert. Eine recht wohlproportionierte Frau mit hübschem Gesicht kümmerte sich gerade um einen Haufen grobschlächtiger Hexenmeister an der Bar.

»Das ist Madam Rosmerta«, sagte Ron. »Ich hol uns was zu trinken, oder?«, fügte er hinzu und errötete kaum merklich.

Harry und Hermine schlugen sich in die hintere Ecke

durch, wo ein Tisch zwischen den Fenstern frei war und ein schöner Weihnachtsbaum neben dem Kamin stand. Ron kam nach fünf Minuten mit drei dampfenden Krügen Butterbier zu ihnen.

»Frohe Weihnachten!«, sagte er glücklich und erhob seinen Krug.

Harry trank mit mächtigen Schlucken. Das war das Leckerste, was er je getrunken hatte, und es schien ihn von innen bis in die letzte Pore zu erwärmen.

Ein jäher Windstoß zerzauste ihm das Haar. Die Tür der *Drei Besen* war aufgegangen. Harry blickte über den Rand seines Krugs hinweg und verschluckte sich.

Die Professoren McGonagall und Flitwick hatten soeben unter Schneeflockengestöber den Pub betreten, und kurz darauf folgte ihnen Hagrid, ganz in ein Gespräch vertieft mit einem pummeligen Mann mit limonengrüner Melone und Nadelstreifenumhang – Cornelius Fudge, der Minister für Zauberei.

Ron und Hermine hatten keine Sekunde gezögert, die Hände auf Harrys Kopf gelegt und ihn vom Stuhl weg unter den Tisch gedrückt. Mit Butterbier bekleckert klammerte er den leeren Krug an sich und lugte unter dem Tisch hervor nach den Füßen der Lehrer und des Ministers, die zur Bar gingen, einen Moment stehen blieben und dann direkt auf ihn zukamen.

Über ihm flüsterte Hermine »*Mobiliarbus!*«.

Der Weihnachtsbaum neben ihrem Tisch erhob sich eine Handbreit vom Boden, schwebte zur Seite und landete mit einem sanften Rascheln direkt vor ihrem Tisch. So versteckt, spähte Harry durch die dichten unteren Zweige. Vier mal vier Stuhlbeine am Nebentisch wurden über den Boden gerückt, dann hörte er, wie sich die Lehrer und der Minister unter Ächzen und Seufzen niederließen.

Jetzt näherte sich ein weiteres Paar Füße in funkelnd türkisblauen Stöckelschuhen, und er hörte die Stimme einer Frau.

»Ein kleines Goldlackwasser –«

»Das ist für mich«, antwortete Professor McGonagalls Stimme.

»Vier Halbe heißen Met.«

»Hier, Rosmerta«, sagte Hagrid.

»Kirschsirup und Soda mit Eis und Schirmchen –«

»Mmm!«, sagte Professor Flitwick und schnalzte mit der Zunge.

»Dann ist der Johannisbeer-Rum für Sie, Minister.«

»Danke, Rosmerta, meine Liebe«, sagte Fudge. »Schön, Sie mal wieder zu sehen. Wollen Sie sich nicht setzen und einen Schluck mit uns trinken …«

»Oh, vielen Dank, Minister.«

Harry sah, wie die glitzernden Pumps sich entfernten und wieder zurückkamen. Das Herz pochte ihm schmerzhaft in der Kehle. Warum hatte er nicht daran gedacht, dass dies auch das letzte Wochenende für die Lehrer war? Und wie lange würden sie hier sitzen bleiben? Er brauchte Zeit, um sich wieder in den *Honigtopf* zu schleichen, wenn er heute Abend noch in die Schule zurückwollte … Hermines Bein neben ihm zuckte nervös.

»Nun, was bringt Sie ausgerechnet in dieses Nest hier, Minister?« Das war Madam Rosmertas Stimme.

Harry sah, wie sich der Unterleib des Ministers auf dem Stuhl nach links und rechts wand, als ob er sich vergewissern wollte, dass keiner mithörte. Dann sagte er mit gedämpfter Stimme:

»Wer sonst, meine Liebe, als Sirius Black? Sie haben sicher gehört, was an Halloween oben in der Schule passiert ist?«

»Gerüchteweise«, gab Madam Rosmerta zu.

»Haben Sie es im ganzen Pub herumerzählt, Hagrid?«, sagte Professor McGonagall ungehalten.

»Glauben Sie, dass Black immer noch in der Gegend ist, Minister?«, flüsterte Madam Rosmerta.

»Da bin ich mir sicher«, sagte Fudge knapp.

»Sie wissen doch, dass die Dementoren meinen Pub zweimal durchsucht haben?«, sagte Madam Rosmerta mit einem Anflug von Ärger in der Stimme. »Haben mir alle Kunden verschreckt … gar nicht gut fürs Geschäft, Minister.«

»Rosmerta, meine Liebe, ich mag diese Gestalten genauso wenig wie Sie«, sagte Fudge peinlich berührt. »Das ist eine unerlässliche Vorsichtsmaßnahme … lästig, aber was soll man machen … hab gerade ein paar von ihnen gesprochen. Sie sind wütend auf Dumbledore – er will sie nicht aufs Schulgelände lassen.«

»Das kann ich nur unterstützen«, sagte Professor McGonagall scharf. »Wie sollen wir denn unterrichten, wenn diese Horrorgestalten um uns herumschweben?«

»Hört, hört«, quiekte der kleine Professor Flitwick, dessen Füße eine Handbreit über dem Boden baumelten.

»Wie auch immer«, sagte Fudge zögernd, »sie sind hier, um Sie alle vor etwas viel Schlimmerem zu schützen … wir wissen alle, wozu Black fähig ist …«

»Ehrlich gesagt, ich kann es immer noch nicht fassen«, sagte Madam Rosmerta nachdenklich. »Alle möglichen Leute sind damals auf die Dunkle Seite übergelaufen, aber ich hätte nie gedacht, dass Sirius Black … ich meine, ich kannte ihn als Jungen in Hogwarts. Wenn Sie mir damals gesagt hätten, was aus ihm werden wird, hätte ich gesagt, Sie haben ein paar Met über den Durst getrunken.«

»Sie kennen noch nicht mal die Hälfte der Geschichte«, sagte Fudge grummelig. »Von seiner schlimmsten Tat weiß kaum jemand.«

»Von welcher Tat?«, fragte Madam Rosmerta neugierig. »Schlimmer als der Mord an all diesen Menschen, meinen Sie?«

»Allerdings«, sagte Fudge.

»Das kann ich nicht glauben. Was könnte denn schlimmer sein?«

»Sie sagen, Sie kennen ihn aus seiner Zeit in Hogwarts, Rosmerta«, murmelte Professor McGonagall. »Wissen Sie noch, wer sein bester Freund war?«

»Natürlich«, sagte Madam Rosmerta und lachte kurz auf. »Hingen zusammen wie siamesische Zwillinge, nicht wahr? Ich weiß nicht mehr, wie oft sie hier bei mir waren – ooh, sie haben mich immer zum Lachen gebracht. Waren ein richtiges Duett, Sirius Black und James Potter!«

Harrys Krug fiel laut klirrend zu Boden. Ron versetzte ihm einen Stoß.

»Genau«, sagte Professor McGonagall. »Black und Potter. Anführer ihrer kleinen Bande. Beide sehr aufgeweckt, natürlich – ungewöhnlich klug, wenn Sie mich fragen – doch solche zwei Unheilstifter hatten wir wohl auch noch nie –«

»Na, ich weiß nicht«, gluckste Hagrid, »Fred und George Weasley hätten ihnen ganz schön Konkurrenz gemacht.«

»Man hätte meinen können, Black und Potter wären Brüder«, flötete Professor Flitwick. »Unzertrennlich!«

»Natürlich waren sie das«, sagte Fudge. »Potter hat Black mehr vertraut als allen seinen anderen Freunden. Und das hat sich nicht geändert, als sie von der Schule gingen. Black war Trauzeuge, als James und Lily heirateten. Dann baten sie ihn, Harrys Pate zu werden. Davon hat Harry natürlich keine Ahnung. Sie können sich vorstellen, wie ihn der Gedanke quälen würde.«

»Weil es sich eines Tages herausstellte, dass Black auf der

Seite von Du-weißt-schon-wem stand?«, flüsterte Madam Rosmerta.

»Schlimmer noch, meine Liebe…« Fudge senkte die Stimme und fuhr mit einem gedämpften Brummen fort. »Nur wenige kennen die Tatsache, dass die Potters wussten, dass Du-weißt-schon-wer hinter ihnen her war. Dumbledore, der natürlich unermüdlich gegen Du-weißt-schonwen arbeitete, hatte eine Reihe nützlicher Spione. Einer von ihnen hat ihm den Tipp gegeben und er hat sofort James und Lily gewarnt. Er riet ihnen, sich zu verstecken. Nun war es natürlich nicht so einfach, sich vor Du-weißt-schon-wem zu verstecken. Dumbledore hat ihnen gesagt, sie sollten am besten den Fidelius-Zauber anwenden.«

»Wie geht der?«, fragte Madam Rosmerta, atemlos vor Anspannung. Professor Flitwick räusperte sich.

»Ein äußerst komplizierter Zauber«, sagte er quiekend, »bei dem es darum geht, ein Geheimnis auf magische Weise im Innern einer lebenden Seele zu verbergen. Die Information wird in der gewählten Person, dem Geheimniswahrer, versteckt und ist fortan unauffindbar – außer natürlich, der Wahrer des Geheimnisses beschließt, es zu verraten. Solange sich der Geheimniswahrer weigerte zu sprechen, hätte Du-weißtschon-wer das Dorf, in dem Lily und James lebten, jahrelang durchsuchen können, ohne sie zu finden, nicht einmal, wenn er die Nase gegen ihr Wohnzimmerfenster gedrückt hätte!«

»Also war Sirius Black der Geheimniswahrer?«, flüsterte Madam Rosmerta.

»Natürlich«, sagte Professor McGonagall. »James Potter hat Dumbledore erzählt, dass Black eher sterben würde als zu sagen, wo sie steckten, dass Black selbst vorhatte sich zu verstecken … und dennoch machte sich Dumbledore weiterhin Sorgen. Ich weiß noch, wie er anbot, selbst der Geheimniswahrer für Potter zu werden.«

»Hat er Black verdächtigt?«, hauchte Madam Rosmerta.

»Er war sich sicher, dass jemand, der den Potters nahe stand, Du-weißt-schon-wen über ihre Schritte informiert hatte«, sagte McGonagall bedrückt. »Tatsächlich hatte er schon länger den Verdacht gehegt, dass jemand auf unserer Seite zum Verräter geworden war und Du-weißt-schon-wem eine Menge Informationen weitergab.«

»Aber James Potter beharrte darauf, Black zu nehmen?«

»Ja, allerdings«, sagte Fudge mit schwerer Stimme. »Und dann, kaum eine Woche nachdem der Fidelius-Zauber ausgesprochen worden war –«

»– hat ihn Black verraten?«, keuchte Madam Rosmerta.

»Ja, so war es. Black hatte seine Rolle als Doppelagent satt, er war bereit, offen seine Unterstützung für Du-weißt-schon-wen zu erklären, und er scheint dies für den Tag von Potters Tod geplant zu haben. Doch wie wir alle wissen, fand Du-weißt-schon-wer in dem kleinen Harry Potter einen tödlichen Gegner. Seiner Kräfte beraubt und fürchterlich angeschlagen, machte er sich auf die Flucht. Und so steckte Black in einer sehr üblen Lage. Sein Meister war in ebenjenem Moment gestürzt, da er, Black, seine Karten als Verräter offen auf den Tisch gelegt hatte. Er hatte keine andere Wahl als ebenfalls zu fliehen –«

»Dreckiger, stinkender Wechselbalg!«, rief Hagrid so laut, dass das halbe Wirtshaus verstummte.

»Schhh!«, sagte Professor McGonagall.

»Ich hab ihn getroffen!«, sagte Hagrid. »Ich muss der Letzte gewesen sein, der ihn gesehen hat, bevor er all diese Leute umgebracht hat! Ich war es, der Harry Potter aus Lilys und James' Haus gerettet hat, nachdem sie getötet wurden! Hab ihn nur noch aus den Ruinen holen können, das arme kleine Ding, mit einem großen Riss auf der Stirn, und beide Eltern tot … und dann erscheint plötzlich Sirius Black auf diesem fliegenden Motorrad, das er damals hatte. Keine Ahnung, was er dort suchte. Ich wusste nicht, dass er der Geheimniswahrer von Lily und James war. Ich dachte, er hat wohl von dem Überfall gehört und will nachsehen, ob er helfen kann. Ganz bleich war er und gezittert hat er. Und wisst ihr, was ich gemacht hab? Ich hab den mörderischen Verräter auch noch getröstet!«, polterte Hagrid.

»Hagrid, bitte!«, sagte Professor McGonagall, »schreien Sie nicht so rum!«

»Wie sollte ich wissen, dass er nicht wegen Lily und James so von der Rolle war? Dem ging es nur um Du-weißt-schon-wen! Und er sagt mir noch: ›Gib Harry mir, Hagrid, ich bin sein Pate, ich kümmere mich um ihn –‹ Ha! Aber ich hatte meine Anweisungen von Dumbledore, und ›nein, Black‹, hab ich gesagt, ›Dumbledore will, dass Harry zu seinen Verwandten kommt.‹ Wir haben uns gestritten, aber am Ende hat er nachgegeben. ›Nimm mein Motorrad‹, hat er gesagt, ›und bring Harry dorthin, ich brauch es nicht mehr.‹

Ich hätte wissen müssen, dass da irgendwas faul war. Er war ganz vernarrt in sein Motorrad. Weshalb hat er es mir gegeben? Warum hat er es nicht mehr gebraucht? Tatsache war, es war zu auffällig. Dumbledore wusste, dass er der Geheimniswahrer von Potter war. Black wusste, dass er in dieser Nacht schleunigst verschwinden musste, es war nur eine Frage von Stunden, bis das Ministerium ihm auf den Fersen sein würde.

Aber was, wenn ich ihm Harry gegeben hätte, eh? Ich wette, er hätte ihn draußen über dem Meer vom Motorrad geworfen. Der Sohn seines besten Freundes! Aber wenn ein Zauberer auf die Dunkle Seite überwechselt, gibt es nichts und niemanden, der ihm noch was wert ist …«

Auf Hagrids Geschichte folgte ein langes Schweigen. Dann sagte Madam Rosmerta mit einiger Genugtuung in der Stimme:

»Aber er hat es nicht geschafft zu verschwinden, oder? Das Zaubereiministerium hat ihn am nächsten Tag erwischt!«

»Ach, wenn es so gewesen wäre«, sagte Fudge erbittert. »Es waren nicht wir, die ihn gefunden haben, es war der kleine Peter Pettigrew – auch einer von Potters Freunden. Sicher war er außer sich vor Trauer und wusste, dass Black Potters Geheimnis bewahrt hat, und so hat er auf eigene Faust nach Black gesucht.«

»Pettigrew ... dieser dicke kleine Junge, der ihnen in Hogwarts immer hinterhergeschlichen ist?«, fragte Madam Rosmerta.

»Hat Black und Potter wie Helden verehrt«, sagte Professor McGonagall. »Spielte allerdings nie in derselben Liga mit ihnen, was die Begabung angeht. Ich hab ihn öfter etwas scharf angefahren. Sie können sich vorstellen, wie ich – wie ich das heute bedaure ...« Sie hörte sich an, als hätte sie plötzlich einen Schnupfen.

»Nimm's dir nicht so zu Herzen, Minerva«, sagte Fudge aufmunternd. »Pettigrew ist als Held gestorben. Die Augenzeugen – natürlich waren es Muggel, wir haben ihre Erinnerungen später gelöscht –, sie haben uns berichtet, dass Pettigrew Black in die Enge getrieben hatte. Sie sagten, er habe geschluchzt. ›Lily und James, Sirius! Wie konntest du das tun!‹ Und dann hat er nach seinem Zauberstab gegriffen. Nun, natürlich war Black schneller. Hat Pettigrew in Stücke gerissen ...«

Professor McGonagall schnäuzte sich und sagte mit belegter Stimme:

»Dummer Junge ... einfältiger Junge ... er war beim Duellieren immer ein hoffnungsloser Fall ... hätte es dem Ministerium überlassen sollen ...«

»Ich sag euch«, knurrte Hagrid, »wenn ich Black vor Pettigrew in die Hände gekriegt hätte, ich hätte nicht lange mit dem Zauberstab gefackelt – ich hätte ihm – alle – Rippen – ausgerissen.«

»Sie wissen doch nicht, wovon Sie reden, Hagrid«, sagte Fudge scharf. »Keiner außer den dafür geschulten Eingreifzauberern von der Magischen Polizeibrigade hätte eine Chance gegen Black gehabt, als er in die Enge getrieben war. Ich war damals als stellvertretender Minister für Zauberkatastrophen einer der Ersten am Tatort, nachdem Black all diese Menschen ermordet hatte. Ich – ich werde den Anblick nie vergessen. Ich träume heute noch manchmal davon. Ein Krater mitten in der Straße, so tief, dass die Kanalrohre in der Erde aufgerissen waren. Überall Leichen. Schreiende Muggel. Und Black stand da und hat gelacht, vor ihm die Überreste von Pettigrew ... ein blutgetränkter Umhang und ein paar – ein paar Fetzen –«

Fudge brach ab. Harry hörte, wie fünf Nasen geschnäuzt wurden.

»Nun, jetzt wissen Sie Bescheid, Rosmerta«, sagte Fudge dumpf. »Black wurde von zwanzig Leuten der Magischen Polizeibrigade abgeführt und Pettigrew hat den Merlin-Orden erhalten, erster Klasse, was wohl seine Mutter ein wenig getröstet hat. Black saß seit diesem Tag in Askaban.«

Madam Rosmerta stieß einen lang gezogenen Seufzer aus.

»Stimmt es, dass er verrückt ist, Minister?«

»Ich wünschte, ich könnte das behaupten«, sagte Fudge bedächtig. »Was ich sicher weiß, ist, dass ihn die Niederlage seines Meisters für einige Zeit aus der Bahn geworfen hat. Der Mord an Pettigrew und all den Muggeln war die Tat eines in die Enge getriebenen und verzweifelten Mannes – grausam ... sinnlos. Aber bei meiner letzten Inspektion in Askaban habe ich Black getroffen. Wissen Sie, die meisten Gefangenen dort sitzen im Dunkeln und murmeln vor sich hin, sie haben den Verstand verloren ... aber ich war erschrocken, wie

218

normal Black schien. Er hat ganz vernünftig mit mir gesprochen. Es war unheimlich. Man hätte meinen können, er langweile sich nur – hat mich ganz gelassen gefragt, ob ich meine Zeitung ausgelesen hätte, er würde nämlich gern das Kreuzworträtsel lösen. Ja, ich war erstaunt, wie wenig Wirkung die Dementoren auf ihn zu haben schienen – und er war einer der am schärfsten bewachten Gefangenen, müssen Sie wissen. Tag und Nacht standen sie vor seiner Zelle.«

»Aber was, glauben Sie, hat er jetzt nach seiner Flucht vor?«, fragte Madam Rosmerta. »Meine Güte, Minister, er will sich doch nicht etwa wieder Du-weißt-schon-wem anschließen?«

»Ich würde sagen, das – ähm – ist möglicherweise Blacks Absicht«, sagte Fudge ausweichend. »Aber wir hoffen, dass wir ihn schon bald fassen werden. Ich muss sagen, Du-weißt-schon-wer allein und ohne Freunde ist das eine ... aber gewinnt er seinen ergebensten Gefolgsmann zurück, dann schaudert mir bei dem Gedanken, wie schnell er wieder an die Macht gelangen könnte ...«

Es gab ein leises Klingen. Jemand hatte sein Glas auf dem Tisch abgestellt.

»Wissen Sie, Cornelius, wenn Sie mit dem Direktor zu Abend essen, sollten wir jetzt besser zurück ins Schloss«, sagte Professor McGonagall.

Ein Fußpaar nach dem anderen kam in Bewegung; Umhangsäume schwangen an Harrys Augen vorbei und Madam Rosmertas glitzernde Stöckelschuhe verschwanden hinter der Bar. Die Tür zu den *Drei Besen* öffnete sich, erneut wirbelten Schneeflocken herein und die Lehrer verschwanden.

»Harry?«

Die Gesichter von Ron und Hermine erschienen unter der Tischkante. Sie starrten Harry an und brachten kein Wort heraus.

Der Feuerblitz

Harry wusste nicht genau, wie er es geschafft hatte, in den Keller des *Honigtopfes*, dann durch den Tunnel und wieder zurück ins Schloss zu gelangen. Jedenfalls kam es ihm vor, als hätte er den Rückweg im Nu zurückgelegt, und er hatte nicht so recht darauf geachtet, was er eigentlich tat, denn in seinem Kopf schwirrten noch die Worte des Gesprächs, das er soeben mit angehört hatte.

Warum hatte es ihm keiner gesagt? Dumbledore, Hagrid, Mr Weasley, Cornelius Fudge ... warum hatte keiner je erwähnt, dass Harrys Eltern gestorben waren, weil ihr bester Freund sie verraten hatte?

Ron und Hermine warfen Harry während des Abendessens ständig nervöse Blicke zu, doch über das Gehörte zu sprechen trauten sie sich nicht, weil Percy ganz in der Nähe saß. Als sie nach oben gingen, stellten sie fest, dass Fred und George in einem Anfall von Vorfreude auf die Ferien ein halbes Dutzend Stinkbomben in den dicht besetzten Gemeinschaftsraum geworfen hatten. Harry wollte vermeiden, dass Fred und George neugierig fragten, ob er nach Hogsmeade durchgekommen war. Er stahl sich hoch in den leeren Schlafsaal und ging geradewegs auf seine Kommode zu. Er räumte die Bücher beiseite und fand rasch, wonach er suchte – das in Leder gebundene Fotoalbum, das ihm Hagrid vor zwei Jahren geschenkt hatte, voller Zauberfotos seiner Mutter und seines Vaters. Er setzte sich aufs Bett, zog die Vorhänge zu und blätterte suchend die Seiten durch, bis ...

Bei einem Bild von der Hochzeit seiner Eltern hielt er inne. Da stand sein Vater mit dem widerborstigen, in alle Himmelsrichtungen abstehenden tiefschwarzen Haar, das Harry geerbt hatte, und winkte ihm strahlend zu. Und da war seine Mutter, Arm in Arm mit seinem Vater, und sie schwebte fast vor Glück. Und da ... das musste er sein. Der beste Freund seiner Eltern ... Harry hatte noch nie einen Gedanken an ihn verschwendet.

Wenn er nicht gewusst hätte, dass es Black war, wäre er anhand dieses alten Fotos nie darauf gekommen. Sein Gesicht war nicht eingesunken und wächsern, sondern hübsch, und er lachte herzlich. Arbeitete er schon damals, als dieses Bild aufgenommen wurde, für Voldemort? Plante er bereits den Tod der beiden Menschen an seiner Seite? War ihm klar, dass ihm zwölf Jahre in Askaban bevorstanden, zwölf Jahre, die ihn bis zur Unkenntlichkeit entstellen würden?

Aber die Dementoren können ihm nichts anhaben, dachte Harry und starrte in das hübsche, lachende Gesicht. Er hört ja schließlich nicht meine Mutter schreien, wenn sie in die Nähe kommen –

Harry klappte das Album zu, beugte sich über das Bett und stellte es zurück in seine Kommode. Er legte den Umhang und die Brille ab und stieg ins Bett, doch zuvor überzeugte er sich davon, dass die Vorhänge zugezogen waren und ihn verbargen.

Die Schlafsaaltür ging auf.

»Harry?«, sagte Ron unsicher.

Doch Harry rührte sich nicht und tat, als ob er schliefe. Er hörte, wie Ron wieder hinausging, und drehte sich dann auf den Rücken, die Augen weit geöffnet.

Ein Hass, wie er ihn noch nie gespürt hatte, durchströmte Harry wie Gift. Er sah Black vor sich, wie er ihn in der Dunkelheit auslachte, als ob jemand das Bild aus dem Album über seine Augen gelegt hätte. Und als ob ihm jemand einen Filmausschnitt zeigte, sah er, wie Sirius Black Peter Pettigrew (der Neville Longbottom ähnelte) in tausend Stücke schoss. Er hörte (auch wenn er keine Ahnung hatte, wie Blacks Stimme klingen mochte) ein leises, begeistertes Murmeln. »Es ist geschehen, mein Meister ... die Potters haben mich zu ihrem Geheimniswahrer gemacht ...« Und dann erklang eine andere Stimme, schrill lachend, und es war dieses Lachen, das Harry durch den Kopf ging, wenn die Dementoren näher kamen ...

»Harry, du – du siehst schrecklich aus.«

Harry hatte erst in der Morgendämmerung Schlaf gefunden. Als er schließlich aufwachte, war der Schlafsaal verlassen; er zog sich an und stieg die Wendeltreppe hinunter in den Gemeinschaftsraum, wo nur Ron saß, der eine Pfefferminzkröte aß und sich den Bauch rieb, und Hermine, die ihre Hausaufgaben über drei Tische ausgebreitet hatte.

»Wo sind sie denn alle?«, fragte Harry.

»Nach Hause! Heute ist der erste Ferientag, weißt du nicht mehr?«, sagte Ron und musterte Harry mit scharfem Blick. »Bald gibt's Mittagessen, ich wollte eben nach oben gehen und dich wecken.«

Harry ließ sich in einen Sessel am Feuer fallen. Draußen vor den Fenstern fiel immer noch Schnee. Krummbein lag vor dem Kamin ausgestreckt wie ein großer rostroter Teppichvorleger.

»Du siehst wirklich nicht gut aus«, sagte Hermine und sah ihn besorgt an.

»Mir geht's gut«, sagte Harry.

»Hör zu, Harry«, sagte Hermine und tauschte einen Blick mit Ron, »du musst wirklich ziemlich durcheinander sein wegen gestern. Aber du darfst auf keinen Fall eine Dummheit begehen.«

»Was denn zum Beispiel?«, sagte Harry.

»Zum Beispiel Black jagen«, sagte Ron scharf.

Harry war sonnenklar, dass sie dieses Gespräch geübt hatten, während er geschlafen hatte. Er sagte nichts.

»Das wirst du nicht tun, oder, Harry?«, sagte Hermine.

»Weil Black es nicht wert ist, dass du seinetwegen stirbst«, sagte Ron.

Harry sah sie an. Sie schienen überhaupt nichts zu begreifen.

»Wisst ihr, was ich jedes Mal, wenn ein Dementor in meine Nähe kommt, sehe und höre?« Ron und Hermine schüttelten die Köpfe und warteten gespannt. »Ich kann hören, wie meine Mutter schreit und Voldemort anfleht. Und wenn ihr eure Mutter so hättet schreien hören, kurz bevor sie umgebracht wurde, dann würdet ihr es nicht so schnell vergessen. Und wenn ihr herausgefunden hättet, dass jemand, der angeblich ihr Freund war, sie verraten und ihr Voldemort auf den Hals gehetzt hätte –«

»Aber daran kannst du doch nichts ändern!«, sagte Hermine, die sehr mitgenommen aussah. »Die Dementoren werden Black fangen und ihn nach Askaban zurückbringen – geschieht ihm recht!«

»Ihr habt gehört, was Fudge gesagt hat. Askaban setzt Black nicht dermaßen zu wie normalen Menschen. Für ihn ist die Strafe nicht so schlimm wie für andere.«

»Also, was willst du damit sagen?«, sagte Ron angespannt. »Willst du etwa – Black umbringen, Harry?«

»Red keinen Unsinn«, sagte Hermine mit einem Anflug von Panik in der Stimme. »Harry will niemanden umbringen, oder, Harry?«

Wieder antwortete Harry nicht. Er wusste nicht, was er tun wollte. Er wusste nur, dass er die Vorstellung, nichts zu unternehmen, während Black in Freiheit war, fast nicht ertragen konnte.

»Malfoy weiß es«, sagte er plötzlich. »Wisst ihr noch, was er in Zaubertränke gesagt hat? ›Ich an deiner Stelle würde ihn selbst jagen … ich wollte Rache.‹«

»Willst du etwa auf Malfoys Rat hören statt auf unseren?«, sagte Ron zornig. »Hör zu … Weißt du, was Pettigrews Mutter bekommen hat, nachdem Black ihn erledigt hatte? Dad hat es mir erzählt – den Merlin-Orden, erster Klasse, und einen Finger ihres Sohnes in einer Schachtel. Das war das größte Stück von ihm, das sie finden konnten. Black ist wahnsinnig, Harry, und er ist gefährlich –«

»Malfoys Vater muss es ihm erzählt haben«, sagte Harry, ohne auf Ron zu achten.

»Er war im engsten Kreis um Voldemort –«

»Nenn ihn doch Du-weißt-schon-wer«, warf Ron unwirsch ein.

»– also wussten die Malfoys offensichtlich, dass Black für Voldemort arbeitete –«

»– und Malfoy würde es liebend gern sehen, wenn du auch in eine Million Stücke zerfetzt wirst, wie Pettigrew! Begreif doch, Malfoy wartet doch nur darauf, dass du dich umbringen lässt, bevor er im Quidditch gegen dich spielen muss.«

»Harry, bitte«, sagte Hermine und in ihren Augen glitzerten jetzt Tränen, »bitte sei vernünftig. Black hat etwas Schreckliches, etwas Abscheuliches getan, aber bring dich nicht selbst in Gefahr, das will Black doch gerade … o Harry, du würdest Black doch direkt in die Hände spielen, wenn du nach ihm suchen würdest. Deine Mum und dein Dad würden nicht wollen, dass er dir etwas antut, oder? Sie würden nie und nimmer wollen, dass du ihn suchst!«

»Ich werde nie wissen, was sie gewollt hätten, denn dank Black habe ich nie mit ihnen gesprochen«, sagte Harry barsch.

Stille trat ein. Krummbein reckte sich genüsslich und fuhr seine Krallen aus. In Rons Tasche zitterte es.

»Sieh mal«, sagte Ron, offenbar auf der Suche nach einem anderen Thema, »wir haben Ferien! Bald ist Weihnachten! Lass uns – lass uns runtergehen und bei Hagrid reinschauen, wir haben ihn schon seit Ewigkeiten nicht mehr besucht.«

»Nein!«, warf Hermine rasch ein, »Harry darf das Schloss nicht verlassen, Ron –«

»Ja, lasst uns gehen«, sagte Harry und richtete sich auf, »dann kann ich ihn fragen, wieso er Black immer ausgelassen hat, als er mir alles über meine Eltern erzählte.«

Schon wieder wegen Sirius Black zu streiten war natürlich nicht Rons Absicht gewesen.

»Oder wir könnten eine Partie Schach spielen«, sagte er hastig, »oder Koboldstein, Percy hat ein Spiel dagelassen –«

»Nein, wir besuchen Hagrid«, sagte Harry bestimmt.

So holten sie ihre Umhänge aus den Schlafsälen, kletterten durch das Porträtloch (»Stellt euch und kämpft, ihr gelbbäuchigen Bastarde«), stiegen ins verlassene Schloss hinunter und traten durch die Eichenportale hinaus ins Freie.

Langsam schlurften sie über den Rasen und zogen einen flachen Graben im glitzernden Pulverschnee; ihre Socken und Umhangsäume waren durchnässt und mit Eiskrusten übersät. Der Verbotene Wald kam ihnen vor, als wäre er verzaubert, alle Bäume glänzten silbern und Hagrids Hütte sah aus wie ein Stück glacierter Kuchen.

Ron klopfte, doch es kam keine Antwort.

»Er ist doch nicht etwa draußen?«, sagte Hermine, die unter ihrem Umhang bibberte.

Doch Ron presste bereits ein Ohr an die Tür.

»Da ist so ein komisches Geräusch«, sagte er. »Hört mal – ist das vielleicht Fang?«

Auch Harry und Hermine legten die Ohren an die Tür. Von drinnen hörten sie ein leises, bebendes Stöhnen.

»Meint ihr, wir sollten besser jemanden holen?«, sagte Ron nervös.

»Hagrid!«, rief Harry, »Hagrid, bist du da?«

Sie hörten schwere Schritte, dann ging quietschend die Tür auf. Hagrid stand vor ihnen mit roten und verschwollenen Augen; Tränen liefen an seiner Lederweste herunter.

»Ihr habt also doch davon gehört!«, polterte er und warf sich jählings Harry um den Hals.

Bei Hagrid, der mindestens doppelt so groß war wie ein normaler Mensch, war dies nicht zum Lachen. Schon knickte Harry unter Hagrids Last ein. Ron und Hermine kamen zu seiner Rettung, packten Hagrid an den Armen und hievten ihn mit Harrys Hilfe zurück in die Hütte. Hagrid ließ es zu, dass sie ihn zu einem Stuhl bugsierten. Er sackte über dem Tisch zusammen und fing haltlos an zu schluchzen; sein Gesicht glitzerte von Tränen, die auf seinen krausen Bart tropften.

»Hagrid, was ist denn los?«, fragte Hermine vollkommen baff.

Erst jetzt bemerkte Harry einen amtlich wirkenden Brief aufgefaltet auf dem Tisch liegen.

»Was ist das, Hagrid?«

Hagrid begann noch heftiger zu schluchzen, doch er schob Harry den Brief zu. Der hob ihn hoch und las vor:

Sehr geehrter Mr Hagrid,
im Zuge unserer Untersuchung des Angriffs eines Hippogreifs auf einen Schüler in Ihrem Unterricht vertrauen wir der Versicherung Professor Dumbledores, dass Sie für den bedauerlichen Zwischenfall keine Verantwortung tragen.

»Na also, Hagrid, ist doch gut!«, sagte Ron und klatschte Hagrid auf die Schulter. Doch Hagrid schluchzte nur und mit seiner Riesenpranke gestikulierend bedeutete er Harry, den Brief weiterzulesen.

Allerdings müssen wir unsere Besorgnis über den fraglichen Hippogreif zum Ausdruck bringen. Wir haben beschlossen, die offizielle Beschwerde von Mr Lucius Malfoy zu unterstützen, und übergeben die Angelegenheit daher dem Ausschuss für die Beseitigung gefährlicher Geschöpfe. Die Anhörung findet am 20. April statt und wir bitten Sie, sich an diesem Tag mit Ihrem Hippogreif in den Amtsräumen des Ausschusses in London einzufinden. In der Zwischenzeit muss der Hippogreif von den anderen Tieren abgesondert und angebunden werden.
Mit kollegialen Grüßen ...

Es folgte eine Liste der Schulbeiräte.
»Oh«, sagte Ron. »Aber du hast gesagt, Seidenschnabel ist kein schlechter Hippogreif, Hagrid. Ich wette, er kommt davon –«
»Du kennst diese Widerlinge in diesem Ausschuss nicht!«, würgte Hagrid hervor und wischte sich das Gesicht mit dem Ärmel. »Die haben's auf interessante Geschöpfe abgesehen!«
Ein plötzliches Geräusch von hinten ließ Harry, Ron und Hermine herumfahren. Seidenschnabel, der Hippogreif, lag in einer Ecke der Hütte und hackte auf etwas herum, aus dem Blut über den ganzen Boden sickerte.
»Ich konnte ihn doch nicht angebunden draußen im Schnee lassen«, schluchzte Hagrid. »Ganz alleine! Und an Weihnachten!«
Harry, Ron und Hermine sahen sich an. Sie hatten mit Hagrid nie ernsthaft über die »interessanten Geschöpfe« ge-

sprochen, wie er sie nannte, während andere Leute von
»schrecklichen Monstern« sprachen. Andererseits schien
von Seidenschnabel keine besondere Gefahr auszugehen.
Und wenn sie an Hagrids andere Monster dachten, wirkte er
sogar ganz niedlich.

»Du musst dir eine gute und starke Verteidigung einfallen
lassen, Hagrid«, sagte Hermine, während sie sich setzte und
die Hand auf Hagrids massigen Unterarm legte. »Ich bin sicher, du kannst beweisen, dass Seidenschnabel ganz harmlos
ist.«

»Das macht auch kein' Unterschied«, jammerte Hagrid.
»Diese Teufel vom Beseitigungsausschuss, die hat Lucius
Malfoy doch alle in der Tasche! Haben Angst vor ihm! Und
wenn ich bei der Anhörung verliere, wird Seidenschnabel –«

Hagrid fuhr flink mit dem Finger über seinen Hals, dann
brach er in lautes Wehklagen aus und ließ seinen Kopf auf
die Arme fallen.

»Was ist mit Dumbledore, Hagrid?«, sagte Harry.

»Der hat schon viel zu viel für mich getan«, stöhnte Hagrid. »Hat genug Scherereien, muss diese Dementoren vom
Schloss fernhalten, und dazu kommt noch Sirius Black, der
hier rumschleicht –«

Ron und Hermine warfen Harry einen raschen Blick zu,
als ob sie erwarteten, er würde Hagrid ausschelten, weil er
ihm nicht die Wahrheit über Black gesagt hatte. Doch Harry
brachte es nicht über sich, nicht jetzt, da er Hagrid so bedrückt und verängstigt vor sich sah.

»Hör zu, Hagrid«, sagte er, »Hermine hat Recht. Du darfst
nicht aufgeben, du brauchst nur eine gute Verteidigung. Du
kannst uns als Zeugen aufrufen –«

»Ich bin mir fast sicher, dass ich mal von einem Rechts-
streit wegen einer Hippogreif-Schlägerei gelesen habe«,
sagte Hermine nachdenklich, »und der Hippogreif ist da-

vongekommen. Ich schlag's für dich nach, Hagrid, und seh mir an, was da genau passiert ist.«

Hagrid heulte nur noch lauter. Harry und Hermine wandten sich Hilfe suchend an Ron.

»Ähm – soll ich 'ne Tasse Tee machen?«

Harry starrte ihn an.

»Das tut meine Mum auch immer, wenn jemand durchgedreht ist«, murmelte Ron schulterzuckend.

Endlich, nachdem sie Hagrid noch viele Male ihre Hilfe versprochen hatten und er eine dampfende Tasse Tee vor sich hatte, schnäuzte er sich mit einem tischtuchgroßen Taschentuch und sagte:

»Ihr habt Recht, ich kann hier nicht einfach in Grund und Boden versinken. Muss mich zusammenreißen …«

Fang, der Saurüde, kroch schüchtern unter dem Tisch hervor und legte den Kopf auf Hagrids Knie.

»War in letzter Zeit einfach nicht mehr der Alte«, sagte Hagrid und streichelte Fang mit einer Hand und wischte sich das Gesicht mit der andern. »Mach mir Sorgen wegen Seidenschnabel, und dass keiner meinen Unterricht mag –«

»Wir finden ihn gut!«, log Hermine sofort.

»Ja, ist wirklich toll!«, sagte Ron und kreuzte dabei die Finger unter dem Tisch. »Ähm – wie geht's den Flubberwürmern?«

»Tot«, sagte Hagrid düster. »Zu viel Salat.«

»O nein!«, sagte Ron mit zuckenden Lippen.

»Und diese Dementoren spielen mir ganz übel mit, könnt ihr glauben«, sagte Hagrid unter jähem Schaudern. »Muss jedes Mal an denen vorbei, wenn ich in den *Drei Besen* einen trinken will. Als ob ich wieder in Askaban wäre –«

Er verfiel in Schweigen und nahm nur noch hin und wieder einen Schluck Tee. Harry, Ron und Hermine starrten ihn atemlos gespannt an. Nie hatte er ihnen von seiner kurzen Haft in Askaban erzählt. Nach einer Weile sagte Hermine schüchtern:

»Ist es schlimm dort, Hagrid?«

»Du hast ja keine Ahnung«, sagte Hagrid leise. »Hab noch nie so was erlebt. Dachte, ich würde verrückt. Ständig ging mir fürchterliches Zeugs durch den Kopf ... der Tag, an dem sie mich aus Hogwarts rausgeworfen haben ... der Tag, an dem mein Dad gestorben ist ... der Tag, an dem ich Norbert gehen lassen musste ...«

Seine Augen füllten sich mit Tränen. Norbert war das Drachenbaby, das Hagrid einst beim Kartenspiel gewonnen hatte.

»Du weißt nach 'ner Zeit nicht mehr, wer du bist. Und du weißt nicht mehr, warum du überhaupt noch leben sollst. Ich hab immer gehofft, ich würd einfach im Schlaf sterben ... als sie mich rausgelassen haben, war es, als wär ich neu geboren, alles kam wieder auf mich eingeströmt, es war das schönste Gefühl der Welt. Aber ich sag euch, die Dementoren waren gar nicht begeistert davon, dass sie mich gehen lassen mussten.«

»Aber du warst unschuldig!«, sagte Hermine.

Hagrid schnaubte.

»Glaubt ihr, das spielt für die 'ne Rolle? Ist ihnen schnurzegal. Solange ein paar hundert Menschen dort um sie her festsitzen und sie ihnen alles Glück aussaugen können, schert es sie keinen Deut, wer schuldig ist und wer nicht.«

Hagrid verstummte einen Moment und starrte in seinen Tee. Dann sagte er leise:

»Dachte, ich lass Seidenschnabel einfach frei ... vielleicht krieg ich ihn dazu, fortzufliegen ... Aber wie erklärst du einem Hippogreif, dass er sich verstecken muss? Und – und ich hab Angst, das Gesetz zu brechen ...« Er sah sie an und wieder rannen Tränen über seine Wangen. »Ich will nie mehr zurück nach Askaban.«

Der Besuch bei Hagrid war zwar nicht gerade lustig gewesen, doch er hatte die Wirkung, die Ron und Hermine erhofft hatten. Obwohl Harry Black keineswegs vergessen hatte, konnte er nicht ständig über Rache nachbrüten, wenn er Hagrid in seiner Sache gegen den Ausschuss für die Beseitigung gefährlicher Geschöpfe helfen wollte. Am nächsten Tag gingen er, Ron und Hermine in die Bibliothek und kehrten mit den Armen voller Bücher in den leeren Gemeinschaftsraum zurück. Vielleicht stand etwas Hilfreiches für die Verteidigung Seidenschnabels drin. Alle drei setzten sich vor das prasselnde Feuer und blätterten langsam durch die Seiten der verstaubten Bände über berühmte Fälle wild gewordener Biester. Nur gelegentlich wechselten sie ein paar Worte, wenn sie auf etwas Wichtiges stießen.

»Hier ist was … im Jahr 1722 gab es einen Fall … aber der Hippogreif wurde verurteilt – urrgh, schaut mal, was sie mit ihm gemacht haben, das ist ja abscheulich –«

»Das hilft uns vielleicht weiter, seht mal – im Jahr 1296 hat ein Mantikor jemanden zerfleischt und sie haben ihn freigelassen – oh – nein, das war nur, weil sie alle zu viel Angst hatten und keiner sich in seine Nähe traute …«

Unterdessen war das Schloss wie immer herrlich weihnachtlich geschmückt worden, auch wenn kaum Schüler dageblieben waren, die sich darüber freuen konnten. Dicke Büschel aus Stechpalmenzweigen und Misteln zogen sich die Korridore entlang, aus den Rüstungen leuchteten geheimnisvolle Lichter und in der Großen Halle prangten die üblichen zwölf Weihnachtsbäume, an denen goldene Sterne glitzerten. Ein überwältigender und leckerer Geruch aus den Küchen wehte durch die Korridore und am Weihnachtsabend war er so stark geworden, dass selbst Krätze die Nase aus Rons schützender Tasche herausstreckte und hoffnungsvoll schnupperte.

Am Weihnachtsmorgen weckte Ron Harry, indem er ihm ein Kissen an den Kopf warf.

»Hallo! Geschenke!«

Harry tastete nach seiner Brille und setzte sie auf, dann schaute er durch das Halbdunkel zum Bettende, wo ein kleiner Haufen Päckchen lag. Ron war schon dabei, das Papier von seinen Geschenken zu reißen.

»Noch ein Pulli von Mum ... wieder kastanienbraun ... sieh nach, ob du auch einen hast.«

Harry hatte. Mrs Weasley hatte ihm einen scharlachroten Pulli geschickt, den Gryffindor-Löwen auf die Brust gestickt, zusammen mit einem Dutzend selbst gebackener Pfefferminztörtchen, einem Stück Weihnachtskuchen und einer Schachtel Nusskrokant. Als er all diese Sachen beiseite schob, sah er ein langes, schmales Paket darunter liegen.

»Was ist das?«, fragte Ron, der mit einem frisch ausgepackten Paar kastanienbrauner Socken in der Hand zu ihm herübersah.

»Keine Ahnung ...«

Harry riss das Päckchen auf und erstarrte mit offenem Mund, als ein schimmernder Besen auf seine Bettdecke rollte. Ron ließ die Socken fallen und sprang vom Bett, um sich die Sache näher anzusehen.

»Ich fass es nicht«, sagte er mit rauer Stimme.

Es war ein Feuerblitz, der gleiche wie der Traumbesen, den sich Harry Tag für Tag in der Winkelgasse angesehen hatte. Der Stiel glänzte, als er ihn hochhielt. Er spürte ihn vibrieren und ließ ihn los; er blieb mitten in der Luft schweben, ohne Halt, auf genau der richtigen Höhe, um ihn besteigen zu können. Harrys Augen wanderten von der goldenen Seriennummer an der Spitze des Stiels hinüber zu den vollkommen glatten, stromlinienförmig gestutzten Birkenzweigen, die den Schweif bildeten.

»Wer hat dir den geschickt?«, fragte Ron mit andächtiger Stimme.

»Schau nach, ob irgendwo eine Karte rumliegt«, sagte Harry.

Ron zerriss die Verpackung des Feuerblitzes.

»Nichts! Meine Güte, wer sollte denn so viel Gold für dich ausgeben?«

»Nun«, sagte Harry völlig verdutzt, »ich wette jedenfalls, dass es nicht die Dursleys waren.«

»Ich wette, es war Dumbledore«, sagte Ron, der jetzt Runde um Runde um den Feuerblitz drehte und jeden herrlichen Zentimeter genüsslich betrachtete. »Er hat dir auch den Tarnumhang anonym geschickt ...«

»Der gehörte allerdings meinem Dad«, sagte Harry. »Dumbledore hat ihn nur an mich weitergegeben. Er würde keine fünfhundert Galleonen für mich ausgeben. Das kann er einfach nicht machen, seinen Schülern solche Sachen schenken –«

»Deshalb sagt er ja nicht, dass es von ihm ist!«, sagte Ron, »damit so 'n Dödel wie Malfoy nicht sagen kann, er würde dich bevorzugen. Hei, Harry –«, Ron lachte schallend auf, »Malfoy! Warte, bis er dich auf dem Besen sieht! Dem wird speiübel werden! Dieser Besen ist nach internationalem Standard gebaut, sag ich dir!«

»Ich kann's einfach nicht glauben«, murmelte Harry und fuhr mit der Hand über den Feuerblitz, während Ron auf Harrys Bett sank und sich dumm und dusselig lachte beim Gedanken an Malfoy. »Wer –?«

»Ich weiß«, sagte Ron und gab sich einen Ruck. »Ich weiß, wer es sein könnte – Lupin!«

»Was?«, sagte Harry und fing jetzt selbst an zu lachen. »Lupin? Hör mal, wenn der so viel Gold hätte, könnte er sich doch einen neuen Umhang zulegen.«

»Ja, schon, aber er mag dich«, sagte Ron. »Und er war nicht da, als dein Nimbus zu Bruch ging, und hat vielleicht davon gehört und beschlossen, dir in der Winkelgasse den Besen zu –«

»Was meinst du damit, er war nicht da?«, sagte Harry. »Er war krank, als wir dieses Spiel hatten.«

»Jedenfalls war er nicht im Krankenflügel«, sagte Ron. »Ich war nämlich da und hab die Bettpfannen geputzt, du weißt doch, diese Strafarbeit von Snape?«

Harry sah Ron stirnrunzelnd an.

»Ich glaub nicht, dass Lupin sich so etwas leisten kann.«

»Worüber lacht ihr beide denn?«

Hermine war in ihrem Morgenmantel und mit Krummbein auf dem Arm hereingekommen. Der Kater schien über sein Halsband aus Lametta nicht gerade erfreut und schaute grantig aus den Augen.

»Bring ihn bloß nicht hier rein!«, sagte Ron, wühlte rasch in den Untiefen seines Bettes nach Krätze und verstaute ihn in seiner Schlafanzugjacke. Doch Hermine achtete nicht auf ihn. Sie ließ Krummbein auf das leere Bett von Seamus fallen und starrte mit offenem Mund auf den Feuerblitz.

»O Harry! Wer hat dir den denn geschenkt?«

»Keine Ahnung«, sagte Harry. »War keine Karte oder so was dabei.«

Zu seiner großen Verwunderung schien Hermine von dieser Mitteilung weder besonders überrascht noch begeistert. Im Gegenteil, sie zog eine Schnute und biss sich auf die Lippen.

»Was ist los mit dir?«, fragte Ron.

»Ich weiß nicht«, sagte sie langsam, »aber es ist ein wenig merkwürdig, oder? Das ist doch angeblich ein ziemlich guter Besen, oder?«

Ron seufzte ungehalten.

»Das ist der beste Besen, den es gibt, Hermine«, sagte er.

»Also muss er ziemlich teuer gewesen sein ...«

»Hat wahrscheinlich mehr gekostet als alle Besen der Slytherins zusammen«, sagte Ron ausgelassen.

»Na also ... wer würde Harry etwas so Teures schicken und nicht einmal seinen Namen verraten?«, sagte Hermine.

»Wen kümmert das?«, sagte Ron ungeduldig. »Hör mal, Harry, kann ich ihn kurz ausfliegen?«

»Ich glaube nicht, dass einer von euch gerade jetzt mit diesem Besen fliegen sollte!«, sagte Hermine schrill.

Harry und Ron starrten sie an.

»Was, glaubst du, soll Harry damit anfangen – den Boden fegen?«, sagte Ron.

Doch bevor Hermine antworten konnte, sprang Krummbein von Seamus' Bett herüber und warf sich mit ausgefahrenen Krallen auf Rons Brust.

»Schmeiß – das – Biest – hier – raus!«, brüllte Ron, während Krummbein seinen Schlafanzug zerfetzte und Krätze einen verzweifelten Fluchtversuch über seine Schultern unternahm. Ron packte Krätze am Schwanz und trat mit dem Fuß nach Krummbein, jedoch vergeblich, denn er traf nur den Koffer am Fuß von Harrys Bett. Der Koffer kippte um und Ron hopste jaulend vor Schmerz auf einem Fuß durch das Zimmer.

Plötzlich sträubte sich Krummbeins Fell. Ein schrilles, blechernes Pfeifen erfüllte den Raum. Das Taschenspickoskop war aus Onkel Vernons alten Socken gekullert und lag jetzt surrend und blitzend auf dem Boden.

»Das hab ich ganz vergessen!«, sagte Harry, bückte sich und hob das Spickoskop auf. »Diese Socken trag ich möglichst nie ...«

Das Spickoskop surrte und pfiff in seiner Hand. Krummbein starrte es fauchend und knurrend an.

Ron saß auf Harrys Bett und rieb sich den Zeh. »Den Kater bringst du jetzt besser raus, Hermine«, sagte er wütend. »Kannst du dieses Ding nicht abstellen?«, fügte er an Harry gewandt hinzu, während Hermine mit Krummbein, dessen gelbe Augen immer noch heimtückisch auf Ron gerichtet waren, mit erhobenem Haupt hinausmarschierte.

Harry stopfte das Spickoskop zurück in die Socken und warf es in seinen Koffer. Alles, was sie jetzt noch hören konnten, waren Rons gestöhnte Schmerzens- und Wutbekundungen. Krätze rollte sich in Rons Händen ein. Harry hatte die Ratte schon eine ganze Weile nicht mehr gesehen, und er war unangenehm überrascht, dass sie, einst so fett, jetzt ganz abgemagert war; auch schienen ihr ganze Büschel Fell ausgefallen zu sein.

»Sieht nicht besonders gesund aus, oder?«, sagte Harry.

»Das ist die Aufregung!«, sagte Ron. »Wenn dieser blöde Riesenmuff ihn nur in Ruhe lassen würde, ging's ihm besser!«

Doch Harry, der noch wusste, dass die Frau in der *Magischen Menagerie* gesagt hatte, Ratten lebten nur drei Jahre, beschlich die ungute Ahnung, dass Krätze, wenn er nicht bald mit Kräften aufwartete, die er bisher verborgen hatte, das Ende seines Lebens erreicht hatte. Und trotz Rons ständiger Beschwerden, dass Krätze langweilig und nutzlos sei, war er sicher, dass Ron sehr traurig sein würde, wenn Krätze tot wäre.

Weihnachtlicher Geist war an diesem Morgen im Gemeinschaftsraum der Gryffindors gewiss nicht übermäßig zu spüren. Hermine hatte Krummbein in ihrem Schlafsaal eingeschlossen, war jedoch sauer auf Ron, weil er nach ihm getreten hatte. Ron rauchte immer noch vor Zorn wegen Krummbeins neuerlichem Versuch, Krätze zu verspeisen. Harry gab die Hoffnung auf, er könnte die beiden dazu bringen, sich wieder zu versöhnen, und wandte sich dem Feuerblitz zu, den er mit in den Gemeinschaftsraum genommen hatte. Aus irgendeinem Grund schien sich Hermine auch darüber zu ärgern; sie sagte nichts, warf jedoch ständig missmutige Blicke auf den Besen, als ob auch er ihren Kater bekrittelt hätte.

Zum Mittagessen gingen sie hinunter in die Große Halle. Die Tische der vier Häuser waren erneut an die Wände gerückt worden und ein einziger Tisch, gedeckt für zwölf, stand in der Mitte. Die Professoren Dumbledore, McGonagall, Snape, Sprout und Flitwick saßen da, zusammen mit Filch, dem Hausmeister, der seine übliche braune Jacke abgelegt hatte und einen sehr alten und recht mottenzerfressen aussehenden Frack trug. Es waren nur noch drei andere Schüler da, zwei äußerst aufgeregt wirkende Erstklässler und ein schmollgesichtiger Fünftklässler von den Slytherins.

»Fröhliche Weihnachten!«, sagte Dumbledore, als Harry, Ron und Hermine auf den Tisch zukamen. »Da wir so wenige sind, schien es mir albern, die Haustische zu nehmen ... setzt euch, setzt euch!«

Harry, Ron und Hermine setzten sich nebeneinander an das eine Ende des Tisches.

»Knallbonbons!«, sagte Dumbledore begeistert und bot Snape die Verschnürung eines großen silbernen Bonbons an. Snape packte es zögernd und zog daran. Laut wie ein Pistolenknall flog das Knallbonbon auseinander und es erschien ein großer spitzer Hexenhut, auf dem ein ausgestopfter Geier saß.

Harry, dem die Geschichte mit dem Irrwicht einfiel, fing Rons Blick auf und beide grinsten; Snape presste die Lippen zusammen und schob den Hut zu Dumbledore hinüber, der ihn sofort anstelle seines Zaubererhuts aufsetzte.

»Haut rein!«, wies er die Tischgesellschaft an und strahlte in die Runde.

Während sich Harry Bratkartoffeln auftat, öffneten sich erneut die Türen der Großen Halle. Es war Professor Trelawney, die wie auf Rädern zu ihnen herübergeglitten kam. Zur festlichen Gelegenheit hatte sie ein grünes, silbern besticktes Kleid angezogen, das sie mehr denn je wie eine glitzernde, übergroße Libelle aussehen ließ.

»Sibyll, das ist ja eine angenehme Überraschung!«, sagte Dumbledore und erhob sich.

»Ich habe in die Kristallkugel geschaut, Direktor«, sagte Professor Trelawney mit ihrer rauchigsten, unirdischsten Stimme, »und zu meiner Verwunderung sah ich, wie ich mein einsames Mahl stehen ließ und mich Ihnen anschloss. Sollte ich denn die Winke des Schicksals missachten? Auf der Stelle verließ ich meinen Turm und ich bitte Sie inständig, die Verspätung zu entschuldigen …«

»Aber gewiss, gewiss«, sagte Dumbledore mit funkelnden Augen. »Lassen Sie mich einen Stuhl für Sie zeichnen –«

Und tatsächlich zeichnete er mit dem Zauberstab einen Stuhl in die Luft, der sich ein paar Sekunden drehte und dann mit einem dumpfen Knall zwischen die Professoren Snape und McGonagall fiel. Professor Trelawney jedoch setzte sich nicht; ihre riesigen Augen waren am Tisch entlanggewandert und plötzlich stieß sie einen gedämpften Schrei aus.

»Ich wage es nicht, Direktor! Wenn ich mich dazusetze, sind wir dreizehn! Nichts bringt mehr Unglück! Vergessen Sie nie, wenn dreizehn bei Tisch sitzen, wird der Erste, der sich erhebt, sterben!«

»Das werden wir riskieren, Sibyll«, sagte Professor McGonagall ungeduldig. »Bitte setzen Sie sich, der Truthahn wird langsam kalt.«

Professor Trelawney zögerte, dann ließ sie sich auf den leeren Stuhl nieder, mit geschlossenen Augen und zusammengepresstem Mund, als ob sie fürchtete, ein Gewitterblitz würde auf dem Tisch einschlagen. Professor McGonagall rührte mit einem großen Löffel in einer Terrine.

»Kutteln, Sibyll?«

Professor Trelawney achtete nicht auf sie. Sie öffnete die Augen und blickte erneut in die Runde.

»Aber wo ist der liebe Professor Lupin?«

»Ich fürchte, der arme Kerl ist schon wieder krank«, sagte Dumbledore und bedeutete mit einer Handbewegung, dass sich nun alle bedienen sollten. »Großes Pech, dass es ausgerechnet an Weihnachten passiert.«

»Aber Sie haben das doch sicher gewusst, Sibyll?«, sagte Professor McGonagall mit hochgezogenen Augenbrauen.

Professor Trelawney schenkte Professor McGonagall einen sehr kühlen Blick.

»Natürlich wusste ich es, Minerva«, sagte sie leise. »Aber man geht nicht mit der Tatsache hausieren, dass man allwissend ist. Häufig tue ich so, als ob ich nicht im Besitz des Inneren Auges wäre, um andere nicht nervös zu machen.«

»Das erklärt eine ganze Menge«, sagte Professor McGonagall säuerlich.

Professor Trelawneys Stimme war plötzlich um einiges weniger rauchig.

»Wenn du es also unbedingt wissen musst, Minerva, ich habe gesehen, dass Professor Lupin nicht lange bei uns bleiben wird. Er selbst scheint zu wissen, dass seine Zeit knapp bemessen ist. Er ist buchstäblich geflohen, als ich ihm anbot, für ihn in die Kristallkugel zu schauen –«

»Nicht zu fassen«, sagte Professor McGonagall trocken.

»Ich glaube nicht, dass Professor Lupin in unmittelbarer Gefahr ist«, sagte Dumbledore fröhlich, doch mit leisem Nachdruck, was das Gespräch der beiden Lehrerinnen beendete. »Severus, Sie haben ihm doch noch einmal diesen Trank gebraut?«

»Ja, Direktor«, sagte Snape.

»Gut«, sagte Dumbledore. »Dann sollte er im Nu wieder auf den Beinen sein … Derek, hast du schon von diesen Grillwürstchen gekostet? Sie sind köstlich.«

Der Junge aus der ersten Klasse, so direkt von Dumbledore angesprochen, errötete bis zu den Haarspitzen und griff mit zitternden Händen nach der Platte mit den Würstchen.

Professor Trelawney verhielt sich die nächsten zwei Stunden bis zum Ende des Weihnachtsmahles fast normal. Zum Platzen voll und mit den Hüten aus den Knallbonbons auf den Köpfen erhoben sich Harry und Ron als Erste von der Tafel. Und da kreischte sie laut auf.

»Meine Lieben! Wer von euch ist zuerst aufgestanden? Wer?«

»Keine Ahnung«, sagte Ron und sah Harry verlegen an.

»Ich denke nicht, dass es eine Rolle spielt«, sagte Professor McGonagall kühl, »außer wenn ein Verrückter mit einer Axt draußen vor der Tür wartet, um den Ersten zu meucheln, der in die Eingangshalle kommt.«

Selbst Ron lachte. Professor Trelawney sah höchst pikiert aus.

»Kommst du?«, sagte Harry zu Hermine.

»Nein«, murmelte Hermine, »ich möchte noch kurz mit Professor McGonagall sprechen.«

»Fragt wahrscheinlich, ob sie noch mehr Unterricht nehmen kann«, gähnte Ron, als sie in die Eingangshalle traten, in der weit und breit kein verrückter Axtmörder zu sehen war.

Am Porträtloch angelangt, stellten sie fest, dass Sir Cadogan eine Weihnachtsparty mit ein paar Mönchen, einigen ehemaligen Schulleitern von Hogwarts und seinem fetten Pony feierte. Er schob sein Visier hoch und prostete ihnen mit einem Krug Met zu.

»Fröhliche – hicks – Weihnachten! Passwort?«

»Fieser Hund.«

»Und Sie auch, Sir!«, dröhnte Sir Cadogan, als das Gemälde zur Seite schwang und sie einließ.

Harry ging gleich hoch in den Schlafsaal, holte den Feuerblitz und das Besenpflege-Set, das ihm Hermine zum Geburtstag geschenkt hatte, brachte sie herunter und suchte dann nach etwas, was er am Feuerblitz ausbessern konnte. Allerdings gab es keine verbogenen Zweige, die man abschnippeln konnte, und der Stiel glänzte so, dass es unsinnig schien, ihn zu polieren. Er und Ron bewunderten ihn einfach aus allen Richtungen, bis sich das Porträtloch öffnete und Hermine hereinkam, begleitet von Professor McGonagall.

Obwohl Professor McGonagall die Leiterin des Hauses Gryffindor war, hatte Harry sie bisher nur einmal im Gemeinschaftsraum gesehen, und das wegen einer sehr ernsten Ankündigung. Die beiden Jungen, die noch immer den Feuerblitz in Händen hielten, starrten ihre Lehrerin an. Hermine ging um sie herum, setzte sich, griff sich das nächste Buch und verbarg ihr Gesicht dahinter.

»Das ist er also, nicht wahr?«, sagte Professor McGonagall umstandslos, ging hinüber zum Kamin und musterte den Feuerblitz. »Miss Granger hat mir soeben mitgeteilt, dass man Ihnen einen Besen geschickt hat, Potter.«

Harry und Ron wandten sich zu Hermine um. Sie konnten sehen, wie ihre Stirn über dem Buch, das sie falsch herum hielt, rot anlief.

»Darf ich mal?«, sagte Professor McGonagall, wartete jedoch nicht auf eine Antwort und zog ihnen den Feuerblitz stracks aus den Händen. Sie untersuchte ihn sorgfältig vom Stiel bis zu den Zweigspitzen. »Hmm. Und keine Notiz dazu, Potter? Keine Karte? Keine Mitteilung irgendwelcher Art?«

»Nein«, sagte Harry schlicht.

»Verstehe …«, sagte Professor McGonagall. »Nun, ich fürchte, ich werde ihn beschlagnahmen müssen, Potter.«

»W…wie bitte?«, sagte Harry und rappelte sich hoch. »Warum?«

»Er muss auf Zauberflüche überprüft werden«, sagte Professor McGonagall. »Ich bin natürlich keine Fachfrau, aber ich bin sicher, Madam Hooch und Professor Flitwick werden ihn auseinander nehmen.«

»Ihn auseinander nehmen?«, wiederholte Ron, als ob Professor McGonagall verrückt geworden wäre.

»Es dürfte nicht mehr als ein paar Wochen dauern«, sagte Professor McGonagall. »Sie bekommen ihn zurück, wenn wir sicher sind, dass er nicht verhext ist.«

»Der ist völlig in Ordnung!«, sagte Harry mit leichtem Zittern in der Stimme. »Ehrlich, Professor –«

»Das können Sie nicht wissen, Potter«, sagte Professor McGonagall recht freundlich, »jedenfalls nicht, bis Sie ihn geflogen haben, und ich fürchte, das kommt nicht in Frage, bis wir sicher sind, dass damit kein Hokuspokus getrieben wurde. Ich werde Sie auf dem Laufenden halten.«

Professor McGonagall machte auf dem Absatz kehrt und trug den Feuerblitz aus dem Porträtloch, das sich hinter ihr schloss. Harry stand da und starrte ihr nach, die Dose mit der Hochglanzpolitur immer noch in der Hand. Ron jedoch machte sich über Hermine her.

»Wieso rennst du eigentlich zu McGonagall?«

Hermine warf ihr Buch beiseite. Sie war immer noch rosa im Gesicht, doch sie stand auf und sah Ron verteidigungslustig ins Gesicht.

»Weil ich dachte – und Professor McGonagall stimmt mir zu –, dass es vielleicht Sirius Black war, der Harry den Besen geschickt hat!«

Der Patronus

Hermine hatte es gut gemeint, das wusste Harry, und dennoch war er wütend auf sie. Ein paar Stunden lang hatte er den besten Besen der Welt besessen, und jetzt, weil sie sich eingemischt hatte, würde er ihn vielleicht nie mehr wieder sehen. Er war sich inzwischen sicher, dass mit dem Feuerblitz alles in Ordnung war, doch wie würde er aussehen, wenn sie ihn erst einmal übergründlich auf alle möglichen bösen Zauber untersucht hatten?

Auch Ron war wütend auf Hermine. Wenn man ihn fragte, so war die Zerlegung eines brandneuen Feuerblitzes nichts anderes als kriminelle Sachbeschädigung. Hermine blieb fest davon überzeugt, nur zu Harrys Wohl gehandelt zu haben, und erschien immer seltener im Gemeinschaftsraum. Harry und Ron vermuteten, dass sie in der Bibliothek Zuflucht gesucht hatte, und versuchten erst gar nicht, sie zurückzuholen. Letztendlich waren sie froh, als kurz nach Neujahr die anderen Schüler zurückkehrten und es im Turm der Gryffindors wieder laut und wild zuging.

Am Abend vor dem ersten Unterrichtstag nahm Wood Harry beiseite.

»Schöne Weihnachten gehabt?« Ohne eine Antwort abzuwarten fuhr er mit gedämpfter Stimme fort: »Ich hab in den Ferien ein wenig nachgedacht, Harry. Über das letzte Spiel, du weißt. Wenn die Dementoren auch zum nächsten kommen ... ich meine ... wir können es uns nicht leisten, dass – nun ja –«

Wood brach mit verlegenem Blick ab.

»Ich unternehm schon was dagegen«, sagte Harry rasch. »Professor Lupin hat versprochen, mir Unterricht zu geben, wie ich mir die Dementoren vom Leib halten kann. Wir wollten eigentlich diese Woche anfangen, er meinte, nach Weihnachten hätte er Zeit.«

»Ah«, sagte Wood und seine Miene hellte sich auf, »gut, wenn das so ist – ich wollte dich als Sucher keinesfalls verlieren, Harry. Und hast du schon einen neuen Besen bestellt?«

»Nein«, sagte Harry.

»Wie bitte? Du beeilst dich besser – mit diesem Shooting Star brauchst du gegen Ravenclaw gar nicht erst anzutreten.«

»Er hat zu Weihnachten einen Feuerblitz bekommen«, sagte Ron.

»Einen Feuerblitz? Nein! Im Ernst? Einen – einen echten Feuerblitz?«

»Freu dich nicht zu früh, Oliver«, sagte Harry mit düsterer Miene. »Ich hab ihn nicht mehr. Sie haben ihn beschlagnahmt.« Und er erklärte ihm, dass der Feuerblitz gerade auf böse Zauber untersucht wurde.

»Böse Zauber? Warum sollte er denn verhext sein?«

»Sirius Black«, sagte Harry matt. »Er ist angeblich hinter mir her. Daher vermutet McGonagall, dass er mir den Feuerblitz geschickt hat.«

Die Neuigkeit, dass ein berüchtigter Mörder hinter seinem Sucher her war, kümmerte Wood nicht im Geringsten.

»Aber Black hätte keinen Feuerblitz kaufen können!«, sagte er. »Er ist auf der Flucht! Das ganze Land sucht nach ihm! Wie könnte er dann mir nichts, dir nichts in den Quidditch-Laden spazieren und einen Besen kaufen?«

»Das frag ich mich auch«, sagte Harry, »aber McGonagall will ihn trotzdem zerlegen lassen –«

Wood erbleichte.

»Ich werd mit ihr reden, Harry«, versprach er. »Ich werd sie schon zur Vernunft bringen ... ein Feuerblitz ... ein echter Feuerblitz für unser Team ... sie will doch genauso wie wir, dass Gryffindor gewinnt ... ich werd sie zur Vernunft bringen ... ein Feuerblitz ...«

Am nächsten Tag war wieder Schule. Das Letzte, worauf sie an diesem rauen Januarmorgen Lust hatten, waren zwei Stunden draußen auf den Ländereien. Um sie aufzumuntern, hatte Hagrid ein großes Feuer mit Salamandern vorbereitet, und mit viel Eifer sammelten sie trockenes Holz, damit das Feuer so richtig prasselte, während die Flammen liebenden Salamander über die weiß glühenden und zerfallenden Holzscheite huschten. Die erste Stunde Wahrsagen im neuen Jahr war weit weniger lustig; Professor Trelawney lehrte sie die Handlesekunst und eröffnete Harry ohne Umschweife, er habe die kürzesten Lebenslinien, die sie je gesehen habe.

Wirklich gespannt war Harry auf Verteidigung gegen die dunklen Künste. Nach seinem Gespräch mit Wood wollte er so bald wie möglich anfangen zu lernen, wie er die Dementoren bekämpfen konnte.

»Ah ja«, sagte Lupin, als Harry ihn am Schluss der Stunde an sein Versprechen erinnerte. »Überlegen wir mal ... wie wär's mit Donnerstagabend um acht Uhr? Das Klassenzimmer für Geschichte der Zauberei wird groß genug sein ... Ich muss genau überlegen, wie wir die Sache anpacken ... zum Üben können wir schließlich keinen waschechten Dementor ins Schloss holen ...«

»Sieht immer noch krank aus, oder?«, sagte Ron, während sie den Korridor entlang zum Abendessen gingen. »Was, glaubst du, ist mit ihm los?«

Von hinten kam ein lautes, ungeduldiges »Tsssss«. Es war

Hermine, die zu Füßen einer Rüstung gesessen und ihre Tasche neu gepackt hatte. Die war so voll gestopft mit Büchern, dass sie nicht mehr zugehen wollte.

»Und was hast du an uns herumzumäkeln?«, sagte Ron gereizt.

»Nichts«, sagte Hermine ein wenig herablassend und schulterte ihre Tasche.

»Doch, hast du«, sagte Ron. »Ich hab mich nur gefragt, was mit Lupin los ist, und du –«

»Tja, ist das nicht offensichtlich?«, sagte Hermine mit einem überlegenen Blick, der Ron fast zur Weißglut trieb.

»Wenn du es uns nicht sagen willst, dann lass es doch bleiben«, fauchte Ron.

»Schön«, sagte Hermine hochnäsig und stolzierte majestätisch davon.

»Sie weiß es auch nicht«, sagte Ron und starrte ihr wütend nach. »Sie will uns nur dazu bringen, wieder mit ihr zu reden.«

Am Donnerstagabend um acht Uhr verließ Harry den Gryffindor-Turm und machte sich auf den Weg zum Klassenzimmer für Geschichte. Es war dunkel und leer, als er ankam, doch er zündete die Lampen mit seinem Zauberstab an und musste nur fünf Minuten warten, bis Professor Lupin erschien. Er trug eine große Kiste, die er auf Professor Binns' Schreibtisch hievte.

»Was ist das?«, fragte Harry.

»Noch ein Irrwicht«, sagte Lupin und zog seinen Umhang aus. »Seit Dienstag schon durchkämme ich das Schloss und glücklicherweise lauerte der noch in Mr Filchs Aktenschrank. Besser können wir einen echten Dementor nicht nachahmen. Der Irrwicht wird sich in einen Dementor verwandeln, wenn er dich sieht, und dann können wir mit ihm üben. Ich kann ihn in meinem Büro aufbewahren, wenn wir ihn nicht benutzen, unter meinem Schreibtisch ist ein Schränkchen, da wird er sich wohl fühlen.«

»Gut«, sagte Harry und mühte sich so zu klingen, als wäre er ganz locker und einfach froh, dass Lupin einen so guten Ersatz für einen echten Dementor gefunden hatte.

»Also denn ...« Professor Lupin hatte seinen Zauberstab gezückt und bedeutete Harry, es ihm nachzutun. »Der Zauberspruch, den ich dir jetzt beibringen will, ist schon höhere Magie, Harry – er geht weit über die gewöhnliche Zauberei hinaus. Es ist der Patronus-Zauber.«

»Wie funktioniert er?«, sagte Harry nervös.

»Nun, wenn er gut gelingt, beschwört er einen Patronus herauf«, sagte Lupin, »und das ist eine Art Gegen-Dementor – ein Schutzherr, der als Schild zwischen dich und den Dementor tritt.«

Harry überkam die jähe Vorstellung, er würde sich hinter einer Hagrid-großen Gestalt mit einem riesigen Schlagstock zusammenkauern. Professor Lupin fuhr fort:

»Der Patronus ist wie eine gute Kraft, ein Abbild ebenjener Dinge, von denen sich der Dementor nährt – Hoffnung, Glück, der Wunsch zu überleben –, doch er kann keine Verzweiflung erleben wie wirkliche Menschen, und so kann ihm der Dementor nichts anhaben. Aber ich muss dich warnen, Harry, der Zauber könnte noch zu schwer für dich sein. Viele gut ausgebildete Zauberer haben damit Probleme.«

»Wie sieht ein Patronus aus?«, fragte Harry neugierig.

»Jeder Zauberer erschafft seinen ganz eigenen.«

»Und wie beschwört man ihn herauf?«

»Mit einer Zauberformel, die nur wirkt, wenn du dich mit aller Kraft auf eine einzige, sehr glückliche Erinnerung konzentrierst.«

Harry stöberte in seinem Gedächtnis nach einem glück-

lichen Erlebnis. Natürlich kam nichts, was er bei den Dursleys erlebt hatte, dafür in Frage. Schließlich entschied er sich
für den Moment, als er zum ersten Mal auf einem Besen geflogen war.

»Gut«, sagte er und versuchte sich das wundervolle, strö-
mende Gefühl in seinem Bauch so klar wie möglich in Erinnerung zu rufen.

»Die Beschwörungsformel lautet –«, Lupin räusperte sich,
»*expecto patronum.*«

»*Expecto patronum*«, wisperte Harry, »*expecto patronum.*«

»Denkst du ganz fest an dein glückliches Erlebnis?«

»Oh – ja –«, sagte Harry und lenkte seine Gedanken rasch
zurück zu jenem ersten Besenflug. »*Expecto patrono* – nein,
patronum – Quatsch, *expecto patronum, expecto patronum* –«

Plötzlich zischte etwas aus der Spitze seines Zauberstabs;
es sah aus wie ein Strahl silbrigen Gases.

»Haben Sie das gesehen?«, sagte Harry aufgeregt, »da ist
was passiert!«

»Sehr gut«, sagte Lupin lächelnd. »Na dann – bist du bereit, es an einem Dementor auszuprobieren?«

»Ja«, sagte Harry und umklammerte fest seinen Zauberstab. Er trat in die Mitte des Klassenzimmers. Er versuchte
weiter fest an den Besenflug zu denken, doch jetzt drang
ihm etwas anderes ins Bewusstsein ... womöglich würde er
gleich wieder seine Mutter hören ... doch er durfte nicht
daran denken, denn dann würde er sie tatsächlich wieder
hören, und das wollte er nicht ... oder doch?

Lupin packte den Deckel der Kiste und zog ihn hoch.

Langsam schwebte ein Dementor daraus hervor; sein ver-
mummtes Gesicht war Harry zugewandt; mit einer glitzernden, schorfüberzogenen Hand drückte er sich den Mantel
an den Leib. Die Lampen im Klassenzimmer flackerten und
erloschen. Der Dementor trat aus der Kiste und schwebte

tief und rasselnd atmend auf Harry zu. Eine Welle stechender Kälte brach über ihn herein –

»*Expecto patronum!*«, schrie Harry. »*Expecto patronum! Expecto –*«

Doch das Klassenzimmer und der Dementor verschwammen vor seinen Augen ... Wieder fiel Harry durch dichten weißen Nebel, und die Stimme seiner Mutter, lauter denn je, hallte in seinem Kopf wider –

»*Nicht Harry! Nicht Harry! Bitte – ich tu alles –*«

Schallendes, schrilles Gelächter – er genoss ihr Grauen –

»Harry!«

Jäh erwachte Harry wieder zum Leben. Er lag ausgestreckt auf dem Fußboden. Die Lampen im Klassenzimmer brannten wieder. Er musste nicht erst fragen, was passiert war.

»Tut mir Leid«, murmelte er und setzte sich auf. Kalter Schweiß rann ihm hinter der Brille herab.

»Geht's dir gut?«, fragte Lupin.

»Ja ...« Harry zog sich an einem Pult hoch und lehnte sich dagegen.

»Hier –« Lupin reichte ihm einen Schokoladenfrosch. »Iss das, bevor wir es noch mal versuchen. Ich hab nicht erwartet, dass du es beim ersten Mal schaffst, im Gegenteil, das hätte mich sehr überrascht.«

»Es wird schlimmer«, murmelte Harry und biss dem Frosch den Kopf ab. »Diesmal hab ich sie noch lauter gehört – und ihn – Voldemort –«

Lupin sah noch blasser aus als sonst.

»Harry, wenn du nicht weitermachen willst, verstehe ich das nur allzu gut –«

»Ich will!«, sagte Harry wild entschlossen und stopfte sich den Rest des Schokofrosches in den Mund. »Ich muss doch! Was ist, wenn die Dementoren bei unserem Spiel gegen Ravenclaw auftauchen? Ich darf keinesfalls wieder abstürzen. Wenn wir dieses Spiel verlieren, können wir den Quidditch-Pokal vergessen!«

»Na schön …«, sagte Lupin. »Vielleicht nimmst du eine andere Erinnerung, ein glückliches Erlebnis, würde ich sagen, auf das du dich konzentrierst … Das letzte war offenbar nicht stark genug …«

Harry dachte angestrengt nach und fand schließlich eine neue Erinnerung: Als er letztes Jahr die Hausmeisterschaft gewonnen hatte, war er sicher überaus glücklich gewesen. Wieder umklammerte er den Zauberstab und nahm seinen Platz in der Mitte des Klassenzimmers ein.

»Bereit?«, fragte Lupin und packte den Deckel der Kiste.

»Bereit«, sagte Harry und versuchte angestrengt, seinen Kopf mit glücklichen Gedanken an den Sieg von Gryffindor zu füllen und nicht mit düsteren an das, was geschehen würde, wenn sich die Kiste öffnete.

»Los!«, sagte Lupin und hob den Deckel. Wieder wurde es eiskalt und dunkel im Zimmer. Der Dementor glitt tief atmend auf ihn zu; eine verweste Hand langte nach Harry –

»*Expecto patronum*«, rief Harry, »*expecto patronum! Expecto pat–*«

Weißer Nebel erstickte ihm die Sinne … große, verschwommene Gestalten bewegten sich um ihn her … dann hörte er eine neue Stimme, die Stimme eines Mannes, der schrie, von Angst überwältigt –

»*Lily, nimm Harry und lauf! Er ist es! Schnell fort, ich halte ihn auf –*«

Jemand stolperte hastig aus einem Zimmer – krachend zerbarst eine Tür – ein schrilles Auflachen –

»Harry! Harry … komm zu dir …«

Lupin gab Harry eine saftige Ohrfeige. Diesmal dauerte

es eine Weile, bis Harry begriff, warum er auf einem staubigen Fußboden lag.

»Ich hab meinen Dad gehört«, nuschelte er. »Das ist das erste Mal, dass ich ihn gehört hab – er wollte es ganz allein mit Voldemort aufnehmen, damit meine Mutter fliehen konnte …« Plötzlich spürte Harry Tränen auf seinem Gesicht, die sich mit dem Schweiß vermischten. Rasch senkte er den Kopf, als wolle er sich den Schuh binden, und wischte sich das Gesicht an seinem Umhang trocken.

»Du hast James gehört?«, sagte Lupin mit merkwürdig fremd klingender Stimme.

»Ja …« Harry hatte sich inzwischen die Tränen abgewischt und sah zu ihm auf. »Warum – Sie haben meinen Vater doch nicht etwa gekannt?«

»Offen gesagt – ja, das hab ich«, sagte Lupin. »Wir waren Freunde in Hogwarts. Hör zu, Harry – vielleicht sollten wir es für heute Abend dabei belassen. Dieser Zauber ist unglaublich schwierig … ich hätte nicht vorschlagen sollen, dass du all das auf dich nimmst …«

»Nein!«, sagte Harry und richtete sich auf. »Ich will noch einen Versuch! Ich hab einfach noch nicht an mein glücklichstes Erlebnis gedacht, daran liegt's … warten Sie …«

Er zermarterte sich den Kopf. Ein wirklich, wirklich glückliches Erlebnis … eines, das er in einen guten, starken Patronus verwandeln konnte …

Der Augenblick, in dem er erfahren hatte, dass er ein Zauberer war und die Dursleys verlassen und nach Hogwarts gehen würde! Wenn das keine glückliche Erinnerung war, dann wusste er auch nicht weiter … Er dachte ganz fest daran, wie er sich gefühlt hatte, als ihm klar wurde, dass er den Ligusterweg verlassen würde, stand auf und stellte sich erneut vor die Kiste.

»Fertig?«, fragte Lupin mit einem Gesichtsausdruck, als

tue er etwas gegen besseres Wissen. »Denkst du ganz fest an dein Erlebnis? Also dann – los!«

Zum dritten Mal hob er den Deckel von der Kiste und der Dementor stieg heraus; im Zimmer wurde es kalt und dunkel –

»*Expecto patronum!*«, polterte Harry, »*expecto patronum! Expecto patronum!*«

Wieder begann das Schreien in Harrys Kopf – nur klang es diesmal, als dringe es aus einem schlecht eingestellten Radio – leiser und lauter und dann wieder leiser – und Harry konnte den Dementor immer noch sehen – er blieb stehen – und dann rauschte ein mächtiger silberner Schatten aus der Spitze von Harrys Zauberstab und blieb zwischen ihm und dem Dementor schweben, und obwohl Harrys Beine sich ganz wabblig anfühlten, stand er immer noch aufrecht – auch wenn er nicht sicher war, wie lange noch –

»*Riddikulus*«, donnerte Lupin und sprang vor.

Unter lautem Krachen verschwand Harrys nebliger Patronus mitsamt dem Dementor; Harry sank auf einen Stuhl, er war so erschöpft und seine Beine zitterten, als wäre er gerade eine Meile gerannt. Aus den Augenwinkeln sah er, wie Professor Lupin den Irrwicht mit dem Zauberstab in die Kiste zurücktrieb; er hatte sich wieder in eine Silberkugel verwandelt.

»Glänzend!«, sagte Lupin und kam mit großen Schritten auf Harry zu. »Hervorragend, Harry! Das war schon mal ein guter Anfang!«

»Können wir es noch mal probieren? Nur noch einmal?«

»Nicht jetzt«, sagte Lupin bestimmt. »Du hast erst mal genug für einen Abend. Hier –«

Er reichte Harry einen großen Riegel der besten Schokolade aus dem *Honigtopf*.

»Iss sie auf, oder Madam Pomfrey saugt mir das Blut aus den Adern. Nächste Woche wieder, selbe Zeit?«

»Okay«, sagte Harry und biss ein Stück Schokolade ab. Sein Blick folgte Lupin, der die Lampen löschte, die beim Verschwinden des Dementors wieder aufgeflackert waren. Dann kam ihm ein Gedanke.

»Professor Lupin?«, sagte er. »Wenn Sie meinen Dad kannten, müssen Sie auch Sirius Black gekannt haben.«

Lupin wandte sich blitzschnell um.

»Wie kommst du darauf?«, sagte er in schneidendem Ton.

»Einfach so – ich weiß nur, dass auch Black und mein Vater in Hogwarts befreundet waren …«

Lupins Gesicht entspannte sich.

»Ja, ich kannte ihn«, sagte er kurz angebunden. »Oder jedenfalls glaubte ich es. Du gehst jetzt besser, Harry, es wird langsam spät.«

Harry ging hinaus, lief den Korridor entlang und bog um die Ecke, dann versteckte er sich rasch hinter einer Rüstung und ließ sich auf ihren Sockel sinken, um seine Schokolade aufzuessen. Hätte ich Black bloß nicht erwähnt, dachte er, denn Lupin war offensichtlich nicht erpicht auf das Thema. Dann wanderten seine Gedanken zurück zu seiner Mutter und seinem Vater …

Er fühlte sich ausgelaugt und merkwürdig leer, obwohl er den Bauch voller Schokolade hatte. So schrecklich es war, dass die letzten Momente im Leben seiner Eltern noch einmal in seinem Kopf abliefen, es war doch das erste Mal, seit er ein kleines Kind gewesen war, dass er ihre Stimmen gehört hatte. Doch er würde es nie schaffen, einen richtigen Patronus heraufzubeschwören, wenn er insgeheim seine Eltern wieder hören wollte …

»Sie sind tot«, sagte er streng zu sich selbst. »Sie sind tot und dem Echo ihrer Stimmen zu lauschen bringt sie nicht wieder zurück. Du reißt dich besser zusammen, wenn du den Quidditch-Pokal gewinnen willst.«

Er stand auf, stopfte sich das letzte Stück Schokolade in den Mund und kehrte zurück in den Turm der Gryffindors.

Eine Woche nach Ende der Ferien spielte Ravenclaw gegen Slytherin. Slytherin gewann, wenn auch knapp. Wood zufolge war das gut für die Gryffindors, die den zweiten Platz erobern würden, wenn auch sie Ravenclaw besiegten. Also setzte er gleich fünf Trainingsstunden die Woche an. Harry ließ sich weiterhin von Lupin in die Kunst der Verteidigung gegen die Dementoren einweihen, was ihn allein schon mehr schlauchte als sechs Quidditch-Stunden zusammen, und hatte jetzt nur noch einen Abend in der Woche für seine gesamten Hausaufgaben. Dennoch stand ihm die Anspannung nicht so ins Gesicht geschrieben wie Hermine, deren immenses Arbeitspensum ihr allmählich doch sichtlich zusetzte. Ausnahmslos jeden Abend sah man sie in einer Ecke des Gemeinschaftsraums, wo sie gleich mehrere Tische beanspruchte mit ihren Büchern, Arithmantiktabellen, Runenwörterbüchern, Querschnittzeichnungen von Muggeln, die schwere Lasten hoben, und mit stapelweise Ordnern für ihre ausführlichen Notizen. Kaum einmal sprach sie mit jemandem und jedes Mal fauchte sie unwirsch, wenn man sie unterbrach.

»Wie schafft sie das bloß?«, murmelte Ron eines Abends Harry zu, der gerade einen kniffligen Aufsatz über nicht nachweisbare Gifte für Snape fertig schrieb. Harry blickte auf. Hermine war hinter einem wackligen Bücherstapel kaum zu sehen.

»Was denn?«

»Den ganzen Unterricht!«, sagte Ron. »Ich hab gehört, wie sie heute Morgen mit Professor Vektor gesprochen hat, dieser Arithmantikhexe. Sie haben sich über die gestrige Stunde ausgelassen, aber Hermine kann nicht dort gewesen sein, sie war doch mit uns in Pflege magischer Geschöpfe! Und Ernie McMillan hat mir gesagt, sie habe in Muggelkunde noch kein einziges Mal gefehlt, aber die überschneidet sich doch mit Wahrsagen und da war sie auch immer dabei!«

Harry hatte im Moment nicht die Zeit, über das Geheimnis von Hermines unmöglichem Stundenplan zu rätseln; er musste unbedingt mit Snapes Aufsatz weiterkommen. Zwei Sekunden später jedoch unterbrach ihn wieder jemand, und diesmal war es Wood.

»Schlechte Nachrichten, Harry. Ich war eben bei Professor McGonagall wegen des Feuerblitzes. Sie – ähm – hat mich ziemlich angepflaumt. Ich wisse wohl nicht recht, was wirklich wichtig ist. Dachte wahrscheinlich, mir wäre es wichtiger, den Pokal zu gewinnen, als dass du am Leben bleibst. Nur weil ich ihr gesagt hab, es sei mir egal, wenn es dich vom Besen schlägt, solange du vorher den Schnatz gefangen hast.« Wood schüttelte ungläubig den Kopf. »Ehrlich, wie die mich angeschrien hat ... als ob ich irgendwas Schreckliches gesagt hätte ... Dann hab ich sie gefragt, wie lange sie ihn noch behalten will ...« Er schnitt eine Grimasse und ahmte Professor McGonagalls strenge Stimme nach. »›So lange wie nötig, Wood‹ ... ich schätze, du solltest lieber einen neuen Besen bestellen. Auf der Rückseite von *Rennbesen im Test* ist ein Bestellschein ... du könntest dir einen Nimbus Zweitausendeins besorgen, wie Malfoy einen hat.«

»Ich kaufe nichts, was Malfoy für gut hält«, sagte Harry schlicht.

Unmerklich, ohne dass sich das bitterkalte Wetter änderte, glitt der Januar in den Februar über. Das Spiel gegen Ravenclaw rückte immer näher, doch Harry hatte immer noch keinen neuen Besen bestellt. Nach jeder Verwandlungsstunde fragte er jetzt Professor McGonagall nach dem Feuerblitz, und Ron stand ihm hoffnungsvoll zur Seite, während Hermine mit abgewandtem Gesicht vorbeirauschte.

»Nein, Potter, Sie können ihn noch nicht zurückhaben«, erklärte ihm Professor McGonagall beim zwölften Mal, noch bevor er den Mund geöffnet hatte. »Wir haben ihn auf die meisten üblichen Flüche geprüft, doch Professor Flitwick glaubt, in dem Besen könnte ein Schleuderfluch stecken. Ich werde es Ihnen schon sagen, wenn wir damit fertig sind. Und nun hören Sie bitte auf, mich ständig mit ein und derselben Frage zu löchern.«

Um alles noch schlimmer zu machen, lief es mit Harrys Unterricht gegen die Dementoren bei weitem nicht so gut, wie er gehofft hatte. Nach einigen Stunden schaffte er es, eine verschwommene silberne Schattengestalt zu erzeugen, wenn der Irrwicht-Dementor auf ihn zukam, doch sein Patronus war zu schwach, um ihn zu verjagen. Der Dementor schwebte nur auf der Stelle, wie eine halb durchsichtige Wolke, und saugte die Kräfte aus Harry heraus, die er doch brauchte, um ihn in Schach zu halten. Harry war wütend auf sich selbst und fühlte sich schuldig, weil er sich wünschte, die Stimmen seiner Eltern immer wieder zu hören.

»Du erwartest zu viel von dir«, sagte Professor Lupin ernst, als sie schon in der vierten Woche waren. »Für einen dreizehnjährigen Zauberer ist selbst ein verschwommener Patronus eine große Leistung. Und du wirst nicht mehr ohnmächtig, musst du bedenken.«

»Ich dachte, ein Patronus würde – die Dementoren niederschlagen oder so was«, sagte Harry entmutigt. »Sie verschwinden lassen –«

»Der richtige Patronus tut das«, sagte Lupin. »Aber du hast in kurzer Zeit schon eine Menge geschafft. Wenn die Dementoren bei eurem nächsten Quidditch-Spiel einen

Auftritt einlegen, kannst du sie so lange in Schach halten, bis du wieder auf dem Boden bist.«

»Sie sagten, es sei schwieriger, wenn viele da sind«, sagte Harry.

»Ich hab volles Vertrauen zu dir«, sagte Lupin lächelnd. »Hier – du hast dir was zu trinken verdient – etwas aus den *Drei Besen*, das kennst du sicher noch nicht –«

Er zog zwei Flaschen aus seiner Mappe.

»Butterbier!«, sagte Harry unbedacht. »Ja, das Zeug mag ich wirklich!«

Lupin hob eine Augenbraue.

»Oh – Ron und Hermine haben mir was aus Hogsmeade mitgebracht«, log Harry rasch.

»Verstehe«, sagte Lupin, auch wenn er immer noch ein wenig misstrauisch aussah. »Nun – trinken wir auf einen Sieg der Gryffindors gegen die Ravenclaws! Wobei ich als Lehrer natürlich nicht parteiisch sein darf –«, fügte er hastig hinzu.

Schweigend tranken sie das Butterbier, bis Harry etwas ansprach, über das er schon länger nachgedacht hatte.

»Was steckt unter der Kapuze dieser Dementoren?«

Professor Lupin ließ nachdenklich seine Flasche sinken.

»Hmmm ... tja, die Einzigen, die es wirklich wissen, können es uns nicht mehr erzählen. Der Dementor nimmt seine Kapuze nur ab, um seine letzte und schlimmste Waffe einzusetzen.«

»Welche ist das?«

»Sie nennen es den Kuss des Dementors«, sagte Lupin mit einem leicht gequälten Lächeln. »Das tun sie denen an, die sie vollkommen zerstören wollen. Ich vermute, es ist eine Art Mund unter der Kapuze, sie pressen ihre Kiefer auf den Mund des Opfers und – saugen ihm die Seele aus.«

Harry spuckte unwillkürlich ein wenig Butterbier.

257

»Was – sie töten –?«

»O nein«, sagte Lupin. »Viel schlimmer als das. Du kannst ohne deine Seele existieren, weißt du, solange dein Gehirn und dein Herz noch arbeiten. Aber du wirst kein Selbstgefühl mehr haben, keine Erinnerungen, nein ... nichts. Es gibt keine Chance, sich davon zu erholen. Du fristest nur dein elendes Dasein. Als leere Hülle. Und deine Seele hast du verloren ... für immer.«

Lupin nahm einen Schluck Butterbier, dann fuhr er fort:

»Das ist das Schicksal, das Sirius Black erwartet. Es stand heute morgen im *Tagespropheten*. Das Ministerium hat den Dementoren die Erlaubnis erteilt, dieses Urteil an ihm zu vollstrecken, sollten sie ihn finden.«

Harry war einen Augenblick lang stumm, bedrückt von der Vorstellung, jemandem würde die Seele durch den Mund ausgesogen. Doch dann dachte er an Black.

»Er verdient es«, sagte er unvermittelt.

»Glaubst du?«, antwortete Lupin mit tonloser Stimme. »Glaubst du wirklich, irgendjemand verdient das?«

»Ja«, sagte Harry widerspenstig. »Für ... für bestimmte Taten ...«

Am liebsten hätte er Lupin von dem Gespräch erzählt, das er in den *Drei Besen* belauscht hatte, über Black, der seine Eltern verraten hatte, doch dann hätte er zugeben müssen, dass er ohne Erlaubnis nach Hogsmeade gegangen war, und er wusste, dass Lupin nicht sonderlich davon angetan sein würde. Also trank er sein Butterbier aus, bedankte sich bei Lupin und verließ das Klassenzimmer.

Fast bereute er, gefragt zu haben, was unter der Kapuze eines Dementors steckte. Die Antwort war so entsetzlich gewesen und er war so in die unangenehme Vorstellung versunken, wie es sich wohl anfühlen würde, wenn einem die Seele ausgesogen wird, dass er auf halbem Weg die Treppe

hoch beinahe mit Professor McGonagall zusammengesto-
ßen wäre.

»Machen Sie die Augen auf, Potter!«

»Verzeihung, Professor –«

»Ich war gerade oben, um Sie zu suchen. Nun, hier ist er:
Wir haben alles Erdenkliche unternommen und er scheint
völlig in Ordnung zu sein – Sie müssen irgendwo einen sehr
guten Freund haben, Potter –«

Harry klappte der Mund auf. Sie hielt ihm seinen Feuerblitz entgegen und er sah so herrlich aus wie zuvor.

»Kann ich ihn zurückhaben?«, sagte Harry mit matter
Stimme. »Im Ernst?«

»Im Ernst«, sagte Professor McGonagall und lächelte noch
dazu. »Ich würde sagen, Sie sollten vor dem Spiel am Samstag noch ein wenig Gespür für ihn bekommen. Und, Potter –
Sie werden doch gewinnen, nicht wahr? Sonst sind wir das
achte Jahr in Folge ohne Pokalsieg, wie Professor Snape mir
erst gestern Abend freundlicherweise in Erinnerung rief ...«

Sprachlos trug Harry den Feuerblitz nach oben in den
Gryffindor-Turm. Als er um eine Ecke bog, sah er den von
Ohr zu Ohr grinsenden Ron auf ihn zurennen.

»Sie hat ihn dir gegeben? Klasse! Hör mal, kann ich ihn
mal ausprobieren? Morgen?«

»Jaah ... natürlich ...«, sagte Harry und seit Monaten war
ihm nicht mehr so leicht ums Herz gewesen. »Weißt du
was – wir sollten uns mit Hermine wieder vertragen ... sie
wollte ja nur helfen ...«

»Ja, schon gut«, sagte Ron. »Sie ist im Gemeinschaftsraum
und arbeitet – zur Abwechslung mal –«

Sie bogen in den Korridor zum Gryffindor-Turm ein und
sahen an dessen Ende Neville Longbottom flehentlich mit
Sir Cadogan verhandeln, der ihn offenbar nicht einlassen
wollte.

»Ich hab sie mir doch aufgeschrieben!«, sagte Neville, den Tränen nahe. »Aber ich muss den Zettel irgendwie verlegt haben!«

»Eine tolle Ausrede!«, brüllte Sir Cadogan. Dann erkannte er Harry und Ron: »Einen guten Abend, die edlen jungen Freischützen! Kommt und legt diesen Taugenichts in Ketten, er ist gewillt, sich Eingang zu meinen Gemächern zu erzwingen!«

»Ach, halt den Mund«, sagte Ron. Sie standen jetzt neben Neville.

»Ich hab die Passwörter vergessen!«, erklärte Neville verzweifelt. »Ich hab ihn dazu überredet, mir zu sagen, welche Passwörter er diese Woche benutzen will, weil er sie ja dauernd ändert, und jetzt weiß ich nicht mehr, wo ich den Zettel hingelegt hab!«

»Metzengerstein«, sagte Harry, und Sir Cadogan, offenbar furchtbar enttäuscht, klappte widerwillig zur Seite und ließ sie ein. Jähes, erregtes Gemurmel hob an, alle Köpfe wandten sich ihnen zu und schon war Harry umgeben von einer Traube Schüler, die alle begeistert auf den Feuerblitz deuteten.

»Wo hast du den her, Harry?«

»Kann ich ihn mal fliegen?«

»Hast du ihn schon ausprobiert, Harry?«

»Ravenclaw hat jetzt keine Chance mehr, die haben doch alle noch diesen Sauberwisch Sieben!«

»Kann ich ihn nur mal halten, Harry?«

Gut zehn Minuten lang ging der Feuerblitz von Hand zu Hand und zog bewundernde Blicke von allen Seiten auf sich, dann zerstreute sich die Schar, und Harry und Ron hatten freie Sicht auf Hermine, die Einzige, die nicht herbeigeeilt war. Da saß sie, über ihre Arbeit gebeugt, und mied sorgfältig ihre Blicke. Harry und Ron gingen langsam auf ihren Tisch zu und endlich sah sie auf.

»Ich hab ihn wieder«, sagte Harry grinsend und hob den Feuerblitz in die Höhe.

»Siehst du, Hermine? Er war doch nicht verhext!«, sagte Ron.

»Ja – hätte aber sein können!«, sagte Hermine. »Immerhin wisst ihr jetzt endlich, dass er sicher ist!«

»Ja, stimmt schon«, sagte Harry. »Ich bring ihn besser nach oben –«

»Ich nehm ihn mit!«, sagte Ron eifrig, »ich muss Krätze das Rattentonikum geben.«

Er nahm den Feuerblitz und trug ihn, als ob er aus Glas wäre, die Treppe hoch zum Schlafsaal der Jungen.

»Kann ich mich mal kurz setzen?«, fragte Harry.

»Von mir aus«, sagte Hermine und räumte einen großen Stapel Pergament von einem Stuhl.

Harry musterte das Durcheinander auf dem Tisch, den langen Arithmantikaufsatz, auf dem die Tinte noch glitzerte, den noch längeren Aufsatz für Muggelkunde (»Warum brauchen Muggel elektrischen Strom?«) und die Runenübersetzung, über der Hermine gerade brütete.

»Wie schaffst du das eigentlich alles?«, fragte Harry.

»Ach na ja, weißt du, ich arbeite eben viel«, sagte Hermine. Jetzt, aus der Nähe, fiel Harry auf, dass sie fast so müde aussah wie Lupin.

»Warum lässt du nicht einfach ein paar Fächer sausen?«, fragte Harry, während sie zwischen den Papieren nach ihrem Runenwörterbuch stöberte.

»Das kann ich einfach nicht!«, sagte Hermine und sah ihn ganz empört an.

»Arithmantik sieht furchtbar schwierig aus«, sagte Harry und hob eine sehr komplizierte Zahlentabelle hoch.

»O nein, es ist toll!«, sagte Hermine ernst. »Es ist mein Lieblingsfach! Es ist –«

Doch Harry erfuhr nie, was genau denn so toll an Arithmantik sein sollte. Genau in diesem Moment hallte ein erstickter Schrei im Treppenhaus zum Jungenschlafsaal wider. Der ganze Gemeinschaftsraum verstummte und alle sahen starr vor Schreck zum Eingang. Dann hörten sie rasche Schritte, die lauter und lauter wurden – und schließlich, mit einem Sprung, erschien Ron. Er schleifte ein Bettlaken hinter sich her.

»Sieh dir das an!«, brüllte er und kam mit großen Schritten auf Hermines Tisch zu. »Sieh dir das an!«, rief er noch einmal und schüttelte das Tuch vor ihr aus.

»Ron, was zum –?«

»Krätze! Sieh's dir an! Krätze!«

Hermine wich vor Ron zurück, das Gesicht völlig verstört. Harry musterte das Laken in Rons Hand. Etwas Rotes war darauf. Etwas, das unheimlich ähnlich aussah wie –

»Blut!«, schrie Ron in die schreckerfüllte Stille. »Er ist fort! Und weißt du, was auf dem Boden lag?«

»N…nein«, sagte Hermine mit zittriger Stimme.

Ron warf etwas auf Hermines Runenübersetzung. Hermine und Harry beugten sich vor. Auf den merkwürdigen, spitzen Schriftzeichen lagen ein paar lange, rostrote Katzenhaare.

Gryffindor gegen Ravenclaw

Die Freundschaft zwischen Ron und Hermine schien zerstört. So wütend waren sie aufeinander, dass Harry sich nicht vorstellen konnte, wie sie sich jemals wieder versöhnen sollten.

Ron war wütend, weil Hermine die wiederholten Versuche Krummbeins, Krätze zu verspeisen, nicht ernst genommen hatte. Sie hatte sich nicht darum geschert, ihn scharf im Auge zu behalten, und tat immer noch so, als wäre Krummbein völlig unschuldig. Ron solle doch mal unter allen Betten nachsehen, schlug sie vor. Und außerdem, behauptete sie wütend, habe Ron keinen Beweis, dass Krummbein Krätze gefressen habe, die rostroten Haare seien vielleicht schon seit Weihnachten auf dem Bettlaken und überhaupt habe Ron Vorurteile gegen ihren Kater, seit Krummbein in der *Magischen Menagerie* auf seinem Kopf gelandet sei.

Harry war sich sicher, dass Krummbein Krätze gefressen hatte, und als er Hermine erklären wollte, dass alle Tatsachen in diese Richtung deuteten, riss ihr der Geduldsfaden auch bei Harry.

»Schön und gut, du schlägst dich auf Rons Seite, ich wusste es!«, sagte sie schrill. »Erst der Feuerblitz, jetzt Krätze, an allem bin ich schuld, oder? Lass mich bloß in Ruhe, Harry, ich hab 'ne Menge Arbeit zu erledigen!«

Ron war der Verlust seiner Ratte tatsächlich sehr nahe gegangen.

»Komm schon, Ron, immer hast du gesagt, Krätze sei so

langweilig«, wollte ihn Fred aufmuntern. »Und er war doch schon ewig nicht mehr richtig auf den Beinen, er ist langsam dahingestorben. War wohl ohnehin besser für ihn, wenn es schnell ging – in einem Schluck –, und gespürt hat er wahrscheinlich auch nichts.«

»Fred!«, rief Ginny empört.

»Er hat doch nur noch gefressen und geschlafen, Ron, das hast du doch selbst gesagt«, warf George ein.

»Einmal hat er Goyle für uns gebissen!«, sagte Ron wehmütig. »Weißt du noch, Harry?«

»Ja, stimmt«, antwortete Harry.

»Seine größte Stunde«, sagte Fred, schaffte es jedoch nicht, eine ernste Miene zu behalten. »Angesichts der Narbe auf Goyles Finger werden wir immer voller Ehrfurcht an ihn denken. – Ach, komm schon, Ron, geh runter nach Hogsmeade und kauf dir eine neue Ratte, was hilft dein Jammern?«

Harry unternahm einen allerletzten Versuch, Ron aufzumuntern, und überredete ihn, zum letzten Training der Gryffindors vor dem Spiel gegen Ravenclaw mitzukommen. Anschließend könne er noch ein wenig mit dem Feuerblitz herumfliegen. Das schien Ron tatsächlich einen Moment lang von seinem Kummer über Krätze abzulenken (»Voll krass! Kann ich auch ein paar Tore schießen?«), und so machten sie sich gemeinsam auf den Weg zum Quidditch-Feld.

Madam Hooch, die weiterhin das Training der Gryffindors beaufsichtigte und Harry ganz besonders, war ebenso beeindruckt vom Feuerblitz wie alle andern, die ihn gesehen hatten. Vor dem Start nahm sie ihn in die Hände und begutachtete ihn mit erfahrenem Blick.

»Seht mal, wie schön er im Gleichgewicht ist! Wenn die Nimbus-Serie einen Fehler hat, dann ist es ein klein wenig

Schlagseite zum Schweif hin – nach ein paar Jahren kommen sie meist ziemlich schräg daher. Den Stiel haben sie auch neu entwickelt, er ist ein wenig schlanker als bei den Sauberwischs und erinnert mich an den alten Silberpfeil – ein Jammer, dass sie den nicht mehr herstellen, auf dem hab ich fliegen gelernt, ein wirklich solider Besen …«

Auf diese Art fuhr sie noch eine ganze Weile fort, bis Wood sie unterbrach.

»Ähm – Madam Hooch? Könnte Harry den Feuerblitz jetzt zurückhaben? Wir müssen doch trainieren …«

»Oh – natürlich – hier ist er, Potter«, sagte Madam Hooch. »Ich setz mich mit Weasley dort drüben hin …«

Madam Hooch und Ron verließen das Spielfeld und kletterten auf die Ränge, während sich das Gryffindor-Team um Wood scharte, der ihnen die letzten Anweisungen für das morgige Spiel gab.

»Harry, ich hab eben erfahren, wer bei den Ravenclaws den Sucher macht. Es ist Cho Chang, eine Viertklässlerin, und sie ist ziemlich gut … eigentlich hatte ich gehofft, sie würde noch nicht wieder fit sein, sie hatte ein paar Verletzungsprobleme …« Woods Miene verfinsterte sich vor Missbehagen über Cho Changs Genesung, dann fuhr er fort: »Andererseits fliegt sie einen Komet Zwei-Sechzig, der wird neben dem Feuerblitz wie ein Witz aussehen.« Er warf Harrys Besen einen Blick voll fiebriger Bewunderung zu. »Okay, Leute, los geht's –«

Und endlich bestieg Harry seinen Feuerblitz und stieß sich vom Boden ab.

Es war besser, als er sich hätte träumen lassen. Der Feuerblitz ging bei der leichtesten Berührung in die Kurve, er schien eher seinen Gedanken als seiner Hand zu folgen; so schnell raste er über das Spielfeld, dass Harry das Stadion nur noch als grünen und grauen Schleier wahrnahm; er ließ ihn so scharf wenden, dass Alicia Spinnet aufschrie, dann ging er in einen vollkommen sicheren Sturzflug, streifte das Gras unten mit den Schuhspitzen und stieg dann wieder zehn, zwanzig, dreißig Meter hoch in die Lüfte –

»Harry, ich lass den Schnatz raus!«, rief Wood.

Harry wendete und verfolgte einen Klatscher auf die Torstangen zu; er ließ ihn ohne weiteres hinter sich, sah den Schnatz hinter Wood hervorschnellen und hatte ihn schon nach zehn Sekunden sicher in Händen.

Das Team jubelte, dass ihm die Ohren klangen. Harry ließ den Schnatz wieder los, gab ihm eine Minute Vorsprung, dann jagte er ihm nach, wobei er sich zwischen den andern hindurchschlängelte; er sah ihn nahe Katie Bells Knie lauern, drehte lässig einen Looping um sie herum und fing den Schnatz erneut ein.

So gut hatten sie noch nie trainiert; das Team, durch den Feuerblitz in seiner Mitte angespornt, übte die schwierigsten Spielzüge fehlerlos, und als sie alle wieder gelandet waren, hatte Wood kein Wort der Kritik anzubringen, was, wie George Weasley verkündete, noch nie geschehen war.

»Ich kann mir nicht vorstellen, was uns jetzt noch aufhalten soll!«, sagte Wood. »Außer – Harry, du hast dein Problem mit diesen Dementoren doch jetzt im Griff, oder?«

»Jaah«, sagte Harry und dachte an seinen schwächlichen Patronus, den er sich viel stärker wünschte.

»Die Dementoren werden nicht wieder aufkreuzen, Oliver, Dumbledore würde völlig durchdrehen«, sagte Fred zuversichtlich.

»Nun, das können wir nur hoffen«, sagte Wood. »Jedenfalls – das war gute Arbeit von euch allen. Gehen wir zurück in den Turm … wollen heute mal früh ins Bett –«

»Ich bleib noch eine Weile draußen, Oliver, Ron will den Feuerblitz mal kurz ausprobieren«, sagte Harry, und während die andern sich auf den Weg zu den Umkleidekabinen machten, ging Harry hinüber zu Ron, der schon über die Absperrungen gesprungen war und ihm entgegenlief. Madam Hooch war auf ihrem Sitz eingeschlafen.

»Da hast du ihn«, sagte Harry und reichte Ron den Feuerblitz.

Ron schwang sich mit hingebungsvoller Miene auf den Besen und schwirrte hoch in den dunkler werdenden Himmel. Harry ging am Spielfeldrand entlang und beobachtete ihn, und als Madam Hooch jäh aufschreckte, war die Nacht schon hereingebrochen. Sie tadelte die beiden, weil sie sie nicht geweckt hatten, und schickte sie ungehalten zurück ins Schloss.

Harry schulterte den Feuerblitz und verließ mit Ron das dunkle Stadion. Sie sprachen über die herrlich sanften Bewegungen des Feuerblitzes, seine irre Beschleunigung und seine haarnadelengen Drehungen. Auf halbem Weg zum Schloss wandte Harry den Blick zur Seite und sah etwas, das sein Herz fast zum Stillstand brachte – ein Augenpaar leuchtete in der Dunkelheit herüber.

Harry blieb wie angefroren stehen, das Herz pochte ihm gegen die Rippen.

»Was ist los?«, fragte Ron.

Harry deutete mit dem Finger in die Dunkelheit. Ron zückte den Zauberstab und murmelte *»Lumos!«*.

Ein Lichtstrahl fiel über das Gras, traf den Stamm eines Baumes und erhellte seine Äste; dort, zwischen den knospenden Zweigen, kauerte Krummbein.

»Runter vom Baum!«, brüllte Ron. Er bückte sich und packte einen Stein, doch schon war Krummbein unter heftigem Wedeln seines langen rostbraunen Schwanzes verschwunden.

»Siehst du?«, sagte Ron aufgebracht und ließ den Stein fallen. »Sie läßt es immer noch zu, dass er sich rumtreibt, wo er will – wahrscheinlich verdaut er gerade Krätze gewürzt mit ein paar Vögeln –«

Harry blieb stumm. Erleichterung durchströmte ihn und er atmete tief durch; einen Augenblick lang war er sicher gewesen, dass diese Augen dem Grimm gehörten. Sie gingen weiter. Nach seinem kurzen Panikanfall genierte sich Harry ein wenig und sprach kein Wort mit Ron – und nicht ein einziges Mal sah er sich um, bis sie die hell erleuchtete Eingangshalle des Schlosses erreicht hatten.

Am nächsten Morgen ging Harry zusammen mit den anderen Jungen im Schlafsaal, die wohl alle meinten, der Feuerblitz verdiene eine Ehrengarde, hinunter zum Frühstück. Als er die Große Halle betrat, wandten sich aller Augen dem Feuerblitz zu und aufgeregtes Getuschel hob an. Harry sah mit immenser Genugtuung, dass das Team der Slytherins wie vom Donner gerührt dasaß.

»Hast du sein Gesicht gesehen?«, sagte Ron schadenfroh und blickte über die Schulter zu Malfoy hinüber. »Er kann es nicht fassen! Das ist klasse!«

Selbst Wood badete in dem Glanz, den der Feuerblitz auch auf ihn warf.

»Hier drauf mit dem Besen, Harry«, sagte er und legte den Feuerblitz mitten auf den Tisch, wobei er sorgsam darauf achtete, dass auch ja der Name zu lesen war. Bald kam einer nach dem andern von den Tischen der Ravenclaws und Hufflepuffs herüber, um ihn genauer zu betrachten. Auch Cedric Diggory kam zum Tisch, um Harry zu gratulieren, weil er einen so tollen Ersatz für seinen Nimbus bekommen hatte, und Percys Freundin von den Ravenclaws, Penelope Clearwater, fragte, ob sie den Feuerblitz einmal anfassen dürfe.

»Na, na, Penny, keine Sabotage!«, sagte Percy gut gelaunt, während ihre Augen über den Feuerblitz glitten. »Penelope und ich haben gewettet«, erklärte er dem Team. »Zehn Galleonen auf das Ergebnis des Spiels!«

Penelope legte den Feuerblitz zurück auf den Tisch, dankte Harry und kehrte zu den Ravenclaws zurück.

»Harry – sieh bloß zu, dass du gewinnst«, flüsterte Percy eindringlich. »Ich hab keine zehn Galleonen. Ja, ich komme, Penny!« Und er wuselte hinüber, um sich mit ihr ein Stück Toast zu teilen.

»Bist du auch sicher, dass du mit diesem Besen umgehen kannst, Potter?«, sagte eine kalte, schnarrende Stimme.

Draco Malfoy, mit Crabbe und Goyle im Schlepptau, war herübergekommen, um sich die Sache näher anzusehen.

»Ja, ich denk schon«, sagte Harry beiläufig.

»Hat 'ne Menge Schnickschnack eingebaut, oder?«, sagte Malfoy mit bösartig glitzernden Augen. »Nur Pech, dass er nicht gleich mit Fallschirm geliefert wird – falls du einem Dementor zu nahe kommst.«

Crabbe und Goyle kicherten.

»Schade, dass du keinen Ersatzarm anschrauben kannst, Malfoy«, sagte Harry, »der könnte den Schnatz für dich fangen.«

Die Gryffindors lachten laut auf. Malfoys blasse Augen verengten sich und er stakste davon. Sie beobachteten, wie er sich zu den anderen Spielern von Slytherin setzte, die jetzt die Köpfe zusammensteckten und Malfoy ganz gewiss fragten, ob Harrys Besen wirklich ein Feuerblitz sei.

Um Viertel vor elf brachen die Gryffindors zu den Umkleideräumen auf. Das Wetter war um Welten besser als bei ihrem Spiel gegen Hufflepuff. Es war ein klarer, kühler Tag mit einer sanften Brise; diesmal würde Harry keine Schwierigkeiten haben, etwas zu sehen, und so nervös er auch war, zusehends spürte er die Begeisterung, die nur ein Quidditch-Spiel mit sich brachte. Sie hörten die anderen Schüler drüben ins Stadion einziehen. Harry legte den schwarzen Schulumhang ab, zog den Zauberstab aus der Tasche und steckte ihn in das T-Shirt, das er unter seinem Quidditch-Umhang tragen wollte. Er würde ihn hoffentlich nicht brauchen. Plötzlich fragte er sich, ob Professor Lupin in der Menge war und ihm zusah.

»Du weißt, was wir tun müssen«, sagte Wood, als sie schon auf dem Sprung nach draußen waren. »Wenn wir dieses Spiel verlieren, können wir endgültig einpacken. Flieg – flieg einfach wie gestern im Training und wir schaukeln das Ding!«

Unter tosendem Applaus marschierten sie hinaus auf das Spielfeld. Das Team der Ravenclaws, ganz in Blau, hatte sich bereits in der Mitte aufgestellt. Ihre Sucherin, Cho Chang, war das einzige Mädchen im Team. Sie war um fast einen Kopf kleiner als Harry, und trotz seiner Nervosität stellte er fest, dass sie besonders hübsch war. Sie lächelte Harry zu, während sich die Teams, die Gesichter einander zugewandt, hinter ihren Kapitänen aufstellten, und Harry war ein wenig schwummrig in der Magengegend, was jedoch, wie er glaubte, nichts mit seinen angespannten Nerven zu tun hatte.

»Wood, Davies, begrüßt euch«, sagte Madam Hooch beschwingt, und Wood und der Kapitän der Ravenclaws schüttelten sich die Hände.

»Besteigt eure Besen … auf meinen Pfiff geht's los … eins – zwei – drei –«

Harry stieß sich ab und der Feuerblitz rauschte schneller in die Höhe als jeder andere Besen; er jagte um das Stadion herum und begann nach dem Schnatz Ausschau zu halten, dabei lauschte er immer den Worten des Freundes der Weasley-Zwillinge, Lee Jordan, der den Spielkommentar sprach.

»Jetzt sind sie oben, und die große Sensation dieses Spiels ist der Feuerblitz, den Harry Potter für die Gryffindors fliegt. *Rennbesen im Test* zufolge werden die Nationalmannschaften bei der diesjährigen Weltmeisterschaft allesamt den Feuerblitz fliegen –«

»Jordan, wären Sie wohl so freundlich uns zu sagen, wie das Spiel verläuft?«, unterbrach ihn Professor McGonagalls Stimme.

»Da haben Sie vollkommen Recht, Professor – ich wollte nur ein wenig Hintergrundwissen vermitteln – übrigens hat der Feuerblitz eine eingebaute automatische Bremse und –«

»Jordan!«

»Schon gut, schon gut, Gryffindor im Ballbesitz, Katie Bell auf dem Weg zum Tor …«

Harry zog in der Gegenrichtung an Katie vorbei auf der Suche nach einem goldenen Schimmer und bemerkte, dass Cho Chang knapp hinter ihm herflog. Zweifellos war sie eine gute Fliegerin – ständig flog sie ihm in die Quere und zwang ihn, die Richtung zu wechseln.

»Zeig ihr, wie du beschleunigen kannst, Harry!«, rief Fred, der einem Klatscher nachjagte, der es auf Alicia abgesehen hatte, und an ihm vorbeizischte.

Harry brachte den Feuerblitz auf Touren, drehte ein paar Runden um die Torstangen, und Cho fiel zurück. Gerade als es Katie gelang, das erste Tor zu erzielen, und die Gryffindor-Kurve unten im Stadion anfing verrückt zu spielen, gerade da sah er ihn – der Schnatz flitzte eine Handbreit über dem Boden an einer der Absperrungen entlang.

Harry ging in den Sturzflug; Cho entging das nicht und sie stürzte ihm nach – Harry wurde immer schneller, unglaubliche Freude durchflutete ihn; Sturzflüge waren seine Spezialität, jetzt war er nur noch vier Meter entfernt –

Ein Klatscher, von einem Treiber der Ravenclaws geschlagen, kam aus dem Nichts angeschossen; Harry machte einen jähen Schlenker und kam um Haaresbreite an ihm vorbei, und in diesen wenigen entscheidenden Sekunden verschwand der Schnatz.

Es folgte ein lang gezogenes enttäuschtes »Oooooh« der Gryffindor-Fans, doch viel Applaus der Ravenclaw-Kurve für ihren Treiber. George Weasley ließ Dampf ab und schmetterte den zweiten Klatscher gegen diesen Missetäter der anderen Seite, der sich mitten in der Luft auf den Rücken drehen musste, um dem Ball zu entgehen.

»Gryffindor führt mit achtzig zu null Punkten, und schaut euch an, wie dieser Feuerblitz losgeht! Potter macht ihm jetzt wirklich die Hölle heiß, jetzt geht er scharf in die Kurve und Changs Komet kann da einfach nicht mithalten, die Gleichgewichtsautomatik des Feuerblitzes ist wirklich erstaunlich bei diesen langen –«

»Jordan! Werden Sie dafür bezahlt, um für Feuerblitze Reklame zu machen? Bleiben Sie beim Spiel!«

Die Ravenclaws holten jetzt auf; sie hatten drei Tore erzielt und Gryffindor lag nur noch mit fünfzig Punkten vorn – wenn Cho den Schnatz vor Harry fing, würden sie gewinnen. Harry ließ sich tiefer sinken, entging knapp einem Zusammenstoß mit einem Jäger der Ravenclaws und suchte fiebereifrig das Spielfeld ab – ein goldener Schimmer, ein Flattern winziger Flügel – der Schnatz umschwirrte eine Torstange der Gryffindors –

Harry beschleunigte, die Augen auf den goldenen Fleck gerichtet – doch schon war Cho aus dem Nichts aufgetaucht und blockierte ihm die Bahn –

»Harry, du kannst doch jetzt nicht den Kavalier spielen!«, polterte Wood, als Harry sich in die Kurve legte, um einen Zusammenprall zu vermeiden. »Hau sie wenn nötig runter von ihrem Besen!«

Harry wandte sich um und erblickte Cho; sie grinste. Wieder war der Schnatz verschwunden. Harry zog den Feuerblitz nach oben und war rasch zehn Meter über dem Spiel. Aus den Augenwinkeln sah er, dass Cho ihn hartnäckig verfolgte ... sie hatte offenbar beschlossen, ihn im Auge zu behalten anstatt den Schnatz zu suchen ... na schön ... wenn sie sich auf seine Fährte setzen wollte, musste sie auch die Folgen tragen ...

Wieder stürzte er sich in die Tiefe, und Cho, die glaubte, er habe den Schnatz gesichtet, versuchte ihm zu folgen; scharf riss sich Harry aus dem Sturzflug heraus und sie trudelte weiter in die Tiefe; wieder raste er schnell wie eine Gewehrkugel in die Höhe und dann sah er ihn zum dritten Mal – der Schnatz glitzerte hoch über dem Feld drüben auf der Seite der Ravenclaws.

Er legte los; viele Meter weiter unten tat es ihm Cho nach. Jetzt würde er gewinnen, jede Sekunde kam er näher auf den Schnatz zu – dann –

»Oh!«, schrie Cho und deutete mit dem Arm nach unten.

Harry ließ sich ablenken und sah hinunter.

Drei Dementoren, drei große, schwarze, kapuzentragende Dementoren, sahen zu ihm hoch.

Er überlegte erst gar nicht. Er steckte die Hand in den Kragen seines Umhangs, zückte den Zauberstab und brüllte:

»*Expecto patronum!*«

Etwas Silbrigweißes, etwas Riesiges, brach aus der Spitze seines Zauberstabes hervor. Er wusste, dass es direkt auf die Dementoren zuschoss, doch er wartete nicht, um zu sehen, was passierte; mit immer noch wundersam klarem Kopf sah er nach vorne – er war fast da – er streckte die Hand aus, die immer noch den Zauberstab hielt, und schaffte es eben noch, die Faust über dem kleinen, widerspenstig flatternden Schnatz zu schließen.

Madam Hoochs Pfiff ertönte, Harry drehte sich in der Luft und sah sechs scharlachrote Schleier auf ihn zurasen, und schon schlangen die andern Spieler so heftig die Arme um ihn, dass sie ihn fast vom Besen zerrten. Von tief unten drangen die Begeisterungsstürme der Gryffindors im Publikum herauf.

»Gut gemacht, mein Junge!«, rief Wood immer wieder. Alicia, Angelina und Katie hatten Harry inzwischen allesamt geküsst, Fred hielt ihn so fest umklammert, dass Harry fürchtete, er würde ihm den Kopf abreißen. In heillosem Durcheinander schaffte das Team gerade noch die Landung. Er stieg vom Besen und sah jetzt einen Wirbel von Gryffindors auf das Spielfeld rennen, Ron vorneweg. Bevor er sich retten konnte, war er schon von einer jubelnden Menge eingeschlossen.

»Ja!«, rief Ron und riss Harrys Arm in die Luft. »Ja! Ja!«

»Gut gemacht, Harry!«, sagte Percy vergnügt. »Zehn Galleonen für mich! Ich muss Penelope suchen, entschuldige mich kurz –«

»Feine Sache, Harry!«, brüllte Seamus Finnigan.

»Klasse, verdammt noch mal!«, rief Hagrid mit strahlendem Gesicht über die Köpfe der wogenden Menschenmenge hinweg.

»Dein Patronus war nicht von schlechten Eltern«, flüsterte jemand in Harrys Ohr.

Harry wandte sich um und erkannte Professor Lupin, der erschüttert und erfreut zugleich wirkte.

»Die Dementoren haben mir gar nichts ausgemacht!«, sagte Harry aufgeregt. »Ich hab gar nichts gespürt!«

»Das – ähm – liegt daran, dass sie gar keine Dementoren waren«, sagte Professor Lupin. »Komm und sieh dir das an –«

Er führte Harry aus der Menge heraus, bis sie den Spielfeldrand sehen konnten.

»Du hast Mr Malfoy einen hübschen Schreck eingejagt«, sagte Lupin.

Harry stand mit offenem Mund da. In einem verknäuelten Haufen auf dem Boden lagen Malfoy, Crabbe, Goyle und Marcus Flint, der Teamkapitän der Slytherins, und mühten sich verzweifelt, sich aus ihren langen, schwarzen Kapuzenumhängen zu befreien. Offenbar hatte Malfoy auf Goyles Schultern gestanden. Jemand hatte sich über ihnen aufgebaut und schaute mit furchtbar wütendem Blick auf sie hinab – Professor McGonagall.

»Ein verabscheuungswürdiger Trick!«, rief sie. »Ein mieser und feiger Versuch, den Sucher der Gryffindors zu behindern. Strafarbeiten für Sie alle, und fünfzig Punkte Abzug für Slytherin! Ich werde mit Professor Dumbledore über diese Sache sprechen, machen Sie sich keine falschen Vorstellungen! Ah, da kommt er ja schon!«

Wenn irgendetwas den Sieg der Gryffindors endgültig besiegelte, dann dies. Ron, der sich zu Harry durchgekämpft hatte, krümmte sich vor Lachen, während sie Malfoy zusahen, wie er sich aus seinem Umhang, in dem immer noch Goyles Kopf steckte, freizustrampeln versuchte.

»Komm mit, Harry!«, sagte George, der sich ebenfalls durchgedrängelt hatte. »Fete ist angesagt! Jetzt gleich im Gemeinschaftsraum!«

»Gut!«, sagte Harry, der sich seit Ewigkeiten nicht mehr so glücklich gefühlt hatte. Er ging mit den anderen Spielern, immer noch in den scharlachroten Umhängen, voran, aus dem Stadion hinaus und zurück ins Schloss.

Es war, als hätten sie den Quidditch-Pokal schon gewonnen. Den ganzen Tag tobte die Fete und weit hinein in die Nacht. Fred und George Weasley verschwanden für ein paar Stunden und kehrten mit Massen von Butterbier, Kürbislimo und Süßigkeiten aus dem *Honigtopf* zurück.

»Wie habt ihr das geschafft?«, kreischte Angelina Johnson,

während George anfing, Pfefferminzkröten in die Menge zu werfen.

»Mit ein wenig Hilfe von Moony, Wurmschwanz, Tatze und Krone«, murmelte Fred Harry ins Ohr.

Nur eine nahm nicht an den Festlichkeiten teil. Hermine, es war nicht zu fassen, saß tatsächlich in einer Ecke und versuchte einen Riesenschinken mit dem Titel *Häusliches Leben und gesellschaftliche Sitten britischer Muggel* zu lesen. Harry löste sich von dem Tisch, an dem Fred und George gerade mit Butterbierflaschen jonglierten, und ging zu ihr hinüber.

»Warst du wenigstens beim Spiel?«, fragte er sie.

»Natürlich«, sagte Hermine ohne aufzusehen mit merkwürdig hoher Stimme. »Und ich bin sehr froh, dass wir gewonnen haben, und du warst wirklich gut, aber ich muss das hier bis Montag gelesen haben.«

»Komm schon, Hermine, iss doch wenigstens etwas«, sagte Harry, blickte hinüber zu Ron und fragte sich, ob der so gut gelaunt war, dass er das Kriegsbeil begraben würde.

»Ich kann nicht, Harry, ich muss noch vierhundertzweiundzwanzig Seiten lesen!«, sagte Hermine und klang jetzt ein wenig überdreht. »Außerdem …«, sie warf einen Blick zu Ron hinüber, »er will ja nicht, dass ich mitmache.«

Daran gab es keinen Zweifel, denn Ron wählte eben diesen Moment, um zu verkünden:

»Wenn Krätze nicht vor kurzem gefressen worden wäre, hätte er ein paar von diesen Zuckerwattefliegen haben können, die mochte er so gerne –«

Hermine brach in Tränen aus. Bevor Harry etwas sagen oder tun konnte, hatte sie den dicken Wälzer unter den Arm geklemmt, war schluchzend zur Mädchentreppe gerannt und verschwunden.

»Kannst du sie nicht wenigstens ein Mal in Ruhe lassen?«, fragte Harry Ron mit leiser Stimme.

»Nein«, sagte Ron stur. »Wenn sie wenigstens so tun würde, als ob es ihr Leid täte – aber Hermine gibt nie zu, dass sie im Unrecht ist. Sie tut immer noch so, als ob Krätze einfach in Urlaub gefahren wäre oder so was.«

Die Party der Gryffindors fand erst ein Ende, als Professor McGonagall um ein Uhr morgens in schottengemustertem Morgenmantel und Haarnetz auftauchte und sie, ohne Widerspruch zuzulassen, ins Bett schickte. Während Harry und Ron die Treppe zum Schlafsaal hochstiegen, redeten sie immer noch über das Spiel. Endlich, ganz erschöpft, kletterte Harry ins Bett, zog die Vorhänge ringsum zu, um das Mondlicht so lange wie möglich draußen zu halten, legte sich in die Kissen und spürte, wie er fast im selben Moment in den Schlaf entschwebte ...

Er hatte einen sehr seltsamen Traum. Mit dem Feuerblitz auf der Schulter durchstreifte er einen Wald auf der Spur einer silbrig weißen Gestalt. Sie huschte vor ihm durch die Bäume und er sah sie nur hin und wieder zwischen den Blättern auftauchen. Er wollte sie unbedingt einholen, doch je schneller er ging, desto schneller floh auch seine Beute. Harry fing an zu rennen und jetzt konnte er galoppierende Hufe vor sich hören – er stieß durch dichtes Blattwerk hinaus auf eine Lichtung und –

»AAAAAAAAAAAAAAARRRRRRRRRRRRRRRRRRRR HHHHHHHHHHHHHHHHHHHHHHHHHHHHHHHHHHHH! NEIIIIIIIIIIIIIIIIIIIIIIIIIIIIIIIIIIIIIIIIIIN!«

Harry erwachte so plötzlich, als hätte ihm jemand ins Gesicht geschlagen. Völlig verwirrt tastete er in der Dunkelheit nach den Vorhängen – er hörte Bewegungen um sich her und von der anderen Seite des Saals kam Seamus Finnigans Stimme:

»Was ist denn los?«

Harry glaubte, die Schlafsaaltür zugehen zu hören. Endlich

fand er den Spalt in den Vorhängen, er riss sie auf und im selben Augenblick machte Dean Thomas seine Lampe an.

Die Vorhänge von Rons Bett waren an einer Seite zerrissen. Ron saß kerzengerade im Bett mit einem Ausdruck sprachlosen Entsetzens auf dem Gesicht.

»Black! Sirius Black! Mit einem Messer!«

»Was?«

»Hier! Gerade eben! Hat die Vorhänge aufgeschlitzt! Hat mich aufgeweckt!«

»Bist du sicher, dass du nicht geträumt hast, Ron?«, sagte Dean.

»Sieh dir die Vorhänge an! Ich sag dir, er war hier!«

Alle kletterten aus ihren Betten; Harry war als Erster an der Tür und sie rannten die Treppe hinunter. Türen flogen hinter ihnen auf, verschlafene Stimmen riefen ihnen nach –

»Wer hat geschrien?«

»Was macht ihr da?«

Das Glimmen des sterbenden Feuers im Kamin erleuchtete den Gemeinschaftsraum, in dem noch die Überbleibsel ihrer Party verstreut lagen. Er war menschenleer.

»Bist du sicher, dass es kein Traum war, Ron?«

»Ich sag dir, ich hab ihn gesehen!«

»Was soll denn dieser Lärm?«

»Professor McGonagall hat uns doch gesagt, wir sollen ins Bett gehen!«

Ein paar Mädchen waren ihre Treppe heruntergekommen, die Morgenmäntel fest um den Körper gewickelt und tief gähnend. Auch mehrere Jungen tauchten jetzt auf.

»Gute Idee, machen wir weiter?«, fragte Fred Weasley strahlend.

»Alle zurück in die Betten!«, sagte Percy, der jetzt hereingerannt kam und sich beim Sprechen sein Schulsprecher-Abzeichen an den Schlafanzug heftete.

»Percy – Sirius Black!«, sagte Ron matt. »In unserem Schlafsaal! Mit einem Messer! Hat mich geweckt!«

Im Gemeinschaftsraum wurde es totenstill.

»Unsinn!«, sagte Percy, wenngleich verdutzt. »Du hast zu viel gegessen, Ron – davon hat man Alpträume –«

»Ich sag dir doch –«

»Jetzt aber wirklich, genug ist genug!«

Professor McGonagall war auch wieder da. Sie schlug das Porträt hinter sich zu, trat in den Gemeinschaftsraum und blickte wütend in die Runde.

»Ich bin ja froh, dass Gryffindor das Spiel gewonnen hat, aber Ihr Betragen wird allmählich lästig. Percy, ich hätte mehr von Ihnen erwartet!«

»Ich habe das natürlich nicht erlaubt, Professor!«, sagte Percy empört. »Ich hab sie alle ins Bett zurückgeschickt. Mein Bruder Ron hier hatte einen Alptraum –«

»Es war kein Alptraum!«, rief Ron. »Professor, ich bin aufgewacht und da stand Sirius Black über mir mit einem Messer in der Hand!«

Professor McGonagall starrte ihn an.

»Machen Sie sich nicht lächerlich, Weasley, wie hätte er denn durch das Porträtloch kommen sollen?«

»Fragen Sie doch den!«, sagte Ron und wies mit zitterndem Zeigefinger auf die Rückseite von Sir Cadogans Gemälde. »Fragen Sie ihn, ob er –«

Mit einem übellaunigen Blick auf Ron stieß Professor McGonagall das Porträt zur Seite und ging hinaus. Die ganze Schar lauschte mit angehaltenem Atem.

»Sir Cadogan, haben Sie soeben einen Mann in den Gryffindor-Turm gelassen?«

»Gewiss, verehrte Dame!«, rief Sir Cadogan.

Ein bestürztes Schweigen trat ein, im Gemeinschaftsraum wie draußen vor dem Porträtloch.

»Sie – Sie haben ihn eingelassen?«, kreischte Professor McGonagall. »Aber – aber das Passwort!«

»Er hat sie gehabt!«, sagte Sir Cadogan stolz. »Hatte alle von der ganzen Woche, Mylady! Hat sie von einem kleinen Zettel abgelesen!«

Professor McGonagall kletterte zurück durch das Porträtloch und wandte sich der sprachlosen Menge zu. Sie war weiß wie Kreide.

»Wer von Ihnen«, sagte sie mit zitternder Stimme, »welcher unsägliche Dummkopf hat die Passwörter von dieser Woche aufgeschrieben und sie herumliegen lassen?«

Zunächst herrschte vollkommene Stille und dann, zuerst kaum vernehmlich, hörte man ein schrecklich verängstigtes Quieken und Fiepen. Neville Longbottom, vom Kopf bis zu den flaumigen Pantoffeln zitternd, hob langsam die Hand.

Snapes Groll

Keiner im Turm der Gryffindors schlief in dieser Nacht. Sie wussten, dass das Schloss erneut durchsucht wurde, und das ganze Haus wartete im Gemeinschaftsraum auf die Nachricht, dass sie Black endlich gefasst hätten. Im Morgengrauen kehrte Professor McGonagall zurück und sagte ihnen, dass er wieder entkommen war.

Wo immer sie am nächsten Tag hinkamen, überall fielen ihnen die scharfen Sicherheitsvorkehrungen auf; Professor Flitwick brachte dem Schlossportal anhand eines großen Bildes bei, Sirius Black zu erkennen; Filch wuselte die Korridore entlang und gipste alles zu, was er finden konnte, von kleinen Rissen in der Wand bis zu Mauselöchern. Sir Cadogan hatten sie gefeuert. Sein Porträt hing wieder auf dem verlassenen Korridor im siebten Stock und die fette Dame war wieder an ihrem Platz. Man hatte sie zwar fachmännisch restauriert, doch immer noch war sie höchst nervös. Ihrer Rückkehr hatte sie nur unter der Bedingung zugestimmt, dass man ihr zusätzlichen Schutz bot. Und so wurde zu ihrer Bewachung eine Truppe bärbeißiger Sicherheitstrolle angeheuert. Diese bedrohlich wirkenden Gestalten, die jetzt auf dem Korridor Streife gingen, unterhielten sich mittels Grunzlauten und verglichen zum Zeitvertreib die Größe ihrer Schlagkeulen.

Harry fiel auf, dass die Statue der einäugigen Hexe im dritten Stock unbewacht blieb und auch ihr Buckel nicht zugegipst wurde. Offenbar hatten Fred und George Recht, wenn sie glaubten, sie – und inzwischen auch Harry, Ron und Hermine – wären die Einzigen, die von dem Einstieg zum Geheimgang wussten.

»Meinst du, wir sollten es melden?«, fragte Harry Ron.

»Black kann ihn ohnehin nicht benutzen«, sagte Ron ohne Zögern. »Er müsste im *Honigtopf* einbrechen, wenn er durch die Falltür will. Und die Besitzer hätten das doch längst gemerkt, oder etwa nicht?«

Harry war froh, dass Ron so dachte. Wenn Filch auch noch die einäugige Hexe zugipste, würde er nie wieder nach Hogsmeade kommen.

Ron war über Nacht zur Berühmtheit geworden. Zum ersten Mal in seinem Leben schenkten ihm die anderen Schüler mehr Aufmerksamkeit als Harry und offensichtlich genoss er diese Erfahrung. Zwar steckten ihm die nächtlichen Ereignisse immer noch in den Knochen, doch eifrig schilderte er jedem, der es hören wollte, was geschehen war, und sparte dabei nicht mit Einzelheiten.

»... also, mitten im Schlaf hör ich plötzlich dieses Geräusch, als ob etwas zerreißt, und ich denke, ich träum, versteht ihr? Aber dann spüre ich diesen Luftzug ... Ich wache auf und der Vorhang auf der einen Bettseite ist runtergerissen ... ich drehe mich um ... und da steht er über mir ... wie ein Skelett mit langen dreckigen Haaren ... er hält ein Messer in der Hand, mindestens dreißig Zentimeter lang – und er starrt mich an und ich starre zurück und dann schreie ich und er haut ab.

Warum eigentlich?«, fragte er an Harry gewandt, während sich die Mädchen aus der zweiten Klasse, die seiner unheimlichen Geschichte gelauscht hatten, tuschelnd entfernten. »Warum ist er abgehauen?«

Auch Harry hatte sich diese Frage gestellt. Warum hatte Black, nachdem er erkannt hatte, dass er das falsche Bett erwischt hatte, Ron nicht zum Schweigen gebracht, um dann zum nächsten Bett zu gehen? Black hatte vor zwölf Jahren bewiesen, dass es ihm nichts ausmachte, unschuldige Menschen zu töten, und diesmal hatte er es mit fünf unbewaffneten Jungen zu tun gehabt, von denen vier schliefen.

»Er muss gewusst haben, dass es für ihn schwierig würde, aus dem Schloss zu fliehen, nachdem du geschrien und die Leute aufgeweckt hast«, sagte Harry nachdenklich. »Er hätte das ganze Haus umbringen müssen, wenn er durch das Porträtloch zurückwollte ... und dann hätte er es mit den Lehrern zu tun bekommen ...«

Neville war in Schimpf und Schande gefallen. Professor McGonagall war so wütend auf ihn, dass sie ihm jeden weiteren Besuch in Hogsmeade verboten, ihm eine Strafarbeit aufgehalst und jedem untersagt hatte, ihm das Passwort zum Turm zu sagen. Der arme Neville musste nun jeden Abend draußen vor dem Gemeinschaftsraum warten, wo ihn die Sicherheitstrolle misstrauisch beäugten, bis jemand kam, der ihn einließ. Keine dieser Strafen jedoch kam der nahe, die seine Großmutter für ihn in petto hatte. Zwei Tage nach Blacks Einbruch schickte sie ihm das Übelste, das ein Hogwarts-Schüler zum Frühstück auf den Tisch bekommen konnte – einen Heuler.

Die Schuleulen schwebten wie jeden Morgen mit der Post in die Große Halle. Neville verschluckte sich, als eine große Schleiereule mit einem scharlachroten Umschlag im Schnabel vor ihm landete. Harry und Ron, die gegenüber saßen, erkannten sofort, dass in diesem Brief ein Heuler steckte – ein Jahr zuvor hatte Ron einen von seiner Mutter bekommen.

»Hau lieber ab, Neville«, riet ihm Ron.

Neville ließ sich das nicht zweimal sagen. Er packte den Umschlag, hielt ihn mit ausgestrecktem Arm von sich wie eine Bombe und rannte aus der Halle, ein Anblick, bei dem der Tisch der Slytherins in tosendes Gelächter ausbrach. Sie hörten den Heuler in der Eingangshalle losgehen – die Stimme von Nevilles Großmutter, magisch verstärkt auf das Hundertfache ihrer üblichen Lautstärke, schrie und tobte, welche Schande er über die ganze Familie gebracht habe.

Harry empfand ein so tiefes Mitleid mit Neville, dass er zunächst gar nicht bemerkte, dass auch er einen Brief bekommen hatte. Hedwig beanspruchte jetzt seine Aufmerksamkeit und pickte ihm schmerzhaft aufs Handgelenk.

»Autsch! Ach – danke, Hedwig –«

Während Hedwig sich ein wenig an Nevilles Cornflakes gütlich tat, riss Harry den Umschlag auf und entfaltete den Brief:

Lieber Harry, lieber Ron,
wie wär's mit einer Tasse Tee heute Nachmittag gegen sechs? Ich hol euch vom Schloss ab. Wartet in der Eingangshalle auf mich. Ihr dürft nicht alleine rausgehen.
Beste Grüße,
Hagrid

»Er will wahrscheinlich alles über Black hören!«, sagte Ron.

Und so verließen Harry und Ron an diesem Nachmittag um sechs den Turm der Gryffindors, gingen schleunigst an den Sicherheitstrollen vorbei und stiegen hinunter in die Eingangshalle.

Hagrid wartete bereits auf sie.

»Ich weiß, Hagrid!«, sagte Ron. »Du willst sicher wissen, was Samstagnacht passiert ist?«

»Das weiß ich schon alles«, sagte Hagrid, öffnete das Portal und geleitete sie nach draußen.

»Ach so«, sagte Ron ein wenig enttäuscht.

Das Erste, was sie sahen, als sie in Hagrids Hütte traten, war Seidenschnabel. Die gewaltigen Flügel an den Körper geschmiegt hatte er sich der Länge nach auf Hagrids Flickenvorleger ausgestreckt und verspeiste genüsslich einen großen Teller toter Frettchen. Harry wandte die Augen von diesem unschönen Anblick ab und sah jetzt einen kolossalen Anzug aus braunem Fellhaar und eine fürchterliche gelborangerote Krawatte an der Tür von Hagrids Kleiderschrank hängen.

»Wozu brauchst du diese Klamotten?«, fragte Harry.

»Für den Prozess gegen Seidenschnabel vor dem Ausschuss für die Beseitigung gefährlicher Geschöpfe«, sagte Hagrid. »Diesen Freitag. Wir fahren zusammen runter nach London. Ich hab zwei Betten im Fahrenden Ritter gebucht …«

Harry überkamen plötzlich peinliche Gewissensbisse. Dass Seidenschnabel bald der Prozess drohte, hatte er völlig vergessen, und nach Rons verlegener Miene zu schließen war es ihm nicht anders ergangen. Zudem hatten sie ihr Versprechen vergessen, Hagrid bei der Vorbereitung für Seidenschnabels Verteidigung zu helfen: Der Feuerblitz hatte es schlichtweg aus ihren Köpfen gelöscht.

Hagrid schenkte ihnen Tee ein und bot ihnen einen Teller Rosinenbrötchen an, doch sie lehnten dankend ab; Hagrids Kochkünste hatten sie noch gut in Erinnerung.

»Ich hab was mit euch zu besprechen«, sagte Hagrid und setzte sich mit einer für ihn ungewöhnlich ernsten Miene zwischen die beiden.

»Was denn?«, wollte Harry wissen.

»Hermine«, sagte Hagrid.

»Was ist mit ihr?«, fragte Ron.

»Geht ihr ziemlich elend, muss ich euch sagen. Sie hat mich seit Weihnachten oft besucht. Hat sich einsam gefühlt.

Erst habt ihr wegen dem Feuerblitz nicht mit ihr geredet, jetzt ist es wegen ihrem Kater –«

»– hat Krätze gefressen!«, warf Ron zornig ein.

»So sind sie eben, die Kater«, fuhr Hagrid unbeirrt fort. »Sie hat ziemlich oft geheult, sag ich euch. Hat's im Moment nicht leicht. Hat sich mehr aufgehalst, als sie verkraften kann, wenn ihr mich fragt, diese ganze Lernerei tut ihr nicht gut. Hat aber trotzdem Zeit gefunden, mir mit Seidenschnabel zu helfen, alle Achtung ... und hat einiges rausgefunden, was ich wirklich gut gebrauchen kann ... schätze mal, er hat jetzt 'ne reelle Chance ...«

»Hagrid, wir hätten dir auch helfen sollen – tut uns Leid –«, begann Harry peinlich berührt.

»Ich will euch doch nichts vorwerfen«, sagte Hagrid und tat Harrys Entschuldigung mit einer Handbewegung ab. »Du hast weiß Gott genug zu tun gehabt, Harry, ich hab dich Tag und Nacht Quidditch trainieren sehen – aber ich muss euch sagen, ich hätte gedacht, euch wär ein Freund mehr wert als Besen und Ratten. Das ist alles.«

Harry und Ron tauschten betretene Blicke.

»Sie war ganz durcheinander, unsere Hermine, als Black dich fast erstochen hat, Ron. Sie hat das Herz am richtigen Fleck, und ihr zwei redet nicht mal mit ihr –«

»Wenn dieser Kater verschwindet, red ich wieder mit ihr!«, sagte Ron zornig, »aber sie hängt immer noch an dem Vieh! Ein richtiges Raubtier, und sie will kein Wort gegen ihn hören!«

»Ach weißt du, die Menschen stellen sich manchmal ein wenig dumm, wenn's um ihre Haustiere geht«, sagte Hagrid weise. Hinter ihnen spuckte Seidenschnabel ein paar Frettchenknochen auf Hagrids Kissen.

Den Rest der Zeit sprachen sie über Quidditch und die inzwischen besseren Chancen Gryffindors, den Pokal zu gewinnen. Um neun brachte Hagrid sie zurück ins Schloss.

Im Gemeinschaftsraum drängte sich eine große Schülertraube um das Mitteilungsbrett.

»Nächstes Wochenende geht's wieder mal nach Hogsmeade!«, sagte Ron, der sich ein wenig vorgedrängelt hatte, um den neuen Zettel zu lesen. »Was meinst du?«, fügte er mit gedämpfter Stimme an Harry gewandt hinzu, während sie sich setzten.

»Na ja, Filch hat sich um den Geheimgang zum *Honigtopf* nicht gekümmert …«, sagte Harry noch leiser.

»Harry!«, sprach eine Stimme in sein rechtes Ohr. Harry zuckte zusammen und wandte sich um. Am Tisch hinter ihnen saß Hermine und räumte eine Lücke in der Wand aus Büchern frei, die sie bisher verborgen hatte.

»Harry, wenn du noch einmal nach Hogsmeade gehst … erzähl ich Professor McGonagall von dieser Karte!«, flüsterte Hermine.

»Hörst du jemanden reden, Harry?«, knurrte Ron ohne Hermine anzusehen.

»Ron, wie kannst du ihn auch noch anstacheln? Nach dem, was Sirius Black dir fast angetan hätte! Ich mein's ernst, ich geh zu –«

»Jetzt treibst du es noch so weit, dass sie Harry von der Schule werfen!«, zischte Ron wütend. »Hast du dieses Jahr noch nicht genug Schaden angerichtet?«

Hermine öffnete den Mund, um zu antworten, doch mit einem leisen Fauchen sprang ihr Krummbein auf den Schoß. Hermine warf Ron einen besorgten Blick zu, dessen Gesicht jetzt einen merkwürdigen Ausdruck annahm. Sie packte Krummbein und ging rasch in Richtung Mädchenschlafsaal davon.

»Also, wie steht's?«, sagte Ron zu Harry, als wären sie gar

nicht unterbrochen worden. »Komm schon, das letzte Mal, als du in Hogsmeade warst, hast du doch gar nichts gesehen. Du bist noch nicht mal bei *Zonko* gewesen!«

Harry vergewisserte sich, dass Hermine außer Hörweite war.

»Gut«, sagte er. »Aber diesmal nehm ich den Tarnumhang.«

Am Samstagmorgen packte Harry seinen Tarnumhang in die Schultasche, steckte die Karte des Rumtreibers in die Hose und ging mit den andern hinunter zum Frühstück. Hermine sah von der anderen Seite des Tisches immer wieder misstrauisch herüber, doch er mied ihren Blick und sorgte dafür, dass sie ihn draußen in der Eingangshalle die Marmortreppe hochsteigen sah, während sich alle andern am Portal versammelten.

»Tschau!«, rief Harry Ron nach. »Wir sehen uns, wenn ihr zurück seid!«

Ron grinste und zwinkerte.

Harry rannte hoch in den dritten Stock und zog die Karte hervor. Er kauerte sich hinter der einäugigen Hexe auf den Boden und breitete sie aus. Ein kleiner Punkt bewegte sich in seine Richtung. Harry verfolgte ihn gespannt. In winziger Schrift neben dem Punkt stand »Neville Longbottom«.

Rasch zückte Harry den Zauberstab, murmelte »*Dissendium*« und schob seine Schultasche in die Statue, doch bevor er selbst hineinklettern konnte, kam Neville um die Ecke.

»Harry! Ich hab ganz vergessen, dass du ja auch nicht nach Hogsmeade darfst!«

»Hallo, Neville«, sagte Harry. Schnell ging er ein paar Schritte weg von der Statue und stopfte die Karte in die Umhangtasche. »Irgendwelche Pläne?«

»Ne«, sagte Neville schulterzuckend. »Hast du Lust auf 'ne Partie Snape explodiert?«

»Ähm – nicht jetzt – ich wollte eben in die Bibliothek und diesen Vampiraufsatz für Lupin schreiben –«

»Ich komm mit!«, sagte Neville strahlend. »Ich hab noch gar nicht damit angefangen!«

»Ähm – wart mal – ja, hab ich ganz vergessen, ich hab ihn gestern Abend fertig geschrieben!«

»Toll, dann kannst du mir ja helfen!«, sagte Neville und sein Blick flehte um Beistand. »Das mit dem Knoblauch kapier ich überhaupt nicht – müssen die den essen oder was –«

Unter leisem Keuchen erstarb Nevilles Stimme. Sein Blick fiel an Harry vorbei auf den Korridor.

Es war Snape. Neville ging rasch hinter Harry in Deckung.

»Und was macht ihr beide hier?«, sagte Snape, baute sich vor ihnen auf und sah sie abwechselnd an. »Ein ungewöhnlicher Treffpunkt –«

Harry überkam gewaltige Unruhe, als Snapes flackernder Blick über die Türen zu beiden Seiten des Ganges huschte und dann an der einäugigen Hexe hängen blieb.

»Das – das ist nicht unser Treffpunkt«, sagte Harry. »Wir haben uns – einfach zufällig getroffen.«

»Tatsächlich?«, sagte Snape. »Du hast die Gewohnheit, an ausgefallenen Orten aufzutauchen, Potter, und das meist aus ganz bestimmten Gründen ... Ich schlage vor, ihr zwei geht schleunigst zurück in euren Turm, dahin, wo ihr hingehört.«

Harry und Neville gingen ohne ein weiteres Wort davon. Bevor sie um die Ecke bogen, wandte sich Harry noch einmal um. Snape strich mit der Hand über den Kopf der einäugigen Hexe und untersuchte sie genau.

Bei der fetten Dame angelangt, schaffte es Harry, Neville

abzuschütteln, indem er ihm das Passwort sagte und vor-schützte, seinen Vampiraufsatz in der Bibliothek vergessen zu haben. Er rannte davon. Außer Sicht der Sicherheitstrolle zog er die Karte hervor und versenkte sich in den Plan des Schlosses.

Der Korridor im dritten Stock schien wie ausgestorben. Harry suchte die Karte sorgfältig ab und stellte mit Erleichterung fest, dass der kleine Punkt namens »Severus Snape« inzwischen wieder in seinem Büro war.

Er rannte zurück zur einäugigen Hexe, öffnete ihren Buckel, schlüpfte hinein und schlitterte hinunter zu seiner Tasche am Ende der steinernen Rutsche. Er löschte die Karte des Rumtreibers und spurtete los.

Harry, unter dem Tarnumhang vollkommen verborgen, trat ins Sonnenlicht vor dem *Honigtopf* und klopfte Ron auf den Rücken.

»Ich bin's«, murmelte er.

»Wo hast du so lange gesteckt?«, zischte Ron.

»Snape ist herumgeschlichen …«

Sie machten sich auf den Weg die Hauptstraße entlang.

»Wo bist du?«, murmelte Ron immer wieder aus den Mundwinkeln. »Bist du noch da? Ein komisches Gefühl ist das …«

Sie gingen zum Postamt. Ron tat so, als wolle er wissen, wie viel eine Eule zu Bill nach Ägypten koste, damit sich Harry in Ruhe umsehen konnte. Die Eulen, mindestens dreihundert Tiere, saßen auf Stangen und fiepten ihm leise zu; alles war vertreten, von den großen Uhus bis zu den Käuzchen (»Zustellung nur innerorts«), die so winzig waren, dass sie auf Harrys Hand Platz gehabt hätten.

Dann besuchten sie *Zonko*, wo sich so viele Schüler drängelten, dass Harry sorgfältig aufpassen musste, niemandem auf die Zehen zu treten und eine Panik auszulösen. Hier gab es Scherz- und Juxartikel, die selbst Freds und Georges wildeste Träume verblassen ließen; Harry flüsterte Ron zu, was er tun sollte, und reichte ihm unter seinem Umhang ein paar Goldmünzen. Sie verließen *Zonko* mit stark erleichterten Geldbeuteln, doch die Taschen berstend voll mit Stinkbomben, Schluckaufdrops, Froschlaichseife und mit je einer nasebeißenden Teetasse.

Es war ein schöner Tag mit einer leichten Brise, und keiner von beiden hatte Lust, sich irgendwo reinzusetzen. Also schlenderten sie an den *Drei Besen* vorbei und einen Hügel hinauf. Dort oben, ein wenig abseits vom Dorf, stand das verspukteste Haus in ganz Britannien, die Heulende Hütte. Mit ihren brettervernagelten Fenstern und dem morastigen, überwucherten Garten war sie selbst bei Tageslicht ein wenig schaurig.

»Sogar die Geister von Hogwarts machen einen Bogen um die Hütte«, sagte Ron, während sie über den Zaun gelehnt zu ihr hochsahen. »Ich hab den Fast Kopflosen Nick gefragt ... er meinte, hier hätte eine ziemlich raue Bande gelebt. Keiner kommt da rein. Fred und George haben's natürlich versucht, aber alle Eingänge sind versiegelt ...«

Harry, von der Klettertour erhitzt, überlegte gerade, ob er den Umhang nicht eine Weile ablegen sollte, als sie Stimmen in der Nähe hörten. Jemand stieg auf der anderen Seite des Hügels zur Hütte empor; Sekunden später war Malfoy zu erkennen, dicht gefolgt von Crabbe und Goyle. Malfoy sprach.

»... ich erwarte jede Minute eine Eule von meinem Vater. Er musste zum Prozess, um ihnen von meinem Arm zu berichten ... dass ich ihn drei Monate lang nicht gebrauchen konnte ...«

Crabbe und Goyle glucksten.

»Ich wünschte, ich könnte dabei sein, wenn sich dieser zottige Volltrottel zu verteidigen sucht ... ›Der tut nichts Böses, ehrlich –‹ ... dieser Hippogreif ist so gut wie tot –«

Da fiel Malfoys Blick auf Ron. Sein blasses Gesicht verzog sich zu einem bösartigen Grinsen.

»Was machst du denn hier, Weasley?«

Malfoy sah an Ron vorbei zu dem baufälligen Haus.

»Vermute mal, du würdest am liebsten hier wohnen, nicht wahr, Weasley? Träumst davon, ein eigenes Schlafzimmer zu haben? Hab gehört, bei dir zu Hause schlafen sie alle in einem Zimmer – stimmt das?«

Harry packte Ron von hinten am Umhang, damit der sich nicht auf Malfoy stürzte.

»Überlass ihn mir«, zischte er Ron ins Ohr.

Die Gelegenheit war einfach zu gut. Leise schlich sich Harry hinter Malfoy, Crabbe und Goyle, bückte sich und grub eine große Hand voll Schlamm aus dem Fußweg.

»Wir reden gerade über deinen Freund Hagrid«, sagte Malfoy zu Ron. »Was er wohl dem Ausschuss für die Beseitigung gefährlicher Geschöpfe erzählt? Glaubst du, er fängt an zu heulen, wenn sie seinem Hippogreif –«

Klatsch.

Malfoys Kopf ruckte nach vorn, als ihn der Schlamm von hinten traf; an seinem silberblonden Haar tropfte der Modder herunter.

»Was zum –?«

Ron bekam wabblige Knie vor Lachen und musste sich am Zaun festhalten. Malfoy, Crabbe und Goyle torkelten im Kreis herum und stierten fassungslos in die Gegend. Mühselig wischte sich Malfoy den Dreck aus den Haaren.

»Was war das? Wer war das?«

»Spukt ganz schön hier oben«, sagte Ron, als würde er übers Wetter reden.

Crabbe und Goyle bekamen es offenbar mit der Angst zu tun. Gegen Gespenster konnten sie mit ihren überquellenden Muskelpaketen nichts ausrichten. Malfoy stierte mit irrem Blick in die menschenleere Gegend.

Harry schlich den Fußweg entlang bis zu einer besonders dreckigen Pfütze und griff sich beherzt eine Hand voll übel riechenden grünlichen Schlicks.

Flatsch.

Diesmal bekamen Crabbe und Goyle ihren Anteil. Goyle tapste wütend umher und wischte sich verzweifelt den Schlick aus den kleinen dumpfen Augen.

»Es kommt von da drüben!«, sagte Malfoy und zeigte auf eine Stelle etwa zwei Meter links von Harry, während er sich immer noch das Gesicht wischte.

Crabbe stolperte los, die langen Arme ausgestreckt wie ein Zombie. Harry duckte sich seitlich weg, hob einen Ast vom Boden und schleuderte ihn auf Crabbes Rücken. Crabbe hob vor Schreck vom Boden ab und drehte eine Pirouette in der Luft; Harry krümmte sich vor stummem Lachen. Da Ron der Einzige war, den Crabbe sehen konnte, ging er auf ihn los, doch Harry stellte ihm ein Bein – und Crabbes riesiger Plattfuß verhedderte sich im Saum von Harrys Umhang. Harry spürte ein mächtiges Zerren, dann wurde der Tarnumhang von seinem Gesicht gerissen.

Für den Bruchteil einer Sekunde starrte ihn Malfoy an.

»AAAARH!«, brüllte er und deutete auf Harrys Kopf. Dann machte er auf dem Absatz kehrt und rannte mit halsbrecherischer Geschwindigkeit den Hügel hinunter, Crabbe und Goyle auf den Fersen.

Harry zog sich den Umhang wieder über den Kopf, doch nun war es passiert.

»Harry!«, sagte Ron, stolperte in seine Richtung und starrte hoffnungslos auf die Stelle, wo Harry verschwunden war, »du haust besser ab! Wenn Malfoy das erzählt – du musst zurück ins Schloss, aber schnell –«

»Bis später«, sagte Harry, und ohne ein weiteres Wort zu verlieren rannte er den Fußweg hinunter nach Hogsmeade.

Würde Malfoy seinen eigenen Augen trauen? Würde irgendjemand Malfoy Glauben schenken? Keiner wusste von dem Tarnumhang – keiner außer Dumbledore. Harry drehte sich der Magen – wenn Malfoy die Geschichte erzählte, würde Dumbledore genau wissen, was passiert war –

Zurück in den *Honigtopf*, die Kellertreppe hinunter, über den steinernen Fußboden, durch die Falltür – Harry zog den Umhang aus, klemmte ihn unter den Arm und rannte ohne nachzudenken den Geheimgang entlang – Malfoy würde vor ihm zurück sein – wie lange würde er brauchen, um einen Lehrer zu finden? Er keuchte und spürte ein heftiges Stechen in der Seite, doch er rannte atemlos weiter, bis er die steinerne Rutsche erreichte. Er würde den Umhang hier lassen müssen, er wäre ein zu großer Verlust, falls Malfoy ihn bei einem Lehrer anschwärzen würde – er versteckte ihn in einer dunklen Ecke und kletterte so schnell er konnte die Rutsche hoch. Immer wieder glitten seine schwitzigen Hände an den Seiten ab. Er gelangte ins Innere des Hexenbuckels, tippte mit dem Zauberstab dagegen, streckte den Kopf ins Freie und kletterte hinaus; der Buckel schloss sich, und gerade als Harry hinter der Statue hervorgesprungen war, hörte er schnelle Schritte näher kommen.

Es war Snape. Rasch und mit wehendem schwarzem Umhang ging er auf Harry zu und baute sich vor ihm auf.

»So«, sagte er.

Unterdrückte Siegesgewissheit spiegelte sich in seinem Gesicht. Harry mühte sich wie ein Unschuldslamm auszusehen, doch er war sich bewusst, dass sein Gesicht verschwitzt war und seine Hände voller Erde klebten, und er steckte sie rasch in die Taschen.

»Mitkommen, Potter«, sagte Snape.

Harry folgte ihm die Treppe hinunter. Unterwegs versuchte er die Hände an der Innenseite seines Umhangs sauber zu wischen, ohne dass Snape es bemerkte. Sie gingen die Treppen zu den Kerkern hinunter und betraten Snapes Büro.

Hier war Harry schon einmal gewesen, und auch damals hatte er in einem ziemlichen Schlamassel gesteckt. Seither hatte Snape noch ein paar weitere fürchterliche Schleimungetüme erworben, allesamt in Glasgefäßen auf Regalen hinter seinem Schreibtisch ausgestellt. Sie glitzerten im Licht des Feuers und hellten die bedrohliche Stimmung nicht gerade auf.

»Setz dich«, sagte Snape.

Harry setzte sich. Snape jedoch blieb stehen.

»Mr Malfoy war eben bei mir und hat mir eine merkwürdige Geschichte erzählt, Potter«, sagte Snape.

Harry sagte nichts.

»Er sei oben bei der Heulenden Hütte gewesen und habe dort zufällig Weasley getroffen – der offenbar allein war.«

Harry schwieg.

»Mr Malfoy behauptet, er habe sich mit Weasley unterhalten, als ihn eine ziemliche Hand voll Schlamm in den Nacken getroffen habe. Wie, glaubst du, konnte das geschehen?«

Harry versuchte, milde überrascht zu wirken. »Ich weiß nicht, Professor.«

Snapes Blick bohrte sich in Harrys Augen. Es war genau wie bei einem Hippogreif, den man anstarren musste, und Harry versuchte angestrengt nicht zu blinzeln.

»Daraufhin hatte Mr Malfoy eine ungewöhnliche Erscheinung. Hast du eine Ahnung, was es gewesen sein könnte?«

»Nein«, sagte Harry und versuchte jetzt arglos-neugierig zu klingen.

»Es war dein Kopf, Potter. Und er schwebte in der Luft.« Ein langes Schweigen trat ein.

»Vielleicht sollte er mal rüber zu Madam Pomfrey«, sagte Harry, »wenn er solche Dinge sieht –«

»Was hatte dein Kopf in Hogsmeade zu suchen, Potter?«, sagte Snape leise. »Dein Kopf ist in Hogsmeade verboten. Kein Teil deines Körpers darf dort sein.«

»Das weiß ich«, sagte Harry und mühte sich, auf seinem Gesicht weder Schuld noch Angst zu zeigen. »Klingt ganz so, als hätte Malfoy Halluzin…«

»Malfoy hat keine Halluzinationen«, schnarrte Snape. Er beugte sich hinunter und legte die Hände auf Harrys Armlehnen, so dass ihre Gesichter keine Handbreit voneinander entfernt waren. »Wenn dein Kopf in Hogsmeade war, dann war auch der Rest von dir dort.«

»Ich war oben in unserem Turm«, sagte Harry, »wie Sie gesagt –«

»Kann das jemand bestätigen?«

Harry antwortete nicht. Snapes schmaler Mund kräuselte sich zu einem fürchterlichen Lächeln.

»Soso«, sagte er und richtete sich auf. »Alle Welt, vom Zaubereiminister abwärts, bemüht sich, den berühmten Harry Potter vor Sirius Black zu schützen. Doch der berühmte Harry Potter folgt seinem eigenen Gesetz. Sollen sich die gewöhnlichen Leute um seine Sicherheit sorgen! Der berühmte Harry Potter geht, wohin er will, ohne an die Folgen zu denken.«

Harry schwieg beharrlich. Snape wollte ihn doch nur triezen und ihm die Wahrheit entlocken. Den Gefallen würde er ihm nicht tun. Snape hatte keinen Beweis – noch nicht.

»Du bist deinem Vater ganz erstaunlich ähnlich, Potter«,

sagte Snape plötzlich mit glitzernden Augen. »Auch er war über die Maßen arrogant. Ein gewisses Talent auf dem Quidditch-Feld ließ ihn glauben, er stehe über uns anderen. Ist mit Freunden und Bewunderern herumstolziert … ihr seid euch geradezu unheimlich ähnlich.«

»Mein Dad ist nicht herumstolziert«, platzte es aus Harry heraus. »Und ich auch nicht.«

»Und dein Vater hat auch nicht viel von Regeln gehalten«, fuhr Snape fort; sein schmales Gesicht war voll Heimtücke. »Regeln waren für die Normalsterblichen da, nicht für die Pokalsieger im Quidditch. Der Kopf war ihm so geschwollen –«

»Schweigen Sie!«

Plötzlich war Harry auf den Beinen. Ein Zorn, wie er ihn seit dem letzten Abend im Ligusterweg nicht mehr gespürt hatte, durchströmte ihn. Es war ihm gleich, dass sich Snapes Gesicht versteinert hatte und seine schwarzen Augen gefährlich blitzten.

»Was hast du eben gesagt, Potter?«

»Sie sollen aufhören, über meinen Vater zu reden!«, rief Harry. »Ich weiß die Wahrheit, okay? Er hat Ihnen das Leben gerettet. Dumbledore hat es mir gesagt! Sie wären nicht einmal hier ohne meinen Dad!«

Snapes fahle Haut hatte die Farbe saurer Milch angenommen.

»Und hat dir der Schulleiter auch von den Umständen berichtet, unter denen dein Vater mir das Leben gerettet hat?«, flüsterte er. »Oder glaubte er, die Einzelheiten seien zu unerfreulich für die Ohren des geschätzten jungen Potter?«

Harry biss sich auf die Lippen. Er wusste nicht, was geschehen war, wollte es aber nicht zugeben – doch Snape schien die Wahrheit zu erraten.

»Es wäre mir überhaupt nicht recht, wenn du mit einer

falschen Vorstellung von deinem Vater herumläufst, Potter«, und ein schreckliches Grinsen verzerrte sein Gesicht. »Hast du dir vielleicht eine glorreiche Heldentat vorgestellt? Dann muss ich dich enttäuschen – dein ach so wunderbarer Vater und seine Freunde spielten mir einen höchst amüsanten Streich, der mich umgebracht hätte, wenn dein Vater nicht im letzten Augenblick kalte Füße bekommen hätte. Das hatte überhaupt nichts mit Mut zu tun. Er rettete sein Leben ebenso wie meines. Wenn ihr Scherz gelungen wäre, hätte man sie von der Schule geworfen.«

Snape bleckte seine unregelmäßigen gelblichen Zähne.

»Leer deine Taschen aus, Potter!«, blaffte er ihn plötzlich an.

Harry rührte sich nicht. In seinen Ohren hämmerte es.

»Leer die Taschen aus oder wir gehen sofort zum Schulleiter! Zieh sie raus, Potter!«

Kalt vor Angst zog Harry langsam die Tüte mit Scherzartikeln von *Zonko* und die Karte des Rumtreibers hervor.

Snape griff sich *Zonkos* Tüte.

»Ron hat sie mir geschenkt«, sagte Harry und flehte zum Himmel, er würde Ron noch warnen können, bevor Snape ihn sah. »Er – hat sie letztes Mal aus Hogsmeade mitgebracht –«

»Ach ja? Und du trägst sie seither ständig mit dir herum? Wie ungemein rührend … und was ist das hier?«

Snape hielt die Karte in Händen. Harry versuchte mit aller Kraft, gleichmütig dreinzuschauen.

»Nur so 'n Stück Pergament«, sagte er achselzuckend.

Snape drehte es hin und her, ohne den Blick von Harry zu wenden.

»Du brauchst doch sicher kein so altes Stück Pergament?«, sagte er. »Warum – werfen wir es nicht einfach weg?«

Seine Hand näherte sich dem Feuer.

»Nein!«, sagte Harry rasch.

»Ach?«, sagte Snape mit zitternden Nasenflügeln. »Noch ein wohl behütetes Geschenk von Mr Weasley? Oder – ist es etwas ganz anderes? Ein Brief vielleicht, mit unsichtbarer Tinte? Oder – die Anleitung, wie man nach Hogsmeade kommt, ohne an den Dementoren vorbeizumüssen?«

Harry blinzelte. Snapes Augen glühten.

»Das werden wir gleich haben ...«, murmelte er, zückte seinen Zauberstab und breitete die Karte auf dem Schreibtisch aus. »Enthülle dein Geheimnis!«, sagte er und berührte das Pergament mit dem Zauberstab.

Nichts geschah. Harry ballte die Hände zu Fäusten, um seine zitternden Finger zu verbergen.

»Zeige dich!«, sagte Snape und versetzte der Karte einen scharfen Hieb.

Sie blieb leer. Harry atmete tief durch, um sich zu beruhigen.

»Professor Severus Snape, Oberlehrer an dieser Schule, befiehlt dir, das Wissen, das du verbirgst, preiszugeben!«, sagte Snape und schlug die Karte mit dem Zauberstab.

Wie von unsichtbarer Hand erschienen Wörter auf der glatten Oberfläche der Karte.

»Mr Moony erweist Professor Snape die Ehre und bittet ihn, seine erstaunlich lange Nase aus den Angelegenheiten anderer Leute herauszuhalten.«

Snape erstarrte. Auch Harry starrte wie vom Donner gerührt auf die Schrift. Doch die Karte ließ es nicht dabei bewenden. Unter der ersten Mitteilung erschien ein neuer Satz.

»Mr Krone kann Mr Moony nur beipflichten und möchte hinzufügen, dass Professor Snape ein hässlicher Schaumschläger ist.«

Das wäre alles recht komisch, dachte Harry, wenn die Lage nicht so ernst wäre. Und es kam noch schlimmer ...

»*Mr Tatze wünscht sein Befremden kundzutun, dass ein solcher Dummkopf jemals Professor wurde.*«

Harry schloss die Augen vor Entsetzen. Als er sie wieder öffnete, hatte die Karte schon ihr letztes Wort geschrieben.

»*Mr Wurmschwanz wünscht Professor Snape einen schönen Tag und rät dem Schleimbeutel, sich die Haare zu waschen.*«

Harry wartete auf den großen Knall.

»Schön …«, sagte Snape gedämpft. »Wir werden der Sache auf den Grund gehen …«

Er ging hinüber zum Feuer, nahm eine Faust voll glitzerndem Puder aus einem Fässchen auf dem Kaminsims und warf es in die Flammen.

»Lupin!«, rief Snape ins Feuer. »Ich muss Sie kurz sprechen!«

Harry starrte verblüfft ins Feuer. Eine große Gestalt erschien darin und drehte sich rasend schnell um sich selbst. Sekunden später stieg Professor Lupin aus dem Kamin und klopfte sich Asche von seinem schäbigen Umhang.

»Sie haben gerufen, Snape?«, sagte Lupin milde.

»Allerdings«, sagte Snape mit zornverzerrtem Gesicht und ging zurück zum Schreibtisch. »Ich habe eben Potter aufgefordert, seine Taschen zu leeren. Dies hier hatte er bei sich.«

Snape deutete auf das Pergament, auf dem immer noch die Worte der Herren Moony, Wurmschwanz, Tatze und Krone schimmerten. Lupins Gesicht wirkte plötzlich merkwürdig verschlossen.

»Nun?«, sagte Snape.

Lupin starrte immer noch auf die Karte. Harry hatte den Eindruck, dass er sehr rasch nachdachte.

»Nun?«, sagte Snape erneut. »Dieses Pergament steckt offensichtlich voll schwarzer Magie. Das ist angeblich Ihr Fachgebiet, Lupin. Wo, glauben Sie, hat Potter so etwas her?«

Lupin sah auf und warf Harry einen flüchtigen Blick zu. Misch dich bloß nicht ein, schien er zu bedeuten.

»Voll schwarzer Magie?«, wiederholte er sanft. »Glauben Sie wirklich, Snape? Mir kommt es nur wie ein Stück Pergament vor, das jeden beleidigt, der es liest. Kindisch, aber doch nicht gefährlich? Ich denke, Harry hat es aus dem Scherzartikelladen –«

»Tatsächlich?«, sagte Snape. Sein Kiefer mahlte vor Zorn. »Sie glauben, ein Juxladen würde ihm so etwas verkaufen? Halten Sie es nicht für wahrscheinlicher, dass er es direkt von den Herstellern hat?«

Harry begriff nicht, was Snape meinte. Lupin scheinbar auch nicht.

»Sie meinen, von Mr Wurmschwanz oder einem der andern?«, fragte er. »Harry, kennst du einen von diesen Männern?«

»Nein«, sagte Harry rasch.

»Sehen Sie, Severus?«, sagte Lupin und wandte sich erneut Snape zu. »Mir kommt es vor wie etwas, das es bei *Zonko* zu kaufen gibt –«

Wie gerufen kam Ron ins Büro gestürmt und konnte, völlig außer Atem, nur knapp vor Snapes Schreibtisch abbremsen. Er hatte die Hand auf die offenbar stechende Brust gepresst und versuchte etwas zu sagen.

»Ich – habe – Harry – diese – Sachen – geschenkt«, würgte er hervor. »Hab sie … bei *Zonko* gekauft … schon – ewig – lange – her …«

»Gut!«, sagte Lupin, klatschte in die Hände und blickte gut gelaunt in die Runde, »das scheint mir die Sache zu klären! Severus, das hier nehme ich an mich, einverstanden?« Er faltete die Karte zusammen und steckte sie in den Umhang. »Harry, Ron, ihr kommt mit mir auf ein Wort über den Vampiraufsatz – entschuldigen Sie uns bitte, Severus –«

Sie gingen hinaus und Harry wagte es nicht, einen Blick auf Snape zu werfen. Ohne ein einziges Wort zu wechseln gingen die drei den ganzen Weg zurück zur Eingangshalle. Dann wandte sich Harry an Lupin.

»Professor, ich –«

»Ich möchte jetzt keine Erklärungen hören«, sagte Lupin kurz angebunden. Er sah sich in der leeren Eingangshalle um und dämpfte die Stimme. »Zufällig weiß ich, dass Mr Filch diese Karte vor vielen Jahren beschlagnahmt hat.« Harry und Ron rissen erstaunt die Augen auf. »Ja, ich weiß, dass es eine Karte ist«, fuhr er fort. »Ich möchte nicht wissen, wie sie in deinen Besitz gelangt ist. Allerdings bin ich erstaunt, dass du sie nicht an mich weitergegeben hast. Besonders nach dem, was beim letzten Mal geschehen ist, als ein Schüler Informationen über das Schloss herumliegen ließ. Und ich kann sie dir nicht mehr zurückgeben, Harry.«

Harry hatte nichts anderes erwartet und war auf die Erklärung so gespannt, dass er gar nicht erst widersprach.

»Warum glaubt Snape eigentlich, dass ich sie von den Herstellern habe?«

»Weil …«, Lupin zögerte, »weil die Hersteller der Karte dich sicher aus der Schule haben wollten. Das hätten sie höchst unterhaltsam gefunden.«

»Sie kennen sie?«, fragte Harry beeindruckt.

»Oberflächlich«, sagte Lupin knapp. Er sah Harry ernster an als je zuvor.

»Glaub nicht, dass ich noch einmal für dich in die Bresche springe, Harry. Ich kann dich nicht dazu zwingen, Sirius Black ernster zu nehmen. Aber ich hätte geglaubt, dass die Dinge, die du hörst, wenn die Dementoren in die Nähe kommen, dich stärker beeindruckt hätten. Deine Eltern haben ihr Leben für deines geopfert, Harry. Das ist keine schöne Art, ihnen zu danken – ihr Opfer für eine Tüte magischer Scherzartikel zu verspielen.«

Er ging davon und ließ Harry stehen, und Harry fühlte sich schlechter als je in Snapes Büro. Langsam stieg er mit Ron die Marmortreppe hoch. Als sie an der einäugigen Hexe vorbeikamen, fiel ihm der Tarnumhang ein – er war immer noch dort unten, doch er wagte es nicht, ihn zu holen.

»Es ist meine Schuld«, sagte Ron aus heiterem Himmel. »Ich hab dich angestiftet mitzukommen. Lupin hat Recht, es war dumm, wir hätten es nicht tun dürfen –«

Er verstummte; sie waren jetzt in dem Korridor, in dem die Sicherheitstrolle auf und ab marschierten, und Hermine kam auf sie zu. Nach einem Blick in ihr Gesicht war sich Harry sicher, dass sie gehört hatte, was passiert war. Sein Herz verkrampfte sich – hatte sie es Professor McGonagall erzählt?

Sie hielt vor ihnen an. »Na, willst du deine Schadenfreude genießen?«, sagte Ron gehässig. »Oder hast du uns gerade verpetzt?«

»Nein«, sagte Hermine. Sie hielt einen Brief in der Hand und ihre Lippen zitterten. »Ich dachte nur, ihr solltet es erfahren … Hagrid hat den Prozess verloren. Sie werden Seidenschnabel hinrichten.«

Das Finale

»Er – er hat mir das geschickt«, sagte Hermine und hielt einen Brief in die Höhe.

Harry nahm das feuchte Pergament. Riesige Tränen hatten die Tinte an manchen Stellen so sehr verschwimmen lassen, dass der Brief schwer zu lesen war.

Liebe Hermine,
wir haben verloren. Ich darf ihn nach Hogwarts zurückbringen. Der Tag der Hinrichtung steht noch nicht fest.
London hat Schnäbelchen gefallen.
All deine Hilfe für uns werde ich nie vergessen.
Hagrid

»Das können sie nicht machen«, sagte Harry. »Das dürfen sie nicht. Seidenschnabel ist nicht gefährlich.«

»Malfoys Vater hat den Ausschuss eingeschüchtert«, sagte Hermine und wischte sich die Augen. »Ihr wisst doch, wie er ist. Das ist eine Bande tattriger alter Dummköpfe und sie hatten Angst. Allerdings gibt es wie immer eine Berufungsverhandlung. Aber ich mache mir keine Hoffnungen ... ändern wird sich nichts.«

»O doch«, sagte Ron grimmig. »Diesmal bist du nicht alleine, Hermine, ich werde dir helfen.«

»O Ron!« Sie warf ihre Arme um seinen Hals und schluchzte verzweifelt. Ron, vollkommen ratlos, tätschelte scheu ihren Kopf. Schließlich ließ sie ihn los.

»Ron, es tut mir wirklich ganz furchtbar Leid wegen Krätze ...«, schluchzte sie.

»Ach – ähm – es war schon eine alte Ratte«, sagte Ron, offenbar ausgesprochen erleichtert, dass sie wieder auf eigenen Beinen stand. »Und nicht besonders nützlich. Wer weiß, vielleicht kaufen mir Mum und Dad jetzt eine Eule.«

Seit Blacks zweitem Einbruch waren scharfe Sicherheitsvorkehrungen getroffen worden und die drei konnten Hagrid abends nicht mehr besuchen. Die einzige Gelegenheit, mit ihm zu reden, ergab sich in Pflege magischer Geschöpfe.

Der Schock des Urteils schien ihm immer noch in den Knochen zu stecken.

»'s ist alles meine Schuld. Hab einfach das Maul nicht aufgebracht. Die sitzen alle vor mir in ihren schwarzen Umhängen und ich lass ständig meine Zettel fallen und vergess alles, was du für mich aufgeschrieben hast, Hermine. Und dann steht auch noch Lucius Malfoy auf und sagt seinen Teil und der Ausschuss hat genau das gemacht, was er wollte ...«

»Du hast immer noch die Berufung!«, sagte Ron grimmig. »Gib ja nicht auf, wir lassen uns was einfallen!«

Nach dem Unterricht gingen sie zusammen zurück zum Schloss. In einiger Entfernung auf dem ansteigenden Weg sahen sie Malfoy mit Crabbe und Goyle, der sich immer wieder unter hämischem Gelächter zu ihnen umdrehte.

»Nützt doch alles nichts, Ron«, sagte Hagrid traurig, als sie die Schlosstreppe erreicht hatten. »Lucius Malfoy hat diesen Ausschuss in der Tasche. Ich kann nur noch dafür sorgen, dass es Seidenschnäbelchen für den Rest seiner Tage richtig gut geht. Das schulde ich ihm ...«

Hagrid drehte sich um, vergrub das Gesicht in sein Taschentuch und kehrte rasch zu seiner Hütte zurück.

»Guckt mal, wie der flennt!«

Malfoy, Crabbe und Goyle hatten hinter dem Schlossportal gestanden und gelauscht.

»Hast du jemals so was Erbärmliches erlebt?«, sagte Malfoy. »Und der soll unser Lehrer sein!«

Harry und Ron gingen zornig ein paar Schritte auf Malfoy zu, doch Hermine war schneller – klatsch.

Mit aller Kraft, die sie aufbringen konnte, gab sie Malfoy ein paar gepfefferte Ohrfeigen. Malfoy zitterten die Beine. Harry, Ron, Crabbe und Goyle standen mit aufgerissenen Mündern da und wieder hob Hermine die Hand.

»Wag es nicht noch einmal, Hagrid erbärmlich zu nennen, du Mistkerl – du Schuft –«

»Hermine!«, sagte Ron zaghaft und versuchte ihre Hand, die noch einmal ausholte, festzuhalten.

»Lass mich los, Ron!«

Hermine zückte ihren Zauberstab. Malfoy wich zurück. Crabbe und Goyle suchten in heilloser Verwirrung seinen Blick.

»Kommt«, murmelte Malfoy, und im Nu waren alle drei im Eingang zu den Kerkern verschwunden.

»Hermine!«, sagte Ron noch einmal, verdutzt und beeindruckt zugleich.

»Harry, sieh bloß zu, dass du ihn im Quidditch-Finale schlägst«, sagte Hermine schrill. »Du musst einfach, ich kann es einfach nicht ertragen, wenn Slytherin gewinnt!«

»Zauberkunst hat schon angefangen«, sagte Ron, der Hermine immer noch glubschäugig anstarrte. »Wir müssen uns beeilen.«

Sie rannten die Marmortreppe zu Professor Flitwicks Klassenzimmer hoch und traten ein.

»Ihr kommt zu spät, Jungs!«, tadelte sie Professor Flitwick. »Schnell die Zauberstäbe raus, wir üben heute Aufmunterungszaubern, tut euch bitte paarweise zusammen –«

Harry und Ron eilten zu einem Tisch ganz hinten und öffneten die Mappen. Ron blickte über die Schulter.

»Wo ist Hermine abgeblieben?«

Auch Harry sah sich um. Hermine war nicht mit ins Klassenzimmer gekommen, doch Harry wusste genau, dass sie neben ihm gewesen war, als er die Tür geöffnet hatte.

»Ist ja seltsam«, sagte Harry und starrte Ron an. »Vielleicht – vielleicht ist sie aufs Klo gegangen?«

Doch Hermine tauchte in dieser Stunde nicht mehr auf.

»Einen Aufmunterungszauber hätte sie auch gut brauchen können«, sagte Ron, während sie über das ganze Gesicht grinsend zum Mittagessen gingen – der Zauber hatte ihnen ein Gefühl tiefer Zufriedenheit verschafft.

Auch beim Essen fehlte Hermine. Als sie ihren Apfelkuchen verspeist hatten, ließ die Wirkung des Aufmunterungszaubers langsam nach und Harry und Ron beschlich allmählich Unruhe.

»Glaubst du, Malfoy hat ihr was getan?«, sagte Ron besorgt, während sie zum Gryffindor-Turm hinaufrannten.

Sie kamen an den Sicherheitstrollen vorbei, sagten der fetten Dame das Passwort (»Amontillado«) und kletterten durch das Porträtloch in den Gemeinschaftsraum.

Hermine saß an einem Tisch, den Kopf auf ein aufgeschlagenes Arithmantikbuch gelegt, und schlief wie ein Murmeltier. Sie setzten sich neben sie. Harry stupste sie an.

Hermine schreckte hoch und sah sich um. »W…was ist?«, sagte sie verwirrt. »Müssen wir gehen? W…was haben wir jetzt?«

»Wahrsagen, aber erst in zwanzig Minuten«, sagte Harry. »Hermine, warum warst du nicht in Zauberkunst?«

»Was? O nein!«, kreischte Hermine, »ich hab Zauberkunst ganz vergessen!«

»Und wie konnte dir das passieren?«, fragte Harry. »Du

warst doch noch bei uns, als wir vor dem Klassenzimmer standen!«

»Ich kann's nicht fassen!«, klagte Hermine. »War Professor Flitwick sauer? Ach, es war Malfoy, an den hab ich gedacht und völlig den Faden verloren!«

»Weißt du was, Hermine?«, sagte Ron und sah auf den riesigen Arithmantikband, den sie als Kissen benutzt hatte. »Ich glaube, du drehst langsam durch. Du hast dir einfach zu viel vorgenommen.«

»Nein, tu ich nicht!«, sagte Hermine, strich sich die Haare aus den Augen und suchte mit verzweifeltem Blick nach ihrer Mappe. »Ich hab nur einen Fehler gemacht, das ist alles! Ich sollte am besten zu Professor Flitwick gehen und mich entschuldigen … Bis später in Wahrsagen!«

Sie trafen Hermine zwanzig Minuten später am Fuß der Leiter zu Professor Trelawneys Turmzimmer wieder. Sie sah äußerst mitgenommen aus.

»Ich kann einfach nicht fassen, dass ich die Aufmunterungszauber verpasst habe! Und ich wette, die kommen in der Prüfung dran, Professor Flitwick hat so was angedeutet!«

Nacheinander kletterten sie die Leiter zum dämmrigen, stickigen Turmzimmer hoch. Auf jedem der kleinen Tische stand eine Kristallkugel voll perlweißem Nebel. Harry, Ron und Hermine setzten sich zusammen an einen wackligen Tisch.

»Ich dachte, Kristallkugeln kommen erst im nächsten Vierteljahr dran«, murmelte Ron und vergewisserte sich mit misstrauischem Blick, dass Professor Trelawney nicht in der Nähe stand.

»Beklag dich lieber nicht, das heißt immerhin, dass wir mit Handlesen fertig sind«, zischelte ihm Harry zu. »Das hat mich ganz krank gemacht, wenn die bei jedem Blick auf meine Hände fast in Ohnmacht gefallen ist.«

»Einen schönen Tag wünsche ich euch!«, sagte die vertraute rauchige Stimme, und mit gewohnt dramatischer Geste trat Professor Trelawney aus den Schatten heraus. Parvati und Lavender, die Gesichter vom milchigen Glimmen ihrer Kristallkugel erleuchtet, zitterten vor Begeisterung.

»Ich habe beschlossen, ein wenig früher als geplant mit der Kristallkugel zu beginnen«, sagte Professor Trelawney, setzte sich mit dem Rücken zum Feuer und blickte in die Runde. »Die Schicksalsgöttin teilt mir mit, dass die Prüfung im Juni sich ganz um die Kugel drehen wird, und ich will mich bemühen, euch genug Erfahrung zu vermitteln.«

Hermine schnaubte.

»Hört euch das an, ›die Schicksalsgöttin teilt mir mit‹! Wer bestimmt denn die Prüfungsaufgaben? Sie selbst! Eine wahrhaft erstaunliche Weissagung!« Hermine mühte sich nicht einmal, die Stimme zu dämpfen. Harry und Ron antworteten mit glucksendem Lachen.

Sie konnten nicht erkennen, ob Professor Trelawney sie gehört hatte, denn ihr Gesicht war im Dunkeln verborgen. Jedenfalls fuhr sie fort, als wäre nichts gewesen.

»Das Lesen in Kristallkugeln ist eine besonders raffinierte Kunst«, sagte sie träumerisch. »Ich erwarte nicht, dass ihr schon beim ersten Mal *Sehen* könnt, wenn ihr in die unendlichen Tiefen der Kugel schaut. Wir üben zunächst einmal, wie wir unser bewusstes Denken und die äußeren Augen entspannen.« Ron begann jetzt haltlos zu kichern und musste sich die Faust in den Mund stecken, um seinen Lachanfall zu ersticken. »Damit reinigen wir das Innere Auge und das Überbewusstsein. Wenn wir Glück haben, werden ein paar von euch vielleicht am Ende der Stunde *Sehen* können.«

Und so ging es los. Harry zumindest kam sich ziemlich dämlich vor, während er in die Kugel stierte und angestrengt versuchte nichts zu denken, wo ihm doch ständig »das ist Blödsinn« durch den Kopf ging. Dass Ron immer wieder in ersticktes Glucksen ausbrach und Hermine genervt aufseufzte, war auch nicht hilfreich.

»Schon was gesehen?«, fragte Harry nach einer halben Stunde stummen Kristallkugelstarrens die beiden andern.

»Ja, da auf dem Tisch ist ein Brandfleck«, sagte Ron und deutete darauf. »Jemand hat seine Kerze umgestoßen.«

»Das ist doch komplette Zeitverschwendung«, fauchte Hermine. »Ich könnte inzwischen was Nützliches üben. Zum Beispiel Aufmunterungszaubern nachholen –«

Professor Trelawney raschelte vorbei.

»Möchte jemand, dass ich ihm helfe, die Schattengestalten in seiner Kugel zu deuten?«, murmelte sie unter dem Klimpern ihrer Armreife.

»Ich brauch keine Hilfe«, flüsterte Ron. »Ist doch klar, was das bedeutet. Heute Nacht wird's ziemlich neblig.«

Harry und Hermine wieherten los.

»Ich möchte doch bitten!«, sagte Professor Trelawney und alle Köpfe wandten sich zu ihnen um. Parvati und Lavender waren schockiert. »Ihr stört die Reinheit der Schwingungen!« Sie trat an ihren Tisch und spähte in die Kristallkugel. Harry sank das Herz in die Hose. Er war sich sicher, was kommen würde –

»Hier ist etwas!«, flüsterte Professor Trelawney und berührte mit der Nasenspitze fast die Kugel, so dass sich ihr Gesicht in beiden riesigen Brillengläsern spiegelte. »Etwas bewegt sich … aber was ist es?«

Harry hätte alles, was er besaß, mitsamt dem Feuerblitz, darauf gewettet, dass dieses Etwas nichts Gutes verhieß. Und tatsächlich –

»Mein Lieber …«, raunte Professor Trelawney und blickte zu Harry auf. »Es ist hier, deutlicher als je zuvor … meine

Güte, es schleicht auf dich zu und kommt immer näher ...
der Gr...«

»Ach zum Teufel damit!«, sagte Hermine laut. »Nicht
schon wieder dieser lächerliche Grimm!«

Professor Trelawneys riesige Augen richteten sich auf
Hermines Gesicht. Parvati flüsterte Lavender etwas ins Ohr
und sie starrten Hermine empört an. Professor Trelawney
richtete sich auf und musterte Hermine mit unverhohlenem
Zorn.

»Ich muss leider sagen, meine Liebe, bei Ihnen war mir
auf den ersten Blick klar, dass Sie nicht die Begabung besit-
zen, welche die noble Kunst des Wahrsagens verlangt. Tatsächlich kann ich mich an keine einzige Schülerin erinnern,
deren Geist so hoffnungslos irdischen Dingen zugewandt
war.«

Für einen Moment trat Schweigen ein. Dann –

»Schön!«, sagte Hermine plötzlich, stand auf und stopfte
Entnebelung der Zukunft in die Schulmappe. »Schön!«, sagte
sie noch einmal und warf sich die Mappe über die Schulter, wobei sie fast Ron vom Stuhl fegte. »Ich geb's auf! Ich
gehe!«

Und zur Verblüffung der ganzen Klasse stapfte Hermine
hinüber zur Falltür, öffnete sie mit einem Fußtritt, kletterte
die Leiter hinunter und verschwand.

Die andern brauchten ein paar Minuten, um zu begreifen,
was vorgefallen war. Professor Trelawney schien den Grimm
völlig vergessen zu haben. Sie wandte sich abrupt von Harry
und Ron ab und zog schwer atmend den hauchdünnen Schal
fester um den Hals.

»Ooooooh!«, sagte Lavender plötzlich und alle schreckten
auf. »Oooooh, Professor Trelawney, mir ist was eingefallen!
Sie haben sie gehen sehen, nicht wahr? Wissen Sie noch,
Professor? ›*Um Ostern wird einer von uns für immer von uns*

gehen! Das haben Sie schon vor einer Ewigkeit gesagt, Professor!«

Professor Trelawney schenkte ihr ein munteres Lächeln.

»Ja, meine Liebe, ich wusste in der Tat, dass Miss Granger uns verlassen würde. Aber man hofft doch immer, die Zeichen falsch gedeutet zu haben ... das Innere Auge kann eine Last sein, weißt du ...«

Lavender und Parvati schienen tief beeindruckt und rückten zusammen, damit sich Professor Trelawney an ihren Tisch setzen konnte.

»Hermine schafft sie heute alle«, murmelte Ron mit ehrfurchtsvoller Miene Harry zu.

»Jaah ...«

Harry starrte in die Kristallkugel, sah jedoch nichts als Wirbel aus weißem Nebel. Hatte Professor Trelawney wirklich schon wieder den Grimm gesehen? Würde er ihn sehen? Was er jetzt gar nicht brauchen konnte, war noch ein lebensgefährlicher Unfall, jetzt, wo das Quidditch-Finale immer näher rückte.

Die Osterferien waren nicht gerade erholsam. Noch nie hatten die Drittklässler so viele Hausaufgaben zu erledigen gehabt. Neville Longbottom schien einem Nervenzusammenbruch nahe und er war nicht der Einzige.

»Und das nennen sie Ferien!«, polterte Seamus Finnigan eines Nachmittags im Gemeinschaftsraum. »Bis zu den Prüfungen ist doch noch ewig Zeit, also was wollen sie eigentlich?«

Doch so viel wie Hermine hatte keiner zu tun. Selbst ohne Wahrsagen hatte sie mehr Fächer als alle andern. Meist war sie abends die Letzte, die den Gemeinschaftsraum verließ, und am nächsten Morgen die Erste, die in der Bibliothek saß; sie hatte dunkle Ringe unter den Augen wie Lupin und schien ständig den Tränen nahe.

Ron hatte die Verantwortung für Seidenschnabels Berufungsverhandlung übernommen. Wenn er nicht für sich arbeitete, brütete er über mächtigen Wälzern wie *Handbuch der Hippogreif-Psychologie* und *Tollheit oder Tollwut? Die Übergriffe von Hippogreifen.* Er war so sehr in das Problem vertieft, dass er sogar vergaß, gemein zu Krummbein zu sein.

Harry unterdessen musste seine Hausaufgaben neben dem täglichen Quidditch-Training erledigen, ganz zu schweigen von den endlosen Gesprächen mit Wood über die Spieltaktik. Die Begegnung Gryffindor gegen Slytherin war für den ersten Samstag nach den Osterferien angesetzt. Slytherin führte im Turnier mit genau zweihundert Punkten. Das bedeutete, wie Wood den Spielern unablässig einschärfte, dass ihr Sieg noch höher ausfallen musste, wenn sie den Pokal gewinnen wollten. Und es hieß auch, dass die Last dieser Aufgabe weitgehend auf Harry ruhte, denn der Schnatz brachte hundertfünfzig Punkte.

»Also darfst du ihn erst fangen, wenn wir mit mehr als fünfzig Punkten führen«, erklärte ihm Wood tagein, tagaus. »Nur wenn wir mit über fünfzig Punkten vorn liegen, Harry, oder wir gewinnen zwar das Spiel, verlieren aber den Pokal. Das hast du doch begriffen? Du darfst den Schnatz erst fangen, wenn wir –«

»Ich weiß, Oliver!«, fauchte Harry.

Sämtliche Gryffindors hatten nichts anderes mehr im Kopf als das kommende Spiel. Ihr Haus hatte den Quidditch-Pokal nicht mehr gewonnen, seit der legendäre Charlie Weasley (Rons zweitältester Bruder) als Sucher gespielt hatte. Doch Harry fragte sich, ob auch nur einer von ihnen, Wood eingeschlossen, sich so nach dem Sieg sehnte wie er. Die Feindschaft zwischen Harry und Malfoy hatte ihren Höhepunkt erreicht. Malfoy rauchte immer noch vor Zorn wegen der einseitigen Schlammschlacht in Hogsmeade und war noch zorniger darüber, dass Harry der Strafe irgendwie entgangen war. Harry hatte Malfoys Versuch nicht vergessen, ihm bei der Partie gegen Ravenclaw ganz übel mitzuspielen, doch es war die Sache mit Seidenschnabel, die ihn so wild entschlossen machte, Malfoy vor den Augen der ganzen Schule zu demütigen.

Keiner konnte sich erinnern, jemals in so geladener Atmosphäre einem Spiel entgegengefiebert zu haben. Am Ende der Ferien erreichte die Spannung zwischen den beiden Teams und ihren Häusern ihren knisternden Höhepunkt. In den Korridoren brachen kleinere Rangeleien aus, und es kam schließlich zu einem hässlichen Zwischenfall, in dessen Folge ein Viertklässler der Gryffindors und ein Sechstklässler der Slytherins im Krankenflügel landeten, weil ihnen kräftige Lauchpflanzen aus den Ohren wucherten.

Harry hatte es in dieser Zeit besonders schwer. Er konnte nicht in den Unterricht gehen, ohne dass ihm ein Slytherin irgendwo auf den Gängen ein Bein stellte; wo er auch war, Crabbe und Goyle tauchten überall auf und trollten sich mit enttäuschten Mienen, wenn sie sahen, dass er von Schülern umringt war. Wood hatte die Gryffindors gebeten, Harry überallhin zu begleiten, falls die Slytherins versuchen sollten, ihn schon im Vorfeld lahm zu legen. Begeistert widmete sich das ganze Haus dieser Aufgabe, und Harry war es von nun an unmöglich, rechtzeitig zum Unterricht zu kommen, da er ständig von einer dicken, schnatternden Menschentraube umgeben war. Harry sorgte sich weniger um seine Sicherheit als um die des Feuerblitzes. Wenn er ihn nicht flog, schloss er ihn in seinen Koffer ein, und häufig flitzte er in den Pausen nach oben in den Turm, um nachzusehen, ob er noch da war.

314

Am Vorabend des Spiels ging im Gemeinschaftsraum nichts mehr seinen gewohnten Gang. Selbst Hermine hatte ihre Bücher beiseite gelegt.

»Ich kann nicht arbeiten, ich kann mich einfach nicht konzentrieren«, sagte sie nervös.

Es herrschte ziemlicher Lärm. Fred und George Weasley linderten die Anspannung auf ihre Weise und gebärdeten sich lauter und ausgelassener als sonst. Oliver Wood hatte sich über ein Modell des Quidditch-Feldes in der Ecke gebeugt, schob kleine Figuren hin und her und murmelte vor sich hin. Angelina, Alicia und Katie lachten über die Witzeleien von Fred und George. Harry saß mit Ron und Hermine etwas abseits vom Geschehen und versuchte nicht an den nächsten Tag zu denken, denn immer wenn er es tat, bekam er das fürchterliche Gefühl, etwas sehr Großes wolle unbedingt aus seinem Magen heraus.

»Du schaffst das«, sagte Hermine, sah dabei jedoch ausgesprochen besorgt aus.

»Du hast einen Feuerblitz!«, sagte Ron.

»Jaah …«, sagte Harry und sein Magen verkrampfte sich.

Zu seiner Erleichterung richtete sich Wood plötzlich auf und rief:

»Leute! Ins Bett!«

Harry schlief schlecht. Erst träumte ihm, er habe verschlafen und Wood rufe »Wo steckst du? Statt deiner mussten wir Neville nehmen!«. Dann träumte er, Malfoy und das ganze Slytherin-Team würden mit fliegenden Drachen zum Spiel kommen. Er flog mit halsbrecherischer Geschwindigkeit und versuchte den Flammenstößen zu entgehen, die Malfoys Streitdrache ausspie, und dann fiel ihm ein, dass er seinen Feuerblitz vergessen hatte. Er stürzte in die Tiefe und fuhr erschrocken aus dem Schlaf.

Es dauerte ein paar Minuten, bis Harry einfiel, dass das Spiel noch gar nicht angefangen hatte, dass er wohlbehalten im Bett lag und dass es den Slytherins sicher verboten würde, auf Drachen zu spielen. Er hatte schrecklichen Durst. So leise er konnte, stieg er aus dem Himmelbett und goss sich aus der silbernen Kanne am Fenster ein wenig Wasser ein.

Still und ruhig lag das Schlossgelände im Mondlicht. Kein Windhauch kräuselte die Baumspitzen des Verbotenen Waldes; so reglos, wie die Peitschende Weide dastand, wirkte sie ganz unschuldig. Für das Spiel morgen herrschten die besten Bedingungen.

Harry stellte den Becher ab und wollte gerade zurück ins Bett, als ihm etwas ins Auge fiel. Ein Tier schlich über den silbern glitzernden Rasen.

Harry huschte zum Nachttisch, setzte sich die Brille auf und rannte zurück zum Fenster. Bloß nicht wieder der Grimm – nicht jetzt – nicht kurz vor dem Spiel –

Er starrte hinaus auf das Gelände und suchte es hektisch mit den Augen ab. Und da war es wieder. Es schlich sich jetzt am Waldrand entlang ... der Grimm war es jedenfalls nicht ... es war eine Katze ... Harry erkannte jetzt den buschigen Schwanz und umklammerte erleichtert den Fenstersims. Es war doch bloß Krummbein ...

Aber war es nur Krummbein? Harry presste die Nase gegen das Fensterglas und spähte mit zusammengekniffenen Augen hinunter. Krummbein war offenbar stehen geblieben. Im Schatten der Bäume bewegte sich noch etwas anderes, da war sich Harry sicher.

Und schon tauchte es auf – ein riesiger, zottiger schwarzer Hund trottete über den Rasen, Krummbein an seiner Seite. Harry riss den Mund auf. Was sollte das bedeuten? Wenn selbst Krummbein den Hund sehen konnte, wie konnte er dann ein Vorbote des Todes für Harry sein?

»Ron!«, zischte Harry. »Ron! Wach auf!«

»Was'n los?«

»Ich will wissen, was du da unten siehst!«

»'s' doch völlig dunkel, Harry«, murmelte Ron dumpf, »was ist los mit dir?«

»Dort unten –«

Rasch blickte Harry wieder aus dem Fenster.

Krummbein und der Hund waren verschwunden. Harry kletterte auf den Fenstersims, um steil hinab in den Schatten des Schlosses sehen zu können, doch vergeblich. Wo waren sie abgeblieben?

Ein lauter Schnarcher sagte ihm, dass Ron wieder eingeschlafen war.

Tosender Beifall empfing Harry und die anderen Gryffindor-Spieler am nächsten Morgen in der Halle. Harry konnte ein Grinsen nicht unterdrücken, als er sah, dass sie auch an den Tischen der Ravenclaws und Hufflepuffs klatschten. Die Slytherins zischten laut, als sie vorbeigingen. Harrys Augen entging nicht, dass Malfoy noch blasser war als sonst.

Wood war beim Frühstück damit beschäftigt, sein Team zum Essen zu ermuntern, während er selbst keinen Bissen anrührte. Dann, bevor die andern fertig waren, scheuchte er sie hinaus aufs Spielfeld, damit sie sich schon ein wenig umsehen konnten. Als sie die Große Halle verließen, gab es wieder Beifall von fast allen Seiten.

»Viel Glück, Harry!«, rief Cho Chang. Harry spürte, wie er rot anlief.

»Okay – praktisch kein Wind – die Sonne ist ein bisschen hell, das könnte deine Sicht stören, also pass auf – der Boden ist recht hart, gut, dann können wir uns schnell abstoßen –«

Wood schritt das Feld ab und warf seinen Leuten immer wieder aufmerksame Blicke zu. Schließlich sahen sie, wie in der Ferne das Schlossportal aufging, und bald ergoss sich die ganze Schülerschar über den Rasen.

»Umkleidekabinen«, sagte Wood steif.

Keiner verlor ein Wort, während sie in ihre scharlachroten Umhänge schlüpften. Harry fragte sich, ob es ihnen auch so erging wie ihm; er hatte das Gefühl, als hätte er etwas fürchterlich Wuseliges zum Frühstück verspeist. Kaum eine Minute schien ihm vergangen, als Wood schon sagte:

»Gut, es ist Zeit, gehen wir –«

Sie marschierten hinaus aufs Spielfeld und eine Flutwelle aus Lärm brandete ihnen entgegen. Drei Viertel der Zuschauer trugen scharlachrote Bandschleifen, schwangen scharlachrote Fahnen mit dem Gryffindor-Löwen oder hielten Spruchbänder in die Höhe. »SIEG FÜR GRYFFINDOR« und »LÖWEN FÜR DEN CUP«, hieß es da. Hinter den Torstangen der Slytherins jedoch saßen zweihundert Zuschauer ganz in Grün; die silberne Schlange der Slytherins glitzerte auf ihren Fahnen, und Professor Snape, ebenfalls grün gewandet, saß in der ersten Reihe und lächelte grimmig.

»Und hier kommen die Gryffindors!«, rief Lee Jordan, der wie immer das Spiel kommentierte. »Potter, Bell, Johnson, Spinnet, Weasley, Weasley und Wood. Weithin anerkannt als das beste Team, das Hogwarts seit einigen Jahren hervorgebracht hat –«

Lees Bemerkung ging in einer Welle von Buhrufen der Slytherins unter.

»Und hier ist das Team der Slytherins, geführt von Kapitän Flint. Er hat einige Änderungen in der Aufstellung vorgenommen und scheint jetzt weniger auf Können als auf Kraft zu setzen –«

Wieder buhte die Kurve der Slytherins. Harry jedoch kam es so vor, als hätte Lee durchaus Recht. Malfoy war eindeutig der Kleinste im Team der Slytherins, die anderen waren riesig.

»Begrüßt euch, Kapitäne!«, sagte Madam Hooch.

Flint und Wood traten aufeinander zu und packten sich an den Händen, so fest, als wollten sie sich die Finger brechen.

»Besteigt eure Besen!«, sagte Madam Hooch. »Drei … zwei … eins …«

Der gellende Pfiff ging im Raunen der Menge unter und die vierzehn Besen stiegen in die Luft. Harry wehte das Haar aus der Stirn; jetzt, da er flog, begannen seine Nerven zu flirren; er blickte sich um und sah, dass Malfoy ihm folgte. Er beschleunigte scharf und machte sich auf die Suche nach dem Schnatz.

»Und jetzt ist Gryffindor im Ballbesitz, Alicia Spinnet mit dem Quaffel, sie fliegt direkt auf die Torstangen der Slytherins zu, sieht gut aus, Alicia! Aaarh, nein – Quaffel abgefangen von Warrington, Warrington von den Slytherins rast jetzt in die Gegenrichtung – autsch! – George Weasley hat da schön mit dem Klatscher gearbeitet, Warrington lässt den Quaffel fallen, er wird gefangen von – Johnson, Gryffindor wieder in Ballbesitz, komm schon, Angelina – hübscher Schlenker um Montague – duck dich, Angelina, da kommt ein Klatscher! – Sie macht das Tor! Zehn zu null für Gryffindor!«

Angelina stieß mit der Faust in die Luft und flog über die Tribünen hinweg; das scharlachrote Meer in der Tiefe tobte vor Begeisterung –

»Autsch!«

Marcus Flint stieß mit ihr zusammen und Angelina schleuderte es fast vom Besen.

»'tschuldigung«, sagte Flint, als die Menge unten zu buhen anfing. »Tut mir Leid, hab sie nicht gesehen!«

Doch schon hatte ihn Fred Weasley mit seinem Schläger

auf den Hinterkopf gehauen – Flints Nase knallte gegen den Besenstiel und fing an zu bluten.

»Das reicht jetzt!«, sagte Madam Hooch und rauschte dazwischen. »Strafstoß für Gryffindor wegen einer willkürlichen Attacke auf ihre Jägerin! Strafstoß für Slytherin wegen mutwilliger Verletzung ihres Jägers!«

»Das ist doch Unsinn, Miss!«, heulte Fred, doch Madam Hooch blies in ihre Pfeife und Alicia flog nach vorne, um den Strafstoß auszuführen.

»Alicia, du machst es!«, schrie Lee in die Stille hinein, die sich über die Menge gesenkt hatte. »Ja! Sie hat den Torhüter geschlagen! Zwanzig zu null für Gryffindor!«

Harry riss den Feuerblitz scharf herum und sah Flint, der immer noch heftig aus der Nase blutete, nach vorne fliegen, um den Strafstoß für Slytherin auszuführen. Wood schwebte mit zusammengebissenen Zähnen vor den Torstangen der Gryffindors.

»Natürlich ist Wood ein exzellenter Torhüter!«, verkündete Lee Jordan dem Publikum, während Flint auf Madam Hoochs Pfiff wartete. »Klasse! Sehr schwer den Ball vorbeizukriegen – wirklich ganz schwer – Jaaa! Ich kann's nicht glauben! Er hat ihn gehalten!«

Erleichtert flog Harry davon und hielt wieder Ausschau nach dem Schnatz, lauschte dabei allerdings jedem Wort von Lee. Entscheidend war, dass er Malfoy vom Schnatz fernhielt, bis Gryffindor mit mehr als fünfzig Punkten führte –

»Gryffindor wieder im Ballbesitz, nein, Slytherin – nein! – wieder Gryffindor und diesmal mit Katie Bell, Katie Bell für Gryffindor mit dem Quaffel, sie rauscht das Spielfeld hoch – das war Absicht!«

Montague, ein Jäger der Slytherins, war Katie in die Quere geflogen, und statt den Quaffel zu schnappen hatte er sie am Kopf gepackt. Katie drehte ein paar Saltos und schaffte es, auf dem Besen zu bleiben, ließ jedoch den Quaffel fallen.

Wieder ertönte Madam Hoochs Pfiff. Sie flog hinüber zu Montague und begann laut mit ihm zu schimpfen. Kurze Zeit später hatte Katie einen weiteren Strafstoß gegen den Hüter der Slytherins verwandelt.

»Dreißig zu null! Was sagt ihr jetzt, ihr dreckigen, falsch spielenden –«

»Jordan, wenn Sie das Spiel nicht unparteiisch kommentieren können, dann –!«

»Ich sag nur die Wahrheit, Professor!«

Harry überkam jetzt eine fiebrige Erregung. Er hatte den Schnatz gesehen – unten am Fuß eines Torpfostens der Gryffindors schimmerte er – doch er durfte ihn noch nicht fangen – und wenn Malfoy ihn sah –

Harry tat so, als wäre er plötzlich auf etwas aufmerksam geworden, riss seinen Feuerblitz herum und raste auf das Tor der Slytherins zu – und es klappte. Malfoy jagte ihm nach und glaubte offensichtlich, Harry hätte den Schnatz dort gesehen …

Wuuuusch.

Einer der Klatscher, geschlagen von Derrick, dem riesenhaften Treiber der Slytherins, rauschte an Harrys rechtem Ohr vorbei. Und im nächsten Moment –

Wuuuusch.

Der zweite Klatscher hatte Harrys Ellbogen gestreift. Der andere Treiber, Bole, hatte auf ihn angelegt.

Harry sah sie kurz aus den Augenwinkeln: Bole und Derrick kamen zangengleich mit erhobenen Schlägern auf ihn zugerast –

In letzter Sekunde riss er den Feuerblitz in die Höhe und Bole und Derrick krachten zusammen, mit einem Geräusch, dass Harry sich am liebsten übergeben hätte.

»Hahaaaa!«, tobte Lee Jordan, während sich die beiden Treiber der Slytherins, die Hände an den Köpfen, aus ihrer Verknäuelung lösten, »so ein Pech, Jungs! Da müsst ihr früher aufstehen, wenn ihr einen Feuerblitz schlagen wollt! Und wieder Gryffindor mit Johnson in Quaffelbesitz – Flint neben ihr – stich ihm ins Auge, Angelina! – war nur 'n Scherz, Professor, war nur 'n Scherz – o nein – Flint ist jetzt dran, Flint rast auf die Torstangen der Gryffindors zu – komm schon, Wood, halt –!«

Doch Flint hatte getroffen; in der Slytherin-Kurve brach Jubel aus und Lee begann so übel zu fluchen, dass Professor McGonagall Anstalten machte, ihm das magische Megafon zu entreißen.

»Tut mir Leid, Professor, Entschuldigung! Wird nicht wieder vorkommen! Also, Gryffindor in Führung, dreißig zu zehn, und Gryffindor in Ballbesitz –«

Das wurde allmählich die schmutzigste Partie, die Harry je erlebt hatte. Wütend, weil Gryffindor so früh in Führung gegangen war, war den Slytherins rasch jedes Mittel recht, um sich den Quaffel zu sichern. Bole versetzte Alicia einen Hieb mit dem Schläger und versuchte sich damit rauszureden, er habe geglaubt, sie wäre ein Klatscher. George Weasley stieß Bole zur Vergeltung mit dem Ellbogen ins Gesicht. Madam Hooch sprach beiden Teams Strafstöße zu und Wood schaffte noch einmal eine Glanzparade – schließlich stand es vierzig zu zehn für Gryffindor.

Der Schnatz war längst wieder verschwunden. Malfoy hielt sich weiterhin an Harry, der flog über den andern dahin und hielt Ausschau nach dem kleinen Ball – denn sobald Gryffindor fünfzig Punkte vorne lag –

Jetzt hatte Katie getroffen. Fünfzig zu zehn. Fred und George Weasley surrten mit erhobenen Schlägern um sie herum, damit kein Slytherin auf den Gedanken kam, sich zu rächen. Bole und Derrick nutzten das aus, um beide Klatscher gegen Wood zu schmettern; sie trafen ihn kurz nacheinander in die Magengegend, und Wood, vollkommen groggy, kippte zur Seite weg und konnte sich gerade noch an seinen Besen klammern.

Madam Hooch war außer sich.

»Ihr sollt den Torhüter nicht angreifen, außer wenn der Quaffel im Torraum ist!«, schrie sie Bole und Derrick an. »Strafstoß für Gryffindor!«

Und Angelina verwandelte. Sechzig zu zehn. Sekunden später schmetterte Fred Weasley einen Klatscher gegen Warrington und schlug ihm den Quaffel aus den Händen; Alicia packte ihn und trieb ihn ins Tor der Slytherins – siebzig zu zehn.

Die Gryffindor-Fans unten auf den Rängen schrien sich heiser – Gryffindor lag mit sechzig Punkten vorne und wenn Harry den Schnatz jetzt fing, hatten sie den Pokal gewonnen. Harry spürte fast körperlich, wie Hunderte von Augen ihm folgten, während er um das Feld herumsauste, hoch über den andern Spielern, nur mit Malfoy auf den Fersen.

Und dann sah er ihn. Sieben Meter über ihm glitzerte der Schnatz.

Harry verlangte jetzt alles von seinem Feuerblitz; der Wind rauschte ihm in den Ohren; er streckte die Hand aus, doch plötzlich erlahmte der Besen –

Entsetzt drehte er sich um. Malfoy hatte sich nach vorne geworfen, den Schweif des Feuerblitzes gepackt, und zerrte ihn zurück.

»Du –«

Harry war so zornig, dass er Malfoy geschlagen hätte, wenn er nur an ihn herangekommen wäre – Malfoy keuchte vor Anstrengung und hielt sich verbissen fest, doch seine

Augen funkelten bösartig. Er hatte geschafft, was er wollte – der Schnatz war erneut verschwunden.

»Strafstoß! Strafstoß für Gryffindor! Ein so übles Foulspiel hab ich noch nie erlebt!«, kreischte Madam Hooch und schoss in die Höhe, während sich Malfoy auf seinen Nimbus Zweitausendeins zurückgleiten ließ.

»Du betrügerisches Schwein!«, heulte Lee Jordan ins Megafon und huschte vorsorglich außer Reichweite von Professor McGonagall, »du dreckiges, fieses A–«

Doch Professor McGonagall scherte sich nicht darum, Lee einen Rüffel zu erteilen. Wütend schüttelte sie die Fäuste in Richtung Malfoy, der Hut fiel ihr vom Kopf und jetzt schrie sie vor Zorn.

Alicia übernahm den Strafstoß, doch sie war so zornig, dass sie ein paar Meter danebenschoss. Die Gryffindors wurden zunehmend nervös und die Slytherins, entzückt über Malfoys Foul an Harry, schwangen sich zu Glanzleistungen auf.

»Slytherin im Spiel, Slytherin auf dem Weg zum Tor – Montague trifft.« Lee stöhnte auf. »Siebzig zu zwanzig für Gryffindor …«

Harry flog jetzt so dicht neben Malfoy, dass sich ihre Knie berührten. Er würde ihn nicht noch einmal in die Nähe des Schnatzes lassen …

»Lass das, Potter!«, rief Malfoy gereizt, als er einen Wendeversuch unternahm und Harry ihn abblockte.

»Angelina Johnson holt den Quaffel für Gryffindor, mach schon, Angelina, mach schon!«

Harry drehte sich um. Alle Slytherin-Spieler außer Malfoy flogen auf Angelina zu, selbst der Torhüter – sie wollten sie abblocken –

Harry riss den Feuerblitz herum, bückte sich so tief, dass er flach auf dem Besenstiel lag, und legte los. Wie eine Kugel schoss er auf die Slytherins zu.

»Aaaaarrh!«

Sie stoben auseinander, als sie den Feuerblitz auf sich zurasen sahen; Angelina hatte freie Bahn –

»Sie trifft! Toor! Toor! Gryffindor führt jetzt achtzig zu zwanzig –«

Harry, der fast kopfüber in die Ränge getrudelt wäre, bremste mitten in der Luft ab, machte kehrt und schoss zurück in die Mitte des Feldes.

Und dann sah er etwas, das ihm das Herz stillstehen ließ. Malfoy im Sturzflug, und Siegesgewissheit auf dem Gesicht – dort unten, wenige Meter über dem Gras, ein kleiner, golden schimmernder Fleck –

Harry peitschte den Feuerblitz in die Tiefe, doch Malfoy hatte einen gewaltigen Vorsprung –

»Los! Los! Los!«, drängte Harry seinen Besen – sie kamen Malfoy jetzt näher – Harry legte sich flach auf den Besenstiel und entkam damit einem Klatscher von Bole – jetzt war er an Malfoys Fersen – er war gleichauf –

Harry warf sich nach vorn, nahm beide Hände vom Besen – stieß Malfoys Arm beiseite und –

»Ja!«

Harry riss den Besen aus dem Sturzflug, die Hand mit dem Schnatz in der Luft, und das Stadion explodierte. Er zischte über die Menge hinweg, ein merkwürdiges Klingen in den Ohren, und hielt den goldenen Ball fest umklammert, der mit seinen Flügelchen hoffnungslos gegen seine Finger schlug.

Dann raste Wood auf ihn zu, halb geblendet von Tränen; er packte Harry am Arm und ließ sich hemmungslos schluchzend gegen seine Schulter sinken. Fred und George klopften ihm auf den Rücken, dass es richtig wehtat; dann hörte er Angelina, Alicia und Katie rufen: »Wir haben den Pokal! Wir haben den Pokal!« Die vielen Arme zu einem einzigen Knäuel verschlungen, sank das Gryffindor-Team unter heiseren Schreien zurück zur Erde.

Welle um Welle scharlachroter Anhänger ergoss sich über die Absperrungen aufs Feld. Hände regneten auf ihre Rücken herunter. Harry nahm verschwommen wahr, wie der Lärm anschwoll und die Körper auf ihn eindrangen. Dann waren er und die anderen Spieler auf den Schultern der Menge. Jetzt, da er wieder etwas sehen konnte, erkannte er Hagrid, bepflastert mit scharlachroten Bandschleifen – »Du hast sie geschlagen, Harry, du hast sie geschlagen! Wart nur, bis ich es Seidenschnabel erzählt hab!« Percy sprang wie verrückt in die Luft und hatte jede würdevolle Zurückhaltung abgelegt. Professor McGonagall schluchzte noch herzergreifender als selbst Wood und wischte sich mit einer betttuchgroßen Gryffindor-Fahne die Augen. Und dort kämpften sich Ron und Hermine zu ihm durch. Sie brachten kein Wort heraus. Sie strahlten nur, während Harry zu den Rängen getragen wurde, wo Dumbledore mit dem mächtigen Quidditch-Pokal auf sie wartete.

Wäre doch nur ein Dementor unterwegs gewesen ... Als der schluchzende Wood den Pokal an Harry weiterreichte, hatte er das Gefühl, jetzt könnte er den besten Patronus der Welt hervorbringen.

Professor Trelawneys Vorhersage

Mindestens eine Woche lang schwelgte Harry im Glück. Selbst der Himmel schien ihren Pokalsieg zu feiern. Der Juni brach an, die Wolken verzogen sich und es wurde schwül, und alle hatten nur noch Lust, über die Wiesen zu schlendern und sich mit ein paar Krügen eiskalten Kürbissafts ins Gras zu fläzen. Hin und wieder konnte man vielleicht eine Partie Koboldstein spielen oder dem Riesenkraken zusehen, wie er traumverloren durch den See kraulte.

Doch es ging nicht – die Prüfungen standen bevor und anstatt draußen zu faulenzen mussten die Schüler im Schloss bleiben und sich die Hirne zermartern, während durch die offenen Fenster verlockend die sommerlichen Lüfte hereinwehten. Selbst Fred und George Weasley hatte man arbeiten sehen; bald würden sie den ersten ZAG (Zauberergrad) schaffen. Percy bereitete sich auf den UTZ (Unheimlich Toller Zauberer) vor, den höchsten Abschluss, den Hogwarts zu bieten hatte. Da Percy sich beim Zaubereiministerium bewerben wollte, brauchte er die besten Noten. Er wurde zusehends fuchsiger und brummte jedem schwere Strafen auf, der die abendliche Ruhe im Gemeinschaftsraum störte. Nur eine Schülerin hatte noch mehr Bammel vor den Prüfungen, und das war Hermine.

Harry und Ron hatten es längst aufgegeben, sie zu fragen, wie sie es schaffte, mehrere Fächer gleichzeitig zu belegen, doch als sie ihre Liste mit den Prüfungsterminen sahen, konnten sie sich nicht mehr zurückhalten. In der ersten Spalte hieß es:

Montag
9 Uhr Arithmantik
9 Uhr Verwandlung
Mittagessen
13 Uhr Zauberkunst
13 Uhr Alte Runen

»Hermine?«, sagte Ron behutsam, weil sie in den vergangenen Tagen gern explodierte, wenn man sie unterbrach. »Ähm – bist du sicher, dass du diese Prüfungszeiten richtig abgeschrieben hast?«

»Was?«, fauchte Hermine, nahm ihren Plan zur Hand und warf einen Blick darauf. »Ja, stimmt doch alles.«

»Hat es irgendeinen Sinn dich zu fragen, wie du in zwei Prüfungen zugleich sitzen willst?«, fragte Harry.

»Nein«, sagte Hermine knapp. »Hat einer von euch mein *Nummerologie und Grammatica* rumliegen sehen?«

»Ach ja, ich wollte im Bett noch ein wenig lesen und hab's mir ausgeliehen«, sagte Ron, wenn auch recht leise. Hermine kramte unter ihren vielen Pergamentstapeln nach dem Buch. In diesem Moment raschelte es am Fenster und Hedwig flatterte mit einer Nachricht im Schnabel herein.

»Von Hagrid«, sagte Harry und riss den Umschlag auf. »Die Berufungsverhandlung von Seidenschnabel – findet am sechsten Juni statt.«

»Das ist doch unser letzter Prüfungstag«, sagte Hermine, während sie immer noch nach ihrem Arithmantikbuch stöberte.

»Sie kommen dafür eigens hierher«, sagte Harry und las

weiter aus dem Brief vor, »jemand vom Zaubereiministerium und … und ein Henker.«

Hermine blickte verdutzt auf.

»Sie bringen den Henker mit zur Berufung! Das klingt
doch, als hätten sie schon alles entschieden!«

»Ja, allerdings«, sagte Harry langsam.

»Das können sie nicht machen!«, heulte Ron, »ich hab
Ewigkeiten gebraucht, um für Hagrid diese Wälzer durch-
zuarbeiten, das können sie nicht einfach abtun!«

Doch Harry hatte das schreckliche Gefühl, dass der Ausschuss für die Beseitigung gefährlicher Geschöpfe die Sache
bereits entschieden hatte, ganz so, wie Mr Malfoy es wollte.
Draco, seit dem Triumph der Gryffindors im Quidditch auf-
fallend kleinlaut, schien in den folgenden Tagen wieder ganz
das alte Großmaul zu werden. Nach hämischen Bemerkun-
gen zu schließen, die Harry mithörte, war sich Malfoy
sicher, dass Seidenschnabel hingerichtet würde, und er war
offenbar höchst zufrieden mit sich, weil er selbst alles ange-
zettelt hatte. Bei solchen Gelegenheiten konnte sich Harry
nur mit Mühe davon abhalten, es Hermine nachzutun und
Malfoy ein paar Ohrfeigen zu verpassen. Und das Schlimmste war, dass sie weder Zeit noch Gelegenheit hatten, Hagrid
zu besuchen, denn die strengen neuen Sicherheitsregeln waren nicht aufgehoben worden, und Harry traute sich nicht,
seinen Tarnumhang aus dem Geheimgang unter der einäugigen Hexe zu holen.

Die Prüfungswoche begann, und eine unnatürliche Stille
breitete sich im Schloss aus. Montag um die Mittagszeit kamen die Drittklässler aus Verwandlung. Ausgelaugt und mit
bleichen Gesichtern verglichen sie ihre Ergebnisse und klag-
ten, wie schwer die Aufgaben diesmal gewesen seien. Zum
Beispiel mussten sie eine Teekanne in eine Schildkröte ver-

wandeln. Hermine nervte sie alle, weil sie sich darüber aufregte, dass ihre Schildkröte eher wie eine Kröte ausgesehen habe, worüber die andern mehr als froh gewesen wären.

»Meine hatte den Schnabel der Teekanne als Schwanz, ein Alptraum war das …«

»Sollten die Schildkröten eigentlich Dampf auspusten?«

»Meine hatte diese chinesische Porzellanmalerei auf dem Schild, glaubt ihr, sie ziehen mir dafür Punkte ab?«

Dann, nach einem hastigen Mittagessen, ging es gleich wieder nach oben zur Prüfung in Zauberkunst. Hermine hatte Recht gehabt; Professor Flitwick prüfte sie tatsächlich in Aufmunterungszaubern. Harry, nervös wie er war, trieb es ein wenig zu weit. Ron, sein Partner, fing aufgedreht an zu lachen und konnte sich nicht mehr einkriegen, so dass man ihn schließlich zum Abkühlen in ein ruhiges Zimmer bringen musste, bevor er selbst die Prüfung ablegen konnte. Nach dem Abendessen kehrten sie rasch zurück in ihren Gemeinschaftsraum, nicht etwa, um sich zu entspannen, sondern um für Pflege magischer Geschöpfe, Zaubertränke und Astronomie zu büffeln.

Hagrid nahm die Prüfung am nächsten Morgen mit ausgesprochen besorgter Miene ab; mit dem Herzen schien er ganz woanders zu sein. Er hatte für die Klasse einen großen Zuber frischer Flubberwürmer vorbereitet und erklärte ihnen, wenn sie die Prüfung bestehen wollten, müssten die Würmer nach einer Stunde immer noch am Leben sein. Da Flubberwürmer am besten gediehen, wenn man sie vollkommen in Ruhe ließ, war das die leichteste Prüfung ihres Lebens, und zudem hatten Harry, Ron und Hermine genug Zeit, um mit Hagrid zu sprechen.

»Schnäbelchen ist ein wenig trübselig«, berichtete Hagrid, der sich tief gebückt hatte und so tat, als schaue er nach, ob Harrys Flubberwurm noch lebte. »Ist jetzt schon so lange eingesperrt. Aber was soll man machen ... übermorgen wissen wir's – so oder so –«

Am selben Nachmittag hatten sie Zaubertränke, und das war schlichtweg eine Katastrophe. Harry konnte tun, was er wollte, er schaffte es einfach nicht, sein Verwirrungs-Elixier einzudicken. Snape beobachtete ihn mit heimtückischem Vergnügen, und bevor er weiterging, machte er einen Kringel auf sein Blatt, der verdächtig wie eine Sechs aussah.

Um Mitternacht war Astronomie dran, oben auf dem höchsten Turm; Geschichte der Zauberei war Mittwochmorgen, und Harry kritzelte alles hin, was Florean Fortescue ihm je über die mittelalterliche Hexenverfolgung erzählt hatte, während er sich in diesem stickigen Klassenzimmer nichts sehnlicher wünschte, als einen Becher von Fortescues Kokosnusseis vor sich stehen zu haben. Mittwochnachmittag war die Prüfung in Kräuterkunde, in den Gewächshäusern unter der glühend heißen Sonne; dann ging es mit sonnenverbrannten Nacken sofort zurück in den Gemeinschaftsraum, wo sie sehnsüchtig schon an den morgigen Nachmittag dachten, wenn alles vorbei sein würde.

Die vorletzte Prüfung am Donnerstagmorgen war Verteidigung gegen die dunklen Künste. Professor Lupin hatte die ungewöhnlichste Aufgabe von allen vorbereitet, eine Art Hindernisrennen draußen in der Sonne. Sie mussten durch einen tiefen Tümpel stapfen, in dem ein Grindeloh lauerte, eine Reihe von Erdlöchern voller Rotkappen überqueren, durch ein sumpfiges Feld waten und dabei die irreführenden Wegangaben eines Hinkepanks missachten, und schließlich in einen alten Schrankkoffer klettern und sich mit einem neuen Irrwicht herumschlagen.

»Hervorragend, Harry«, murmelte Lupin, als Harry grinsend aus dem Koffer stieg. »Volle Punktzahl.«

Mit freudig geröteten Wangen blieb Harry noch eine

Weile, um Ron und Hermine zuzusehen. Ron kam gut voran, bis er auf den Hinkepank traf, der es schaffte, ihn so zu verwirren, dass er hüfthoch im Morast versank. Hermine gelang alles tadellos, bis sie zum Koffer mit dem Irrwicht kam. Nach einer Minute im Innern platzte sie schreiend heraus.

»Hermine!«, sagte Lupin verblüfft, »was ist denn los?«

»P...Professor McGonagall!«, stammelte Hermine und deutete auf den Koffer. »S-sie sagt, ich sei überall durchgerasselt!«

Es dauerte eine Weile, bis Hermine sich wieder gefangen hatte. Unterwegs zurück zum Schloss kicherte Ron immer noch ein wenig über ihren Irrwicht, doch angesichts dessen, was sie oben am Portal erwartete, kam es nicht zum Streit.

Dort stand Cornelius Fudge, leicht schwitzend in seinem Nadelstreifenumhang, und spähte über das Land. Er stutzte, als er Harry erkannte.

»Hallo, Harry!«, sagte er. »Du kommst von einer Prüfung, nicht wahr? Hast es bald geschafft?«

»Ja«, sagte Harry. Hermine und Ron, die noch nie mit dem Zaubereiminister gesprochen hatten, hielten sich verlegen im Hintergrund.

»Schöner Tag«, sagte Fudge und ließ die Augen über den See wandern. »Ein Jammer, wirklich ein Jammer ...«

Er seufzte tief und sah zu Harry hinunter.

»Ich bin wegen einer unangenehmen Aufgabe hier, Harry. Der Ausschuss für die Beseitigung gefährlicher Geschöpfe braucht einen Zeugen für die Hinrichtung eines verrückten Hippogreifs. Da ich ohnehin in Hogwarts vorbeischauen musste, um mich in Sachen Black umzutun, wurde ich gebeten einzuspringen.«

»Soll das heißen, die Berufungsverhandlung ist schon vorbei?«, warf Ron ein und trat einen Schritt vor.

»Nein, nein, sie ist für heute Nachmittag angesetzt«, sagte Fudge und sah Ron neugierig an.

»Dann werden Sie ja vielleicht gar keine Hinrichtung bezeugen müssen!«, sagte Ron beherzt. »Der Hippogreif könnte ja freigesprochen werden!«

Bevor Fudge antworten konnte, traten hinter ihm zwei Zauberer durch das Schlossportal. Der eine war so steinalt, dass er vor ihren Augen zu verwittern schien, der andere war groß und rüstig und hatte einen dünnen schwarzen Schnurrbart. Harry vermutete, dass sie zum Ausschuss für die Beseitigung gefährlicher Geschöpfe gehörten, denn der steinalte Zauberer spähte hinüber zu Hagrids Hütte und sagte mit dünner Stimme:

»Meine Güte, ich werd langsam zu alt für diese Geschichten ... es ist doch schon zwei, nicht wahr, Fudge?«

Der Mann mit dem schwarzen Schnurrbart nestelte an seinem Gürtel; Harry sah näher hin und erkannte jetzt, dass er mit seinem breiten Daumen an der schimmernden Klinge eines Beils entlangfuhr. Ron öffnete den Mund, um etwas zu sagen, doch Hermine stieß ihm heftig in die Rippen und nickte mit dem Kopf zum Eingang.

»Warum hast du mich aufgehalten?«, sagte Ron wütend, als sie zum Mittagessen in die Große Halle traten. »Hast du die beiden gesehen? Die haben ja schon das Beil bereit! Das ist doch nicht fair!«

»Ron, dein Dad arbeitet im Ministerium, da kannst du doch nicht so mit seinem Chef reden!«, sagte Hermine, doch auch sie schien ganz aufgebracht. »Wenn Hagrid diesmal die Nerven behält und seine Sache richtig vertritt, können sie Seidenschnabel auf keinen Fall töten ...«

Doch Harry war klar, dass Hermine nicht wirklich an ihre eigenen Worte glaubte. Die andern Schüler um sie herum schwatzten und lachten und freuten sich auf den Nachmittag, wenn alles vorbei sein würde, doch Harry, Ron und Hermine waren sehr besorgt wegen Hagrid und Seidenschnabel und hatten keine Lust sich dem Getümmel anzuschließen.

Harry und Ron hatten ihre letzte Prüfung in Wahrsagen, Hermine in Muggelkunde. Sie gingen zusammen die Marmortreppe hoch, oben verabschiedete sie sich und Harry und Ron stiegen weiter bis in den siebten Stock, wo schon einige aus ihrer Klasse auf der Wendeltreppe zu Professor Trelawneys Zimmer saßen und sich in letzter Minute noch abfragten.

Die beiden setzten sich zu Neville. »Sie will uns alle einzeln drannehmen«, erklärte er. Auf seinem Schoß lag *Entnebelung der Zukunft*, das Kapitel über Kristallkugeln aufgeschlagen. »Hat einer von euch jemals irgendwas in einer Kristallkugel gesehen?«, fragte er bekümmert.

»Nee«, sagte Ron beiläufig. Immer wieder sah er auf die Uhr; Harry wusste, dass er die Minuten bis zum Beginn von Seidenschnabels Verhandlung zählte.

Die Warteschlange vor dem Klassenzimmer wurde nur allmählich kürzer. Jeden, der die silberne Leiter herabstieg, löcherten sie mit gezischelten Fragen:

»Was wollte sie wissen? War es schwer?«

Doch keiner mochte etwas sagen.

»Sie meint, sie wisse aus der Kristallkugel, dass mir was Furchtbares passieren wird, wenn ich es verrate!«, quiekte Neville, als er die Leiter zu Harry und Ron herunterkletterte, die unten warteten.

»Das macht sie geschickt«, schnaubte Ron. »Weißt du, allmählich glaube ich, dass Hermine Recht hatte« (er wies mit dem Daumen nach unten), »sie ist nichts weiter als 'ne olle Schwindlerin.«

»Stimmt«, sagte Harry und sah jetzt selbst auf die Uhr. Inzwischen war es zwei. »Wenn sie sich nur beeilen würde ...«

Parvati kam glühend vor Stolz die Leiter herunter.

»Sie sagt, ich hätte alles, was eine wahre Seherin braucht«, verkündete sie Harry und Ron. »Ich hab ja so viel gesehen ... also, viel Glück!«

Und sie kletterte die Wendeltreppe hinunter, wo Lavender auf sie wartete.

»Ronald Weasley«, sagte die vertraute rauchige Stimme über ihren Köpfen. Ron zog eine Grimasse, kletterte die silberne Leiter hoch und verschwand. Jetzt war nur noch Harry übrig. Er setzte sich mit dem Rücken an der Wand auf den Boden und lauschte dem Summen einer Fliege am sonnendurchfluteten Fenster. In Gedanken war er drüben am Waldrand bei Hagrid.

Endlich, nach zwanzig Minuten, erschienen Rons große Füße auf der Leiter.

»Wie ist es gelaufen?«, fragte Harry und stand auf.

»Bescheuert«, sagte Ron. »Hab überhaupt nichts gesehen, also hab ich was erfunden. Glaub aber nicht, dass sie richtig überzeugt war ...«

»Wir treffen uns im Gemeinschaftsraum«, murmelte Harry, und schon rief Professor Trelawney »Harry Potter!«.

Im Turmzimmer war es stickiger denn je; die Vorhänge waren zugezogen, das Feuer loderte und die süßlichen Dünste ließen Harry husten. Er stolperte durch das Gewirr von Stühlen und Tischen hinüber zu Professor Trelawney, die vor einer großen Kristallkugel saß.

»Guten Tag, mein Lieber«, sagte sie sanft. »Wenn Sie so nett wären, in die Kugel zu schauen ... lassen Sie sich ruhig Zeit ... und dann sagen Sie mir, was Sie sehen ...«

Harry beugte sich über die Kristallkugel und starrte hinein, mit aller Kraft suchte er nach etwas anderem als dem weißen Nebelgewaber, doch nichts geschah.

»Nun?«, hakte Professor Trelawney sachte nach. »Was sehen Sie?«

Die Hitze überwältigte ihn und der parfümierte Rauch, der vom Feuer herüberwaberte, stach ihm in die Nase. Er dachte an Ron und beschloss, es ihm gleichzutun.

»Ähm –«, sagte Harry, »eine dunkle Gestalt … äh …«

»Wem ähnelt sie?«, flüsterte Professor Trelawney. »Denken Sie mal nach …«

Harry ließ die Gedanken schweifen und sie landeten bei Seidenschnabel.

»Einem Hippogreif«, sagte er entschieden.

»Tatsächlich!«, flüsterte Professor Trelawney und kritzelte eifrig Notizen auf das Blatt Pergament auf ihren Knien.

»Mein Lieber, gewiss sehen Sie, wie dieser Streit des armen Hagrid mit dem Zaubereiministerium ausgeht! Sehen Sie genauer hin … hat der Hippogreif denn noch … seinen Kopf?«

»Ja«, sagte Harry nachdrücklich.

»Sind Sie sicher?«, drängte ihn Professor Trelawney. »Sind Sie ganz sicher, mein Lieber? Sehen Sie nicht vielleicht doch, wie er sich auf der Erde windet und eine dunkle Gestalt über ihm die Axt erhebt?«

»Nein!«, sagte Harry und allmählich wurde ihm schlecht.

»Kein Blut? Kein weinender Hagrid?«

»Nein!«, sagte Harry noch einmal und wünschte sich nichts sehnlicher als endlich aus diesem stickigen Zimmer zu entkommen. »Er sieht gut aus, er – fliegt davon …«

Professor Trelawney seufzte.

»Nun, mein Lieber, ich denke, wir belassen es dabei … ein wenig enttäuschend … aber sicher haben Sie Ihr Bestes getan.«

Erleichtert stand Harry auf, griff nach seiner Tasche und wandte sich zum Gehen, doch plötzlich ertönte eine laute, rüde Stimme hinter ihm.

»Es wird heute Nacht geschehen.«

Harry wirbelte herum. Professor Trelawney war in ihrem Lehnstuhl erstarrt, mit schielendem Blick und offenem Mund.

»W-wie bitte?«, sagte Harry.

Doch Professor Trelawney schien ihn nicht zu hören. Ihre Augen fingen an zu kullern. Harry packte die Angst. Sie sah aus, als würde sie gleich einen Anfall kriegen. Er überlegte, ob er in den Krankenflügel laufen sollte, zögerte – und dann sprach Professor Trelawney erneut, mit derselben rüden Stimme, ganz ungewohnt aus ihrem Mund:

»Der Schwarze Lord ist einsam, von Freunden und Anhängern verlassen. Sein Knecht lag zwölf Jahre in Ketten. Heute Nacht, vor der zwölften Stunde, wird der Knecht die Ketten abwerfen und sich auf den Weg zu seinem Meister machen. Mit seiner Hilfe wird der Schwarze Lord erneut die Macht ergreifen und schrecklicher herrschen denn je. Heute Nacht … vor der zwölften Stunde … wird der Knecht sich auf den Weg machen … zurück zu seinem Meister …«

Professor Trelawneys Kopf sackte auf die Brust. Sie machte ein grunzendes Geräusch. Harry stand da und starrte sie an. Dann, ganz plötzlich, zuckte ihr Kopf in die Höhe.

»Tut mir ja so Leid, mein Junge«, sagte sie traumverloren, »die Hitze, Sie wissen … ich muss kurz eingedöst sein …«

Harry starrte sie unverwandt an.

»Stimmt irgendwas nicht, mein Lieber?«

»Sie – Sie haben mir eben gesagt, dass – der Schwarze Lord wiederkommen wird … dass sein Knecht zu ihm zurückkehrt …«

Professor Trelawney schien aufrichtig perplex.

»Der Schwarze Lord? Er, dessen Name nicht genannt werden darf? Mein lieber Junge, darüber macht man keine Witze … wiederkommen, also hören Sie mal –«

»Aber Sie haben es eben gesagt! Sie sagten, der Schwarze Lord –«

»Ich glaube, auch Sie sind kurz weggedöst, mein Lieber!«, sagte Professor Trelawney. »Ich würde mir natürlich nie anmaßen, etwas so Unsinniges vorauszusagen!«

Gedankenversunken stieg Harry die Leiter und die Wendeltreppe hinunter ... Hatte er eine echte Vorhersage von Professor Trelawney gehört? Oder wollte sie die Prüfung nur nach ihrem Geschmack beschließen, mit etwas, das mächtig Eindruck hinterließ?

Fünf Minuten später, als er an den Sicherheitstrollen vor dem Gryffindor-Turm vorbeihastete, klangen ihm ihre Worte noch immer in den Ohren. Viele kamen ihm entgegen, lachend und scherzend und befreit, auf dem Weg hinaus vors Schloss, um sich ein wenig in die Sonne zu legen; als er durch das Porträtloch in den Gemeinschaftsraum stieg, war fast keiner mehr da. Drüben in einer Ecke allerdings hockten Ron und Hermine.

»Professor Trelawney«, keuchte Harry, »hat mir eben gesagt –«

Doch beim Anblick ihrer Gesichter stockte ihm die Stimme.

»Seidenschnabel hat verloren«, sagte Ron erschöpft. »Das hier kam gerade von Hagrid.«

Diesmal war Hagrids Nachricht trocken, keine Träne hatte das Blatt benetzt, doch seine Hand hatte offenbar dermaßen gezittert, dass die Notiz kaum leserlich war.

Berufung verloren. Sie richten ihn bei Sonnenuntergang hin. Ihr könnt nichts mehr tun. Kommt nicht runter. Ich will nicht, dass ihr es mit anseht.
Hagrid

»Wir müssen hin«, sagte Harry sofort. »Wir können ihn nicht alleine rumhocken und auf den Henker warten lassen!«

»Sonnenuntergang«, sagte Ron und starrte mit glasigem Blick aus dem Fenster. »Das erlauben sie uns nie ... und dir schon gar nicht, Harry ...«

Harry ließ den Kopf in die Hände sinken und überlegte.

»Wenn ich nur den Tarnumhang hätte ...«

»Wo ist er?«, fragte Hermine.

Harry erklärte ihr, dass er ihn im Geheimgang unter der einäugigen Hexe versteckt hatte.

»... wenn Snape mich noch mal in dieser Ecke trifft, sitz ich wirklich in der Patsche«, schloss er.

»Das stimmt«, sagte Hermine und stand auf. »Wenn er dich sieht ... wie geht dieser Hexenbuckel noch mal auf?«

»Du – tippst dagegen und sagst ›Dissendium‹«, erklärte ihr Harry, »aber –«

Hermine wartete nicht, bis er ausgeredet hatte; mit großen Schritten durchquerte sie das Zimmer, klappte das Bild der fetten Dame zur Seite und verschwand.

»Sie geht doch nicht etwa hin und holt den Umhang?«, sagte Ron und starrte ihr mit offenem Mund nach.

Genau das tat Hermine. Eine halbe Stunde später kam sie zurück, mit dem sorgfältig gefalteten silbrigen Tarnumhang unter ihrem eigenen Umhang verborgen.

»Hermine, ich weiß nicht, was seit neuestem in dich gefahren ist!«, sagte Ron verdutzt. »Erst vermöbelst du Malfoy, dann marschierst du bei Professor Trelawney einfach aus dem Unterricht –«

Offensichtlich fühlte Hermine sich geschmeichelt.

Wie alle andern gingen sie zum Abendessen, doch sie kehrten danach nicht in den Turm zurück. Harry hatte den Umhang unter seinem eigenen versteckt; er musste die Arme verschränkt halten, um das Bündel zu verbergen. Sie huschten in eine leere Kammer neben der Eingangshalle und lauschten, bis sie sicher waren, dass keiner mehr draußen war. Ein letztes Pärchen eilte durch die Halle und eine Tür knallte zu. Hermine streckte den Kopf durch den Türspalt.

»Gut«, flüsterte sie, »keiner mehr da – unter den Umhang –«

Eng aneinander geschmiegt, damit sie alle unter den Tarnumhang passten, durchquerten sie auf Zehenspitzen die Große Halle und stiegen die steinernen Stufen zum Schlossgelände hinunter. Schon versank die Sonne hinter dem Verbotenen Wald und tauchte die Baumspitzen in Gold.

Vor Hagrids Hütte angelangt, klopften sie. Er brauchte eine Weile, um sich zu rühren, dann trat er vor die Tür und schaute sich fahlgesichtig und zitternd nach seinem Besucher um.

»Wir sind's«, zischte Harry. »Wir tragen den Tarnumhang. Lass uns rein, dann können wir ihn ablegen.«

»Ihr hättet nicht kommen sollen!«, flüsterte Hagrid, trat aber zurück und sie gingen hinein. Rasch schloss Hagrid die Tür und Harry zog den Umhang herunter.

Hagrid weinte nicht und er warf sich auch keinem von ihnen um den Hals. Er sah aus wie jemand, der nicht weiß, wo er ist oder was er tut. Diese Hilflosigkeit war noch schlimmer mit anzusehen als Tränen.

»Wollt ihr 'n Tee?«, sagte er. Mit zitternden Pranken langte er nach dem Kessel.

»Wo ist Seidenschnabel, Hagrid?«, fragte Hermine zögernd.

»Ich – ich hab ihn rausgebracht«, sagte Hagrid und bekleckerte beim Auffüllen des Milchkrugs den ganzen Tisch. »Er ist hinter meinem Kürbisbeet an der Leine. Dachte, er sollte noch mal die Bäume sehen und – und ein wenig frische Luft schnappen – bevor –«

Hagrids Hand zitterte so heftig, dass ihm der Milchkrug entglitt und auf dem Boden zerschellte.

»Ich mach das schon, Hagrid«, sagte Hermine rasch und beeilte sich, den Milchsee aufzuwischen.

»Da ist noch einer im Schrank«, sagte Hagrid. Er setzte sich und wischte sich mit dem Ärmel die Stirn. Harry warf Ron einen Blick zu, den dieser mit hoffnungsleeren Augen erwiderte.

»Kann man denn gar nichts mehr machen, Hagrid?«, fragte Harry jetzt wild entschlossen und setzte sich neben ihn. »Dumbledore –«

»Er hat's doch versucht«, sagte Hagrid. »Aber er hat nicht die Macht, das Urteil zu ändern. Er hat den Leuten vom Ausschuss erklärt, dass Seidenschnabel in Ordnung ist, aber die haben doch Angst ... ihr kennt Lucius Malfoy ... der hat sie bedroht, vermut ich mal ... und der Henker, Macnair, ist ein alter Kumpel von Malfoy ... aber es wird schnell und sauber gehen ... und ich werd bei ihm sein ...«

Hagrid schluckte. Sein Blick huschte durch die Hütte, als suchte er verzweifelt nach einem Fetzen Hoffnung oder Trost.

»Dumbledore will auch dabei sein, wenn es ... wenn es passiert. Hat mir heute Morgen geschrieben. Er will ... will bei mir sein. Großartiger Mensch, Dumbledore ...«

Hermine, die in Hagrids Schrank nach einem anderen Milchkrug gesucht hatte, ließ einen leisen, rasch erstickten Schluchzer hören. Mit dem Krug in der Hand richtete sie sich auf.

»Wir bleiben bei dir, Hagrid«, begann sie und kämpfte mit den Tränen, doch Hagrid schüttelte seinen zottigen Kopf.

»Ihr müsst zurück ins Schloss. Ich hab euch doch gesagt, ich will nicht, dass ihr zuseht. Und ihr solltet ohnehin nicht hier unten sein ... wenn Fudge und Dumbledore euch hier finden, Harry, dann kriegt ihr gewaltigen Ärger.«

Stumme Tränen rannen nun an Hermines Wangen hi-

341

nunter, doch sie werkelte am Teekessel herum, um sie vor Hagrid zu verbergen. Dann langte sie nach der Milchflasche, um die Kanne zu füllen – und stieß einen spitzen Schrei aus.

»Ron! Ich – das gibt's doch nicht – es ist Krätze!«

Ron starrte sie mit aufgerissenem Mund an.

»Was redest du da?«

Hermine trug die Milchkanne hinüber zum Tisch und stellte sie auf den Kopf. Mit einem panischen Quieken und verzweifelt mit den Beinchen krabbelnd, um wieder in die Kanne zu kommen, kam Krätze auf den Tisch gekullert.

»Krätze!«, sagte Ron entgeistert. »Krätze, was machst du denn hier?«

Er packte die widerspenstige Ratte und hielt sie ins Licht. Krätze sah schrecklich aus. Er war dünner als je, dicke Haarbüschel waren ihm ausgefallen und hatten große kahle Stellen hinterlassen. Er wand sich in Rons Hand, als ob er verzweifelt das Weite suchte.

»Ist schon gut, Krätze!«, sagte Ron. »Keine Katzen! Keiner hier will dir was antun!«

Plötzlich stand Hagrid auf und spähte durch das Fenster. Sein wettergegerbtes Gesicht hatte die Farbe von Pergament angenommen.

»Sie kommen …«

Harry, Ron und Hermine wirbelten herum. In der Ferne sahen sie ein paar Männer die Schlosstreppe herunterkommen. Voran ging Albus Dumbledore, dessen silberner Bart in der untergehenden Sonne schimmerte. Ihm nach trottete Cornelius Fudge. Dann folgten das tattrige alte Ausschussmitglied und Macnair, der Henker.

»Ihr müsst gehen«, sagte Hagrid. Er zitterte am ganzen Leib. »Sie dürfen euch hier nicht finden … verschwindet jetzt, schnell …«

Ron stopfte Krätze in seine Tasche und Hermine nahm den Umhang hoch.

»Ich lass euch hinten raus«, sagte Hagrid.

Sie folgten ihm durch die Tür in seinen Garten. Harry kam alles seltsam unwirklich vor, und das umso mehr, als er ein paar Meter entfernt Seidenschnabel sah, den Hagrid an den Zaun um sein Kürbisbeet gebunden hatte. Seidenschnabel schien zu wissen, dass etwas geschehen würde. Er warf den Kopf hin und her und scharrte nervös auf der Erde.

»Ist schon gut, Schnäbelchen«, sagte Hagrid leise. »Es ist alles gut ...« Er wandte sich den dreien zu. »Geht jetzt«, sagte er, »sputet euch.«

Doch sie rührten sich nicht.

»Hagrid, wir können nicht einfach –«

»Wir sagen ihnen, was wirklich passiert ist –«

»Sie dürfen ihn nicht umbringen –«

»Geht«, sagte Hagrid grimmig. »Ist schon alles schlimm genug, da müsst ihr nicht auch noch Ärger kriegen!«

Sie hatten keine Wahl. Als Hermine den Umhang über Harry und Ron warf, hörten sie Stimmen vor der Hütte. Hagrid sah auf die Stelle, wo sie eben verschwunden waren.

»Geht schnell«, sagte er heiser, »und lauscht nicht ...«

Jemand klopfte an seine Tür und er ging rasch in die Hütte.

Langsam, wie in grauenerfüllter Trance, schlichen sich Harry, Ron und Hermine leise um Hagrids Hütte herum. Als sie auf der anderen Seite waren, fiel die Vordertür mit einem scharfen Knall ins Schloss.

»Beeilen wir uns, bitte«, flüsterte Hermine. »Ich kann das nicht sehen, ich kann es nicht ertragen ...«

Sie gingen den Rasenhang zum Schloss hoch. Die Sonne versank jetzt schnell am Horizont; der Himmel hatte ein klares, mit purpurnen Schleiern durchzogenes Grau angenommen, doch im Westen glühte es rubinrot.

343

Ron blieb wie angewurzelt stehen.

»O bitte, Ron«, sagte Hermine.

»Es ist Krätze – gibt einfach keine Ruhe –«

Ron hatte sich gebückt und versuchte Krätze in der Tasche zu halten, doch die Ratte hatte rasende Angst gepackt; mit irrem Quieken, sich windend und kratzend, versuchte sie die Zähne in Rons Hand zu versenken.

»Krätze, ich bin's, Ron, du Dummkopf«, zischte Ron.

Hinter ihnen ging eine Tür auf und sie hörten Männerstimmen.

»O Ron, bitte, gehn wir weiter, sie tun's jetzt!«, keuchte Hermine.

»Gut – Krätze, bleib hier –«

Sie gingen weiter; Harry und Hermine versuchten, nicht auf die Stimmen hinter ihnen zu hören. Wieder erstarrte Ron.

»Ich kann sie nicht mehr festhalten – Krätze, halt's Maul, die hören uns doch –«

Die Ratte quiekte spitz, doch nicht laut genug, um die Geräusche zu überdecken, die von Hagrids Garten herüberwehten. Zunächst gab es ein Gewirr undeutlicher Männerstimmen, dann trat Stille ein, und dann, ohne Warnung, hörten sie das unmissverständliche Surren und den dumpfen Aufschlag einer Axt.

Hermine wankte.

»Sie haben es wirklich getan!«, flüsterte sie Harry zu. »Ich k...kann's nicht fassen – sie haben's getan!«

Kater, Ratte, Hund

Harry war so entsetzt, dass er keinen Gedanken mehr fassen konnte. Gelähmt vor Schreck standen sie unter dem Tarnumhang. Die letzten Strahlen der untergehenden Sonne tauchten das Land und die langen Schatten der Bäume in blutrotes Licht. Dann hörten sie ein wildes Heulen.

»Hagrid«, murmelte Harry. Unwillkürlich machte er kehrt, doch Ron und Hermine packten ihn an den Armen.

»Wir können jetzt nicht zu ihm«, sagte Ron, das Gesicht weiß wie Papier. »Wenn sie rauskriegen, dass wir ihn besucht haben, wird alles noch viel schlimmer für ihn ...«

Hermine atmete flach und unregelmäßig.

»Wie ... wie konnten sie nur?«, würgte sie hervor. »Wie konnten sie das tun?«

»Gehen wir«, sagte Ron mit klappernden Zähnen.

Sie gingen weiter und achteten unter dem Tarnumhang sorgfältig auf ihre Schritte, um sich nicht zu verraten. Das Tageslicht erstarb rasch. Als sie freies Gelände erreicht hatten, legte sich die Dunkelheit wie ein Fluch über sie.

»Gib Ruhe, Krätze«, zischte Ron und presste die Hand auf die Brusttasche. Die Ratte strampelte und kratzte verzweifelt. Ron blieb plötzlich stehen und versuchte Krätze tiefer in die Tasche zu zwängen. »Was ist los mit dir, du dumme Ratte? Ruhe jetzt – autsch! Er hat mich gebissen!«

»Sei leise, Ron!«, flüsterte Hermine eindringlich. »Fudge wird sicher gleich kommen –«

»Er – will – einfach – nicht – dableiben –«

Krätze hatte offensichtlich Höllenangst. Er sträubte sich mit aller Kraft und versuchte aus Rons Griff zu entkommen.

»Was ist eigentlich los mit ihm –?«

Doch Harry hatte es schon gesehen – etwas schlich auf sie zu, den Körper an den Boden geschmiegt, die weit aufgerissenen gelben Augen gespenstisch in der Dunkelheit glimmend – Krummbein. Ob er sie sehen konnte oder nur Krätzes Quieken folgte, wusste Harry nicht zu sagen.

»Krummbein!«, stöhnte Hermine, »nein, Krummbein, hau ab!«

Doch der Kater kam näher.

»Krätze – nein!«

Zu spät – die Ratte entglitt Rons Fingern, fiel zu Boden und raschelte davon. Mit einem gewaltigen Sprung setzte ihr Krummbein nach, und bevor Harry oder Hermine auch nur die Hand rühren konnte, warf Ron den Tarnumhang ab und rannte ihnen hinterher in die Dunkelheit.

»Ron!«, seufzte Hermine.

Harry und Hermine sahen sich kurz an, dann stürzten auch sie los; richtig rennen konnten sie nicht unter dem Tarnumhang, und so warfen sie ihn ab und ließen ihn hinter sich herflattern wie eine Fahne. Vor sich hörten sie das schnelle Getrommel von Rons Füßen.

»Lass ihn in Ruhe – hau ab – Krätze, komm hierher –«

Es gab einen dumpfen Aufschlag.

»Hab ich dich! Hau ab, du stinkender Kater –«

Fast wären Harry und Hermine über Ron gestolpert. Er lag rücklings auf dem Boden, doch Krätze war wieder in seiner Tasche; mit beiden Händen drückte er fest auf die zitternde Beule.

»Ron – komm jetzt – zurück unter den Umhang –«, keuchte Hermine. »Dumbledore – und der Minister – sie kommen sicher gleich hier lang –«

Doch bevor sie sich wieder tarnen konnten, ja bevor sie wieder zu Atem kamen, hörten sie das leise Trommeln riesiger Pfoten ... etwas kam auf sie zugesprungen, stumm wie ein Schatten – ein riesiger, fahläugiger, rabenschwarzer Hund.

Harry griff nach dem Zauberstab, doch zu spät – der Hund hatte einen gewaltigen Sprung gemacht und stieß mit den Vorderpfoten gegen Harrys Brust; unter einem Wirbel von Haaren stürzte er zu Boden; er spürte den heißen Atem des Hundes über sich, sah seine fingerlangen Zähne –

Doch die Schnellkraft seines Sprungs ließ den Hund über Harry hinwegrollen; Harry hatte das Gefühl, sämtliche Rippen wären ihm gebrochen; ganz benommen wollte er sich aufrichten, doch er hörte, wie sich der Hund knurrend zu einem neuen Angriff bereitmachte.

Ron war inzwischen auf den Beinen – wieder setzte der Hund zum Sprung an, doch diesmal stieß er Harry nur beiseite – und sein Maul klammerte sich um Rons ausgestreckten Arm; Harry warf sich auf ihn und packte eine Hand voll Fellhaare, doch das Untier zerrte Ron mit sich fort, so mühelos, als wäre er eine Stoffpuppe –

Dann, aus dem Nichts, schlug Harry etwas so heftig ins Gesicht, dass er wieder den Boden unter den Füßen verlor. Auch Hermine schrie vor Schmerz und er hörte sie stürzen.

Harry tastete nach seinem Zauberstab –

»*Lumos!*«, flüsterte er.

Das Licht des Zauberstabs fiel auf den dicken Stamm eines Baumes; sie hatten Krätze in den Schatten der Peitschenden Weide verfolgt, deren Zweige ächzten, als herrsche Sturm, peitschend schlugen sie aus und verwehrten ihnen jeden weiteren Schritt auf sie zu.

Und dort, unten am Fuß des Baumstamms, war der Hund. Er zerrte Ron fort, hinein in eine große Erdspalte zwischen den Wurzeln – Ron wehrte sich verzweifelt, doch schon war sein Kopf verschwunden –

»Ron!«, rief Harry und versuchte ihm zu folgen, doch ein kräftiger Zweig peitschte ihm todbringend entgegen und er musste zurückweichen.

Jetzt war nur noch Rons Bein zu sehen, mit dem er sich an einer Wurzel festgehakt hatte, um nicht weiter in die Tiefe gezerrt zu werden – doch ein fürchterliches Knacken durchschnitt die Luft wie ein Gewehrschuss; Rons Bein war gebrochen und schon war sein Fuß verschwunden.

»Harry – wir müssen Hilfe holen –«, keuchte Hermine; auch sie blutete; die Peitschende Weide hatte ihr die Schulter aufgerissen.

»Nein!«, sagte Harry und wollte Ron nachstürzen, doch wieder surrte ein dicker Zweig durch die Luft und er konnte sich gerade noch rechtzeitig wegducken. »Dieser Köter ist groß genug, um ihn zu fressen, wir haben nicht die Zeit –«

»Harry – ohne Hilfe kommen wir nie durch –«

Wieder schlug ein Ast nach ihnen aus, die kleinen Zweige geballt wie Fäuste.

»Wenn dieser Köter dort reinkommt, dann kommen wir auch rein«, keuchte Harry. Immer wieder wollte er unter den Baum vorstoßen, doch er kam keinen Schritt näher an die Wurzeln, ohne sich den Hieben seiner Zweige auszusetzen.

»Oh, Hilfe, Hilfe«, flüsterte Hermine verzweifelt und tänzelte ratlos auf der Stelle, »bitte …«

Pfeilschnell schoss Krummbein an ihnen vorbei. Wie eine Schlange wich er den Hieben der Weide aus und setzte dann die Vorderpfote auf einen Knoten am Baumstamm.

Sofort erstarrte der ganze Baum, als wäre er zu Stein geworden. Kein Zweig rührte sich, kein Blatt zitterte.

»Krummbein!«, flüsterte Hermine argwöhnisch. Sie klammerte sich so fest an Harrys Arm, dass es wehtat. »Woher wusste er das –?«

»Er ist mit diesem Hund befreundet«, sagte Harry grimmig. »Ich hab sie zusammen gesehen. Komm – und halt deinen Zauberstab bereit –«

Im Handumdrehen waren sie beim Baumstamm, doch bevor sie den Spalt zwischen den Wurzeln erreicht hatten, war Krummbein schon hineingesprungen. Sie sahen nur noch seinen Schwanz, kräftig wie eine Flaschenbürste, vor ihnen herwedeln. Harry folgte ihm; mit dem Kopf voran krabbelte er hinein, glitt eine Erdrutsche hinunter und landete auf dem Boden eines sehr niedrigen Tunnels. Ein paar Meter vor ihm blitzten Krummbeins Augen im Licht seines Zauberstabs. Sekunden später kam Hermine runtergeschlittert und landete neben ihm.

»Wo ist Ron?«, flüsterte sie ängstlich.

»Da lang«, sagte Harry und folgte Krummbein mit gebeugtem Rücken.

»Wohin führt dieser Tunnel?«, keuchte Hermine hinter ihm.

»Ich weiß nicht … er ist auf der Karte des Rumtreibers eingezeichnet, aber Fred und George glauben, hier sei noch keiner reingekommen … die Karte zeigte nicht, wo er endet, aber es sah so aus, als würde er nach Hogsmeade führen …«

Tief gebückt liefen sie, so schnell sie konnten; immer wieder erhaschten sie einen Blick auf Krummbeins Schwanz. Der Geheimgang schien nicht enden zu wollen; er kam Harry so lang vor wie der zum *Honigtopf*. Er dachte nur noch an Ron und stellte sich vor, was der Riesenhund mit ihm anstellen konnte … er rannte weiter, die Hände fast auf dem Boden, erschöpft um Luft ringend …

Endlich begann der Tunnel anzusteigen; kurz darauf ging es in eine Biegung und Krummbein war verschwunden.

Doch jetzt konnte Harry einen schwachen Lichtfleck erkennen, der durch eine kleine Öffnung fiel.

Die beiden hielten inne und rangen nach Atem, dann drangen sie weiter vor. Sie hoben ihre Zauberstäbe, um zu sehen, was hinter der Öffnung lag.

Es war ein Zimmer, wüst und staubig. Die Tapeten schälten sich von den Wänden; der ganze Fußboden war mit Flecken bedeckt; alle Möbel waren kaputt, als ob sie jemand zertrümmert hätte. Die Fenster waren mit Brettern vernagelt.

Harry warf Hermine einen Blick zu. Sie schien verängstigt, nickte aber.

Harry zog sich nach oben aus dem Loch und schaute sich um. Niemand war in diesem Raum, doch zur Rechten stand eine Tür offen, die in einen düsteren Flur führte. Plötzlich packte Hermine Harrys Arm. Ihre aufgerissenen Augen wanderten über die vernagelten Fenster.

»Harry«, flüsterte sie, »ich glaub, wir sind in der Heulenden Hütte.«

Harry sah sich um. Sein Blick fiel auf einen Stuhl neben ihnen. Holzstücke waren rausgerissen worden; ein Stuhlbein war abgerissen.

»Das waren keine Gespenster«, sagte er langsam.

In diesem Augenblick knarrte es über ihren Köpfen. Im oberen Stockwerk hatte sich etwas bewegt. Sie blickten zur Decke. Hermine hatte sich so fest an Harrys Arm geklammert, dass seine Finger taub wurden. Er hob die Augenbrauen und sah sie an; sie nickte ihm zu und ließ ihn los.

So leise sie konnten, schlichen sie hinaus in den Flur und die morsche Treppe hoch. Eine dicke Staubschicht lag überall, nur auf den Stufen hatte etwas Schweres, das nach oben geschleift worden war, einen hellen, glänzenden Streifen hinterlassen.

Oben gelangten sie in einen dunklen Korridor.

»*Nox*«, flüsterten sie wie aus einem Mund und die Lichter an den Spitzen ihrer Zauberstäbe erloschen. Nur eine Tür stand offen. Als sie sich herantasteten, hörten sie, wie sich etwas dahinter bewegte; ein leises Stöhnen und dann ein tiefes, lautes Schnurren. Sie wechselten einen letzten Blick und ein letztes Kopfnicken.

Harry umklammerte den Zauberstab und hob ihn hoch, dann trat er die Tür auf.

Auf einem prächtigen Himmelbett mit verstaubten Vorhängen fläzte sich Krummbein, der bei Harrys Anblick laut zu schnurren begann. Neben dem Bett auf dem Fußboden lag Ron, die Hände um ein Bein geklammert, das in merkwürdigem Winkel abstand.

Harry und Hermine stürzten zu ihm hin.

»Ron – was ist los mit dir?«

»Wo ist der Hund?«

»Kein Hund«, stöhnte Ron und biss vor Schmerz die Zähne zusammen. »Harry, das ist eine Falle!«

»Was?«

»*Er ist der Hund … er ist ein Animagus …*«

Ron starrte über Harrys Schulter. Harry wirbelte herum. Der Mann im Schatten ließ die Tür ins Schloss fallen.

Das schmutzige verfilzte Haar reichte ihm bis zu den Ellbogen. Wenn aus den tiefen, dunklen Höhlen in seinem Gesicht keine Augen geleuchtet hätten, hätte er auch eine Leiche sein können. Die wächserne Haut war so fest über die Knochen gespannt, dass sein Kopf wie ein Totenschädel aussah. Ein Grinsen offenbarte die gelben Zähne. Es war Sirius Black.

»*Expelliarmus!*«, krächzte er und richtete Rons Zauberstab auf sie.

Harry und Hermine riss es die Zauberstäbe aus den Händen, sie wirbelten durch die Luft und Black fing sie auf.

Dann kam er einen Schritt näher. Seine Augen waren unverwandt auf Harry gerichtet.

»Ich wusste, dass du kommen würdest, um deinem Freund zu helfen«, sagte er heiser. Seine Stimme klang, als hätte er sie schon lange nicht mehr gebraucht. »Dein Vater hätte dasselbe für mich getan. Mutig von dir, nicht erst einen Lehrer zu holen. Ich bin dir dankbar ... es wird alles viel leichter machen ...«

Die Bemerkung über seinen Vater klang in Harrys Ohren nach, als ob Black ihn angeschrien hätte. Brennender Hass loderte in seiner Brust hoch und ließ für Angst keinen Platz. Zum ersten Mal in seinem Leben wollte er den Zauberstab nicht zurückhaben, um sich zu verteidigen, sondern um anzugreifen ... zu töten. Ohne zu wissen, was er tat, wollte er losstürzen, doch neben ihm gab es eine rasche Bewegung und zwei Paar Hände packten ihn und hielten ihn zurück –

»Nein, Harry!«, flüsterte Hermine, die Augen schreckensstarr; Ron jedoch sprach zu Black.

»Wenn Sie Harry töten wollen, dann müssen Sie uns auch töten!«, sagte er grimmig, doch die Anstrengung, aufrecht zu stehen, trieb ihm den letzten Rest Farbe aus dem Gesicht und er schwankte ein wenig.

In Blacks schattigen Augen flackerte etwas auf.

»Leg dich hin«, sagte er leise zu Ron. »Dein Bein ist gebrochen.«

»Haben Sie mich gehört?«, sagte Ron schwach, doch er klammerte sich an Harry, um nicht zu fallen. »Sie müssen uns alle drei umbringen!«

»Es wird heute Nacht nur einen Mord geben«, sagte Black und sein Grinsen wurde breiter.

»Warum das denn?«, fauchte Harry und versuchte sich dem Griff von Ron und Hermine zu entwinden. »Das letzte Mal hat's Sie doch auch nicht gekümmert, oder? All diese Muggel abzuschlachten, um an Pettigrew zu kommen, hat

352

Ihnen nichts ausgemacht … was ist los, haben sie Sie weich gekriegt in Askaban?«

»Harry!«, wimmerte Hermine. »Sei still!«

»Er hat meine Mum und meinen Dad umgebracht!«, brüllte Harry. Mit einem heftigen Ruck befreite er sich von Hermine und Ron und stürzte sich Black entgegen.

Harry hatte alle Zauberei vergessen – er hatte vergessen, dass er klein und mager und dreizehn war, Black dagegen ein großer, ausgewachsener Mann. Harry wusste nur, dass er Black Schmerz zufügen wollte, so viel wie möglich, und dass es ihm gleich war, wenn Black ihm ebenfalls wehtat.

Vielleicht war Black einen Augenblick zu verdutzt, weil Harry etwas so Dummes tat, jedenfalls hob er die Zauberstäbe nicht rechtzeitig – Harry packte Blacks ausgezehrtes Handgelenk und schob die Zauberstäbe von sich weg; mit der anderen Hand schlug er gegen Blacks Schläfe, dass ihm die Knöchel schmerzten, und beide krachten gegen die Wand.

Hermine schrie auf; Ron brüllte; aus den Zauberstäben in Blacks Hand schossen blendende Lichtblitze, und ein Funkenstrahl verfehlte Harrys Kopf um Haaresbreite; Harry spürte, wie Black den ausgemergelten Arm, den Harry umklammert hielt, verzweifelt losreißen wollte, doch er umklammerte ihn noch fester und schlug mit der anderen Hand wie von Sinnen auf Black ein.

Doch Blacks freie Hand hatte den Weg zu Harrys Gurgel gefunden.

»Nein«, zischte er, »ich hab zu lange gewartet.«

Seine Hand zog sich zu, Harry würgte, die Brille hing ihm schief auf der Nase.

Dann schoss Hermines Fuß wie aus dem Nichts hervor; ächzend vor Schmerz ließ Black Harry los; Ron hatte sich auf Blacks Zauberstabhand geworfen und Harry hörte leises Geklapper.

Er kämpfte sich aus dem Körperknäuel frei und sah seinen Zauberstab über den Boden rollen; er hechtete hinüber, doch –

»Aaarh!«

Krummbein hatte sich ins Getümmel geworfen; die Klauen beider Vorderpfoten gruben sich tief in Harrys Arm; Harry schüttelte ihn ab, doch Krummbein hüpfte jetzt zu Harrys Zauberstab.

»Nein, das tust du nicht!«, brüllte Harry und versetzte Krummbein einen Fußtritt, der ihn fauchend in die Ecke fliegen ließ; Harry schnappte sich den Zauberstab und wandte sich um.

»Aus dem Weg!«, rief er Ron und Hermine zu.

Sie ließen es sich nicht zweimal sagen. Hermine sprang japsend beiseite und warf sich mit blutenden Lippen auf ihren und Rons Zauberstab. Ron kroch hinüber zum Bett und brach röchelnd darauf zusammen. Sein weißes Gesicht war grün angelaufen und mit beiden Händen umklammerte er das gebrochene Bein.

Black lag ausgestreckt an der Wand. Seine flache Brust hob und senkte sich rasch, während er mit den Augen Harry folgte, der langsam auf ihn zuging, den Zauberstab direkt auf Blacks Herz gerichtet.

»Wirst du mich töten, Harry?«, flüsterte er.

Harry blieb über ihm stehen, den Zauberstab unverwandt auf Blacks Brust gerichtet, und sah zu ihm hinab. Ein brennender Riss zog sich um sein linkes Auge, und seine Nase blutete.

»Sie haben meine Eltern getötet«, sagte Harry mit leichtem Zittern in der Stimme, doch die Hand mit dem Zauberstab war vollkommen ruhig.

Black starrte aus seinen eingesunkenen Augen zu ihm hoch.

»Ich leugne es nicht«, sagte er ganz ruhig. »Aber wenn du die ganze Geschichte kennen würdest –«

»Die ganze Geschichte?«, wiederholte Harry mit einem zornigen Pochen in den Ohren. »Sie haben meine Eltern an Voldemort verraten, das ist alles, was ich wissen muss!«

»Du musst mir zuhören«, sagte Black, und ein flehender Ton lag jetzt in seiner Stimme. »Du wirst es bereuen, wenn du nicht ... du verstehst nicht.«

»Ich verstehe einiges mehr, als Sie glauben«, sagte Harry mit einem heftigen Beben in der Stimme. »Sie haben sie ja nie gehört, oder? Meine Mum ... wie sie versucht hat, mich vor Voldemort zu retten ... und Sie haben es getan ... Sie waren es ...«

Bevor einer von ihnen noch ein Wort sagen konnte, huschte etwas Rostbraunes an Harry vorbei; und schon war Krummbein auf Blacks Brust gesprungen und hatte sich genau auf Blacks Herzen zusammengerollt. Black blinzelte und sah den Kater an.

»Scher dich bloß weg«, murmelte Black und versuchte Krummbein wegzuschieben.

Doch Krummbein versenkte die Klauen in Blacks Umhang und rührte sich nicht. Der Kater wandte sein hässliches, eingedelltes Gesicht Harry zu und sah mit seinen großen gelben Augen zu ihm hoch. Hinter sich hörte er Hermine trocken schluchzen.

Harry starrte auf Black und Krummbein und umklammerte den Zauberstab noch fester. Was machte es schon, wenn er auch den Kater tötete. Er war mit Black verbündet ... wenn er bereit war zu sterben, weil er Black schützen wollte, ging Harry das nichts an ... wenn Black ihn retten wollte, zeigte das nur, dass er sich mehr um Krummbein scherte als um Harrys Eltern ...

Harry hob den Zauberstab. Die Zeit war gekommen. Dies war der Augenblick, Vater und Mutter zu rächen. Er würde Black töten. Er musste Black töten. Dies war seine Chance ...

Und die Sekunden zogen sich in die Länge, und immer noch stand Harry wie angewurzelt da, den Zauberstab umklammert. Black, mit Krummbein auf der Brust, starrte zu ihm hoch. Vom Bett her hörte er Rons rasselndes Atmen, Hermine war ganz still.

Und dann hörte er ein neues Geräusch –

Gedämpfte Schritte drangen durch den Fußboden; jemand kam die Treppe hinauf.

»Wir sind hier oben!«, rief Hermine plötzlich. »Wir sind hier oben – Sirius Black – *schnell!*«

Black zuckte so heftig zusammen, dass Krummbein fast von seiner Brust gerutscht wäre; Harry umklammerte krampfhaft seinen Zauberstab – *tu's jetzt!*, sagte eine Stimme in seinem Kopf – doch die Schritte polterten die Treppe herauf und Harry hatte immer noch nicht gehandelt.

Die Tür krachte unter einem Schauer roter Funken auf und Harry wirbelte herum. Professor Lupin kam in das Zimmer gestürzt, das Gesicht blutleer, den Zauberstab drohend erhoben. Seine Augen flackerten hinüber zu Ron, der auf dem Bett lag, zu Hermine, die an der Tür kauerte, und zu Harry, der dastand und Black mit dem Zauberstab bedrohte, und dann zu Black selbst, zusammengekrümmt und blutend zu Harrys Füßen.

»*Expelliarmus!*«, rief Lupin.

Abermals flog Harry der Zauberstab aus der Hand, und auch Hermine verlor die beiden, die sie gehalten hatte. Geschickt fing Lupin sie auf, dann trat er näher und starrte Black an, auf dessen Brust noch immer Krummbein schützend lag.

Harry stand da und fühlte sich plötzlich vollkommen leer. Er hatte es nicht getan. Er hatte nicht den Mumm dazu gehabt. Sie würden Black den Dementoren aushändigen.

Dann sprach Lupin, und seine Stimme war zum Zerreißen gespannt.

»Wo ist er, Sirius?«

Harry blickte Lupin überrascht an. Er verstand nicht, was er meinte. Wo war wer? Er schaute erneut auf Black.

Blacks Gesicht war vollkommen ausdruckslos. Ein paar Sekunden lang regte er sich überhaupt nicht. Dann, ganz langsam, hob er die leere Hand und deutete auf Ron. Verblüfft wandte sich Harry zu Ron um, der ebenfalls völlig verdutzt schien.

»Aber dann ...«, murmelte Lupin und starrte Black so durchdringend an, als wolle er seine Gedanken lesen, »warum hat er sich dann nie offenbart? Außer« – und Lupin riss plötzlich die Augen auf, als würde er hinter Black noch etwas sehen, etwas, das keiner von den anderen sehen konnte – »außer, er war es ... wenn ihr getauscht habt ... ohne es mir zu sagen?«

Ganz langsam, die eingesunkenen Augen starr auf Lupins Gesicht gerichtet, nickte Black mit dem Kopf.

»Professor«, setzte Harry an, »was –?«

Doch er kam mit seiner Frage nie zu Ende, denn was er sah, würgte ihm die Stimme ab. Lupin ließ den Zauberstab sinken und sah Black unverwandt an. Und schon sprang er an Blacks Seite, packte ihn bei der Hand, zog ihn hoch, so dass Krummbein zu Boden fiel, und umarmte Black wie einen Bruder.

Harry hatte das Gefühl, als hätte es ihm den Magen umgedreht.

»Ich glaub's nicht!«, schrie Hermine.

Lupin löste sich von Black und wandte sich ihr zu. Sie hatte sich aufgerichtet und deutete mit zornflackerndem Blick auf Lupin. »Sie – Sie –«

»Hermine –«

»– Sie und er!«

»Hermine, beruhige dich –«

»Ich hab's niemandem erzählt!«, kreischte Hermine, »ich hab es für Sie vertuscht –«

»Hermine, hör mir bitte zu!«, rief Lupin, »ich kann's dir erklären –«

Harry schüttelte es am ganzen Leib, doch nicht aus Angst. Eine neue Welle von Zorn überschwemmte ihn.

»Ich habe Ihnen vertraut«, rief er Lupin zu, seiner Stimme nicht mehr Herr, »und die ganze Zeit waren Sie sein Freund –«

»Du irrst dich«, sagte Lupin, »ich war bisher nicht Sirius' Freund, aber ich bin es jetzt – lass es mich erklären ...«

»Nein!«, schrie Hermine, »Harry, trau ihm nicht, er hat Black geholfen, ins Schloss zu kommen, er will auch dich tot sehen – er ist ein Werwolf!«

Eine unheimliche Stille trat ein. Aller Augen waren jetzt auf Lupin gerichtet, der erstaunlich ruhig wirkte, wenn auch ziemlich bleich.

»Nicht ganz so gut wie sonst, Hermine«, sagte er. »Nur einen von drei Punkten, fürchte ich. Ich habe Sirius nicht geholfen, ins Schloss zu kommen, und ich will gewiss nicht, dass Harry stirbt ...« Ein merkwürdiges Zittern huschte ihm übers Gesicht. »Doch will ich nicht bestreiten, dass ich ein Werwolf bin.«

Ron unternahm einen vergeblichen Versuch, sich aufzurichten, sackte jedoch vor Schmerz wimmernd zurück aufs Bett. Lupin ging mit besorgtem Blick zu ihm hinüber, doch Ron japste:

»Weg von mir, Werwolf!«

Lupin blieb wie angewurzelt stehen. Dann wandte er sich mit offensichtlicher Mühe Hermine zu und sagte:

»Seit wann weißt du es?«

»Schon 'ne Ewigkeit«, flüsterte Hermine. »Seit ich den Aufsatz für Professor Snape geschrieben habe ...«

»Er wird sich freuen«, sagte Lupin kühl. »Er hat euch den Aufsatz schreiben lassen in der Hoffnung, jemand würde erkennen, was meine Symptome bedeuten ... Hast du auf der Mondtabelle nachgesehen und festgestellt, dass ich bei Vollmond krank war? Oder ist dir aufgefallen, dass der Irrwicht sich in einen Mond verwandelte, als er mich sah?«

»Beides«, sagte Hermine leise.

Lupin lachte gequält.

»Du bist die schlauste Hexe deines Alters, die ich je getroffen habe, Hermine.«

»Bin ich nicht«, flüsterte Hermine, »wenn ich ein wenig schlauer gewesen wäre, hätte ich allen gesagt, was Sie sind!«

»Aber das wissen sie schon«, sagte Lupin. »Zumindest die Lehrer.«

»Dumbledore hat Sie eingestellt, obwohl er wusste, dass Sie ein Werwolf sind?«, schnaubte Ron mit aufgerissenen Augen. »Ist er wahnsinnig?«

»Einige Lehrer dachten das auch«, sagte Lupin. »Es war ein schweres Stück Arbeit, gewisse Lehrer davon zu überzeugen, dass man mir vertrauen kann –«

»Und da hat er sich geirrt!«, rief Harry. »Sie haben ihm die ganze Zeit geholfen!« Er deutete auf Black, der zum Bett hinübergegangen und darauf zusammengesunken war, eine zitternde Hand aufs Gesicht gepresst. Krummbein sprang zu ihm hoch und kroch schnurrend auf seinen Schoß. Ron rückte von beiden weg und zog sein Bein nach.

»Ich habe Sirius nicht geholfen«, sagte Lupin. »Wenn ihr mir eine Chance gebt, dann erkläre ich es. Hier –«

Er nahm die Zauberstäbe von Harry, Ron und Hermine und warf sie ihren Besitzern zu; verdutzt fing Harry den seinen auf.

»Also gut«, sagte Lupin und steckte den eigenen Zauberstab in den Gürtel. »Ihr seid bewaffnet, wir nicht. Hört ihr mir jetzt zu?«

Harry wusste nicht, was er davon halten sollte. War das eine List?

»Wenn Sie ihm nicht geholfen haben«, sagte er mit zornigem Blick auf Black, »woher wussten Sie dann, dass er hier war?«

»Die Karte«, sagte Lupin, »die Karte des Rumtreibers. Ich war in meinem Büro und hab auf ihr nachgesehen.«

»Sie wissen, wie man mit ihr umgeht?«, sagte Harry misstrauisch.

»Natürlich weiß ich, wie man mit ihr umgeht«, sagte Lupin und wedelte ungeduldig mit der Hand. »Ich hab daran mitgeschrieben. Ich bin Moony – das war mein Spitzname bei den Freunden in der Schule.«

»Sie selbst –?«

»Wichtig ist jetzt nur, dass ich die Karte heute Abend sorgfältig zu Rate gezogen habe, weil ich ahnte, dass ihr drei euch vielleicht aus dem Schloss stehlt, um Hagrid zu besuchen, bevor der Hippogreif hingerichtet wird. Und ich hatte Recht, nicht wahr?«

Er schritt jetzt im Zimmer auf und ab und sah sie abwechselnd an. Seine Schritte wirbelten kleine Staubwölkchen auf.

»Du hast sicher den Umhang deines Vaters getragen, Harry –«

»Woher wissen Sie von dem Umhang?«

»Ich sah James so oft darunter verschwinden ...«, sagte Lupin und fuchtelte erneut ungeduldig mit der Hand. »Der Witz dabei ist, selbst wenn du den Tarnumhang trägst, erscheinst du auf der Karte des Rumtreibers. Jedenfalls sah ich euch über das Gelände gehen und Hagrids Hütte betreten. Zwanzig Minuten später seid ihr herausgekommen und habt euch auf den Rückweg gemacht. Doch jetzt war noch ein anderer dabei.«

»Wie bitte?«, sagte Harry. »Nein, wir waren zu dritt!«

»Ich wollte meinen Augen nicht trauen«, sagte Lupin, der immer noch auf und ab ging und Harrys Einwurf nicht beachtete. »Ich dachte, mit der Karte würde etwas nicht stimmen. Wie konnte er bei euch sein?«

»K...keiner war bei uns!«, sagte Harry.

»Und dann hab ich noch einen Punkt gesehen, der sich rasch auf euch zubewegte, mit dem Namen Sirius Black ... Ich sah, wie er mit euch zusammenstieß und wie er zwei von euch unter die Peitschende Weide zerrte –«

»Einen!«, sagte Ron zornig.

»Nein, Ron«, sagte Lupin. »Zwei von euch.«

Er war stehen geblieben und ließ die Augen über Ron gleiten.

»Könnte ich mir mal deine Ratte ansehen?«, sagte er gelassen.

»Was?«, sagte Ron. »Was hat Krätze mit alldem denn zu tun?«

»Einiges«, sagte Lupin. »Kann ich sie sehen, bitte?«

Ron zögerte, dann steckte er die Hand in den Umhang und zerrte Krätze hervor, der verzweifelt um sich schlug. Fast wäre er entkommen, hätte Ron ihn nicht gerade noch an seinem langen kahlen Schwanz erwischt. Krummbein hatte den Kopf gehoben und fauchte.

Lupin trat auf Ron zu. Er schien den Atem anzuhalten, während er Krätze aufmerksam musterte.

»Was?«, fragte Ron erneut und drückte Krätze mit angsterfülltem Blick an die Brust. »Was hat meine Ratte mit alldem zu tun?«

»Das ist keine Ratte«, krächzte auf einmal Sirius Black.

»Was soll das heißen – natürlich ist das eine Ratte –«

»Nein, ist es nicht«, sagte Lupin ruhig. »Es ist ein Zauberer.«

»Ein Animagus«, sagte Black, »mit Namen Peter Pettigrew.«

Vier Freunde

Es dauerte eine Weile, bis sie diese aberwitzige Behauptung verdaut hatten. Dann sprach Ron aus, was Harry dachte.

»Sie sind verrückt, alle beide.«

»Lächerlich!«, sagte Hermine matt.

»Peter Pettigrew ist tot!«, sagte Harry. »Er hat ihn vor zwölf Jahren umgebracht!«

Er deutete auf Black, dessen Gesicht krampfartig zuckte.

»Das wollte ich«, knurrte er und bleckte seine gelben Zähne, »doch der kleine Peter hat mir ein Schnippchen geschlagen … aber diesmal passiert mir das nicht mehr!«

Urplötzlich sprang Black auf, schleuderte Krummbein zu Boden und warf sich auf Krätze; Ron schrie vor Schmerz, denn Black landete mit aller Wucht auf seinem gebrochenen Bein.

»Sirius, NEIN!«, rief Lupin, stürzte sich auf Black und zerrte ihn von Ron fort. »Warte! So einfach geht das nicht – sie müssen es verstehen – wir müssen es ihnen erklären –«

»Erklären können wir's hinterher!«, fauchte Black und versuchte Lupin abzuschütteln, die eine Hand immer noch in die Luft gestreckt und nach Krätze greifend, der quiekend wie ein Schweinchen zu fliehen versuchte und dabei Rons Gesicht und Hals zerkratzte.

»Sie – haben – ein – Recht – alles – zu – erfahren!«, keuchte Lupin vor Anstrengung, Black zu bändigen. »Ron hat ihn als Haustier gehalten! Einiges an dieser Geschichte ist selbst mir schleierhaft! Und Harry – du schuldest Harry die Wahrheit, Sirius!«

Black erlahmte, doch aus seinen Augenhöhlen heraus fixierte er weiterhin Krätze, der sich unter Rons zerbissenen, zerkratzten und blutenden Händen an dessen Körper gekrallt hatte. »Nun gut«, sagte Black, ohne den Blick von der Ratte zu wenden. »Sag ihnen alles, was du willst. Aber mach schnell, Remus. Ich will endlich den Mord begehen, für den ich eingesperrt wurde ...«

»Vollkommen durchgeknallt, und zwar ihr beide«, sagte Ron mit bebender Stimme und wandte sich Hilfe suchend an Harry und Hermine. »Jetzt hab ich die Nase voll. Ich hau ab.« Er versuchte sich auf sein gesundes Bein zu stellen, doch Lupin hob erneut seinen Zauberstab und richtete ihn auf Krätze.

»Du lässt mich jetzt mal ausreden, Ron«, sagte er leise. »Und halt Peter schön fest, während du zuhörst.«

»Das ist nicht Peter, das ist Krätze!«, rief Ron und versuchte, die Ratte wieder in seine Vordertasche zu zwängen, doch Krätze wehrte sich so verzweifelt, dass Ron ins Schwanken geriet und das Gleichgewicht verlor; Harry fing ihn auf und schob ihn zurück aufs Bett. Dann wandte er sich, ohne Black zu beachten, an Lupin.

»Es gab Zeugen, die Pettigrew sterben sahen«, sagte er. »Eine ganze Straße voller Leute ...«

»Sie haben nicht das gesehen, was sie zu sehen glaubten!«, brauste Black zornig auf, ohne die Augen von dem in Rons Händen zappelnden Krätze zu wenden.

»Alle dachten, Sirius hätte Peter umgebracht«, sagte Lupin und nickte. »Ich selbst hab es geglaubt – bis ich heute Abend die Karte sah. Denn die Karte des Rumtreibers lügt nie ... Peter lebt noch. Ron hält ihn in den Händen, Harry.«

Harry sah zu Ron hinunter, ihre Blicke trafen sich, und es

brauchte keine Worte um zu erkennen, dass Ron genauso dachte wie er: Black und Lupin waren durchgeknallt. Ihre Geschichte ergab überhaupt keinen Sinn. Wie konnte Krätze denn Peter Pettigrew sein? Askaban musste Black also doch aus der Bahn geworfen haben – doch warum machte Lupin den Unsinn mit? Jetzt meldete sich Hermine, mit zitternder, bemüht ruhiger Stimme, als wollte sie Professor Lupin zwingen, wieder vernünftig zu reden.

»Aber Professor Lupin ... Krätze kann nicht Pettigrew sein ... das kann einfach nicht stimmen, und das wissen Sie ...«

»Warum kann es nicht stimmen?«, sagte Lupin ruhig, als wären sie im Unterricht und Hermine wäre beim Experimentieren mit Grindelohs ein kleines Problem aufgefallen.

»Weil ... es bekannt wäre, wenn Peter Pettigrew ein Animagus gewesen wäre. Wir haben Animagi bei Professor McGonagall im Unterricht durchgenommen. Und für meine Hausaufgaben hab ich nachgeforscht – das Ministerium kontrolliert alle Hexen und Zauberer, die Tiere wurden; es gibt eine Liste, auf der verzeichnet ist, wer zu welchem Tier wurde, mit ihren Merkmalen und allem ... Ich hab mit Hilfe von Professor McGonagall in dieser Liste nachgeschaut, es gab dieses Jahrhundert nur zwei Animagi, und Pettigrews Name war nicht dabei –«

Harry hatte kaum Zeit, im Stillen Hermine dafür zu bewundern, wie viel Mühe sie auch diesmal in ihre Hausaufgaben gesteckt hatte, denn Lupin fing an zu lachen.

»Du hast wieder mal Recht, Hermine!«, sagte er. »Aber das Ministerium hat nie erfahren, dass sich einst drei nicht gemeldete Animagi in Hogwarts rumtrieben!«

»Wenn du ihnen die ganze Geschichte erzählen willst, Remus, dann beeil dich mal«, knurrte Black, der immer noch jede verzweifelte Bewegung Krätzes beobachtete.

»Na gut ... aber du musst mir helfen, Sirius«, sagte Lupin. »Ich weiß nur, wie's angefangen hat ...«

Lupin brach ab. Hinter ihnen hatte es laut geknarrt. Die Schlafzimmertür war von allein aufgegangen. Alle fünf starrten auf die Tür. Dann ging Lupin hinüber und spähte auf den Korridor hinaus.

»Keiner da ...«

»Hier spukt es!«, sagte Ron.

»Keineswegs«, sagte Lupin und sah immer noch ratlos zur Tür. »In der Heulenden Hütte hat es nie gespukt ... das Schreien und Heulen, das die Leute im Dorf hörten, das stammte von mir.«

Er wischte sich das angegraute Haar aus den Augen, dachte einen Moment lang nach und sagte dann:

»Alles fing damit an – dass ich ein Werwolf wurde. All das hätte nicht passieren können, wenn ich nicht gebissen worden wäre ... und wenn ich nicht so töricht gewesen wäre ...«

Er wirkte ernst und müde. Ron wollte etwas einwerfen, doch Hermine sagte: »Schhh!« Sie sah Lupin sehr gespannt an.

»Ich war noch ein ganz kleiner Junge, als ich gebissen wurde. Meine Eltern haben alles versucht, aber damals gab es noch keine Arznei dagegen. Der Trank, den Professor Snape für mich gebraut hat, ist eine ganz neue Entdeckung. Er schützt mich, müsst ihr wissen. Wenn ich ihn in der Woche vor Vollmond einnehme, behalte ich den Verstand, während ich mich verwandle ... ich kann mich dann in meinem Büro einrollen, als harmloser Wolf, und warten, bis der Mond wieder abnimmt.

Bevor jedoch der Wolfsbann-Trank entdeckt wurde, verwandelte ich mich einmal im Monat in ein ausgewachsenes Ungeheuer. Es schien unmöglich, mich nach Hogwarts zu schicken. Die anderen Eltern würden ihre Kinder sicher nicht dieser Gefahr aussetzen wollen.

Doch dann wurde Dumbledore Schulleiter, und er hatte Verständnis. Solange wir bestimmte Vorkehrungen träfen, sagte er, gäbe es keinen Grund, warum ich nicht zur Schule kommen sollte ...« Lupin seufzte und sah Harry in die Augen. »Ich hab dir schon vor Monaten erzählt, dass die Peitschende Weide in dem Jahr gepflanzt wurde, als ich nach Hogwarts kam. Die Wahrheit ist, dass sie gepflanzt wurde, weil ich nach Hogwarts kam. Dieses Haus –«, Lupin sah sich traurig im Zimmer um, »– der Tunnel, der hierher führt – sie wurden für mich gebaut. Einmal im Monat hat man mich aus dem Schloss geschmuggelt, in dieses Haus, wo ich mich verwandeln konnte. Den Baum pflanzten sie am Eingang des Tunnels, damit niemand mir folgen konnte, wenn ich gefährlich war.«

Harry hatte keine Ahnung, wo diese Geschichte hinführen sollte, und dennoch lauschte er hingerissen. Außer Lupins Stimme war nur noch Krätzes ängstliches Quieken zu hören.

»Meine Verwandlungen in jener Zeit waren ... waren fürchterlich. Es ist sehr schmerzhaft, sich in einen Werwolf zu verwandeln. Ich war fernab von Menschen, die ich beißen konnte, also biss und kratzte ich mich selbst. Die Dorfbewohner hörten den Lärm und die Schreie und glaubten, es seien besonders wüste Gespenster. Dumbledore schürte diese Gerüchte ... selbst heute, da im Haus seit Jahren Ruhe herrscht, wagen sich die Leute nicht in seine Nähe ...

Doch abgesehen von meinen Verwandlungen war ich so glücklich wie nie im Leben. Zum ersten Mal hatte ich Freunde, drei großartige Freunde. Sirius Black ... Peter Pettigrew ... und natürlich deinen Vater, Harry. James Potter.

Meinen drei Freunden konnte natürlich nicht entgehen, dass ich einmal im Monat verschwand. Ich ließ mir alle möglichen Geschichten einfallen. Meine Mutter sei krank und ich müsse sie zu Hause besuchen … Ich hatte fürchterliche Angst, sie würden mich verlassen, wenn sie herausfänden, was in mir steckte. Doch wie du, Hermine, fanden sie natürlich die Wahrheit heraus …

Und sie ließen mich nicht im Stich. Im Gegenteil, sie taten etwas für mich, das meine Verwandlungen nicht nur erträglich machte, sondern zur schönsten Zeit meines Lebens. Sie wurden Animagi.«

»Mein Dad auch?«, sagte Harry erstaunt.

»Ja, allerdings«, sagte Lupin. »Sie brauchten fast drei Jahre, um herauszufinden, wie man es anstellt. Dein Vater und Sirius hier waren die klügsten Schüler in Hogwarts und das war ein Glück, denn die Verwandlung in einen Animagus kann fürchterlich schief gehen. Das ist ein Grund, weshalb das Ministerium alle, die es versuchen, scharf im Auge behält. Peter hätte es ohne die Hilfe von James und Sirius nicht geschafft. Doch dann, in unserem fünften Jahr in Hogwarts, schafften sie es. Sie konnten sich willentlich in verschiedene Tiere verwandeln.«

»Aber wie konnten sie Ihnen damit helfen?«, fragte Hermine verwirrt.

»Als Menschen konnten sie mir nicht Gesellschaft leisten, also taten sie es als Tiere«, sagte Lupin. »Ein Werwolf ist nur für Menschen gefährlich. Jeden Monat schlichen sie sich unter James' Tarnumhang aus dem Schloss. Sie verwandelten sich … Peter, als der Kleinste, konnte unter den peitschenden Weidenzweigen hindurchschlüpfen und den Knoten berühren, der sie erstarren lässt. Dann schlitterten sie hinunter in den Tunnel und kamen zu mir ins Haus. Unter ihrem Einfluss war ich weniger gefährlich. Mein Körper war immer noch der eines Wolfes, doch wenn ich mit ihnen zusammen war, fühlte ich mich eher wie ein Mensch.«

»Beeil dich, Remus«, knurrte Black, der Krätze noch immer mit einem fürchterlichen Hunger im Blick ansah.

»Ich komm schon zum Punkt, Sirius, nur die Ruhe ... Gut, jedenfalls taten sich nun, da wir uns alle verwandeln konnten, die spannendsten Möglichkeiten vor unseren Augen auf. Bald verließen wir die Heulende Hütte und streiften nachts über das Schlossgelände. Sirius und James verwandelten sich in so große Tiere, dass sie einen Werwolf mühelos in Schach halten konnten. Ich glaube nicht, dass je ein Hogwarts-Schüler mehr über das Schloss und die Ländereien herausgefunden hat als wir. Und so beschlossen wir, die Karte des Rumtreibers zu schreiben und sie mit unseren Spitznamen zu unterzeichnen. Sirius ist Tatze. Peter ist Wurmschwanz.

James war Krone.«

»Was für ein Tier ...?«, wollte Harry wissen, doch Hermine unterbrach ihn.

»Das war immer noch sehr gefährlich! Mit einem Werwolf in der Dunkelheit umherzulaufen. Was, wenn Sie den andern entwischt wären und jemanden gebissen hätten?«

»Der Gedanke daran lässt mich noch heute nicht los«, sagte Lupin bedrückt. »Und viele Male wäre es um ein Haar passiert. Hinterher haben wir darüber gelacht. Wir waren jung, unbesonnen – wir dachten, mit unserem Scharfsinn könnten wir alles machen. Natürlich fühlte ich mich manchmal schuldig, weil ich Dumbledores Vertrauen missbraucht hatte ... er hatte mich in Hogwarts aufgenommen, jeder andere Schulleiter hätte mich abgelehnt, und er hatte keine Ahnung, dass ich die Regeln, die er festgelegt hatte, um mich und andere zu schützen, verletzte. Er hat nie erfahren, dass ich drei Mitschüler dazu verleitet hatte, Animagi zu werden, was verboten war. Doch ich habe es immer wieder geschafft, meine Schuldgefühle zu verdrängen, wenn ich den Plan für unser Abenteuer im nächsten Monat ausheckte. Und darin hab ich mich nicht geändert …«

Lupins Gesicht verhärtete sich, Selbsthass lag nun in seiner Stimme. »Das ganze Jahr über habe ich mich mit dem Gedanken gequält, ob ich Dumbledore nicht sagen sollte, dass Sirius ein Animagus ist. Doch ich hab es nicht getan. Warum? Weil ich zu feige war. Denn dann hätte ich zugeben müssen, dass ich damals als Schüler sein Vertrauen missbraucht hatte, zugeben müssen, dass ich auch andere dazu angestiftet hatte … und dass Dumbledore mir vertraut, bedeutet mir unendlich viel. Er hat mich als Junge nach Hogwarts geleitet, er hat mir eine Stelle verschafft, während ich doch mein ganzes Erwachsenenleben über von allen gemieden wurde und nie eine Arbeit finden konnte, weil ich nun einmal so bin. Deshalb habe ich mir selbst eingeredet, Sirius würde mit Hilfe schwarzer Magie, die er von Voldemort gelernt hat, in die Schule eindringen können, habe mir eingeredet, es hätte nichts damit zu tun, dass er ein Animagus ist … deshalb hatte Snape in gewisser Weise immer Recht mit dem, was er von mir hielt.«

»Snape?«, sagte Black barsch und wandte nun zum ersten Mal seit etlichen Minuten den Blick von Krätze ab und Lupin zu. »Was hat Snape damit zu tun?«

»Er ist hier, Sirius«, sagte Lupin mit schwerer Stimme. »Auch er unterrichtet hier.« Er blickte zu Harry, Ron und Hermine auf.

»Professor Snape war mit uns auf der Schule. Er sträubte sich erbittert dagegen, dass ich die Stelle als Lehrer für Verteidigung gegen die dunklen Künste bekam. Er hat Dumbledore das ganze Jahr über immer wieder versichert, er dürfe mir nicht vertrauen. Er hat seine Gründe … ihr müsst wissen, Sirius hat ihm damals einen Streich gespielt, der ihn fast umgebracht hätte, und ich war dabei –«

369

Black grunzte hämisch.

»Geschah ihm recht«, krächzte er. »Hat rumgeschnüffelt und wollte rausfinden, was wir vorhatten ... er wollte doch nur, dass wir von der Schule fliegen ...«

»Snape war sehr erpicht darauf zu erfahren, wohin ich jeden Monat verschwand. Wir waren im selben Jahrgang, wisst ihr, und wir – ähm – mochten uns nicht besonders. Vor allem gegen James hegte er eine Abneigung. Er war wohl neidisch, weil James im Quidditch so begabt war ... Jedenfalls hatte Snape mich eines Abends, kurz vor Vollmond, mit Madam Pomfrey übers Gelände gehen sehen, die mich immer zur Peitschenden Weide führte. Sirius hielt es für eine – ähm – lustige Idee, Snape zu sagen, er müsse nur den Knoten an der Peitschenden Weide mit einem langen Stecken berühren und dann könne er mir folgen. Nun, natürlich hat Snape es probiert – und wenn er bis zu diesem Haus gekommen wäre, dann hätte er es mit einem ausgewachsenen Werwolf zu tun bekommen –, doch dein Vater, der hörte, was Sirius getan hatte, lief Snape hinterher und schleifte ihn zurück, unter großer Gefahr für sein eigenes Leben ... Allerdings hat Snape noch einen Blick auf mich erhascht, wie ich am Ende des Tunnels verschwand. Dumbledore hat ihm verboten, es irgendjemandem zu sagen, doch von da an wusste er, dass ich ...«

»Und aus diesem Grund kann Snape Sie nicht leiden?«, sagte Harry langsam. »Weil er dachte, Sie hätten von Sirius' Scherz gewusst?«

»So ist es«, sagte eine kalte Stimme an der Wand hinter Lupin.

Severus Snape riss sich den Tarnumhang vom Leib. Sein Zauberstab wies drohend auf Lupin.

Lord Voldemorts Knecht

Hermine schrie. Black sprang auf. Harry war, als hätte er einen schweren elektrischen Schlag bekommen.

»Den habe ich unter der Peitschenden Weide gefunden«, sagte Snape und warf den Tarnumhang beiseite, ohne den Zauberstab auch nur kurz von Lupins Brust abzuwenden. »Recht nützlich, Potter, ich danke …«

Snape wirkte leicht erschöpft, doch auf seinem Gesicht spiegelte sich ein Ausdruck des Triumphs. »Sie fragen sich vielleicht, woher ich wusste, dass Sie hier sind?«, sagte er mit glitzernden Augen. »Ich war eben in Ihrem Büro, Lupin. Sie haben heute Abend vergessen, Ihren Trank zu nehmen, also wollte ich einen Becher vorbeibringen. Und das war ein Glück … Glück für mich, würde ich sagen. Auf Ihrem Tisch lag eine gewisse Karte. Ein Blick darauf verriet mir alles, was ich wissen musste. Ich sah Sie durch den Tunnel laufen und verschwinden.«

»Severus –«, warf Lupin ein, doch Snape ließ sich nicht unterbrechen.

»Ich habe den Schulleiter immer wieder gewarnt, dass Sie Ihrem alten Freund Black dabei helfen, in die Schule zu kommen, Lupin, und hier ist der Beweis. Doch nicht einmal ich habe mir träumen lassen, dass Sie die Nerven hätten, diese alte Hütte als Versteck zu benutzen –«

»Severus, Sie machen einen Fehler«, sagte Lupin eindringlich. »Sie haben nicht alles gehört – ich kann es erklären – Sirius ist nicht hier, um Harry zu töten –«

»Zwei weitere Gefangene für Askaban heute Nacht«, sagte Snape, und seine Augen glühten jetzt wie die eines Besessenen. »Bin gespannt, wie Dumbledore das alles aufnimmt ... er war vollkommen überzeugt, dass Sie harmlos seien, Lupin ... ein zahmer Werwolf –«

»Sie Dummkopf«, sagte Lupin leise. »Ist der Groll über einen Schülerstreich Grund genug, einen Unschuldigen nach Askaban zu bringen?«

Ssss – dünne Seile schossen aus der Spitze von Snapes Zauberstab und schlängelten sich um Lupins Mund, Handgelenke und Fersen; er verlor das Gleichgewicht und stürzte zu Boden, wo er liegen blieb, ohne einen Finger rühren zu können. Black sprang vom Bett auf und wollte sich auf Snape stürzen, doch Snape richtete den Zauberstab genau zwischen seine Augen.

»Gib mir einen Grund«, flüsterte er. »Gib mir nur einen Grund, es zu tun, und ich schwöre, ich werde es tun.«

Black erstarrte. Es war unmöglich zu sagen, welches Gesicht hasserfüllter war.

Harry stand da wie gelähmt und wusste nicht, was er tun oder wem er glauben sollte. Er drehte sich zu Ron und Hermine um. Ron sah genauso verwirrt aus wie er und kämpfte immer noch mit Krätze. Hermine machte einen unsicheren Schritt auf Snape zu und sagte mit matter Stimme:

»Professor Snape, es ... es würde nichts schaden zu hören, was sie zu sagen haben, o-oder?«

»Miss Granger, auf Sie wartet bereits der Schulverweis«, bellte Snape. »Sie, Potter und Weasley haben alle Regeln gebrochen und befinden sich in Gesellschaft eines verurteilten Mörders und eines Werwolfs. Auch wenn es das erste Mal in Ihrem Leben sein sollte, halten Sie den Mund.«

»Aber wenn – wenn es einen Irrtum gab –«

»Sei still, du dumme Göre!«, schrie Snape und sah plötzlich ziemlich verstört aus. »Red nicht über Dinge, die du nicht verstehst!« Ein paar Funken prasselten aus der Spitze seines Zauberstabs, der immer noch auf Blacks Gesicht gerichtet war. Hermine verstummte.

»Rache ist zuckersüß«, hauchte Snape Black zu. »Wie sehr habe ich gehofft, dich als Erster in die Finger zu kriegen ...«

»Und jetzt bist du wieder der Dumme, Severus«, sagte Black gelassen. »Wenn dieser Junge seine Ratte ins Schloss bringen kann«, er nickte mit dem Kopf hinüber zu Ron, »komme ich ohne Federlesen mit ...«

»Ins Schloss?«, sagte Snape salbungsvoll. »Ich glaube nicht, dass wir so weit gehen müssen. Sobald wir draußen vor der Weide sind, rufe ich die Dementoren. Sie werden hocherfreut sein, dich zu sehen, Black ... so entzückt, dass sie dir sicher einen kleinen Kuss geben wollen ...«

Das bisschen Farbe auf Blacks Gesicht verschwand.

»D...du musst mich anhören«, krächzte er. »Die Ratte – schau dir die Ratte an –«

Doch ein irres Flackern, wie Harry es noch nie gesehen hatte, trat jetzt in Snapes Augen. Offenbar hatte er das Reich der Vernunft verlassen.

»Kommt mit, allesamt«, sagte er. Er schnippte mit den Fingern und die Enden der Seile, die Lupin fesselten, flogen ihm in die Hände. »Ich ziehe den Werwolf. Vielleicht haben die Dementoren auch ein Küsschen für ihn übrig.«

Harry wusste nicht recht, was er tat, doch mit drei Schritten hatte er das Zimmer durchquert und sich vor der Tür aufgebaut.

»Aus dem Weg, Potter, du hast schon mehr als genug Ärger«, schnarrte Snape. »Wenn ich nicht hergekommen wäre und deine Haut gerettet hätte –«

»Professor Lupin hätte mich dieses Jahr schon hundert Mal umbringen können«, sagte Harry. »Ich war oft mit ihm allein, er gab mir Unterricht gegen die Dementoren. Wenn er Black helfen wollte, warum hat er mich nicht schon längst erledigt?«

»Woher soll ich wissen, was im Hirn eines Werwolfs vor sich geht?«, zischte Snape. »Aus dem Weg, Potter.«

»Sie sind jämmerlich!«, rief Harry. »Nur weil Sie in der Schule zum Narren gehalten wurden, wollen Sie jetzt nicht mal zuhören!«

»Ruhe! So spricht man nicht mit mir!«, kreischte Snape und wirkte mehr denn je wie ein Irrer. »Wie der Vater, so der Sohn, Potter! Gerade habe ich dir den Hals gerettet, du solltest mir auf den Knien dafür danken! Wär dir recht geschehen, wenn er dich umgebracht hätte! Du wärst gestorben wie dein Vater, zu hochmütig, um zu glauben, er hätte sich in Black getäuscht – geh jetzt aus dem Weg, oder ich räum dich fort – aus dem Weg, Potter!«

Harry entschied sich im Bruchteil einer Sekunde. Bevor Snape auch nur einen Schritt auf ihn zugehen konnte, hatte er den Zauberstab erhoben.

»*Expelliarmus!*«, rief er – allerdings war seine Stimme nicht die einzige. Es gab einen Knall, der fast die Tür aus den Angeln gehoben hätte; Snape riss es von den Füßen, er krachte gegen die Wand und rutschte an ihr herunter zu Boden. Unter seinem Haarschopf sickerte ein kleines rotes Rinnsal hervor. Er war ohnmächtig.

Harry wandte sich um. Ron und Hermine hatten im selben Augenblick beschlossen, Snape zu entwaffnen. Snapes Zauberstab war durch die Luft geflogen und neben Krummbein auf dem Bett gelandet.

»Das hättest du nicht tun sollen«, sagte Black zu Harry gewandt. »Du hättest ihn mir überlassen sollen …«

Harry mied Blacks Augen. Er war sich auch jetzt noch nicht sicher, das Richtige getan zu haben.

»Wir haben einen Lehrer angegriffen … wir haben einen

Lehrer angegriffen ...«, wimmerte Hermine und starrte mit angsterfüllten Augen auf den leblosen Snape. »Oh, wir kriegen gewaltigen Ärger.«

Lupin kämpfte mit seinen Fesseln. Black bückte sich rasch und befreite ihn. Lupin richtete sich auf und rieb sich die Arme, wo das Seil ihm ins Fleisch geschnitten hatte.

»Danke, Harry«, sagte er.

»Ich sag immer noch nicht, dass ich Ihnen glaube«, erwiderte Harry.

»Dann ist es an der Zeit, dass wir es dir beweisen«, sagte Black. »Du, Junge – gib mir Peter. Sofort.«

Ron drückte Krätze noch fester an die Brust.

»Hören Sie auf damit«, sagte er mit schwacher Stimme. »Wollen Sie sagen, er ist aus Askaban geflohen, nur um Krätze in die Hände zu kriegen? Das ist doch ...« Er sah Hilfe suchend zu Harry und Hermine auf. »Gut, sagen wir, Pettigrew konnte sich in eine Ratte verwandeln – es gibt Millionen von Ratten – wie soll er wissen, hinter welcher er her ist, wenn er in Askaban sitzt?«

»Wenn ich's mir überlege, Sirius, dann ist das eine berechtigte Frage«, sagte Lupin und wandte sich mit leichtem Stirnrunzeln Black zu. »Wie hast du eigentlich rausgefunden, wo er steckte?«

Black schob eine seiner klauenartigen Hände in den Umhang, zog ein zerknülltes Stück Papier hervor, strich es glatt und hielt es für die anderen hoch.

Es war das Foto von Ron und seiner Familie, das im vorigen Sommer im *Tagespropheten* erschienen war, und da, auf Rons Schulter, saß Krätze.

»Wie hast du das in die Finger bekommen?«, fragte Lupin wie vom Donner gerührt.

»Fudge«, sagte Black. »Letztes Jahr, bei seinem Kontrollbesuch in Askaban, gab er mir seine Zeitung. Und da war Peter, auf der Titelseite … auf der Schulter dieses Jungen … ich hab ihn sofort erkannt … wie oft hatte ich gesehen, wie er sich verwandelte. Und darunter hieß es, der Junge würde bald wieder nach Hogwarts zurückkehren … wo Harry war …«

»Mein Gott«, sagte Lupin leise und starrte abwechselnd Krätze und das Zeitungsfoto an. »Die Vorderpfote …«

»Was soll damit sein?«, sagte Ron widerwillig.

»Ihr fehlt ein Zeh«, sagte Black.

»Natürlich«, seufzte Lupin, »so einfach … so gerissen … er hat ihn selbst abgehackt?«

»Kurz bevor er sich verwandelte«, sagte Black. »Als ich ihn gestellt hatte, schrie er, dass die ganze Straße es hörte, ich hätte Lily und James verraten. Dann, bevor ich meinen Fluch sprechen konnte, hat er mit dem Zauberstab hinter dem Rücken die ganze Straße in die Luft gejagt und alle im Umkreis von zehn Metern getötet – und schließlich ist er mit den anderen Ratten im Kanalloch verschwunden …«

»Hast du es nie gehört, Ron?«, sagte Lupin. »Das größte Stück, das sie von Peter gefunden haben, war sein Finger.«

»Ach was, Krätze ist wahrscheinlich mit einer anderen Ratte aneinander geraten. Er ist schon ewig in meiner Familie.«

»Zwölf Jahre, um genau zu sein«, sagte Lupin. »Hast du dich nie gewundert, warum er so lange lebt?«

»Wir … wir haben uns gut um ihn gekümmert!«, sagte Ron.

»Sieht im Moment allerdings nicht sonderlich gesund aus, oder?«, sagte Lupin. »Ich vermute, er verliert Gewicht, seit er gehört hat, dass Sirius wieder auf freiem Fuß ist …«

»Er hatte Angst vor diesem verrückten Kater!«, sagte Ron und nickte zu Krummbein hinüber, der immer noch schnurrend auf dem Bett lag.

Doch das stimmte nicht, fiel Harry plötzlich ein … Krätze hatte schon krank ausgesehen, bevor er auf Krummbein traf … schon seit Rons Rückkehr aus Ägypten … seit Black geflohen war …

»Dieser Kater ist nicht verrückt«, sagte Black mit heiserer Stimme. Er streckte seine knochige Hand aus und streichelte Krummbeins wuschligen Kopf. »Er ist der klügste Kater, den ich kenne. Er hat Peter sofort durchschaut. Und als er mich traf, war ihm auch klar, dass ich kein Hund war. Es dauerte eine Weile, bis er mir vertraute … schließlich schaffte ich es, ihm mitzuteilen, hinter wem ich her war, und er half mir …«

»Was wollen Sie damit sagen?«, wisperte Hermine.

»Er wollte mir Peter bringen, aber es gelang nicht … also hat er die Passwörter für den Gryffindor-Turm für mich gestohlen … ich glaube, er hat sie vom Nachttisch eines Jungen stibitzt …«

Harry kam es vor, als würde sein Denken unter der Last dessen, was er da hörte, ermatten.

»Doch Peter bekam Wind davon und floh …«, krächzte Black. »Dieser Kater – Krummbein nennst du ihn? – hat mir gesagt, dass Peter Blut auf dem Laken hinterlassen hat … ich denke, er hat sich selbst gebissen … nun ja, seinen eigenen Tod vorzutäuschen hat schon einmal geklappt …«

Diese Worte rissen Harry aus seiner Trance.

»Und warum hat er seinen Tod vorgetäuscht?«, fragte er aufgebracht. »Weil er wusste, Sie würden ihn töten, wie Sie meine Eltern getötet haben!«

»Nein«, sagte Lupin, »Harry –«

»Und jetzt sind Sie gekommen, um ihn endgültig zu erledigen!«

»Ja, allerdings«, sagte Black und warf Krätze einen bösen Blick zu.

»Dann hätte ich Snape freie Hand lassen sollen!«, rief Harry.

»Harry«, warf Lupin ein, »begreifst du nicht? Die ganze

Zeit dachten wir, Sirius hätte deine Eltern verraten und Peter hätte ihn gejagt und gestellt. Doch es war andersrum. Peter hat deine Mutter und deinen Vater verraten – und Sirius hat Peter gejagt –«

»Das ist nicht wahr!«, rief Harry, »er war ihr Geheimniswahrer! Er hat es gesagt, bevor Sie kamen, er hat gesagt, dass er sie getötet hat!«

Er deutete auf Black, der nachdenklich den Kopf schüttelte; seine eingesunkenen Augen leuchteten plötzlich.

»Harry ... es war praktisch meine Schuld«, krächzte er. »Ich habe Lily und James im letzten Moment dazu überredet, Peter an meiner statt als Geheimniswahrer zu nehmen ... ich bin schuld, ich weiß es ... in der Nacht, als sie starben ... war ich Peter besuchen gegangen, doch er war nicht zu Hause und es sah nicht nach einem Kampf aus ... ich bin sofort zu deinen Eltern ... und als ich ihr zerstörtes Haus und ihre Leichen sah ... war mir klar, was Peter getan haben musste ... was ich getan hatte ...«

Die Stimme versagte ihm. Er wandte sich ab.

»Genug davon«, sagte Lupin und etwas Stählernes lag in seiner Stimme, wie Harry es von ihm nicht kannte. »Es gibt nur einen sicheren Weg, um zu beweisen, was wirklich geschehen ist. Ron, gib mir diese Ratte.«

»Was werden Sie tun, wenn ich sie Ihnen gebe?«, fragte Ron angespannt.

»Ihn zwingen, sich zu zeigen«, sagte Lupin. »Wenn das wirklich eine Ratte ist, tut es ihr nicht weh.«

Ron biss sich auf die Lippen und streckte die Hand mit Krätze aus. Lupin packte die Ratte. Krätze begann verzweifelt zu quieken und wehrte sich beißend und kratzend gegen Lupins Griff.

»Bereit, Sirius?«, sagte Lupin.

Schon hatte Black Snapes Zauberstab vom Bett genommen. Er trat auf Lupin und die sich windende Ratte zu, und seine feuchten Augen schienen plötzlich in ihren Höhlen zu brennen.

»Zusammen?«, sagte er leise.

»Ich denke schon«, sagte Lupin und packte Krätze fest mit der einen, den Zauberstab mit der andern Hand. »Ich zähle bis drei. Eins – zwei – DREI!«

Blauweiße Blitze knisterten aus beiden Zauberstäben hervor; einen Moment blieb Krätze in der Luft schweben, die kleine schwarze Gestalt krampfartig zuckend – Ron schrie auf – dann fiel die Ratte zu Boden; ein weiterer blendend heller Lichtstrahl und dann –

Es war, als sähen sie im Zeitraffer, wie ein Baum wächst. Vom Fußboden wucherte ein Kopf empor, dann ein Körper, aus dem Glieder sprossen, und schon stand da, wo Krätze gelegen hatte, sich krümmend und händeringend – ein Mann. Krummbein drüben auf dem Bett fauchte und knurrte mit gesträubten Rückenhaaren.

Es war ein sehr kleiner Mann, kaum größer als Harry und Hermine. Um einen großen kahlen Kreis auf dem Kopf fand sich noch ein wenig dünnes, farbloses Haar. Er machte den schmächtigen Eindruck eines pummeligen Mannes, der in kurzer Zeit viel Gewicht verloren hatte. Seine Haut wirkte schmuddlig, fast wie Krätzes Fell, und seine spitze Nase und die sehr kleinen, wässrigen Augen erinnerten an eine Ratte. Er blickte hechelnd in die Runde. Harry bemerkte, wie sein Blick rasch zur Tür huschte.

»Ach, hallo, Peter«, sagte Lupin freundlich, als wäre es nichts Ungewöhnliches, dass sich Ratten in seinem Umkreis als alte Schulfreunde entpuppten. »Lange nicht gesehen.«

»S-Sirius … R-Remus …« Selbst Pettigrew quiekte. Wieder huschten seine Augen zur Tür. »Meine Freunde … meine alten Freunde …«

Black hob den Zauberstab, doch Lupin packte ihn am Armgelenk und sah ihn warnend an, dann wandte er sich, betont lässig und einladend, erneut Pettigrew zu.

»Wir hatten eine kleine Unterhaltung, Peter, über die Nacht, als Lily und James starben. Du hast vielleicht die Einzelheiten verpasst, während du dort auf dem Bett herumgequiekt hast.«

»Remus«, keuchte Pettigrew, und Harry sah, wie Schweißperlen auf sein teigiges Gesicht traten, »du glaubst ihm doch nicht etwa … er hat versucht mich umzubringen, Remus …«

»Das wissen wir«, sagte Lupin, jetzt eine Spur kühler. »Peter, ich möchte ein oder zwei kleine Fragen mit dir klären, wenn du so –«

»Und jetzt ist er hier, um es noch einmal zu versuchen!«, quiekte Pettigrew plötzlich und deutete auf Black. Harry sah, dass er seinen Mittelfinger benutzte, weil der Zeigefinger fehlte. »Er hat Lily und James umgebracht und jetzt wird er auch mich töten … du musst mir helfen, Remus …«

Blacks Gesicht ähnelte jetzt mehr denn je einem Totenschädel, und er starrte Pettigrew mit seinen unergründlichen Augen an.

»Keiner hier wird versuchen dich zu töten, bevor wir ein paar Dinge geklärt haben«, sagte Lupin.

»Geklärt?«, kreischte Pettigrew und sah sich mit flehendem Blick um; die Augen huschten über die brettervernagelten Fenster und dann erneut über die einzige Tür. »Ich wusste, dass er mich jagen würde! Ich wusste, dass er mir auf den Fersen war! Darauf habe ich zwölf Jahre gewartet!«

»Du wusstest, dass Sirius aus Askaban fliehen würde?«, sagte Lupin stirnrunzelnd. »Obwohl es bisher noch keiner geschafft hatte?«

»Er hat dunkle Kräfte, von denen unsereiner nur träumen kann!«, rief Pettigrew schrill. »Wie sonst ist er dort rausgekommen? Ich vermute, Du-weißt-schon-wer hat ihm ein paar Kniffe beigebracht!«

Black fing an zu lachen, ein schauriges, freudloses Lachen, das den ganzen Raum erfüllte.

»Voldemort – und mir Kniffe beibringen?«, sagte er.

Pettigrew zuckte zusammen, als hätte Black ihm einen Peitschenschlag versetzt.

»Was denn – Angst vor dem Namen des alten Herrn?«, sagte Black. »Ich versteh dich wohl, Peter. Seine Leute sind nicht besonders gut auf dich zu sprechen, nicht wahr?«

»Ich weiß nicht, was du meinst, Sirius«, wisperte Pettigrew und sein Atem ging schneller. Sein Gesicht glitzerte jetzt von Schweiß.

»Vor mir jedenfalls hast du dich nicht zwölf Jahre lang versteckt«, sagte Black. »Du hast dich vor Voldemorts alten Anhängern versteckt. Ich hab in Askaban gewisse Dinge gehört, Peter ... sie glauben alle, du wärst tot, denn sonst müsstest du ihnen Rede und Antwort stehen ... ich hab sie im Schlaf schreien gehört. Klang, als ob sie glaubten, der Verräter hätte sie selbst verraten. Voldemort ging auf deinen Wink hin zu den Potters ... und das war auch sein eigenes Ende. Aber nicht alle Anhänger Voldemorts landeten in Askaban, oder? Es treibt sich immer noch eine Menge herum und wartet, bis es wieder an der Zeit ist. Alle tun so, als hätten sie eingesehen, dass sie sich geirrt hätten ... wenn sie je Wind davon bekommen, dass du noch lebst, Peter –«

»Weiß nicht ... wovon du redest ...«, sagte Pettigrew erneut und schriller denn je. Er wischte sich mit dem Ärmel über das Gesicht und sah zu Lupin hoch. »Remus, du glaubst doch nicht etwa – diesem Irren –«

»Ich muss zugeben, Peter, es fällt mir schwer zu begreifen, warum ein Unschuldiger zwölf Jahre als Ratte leben sollte«, sagte Lupin gleichmütig.

»Unschuldig, aber voller Angst!«, quiekte Pettigrew. »Wenn Voldemorts Anhänger hinter mir her sind, dann doch nur, weil ich einen ihrer besten Männer nach Askaban gebracht habe – den Spion, Sirius Black!«

Blacks Gesicht verzerrte sich.

»Wie kannst du es wagen«, knurrte er und klang plötzlich wie der bärengroße Hund, der er gewesen war. »Ich, ein Spion für Voldemort? Wann bin ich je um Leute herumscharwenzelt, die stärker und mächtiger waren als ich? Aber du, Peter – ich werde nie begreifen, warum ich nicht gleich gesehen habe, dass du ein Spion bist. Du mochtest immer große Freunde, die für dich nach dem Rechten sahen, nicht wahr? Erst waren wir es ... ich und Remus ... und James ...«

Pettigrew trocknete sich erneut das Gesicht; er rang jetzt beinahe nach Luft.

»Ich, ein Spion ... du musst den Verstand verloren haben ... niemals ... weiß nicht, wie du so etwas sagen kannst –«

»Lily und James machten dich nur zum Geheimniswahrer, weil ich es vorgeschlagen hatte«, zischte Black, so giftig, dass Pettigrew einen Schritt zurücktrat. »Ich dachte, es wäre ein perfekter Plan ... ein Bluff ... Voldemort würde gewiss hinter mir her sein, er würde sich nie träumen lassen, dass sie ein schwaches, unbegabtes Kerlchen wie dich nehmen ... das muss der größte Augenblick deines elenden Lebens gewesen sein, als du Voldemort eröffnet hast, du könntest ihm die Potters ausliefern.«

Pettigrew murmelte geistesabwesend; Harry fing Worte auf wie »weit hergeholt« und »verrückt«, doch er achtete eher auf Pettigrews aschfarbenes Gesicht und auf seine Augen, die immer wieder über die Fenster und zur Tür huschten.

»Professor Lupin?«, sagte Hermine schüchtern. »Kann ... kann ich auch etwas sagen?«

»Natürlich, Hermine«, sagte Lupin höflich.

»Nun – Krätze – ich meine, dieser – dieser Mann – er hat drei Jahre lang in Harrys Schlafsaal geschlafen. Wenn er für Du-weißt-schon-wen arbeitet, wie kommt es dann, dass er niemals versucht hat, Harry etwas anzutun?«

»Ganz genau!«, sagte Pettigrew schrill und deutete mit seiner verstümmelten Hand auf Hermine. »Ich danke dir! Siehst du, Remus? Ich hab Harry nie auch nur ein Haar gekrümmt! Warum sollte ich auch?«

»Das will ich dir erklären«, sagte Black. »Weil du nie etwas für irgendjemanden getan hast ohne zu wissen, was dabei für dich herausspringt. Voldemort versteckt sich seit zwölf Jahren, es heißt, er sei halb tot. Du wolltest unter Dumbledores Nase doch keinen Mord begehen für einen Zauberer, der nur noch ein Wrack ist und all seine Macht verloren hat? Du musst ganz sicher sein, dass er der größte Quälgeist auf dem Spielplatz ist, bevor du zu ihm zurückkehrst. Warum sonst hast du eine Zaubererfamilie gesucht, die dich aufnimmt? Mit einem Ohr hast du auf die neuesten Nachrichten gelauscht, nicht wahr, Peter? Nur für den Fall, dass dein alter Beschützer seine Kraft wiedergewinnen würde und du gefahrlos zurückkehren könntest …«

Pettigrew bewegte den Mund, blieb jedoch stumm. Es schien ihm die Sprache verschlagen zu haben.

»Ähm – Mr Black – Sirius?«, sagte Hermine ängstlich.

Bei diesen Worten zuckte Black zusammen und starrte Hermine an, als hätte er längst vergessen, wie es war, höflich angesprochen zu werden.

»Darf ich Sie fragen, wie – wie Sie aus Askaban fliehen konnten ohne schwarze Magie?«

»Danke!«, keuchte Pettigrew und nickte ihr begeistert zu, »genau das, was ich –«

Doch Lupin brachte ihn mit einem Blick zum Schweigen. Black sah Hermine stirnrunzelnd an, schien sich aber nicht über sie zu ärgern. Offenbar dachte er über seine Antwort nach.

»Ich weiß nicht, wie ich es geschafft habe«, sagte er langsam. »Ich glaube, ich habe nur deshalb nicht den Verstand verloren, weil ich unschuldig war. Das war kein glücklicher Gedanke, also konnten ihn die Dementoren auch nicht aus mir heraussaugen … aber er bewahrte mich davor, verrückt zu werden. Ich wusste immer, wer ich war … das half mir, meine Kräfte zu bewahren … und als dann alles … zu viel wurde … konnte ich mich in meiner Zelle verwandeln … und ein Hund werden. Dementoren können nichts sehen, musst du wissen …« Er schauderte. »Sie spüren den Menschen nach und nähren sich von ihren Gefühlen … sie merkten, dass meine Gefühle weniger – weniger menschlich, einfacher waren, wenn ich ein Hund war … aber sie dachten natürlich, ich würde den Verstand verlieren wie alle andern dort drin, es kümmerte sie nicht. Doch ich war schwach, sehr schwach, und ich hatte keine Hoffnung, ich könnte sie mir ohne Zauberstab jemals vom Leib halten …

Doch dann sah ich Peter auf diesem Bild … er war also mit Harry in Hogwarts … in bester Lage, um handeln zu können, falls ihm zu Ohren gelangen sollte, dass die Dunkle Seite wieder an die Macht kam …«

Pettigrew schüttelte den Kopf und bewegte stumm die Lippen, starrte jedoch unverwandt Black an, als wäre er hypnotisiert.

»… bereit, in dem Moment zuzuschlagen, da er sich seiner Verbündeten sicher war … und ihnen den letzten der Potters auszuliefern. Wenn er ihnen Harry brachte, wer würde es dann noch wagen zu behaupten, er hätte Lord Voldemort verraten? Sie würden ihn in Ehren wieder aufnehmen …

Du siehst also, ich musste etwas tun. Ich war der Einzige, der wusste, dass Peter noch lebte …«

Harry fiel ein, was Mr Weasley seiner Frau erzählt hatte: »Die Wachen sagen, er habe im Schlaf geredet ... immer dieselben Worte ... ›Er ist in Hogwarts‹.«

»Es war, als hätte jemand ein Feuer in meinem Kopf entfacht«, fuhr Black fort, »und die Dementoren konnten es nicht ersticken ... es war kein Glücksgefühl ... ich war wie besessen ... doch das gab mir Kraft und klärte meine Gedanken. Nun, eines Nachts, als sie meine Tür öffneten, um mir das Essen zu bringen, huschte ich flink als Hund an ihnen vorbei ... es ist so viel schwieriger für sie, die Gefühle von Tieren zu erspüren, das verwirrt sie ... ich war dünn, ganz abgemagert ... so konnte ich durch die Gitter schlüpfen ... als Hund schwamm ich hinüber zum Festland ... Ich schlug mich nach Norden durch und drang als Hund auf das Gelände von Hogwarts ein ... Seither lebe ich im Wald ... natürlich komme ich raus, um mir die Quidditch-Spiele anzusehen ... Harry, du fliegst wie einst dein Vater ...«

Er blickte Harry an und diesmal sah Harry nicht weg.

»Glaub mir«, krächzte Black. »Glaub mir, Harry. Ich habe James und Lily niemals verraten. Ich wäre lieber gestorben als das zu tun.«

Und endlich glaubte ihm Harry. Er nickte mit zugeschnürter Kehle.

»Nein!«

Pettigrew war auf die Knie gefallen, als wäre Harrys Nicken sein Todesurteil gewesen. Er rutschte auf den Knien herum, die Hände vor sich verschränkt, wie zu Kreuze kriechend.

»Sirius – ich bin's ... Peter ... dein Freund ... du wirst doch nicht ...«

Black stieß mit dem Fuß nach ihm und Pettigrew zuckte zurück.

»Ich hab schon genug Dreck auf dem Umhang, ohne dass du ihn berührst«, sagte Black.

Pettigrew wandte sich Lupin zu. »Remus!«, quiekte er und krümmte sich flehend vor ihm. »Du glaubst das doch nicht ... hätte Sirius dir nicht gesagt, dass sie den Plan geändert hatten?«

»Nicht, wenn er glaubte, ich wäre der Spion, Peter«, sagte Lupin. »Ich vermute, deshalb hast du es mir nicht gesagt, Sirius?«, sagte er ungerührt über Pettigrews Kopf hinweg.

»Verzeih mir, Remus«, sagte Black.

»Keine Ursache, Tatze, alter Freund«, sagte Lupin und krempelte sich die Ärmel hoch. »Und du, vergibst auch du mir, dass ich dich für einen Spion gehalten habe?«

»Natürlich«, sagte Black und ein kurzes Grinsen huschte über sein ausgemergeltes Gesicht. Auch er begann die Ärmel hochzurollen. »Sollen wir ihn gemeinsam töten?«

»Ja, ich denke schon«, sagte Lupin grimmig.

»Das könnt ihr nicht tun ... das werdet ihr nicht ...«, keuchte Pettigrew. Und dann warf er sich herum und blickte Ron an.

»Ron ... war ich nicht immer ein guter Freund ... ein gutes Haustier? Du lässt doch nicht zu, dass sie mich töten, Ron ... du bist auf meiner Seite, nicht wahr?«

Doch Ron starrte Pettigrew mit größtem Ekel an.

»Ich hab dich in meinem Bett schlafen lassen!«, sagte er.

»Lieber Junge ... gutes Herrchen ...«, Pettigrew kroch auf Ron zu, »das lässt du nicht zu ... ich war deine Ratte ... ich war ein gutes Haustier ...«

»Wenn du als Ratte besser warst denn als Mensch, ist das kein Grund zu prahlen, Peter«, herrschte ihn Black an. Ron zerrte das gebrochene Bein aus der Reichweite Pettigrews und der Schmerz ließ ihn noch blasser werden. Pettigrew drehte sich auf den Knien herum, rutschte zu Hermine hinüber und packte den Saum ihres Umhangs.

»Süßes Mädchen … kluges Mädchen … du … du lässt es nicht zu … hilf mir …«

Hermine riss den Umhang aus Pettigrews klammernden Händen und wich mit entsetztem Gesicht an die Wand zurück.

Pettigrew, immer noch auf den Knien, zitterte am ganzen Leib. Langsam drehte er den Kopf Harry zu.

»Harry … Harry … du siehst genau wie dein Vater aus … wie aus dem Gesicht geschnitten …«

»Wie kannst du es wagen, Harry anzusprechen?«, donnerte Black. »Wie kannst du es wagen, ihn anzusehen? Wie kannst du es wagen, vor ihm über James zu sprechen?«

»Harry«, flüsterte Pettigrew und warf sich mit ausgestreckten Händen vor ihm zu Boden. »Harry, James hätte nicht gewollt, dass sie mich töten … James hätte verstanden, Harry … er hätte mir Gnade erwiesen …«

Black und Lupin traten rasch vor, packten Pettigrew an den Schultern und warfen ihn auf den Rücken. Da lag er, zuckend vor Angst, und starrte zu ihnen hoch.

»Du hast Lily und James an Voldemort verkauft«, sagte Black, und auch er zitterte jetzt.

»Leugnest du das?«

Pettigrew brach in Tränen aus. Er bot einen furchtbaren Anblick, wie ein großes, fast kahlköpfiges Baby, das auf dem Boden kauerte.

»Sirius, Sirius, was hätte ich tun können? Der Schwarze Lord … du hast keine Ahnung … er besitzt Waffen, von denen du keine Ahnung hast … ich hatte Angst, Sirius, ich war nie mutig wie du und Remus und James. Ich habe es nicht gewollt … Er, dessen Name nicht genannt werden darf, hat mich dazu gezwungen –«

»Lüg nicht!«, bellte Black. »Du hast Lily und James schon ein Jahr, bevor sie starben, ausgespitzelt! Du warst sein Spion!«

»Er – er hat überall die Macht übernommen!«, keuchte Pettigrew. »W-was sollte es nützen, sich ihm zu verweigern?«

»Was sollte es nützen, gegen den übelsten Zauberer zu kämpfen, der je gelebt hat?«, sagte Black, und furchtbarer Zorn stand ihm im Gesicht. »Nur unschuldiges Leben hätte man retten können, Peter!«

»Du verstehst das nicht!«, wimmerte Pettigrew, »er hätte mich getötet, Sirius!«

»Dann hättest du sterben sollen!«, donnerte Black. »Lieber sterben als deine Freunde zu verraten, wie wir es auch für dich getan hätten!«

Black und Lupin standen Schulter an Schulter, die Zauberstäbe erhoben.

»Dir hätte eins klar sein sollen«, sagte Lupin leise. »Wenn Voldemort dich nicht getötet hätte, dann hätten wir es getan. Adieu, Peter.«

Hermine schlug die Hände vors Gesicht und drehte sich der Wand zu.

»NEIN!«, rief Harry. Rasch trat er vor und stellte sich den Zauberstäben entgegen. »Sie sollen ihn nicht töten«, sagte er und atmete ruckartig. »Tun Sie es nicht.«

Black und Lupin waren verblüfft.

»Harry, diese Kanaille ist der Grund, weshalb du keine Eltern mehr hast«, schnarrte Black. »Dieses sich windende Stück Dreck hätte auch dich ohne mit der Wimper zu zucken sterben lassen. Du hast ihn gehört. Seine eigene stinkende Haut war ihm mehr wert als deine ganze Familie.«

»Ich weiß«, keuchte Harry. »Wir bringen ihn hoch ins Schloss. Wir übergeben ihn den Dementoren … er soll nach Askaban … aber töten Sie ihn nicht.«

»Harry!«, seufzte Pettigrew und warf die Arme um Harrys Knie, »du – ich danke dir – das ist mehr, als ich verdiene – danke –«

»Lass mich los«, fauchte Harry und schüttelte angewidert Pettigrews Hände ab. »Das tue ich nicht für dich. Ich tue es, weil mein Vater sicher nicht gewollt hätte, dass seine besten Freunde zu Mördern werden – nur wegen dir.«

Niemand regte sich oder machte ein Geräusch, außer Pettigrew, der pfeifend atmete und die Arme um die Brust klammerte. Black und Lupin sahen sich an. Dann, wie von einer Hand, ließen sie die Zauberstäbe sinken.

»Du bist der Einzige, der das Recht hat, dies zu entscheiden, Harry«, sagte Black. »Aber bedenke ... bedenke, was er getan hat ...«

»Er soll nach Askaban«, wiederholte Harry, »wenn jemand es verdient, dort zu sitzen, dann er ...«

Hinter sich hörte er immer noch Pettigrews pfeifendes Atmen.

»Also gut«, sagte Lupin. »Geh beiseite, Harry.«

Harry zögerte.

»Ich werde ihn fesseln«, sagte Lupin, »das ist alles, ich schwör's dir.«

Harry trat aus dem Weg. Dünne Schnüre schossen jetzt aus Lupins Zauberstab und kurz darauf wälzte sich Pettigrew gefesselt und geknebelt auf dem Boden.

»Aber wenn du dich verwandelst, Peter«, knurrte Black, den Zauberstab auf Pettigrew gerichtet, »werden wir dich doch töten. Bist du einverstanden, Harry?«

Harry blickte die erbärmliche Gestalt auf dem Boden an und nickte; Pettigrew entging es nicht.

»Gut«, sagte Lupin, auf einmal geschäftsmäßig. »Ron, ich kann Knochen nicht halb so gut heilen wie Madam Pomfrey, also ist es das Beste, wenn wir dein Bein einfach schienen, bis wir dich in den Krankenflügel bringen können.«

Rasch ging er zu Ron hinüber, bückte sich, schlug mit dem Zauberstab sachte gegen sein Bein und murmelte »*Fe-*

rula«. Eine Binde rollte sich an Rons Bein hoch und schnürte es an einer Schiene fest. Lupin half ihm auf; Ron trat behutsam auf, ohne vor Schmerz zu ächzen.

»Schon besser«, sagte er, »danke.«

»Was ist mit Professor Snape?«, sagte Hermine betreten und sah auf die verkrümmte Gestalt hinunter.

Lupin beugte sich über Snape und fühlte ihm den Puls. »Er hat nichts Ernstes«, sagte er. »Ihr wart nur ein wenig – ähm – übereifrig. Immer noch ohnmächtig. Vielleicht ist es das Beste, wenn wir ihn erst drüben im Schloss wieder aufpäppeln. Wir können ihn so mitnehmen ...«

Er murmelte »*Mobilcorpus*«. Wie an unsichtbaren Fäden, die sich um Snapes Armgelenke, Hals und Knie gewickelt hatten, wurde er hochgezogen, bis er aufrecht stand. Der Kopf baumelte immer noch beklemmend hin und her wie der einer Kasperlepuppe, und die Füße schwebten ein paar Zentimeter über dem Boden. Lupin hob den Tarnumhang auf und verstaute ihn in seiner Tasche.

»Und zwei von uns sollten sich an das hier ketten«, sagte Black und stieß Pettigrew mit den Zehenspitzen an. »Nur um sicherzugehen.«

»Das mache ich«, sagte Lupin.

»Und ich«, sagte Ron mit bitterer Miene und humpelte herbei.

Black beschwor schwere Handschellen aus dem Nichts herauf; bald stand Pettigrew wieder auf den Beinen, den linken Arm an Lupins rechten und den rechten Arm an Rons linken gekettet. Ron machte ein steifes Gesicht. Krätzes wahre Gestalt schien er als persönliche Beleidigung zu empfinden. Krummbein sprang leichtfüßig vom Bett und führte sie hinaus, den Flaschenbürstenschwanz beschwingt in die Höhe gestreckt.

Der Kuss des Dementors

Es war schon eine sehr merkwürdige Prozession, an der Harry da teilnahm. Krummbein trippelte voraus die Treppe hinunter. Dann kamen Lupin, Pettigrew und Ron, die aussahen, als wollten sie bei einem Dreibeinwettlauf antreten. Ihnen folgte Professor Snape, der, senkrecht schwebend und mit den Füßen gegen die Stufen schlagend, einen unheimlichen Anblick bot. In der Schwebe hielt ihn sein eigener Zauberstab, den Black auf Snapes Rücken gerichtet hielt. Harry und Hermine bildeten den Schluss.

In den Tunnel einzusteigen war schwierig. Lupin, Pettigrew und Ron mussten sich zur Seite drehen, um es zu schaffen; Lupin hielt Pettigrew weiterhin mit dem Zauberstab in Schach. Harry beobachtete, wie sie, aneinander gekettet, den Tunnel entlangstolperten. Krummbein ging munter voran. Black, mit Harry im Gefolge, ließ Snape vor sich herschweben, dessen leblos baumelnder Kopf immer wieder gegen die Tunnelwand schlug. Harry hatte den Eindruck, dass sich Black nicht darum scherte.

»Du weißt, was das bedeutet?«, sagte Black zu Harry gewandt, »Pettigrew auszuhändigen?«

»Dann sind Sie frei«, sagte Harry.

»Ja …«, sagte Black. »Aber ich bin auch – ich weiß nicht, ob man es dir je gesagt hat – ich bin dein Pate.«

»Ja, ich weiß«, sagte Harry.

»Nun … deine Eltern wollten, dass ich dein Vormund

werde«, sagte Black steif, »falls ihnen irgendwas geschehen sollte …«

Harry wartete. Meinte Black wirklich das, was Harry glaubte, dass er meinte?

»Ich verstehe natürlich, wenn du bei deiner Tante und deinem Onkel bleiben willst«, sagte Black. »Aber … nun … denk darüber nach. Sobald mein guter Name wiederhergestellt ist … wenn du ein … ein neues Zuhause willst …«

In Harrys Magen startete ein kleines Feuerwerk.

»Wie – bei Ihnen wohnen?«, sagte Harry und stieß mit dem Kopf versehentlich gegen ein Stück Fels, das aus der Tunneldecke ragte. »Die Dursleys verlassen?«

»Natürlich, es war mir schon klar, dass du nicht willst«, sagte Black rasch. »Ich verstehe, ich dachte nur, ich –«

»Du bist wohl verrückt«, sagte Harry und seine Stimme krächzte längst genauso wie die von Black. »Natürlich will ich von den Dursleys weg! Hast du ein Haus? Wann kann ich einziehen?«

Black wandte sich um und sah ihn an; Snapes Kopf scheuerte über die Decke, doch Black schien es nicht zu kümmern.

»Du willst?«, sagte er. »Im Ernst?«

»Ja, im Ernst!«, sagte Harry.

Blacks ausgemergeltes Gesicht verzog sich zum ersten wirklichen Lächeln, das Harry bei ihm gesehen hatte. Es hatte eine verblüffende Wirkung: als ob ein zehn Jahre jüngerer Mensch hinter der ausgemergelten Maske zum Vorschein käme. Für einen kurzen Moment war er ganz deutlich jener lachende Mann bei der Hochzeit von Harrys Eltern.

Sie sprachen kein Wort mehr, bis sie das Ende des Tunnels erreicht hatten. Krummbein schoss pfeilschnell voran nach oben; offenbar hatte er bereits die Pfoten auf den Knoten am

Baumstamm gesetzt, denn Lupin, Pettigrew und Ron kletterten nach oben, ohne dass von den tödlichen Peitschenhieben der Weide etwas zu hören war.

Black führte Snape am Zauberstab hoch und durch das Erdloch, dann trat er zur Seite und ließ Harry und Hermine vorbei. Endlich waren sie alle draußen.

Über die Ländereien war die Nacht hereingebrochen, das einzige Licht kam von den fernen Fenstern des Schlosses. Schweigend machten sie sich auf den Weg. Pettigrew atmete immer noch pfeifend und ließ gelegentlich ein Wimmern hören. In Harrys Kopf überschlugen sich die Gedanken. Er würde die Dursleys verlassen. Er würde bei Sirius Black wohnen, dem besten Freund seiner Eltern ... ihm war ein wenig schwindlig ... was würden die Dursleys sagen, wenn er ihnen verkündete, er würde zu dem Gefangenen ziehen, den sie im Fernsehen gesehen hatten!

»Keine falsche Bewegung, Peter«, sagte Lupin vor ihnen in drohendem Ton. Den Zauberstab hielt er immer noch auf Pettigrews Brust gerichtet.

Schweigend zogen sie weiter und allmählich wurden die Lichter des Schlosses größer. Snape schwebte immer noch als unheimliche Gestalt vor Black her, sein Kinn schlug auf die Brust. Und dann –

Am Himmel tat sich ein Loch in den Wolken auf. Plötzlich warfen sie dunkle Schatten aufs Gras. Der Mond tauchte sie in sein Licht.

Snape prallte mit Lupin, Pettigrew und Ron zusammen, die wie angewurzelt stehen geblieben waren. Black erstarrte. Er streckte den Arm aus, um Harry und Hermine zurückzuhalten.

Harry konnte Lupins Umrisse sehen. Er war steif geworden. Dann begannen seine Arme und Beine heftig zu zittern.

»O nein –«, japste Hermine. »Er hat heute Abend seinen Trank nicht genommen! Er ist gefährlich!«

»Rennt los«, flüsterte Black. »Rennt, und zwar schnell.«

Doch Harry konnte nicht einfach losrennen. Ron war an Pettigrew und Lupin gekettet. Er sprang vor, doch Black packte ihn um die Brust und warf ihn zurück.

»Überlass das mir – lauf!«

Ein schauriges Knurren. Lupins Kopf zog sich in die Länge, dann der Körper. Die Schultern schrumpften. Ganz deutlich sah man Haare aus Gesicht und Händen sprießen, und die Hände ballten sich zu klauenartigen Pfoten – Krummbein standen die Haare zu Berge, er wich zurück –

Während der Werwolf sich aufbäumte und sein langes Maul aufriss, verschwand Black von Harrys Seite. Auch er hatte sich verwandelt – der gewaltige, bärengleiche Hund sprang mit einem mächtigen Satz vor – als der Werwolf sich von seiner Fessel befreit hatte, packte ihn der Hund am Nacken und zerrte ihn fort, weg von Ron und Pettigrew. Ineinander verbissen lagen sie da und zerfetzten sich mit ihren Krallen das Fell –

Harry erstarrte, gebannt von dem Anblick, und sah und hörte nichts außer den kämpfenden Tieren. Erst Hermines Schrei riss ihn aus seiner Trance –

Pettigrew hatte sich auf Lupins Zauberstab im Gras geworfen. Ron, ohnehin wacklig auf seinem bandagierten Bein, wurde umgerissen. Es gab einen Knall, einen Lichtblitz – und Ron regte sich nicht mehr. Ein weiterer Knall – Krummbein wirbelte durch die Luft, flog ins Gras und blieb eingekringelt liegen.

»*Expelliarmus!*«, schrie Harry und richtete den Zauberstab gegen Pettigrew; Lupins Zauberstab flog in den Nachthimmel und verschwand. »Bleib, wo du bist!«, rief Harry und stürzte los.

Doch zu spät. Pettigrew hatte sich verwandelt. Harry sah, wie der kahle Rattenschwanz mühelos durch die Fessel an Rons ausgestrecktem Arm glitt, und dann raschelte etwas im Gras davon.

Hinter sich hörte er ein Heulen und ein donnerndes Grollen; Harry wandte sich um und sah, wie der Werwolf die Flucht ergriff; mit langen Sprüngen setzte er auf den Wald zu –

»Sirius, er ist fort, Pettigrew hat sich verwandelt!«, rief Harry.

Black blutete; am Maul und auf dem Rücken hatte er tiefe Risse, doch bei Harrys Worten rappelte er sich hoch und kurz darauf jagte er über das Gelände, bis das Trommeln der Pfoten langsam leiser wurde und erstarb.

Harry und Hermine rannten hinüber zu Ron.

»Was hat er ihm getan?«, flüsterte Hermine. Rons Augen waren nur halb geschlossen, der Mund stand offen. Er lebte noch, das war sicher, sie konnten ihn atmen hören, doch er schien sie nicht zu erkennen.

»Ich weiß nicht …«

Verzweifelt blickte sich Harry um. Black und Lupin waren verschwunden … jetzt hatten sie niemanden mehr außer Snape, der immer noch bewusstlos über dem Boden schwebte.

»Wir gehen besser hoch zum Schloss und holen Hilfe«, sagte Harry. Er wischte sich die Haare aus den Augen und versuchte klar zu denken. »Komm mit –«

Doch dann drang ein Jaulen und Wimmern aus der Dunkelheit herüber; ein Hund, der Qualen litt …

»Sirius«, murmelte Harry und starrte in die Nacht hinein.

Einen Moment lang zögerte er, doch im Augenblick konnten sie nichts für Ron tun, und wie es sich anhörte, war Black in Schwierigkeiten –

Harry rannte los und Hermine setzte ihm nach. Das Jaulen schien vom Ufer des Sees her zu kommen. Sie hetzten darauf zu, und mitten im Lauf spürte Harry die Wand aus Kälte, doch er achtete nicht darauf.

Plötzlich verstummte das Jaulen. Am Seeufer angelangt, sahen sie, warum – Sirius hatte sich in einen Mann zurückverwandelt; er kauerte auf allen vieren, die Hände über dem Kopf verschränkt.

»Neiiiiin«, stöhnte er, »neiiiin … bitte …«

Und dann sah Harry die Dementoren. Mindestens hundert Gestalten schoben sich wie eine schwarze Masse um den See herum auf sie zu. Er wirbelte herum und schon durchdrang die vertraute eisige Kälte seine Eingeweide, und Nebel nahm ihm die Sicht; noch mehr Gestalten erschienen von beiden Seiten aus der Dunkelheit; sie wurden eingekreist …

»Hermine, denk an ein glückliches Erlebnis!«, rief Harry und hob den Zauberstab. Er blinzelte verzweifelt, um etwas sehen zu können, und schüttelte den Kopf, um das leise Schreien in seinen Ohren loszuwerden, das allmählich lauter wurde –

Ich werde bei meinem Paten leben und nie mehr bei den Dursleys.

Er zwang sich an Black zu denken und nur an Black und begann seinen Singsang:

»Expecto patronum! Expecto patronum!«

Black schauderte, kippte zur Seite und blieb reglos und fahl wie der Tod auf der Erde liegen.

Er wird wieder gesund werden. Ich werde bei ihm leben.

»Expecto patronum! Hermine, hilf mir! *Expecto patronum!«*

»Expecto –«, flüsterte Hermine, *»expecto – expecto –«*

Doch sie schaffte es nicht. Die Dementoren schlossen den Kreis und waren jetzt nur noch drei Meter von ihnen entfernt. Sie bildeten einen undurchdringlichen Ring um Harry und Hermine und zogen ihn immer enger …

»Expecto patronum!«, rief Harry und versuchte das Schreien in seinen Ohren zu übertönen. *»Expecto patronum!«*

Ein dünner silberner Faden schoss aus seinem Zauberstab und blieb wie ein Nebelschleier vor ihm schweben. Im selben Moment spürte Harry, wie Hermine neben ihm zusammenbrach. Er war allein … vollkommen allein.

»Expecto – expecto patronum –«

Harry spürte, wie er mit den Knien ins kalte Gras fiel. Nebel waberte um ihn auf. Er zermarterte sich das Hirn mit dem einen Gedanken – Sirius war unschuldig – unschuldig – es wird uns gut gehen – ich werde bei ihm leben –

»Expecto patronum!«, keuchte er.

Im schwachen Licht seines gestaltlosen Patronus sah er, wie ein Dementor innehielt, ganz nahe bei ihm. Er konnte nicht durch das silbrige Licht dringen, das Harry heraufbeschworen hatte. Eine tote, schleimige Hand glitt unter dem Mantel hervor. Sie machte eine Geste, als wolle sie den Patronus beiseite fegen.

»Nein – nein –«, keuchte Harry. »Er ist unschuldig … *expecto – expecto patronum –«*

Er spürte, wie sie ihn beobachteten, ihr rasselnder Atem kam ihm vor wie ein wütender Sturm. Dieser Dementor schien es auf ihn abgesehen zu haben. Er hob die verrotteten Hände – und zog die Kapuze vom Gesicht.

Dort, wo die Augen hätten sein sollen, war nur dünne, schorfige Haut, die sich glatt über die leeren Höhlen spannte. Doch er hatte einen Mund … einen tiefen, unförmigen Schlund, und sein Atmen klang wie ein Todesröcheln. Lähmendes Grauen überkam Harry, er konnte sich weder rühren noch sprechen. Sein Patronus flackerte auf und erstarb.

Weißer Nebel blendete ihn. Er musste kämpfen … *expecto patronum …* er konnte nichts mehr sehen … und in der

Ferne hörte er das vertraute Schreien ... *expecto patronum* ... er tastete im Nebel nach Sirius und fand seinen Arm ... er würde nicht zulassen, dass sie ihn fortnahmen ...

Doch ein paar kräftige, nasskalte Hände klammerten sich plötzlich um Harrys Hals. Der Dementor drückte ihm das Kinn nach oben ... Harry spürte seinen Atem ... sie wollten ihn zuerst erledigen ... er roch den widerlichen Atem ... seine Mutter schrie in seinen Ohren ... das würde das Letzte sein, was er hörte –

Und dann, durch den Nebel, der ihn ertränkte, glaubte er ein silbernes Licht zu sehen, das heller und heller wurde ... er spürte, wie er aufs Gras fiel –

Das Gesicht im Gras, zu schwach, um sich zu rühren, zitternd vor Übelkeit, öffnete er die Augen. Der Dementor musste ihn losgelassen haben – blendend helles Licht fiel auf das Gras um ihn her – das Schreien hatte aufgehört, die Kälte wich ... Etwas trieb die Dementoren davon ... es kreiste um ihn und Black und Hermine ... die Dementoren schwebten fort ... die Luft erwärmte sich ...

Mit allerletzter Kraft hob Harry den Kopf noch ein wenig höher und sah inmitten des Lichts ein Tier, das über den See davongaloppierte ... mit schweißgetrübten Augen versuchte Harry zu erkennen, was es war ... es war hell wie ein Einhorn ... Harry, verzweifelt gegen die Ohnmacht ankämpfend, sah, wie es drüben am anderen Ufer ankam und sich aufbäumte. So hell war das Wesen, dass er noch sehen konnte, wie jemand es herzlich begrüßte ... die Hand hob und es tätschelte ... jemand, der ihm seltsam bekannt vorkam ... doch das konnte nicht sein ...

Harry begriff nicht. Er konnte nicht mehr denken. Die letzten Kräfte schwanden ihm und sein Kopf schlug zu Boden. Er war ohnmächtig.

Hermines Geheimnis

»Fürchterliche Geschichte ... schrecklich ... Wunder, dass alle noch leben ... so was hab ich noch nie gehört ... Heiliger Strohsack, ein Glück, dass Sie da waren, Snape ...«

»Danke, Minister.«

»Merlin-Orden, zweiter Klasse, würde ich sagen. Erster Klasse, wenn ich's deichseln kann!«

»Herzlichen Dank, Minister.«

»Sieht ja übel aus, der Schnitt, den sie da im Gesicht haben ... das war sicher Black?«

»Keineswegs, Minister, es waren Potter, Weasley und Granger, Minister ...«

»Nein!«

»Black hatte sie verhext, war mir auf der Stelle klar. Ein Verwirrungszauber, so wie die sich aufführten. Glaubten offenbar, er sei doch unschuldig. Sie waren für ihre Taten nicht verantwortlich. Allerdings wäre Black fast entkommen, weil sie sich eingemischt haben ... glaubten wohl, sie könnten ihn auf eigene Faust fangen. Man hat ihnen bisher einfach viel zu viel durchgehen lassen ... ich fürchte, das ist ihnen zu Kopfe gestiegen ... und natürlich hat der Schulleiter immer größtes Nachsehen mit Potter.«

»Nun ja, Snape ... Sie wissen, Harry Potter ... wir haben da alle einen schwachen Punkt, wenn es um ihn geht.«

»Gleichwohl, Minister – tut es ihm gut, wenn er immer wieder mit allem davonkommt? Ich persönlich bemühe mich, ihn wie jeden anderen Schüler auch zu behandeln.

Und jeder andere Schüler würde – allermindestens – für einige Zeit ausgeschlossen, wenn er seine Freunde derart in Gefahr gebracht hätte. Bedenken Sie, Minister, gegen alle Schulregeln – und nach allem, was wir zu seinem Schutz getan haben – außerhalb der Schule angetroffen, spätabends, in Gesellschaft eines Werwolfs und eines Mörders – und außerdem habe ich Grund zu der Annahme, dass er auch unrechtmäßig in Hogsmeade war –«

»Gut und schön … wir werden sehen, Snape, wir werden sehen … der Junge hat zweifellos eine Dummheit begangen …«

Harry lag mit geschlossenen Augen da und lauschte. Ihm war sterbenselend zumute. Die Worte schienen nur langsam von seinen Ohren in sein Hirn zu dringen und er verstand sie kaum … seine Glieder fühlten sich an wie mit Blei gefüllt; die Augenlider waren zu schwer, um sie zu öffnen … er wollte hier auf diesem bequemen Bett für alle Ewigkeit liegen bleiben …

»Was mich am meisten erstaunt, ist das Verhalten der Dementoren … Sie haben wirklich keine Ahnung, weshalb sie zurückgewichen sind, Snape?«

»Nein, Minister … als ich zu mir kam, nahmen sie gerade wieder ihre Posten an den Toren ein …«

»Unglaublich. Aber Black und Harry und das Mädchen waren –«

»Alle bewusstlos, als ich zu ihnen gelangte. Ich habe Black natürlich sofort gefesselt und geknebelt, Tragen heraufbeschworen und sie gleich ins Schloss gebracht.«

Eine Pause trat ein. Harrys Denken schien ein wenig schneller zu werden, und damit wuchs auch ein nagendes Gefühl in der Tiefe seines Magens …

Er öffnete die Augen.

Alles war ein wenig verschwommen. Jemand hatte ihm

die Brille abgenommen. Er lag im dunklen Krankensaal. Ganz am Ende des Saals konnte er Madam Pomfrey erkennen, die mit dem Rücken zu ihm stand und sich über ein Bett beugte. Harry kniff die Augen zusammen. Neben Madam Pomfreys Arm lugte Rons roter Haarschopf hervor.

Harry wandte den Kopf auf die andere Seite. Im Bett neben ihm lag Hermine. Ihr Bett lag im Mondlicht. Auch sie hatte die Augen geöffnet und schien starr vor Angst. Als sie sah, dass Harry wach war, legte sie einen Finger auf die Lippen und deutete auf den Eingang. Die Tür war offen und vom Korridor drangen die Stimmen von Cornelius Fudge und Snape herein.

Jetzt hastete Madam Pomfrey auf Harrys Bett zu. Er wandte sich um. Sie hatte den größten Schokoladeriegel in Händen, den er je gesehen hatte. Er sah aus wie ein Pflasterstein.

»Aha, du bist wach!«, begrüßte sie ihn forsch. Sie legte den Schokoriegel auf Harrys Nachttisch und schlug mit einem Hämmerchen Stücke herunter.

»Wie geht's Ron?«, fragten Harry und Hermine wie aus einem Mund.

»Er wird's überleben«, sagte Madam Pomfrey mit bitterer Miene. »Und ihr beiden ... ihr bleibt hier, bis ich überzeugt bin, dass – Potter, was fällt dir eigentlich ein?«

Harry hatte sich aufgerichtet, die Brille auf die Nase gesetzt und den Zauberstab gepackt.

»Ich muss den Schulleiter sprechen«, sagte er.

»Potter«, sagte Madam Pomfrey besänftigend, »es ist alles gut. Sie haben Black. Er ist oben eingeschlossen. Die Dementoren werden ihn jeden Moment küssen –«

»WAS?«

Harry sprang aus dem Bett; Hermine folgte ihm. Doch draußen im Gang hatten sie seinen Schrei gehört; einen Moment später betraten Cornelius Fudge und Snape den Krankensaal.

»Harry, Harry, was soll das denn?«, sagte Fudge aufgebracht. »Du solltest im Bett bleiben – hat er seine Schokolade bekommen?«, fragte er besorgt Madam Pomfrey.

»Minister, bitte hören Sie!«, sagte Harry, »Sirius Black ist unschuldig! Peter Pettigrew hat seinen eigenen Tod nur vorgetäuscht! Wir haben ihn heute Nacht gesehen! Sie dürfen nicht zulassen, dass die Dementoren diese Sache mit Sirius anstellen, er ist –«

Doch Fudge schüttelte sanft lächelnd den Kopf.

»Harry, Harry, du bist völlig durcheinander, du hast Fürchterliches durchlitten, leg dich jetzt wieder hin, wir haben alles im Griff …«

»Haben Sie nicht!«, schrie Harry, »Sie haben den falschen Mann!«

»Minister, bitte hören Sie«, sagte Hermine, sie trat rasch an Harrys Seite und sah Fudge flehend an. »Ich hab ihn auch gesehen, es war Rons Ratte, er ist ein Animagus, Pettigrew, meine ich, und –«

»Sehen Sie, Minister?«, sagte Snape. »Völlig übergeschnappt, alle beide … Black hat ganze Arbeit geleistet …«

»Wir sind nicht übergeschnappt!«, donnerte Harry.

»Minister! Professor!«, sagte Madam Pomfrey empört, »ich muss darauf bestehen, dass Sie gehen, Potter ist mein Patient und Sie dürfen ihn nicht aufregen!«

»Ich bin nicht aufgeregt, ich versuche nur zu sagen, was passiert ist!«, sagte Harry zornig. »Wenn Sie nur zuhören würden –«

Doch Madam Pomfrey stopfte ihm blitzschnell ein großes Stück Schokolade in den Mund; Harry verschluckte sich und sie nutzte die Gelegenheit, um ihn mit sanfter Gewalt aufs Bett zu schubsen.

»Nun, ich bitte Sie, Minister, diese Kinder brauchen Pflege – bitte gehen Sie.«

Die Tür ging auf und herein kam Dumbledore. Harry würgte seinen Mund voll Schokolade mühsam hinunter und stand wieder auf.

»Professor Dumbledore, Sirius Black –«

»Um Himmels willen!«, sagte Madam Pomfrey erzürnt, »ist das hier der Krankenflügel oder was? Direktor, ich muss –«

»Verzeihung, Poppy, aber ich muss kurz mit Mr Potter und Miss Granger sprechen«, sagte Dumbledore gelassen. »Ich habe eben mit Sirius Black geredet –«

»Ich nehme an, er hat Ihnen dasselbe Märchen erzählt, das er Potter ins Hirn gepflanzt hat?«, fauchte Snape. »Etwas von einer Ratte und dass Pettigrew noch am Leben sei.«

»Das ist tatsächlich Blacks Darstellung«, sagte Dumbledore und sah Snape durch seine Halbmondbrille scharf an.

»Und meine Aussage zählt überhaupt nicht?«, schnarrte Snape. »Peter Pettigrew war nicht in der Heulenden Hütte, und draußen auf den Ländereien war keine Spur von ihm zu sehen.«

»Sie waren doch bewusstlos, Professor!«, sagte Hermine entschieden. »Sie kamen zu spät, um zu hören –«

»Miss Granger, hüten Sie Ihre Zunge!«

»Aber, aber, Snape«, sagte Fudge aufgeschreckt, »die junge Dame ist ein wenig durcheinander, da müssen wir nachsichtig sein.«

»Ich möchte mit Harry und Hermine unter sechs Augen sprechen«, warf Dumbledore plötzlich ein. »Cornelius, Severus, Poppy – bitte lassen Sie uns allein.«

»Aber Direktor«, prustete Madam Pomfrey, »sie brauchen Pflege, sie brauchen Ruhe –«

»Es duldet keinen Aufschub«, sagte Dumbledore. »Ich muss darauf bestehen.«

Madam Pomfrey schürzte die Lippen, ging mit steifen Schritten hinüber zu ihrem Büro am Ende des Krankensaals und schlug die Tür hinter sich zu. Fudge warf einen Blick auf die große Taschenuhr, die an seiner Weste baumelte.

»Die Dementoren müssten inzwischen da sein«, sagte er. »Ich werde sie in Empfang nehmen. Wir sehen uns dann oben, Dumbledore.«

Er ging zur Tür und hielt sie für Snape auf, doch Snape rührte sich nicht.

»Sie glauben doch nicht etwa auch nur ein Wort von Blacks Geschichte?«, flüsterte Snape und starrte Dumbledore an.

»Ich würde jetzt gern Harry und Hermine allein sprechen«, wiederholte Dumbledore.

Snape trat einen Schritt auf Dumbledore zu.

»Sirius Black hat schon im Alter von sechzehn Jahren bewiesen, dass er zum Mord fähig ist«, wisperte er. »Sie haben das nicht vergessen, Direktor? Sie haben nicht vergessen, dass er einst mich umbringen wollte?«

»Mein Gedächtnis hat nicht gelitten, Severus«, erwiderte Dumbledore knapp.

Snape drehte sich auf dem Absatz um und marschierte durch die Tür, die Fudge immer noch für ihn aufhielt. Als sie verschwunden waren, wandte sich Dumbledore Harry und Hermine zu. Beide sprudelten gleichzeitig los.

»Professor, Black sagt die Wahrheit – wir haben Pettigrew gesehen –«

»– er konnte entkommen, als Professor Lupin sich in einen Werwolf verwandelte –«

»– er ist eine Ratte –«

»– Pettigrews Vorderpfote, einen Finger, meine ich, er hat ihn abgeschnitten –«

»– Pettigrew hat Ron angegriffen, es war nicht Sirius –«

Doch Dumbledore hob die Hand, um die Flut von Erklärungen aufzuhalten.

»Ihr seid jetzt mit Zuhören dran, und bitte unterbrecht mich nicht, weil wir sehr wenig Zeit haben«, sagte er ruhig. »Es gibt nicht die Spur eines Beweises für Blacks Geschichte, ich habe nur euer Wort – und das Wort zweier dreizehnjähriger Zauberer wird niemanden überzeugen. Eine Straße voller Augenzeugen hat geschworen, dass Sirius Pettigrew ermordet hat. Ich selbst habe im Ministerium ausgesagt, dass Sirius Potters Geheimniswahrer war.«

»Professor Lupin kann es Ihnen erklären –«, sagte Harry ungeduldig.

»Professor Lupin steckt gegenwärtig tief im Wald und kann keinem Menschen irgendetwas erklären. Wenn er wieder ein Mensch ist, wird es zu spät sein, Sirius wird tot sein, schlimmer als tot. Ich muss hinzufügen, dass die meisten von uns einem Werwolf dermaßen misstrauen, dass sein Zeugnis wenig Gewicht haben wird – und die Tatsache, dass er und Sirius alte Freunde sind –«

»Aber –«

»Hör mir zu, Harry. Es ist zu spät, verstehst du? Du musst einsehen, dass Professor Snapes Darstellung der Ereignisse viel überzeugender ist als eure.«

»Er hasst Sirius«, sagte Hermine verzweifelt. »Und alles nur, weil ihm Sirius einen dummen Streich gespielt hat –«

»Sirius hat sich nicht gerade wie ein Unschuldiger benommen. Er hat die fette Dame angegriffen – dann ist er mit einem Messer in den Gryffindor-Turm eingedrungen – jedenfalls haben wir ohne Pettigrew, tot oder lebendig, keine Chance, Sirius die Strafe zu ersparen.«

»Aber Sie glauben uns.«

»Ja, das tue ich«, sagte Dumbledore leise. »Doch es steht nicht in meiner Macht, andere Menschen die Wahrheit sehen zu lassen oder den Zaubereiminister in die Schranken zu weisen ...«

Harry blickte stumm zu Dumbledore hoch und hatte plötzlich das Gefühl, der Boden unter ihm würde wegbrechen. Er hatte sich an den Gedanken gewöhnt, dass dieser Mann alles richten konnte. Er hatte erwartet, dass Dumbledore eine verblüffende Lösung aus dem Hut zaubern würde. Aber nein, ihre letzte Hoffnung war zunichte.

»Was wir brauchen«, sagte Dumbledore langsam, und seine hellblauen Augen wanderten von Harry zu Hermine, »ist mehr Zeit.«

»Aber –«, setzte Hermine an. Und dann bekam sie ganz runde Augen. »OH!«

»Und jetzt passt auf«, sagte Dumbledore sehr leise und deutlich. »Sirius ist in Professor Flitwicks Büro im siebten Stock eingeschlossen. Dreizehntes Fenster rechts vom Westturm. Wenn alles gut geht, werdet ihr heute Nacht mehr als ein unschuldiges Leben retten können. Doch vergesst Folgendes nicht, ihr beiden. Niemand darf euch sehen. Hermine, du kennst das Gesetz – du weißt, was auf dem Spiel steht ... niemand – darf – euch – sehen.«

Harry hatte keine Ahnung, was vor sich ging. Dumbledore war bereits an der Tür, als er sich noch einmal umdrehte.

»Ich werde euch einschließen. Es ist –«, er sah auf die Uhr, »fünf Minuten vor zwölf. Hermine, drei Drehungen sollten genügen. Viel Glück.«

»Viel Glück?«, wiederholte Harry, als sich die Tür hinter Dumbledore schloss. »Drei Drehungen? Was redet er da? Was sollen wir tun?«

Doch Hermine fingerte am Kragen ihres Umhangs und zog eine sehr lange, sehr feingliedrige Goldkette hervor.

»Harry, komm her«, sagte sie eindringlich. »Schnell!«

Völlig verdattert trat Harry zu ihr. Sie hielt die Kette in die Höhe. Harry sah ein winziges, funkelndes Stundenglas daran hängen.

»Hier –«

Sie warf die Kette auch um seinen Hals.

»Bereit?«, sagte sie atemlos.

»Was haben wir vor?«, fragte Harry völlig ratlos.

Hermine drehte das Stundenglas dreimal im Kreis.

Der dunkle Krankensaal löste sich auf. Harry hatte das Gefühl, schnell, rasend schnell rückwärts zu fliegen. Eine Flut von Farben und verschwommenen Gestalten raste an ihm vorbei, in seinen Ohren hämmerte es, er versuchte zu rufen, konnte aber seine eigene Stimme nicht hören –

Und dann spürte er wieder festen Boden unter den Füßen und um ihn her nahm alles wieder klare Gestalt an –

Er stand neben Hermine in der menschenleeren Eingangshalle. Goldenes Sonnenlicht ergoss sich durch das offene Portal über den steingefliesten Boden. Die Kette des Stundenglases schnitt ihm in den Hals. Verwirrt wandte er sich Hermine zu.

»Hermine, was –?«

»Hier rein!« Hermine packte ihn am Arm und zog ihn quer durch die Halle zu einem Besenschrank; sie öffnete ihn, schubste Harry hinein in das Durcheinander von Eimern und Wischlappen, dann zog sie die Tür hinter ihnen zu.

»Was – wie – Hermine, was ist passiert?«

»Wir haben eine kleine Zeitreise gemacht«, flüsterte Hermine und befreite Harry in der Dunkelheit von der Kette. »Drei Stunden in die Vergangenheit ...«

Harry tastete nach seinem Bein und zwickte es kräftig. Es tat richtig weh, also war er offenbar nicht mitten in einem haarsträubenden Traum.

»Aber –«

»Schh! Hör mal! Da kommt jemand! Ich glaube – ich glaube, das könnten wir sein!«

Hermine drückte ein Ohr an die Schranktür.

»Schritte durch die Halle ... ja, ich glaube, das sind wir auf dem Weg zu Hagrid!«

»Willst du mir sagen«, wisperte Harry, »dass wir hier in diesem Schrank sind und gleichzeitig auch da draußen?«

»Ja«, sagte Hermine, das Ohr immer noch an die Schranktür gepresst. »Ich bin sicher, dass wir es sind ... klingt nicht nach mehr als drei Leuten ... und wir gehen langsam, weil wir unter dem Tarnumhang stecken –«

Sie verstummte und lauschte gespannt.

»Wir gehen die Treppe runter ...«

Hermine setzte sich auf einen umgestülpten Eimer. Die Anspannung stand ihr ins Gesicht geschrieben, doch Harry musste unbedingt ein paar Fragen stellen.

»Wo hast du dieses Ding, dieses Stundenglas her?«

»Es heißt Zeitumkehrer«, flüsterte Hermine, »und ich hab's am ersten Tag nach den Ferien von Professor McGonagall bekommen. Sie ließ mich schwören, dass ich es niemandem sage. Sie musste alle möglichen Briefe an das Zaubereiministerium schreiben, damit ich einen kriegen konnte. Sie musste ihnen sagen, dass ich eine vorbildliche Schülerin bin und dass ich es niemals für irgendetwas anderes als meine Schulausbildung benutzen würde ... ich hab den Zeitumkehrer gedreht, damit ich die Stunden noch einmal erlebe, und deshalb habe ich mehrere Fächer gleichzeitig belegen können, verstehst du jetzt? Aber ...

Harry, ich weiß nicht, was Dumbledore meint, was wir tun sollen. Warum hat er gesagt, wir sollen drei Stunden zurückgehen? Wie soll das Sirius nützen?«

Harry starrte in ihr sorgenvolles Gesicht.

»Etwas muss um diese Zeit passiert sein, etwas, das wir ändern sollen«, sagte er langsam. »Was ist passiert? Vor drei Stunden gingen wir hinunter zu Hagrid ...«

»Das ist jetzt vor drei Stunden und wir gehen gerade hinunter zu Hagrid«, sagte Hermine, »wir haben uns eben gehen hören ...«

Harry runzelte die Stirn; er hatte das Gefühl, vor Anstrengung sein ganzes Hirn zu verknoten.

»Dumbledore hat eben gesagt – eben gesagt, dass wir mehr als ein unschuldiges Leben retten könnten ...« Und dann fiel es ihm wie Schuppen von den Augen. »Hermine, wir retten Seidenschnabel!«

»Aber – wie helfen wir damit Sirius?«

»Dumbledore – er hat uns gerade erklärt, wo das Fenster ist – das Fenster von Flitwicks Büro! Wo sie Sirius eingeschlossen haben! Wir müssen mit Seidenschnabel zum Fenster fliegen und Sirius retten! Sirius kann mit Seidenschnabel fliehen – sie können zusammen entkommen!«

Harry sah Hermines Gesicht nur undeutlich, doch sie schien entsetzt zu sein.

»Wenn wir das schaffen, ohne gesehen zu werden, wäre das ein Wunder!«

»Wir müssen es einfach versuchen, oder?«, sagte Harry. Er stand auf und legte ein Ohr an die Tür.

»Hört sich nicht an, als ob jemand da wäre ... komm, gehen wir ...«

Harry drückte die Schranktür auf. Die Eingangshalle war menschenleer. So schnell sie konnten, huschten sie aus dem Schrank und die steinernen Stufen hinunter. Schon zogen sich die Schatten in die Länge, und wieder waren die Baumspitzen des Verbotenen Waldes in Gold getaucht.

Hermine warf einen Blick zurück. »Hoffentlich sieht uns keiner vom Fenster aus«, ziepte sie.

»Lass uns rennen«, sagte Harry entschlossen. »Und zwar hinüber zum Wald, einverstanden? Dann verstecken wir uns am besten hinter einem Baum und halten Ausschau.«

»Gut, aber hinter den Gewächshäusern lang!«, keuchte Hermine. »Und möglichst weit weg von Hagrids Tür, oder sie sehen uns. Wir sind schon fast bei seiner Hütte!«

Harry, dem immer noch nicht klar war, was sie meinte, lief los und Hermine folgte ihm auf den Fersen. Sie rannten durch die Gemüsegärten hinüber zu den Gewächshäusern, verpusteten sich in deren Schutz ein wenig, und rannten dann so schnell sie konnten weiter. Sie schlugen einen Bogen um die Peitschende Weide und gelangten schließlich zum schützenden Waldrand …

Im Schatten der Bäume verborgen, wandte Harry sich um; Sekunden später stand Hermine neben ihm und schnappte nach Luft.

»Gut«, japste sie, »wir müssen zu Hagrid hinüberschleichen … halt dich versteckt, Harry …«

Leise und dicht am Waldrand staksten sie im Unterholz voran. Dann, ganz in der Nähe von Hagrids Hütte, hörten sie, wie es an der Tür klopfte. Sie versteckten sich rasch hinter dem dicken Stamm einer Eiche und spähten an beiden Seiten hervor. Hagrid erschien in der Tür, zitternd und bleich, und sah sich stirnrunzelnd um. Dann hörte Harry seine eigene Stimme.

»Wir sind's. Wir tragen den Tarnumhang. Lass uns rein, dann können wir ihn ablegen.«

»Ihr hättet nicht kommen sollen!«, flüsterte Hagrid. Er trat zurück, ließ sie ein und schloss rasch die Tür.

»Das ist das Verrückteste, was wir je getan haben«, sagte Harry begeistert.

»Gehen wir ein Stück weiter«, flüsterte Hermine. »Wir müssen näher an Seidenschnabel heran!«

Sie krauchten zwischen den Bäumen durch, bis sie den Hippogreif sahen, der gereizt an seiner Leine zerrte, die Hagrid am Zaun um sein Kürbisbeet befestigt hatte.

»Jetzt?«, flüsterte Harry.

»Nein!«, sagte Hermine. »Wenn wir ihn jetzt stehlen, werden die Leute vom Ausschuss denken, Hagrid hätte ihn befreit! Wir müssen warten, bis sie sehen, dass er draußen angebunden ist!«

»Dann haben wir gerade mal sechzig Sekunden«, sagte Harry. Allmählich kam ihm das Unternehmen unmöglich vor.

In diesem Moment drang aus Hagrids Hütte das Geräusch von zerbrechendem Porzellan.

»Jetzt hat er gerade den Milchkrug zerlegt«, flüsterte Hermine. »Gleich werde ich Krätze finden –«

Und tatsächlich hörten sie ein paar Minuten später ihren überraschten Aufschrei.

»Hermine«, sagte Harry plötzlich, »wie wär's, wenn wir – einfach reinrennen und uns Pettigrew schnappen –«

»Nein!«, flüsterte Hermine erschrocken. »Begreifst du nicht? Wir brechen gerade eines der wichtigsten Zaubereigesetze! Niemand darf die Vergangenheit verändern, absolut niemand! Du hast Dumbledore gehört: wenn wir gesehen werden –«

»Nur wir selbst und Hagrid würden uns sehen!«

»Harry, was, glaubst du, würdest du tun, wenn du dich selbst in Hagrids Hütte reinplatzen siehst?«, sagte Hermine.

»Ich – ich würde glauben, ich sei verrückt geworden«, sagte Harry, »oder vermuten, dass jemand schwarze Magie mit mir treibt –«

»Genau! Du würdest es nicht verstehen, du würdest dich vielleicht sogar selbst angreifen! Verstehst du nicht? Professor McGonagall hat mir erzählt, was für schreckliche Dinge schon geschehen sind, wenn Zauberer an der Vergangenheit herumgepfuscht haben … viele von ihnen haben im Durcheinander ihr vergangenes oder künftiges Selbst getötet!«

»Schon gut!«, sagte Harry, »war nur 'ne Idee, ich dachte –«

Doch Hermine stieß ihn in die Rippen und deutete hinüber zum Schloss. Harry schob den Kopf ein wenig vor, um das Portal in der Ferne sehen zu können. Dumbledore, Fudge, das alte Ausschussmitglied und Macnair, der Henker, kamen die Treppe herunter.

»Wir kommen jetzt gleich raus!«, wisperte Hermine.

Und tatsächlich öffnete sich Augenblicke später Hagrids Tür und Harry sah sich selbst, Ron und Hermine zusammen mit Hagrid herauskommen. Es war zweifellos das befremdlichste Erlebnis, das er je gehabt hatte: hinter einem Baum zu stehen und sich selbst dort drüben im Kürbisbeet zu beobachten.

»Ist schon gut, Schnäbelchen, es ist alles gut …«, sagte Hagrid. Dann wandte er sich Harry, Ron und Hermine zu.

»Geht jetzt. Sputet euch.«

»Hagrid, wir können nicht einfach –«

»Wir sagen ihnen, was wirklich passiert ist –«

»Sie dürfen ihn nicht umbringen –«

»Geht! Ist schon alles schlimm genug, da müsst ihr nicht auch noch Ärger kriegen!«

Harry sah, wie Hermine im Kürbisbeet den Umhang über ihn und Ron warf.

»Geht schnell. Und lauscht nicht …«

Vorne an Hagrids Tür klopfte es. Henker und Zeugen waren da. Hagrid wandte sich um und ging zurück in die Hütte. Die Hintertür ließ er offen. Harry sah, wie sich das Gras um die Hütte fleckweise plättete, und hörte, wie sich drei Paar Füße entfernten. Er, Ron und Hermine waren gegangen … doch der Harry und die Hermine, die sich hinter den Bäumen versteckt hatten, konnten jetzt durch die offene Hintertür hören, was in der Hütte vor sich ging.

»Wo ist das Biest?«, sagte die kalte Stimme Macnairs.

»Drau…draußen«, krächzte Hagrid.

Harry zog rasch den Kopf zurück, als Macnair an Hagrids Fenster auftauchte und zu Seidenschnabel hinaussah. Dann hörten sie Fudge.

»Wir – ähm – müssen dir den offiziellen Hinrichtungsbefehl verlesen, Hagrid, ich mach's kurz. Und dann musst du ihn unterschreiben und Macnair auch. Macnair, hören Sie zu, das ist Vorschrift.«

Macnairs Gesicht verschwand vom Fenster. Jetzt oder nie.

»Warte hier«, flüsterte Harry. »Ich mach das.«

Fudge fing wieder an zu sprechen und Harry schnellte hinter seinem Baum hervor, sprang über den Zaun des Kürbisbeetes und lief auf Seidenschnabel zu.

»*Der Ausschuss für die Beseitigung gefährlicher Geschöpfe hat beschlossen, den Hippogreif Seidenschnabel, im Weiteren der Verurteilte genannt, am sechsten Juni bei Sonnenuntergang hinzurichten –*«

Und wieder starrte Harry, darauf bedacht, nicht zu blinzeln, in Seidenschnabels grimmiges rotes Auge und verbeugte sich. Seidenschnabel sank auf die schuppigen Knie und richtete sich wieder auf. Harry nahm die Leine, die den Hippogreif an den Zaun band, und versuchte den Knoten zu lösen.

»*… verurteilt zum Tode durch Enthauptung, auszuführen durch den vom Ausschuss ernannten Henker, Walden Macnair …*«

»Komm mit, Seidenschnabel«, zischte Harry, »komm mit, wir helfen dir. Leise … leise …«

»*… und schriftlich von ihm zu bestätigen.* Hagrid, du unterschreibst hier …«

Harry zerrte nach Leibeskräften an dem Seil, doch Seidenschnabel hatte sich mit den Vorderbeinen eingegraben.

»Nun, bringen wir's hinter uns«, sagte die dünne Stimme des alten Ausschussmitglieds in Hagrids Hütte. »Hagrid, vielleicht wäre es besser, wenn Sie drinbleiben würden –«

»Nein – ich – ich will bei ihm sein ... ich will nicht, dass er allein ist –«

Das Geräusch von Schritten drang aus der Hütte.

»Seidenschnabel, beweg endlich deinen Hintern!«, flehte Harry.

Er zog noch heftiger am Seil um Seidenschnabels Hals. Der Hippogreif raschelte verärgert mit den Flügeln und bewegte sich allmählich. Noch waren sie einige Meter vom Wald entfernt und von Hagrids Hintertür aus deutlich zu sehen.

»Einen Moment noch bitte, Macnair«, erklang Dumbledores Stimme. »Auch Sie müssen hier unterschreiben.« Die Schritte verstummten. Harry warf sich ins Seil. Seidenschnabel schnappte mit dem Schnabel und ließ sich herab, ein wenig schneller zu gehen.

Hermines weißes Gesicht lugte hinter einem Baum hervor.

»Harry, schnell!«, zischte sie.

Noch immer konnte Harry Dumbledore in der Hütte sprechen hören. Noch einmal ruckte er an dem Seil. Seidenschnabel verfiel in einen widerwilligen Trott. Sie erreichten die Bäume.

»Schnell! Schnell!«, stöhnte Hermine und sprang hinter ihrem Baum hervor. Auch sie packte jetzt das Seil und zog wie verrückt daran, um Seidenschnabel ein wenig Beine zu machen. Harry blickte über die Schulter; jetzt waren sie außer Sicht; sie konnten Hagrids Garten nicht mehr sehen.

»Halt!«, hauchte er Hermine zu. »Sie könnten uns noch hören –«

Krachend schlug Hagrids Hintertür auf. Harry, Hermine

und Seidenschnabel machten keinen Mucks; selbst der Hippogreif schien gespannt zu lauschen.

Stille … dann –

»Wo ist er?«, sagte die dünne Stimme des Alten. »Wo ist das Biest?«

»Es war hier angebunden!«, sagte der Henker wutentbrannt. »Ich hab's mit eigenen Augen gesehen! Genau hier!«

»Höchst erstaunlich«, sagte Dumbledore mit einem Glucksen in der Stimme.

»Schnäbelchen!«, rief Hagrid heiser.

Es gab ein surrendes Geräusch und dann folgte das Krachen einer Axt. Der Henker schien sie vor Wut in den Zaun geschlagen zu haben. Und dann kam Hagrids Heulen und diesmal konnten sie Hagrids Worte durch sein Schluchzen hören.

»Fort! Fort! Glück für Schnäbelchen, es ist fort! Muss sich losgerissen haben! Kluger Junge, Schnäbelchen!«

Seidenschnabel begann am Seil zu zerren; offenbar wollte er zu Hagrid zurück. Harry und Hermine gruben die Fersen in den Waldboden und warfen sich ins Seil, um ihn aufzuhalten.

»Jemand hat ihn losgebunden!«, raunzte der Henker. »Wir sollten das Gelände absuchen und den Wald.«

»Macnair, und wenn Seidenschnabel wirklich gestohlen wurde, glauben Sie, der Dieb hätte ihn zu Fuß fortgebracht?«, sagte Dumbledore und seine Stimme klang recht vergnügt. »Suchen Sie den Himmel ab, wenn Sie wollen … Hagrid, ich könnte eine Tasse Tee vertragen. Oder einen großen Schnaps.«

»O n-natürlich, Professor«, sagte Hagrid, offenbar erschöpft vor Glück, »kommen Sie rein, kommen Sie …«

Hermine und Harry lauschten mit gespitzten Ohren. Sie hörten Schritte, das leise Fluchen des Henkers, die Tür fiel ins Schloss und dann herrschte Stille.

»Was jetzt?«, flüsterte Harry und sah sich um.

»Wir müssen uns hier drin verstecken«, sagte Hermine, die ziemlich mitgenommen aussah. »Wir müssen erst einmal warten, bis sie wieder im Schloss sind. Und dann, bis es ungefährlich ist, mit Seidenschnabel zum Fenster von Sirius fliegen. Er wird erst in ein paar Stunden dort sein … Mensch, das wird schwierig werden …«

Nervös blickte sie über die Schulter ins Dunkel des Waldes. Die Sonne ging jetzt unter.

Harry dachte scharf nach. »Wir können nicht hier bleiben«, sagte er. »Wir müssen die Peitschende Weide sehen können, sonst wissen wir nicht, was geschieht.«

»Gut«, sagte Hermine und klammerte die Hand noch fester um Seidenschnabels Leine. »Aber wir dürfen uns nicht blicken lassen, Harry, denk dran …«

Während sie am Waldrand entlangschlichen, senkte sich die Dunkelheit wie ein schwarzes Tuch über sie. Schließlich versteckten sie sich hinter einer Gruppe von Bäumen, von der aus sie die Peitschende Weide erkennen konnten.

»Da ist Ron!«, sagte Harry plötzlich.

Eine dunkle Gestalt hetzte über das Gras und ihre Rufe hallten durch die stille Nachtluft.

»Lass ihn in Ruhe – hau ab – Krätze, komm hierher –«

Und dann tauchten wie aus dem Nichts zwei weitere Gestalten auf. Harry beobachtete, wie er selbst und Hermine Ron hinterherjagten, der jetzt ins Gras hechtete.

»Hab ich dich! Hau ab, du stinkender Kater –«

»Da ist Sirius!«, sagte Harry. Der riesige Hund war zwischen den Wurzeln der Weide hervorgesprungen, sie sahen, wie der schwarze Umriss Harry zu Boden stieß und Ron packte …

»Sieht von hier noch schlimmer aus, nicht wahr?«, sagte Harry und beobachtete, wie der Hund Ron zwischen die

Wurzeln zerrte. »Autsch – der Baum hat mir gerade eine verpasst – und jetzt kriegst du auch eine gewischt – das ist unheimlich –«

Die Peitschende Weide ächzte und schlug mit den unteren Zweigen aus; sie sahen sich selbst dabei zu, wie sie immer wieder versuchten den Baum zu überlisten und an den Stamm zu gelangen. Und dann erstarrte der Baum.

»Jetzt hat Krummbein den Knoten gedrückt«, sagte Hermine.

»Und los geht's …«, murmelte Harry. »Wir sind schon drin.«

Kaum waren sie verschwunden, regte sich der Baum wieder. Sekunden später hörten sie ganz in der Nähe Schritte. Dumbledore, Macnair, Fudge und das alte Ausschussmitglied waren auf dem Rückweg ins Schloss.

»Gleich nachdem wir runter in den Tunnel sind!«, sagte Hermine. »Wenn Dumbledore doch bloß mitgekommen wäre …«

»Macnair und Fudge wären dann auch gekommen«, sagte Harry bitter. »Und Fudge hätte Macnair auf der Stelle befohlen, Sirius umzubringen, darauf kannst du Gift nehmen …«

Sie sahen den vier Männern nach, die jetzt die Schlosstreppe hochstiegen und verschwanden. Ein paar Minuten herrschte Stille. Dann –

»Dort kommt Lupin!«, sagte Harry, und sie sahen seine Gestalt die Steinstufen hinunterspringen und auf die Weide zurennen. Harry sah zum Himmel. Der Mond war völlig hinter den Wolken verschwunden.

Sie sahen, wie Lupin einen abgebrochenen Zweig aus dem Gras hob und den Knoten am Baumstamm anstupste. Der Baum hörte auf, um sich zu schlagen, und auch Lupin verschwand im Erdloch zwischen den Wurzeln.

»Wenn er nur den Tarnumhang mitgenommen hätte«, sagte Harry. »Der liegt da einfach rum …«

Er drehte sich zu Hermine um.

»Wenn ich kurz rüberrenne und ihn hole, kann ihn Snape nicht mitnehmen und –«

»Harry, niemand darf uns sehen!«

»Wie kannst du das ertragen?«, erwiderte er aufgebracht. »Einfach nur rumzustehen und alles geschehen zu lassen?« Er zögerte. »Ich schnapp mir den Umhang!«

»Harry, nein!«

Hermine packte Harry am Kragen, und keinen Moment zu früh. In diesem Augenblick hörten sie, wie jemand laut anfing zu singen. Es war Hagrid. Leicht schwankend war er auf dem Weg zum Schloss, schmetterte ein Liedchen und fuchtelte mit einer großen Flasche in der Hand durch die Luft.

»Siehst du?«, flüsterte Hermine. »Siehst du, was passiert wäre? Wir müssen versteckt bleiben! Nein, Seidenschnabel!«

Der Hippogreif machte erneut hektische Anstalten, zu Hagrid zu laufen. Auch Harry packte ihn jetzt wieder an der Leine und hielt ihn mühsam zurück. Sie sahen Hagrid nach, wie er in gewagten Schlangenlinien den Weg entlangging und schließlich verschwand. Seidenschnabel erlahmte und ließ traurig den Kopf sinken.

Kaum zwei Minuten später flog das Schlossportal erneut auf und Snape kam heraus. Mit großen Schritten kam er auf die Weide zu.

Vor der Weide hielt er inne und blickte sich um. Harry ballte die Fäuste. Snape langte nach dem Tarnumhang im Gras und hob ihn hoch.

»Lass deine dreckigen Finger davon«, knurrte Harry hinter vorgehaltener Hand.

»Schhh!«

Snape nahm den Ast, den schon Lupin benutzt hatte, um den Baum zu lähmen, stupste gegen den Knoten und verschwand dann unter dem Tarnumhang.

»Das war's«, sagte Hermine leise. »Wir sind alle da unten. Und jetzt müssen wir warten, bis wir wieder rauskommen …«

Sie nahm das Ende von Seidenschnabels Leine und wickelte es fest um den nächsten Baum, dann setzte sie sich auf den trockenen Boden und schlang die Arme um die Knie.

»Harry, eins verstehe ich nicht … warum haben die Dementoren Sirius nicht gekriegt? Ich weiß noch, wie sie kamen, und dann bin ich wohl ohnmächtig geworden … es waren so viele …«

Auch Harry setzte sich ins Gras. Er schilderte Hermine, was er gesehen hatte; der Dementor hatte bereits seinen Schlund auf Harrys Mund gesenkt, als ein großes weißes Etwas über den See galoppiert kam und die Dementoren zum Rückzug trieb.

Als Harry fertig war, stand Hermines Mund halb offen.

»Aber was war das?«

»Wenn es die Dementoren vertrieben hat, dann kann es nur eins gewesen sein«, sagte Harry. »Ein richtiger Patronus. Ein mächtiger.«

»Aber wer hat ihn heraufbeschworen?«

Harry antwortete nicht. Er dachte an die Gestalt, die er auf der anderen Seite des Sees gesehen hatte. Er wusste schon, an wen er dabei dachte … aber wie konnte das nur möglich sein?

»Hast du nicht gesehen, wie er aussah?«, fragte Hermine begierig. »War es einer der Lehrer?«

»Nein«, sagte Harry. »Es war kein Lehrer.«

»Aber es muss ein sehr mächtiger Zauberer gewesen sein, wenn er all diese Dementoren verjagen konnte … wenn der

Patronus so leuchtete, hat er ihn nicht beschienen? Konntest du nicht sehen –?«

»Doch, ich hab ihn gesehen«, sagte Harry langsam. »Aber ... vielleicht hab ich's mir nur eingebildet ... ich konnte nicht klar denken ... gleich danach bin ich ohnmächtig geworden ...«

»Wer, glaubst du, war es?«

»Ich glaube –«, Harry schluckte. Er wusste, wie seltsam dies klingen würde. »Ich glaube, es war mein Vater.«

Harry blickte auf und sah, dass Hermine den Mund weit aufgerissen hatte. Sie starrte ihn mit einer Mischung aus Entsetzen und Mitleid an.

»Harry, dein Dad ist – nun ja – tot«, sagte sie leise.

»Das weiß ich«, sagte Harry rasch.

»Glaubst du, es war ein Geist?«

»Ich weiß nicht ... nein ... er schien aus Fleisch und Blut ...«

»Aber dann –«

»Vielleicht hab ich mir alles nur eingebildet«, sagte Harry. »Aber ... was ich gesehen habe ... sah wie Dad aus ... ich hab Fotos von ihm ...«

Hermine sah ihn immer noch an, als machte sie sich Sorgen um seinen Verstand.

»Ich weiß, das klingt verrückt«, sagte Harry mit tonloser Stimme. Er sah sich nach dem Hippogreif um, der gerade den Schnabel in die Erde bohrte und offenbar nach Würmern suchte. Aber im Grunde sah er Seidenschnabel gar nicht an.

Er dachte über seinen Vater nach und über seine drei ältesten Freunde ... Moony, Wurmschwanz, Tatze und Krone ... waren sie alle vier heute Nacht auf dem Gelände? Wurmschwanz war diesen Abend wieder aufgetaucht, wo doch alle gedacht hatten, er sei tot ... war es denn unmöglich, dass sein Vater dasselbe getan hatte? Hatte er drüben am anderen Ufer wirklich jemanden gesehen? Die Gestalt war zu weit weg und zu verschwommen … doch einen Moment lang war er sich sicher gewesen, bevor er ohnmächtig wurde …

Eine leichte Brise ließ die Blätter über ihnen rascheln. Hinter den Wolken, die über den Himmel zogen, kam der Mond zum Vorschein und verschwand wieder. Hermine saß da, unverwandt auf die Weide blickend, und wartete.

Und dann, endlich, nach über einer Stunde …

»Da kommen wir!«, flüsterte Hermine. Auch Seidenschnabel hob den Kopf. Sie sahen Lupin, Ron und Pettigrew mühsam aus dem Erdloch klettern. Dann kam Hermine … dann der bewusstlose Snape, merkwürdig senkrecht dahinschwebend. Schließlich kamen Harry und Black. Sie alle machten sich auf den Weg zum Schloss.

Harrys Herz begann sehr schnell zu pochen. Er sah zum Himmel. Jeden Moment würde diese Wolke weiterziehen und der Mond würde zum Vorschein kommen …

»Harry«, murmelte Hermine, als ob sie genau wüsste, was er dachte, »wir müssen hier bleiben. Wir dürfen nicht gesehen werden. Wir können nichts tun …«

»Also lassen wir Pettigrew einfach wieder entkommen …«, sagte Harry leise.

»Wie willst du denn in der Dunkelheit eine Ratte finden?«, fauchte Hermine. »Wir können nichts tun! Wir sind zurückgekommen, um Sirius zu helfen, und wir sollten jetzt nichts anderes tun!«

»Ist ja gut!«

Der Mond trat hinter der Wolke hervor. Sie sahen, wie die kleinen Figuren auf dem Gras innehielten. Dann bewegte sich etwas.

»Das ist Lupin«, flüsterte Hermine, »er verwandelt sich.«

»Hermine!«, sagte Harry plötzlich, »wir müssen fort von hier!«

»Das geht nicht, ich erklär dir doch ständig –«

»– dass wir uns nicht einmischen sollen! Ja doch, aber Lupin wird in den Wald rennen, direkt auf uns zu!«

Hermine riss die Augen auf.

»Schnell!«, stöhnte sie und sprang zu Seidenschnabel, um ihn loszubinden. »Schnell! Wo sollen wir denn hin? Wo sollen wir uns verstecken, die Dementoren werden jeden Moment kommen!«

»Zurück zu Hagrid!«, sagte Harry. »Die Hütte ist leer – komm schon!«

Sie rannten, so schnell sie konnten, und Seidenschnabel setzte in langen Sprüngen hinter ihnen her. Schon hörten sie den Werwolf hinter sich heulen …

Sie konnten die Hütte jetzt sehen; Harry rutschte zur Tür, stieß sie auf und Hermine und Seidenschnabel flitzten an ihm vorbei. Harry stürzte ihnen nach und verriegelte die Tür. Fang, der Saurüde, kläffte laut.

»Schhh, Fang, wir sind's!«, sagte Hermine. Rasch ging sie hinüber und kraulte Fang besänftigend die Ohren. »Das war wirklich knapp!«, sagte sie.

»Jaah …«

Harry sah aus dem Fenster. Von hier aus war kaum noch etwas zu sehen. Seidenschnabel schien überglücklich, wieder zu Hause zu sein. Er legte sich vor den Kamin, faltete zufrieden die Flügel und wollte offenbar ein kleines Nickerchen einlegen.

»Ich glaube, ich geh am besten wieder nach draußen«, sagte Harry langsam. »Ich kann von hier aus nicht sehen, was passiert, und wir müssen doch wissen, wann es Zeit ist –«

Hermine sah ihn argwöhnisch an.

»Ich werd mich ganz bestimmt nicht einmischen«, sagte

Harry rasch. »Aber wenn wir nicht sehen, was passiert, wie sollen wir dann wissen, wann es Zeit ist, Sirius zu retten?«

»Von mir aus ... ich warte hier mit Seidenschnabel ... aber sei vorsichtig, Harry – da draußen ist ein Werwolf – und die Dementoren!«

Harry ging hinaus und schlich um die Hütte herum. Aus der Ferne hörte er erschöpfte Schreie. Die Dementoren kreisten jetzt Sirius ein ... er und Hermine würden jeden Augenblick zu ihm laufen ...

Harry schaute hinüber zum See und sein Herz führte eine Art Trommelwirbel in seiner Brust auf ... wer immer auch den Patronus geschickt hatte, würde jeden Moment auftauchen ...

Für den Bruchteil einer Sekunde stand er unentschlossen vor Hagrids Tür. *Keiner darf dich sehen.* Doch er wollte nicht gesehen werden. Er wollte sehen ... er musste es unbedingt wissen ...

Und da waren die Dementoren. Sie kamen aus der Dunkelheit, aus allen Richtungen, und glitten am Ufer des Sees entlang ... sie entfernten sich von Harry, schwebten hinüber zum anderen Ufer ... er würde ihnen nicht zu nahe kommen ...

Harry rannte los. Er dachte nur noch an seinen Vater ... wenn er es war ... wenn er es wirklich war ... er musste es wissen, er musste es herausfinden ...

Der See kam näher und näher, doch niemand war zu sehen. Am anderen Ufer konnte er dünne Silberschleier erkennen – seine eigenen Versuche, einen Patronus zu schaffen.

Harry versteckte sich hinter einem Busch am Wasser und schaute verzweifelt durch das Blattwerk. Das silberne Glimmen am anderen Ufer erlosch mit einem Mal. Erregung packte ihn und Furcht – jeden Augenblick –

»Komm jetzt!«, murmelte er und spähte umher, »wo bist du? Dad, komm bitte –«

Doch keiner kam. Harry hob den Kopf und sah hinüber. Die Dementoren hatten einen Ring gebildet. Einer von ihnen nahm die Kapuze ab. Es war höchste Zeit, dass der Retter erschien – doch diesmal kam keiner zu Hilfe –

Und dann traf es ihn wie ein Schlag – er begriff. Er hatte nicht seinen Vater gesehen – sondern sich selbst –

Harry stürzte hinter dem Busch hervor und zückte den Zauberstab.

»*Expecto patronum!*«, rief er.

Und aus der Spitze seines Zauberstabs brach etwas hervor, keine unförmige Nebelwolke, sondern ein schönes, blendend helles, silbernes Tier – er kniff die Augen zusammen und versuchte zu erkennen, was es war – es sah aus wie ein Pferd – es galoppierte lautlos davon, über die schwarze Oberfläche des Sees; Harry sah, wie es den Kopf senkte und mit den Hinterbeinen gegen den Schwarm der Dementoren ausschlug … jetzt galoppierte es im Kreis um die schwarzen Gestalten am Boden, und die Dementoren wichen zurück, zerstreuten sich, verloren sich in der Dunkelheit … und waren verschwunden.

Der Patronus wandte sich um. Das Tier galoppierte über den stillen See zurück. Es war kein Pferd. Es war auch kein Einhorn. Es war ein Hirsch. Er leuchtete so hell wie der Mond am Himmel … er kehrte zu ihm zurück …

Am Ufer hielt er inne. Seine Hufe hinterließen keine Spur im weichen Boden. Er starrte Harry mit seinen großen silbernen Augen an. Langsam neigte er den Kopf mit dem schweren Geweih. Und Harry erkannte …

»Krone«, flüsterte er.

Doch als er das Geschöpf mit zitternden Fingern berühren wollte, verschwand es.

Harry blieb mit ausgestreckter Hand stehen. Dann – und schon wollte ihm das Herz zerspringen – hörte er hinter sich Hufgetrappel. Er wirbelte herum und sah Hermine auf ihn zuspringen, Seidenschnabel im Schlepptau.

»Was hast du getan?«, sagte sie und schäumte vor Wut. »Du wolltest doch nur Ausschau halten!«

»Ich hab gerade unser aller Leben gerettet …«, sagte Harry. »Komm – hinter diesen Busch – ich erklär's dir.«

Er schilderte, was geschehen war, und Hermine lauschte abermals mit offenem Mund.

»Hat dich jemand gesehen?«

»Ja, hast du denn nicht zugehört? Ich hab mich gesehen! Es ist gut jetzt!«

»Harry, ich kann's nicht glauben … du hast einen Patronus heraufbeschworen, der all diese Dementoren verjagt hat! Das ist sehr weit fortgeschrittene Zauberei …«

»Ich wusste, dass ich es diesmal schaffen würde«, sagte Harry, »weil ich es schon einmal geschafft hatte … red ich Unsinn?«

»Ich weiß nicht – Harry, da drüben ist Snape!«

Sie lugten hinter dem Busch hervor auf die andere Seite. Snape war zu sich gekommen. Er zauberte Tragen herbei und hievte die leblosen Gestalten von Harry, Hermine und Black hoch. Eine vierte Trage, zweifellos mit Ron, schwebte bereits neben ihm. Dann, mit ausgestrecktem Zauberstab, ließ er sie zum Schloss emporschweben.

»Gut, bald ist es so weit«, sagte Hermine angespannt und warf einen Blick auf ihre Uhr. »Wir haben eine Dreiviertelstunde, bis Dumbledore die Tür zum Krankenflügel abschließt. Wir müssen Sirius retten und im Krankensaal zurück sein, bevor jemand merkt, dass wir fehlen …«

Beim Warten sahen sie den Wolken zu, die sich im See spiegelten, während der Busch vor ihnen in der Brise wisperte. Seidenschnabel langweilte sich und stocherte wieder nach Würmern.

»Meinst du, er ist schon dort oben?«, sagte Harry und sah auf die Uhr. Er sah hoch zum Schloss und zählte die Fenster rechts vom Westturm ab.

»Schau!«, flüsterte Hermine. »Wer ist das? Da kommt jemand aus dem Schloss!«

Harry spähte durch die Nacht. Der Mann eilte über das Gelände auf einen der Eingänge zu. Etwas Metallenes schimmerte an seinem Gürtel.

»Macnair!«, sagte Harry. »Der Henker! Er holt die Dementoren! Wir müssen los, Hermine!«

Hermine legte die Hände auf Seidenschnabels Rücken und Harry half ihr, sich aufzuschwingen. Dann stellte er den Fuß auf einen niedrigen Ast und kletterte selbst hoch. Er zog Seidenschnabel die Leine um den Hals und befestigte sie wie Zügel oben am Kummet.

»Fertig?«, flüsterte er Hermine hinter ihm zu. »Du hältst dich am besten an mir fest –«

Mit den Fersen stieß er Seidenschnabel sanft in die Seiten.

Seidenschnabel flatterte mühelos hoch in den dunklen Himmel. Harry presste die Knie gegen seine Flanken und spürte, wie sich die großen Flügel neben ihnen kraftvoll spannten. Hermine klammerte sich fest um Harrys Hüfte; er konnte sie murmeln hören, »O nein – das ist nichts für mich – o nein, das ist wirklich nichts für mich –«

Harry trieb Seidenschnabel zur Eile. Sie schwebten leise hinauf zu den oberen Stockwerken des Schlosses … Harry zog die Leine heftig nach links und Seidenschnabel folgte ihm. Harry versuchte die vorbeifliegenden Fenster zu zählen –

»Oha!«, sagte er und riss mit aller Kraft an der Leine.

Seidenschnabel flog langsamer und dann blieben sie in der

Luft stehen, wenn man davon absah, dass sie auf- und abhüpften, weil Seidenschnabel mit den Flügeln schlagen musste, um oben zu bleiben.

»Er ist da!«, sagte Harry, der Sirius gesehen hatte, als sie vor seinem Fenster auftauchten. Er streckte die Hand mit dem Zauberstab aus und konnte beim nächsten Flügelschlag gegen das Glas schlagen.

Black blickte auf. Harry sah, wie ihm die Kinnlade herunterfiel. Black sprang vom Stuhl, stürzte zum Fenster und wollte es öffnen, doch es war verschlossen.

»Zurücktreten!«, rief ihm Hermine zu. Mit der linken Hand klammerte sie sich an Harrys Umhang fest, mit der rechten zückte sie den Zauberstab.

»*Alohomora!*«

Das Fenster sprang auf.

»Wie ... wie?«, fragte Black erschöpft und starrte den Hippogreif an.

»Steig auf. Wir haben keine Zeit zu verlieren«, sagte Harry und packte Seidenschnabel fest an der einen Seite seines schlanken Halses, um ihn ruhig zu halten. »Du musst fliehen – die Dementoren kommen – Macnair holt sie.«

Black hielt sich an beiden Seiten des Fensters fest und zog Kopf und Schultern ins Freie. Ein Glück, dass er so mager war. In Sekundenschnelle gelang es ihm, ein Bein über Seidenschnabels Rücken zu schwingen und sich hinter Hermine auf den Hippogreif zu ziehen.

»Gut gemacht, Seidenschnabel, und jetzt hoch –«, sagte Harry und schlackerte mit der Leine. »Hoch zum Turm – mach schon!«

Mit einem Schlag seiner mächtigen Flügel rauschten sie davon, hoch bis zur Spitze des Westturms. Seidenschnabel landete hufklappernd auf den Zinnen und Harry und Hermine ließen sich sofort heruntergleiten.

»Sirius, du verschwindest am besten, schnell«, keuchte Harry. »Sie werden jeden Moment in Flitwicks Büro kommen und sehen, dass du fort bist.«

Seidenschnabel scharrte auf dem Boden und warf seinen scharfen Kopf hin und her.

»Was ist mit dem anderen Jungen passiert? Mit Ron?«, drängte Sirius.

»Er wird sich wieder erholen – ist immer noch außer Gefecht, aber Madam Pomfrey sagt, sie wird ihn schon wieder hinkriegen – schnell – flieh –«

Doch Black starrte Harry unverwandt an.

»Wie kann ich dir jemals danken –«

»Flieh!«, riefen Harry und Hermine aus einem Mund.

Black warf Seidenschnabel herum und sah in den offenen Himmel.

»Wir sehen uns wieder«, sagte er. »Du bist – ganz der Sohn deines Vaters, Harry …«

Er drückte die Fersen in Seidenschnabels Seiten; Harry und Hermine sprangen zurück, und die gewaltigen Flügel hoben sich von neuem … der Hippogreif stieg in den Nachthimmel … Harry sah ihnen nach, wie sie kleiner und kleiner wurden … dann schob sich eine Wolke vor den Mond … fort waren sie.

Noch einmal Eulenpost

»Harry!«

Hermine zupfte ihn am Ärmel und starrte auf die Uhr. »Wir haben genau zehn Minuten, um in den Krankenflügel runterzukommen, bevor Dumbledore die Tür schließt – und keiner darf uns sehen!«

»Okay«, sagte Harry und wandte sich widerwillig vom Nachthimmel ab, »gehen wir ...«

Sie schlüpften durch die Turmtür und stiegen eine schmale Wendeltreppe hinunter. Unten angekommen, hörten sie Stimmen. Sie drängten sich in eine Nische in der Wand und lauschten. Die Stimmen klangen nach Fudge und Snape, die rasch den Korridor entlanggingen, in dem Harry und Hermine standen.

»... hoffe nur, Dumbledore macht keine Scherereien«, sagte Snape. »Der Kuss wird doch sofort ausgeführt?«

»Sobald Macnair mit den Dementoren zurückkommt. Diese ganze Affäre mit Black war äußerst peinlich. Ich kann Ihnen nicht sagen, wie sehr ich mich darauf freue, dem *Tagespropheten* mitteilen zu können, dass wir ihn endlich gefasst haben ... die werden mit Ihnen sprechen wollen, Snape ... und sobald der junge Harry wieder bei Verstand ist, möchte er den Zeitungsleuten sicher genau erzählen, wie Sie ihn gerettet haben ...«

Harry biss die Zähne zusammen. Fudge und Snape gingen jetzt an ihrem Versteck vorbei und er erhaschte einen Blick auf Snapes grinsendes Gesicht. Ihre Schritte wurden leiser und erstarben. Um sicherzugehen, warteten Harry und Hermine noch einige Sekunden, dann rannten sie in die andere Richtung: eine Treppe hinunter, noch eine, durch einen Korridor – und dann hörten sie vor sich ein gackerndes Lachen.

»Peeves!«, zischte Harry und packte Hermine am Handgelenk, »da rein!«

Gerade noch rechtzeitig stürzten sie in ein leeres Klassenzimmer zur Linken. Peeves hüpfte in bester Laune den Korridor entlang und schien sich vor Lachen nicht mehr einzukriegen.

»Oh, ist der abscheulich«, wisperte Hermine, das Ohr an der Tür. »Ich wette, er ist ganz aus dem Häuschen, weil die Dementoren Sirius erledigen wollen ...« Sie sah auf die Uhr. »Noch drei Minuten, Harry!«

Sie warteten, bis Peeves' schadenfroher Singsang in der Ferne verstummt war, dann glitten sie aus dem Zimmer und rannten erneut los.

»Hermine – was passiert – wenn wir nicht reinkommen – bevor Dumbledore die Tür schließt?«, hechelte Harry.

»Daran will ich gar nicht denken!«, stöhnte Hermine und sah wieder auf die Uhr. »Eine Minute noch!«

Sie waren im Korridor zum Krankenflügel angelangt. »Gut – ich kann Dumbledore hören«, sagte Hermine angespannt. »Komm, Harry!«

Sie schlichen den Gang entlang. Die Tür öffnete sich. Dumbledores Rücken erschien.

»Ich werde euch einschließen«, hörten sie ihn sagen. »Es ist fünf Minuten vor zwölf. Hermine, drei Drehungen sollten genügen. Viel Glück.«

Dumbledore trat heraus, schloss die Tür und nahm seinen Zauberstab, um sie magisch zu verschließen. Von Panik gepackt stürzten Harry und Hermine auf ihn zu. Dumbledore sah auf und ein breites Lächeln erschien unter seinem langen silbernen Schnurrbart. »Nun?«, fragte er leise.

»Wir haben's geschafft!«, sagte Harry atemlos. »Sirius ist geflohen, auf dem Rücken von Seidenschnabel …«

Dumbledore strahlte.

»Gut gemacht. Ich glaube –«, er lauschte aufmerksam an der Tür zum Krankensaal. »Ja, ich glaube, auch ihr seid fort – geht rein – ich schließe euch ein –«

Harry und Hermine schlüpften durch die Tür. Der Saal war fast leer, nur Ron lag immer noch reglos im letzten Bett. Die Tür klickte ins Schloss und Harry und Hermine krochen in ihre Betten zurück. Hermine steckte den Zeitumkehrer unter ihren Umhang. Und schon kam Madam Pomfrey aus ihrem Büro gewuselt.

»Hab ich den Direktor gehen hören? Darf ich jetzt nach meinen Patienten schauen?«

Sie hatte ausgesprochen schlechte Laune. Harry und Hermine hielten es für das Beste, ihr stumm die Schokolade abzunehmen. Madam Pomfrey stand neben ihnen und passte auf, dass sie ihre Medizin auch aßen. Doch Harry konnte kaum schlucken. Er und Hermine warteten, lauschten, ihre Nerven lagen blank … Und dann, als sie beide das vierte Stück Schokolade hinunterwürgten, hörten sie aus der Ferne, irgendwo über ihnen, ein zorniges Grollen …

»Was war das?«, fragte Madam Pomfrey aufgeschreckt.

Jetzt konnten sie wütende Stimmen hören, die immer lauter wurden. Madam Pomfrey starrte zur Tür.

»Also wirklich – sie wecken alle auf! Was bilden die sich eigentlich ein?«

Harry versuchte zu verstehen, was die Stimmen sagten. Sie kamen näher –

»Er muss desappariert sein, Severus, wir hätten jemanden bei ihm lassen sollen – wenn das rauskommt –«

»Von wegen desappariert!«, brüllte Snape, jetzt ganz in der Nähe. »Man kann in diesem Schloss weder apparieren noch desapparieren! Das – hat – etwas – mit – Potter – zu – tun!«

»Severus, seien Sie vernünftig – Harry war doch eingeschlossen –«

Krach.

Die Tür zum Krankensaal flog auf.

Fudge, Snape und Dumbledore kamen herein. Einzig Dumbledore sah gelassen aus. Tatsächlich sah er fast aus, als würde er sich amüsieren. Fudge schien verärgert. Doch Snape war außer sich.

»Raus mit der Sprache, Potter!«, bellte er. »Was hast du getan!«

»Professor Snape!«, kreischte Madam Pomfrey. »Benehmen Sie sich!«

»Snape, seien Sie vernünftig«, sagte Fudge, »diese Tür war verschlossen, das haben wir eben festgestellt –«

»Die beiden haben ihm geholfen zu fliehen, ich weiß es!«, heulte Snape und deutete auf Harry und Hermine. Sein Gesicht war zu einer Grimasse verzerrt und Spucke sprühte ihm aus dem Mund.

»Beruhigen Sie sich, Mann!«, bellte jetzt Fudge. »Sie reden Unsinn!«

»Sie kennen Potter nicht!«, kreischte Snape. »Er hat es getan, ich weiß es genau!«

»Nun ist es aber gut, Severus«, sagte Dumbledore. »Denken Sie mal darüber nach, was Sie sagen. Diese Tür war verschlossen, seit ich vor zehn Minuten hier raus bin. Madam Pomfrey, haben diese Schüler ihre Betten verlassen?«

»Natürlich nicht!«, sagte Madam Pomfrey entrüstet. »Das hätte ich gehört!«

»Nun, da haben Sie's, Severus«, sagte Dumbledore sanft. »Wenn Sie nicht behaupten wollen, dass Harry und Hermine an zwei Orten zugleich sein können, sehe ich nicht, warum wir sie noch länger stören sollten.«

Snape brodelte immer noch vor Zorn und sein Blick wanderte von Fudge, der von Snapes Gebaren zutiefst schockiert schien, zu Dumbledore, dessen Augen hinter den Brillengläsern funkelten. Snape wirbelte herum und stürmte mit wehendem Umhang aus dem Krankensaal.

»Der Bursche scheint recht durcheinander zu sein«, sagte Fudge und starrte ihm nach. »Ich würde ihn im Auge behalten, wenn ich Sie wäre, Dumbledore.«

»Oh, er ist nicht durcheinander«, sagte Dumbledore gelassen. »Er hat nur eben gerade eine schwere Enttäuschung erlitten.«

»Da ist er nicht der Einzige!«, seufzte Fudge. »Ich seh schon die Schlagzeile im *Tagespropheten!* Wir hatten Black schon dingfest gemacht und er ist uns wieder entwischt! Jetzt muss nur noch ans Licht kommen, dass dieser Hippogreif auch entkommen ist, und ich bin das Gespött der Leute! Nun ... ich verschwinde jetzt besser und benachrichtige das Ministerium ...«

»Und die Dementoren?«, sagte Dumbledore. »Sie werden von der Schule abgezogen, oder etwa nicht?«

»O doch, sie müssen gehen«, sagte Fudge und fuhr sich zerstreut mit den Fingern durch die Haare. »Hätte mir nie träumen lassen, dass sie versuchen würden, einem unschuldigen Kind ihren Kuss zu verpassen ... völlig außer Kontrolle ... nein, ich lass sie heute Abend noch nach Askaban verfrachten ... vielleicht sollten wir über Drachen am Schuleingang nachdenken ...«

»Da wäre Hagrid gleich dabei«, sagte Dumbledore und lächelte Harry und Hermine zu.

Als er und Fudge den Schlafsaal verlassen hatten, flitzte Madam Pomfrey gleich zur Tür und schloss ab. Zornig vor sich hin murmelnd eilte sie zurück in ihr Büro.

Ein leises Stöhnen drang vom anderen Ende des Saals herüber. Ron war aufgewacht. Er setzte sich auf, rieb sich den Kopf und sah sich um.

»Was … was ist passiert?«, ächzte er. »Harry? Warum sind wir hier? Wo ist Black? Was ist eigentlich los?«

Harry und Hermine sahen sich an.

»Erklär du mal«, sagte Harry und nahm sich noch ein wenig Schokolade.

Als Harry, Ron und Hermine am nächsten Tag um die Mittagszeit den Krankenflügel verließen, fanden sie ein fast menschenleeres Schloss vor. Die flirrende Hitze und das Ende der Prüfungen hatten alle auf die Idee gebracht, wieder mal nach Hogsmeade zu gehen. Weder Ron noch Hermine hatten große Lust dazu, und so wanderten sie mit Harry über die Ländereien und unterhielten sich über die erstaunlichen Ereignisse der vergangenen Nacht. Wo Sirius und Seidenschnabel inzwischen wohl waren?

Sie ließen sich am Seeufer nieder und beobachteten den Riesenkraken, der mit seinen Greifarmen faul im Wasser planschte. Harry verlor den Gesprächsfaden, als er hinüber auf die andere Seite sah. Vom anderen Ufer her war der Hirsch letzte Nacht auf ihn zugaloppiert …

Ein Schatten fiel über sie und als sie aufblickten, stand ein recht trübäugiger Hagrid hinter ihnen. Er wischte sich mit einem seiner tischtuchgroßen Taschentücher den Schweiß vom Gesicht und strahlte sie an.

»Ich weiß, ich sollte nicht so guter Laune sein, nach dem, was gestern Nacht passiert ist«, sagte er. »Wo doch Black schon wieder geflohen ist – aber wisst ihr was?«

»Was?«, sagten sie und setzten ernste Mienen auf.

»Schnäbelchen! Er ist entkommen! Er ist frei! Hab die ganze Nacht gefeiert!«

»Das ist ja toll!«, sagte Hermine und warf Ron, der kaum das Lachen unterdrücken konnte, einen vorwurfsvollen Blick zu.

»Jaah ... muss ihn wohl nicht richtig festgebunden haben«, sagte Hagrid und ließ den Blick glückselig über das Land schweifen. »Hab mir heute Morgen allerdings doch Sorgen gemacht, Leute ... dachte, er wäre irgendwo da draußen vielleicht Professor Lupin über den Weg gelaufen, aber Lupin sagt, er hätte gestern Nacht überhaupt nichts gefressen ...«

»Wie bitte?«, sagte Harry rasch.

»Hol mich der Teufel, habt ihr's noch nicht gehört?«, fragte Hagrid und sein Lächeln verblasste ein wenig. Obwohl niemand in der Nähe war, senkte er die Stimme. »Ähm – Snape hat es heute Morgen den Slytherins gesagt ... dachte, ihr wüsstet es inzwischen ... Professor Lupin ist nämlich ein Werwolf. Und er hat sich letzte Nacht auf den Ländereien rumgetrieben ... er packt jetzt natürlich seine Sachen.«

»Er packt?«, sagte Harry erschrocken. »Warum?«

»Tja, er muss gehen, nicht wahr?«, sagte Hagrid und schien überrascht, dass Harry auch noch fragen konnte. »Hat gleich heute Morgen gekündigt. Sagt, er könne es nicht riskieren, dass es noch einmal passiert.«

Harry rappelte sich hoch.

»Ich geh zu ihm«, sagte er zu Ron und Hermine gewandt.

»Aber wenn er gekündigt hat –«

»– klingt nicht so, als könnten wir noch was tun –«

»Ist mir egal. Ich will trotzdem mit ihm reden. Wir treffen uns dann hier.«

Lupins Bürotür stand offen. Er war mit Packen fast fertig. Der leere Glasbehälter des Grindelohs stand neben seinem zerbeulten alten Koffer, in dem nicht mehr viel Platz war.

Lupin beugte sich über etwas auf seinem Schreibtisch und sah erst auf, als Harry an die Tür klopfte.

»Ich hab dich kommen sehen«, sagte Lupin lächelnd. Er deutete auf das Pergament, über dem er gebrütet hatte. Es war die Karte des Rumtreibers.

»Ich hab eben Hagrid gesehen«, sagte Harry. »Und er meinte, Sie hätten gekündigt. Das stimmt doch nicht, oder?«

»Ich fürchte, doch«, sagte Lupin. Er fing jetzt an, die Schreibtischschubladen herauszuziehen und sie zu leeren.

»Warum?«, sagte Harry. »Das Zaubereiministerium glaubt doch nicht, dass Sie Sirius geholfen haben, oder?«

Lupin ging zur Tür und schloss sie.

»Nein. Professor Dumbledore konnte Fudge davon überzeugen, dass ich versucht habe, euch das Leben zu retten.« Er seufzte. »Das hat das Fass für Severus zum Überlaufen gebracht. Ich glaube, es hat ihn schwer getroffen, dass er den Merlin-Orden nun doch nicht bekommt. Also hat er heute Morgen beim Frühstück – ähm – versehentlich ausgeplaudert, dass ich ein Werwolf bin.«

»Sie gehen doch nicht etwa deswegen!«, sagte Harry.

Lupin lächelte gequält.

»Morgen um diese Zeit trudeln die Eulen von den Eltern ein … sie werden keinen Werwolf als Lehrer ihrer Kinder haben wollen, Harry. Und nach dem, was letzte Nacht passiert ist, kann ich sie verstehen. Ich hätte jeden von euch beißen können … das darf nie mehr vorkommen.«

»Sie sind der beste Lehrer für Verteidigung gegen die dunklen Künste, den wir je hatten!«, sagte Harry. »Bleiben Sie!«

Lupin schüttelte den Kopf und schwieg. Er räumte die nächste Schublade aus. Dann, während Harry noch nach einem guten Grund suchte, um ihn zum Bleiben zu bewegen, sagte Lupin:

»Nach dem, was der Schulleiter mir heute Morgen erzählt hat, hast du letzte Nacht einige Leben gerettet, Harry. Wenn ich dieses Jahr auf etwas stolz sein kann, dann darauf, wie viel du gelernt hast … erzähl mir von deinem Patronus.«

»Woher wissen Sie das?«

»Was sonst hätte die Dementoren vertreiben können?«

Harry schilderte Lupin, was geschehen war. Am Ende lächelte Lupin.

»Ja, dein Vater hat sich immer in einen Hirsch verwandelt«, sagte er. »Du hast richtig geraten … darum haben wir ihn Krone genannt.«

Lupin warf die letzten Bücher in den Koffer, schloss die Schubladen und wandte sich Harry zu.

»Hier – das hab ich letzte Nacht aus der Heulenden Hütte geholt«, sagte er und gab Harry den Tarnumhang zurück. »Und …«, er zögerte, dann streckte er ihm auch die Karte des Rumtreibers entgegen. »Ich bin nicht mehr dein Lehrer, also fühle ich mich auch nicht unwohl dabei, wenn ich sie dir zurückgebe. Ich kann sie nicht gebrauchen und ich bin sicher, du, Ron und Hermine, ihr werdet sie noch nützlich finden.«

Grinsend nahm Harry die Karte entgegen.

»Sie haben gesagt, Moony, Wurmschwanz, Tatze und Krone hätten mich aus der Schule locken wollen … sie hätten das lustig gefunden.«

»Das hätten wir auch getan«, sagte Lupin und bückte sich, um den Koffer zu schließen. »Ich will dir nicht verhehlen, dass James mächtig enttäuscht gewesen wäre, wenn sein Sohn nie einen der Geheimgänge aus dem Schloss gefunden hätte.«

Jemand klopfte. Harry stopfte die Karte und den Tarnumhang hastig in die Tasche.

Es war Professor Dumbledore. Er schien nicht überrascht, Harry vorzufinden.

»Ihre Kutsche wartet vorne am Tor, Remus«, sagte er.

»Vielen Dank, Direktor.«

Lupin hob seinen alten Koffer und den leeren Grindeloh-Kasten hoch.

»Also – auf Wiedersehen, Harry«, sagte er lächelnd. »Es hat richtig Spaß gemacht, dein Lehrer zu sein. Ich bin sicher, wir sehen uns eines Tages wieder. Direktor, Sie müssen mich nicht hinausbegleiten, ich schaff das schon ...«

Harry hatte den Eindruck, als wolle Lupin so schnell wie möglich fort.

»Dann auf Wiedersehen, Remus«, sagte Dumbledore trocken. Lupin nahm den Glaskasten unter den Arm und schüttelte Dumbledore die Hand. Dann, mit einem letzten Kopfnicken für Harry und dem Anflug eines Lächelns, ging Lupin hinaus.

Harry setzte sich auf Lupins Stuhl und starrte trübselig zu Boden. Er hörte die Tür ins Schloss fallen und sah auf. Dumbledore war noch da.

»Warum so niedergeschlagen, Harry?«, fragte er sanft. »Nach der letzten Nacht solltest du sehr stolz auf dich sein.«

»Ich hab doch nichts ausrichten können«, sagte Harry erbittert. »Pettigrew ist entkommen.«

»Nichts ausrichten?«, sagte Dumbledore leise. »Du hast etwas Entscheidendes geschafft, Harry. Du hast dazu beigetragen, die Wahrheit ans Licht zu bringen. Du hast einen Unschuldigen vor einem schrecklichen Schicksal bewahrt.«

Schrecklich. Etwas regte sich in Harrys Gedächtnis. *Größer und schrecklicher denn je ...* Die Vorhersage von Professor Trelawney!

»Professor Dumbledore – gestern, als ich meine Prüfung in Wahrsagen hatte, ist Professor Trelawney plötzlich – sehr merkwürdig geworden.«

»Tatsächlich?«, sagte Dumbledore. »Ähm – merkwürdiger als sonst, meinst du?«

»Ja … ihre Stimme war plötzlich ganz tief und ihre Augen kullerten und sie sagte … sie sagte, Voldemorts Knecht würde sich auf den Weg machen und noch vor Mitternacht zu ihm zurückkehren … der Knecht würde ihm helfen, wieder an die Macht zu kommen.« Harry blickte zu Dumbledore auf. »Und dann wurde sie sozusagen wieder normal und sie konnte sich an nichts mehr erinnern. War das – war das eine echte Vorhersage?«

Dumbledore schien milde beeindruckt.

»Weißt du, Harry, ich glaube, das könnte sein«, sagte er nachdenklich. »Wer hätte das gedacht? Damit steigt die Zahl ihrer wahren Vorhersagen auf zwei. Ich sollte ihr eine Gehaltserhöhung anbieten …«

»Aber –«, Harry sah ihn entgeistert an. Wie konnte Dumbledore das nur so leicht nehmen?

»Aber – ich habe Sirius und Professor Lupin davon abgehalten, Pettigrew zu töten! Dann ist es meine Schuld, wenn Voldemort zurückkommt!«

»Keineswegs«, sagte Dumbledore gelassen. »Hat die Erfahrung mit dem Zeitumkehrer dich nichts gelehrt, Harry? Die Folgen unserer Handlungen sind immer so verwickelt, so vielfältig, dass die Vorhersage der Zukunft ein äußerst schwieriges Geschäft ist … Professor Trelawney, die Gute, ist der lebende Beweis dafür … du hast etwas sehr Achtenswertes getan, als du Pettigrews Leben gerettet hast.«

»Aber wenn er Voldemort hilft, an die Macht zu kommen –!«

»Pettigrew verdankt dir sein Leben. Du hast Voldemort einen Gehilfen geschickt, der in deiner Schuld steht … wenn ein Zauberer das Leben eines anderen Zauberers rettet, entsteht ein gewisses Band zwischen ihnen … und ich müsste mich schwer irren, wenn Voldemort einen Knecht will, der in Harry Potters Schuld steht.«

»Ich will nichts mit Pettigrew zu tun haben!«, sagte Harry. »Er hat meine Eltern verraten!«

»Das ist ganz tiefe, undurchdringliche Magie, Harry. Aber glaub mir … der Tag mag kommen, an dem du sehr froh sein wirst, Pettigrew den Tod erspart zu haben.«

Harry konnte sich nicht vorstellen, wann das sein sollte. Dumbledore schien zu ahnen, was er dachte.

»Ich kannte deinen Vater sehr gut, Harry, sowohl in Hogwarts als auch später«, sagte er leise. »Auch er hätte Pettigrew das Leben gerettet, da bin ich sicher.«

Harry sah zu ihm auf. Dumbledore würde nicht lachen – ihm konnte er es sagen …

»Ich dachte, es wäre mein Dad, der den Patronus heraufbeschworen hat. Als ich mich selbst am anderen Ufer gesehen habe … dachte ich, ich würde ihn sehen.«

»Ein solches Versehen passiert leicht«, sagte Dumbledore sanft. »Es ist sicher nichts Neues für dich, aber du siehst James verblüffend ähnlich. Nur deine Augen … die Augen hast du von deiner Mutter.«

Harry schüttelte den Kopf.

»Das war dumm von mir, zu denken, es wäre mein Dad«, murmelte er. »Ich weiß doch, dass er tot ist.«

»Glaubst du, die Toten, die wir liebten, verlassen uns je ganz? Glaubst du, es ist Zufall, dass wir uns in der größten Not am deutlichsten an sie erinnern? Du weißt, er lebt in dir weiter, Harry, und zeigt sich am deutlichsten, wenn du fest an ihn denkst. Wie sonst konntest du gerade diesen Patronus erschaffen? Er trat letzte Nacht wieder in dein Leben.«

Harry brauchte eine Weile, um Dumbledores Worte zu begreifen.

»Sirius hat mir letzte Nacht erzählt, wie sie Animagi wurden«, sagte Dumbledore lächelnd. »Eine ungeheure Leistung – und nicht zuletzt, dass sie es vor mir geheim gehalten

haben. Und dann fiel mir ein, welch ungewöhnliche Gestalt
dein Patronus annahm, als er Mr Malfoy beim Quidditch-
Spiel gegen Ravenclaw so zusetzte. Weißt du, Harry, in gewisser Weise hast du deinen Vater letzte Nacht wieder gesehen ... du hast ihn in dir selbst gefunden.«

Dumbledore ging hinaus und überließ Harry seinen arg
verwirrten Gedanken.

Keiner in Hogwarts kannte jetzt die Wahrheit über das Geschehen in der Nacht, als Sirius, Seidenschnabel und Pettigrew verschwanden, außer Harry, Ron, Hermine und Dumbledore. Das Schuljahr ging nun rasch dem Ende zu und
Harry hörte die unterschiedlichsten Theorien über das, was
wirklich geschehen war. Doch keine kam der Wahrheit nahe.

Malfoy war wütend wegen Seidenschnabel. Er war überzeugt, Hagrid sei es irgendwie gelungen, den Hippogreif in
Sicherheit zu bringen, und er schien außer sich vor Zorn,
dass ein Wildhüter ihm und seinem Vater ein Schnippchen
geschlagen hatte. Percy Weasley unterdessen hatte einiges
zur Flucht von Sirius zu sagen.

»Wenn ich es schaffe, ins Ministerium zu kommen, werde
ich denen mal erklären, wie man in der Zaubererwelt Recht
und Ordnung durchsetzt!«, erklärte er dem einzigen Menschen, der zuhören wollte – seiner Freundin Penelope.

Das Wetter war herrlich, alle waren bestens gelaunt,
Harry wusste, dass sie das fast Unmögliche geschafft und Sirius zur Freiheit verholfen hatten – und doch hatte er dem
Ende eines Schuljahres noch nie so niedergeschlagen entge-
gengesehen.

Offensichtlich war er nicht der Einzige, der es schade
fand, dass Professor Lupin gegangen war. Alle, die bei ihm
Verteidigung gegen die dunklen Künste gehabt hatten, waren über seine Kündigung bestürzt.

»Ich frag mich, wen sie uns nächstes Jahr vorsetzen«, sagte Seamus Finnigan mit düsterer Miene.

»Vielleicht einen Vampir«, meinte Dean Thomas hoffnungsvoll.

Nicht allein der Abschied von Professor Lupin bedrückte Harry. Ständig musste er an Professor Trelawneys Vorhersage denken. Er fragte sich immer wieder, wo Pettigrew jetzt wohl steckte, ob er bereits Zuflucht bei Voldemort gefunden hatte. Doch was Harry die Laune besonders vermieste, war die Aussicht, zu den Dursleys zurückzukehren. Gut eine halbe Stunde lang, eine herrliche halbe Stunde lang hatte er geglaubt, er würde von nun an bei Sirius leben ... beim besten Freund seiner Eltern ... das wäre fast so gut gewesen, wie seinen Vater zurückzubekommen. Keine Nachricht von Sirius war natürlich eine gute Nachricht, denn das hieß, er hatte sich verstecken können. Und doch war Harry einfach elend zumute, wenn er an das Zuhause dachte, das er hätte haben können.

Am letzten Schultag bekamen sie die Prüfungsergebnisse. Harry, Ron und Hermine hatten es in jedem Fach geschafft. Harry war verblüfft, dass er in Zaubertränke nicht durchgefallen war. Er hatte den dunklen Verdacht, dass Dumbledore eingegriffen und Snape daran gehindert hatte, ihn absichtlich durchrasseln zu lassen. Wie Snape sich ihm gegenüber in der letzten Woche verhalten hatte, war äußerst beunruhigend. Harry hätte es nicht für möglich gehalten, dass Snape sich noch mehr in seinen Hass gegen ihn hineinsteigern würde, doch genauso war es. Jedes Mal, wenn er Harry ansah, zuckte es Unheil verkündend um seinen schmalen Mund und er ließ die Fingerknöchel knacken, als ob er danach gierte, die Finger ganz fest um Harrys Hals zu legen.

Percy hatte seinen UTZ geschafft, Fred und George um Haaresbreite ihren ersten ZAG. Die Gryffindors unterdessen hatten, vor allem dank der Aufsehen erregenden Leistung im Quidditch-Cup, das dritte Jahr in Folge die Hausmeister-schaft gewonnen. So war die Halle beim Abschlussfest ganz in Scharlachrot und Gold geschmückt und am Tisch der Gryffindors ging es bei der Feier natürlich am lautesten zu. Selbst Harry schaffte es, die Rückreise zu den Dursleys, die am nächsten Tag anstand, zu vergessen, und er feierte, redete und lachte mit den andern.

Als der Hogwarts-Express am nächsten Morgen aus dem Bahnhof fuhr, konnte Hermine mit einer erstaunlichen Neuigkeit für Harry und Ron aufwarten.

»Heute Morgen kurz vor dem Frühstück habe ich mit Professor McGonagall gesprochen. Ich habe beschlossen, Muggelkunde sausen zu lassen.«

»Aber du hast doch die Prüfung mit dreihundertund-zwanzig Prozent geschafft!«, sagte Ron.

»Ich weiß«, seufzte Hermine, »aber noch ein Jahr wie die-ses halte ich nicht aus. Dieser Zeitumkehrer hat mich ganz verrückt gemacht. Ich hab ihn zurückgegeben. Ohne Mug-gelkunde und Wahrsagen hab ich endlich wieder einen ganz gewöhnlichen Stundenplan.«

»Ich kann immer noch nicht fassen, dass du uns nichts da-von gesagt hast«, grollte Ron. »Wo wir doch angeblich deine Freunde sind.«

»Ich habe versprochen, es niemandem zu sagen«, sagte Hermine streng. Sie wandte sich Harry zu, der aus dem Fenster sah, wie Hogwarts hinter einem Berg verschwand. Zwei ganze Monate, bis er es wieder sehen würde …

»Aach, Kopf hoch, Harry!«, sagte Hermine besorgt.

»Mir geht's gut«, sagte Harry rasch. »Ich denk nur an die Ferien.«

»Ja, daran hab ich auch gedacht«, sagte Ron. »Harry, du musst uns besuchen kommen. Ich red erst mal mit Mum und Dad und dann ruf ich dich an. Ich weiß jetzt, wie man ein Feleton benutzt –«

»Ein Telefon, Ron«, sagte Hermine. »Ehrlich mal, *du* solltest nächstes Jahr Muggelkunde belegen …«

Ron überging das.

»In diesem Sommer ist die Weltmeisterschaft im Quidditch! Wie wär's, Harry? Komm ein paar Wochen zu uns und wir gehen hin! Dad kriegt meist Karten übers Büro.«

Der Vorschlag verfehlte seine Wirkung nicht und heiterte Harry kräftig auf.

»Jaah … ich wette, die Dursleys sind froh, wenn sie mich los sind … besonders nach dem, was ich mit Tante Magda angestellt hab …«

Um einiges besser gelaunt spielte Harry mit Ron und Hermine ein paar Partien Snape explodiert, und als die Hexe mit dem Teewagen an die Tür kam, kaufte er sich ein recht üppiges Mittagessen, allerdings nichts mit Schokolade drin.

Doch spät am Nachmittag dann tauchte das, was ihn so unglücklich machte, wieder auf …

»Harry«, sagte Hermine plötzlich. Sie sah an ihm vorbei aus dem Fenster. »Was ist das eigentlich da draußen?«

Harry wandte sich um. Etwas Kleines und Graues hüpfte vor dem Fenster auf und ab. Er stand auf, um es besser sehen zu können, und erkannte eine winzige Eule, mit einem Brief im Schnabel, der viel zu groß für sie war. So klein war die Eule, dass sie heftig am Trudeln war und im Fahrtwind des Zuges immer wieder gegen die Scheibe klatschte. Schnell zog Harry das Fenster herunter, streckte den Arm hinaus und fing sie ein. Sie fühlte sich an wie ein sehr flaumiger Schnatz. Vorsichtig holte er sie ins Abteil. Die Eule ließ ihren Brief auf Harrys Sitz fallen und begann im Abteil herumzuflattern, offenbar hochzufrieden, dass sie ihre Aufgabe geschafft hatte. Hedwig, mit würdevoller Miene, klapperte missbilligend mit dem Schnabel. Krummbein erwachte aus dem Schlaf, setzte sich auf und folgte der Eule mit seinen großen gelben Augen. Ron, dem das nicht entging, fing die Eule ein und barg sie in der Hand.

Harry nahm den Brief hoch. Er trug seinen Namen. Er riss den Umschlag auf und rief:

»Von Sirius!«

»Was?«, sagten Ron und Hermine begeistert. »Lies ihn laut vor!«

Lieber Harry,
ich hoffe, dieser Brief erreicht dich, bevor du zu Onkel und Tante kommst. Ich weiß nicht, ob sie an Eulenpost gewöhnt sind.

Seidenschnabel und ich haben ein Versteck gefunden. Ich sag dir nicht, wo es ist, falls diese Eule in die falschen Hände gerät. Ich bin mir nicht ganz sicher, wie zuverlässig sie ist, aber sie ist die beste, die ich finden konnte, und sie schien ganz scharf auf diesen Job.

Ich glaube, die Dementoren suchen immer noch nach mir, doch hier werden sie mich bestimmt nicht finden. Ich werde mich demnächst irgendwo ein paar Muggeln zeigen, weit weg von Hogwarts, so dass sie die Sicherheitsvorkehrungen im Schloss aufheben können.

Es gibt noch etwas, das ich dir bei unserem kurzen Zusammentreffen nicht erzählen konnte. Ich war es, der dir den Feuerblitz geschickt hat –

»Ha!«, sagte Hermine triumphierend. »Siehst du! Ich hab's dir doch gesagt!«

»Ja, aber er hatte ihn nicht verhext, oder?«, sagte Ron. »Autsch!«

Die winzige Eule, die inzwischen glücklich in seiner

Hand fiepte, hatte ihm in den Finger gepickt und es offenbar zärtlich gemeint.

Krummbein brachte für mich die Bestellung zur Eulenpost. Ich habe deinen Namen verwendet, aber geschrieben, dass sie das Gold aus dem Gringotts-Verlies Nummer siebenhundertelf nehmen sollten – das mir gehört. Bitte betrachte den Feuerblitz als dreizehn Geburtstagsgeschenke auf einmal von deinem Paten.

Ich möchte mich auch dafür entschuldigen, dass ich dir im letzten Jahr offenbar so viel Angst bereitet habe, und zwar in der Nacht, als du das Haus deines Onkels verlassen hattest. Ich wollte nur kurz einen Blick auf dich werfen, bevor ich mich auf die Reise nach Norden begab, aber ich glaube, mein Anblick hat dir einen Schock verpasst.

Ich habe noch etwas für dich beigelegt, von dem ich glaube, dass es dein nächstes Jahr in Hogwarts vergnüglicher machen wird.

Wenn du mich je brauchst, schicke mir eine Nachricht. Deine Eule wird mich finden.

Ich schreibe dir bald wieder,

Sirius

Harry sah sofort im Umschlag nach. Darin war noch ein Stück Pergament. Er las es rasch durch und fühlte sich plötzlich so warm und zufrieden, als ob er eine Flasche heißes Butterbier in einem Zug getrunken hätte.

Ich, Sirius Black, Harry Potters Pate, erteile ihm hiermit die Erlaubnis, an den Wochenenden nach Hogsmeade zu gehen.

»Das wird Dumbledore genügen!«, sagte Harry glücklich. Er kehrte zu Sirius' Brief zurück.

»Wartet, da ist noch ein PS …«

Vielleicht will dein Freund Ron diese Eule behalten, immerhin ist es meine Schuld, dass er keine Ratte mehr hat.

Ron machte große Augen. Die Winzeule fiepte immer noch aufgeregt.

»Sie behalten?«, sagte er unsicher. Einen Moment lang musterte er die Eule scharf und dann, zu Harrys und Hermines Verblüffung, hielt er sie Krummbein zum Beschnüffeln unter die Nase.

»Was schätzt du?«, fragte Ron den Kater. »Eindeutig 'ne Eule?«

Krummbein schnurrte.

»Das genügt mir«, sagte Ron glücklich. »Sie gehört mir.«

Harry las den Brief von Sirius immer wieder Wort für Wort durch, bis sie im Bahnhof King's Cross einfuhren. Er hatte ihn immer noch fest umklammert, als sie zu dritt durch die Absperrung von Gleis neundreiviertel in die Muggelwelt traten. Harry sah Onkel Vernon auf den ersten Blick. Er hatte sich in einigem Abstand von Mr und Mrs Weasley aufgestellt und äugte misstrauisch herüber, und als Mrs Weasley Harry zur Begrüßung herzlich umarmte, schienen seine schlimmsten Vermutungen über sie bestätigt.

»Ich ruf dich wegen der Weltmeisterschaft an!«, rief Ron Harry nach. Harry winkte Ron und Hermine zum Abschied und schob dann den Gepäckwagen mit seinem Koffer und Hedwigs Käfig hinüber zu Onkel Vernon, der ihn auf die übliche Weise begrüßte.

»Was ist das denn?«, raunzte er und starrte auf den Umschlag, den Harry immer noch in der Hand hielt. »Wenn das wieder so ein Formular ist, das ich unterschreiben soll, dann kannst du es dir –«

»Ist es nicht«, sagte Harry vergnügt. »Das ist ein Brief von meinem Paten.«

»Paten?«, prustete Onkel Vernon. »Du hast doch keinen Paten!«

»Hab ich doch«, sagte Harry strahlend. »Er war der beste Freund von Mum und Dad. Er ist ein verurteilter Mörder, aber er ist aus dem Zauberergefängnis ausgebrochen und auf der Flucht. Er möchte aber trotzdem gern in Verbindung mit mir bleiben ... will wissen, was es so Neues gibt ... und ob's mir auch gut geht ...«

Breit grinsend angesichts des entsetzten Onkels Vernon schob Harry die ratternde Karre vor sich her zum Ausgang. Es sah ganz danach aus, als sollte dieser Sommer viel besser werden als der letzte.